颍川诗书品评

陈文玲 等 著

中国文联出版社

图书在版编目（CIP）数据

颍川诗书品评 / 陈文玲等著. -- 北京 : 中国文联出版社, 2024.2
ISBN 978-7-5190-5377-2

Ⅰ. ①颍… Ⅱ. ①陈… Ⅲ. ①诗歌评论 – 中国 – 文集
Ⅳ. ①I207.22-53

中国国家版本馆CIP数据核字(2024)第053137号

著　　者　陈文玲　等
责任编辑　胡　笋
责任校对　张明明
装帧设计　吴燕妮

出版发行　中国文联出版社有限公司
社　　址　北京市朝阳区农展馆南里10号　邮编　100125
电　　话　010-85923025（发行部）010-85923091（总编室）
经　　销　全国新华书店等
印　　刷　廊坊佰利得印刷有限公司

开　　本　710毫米×1000毫米　1/16
印　　张　31.25
字　　数　350千字
版　　次　2024年2月第1版第1次印刷
定　　价　69.00元

作者简介

陈文玲，著名经济学家。著名诗人、书法家。中国国际经济交流中心总经济师、学术委员会副主任；国务院研究室原司长；研究员，博士生导师；国务院深化医药卫生体制改革专家咨询委员会委员、国务院食品安全委员会专家委员。南开大学、对外经贸大学博士生导师；曾任中国文化研究会、中国市场学会、中国商业经济学会、中国物流学会、中国太平洋学会、中国城市经济学会副会长。现任中华诗词学会顾问、中国书法家协会会员。曾任中华诗词学会副会长、中华诗词学会女子工作委员会常务副主任。

笔名：颍川，以此笔名发表文学作品。已出版《颍川吟草 · 陈文玲诗词选》《颍川诗草 · 陈文玲诗词选》《颍川诗词 · 陈文玲诗词选（3）》《颍川诗词-陈文玲诗词选（4）》《颍川诗草（中华诗词学会选集）》5部古典诗词集，收入2000余首诗词作品。出版《颍川放歌——陈文玲现代诗歌集》。中华诗词学会、中国作协、南开大学、中国文联出版社、北京孔庙国子监、惠州市委宣传部和惠州市文联等组织，曾三度为作者举办新书发布会暨中华诗词高端研讨会。《江城子 · 端午读书》获2010年全国“庆上海世博会诗书画印作品大赛”诗词组金奖；《满庭芳·贺中国共产党建党九十周年》获2011年全国“中国共产党建党九十周年诗词画印作品大赛”诗词组金奖，文化部创作精品奖；前三部诗词集获第五届诗书画印大奖赛诗词组特别大奖（2012年）。《颍川放歌•陈文玲现代诗歌选》，获第六届诗书画印大奖赛诗词组金奖（2013年）。出版由作者与部分书法家创作的《颍川诗词书法》集。作者诗词、书法作品被收入《诗人荐诗》《古今词范》《西北望延安》《穿行西藏》《中国书画名家真迹精品大典》（书法）《江山如此多娇》（书法）等著作中。并被国家图书馆和中国现代文学馆收藏。合作出版了《颍川•乐平诗词画卷》。

作者从事经济研究、国家战略研究和政策研究成绩卓著。多年来参与中央国务院一些重大文稿起草。参与国家多项重要战略与经济问题研究，撰写的大量研究报告和政策建议，得到国家领导人和相关部门领导人重视和重要批示，很多建议被采纳。研究成果获国家级奖励3项，部级奖励20余项。作者2009年获得中央国家机关“五一”劳动奖章，2008年被评为中国改革开放30年在流通领域做出突出贡献的人物。2009年获我国“建国60年中国流通领域有突出成就人物”称号，著作《现代流通基础理论原创研究》被评为我国“流通领域有影响力的十大著作”之一。2018年被中国社科院社会科学评价研究院和经济日报联合评为智库人物最高奖项——“中国智库领军人物奖”。在中国国际经济交流中心工作期间，由作者领衔或组织的研究成果，有23项分别获国家发改委等部委一、二、三等优秀研究成果奖。

作者现为中国区域经济50人论坛、“一带一路”百人论坛、流通30人论坛、中国文化产业30人论坛成员，在相关专业领域发表重要学术研究成果。为被中国人民大学报刊复印资料、新华文摘等刊物摘编文章最多的经济学家之一。共出版著作、译著38部（其中合著12部），在核心期刊和重要报刊上发表论文800多篇。被权威期刊新华文摘全文刊载17篇，人民大学报刊复印资料全文刊载60多篇。

自 序

收藏所有值得珍惜的遇见

陈文玲

在岁月的流逝中，有一种最宝贵的财富，便是值得珍惜的遇见。遇见值得珍惜的往事钩沉，遇见人生旅途的惊鸿一瞥，遇见挚爱的亲人、贵人和知者，更为重要的是，遇见追求梦想却能保持恬淡、平和且不断创造未来的自己。

不要以为一切都是自然生发的景色，那是经历了千回百转、风霜雪雨、阴晴圆缺、春夏秋冬之后的枫叶，在叶子的经络中，已经融入了它所经历的一切。记住那些帮助过你的人，记住自己前行中的心路旅程，特别是一路走来遇见的种种美好，渐渐地将这些内化于灵魂，便可以呈现出铺陈落下这一片片枫叶的诗意森林。

有些人，有些事儿，遇见便是财富，便是幸运，便是缘分，便是留在心底的绚烂。所谓缘分，可能是遇见一次便终生难忘的瞬间和永恒；可能是山一程水一程的日子和风景；可能是挂满枝头的希望与憧憬；可能是独属于自己的时光和心境，“独与天地精神往来”的况味，相信我懂，你也懂。

值得珍惜的所有的遇见，回忆起来，一定令人惬意，令人充实，令人感动，令人想念，也许会不时地再现在那幽幽的梦境。生命最美的姿态，就是把发现的美、提炼的美凝结起来，化作一种勃勃生机；就是风吹着秋思，载着一片片红色的枫叶，携着对明天的向往飘然落下；就是于忆念深处，开出的一朵素净的花朵，或者淡雅的玉兰，或者出污泥而不染的荷花，或者一朵任风儿带到原野的绒花，最好是变成一颗种子尘埃落定；就是等待冬藏之后，看“草色遥看近却无”的境界。

按说，记下这些珍贵的遇见，是最简单不过的事情，但对于我来说，也许是当前最为奢华的一个追求。因为一直到今天，我还奔跑在拼搏和奋斗的道路上。多少年了，我几乎放弃了所有别人用于享乐或者赋闲的时间。直到现在的每天凌晨，我都会爬起来，倚在床头对着电脑敲打着文字，仿佛置身于“采菊东篱下”的仙境。然而，我写的却是国际风云的变幻，世界经济的分析，中美两个大国的博弈，中国的昨天、今天与明天。在抗击疫情宅在家里的那些日子，本来是个难得的机会，可以写写那些曾经的遇见，但我竟然比平时还要忙碌。为抗击疫情鼓与呼，为维护国家利益奋笔疾书，整理修订我即将出版的《变局：中国智库专家的视角》一书，书中记载了近年来我关于国际问题与中美关系的研究成果。能在历史的关键时刻，生命的年轮中留下历史的印迹，实践一个中国人最有价值的守候，写满对祖国的热爱，这是我人生的际遇与幸运。

在抗击疫情的日子里，想问候一下我久未联系的朋友可否安康？当我查阅电话号码的时候，发现一些曾经遇见并留下深刻记忆的人，早已经驾鹤远去了！文怀沙、李小雨、赵君……还有我那永远失去的父母。泪水瞬间模糊了双眼，加上疫情中不断播报的事情，一些人昨天还生龙活虎，今天可能染恙，明天或者后天则可能归去而不能复来兮。人生苦短，逝者如斯夫！于是，赶紧把这些年我出版的诗词集、书法集、书画集找了出来，把记载着几场会议的速记稿找了出来，把那些朋友鼓励和褒奖的文章找了出来。晾晒和再现当时的遇见，我非常感慨，非常惊喜，原来这一个个片段，竟能在我心中泛起如此的涟漪！于是，迅即便形成了这本“颍川诗书品评”，因为它本身就是真实的记忆，就是岁月留下的雕刻，就是永远储存着的财富。

岁月并不能冲淡时时萦绕在我心头的遇见。用文字记录那些遇见，便是应该留下的永久冬藏，只有晾晒的时节，才能生发出新的生命。在我诗词书法等文学创作的道路上，我遇到了太多值得珍惜的友谊之舟，它载着我在时光中冲浪。在这本书里，记录的那些给我启迪帮助支持并给我惠赐序言的贵人，再现了三场我出版的古典诗词集发布暨中华诗词高端研讨会的场景，呈现出诗友、知友与朋友曾经撰写褒奖我诗书的美文，也把我自己撰写的诗词创作体味的自序、散文和短文收入其中。那些人，那些事，那些场景，那些心绪，便一一浮现在眼前。把尘封的往事和珍贵遇见，梳理起来串起一串美丽的骊珠，戴在时代的颈上，作为一笔文化财富，献给我们所在的时代和社会。

在整理这些既有文字的时候，泪水不断打湿了衣襟。值得珍惜的遇见，原来都是刻骨铭心的，所有既往的经历，都是宝贵的和难以复制的，已无法从生命中抹去。深深体味，这是一笔精神财富，不应该独属于我自己，那么多国学大家和诗家的珍贵文章和发言，他们的思想激荡、文采飞扬的思想，从侧面反映了一个伟大时代的崛起，反映了中国传统文化的回归和传承。这些东西，不断给予我潜移默化的影响，虽然是渐进的，却涵养着我的心境，提高着我的文学修养与诗学造诣。相信打开这册书页，也能使更多的人受到教益。实际上，平常很多让人津津乐道的事儿，并没有多少价值，而真正有价值的时光，则是嵌入心底的记忆，是不管什么时候都能感受到的浓浓暖意，是充满知识和智慧之光的闪烁。如若时光能够回流，我愿意重温这些遇见，我愿意在遇见中向他们学习更多更多的东西。

凡是过去，皆为序章。白落梅说：“世间所有相遇，都是久别重逢。”喜欢这句话，并非这句话有多深的禅意，而是因为有情意。冥冥中仿佛每一种遇见，不必相约，自有安排，假如落在寻常的日子和匆匆人群里，终将被光阴冲淡，但那些值得珍惜的遇见，则随着岁月流逝愈见清晰。人世间的所有行走，并不是要做寂寞的旅人，而是为了一个共同的目标或者需求偏好去邂逅，去遇见，去珍藏被岁月和时光柔软地包裹着的美好。在细水长流的岁月里，由相见不相识的泾渭分明，逐渐融合成触手可及的温润，人啊，千万不要错过遇见时倾心的灵犀相通。于是，感恩那些珍贵的遇见，感恩那些始终在心底的陪伴，感恩那些存储在记忆里的淡淡沉香。

假如还有遇见，我愿意向文怀沙老人学习楚辞汉韵，聆听他的高谈阔论和抑扬顿挫的吟咏，他吟咏苏轼《后赤壁赋》的场景还历历在目。一位108岁老人的生命之道，就是被中国传统文化浸润着的心灵与修养。我愿意向温文尔雅的袁行霈先生学习古文，多少年前我读中央电视大学的中文课，一节一节地聆听先生讲授古文学课。我也曾经多次到先生家里拜谒畅谈，他和夫人的琴瑟之和感染着我，他赠送给我的墨宝至今还散发着清香。我愿意再次欣赏许渊冲先生对我创作古诗词的评论，我曾经到先生家里去求教，在他非常破旧的小桌前，我请他帮助我翻译一段费孝通先生“美美与共”的美文。即将100岁的许渊冲先生，每天还坚持翻译3000多字的莎士比亚著作，他至今已经翻译了300多本古典文学。我想向郑欣淼先生学习故宫学，探寻我国博大精深的历史雕琢，在故宫的一所院子里，先生赐予了他的几部故宫学的研究成果，这是先生难得的独创的一门大学问。我每次到天津出差，都会打电话给蒋子龙先生，如果他在家一定会有两个时辰以上的畅谈，他关心国家的大事，关心国家的未来。这位具有深刻思想的作家对我的支持，令我没齿难忘，记得我第二部诗词集出版，先生正在山西出差，赶到广东惠州参加我的会议，已经是凌晨两点多了。我的第四部古典诗词集出版，我邀请星汉先生作序，他是教育部组织的中华诗词新韵的主要作者，诗学修养深厚，当时他正忙于新疆诗词学会换届，但还是在百忙中馈赠了序言。我还登门拜望过郑欣淼、郑伯农、李文朝、周文彰、易行、傅光等国学和诗学朋友，他们给予我的不仅是学问，更是前行的动力与助力。

我国古代先贤荀子《劝学》曰：“登高而招，臂非加长也，而见者远；顺风而呼，声非加疾也，而闻者彰。假舆马者，非利足也，而致千里；假舟楫者，非能水也，而绝江河。”在我人生的道路上，我得到了无数人的教诲与帮助，点点滴滴，淅淅沥沥，涓滴成河，奔流不息。

毫无疑问，因为我有如此多值得收藏的遇见，才使我不断攀登，不断扬弃，不断进取。流云轻轻地挽起风的衣袖，我用真情掬一捧清洌的湖水，精心制作一杯沁人心脾的佳酿。坐于窗前一隅，任时光重叠成一帧静默的风景。在这风景中，我还遇见给我支持、帮助与鼓励的黄守宏、李君如、忽培元、范诗银、包岩、岳宣义、杨书兵、林峰、傅光、翟俊武、张海君、梁彦、白津夫、刘秉镰、李毅峰、胡乐平、安想珍、刘纪宏、李春伟、杨中川、宋子刚、石家诚、纪捷晶、李小卫、王正鹏、罗金海、林馥馨、胡宁、吴兰卿、尹彩云、宋彩霞、胡彭、田小甜、刘爱华、张东方、蒋一境……他们留给我的记忆是这么灵动，这么清晰！当然，在我对国家战略、决策和政策的研究中，在我的经济学研究和人生的道路上，更遇到了很多的智者、知者与同行者，也有许多值得收藏的宝贵精神财富，未来会记录在我的其他著述中。

时间在不经意中悄悄流逝，而时间对所有的人是公平的。你珍惜它，它便青睐你，你为它涂抹上赤橙黄绿青蓝紫，它便会成为挂在你心中亮丽的雨后彩虹。翻开旧日的记录，会心处不在远，不是所有的坚持一定有你预期的结果，但所有成功和值得收藏的东西，都必然是最有价值和最需要坚持的探寻。唯有如此，才能在冰封的土地里，长出青涩的苗，结出丰硕的果，播下即将生发的种，循环往复，生生不息。

我永远珍惜那些遇见，还将倍加珍惜生命道路上更多的美好遇见，用我的真诚与执着、慷慨与宽容、恬淡与淳朴，去回报曾经的遇见，去迎接和发现值得珍惜的新的遇见。

颖川（陈文玲）

2020年8月18日

目录

颍川诗书品评

第一部分

作者自序与评论

第三部古典诗词集《颍川诗词》自序

捧一杯诗意的淡淡清茶

——写在《颍川诗词——陈文玲诗词选》付梓之际

捧一杯充满诗意的淡淡清茶，把浸润着灵魂芳香的心语奉献给这个伟大时代，奉献给我无比热爱的祖国、人民和亘古不息的日月星辰，奉献给您——我亲爱的领导、导师、朋友、诗友和亲友，在第三部诗词集即将付梓之时，像前两部诗词集出版时一样，我的内心充满着期待和憧憬。

我期待我的心语，像绵绵的春雨般随情飘洒，打湿那充满无限生机的青草，在无痕的绿色中留下那些感恩、感动和友谊，把惊蛰后的觉醒和风光留在诗句里；我期待我的心语，像一片片脱离大树挽留的叶子，渲染出金黄色的山间浪漫，在丰富的秋色中书写出对四时轮值和自然变幻的顿悟；我期待我的心语，像恬淡从容的月辉般柔软，抚平心灵的沟壑，让本是漂泊的生命“行到水穷处，坐看云起时”；我期待我的心语，像蜷卧在文字中安然入睡的婴儿般单纯，在憨态中享受大自然的意外启迪，一次次再回到珍贵的生命原点；我期待我的心语，像胸臆灼灼的阳光般明媚，把爱憎分明的战士情怀和豪迈，传递给那些有同样追求的知者。

每个人都有巨大的记忆空间，盛着喜怒哀乐和爱恨情愁，学会迎着阴影去追寻太阳，让自己始终向着阳光奔跑；学会绕过今天的曲折去迎娶明天的光明，在此岸看到彼岸的风光，朝着一个朦胧但令人激动的目标前行，这不是一件挺容易的事情。当我把自己的心语变成了诗意表达，使枯燥的经济学分析、理性的政策研究与发现美、提炼美、表现美的艺术浪漫结合起来的时候；当我把自己的心语变成了诗意表达，任对国家、对人民、对大自然热爱的真情和激情竞相迸发的时候；当我把自己的心语变成了诗意表达，令人生感悟、读书感悟和创作感悟一泻情思，像错落心乡潺潺流淌的时候，我发现，自己渐次恬淡而宁静，渐次坚守而执着，渐次满足而快乐，渐次达到了那种不太容易达到的心境。

诗词是独特的精神气质，诗意的表达是美妙的。在诗词创作中，我力求使之既是诗意的，形象的，感性的，又具有蒋子龙先生所赞赏的“机趣”与“哲思”。把格律变成诗词的翅膀，把诗词变成诗意的海洋，把诗意变成思想的天空，把思想变成循自然之大道的哲理，这是惬意而有独特价值的修身养性过程。有人曾说“诗人是寂寞的，哲人也是寂寞的，诗人情真，哲人理真。二者皆处于寂寞，结果是真。诗人是欣赏寂寞，哲人是处理寂寞”。这些话固然有道理，但是，我感觉诗人和哲人之间并没有清晰的界限，非但没有，而且可以结合或交融。第三部诗词集中，我加入了自己创作的一些哲理诗，集中在“水韵山声”“自然书架”“拾翠闻香”“荡气诗书”和“错落心乡”几部分中，如在往日注重花草形式美时，提炼出《兰花花语》《三角梅花语》《油菜花花语》《向日葵花语》《荷花禅意》等诠释其内涵的诗句；如捧读圣贤书，与古人心灵碰撞的感悟，写出了《读〈道德经〉》《读〈易经〉》《读〈论语〉》《读〈孙子兵法〉》《雪夜读书》等读书感悟；如写自己内心世界的

《成长感怀》《感悟人生》《大隐隐于心》《一叶扁舟》《岁月无悔》……《荆州亭·一叶扁舟》真实地表现了我的感悟和内心世界："/一叶扁舟摇曳，/缓缓驶出心域。/梦在浪中行，/落在平湖成绿。　　/缕缕暖风几许，/便把真情相与。/世上亦他乡，/大隐隐于自己。"

大隐隐于自己，这是我创作大量诗词的深刻体会。岁月不居，时节如流。在从事经济学研究和国家战略研究、政策研究的同时，我从事创作诗词转瞬已经几十年了，当初创作只是喜欢用诗意表达、记录自己的人生感悟，虽然这些作品从来没有发表过，但它们早已经成为我内心世界最可靠、最珍贵的朋友。当这种表达变成了你的一种工作习惯和生活方式，当这些最可靠、最珍贵的朋友居住在你心间，当你有一种如此优雅的方式去倾诉的时候，难道你不觉得自己是多么满足？难道你不觉得一个与诗词结缘的人是多么幸运？从集结出版第一部诗词集，转瞬已经五六年了，这几年我连续整理并创作出版了三部颇有分量和重量的诗词集，当我敞开了那扇曾经密闭的心灵窗户之后，那些出乎自己预料的事情，那些因诗词结识、结缘和让心灵漾出琼浆的艺术沟通，让我由衷地感谢古典诗词这种高贵的文化形式，由衷地感谢使我产生源源不断诗意的伟大时代，由衷地感谢那些给了我无穷动力的伯乐和朋友们，在旧时代即使再有才华的小女子，也不可能有这样的幸运和机遇。

很多人重视和追求结果，而我更加重视和享受在路上的过程。在出版三部古典诗词集的过程中，我得到了太多的无私支持和帮助。袁行霈、文怀沙、郑伯农、李文朝、李君如、张炯、蒋子龙、岳宣义、易行、傅光、李小雨、张海君、李景秋……他们都留在了我的记忆和诗句里。郑伯农先生和夫人李燕萍始终关心着我，期间伯农先生住院做手术，既怕烦扰先生又想得到先生指点，当我不安地奉上自己诗集草稿后，却得到最认真的指导和最热心的帮助，先生不仅对诗稿逐首提出修改意见，还请未曾谋面的《诗刊》杂志宋彩霞女士，对我第三部诗词集的格律和文字进行了认真校核，这令我激动不已，将永远是我扬起风帆的新动力。

我收获了太多的意外惊喜和感动。袁行霈先生再一次审阅了诗稿，并为我的诗词集题写书名，原来我为第三部诗词集起名《颍川词章》，先生说不如直接叫《颍川诗词》，词章则最好有词论，先生还赠予了我关于诗论的墨宝，先生的赐教和赐予对我是莫大鼓励；李文朝会长主动提出，将他在我第二部诗词集发布会议上的发言作为本书的代序言，对文朝会长如高贵诗词般的人品、诗品和学品我都极为崇敬，他对我无私的帮助与鞭策都令我非常感动；毛体书法“润之奖”金奖获得者安想珍赠予多幅挥洒着我诗词的书法，其中关于水的几首诗词作为了世界水日的展品，一幅抄写我的诗词的作品，则随他创作的其他作品在2013年进入法国卢浮宫展出；素不相识的军旅将军将我的诗词作为书法抄写的主要内容，赠送给更多的军队朋友；一些画家从我的诗词中读出了画意，创作了一幅幅水墨丹青；一位中学生读了我的诗词集，给我寄来了长长的书信，并寄给我她的班级诗词爱好者创作的诗词雅集；我前两部诗词集和一些诗词作品连续获得5次金奖……这些都使我内心世界充满了感恩和满足，它们成了我内心世界的珍宝。

我得到了太多的友谊和馈赠，我的同事忽培元、好友梁彦自始至终都是我坚定的支持者，我每出版一部诗词集，都得到培元先生精彩的文学评论和梁彦、纪捷晶女士等好友的盛赞；我敬仰的易行先生，他的诗作、诗学、诗评精到准确，我特意邀请他为我的书作序，先生百忙之中赐予了佳作，但执意将此作为诗词集发布或研讨会上的发言，因为敬重和赞赏，我擅自做主把先生的美文作为本书的序言；具有深厚国学尤其是诗学造诣的傅光先生，每每收到我发送的诗词，都会有深邃而精到的点评，先生极其认真地审读了我的第三部诗词集，不仅提出了详尽的修改意见，并以难得的文言文撰写了序言。他们的言行举止充满着高尚和情怀，是我学习的榜样，提高了我诗词创作的精确度。

这些过程对于我来说，是一笔极其宝贵的财富。在《十六字令·诗》中，我写出了自己的感动："/诗，/梦里青藤月下织。/平平仄、/泼墨有相识。　　/诗，/爱恨情愁只剩痴。/声声慢、/绿树涨新枝。　　/诗，/烟雨清风渐次时。/悄悄唤、/道法自然知。"当你在与智者思想的交往之中，就像携一夕夕风采，穿越了心灵的隧道；当你与挚友倾心交谈之时，就像听一曲曲曼妙，弥漫着幸福的震颤；当你得到知者的鼎力相助之际，就像拂一缕缕清凉，沉淀成满湖透彻的碧水；当你遨游在太空与日月星辰对话之后，将灵魂的低吟或长啸化为诗句，这些难道不是你精神的高地？这些过程感动着你，激发着你的诗情，净化着你的境界，简化着你的生活，而一个人活得越简单，灵魂就会越干净，就会渐次走向生命的丰富和高贵。每个人都有欲望，这些欲望往往集中在热闹和喧嚣里，而人生的沦陷，也差不多发生在交杯换盏和随波逐流的状态下。离浮躁和功利远一些，就意味着离沦陷远一些；离蝇营狗苟和无节制欲望远一些，就意味着离丑陋和卑鄙远一些。解开束缚思想的一条条绳索，打开关闭心灵的一扇扇窗户，放下扭曲行为的一个个心结，给自己的心灵减重，让它自由，让它飞翔，让它升华，这个过程一定会痛并快乐着，苦并幸福着。命运赠予的诗化人生是宝贵的，遇到诗化的知友是难得的，收获诗化般纯真友谊是幸福的。

中国是诗的国度，诗词是古典文化中的瑰宝，是中华民族传统文化中的精髓，是中华民族生生不息的精神食粮。古往今来，一代人有一代人的文化，一代人有一代人的诗意表达，但好的诗人都有一个共同点，那就是用生命作诗，将诗意表达作为自己的人生注脚。刘勰在《文心雕龙》中说：“寂然凝虑，思接千载；悄焉动容，视通万里。”这几乎是每个时代好诗人的超然状态，超乎于自己，超乎于世俗，超乎于岁月，超乎于轮回，在“思接千载”和“视通万里”中，任诗情从天而落，从心而出，这，便是诗词穿越时空的力量。

颍川（陈文玲）

甲午年仲春

于北京中南海

附记：

1. 作者第一部诗词集《颍川吟草》、第二部诗词集《颍川诗草》出版之后，受到国学大家、诗学大家的高度评价，并产生了强烈的社会影响。应出版社邀请，作者整理推出了第三部诗词集《颍川诗词》，本文为第三部诗词集出版时作者撰写的自序。

2. 2016年1月22日，由中国作协、中华诗词学会、中国诗歌学会、南开大学和中国传统文化研究会联合举办了《颍川诗词》新书发布暨中华诗词高端研讨会，在该书第二部分刊出了本次会议的速记稿。

3. 中央文史馆馆长、北大国学研究院院长袁行霈先生为本书题写了书名，李文朝、易行、傅光先生为本书撰写了序。

4. 本书被中国图书馆、中国现代文学馆收藏并颁发收藏证书。

第二部古典诗词集《颍川诗草》自序

携情带韵共诗章

——写在《颍川诗草——陈文玲诗词选》付梓之际

这是我出版的第二本诗词集，虽然与第一本诗词集出版的时间间隔仅一年，但需要说明的是，其中的多首诗词仍是我前些年创作的成果，由于创作之时并未准备要拿出来发表或出版，因此其中多首诗词忘却了年月日时。

第一本诗词集出版后，得到了社会各界，特别是文化界和诗词界的好评，我的书被连续再版两次，我第一次从经济学家开始被人称作诗人，总是感觉有点不习惯，也不大适应这个角色。但是出乎我预料的是，很多老朋友和新朋友，甚至是未曾谋面的朋友，他们都真诚地表达了对我诗词的喜爱，并期待我有更多的诗词作品问世，于是我又将自己的第二本诗词集抛出来，以作答谢。

与第一本诗词集相比，我对这次出版的诗词集进行了更多的加工和润色。在诗词创作的道路上，从“无为而治”到“有为而修”，我在三个方面下了点苦功夫，寻求新的突破：

一是在格律诗创作上。第一本诗词集之所以未标明五律、七律和排律，当时对一些创作的律诗尚未推敲到让自己满意，五绝、七绝的形式倒是选了一些。这次将自己创作的五律、七律和排律拿出来一部分发表，经过反复推敲已经有了些模样，不仅平仄符合律诗的要求，而且除了首联和尾联之外，其余基本做到了联联对仗，且一气呵成。我真正体会到了格律之美，当格律从镣铐变为翅膀之时，格律诗就会以它独特的魅力征服自己，进而感染读者。

二是拓展了应用的词牌。目前我创作的大量词作中，所应用的词牌已超百首，可以说，对于常用的宋词词牌已应用得比较纯熟。目前我正在尝试拓展应用范围，争取把古人创作所用的大部分词牌都能引入我的词中。在词的创作中，我发现历代常用的词牌，的确是经过岁月冲刷和淘汰剩下的优秀词牌，词牌不在于字数的多少，而在于词的格式、韵律、长短句的搭配，使词作不仅看起来很美，而且读起来抑扬顿挫。每作完一首词，我都会反复吟读、吟诵，除了词的语言美，一定要有词的音韵美。我应用的最长的词牌是“莺啼序”，这个词牌分为四阕，二百四十个字，可以容纳很多内容。我之所以用这个超长的词牌创作《莺啼序 · 诗意潺潺》，就是想把我在词创作过程中的感悟和内心世界写出来。之后我还创作了《三台 · 天台山》《三台 · 武夷山》等一批长令，进一步丰富和提高了运用多方面文学元素创作诗词的能力。

三是创作了一批以叠字形式表达诗意的六言诗。最初的一首是穿行梅岭时突发奇想所作，当时正值梅雨季节，山下有摊贩卖梅子，“梅子梅雨梅关”，几个字立即涌到脑海；穿行梅关所走的是石板路，沿途都是石壁石山，于是有了“石板石壁石山”的描写；又因梅岭古道的独特韵味和故事，于是有了“古风古韵古道”的感受；行走于梅岭古道之上，千年古道似乎在诉说着时代更替，于是有了“花落花开花繁”的感叹；梅岭古道沿途青草悠悠、绿树葱荣，古道处处“草香草绿草酣”；地处要冲的梅岭，古往今来汇集了众多“名人名事名篇”；梅岭因由“风度宰相”张九龄的谏言才得以开凿，留下了一段“风流风情风度”的佳话；张江、长江、珠江在梅岭汇聚，“江汇江涌江澜”见证了梅岭的历史。这样便形成了《六言诗·梅岭古道即景》：

梅子梅雨梅关，石板石壁石山。
古风古韵古道，花落花开花繁。
草香草绿草酣，名人名事名篇。
风流风情风度，江汇江涌江澜。

之后遇到可以用这种表达形式的，旋即就形成了这种独特的六言诗，如《六言诗·云雨风过霞》《六言诗·杭州即景》《六言诗·成都即景》《六言诗·春城昆明即景》等。

毋庸置疑，诗词的美使之成为“文学中的贵族”，其美质是难以描述的。当你被一首诗作或词作所打动，想让别人与你一同分享时，你会感到这种诗性的语言、弹性的语言、智慧的语言和凝练的语言，竟只可意会而难以言传，只可诵读而难以转述。过去之所以不想把自己创作的诗词拿来发表，就是因为这些作品确实是打动了自己，但能否打动别人，却不敢奢望。

诗词传播是一把尺子，这把尺子对我的第一本诗词集已有了初步的衡量结果，短短不到一年时间，书已经再版两次，尤其令人高兴的是一批年轻人也在寻找和购买。我曾受邀在汕头大学、南昌大学尝试做了两次有关诗词创作的专题讲座，没想到大受欢迎。我不禁感叹，中国真不愧是一个诗国，中华民族真不愧是一个诗的民族，当中国从经济大国崛起到文化大国崛起之时，中华诗词的繁荣昌盛将是必然的结果。

第二本诗词集的出版，我最为感激的是中央文史馆馆长、北京大学国学研究院院长袁行霈先生，文学大家、百岁老人文怀沙先生，中华诗词学会驻会名誉会长郑伯农先生，他们对我的支持和帮助，是我诗词创作进程中的一件幸事。袁先生为我的书题写了书名，并对诗词创作提出了殷切希望；文怀沙老人亲自作序，对我的诗词创作赞赏有加；郑伯农先生百忙之中审改了我的几十首诗词作品，提出了充满智慧的修改意见，并欣然作序。

中国文联出版社张海君仍然是我第二本诗词集的责任编辑，他是北大文学院的文学博士，正因为他自身的文学素养，他在书的策划、编辑、设计、出版、装帧的全过程中付出了具有创意的独到贡献。

我的博士生周京在繁忙的学习和课题研究之余，用了大量业余时间帮我做了诗词的注释和简析，看到学生在经济学研究上的不断突破，特别是在学术论文表达能力上的长足进步，我感到非常高兴。学生告诉我，她的这些长进与在文学方面的拓展有很大关系。我突然想到，培养一个国家的高级人才，也许道德文化方面的修养是做好专业研究必不可少的基础。

我要特别感谢的是一直对我诗词创作给予支持、鼓励和帮助的各位领导、朋友和家人。

一个人澎湃的诗情，一定与他所处的时代，与周围的环境密不可分，与他的胸怀、情怀和思怀密不可分，与他的随时转化为诗意表达的勤奋密不可分。让我们拉开新时代中华诗词走向繁荣昌盛的序幕，创造一个比唐、宋朝代更辉煌的诗词盛世，使一个泱泱诗国以她独特的风韵和魅力屹立于世界民族之林。

颍川（陈文玲）

2012年2月

于北京中南海

附记：

1. 作者第一部诗词集《颍川吟草》出版之后，连续再版，受到业内认可和社会认可。应出版社邀请，作者整理推出了第二部诗词集《颍川诗草》，本文为第二部诗词集出版时作者的自序。

2. 2012年5月26日，在广东省惠州市这个风景如画、历史底蕴深厚、昔日东坡先生留下名篇佳作的地方，由中国作协、中华诗词学会、南开大学和惠州市委宣传部联合举办了《颍川诗草》新书发布暨中华诗词高端研讨会。

3. 中央文史馆馆长、北大国学研究院院长袁行霈先生为本书题写了书名，文怀沙、郑伯农为本书撰写了序言。

4. 本书被中国图书馆、中国现代文学馆收藏并颁发收藏证书。

第一部古典诗词集《颍川吟草》自序

让自然孕育的音符潺潺流淌

——写在《颍川吟草——陈文玲诗词选》付梓之际

我并没有做出发前的准备，几乎是在自然状态下的自然行为，就像一粒被风吹起的蒲公英，不知道会刮到什么地方，也不知道是否能轮回成新的生命，更没有奢望垂荫成垄。在我的诗词出版之际，选出的250首古典诗词，竟然尚没有一首公开发表和出版过，它们静静地沉睡在我的心中与我相伴，成为我精神世界真实的诗意记录。让它们面世，让它们与喜爱者分享，是想打开自己心灵的窗户，让自然孕育的音符潺潺淌出，等待更多的知者和同仁校正琴弦，以期待共同弹奏出更美妙、更动人的旋律和乐章。同时，也收获多年来自己心灵对话的快乐与欣慰。

我们正经历着一个伟大的时代，当沉重、愚昧、荒凉和落后成为如烟往事的时候，当中华民族自立于世界民族之林的时候，当我们徜徉在人类文明花朵遍地开放的时候，当礼赞的乐章奏响一个大国伟大崛起序曲的时候，当我们执着地投入其中、醉意地感受着迎面而来暖风吹拂的时候，我总是隐隐地听到清晰的诗韵和动人的音符，思想的翅膀禁不住总要飞翔。她让我将含蓄变得激昂，将沉寂变得涌动，将理性变得壮烈，将婉约变得豪迈，将平实变得浪漫，将现实变得理想。在自然与超自然季节更替和分娩的过程中，我尝试用诗意的语言把思想的水融入历史的长河，用真情的诠释和优雅的符号，去体味心灵撞击时的惬意和满足，去追寻让灵魂翅膀飞翔在心语海洋的广阔与荡漾。

应该让饱含着真情的雨水或雪水贮存起来，让充满着诗意的溪流集聚起来，让涌动着韵律的江河奔腾起来，让汪洋恣肆的海洋澎湃起来，特别是当你处在人生秋天的时候。思想之所以是思想，诗意之所以是诗意，就是因为她经过无数条水系的补充和汇集，从任何一点出发，最后还将复合在一个新的起点上。当感动和感悟的水像飘雪、飞雨和凝露，弥漫成滴滴水珠汇入涓涓溪流之际，当感恩和感怀的水像湖泊、湿地和海子，融汇起来飞流直下之际，当想象和憧憬的水像大江、长河和海洋卷起千堆雪之际，你诗意和思想的水一定会默默地积蓄、沉淀、补给和释放。她一定会使你变得清澈、辽阔、深邃与包容，使你变得高雅、平实、柔和与滋润，使你变得满足、充实、快乐与淡泊。

我的感动跨越心灵的栅栏，在灵魂的原野上驰骋，在诗情画意的美丽中漫步，在宁静的自然天籁中飞翔。伟大祖国永远是我生命中最深的痴情与挚爱，七彩的自然山水永远是我灵魂不懈的追寻和崇尚，多情的花鸟树木永远是我与之静静对话产生心语和婉约的源泉，我的亲人和曾经的、现在的、将来的朋友永远是我倍加珍惜的感恩、感激和感悟的源泉和力量。生活的天空是蔚蓝的，诗意的表达是令人迷恋的，她使我时时忍不住用别样的语言去仰望、去追寻、去畅想、去歌唱，让豪放的美、粗犷的美、豁达的美、刚毅的美和婉约的美、柔情的美一起涂染，让深绿、浅绿、碧蓝、鹅黄、淡粉、洁白、嫣红和姹紫在心中开放。

我感受着一个几千年文明古国的历史变迁，我感到了群峰重壑的快乐和江河湖海韵动的激荡，我看到了岁月时光凝结的印迹和现在的真实表情，我闻到了树木繁花的芬芳馨香和用色彩演绎孕育降生的味道，我听到了云的呼吸、雨的细语和百鸟的委婉歌唱，我体味着人类美好品德智慧和远古淌来神话的美妙，我享受着心灵冲动和撞击时的波涛和微浪。我厮守着自己的追求和梦想，让轻风吹着充满草香的生命礼赞，让细雨飘过载着追慕江海的深情厚谊，让诗词和着这个伟大时代的脚步，让勤奋和执着记下自己的感怀，放飞诗意般、画卷般的心路和思想。

本来准备独享自己精神世界的花蕾，只让其在一个创造她的人心中开放。当一个经济大国迈向文化大国、需要我们每一个人为祖国文化复兴作出努力的时候；当时光演绎下的人生历程经过漫漫旅途、把灵魂放在十字路口决定如何举步前行的时候；当我的朋友偶然收到我节日祝贺的诗意，告诉我他们是那样喜欢和激动的时候；在无数个春秋交替距离出发地且行且远蓦然回首用诗词记下来足迹尚还清晰的时候，我决定放弃坚守，打开自己诗意的心语之窗，让更多的阳光雨露播撒在心灵的土壤上。

我突然发现，没有什么比秋天的风物和颜色更加绚丽多彩，没有什么比收获耕耘的感觉更加令人激动。家庭的熏陶、从小培养的文学爱好和五年中文专业学习，使我在做经济学研究和国家战略研究、决策研究和政策研究的同时，多年坚持不懈进行着诗语的记录，读万卷书与行万里路的感悟，“无心插柳”却也诗意丛丛。我填写了常用的宋词词牌，创作了一批七言、六言和五言诗，还抒怀出一些现代诗歌和散文。我力求用最通俗的语言、最优美的语言和最诗意的语言，去追寻唐诗宋词的清新风韵，去恪守自己的信仰和清澈，去擦拭自己的心灵之窗和理想之光。

中国是诗的国度，诗词是最凝练的语言，唐诗宋词是我国诗词史上的巅峰，我尤为喜爱这种表达方式和诗词风格。作为爱好诗词的中国人是幸福的，我们有取之不尽用之不竭的文学金矿，我们可以任意地吸吮前人为我们创造的文学营养。因此，我的第一本诗词选集，就是学习、借鉴、传承和创新古诗词这种最美的语言形式的尝试。虽然称作古诗词，平仄关系也符合诗歌词牌的基本要求，但音韵则采用了现代汉语读音，只有这样读起来才能朗朗上口，才符合现代人的语言习惯，才有利于对古诗词这种文学艺术形式的理解和传唱。在我看来，只要诗词中的语言是心与心的对话与交融，那么就一定能与更多的读者特别是与年轻的读者产生共鸣，相信他们一定能够读懂我。这，正是我的渴求和希望。

颍川（陈文玲）

2009年6月

于北京中南海

附记：

1. 2009年我的第一部古典诗词集由中国文联出版社出版，这是我诗词创作的处女作。从小就痴爱并不停顿的创作，成为我的一种生活方式与学习方式，也成为完善自我修为的一条人生路径。原计划退休后再整理出版，但朋友、诗友之间无意中的善意和建议，使我下决心将其中一部分集结出版，自序便反映了此时的心境。

2. 2010年10月22日，于北京孔庙和国子监，由举办者中华诗词学会、中国文联出版社、北京孔庙和国子监、南开大学等单位联合举办了《颍川吟草》新书发布暨中华诗词高端研讨会，本书第二部分呈现了会议速记稿。

3. 文怀沙为本书写了书名和赠语，郑伯农为本书撰写了序言。

4. 本书被中国图书馆、中国现代文学馆收藏并颁发收藏证书。

现代诗歌集《颍川放歌》自序

蹚过那条岁月的清溪

——写在《颍川放歌——颍川现代诗歌选》付梓之际

数着一片片满是风霜的落叶，走在淡淡的岁月里。有我的感慨，有我的希冀；有我的快乐，有我的失意；有我的敬仰，有我的唾弃；有我的开阔，有我的私语；有我的和风，有我的骤雨。蹚过那条岁月的清溪，带着我思考的痕迹，看过一树树景色，越过一道道藩篱，穿过一层层雾霭，写过一页页诗意。经历的春秋，一载又一载；积累的感悟，一曲又一曲。

回首往事，可以毫不谦虚地说，承载着对祖国和人民的热爱，我履行着神圣的职责，留下了坚实的足迹。我用笔写下了那些反映国计民生和国家战略的一篇篇报告，情之所至情感尚未能全部释放时，便抒怀为古典诗句；古典诗词还不能倾尽感悟感怀时，便成为更为潇洒的现代诗句。当然，还有我对人生的感悟，对世事的观感，对自然的体味，也是我创作现代诗歌的源泉。生命的年华，不断积累，在我绿色的森林里，在我梦幻般的世界里，这些现代诗歌始终是我心灵的寄语。与我创作的古典诗词一样，它们也是我的挚爱，静静地与我对话，与我嬉戏，从来没有发表过，也没有请它们放声歌唱。

走出了栅栏围护的小院，呼吸着清新空气。我已经将自己创作的古典诗词捧给了大地，让诗句和絮语飘进江河湖海，把赤裸的心灵展现给风霜雪雨。中国文联出版社出版界朋友的青睐，他们对诗词的喜爱程度远远超过了我的预期。我伸开舒展的臂膀，迎接一个个意料之外的不期而遇；迈上了这条本不准备踏上的路，却走进了漫长的艺术之旅。泛着诗意的小舟，我，在万顷碧波里！阳光，照在水面上，折射出耀眼的光芒，炫目如洗。

这是我人生道路的又一个起点，一股热流弥漫在模糊的视线里，还没有看清楚那没有尽头的长路，还分不清脸上流下的是泪水还是雨滴。既然打开了心灵之窗，那就尽情地倾诉吧，那就热烈地舞蹈吧，不论前面的道路是一马平川，还是蜿蜒崎岖。我思考再三终于决定，把自己直抒胸臆的现代诗歌，也捧给茫茫寰宇，捧给亲爱的诗友和知己，作为自己的“私产”，将她回馈给这个伟大时代，感谢这个时代、多彩的生活、神秘的自然和那只能意会而无法言传的“道”，赐予我的一切灵感和机遇。期待着悄悄绽放的烟花，带给你新的图案和美丽，带给你与我心灵的交流和写意。尽管我的两本古典诗词集已经出版，但出版现代诗歌，仍旧像一个待嫁的少女，扳着手指，数着钟点的嘀嗒，心头如小鹿踢跳，激动不已。

我的现代诗歌，是我心灵的序曲。在除夕的夜深时分，翘首等待成长的步伐，穿上奶奶缝制的新衣，站在新春的朝霞里，成为嫣红的记忆（现代诗《成长的哲理》）。走进自然，让自然的汁液过滤人文，让自然的脉络渗透诗意；让自然的经卷反观世事，让自然的风雨将灵魂洗礼（现代诗《走进自然》）。壮哉寰宇！永不落幕的太阳，写满诗意的月光，还有那江河湖海流出的故事，都令我感动不已（现代诗《太阳曲》和《月色清辉》）。我有幸俯瞰过世界水塔——三江源的旖旎，从雪山脚下淌出的每一滴水，都那样气度不凡；从大自然王国里流出的每一条河，都那样热情洋溢；从青藏高原抽出的每一缕情，都那样沁人心脾；从心中飞出的每一首歌，都连着她的母体（现代诗《三江源感怀》）。在四时轮值中，我品味春光秋色，领略四季的交错，倾听命运的韵律；欣赏时光的本色，享受放慢的呼吸（现代诗《春韵》《夏日感悟》《秋色——人生的秋天》《冬日抒怀》）。让松的清香，竹的清香，梅的清香，雪的清香，心的清香，诗的清香，交融在一起（现代诗《诗意潺潺》）。

我偏爱古典诗词，因此，我的很多现代诗都有古典诗词的痕迹。例如我写《黄河诗赋》《雨韵》《三江源感怀》《夏日感悟》《月色清辉》等现代诗歌，就大量引用了古典诗句。我把包括古人的、今人的和自己写的古典诗词，大量地引入诗中，增加了现代诗歌的文化含量和重量。一个写作主题的三种表达方式：调查报告或经济学论文、古典诗词和现代诗歌，像一条幽深的快乐巷子，常常带给我意外的乐趣。我，在时光的流逝里，被这种独特的创作方式打动，获得了一种难得的幸福，似上帝赐予的霞衣。遐想花开花落，送走春来秋去，不管什么时候，即使我受到委屈甚或失意，我的世界仍然灿烂，因为那里有我种下的玉兰和秋菊，那里有我的幽谷和山脊，那里有我朗朗读书的端午和夜耕日犁，那里有我倾诉的锦瑟遍地。

我的心曲是我最原始的创意，生命似雪，质朴，纯洁，铺展成一片宽阔而圣洁的思绪；大雪无痕，天地合一，述说着悠远而纯真的记忆；飘落于尘世间的不解之情，平仄不惊，直至把古典诗词当成了流行歌曲；自然涌动的诗情，直至把珠峰当作了座椅，同台演绎。年复一年，多情的溪流不辍，感怀的律动不已，她让我以纯真的情怀，走向茫茫的天宇，荡涤尘世被污染的尘垢、虚荣和华丽。早春，经历了冬日的严寒，重新长出生命的浓绿，以微笑迎接万物惊蛰的那一刻，感恩着大自然和一个伟大时代的赐予。

穿梭在日光和月光交替的年华，从来没有停止追求的脚步，"/才见几番风停雨住，/又是一年春去秋来！"中华文明上下五千年，像一座取之不竭的金矿，她荡人心魂，她恢宏壮丽；她给人智慧，她使人充盈；她博大精深，赋予你无垠的天地。不论是古典诗词抑或是现代诗歌，都是中华文明宝贵文化财富的延续，都是"诗言志"的心曲。我认为，一个真正的诗人应该更为纯粹，更为执着和坦诚，更有文采、灵气和艺术修养，有不变的爱国情怀和不懈的努力，有对人民的真挚感情，有做朋友的真诚和仗义，还有对大自然的痴迷。什么是一个纯粹的人，那是一种伟大境界给人的激励；什么是高贵的孤寂，那是心灵充溢让人淡泊的定力；什么是永远的幸福，那是金钱买不到的诗意。

我希望我诗中的雨永远是春天的雨，有些缠绵，有些飘逸，有些湿淋淋的记忆，让春草发出芽来，在午后的茶水里膨胀，在傍晚的彩霞里依依。我希望我诗中的梅香在冬天依旧清丽，一半明媚，一半忧伤，享受那份孤独的美丽，顶风傲雪，在迎来百花争放时悄悄隐去。我希望我诗中的成长哲理，深深地烙着时代的印迹，把那些岁月的故事和感想，变成浪漫的歌曲，记下蜕变的每一个过程，记下每一次痛苦的剥离，记下重新唤起的憧憬，记下光鲜背面凄楚的泪滴。我希望我诗中的沉思，在云卷云舒中，把眼角的泪水拭去。在云与水的缠绵中，洗净大地。

未来，永远相对于消逝的过去。正如普希金在一首诗中所说："而那过去的，都会染上莫名的相思。"不是吗？

颍川（陈文玲）

壬辰年孟春

躬耕于北京中南海

附记：

1. 本书为作者第一部现代诗歌集《颍川放歌》，记录了作者在行走中、在体味中、在感怀中最为激烈和激荡的诗意，作者常常被一些事件、一些东西所触动，在完成工作任务的同时，将澎湃的诗情转化为古典诗词，古典诗词仍未抒怀尽致之时，便挥洒为直抒胸臆的现代诗歌。

2. 2015年9月，在南开大学、北京音乐厅，由我国最著名的朗诵艺术家虹云、雅坤、刘纪宏、瞿弦和、张筠英、曹灿、黎明、任志宏等在《祖国礼赞》中朗诵，获得观众热烈欢迎和强烈反响。

3. 本书被中国图书馆、中国现代文学馆收藏并颁发收藏证书。

书法集《颍川诗词书法》自序

让书法交织生命的韵律

——写在《颍川诗词书法》付梓之际

出版《颍川诗词书法》出乎预料，既没有刻意策划，也没有任何准备。正如酷爱并不懈进行古典诗词创作的我，在连续出版三部古典诗词集之前，并没有计划将之正式出版。同样，酷爱书法并书写多年的我，也没有打算出版自己的书法作品集。这是因为书法的高贵和厚重，使我觉得自己的作品还没有达到可以公之于众的高度；因为书法的意象和神韵，使我觉得还没有真正把握这一艺术生命力的真谛；因为书法的精神和品格，使我觉得要达到“拂掠轻重，若浮云蔽于晴天；波撇勾截，若微风摇于碧海。气如奔马，亦如朵钩，轻重出于心，而妙用应乎手”的境界，还需要加强思想品德修养、文化艺术修养和书法技艺修养等多方面的锤炼。

决定出版《颍川诗词书法》，与其说是展示书法，不如说是出版一本非同寻常的纪念册。听从朋友的建议，为了感谢那些在我诗词书法创作道路上遇到的智者、知者与赏者，为了记录我创作诗词书法的感怀、顿悟与体味。正如我在第三部古典诗词集《颍川诗词——陈文玲诗词选》自序中所说：“期待我的心语，像绵绵的春雨般随情飘洒，打湿那充满无限生机的青草，在无痕的绿色中留下那些感恩、感动和友谊，把惊蛰后的觉醒和风光留在诗句里；我期待我的心语，像一片片脱离大树挽留的叶子，渲染出金黄色的山间浪漫，在丰富的秋色中书写出对四时轮值和自然变换的顿悟；我期待我的心语，像恬淡从容的月辉般柔软，抚平心灵的沟壑，让本是漂泊的生命‘行到水穷处，坐看云起时’；我期待我的心语，像蜷卧在文字中安然入睡的婴儿般单纯，在憨态中享受大自然的意外启迪，一次次再回到珍贵的生命原点；我期待我的心语，像胸臆灼灼的阳光般明媚，把爱憎分明的战士情怀和豪迈，传递给那些有着同样追求的知者。”

文字是人类交流的工具，散发着淡淡墨香且具有独特内容的书法，更是抒发感情和表达心境的艺术。《颍川诗词书法》包括两大部分作品，一部分是国学大家、书画大家和朋友们创作的颍川诗词书法，一部分是我自己创作的诗词书法。在我诗词创作的道路上，得到了袁行霈、文怀沙、郑伯农、李文朝、岳宣义、李君如、蒋子龙、易行、李小雨、黄渭等诸多国学大家和诗词行家的关心、指导和鼓励，其中很多人赐予我墨宝。我也意外地得到蒋子龙、安想珍、颜之江、正举沈鹏、忽培元、陈二曦、姚振普、兰仲杰、赵承业、任玉岭、王志远、石家诚、臧敬儒、宋子刚、胡乐平、袁海涌、陈仕彬、王韩民、阙庆安等书画家和朋友们赐予的墨宝，他们抄写了我创作的诗词再赠送于我，留下了值得长久回味和赏读的清香和质感。期间，也有一些朋友向我索字，尤为喜爱我抄写的颍川诗词书法。这样下来，我收获了大量抄写着颍川诗词的书法作品，也收获了一些对颍川诗词评价的墨宝。当朋友们把对我诗词创作的关注、支持与帮助，对我诗词的喜爱、赞扬和鼓励，转化成了那些挥洒着绵绵真情的书法、那些极其珍贵不可复制的瑰宝、那些蕴含着深厚文化价值的艺术表达之后；当我将自己学习中国传统文化、创作诗词形成的审美情趣，潜移默化地融化于胸中，诉诸笔端，任自己的感情、思绪和感觉恣意挥洒时，我渐次领悟到独特的、高雅的诗词书法之妙。我似乎感到，不论是那些大家和朋友们的醇醪，还是自己“出新意于法度之中”且尚不世俗的书法创作，都是中华文明的一种诗意表达，是伟大的时代、具有文化深厚造诣的朋友和命运的慷慨赐予。它一旦出世，就成了一份珍贵的文化财富，不应让它躺在自己的港湾中小憩，只作为自己独享的精神财富，而应奉献给知者和赏者、奉献给社会、奉献给时代、奉献给祖国，这或许比个人珍藏更具有文化价值和社会价值。

书法之于我，实际上是一种生命的记忆和韵律。小时候，母亲曾在小学教书法和绘画，她常常把孩子们的作业拿回家来，用红色毛笔把写得好的笔画圈起来，加上批语或分数，我则站在母亲身旁问其之所以然，并拿起毛笔临摹。小学三年级开始上书法课，书法老师毛笔字写得好，对我们要求也极其严格，他带着浓重的地方口音，批评同学们书写得不好的笔画“毛毛点”“弯弯钩”“软软竖”和“歪歪横”，我们一边学他说地方话的口音，一边改正每一笔的不当写法，直到得到老师的认可或表扬，这个过程快乐极了。可以说，从那时候起，书法就成为我的偏好，就悄悄种在我的心里，种在了我不懈耕耘的田野上，种在了我的生命里。之后，崇拜并临摹毛泽东书法，从此酷爱草书。后来得到草书字帖和古代名家的草书代表作，又逐一临摹，尤其喜爱张芝、张旭、怀素、王铎、文徵明的书风。到台湾故宫博物院参观，买了怀素草书水印版，还欣喜若狂地买到一条印有怀素书法的丝巾，之后成为我的最爱，几乎天天围在脖子上，直到有一天不慎丢失，令我心痛至今。

我属于本应做女红却服了兵役的那种，无法抗拒地迷上了大草和狂草，因为我真的感觉，建立于所有字体之上的草书，相比于篆之婉、隶之密、行之疏、楷之工，形成了难以匹敌的优点——流而畅、畅而狂、狂而贵、贵而雅，太令人向往和痴迷了。张旭《古诗四帖》奔放纵逸、行文跌宕、动静交错，堪称草书巅峰之作；怀素《自叙帖》《千字文》纵横驰骋、笔落惊风，起笔狂风雷雨大作，收笔暴雨骤然而止；张芝开章草之先河，草而有韵，草而有律，草而有格，草而有道，但留下的书风后人难以企及，作为王羲之的老师，相信他的章草应在王羲之之上，也许王羲之难以“胜于蓝”，才选择成为以行草见长的“书圣”了吧。

书法艺术是人们对客观世界一种特殊的审美认识与表现，是富有情感和想象力的艺术表达。我深深体会到，写好楷书、行草、隶书、篆书都不容易，写好草书特别是大草、狂草尤为不易。除了必须符合规范和章法的底线之外，草书离不开“势”，气势磅礴、气势非凡、气势如雷霆万钧之力，成为“网罗天地于门户，饮吸山川于胸怀的空间意识”，这是任何书体都不可能表达出的“势”；草书离不开“韵”，其韵如满纸云烟般风声满堂，如江河滔滔般一泻千里，如跌宕起伏的交响乐般富于弹性，如诗词的“平平仄仄平平仄”般抑扬顿挫，中规中矩的书体难以呈现这样的韵律；草书离不开“境”，要达到“人但知笔墨有气韵，不知气韵全在手中”“天机自然流出而无不合乎道”和“从容衍裕而气象超然”的境界，需要书者有与之相匹配的境界和修养，这实属不易；草书离不开“畅”，相互连缀的游丝映带是大草、狂草的突出特点，上下左右连延，缓急流转不穷，文脉行气贯通，现在很多人包括自称大家的草书作品，与古人草书大家的最大差距，就是缺少这种以映带关系组成豪放草书构图的能力；草书离不开“情”，诗言志、书言情，书法蕴含着无限风情，最能渲染内心世界情感的，当推大草、狂草。

练习书法是终生的苦差事，由于上错了船，草书更是给自己行船的道路上设置了太多的困难，有时候好不容易绕过一块礁石，另一块更大的礁石又阻挡在面前。写好草书的挑战给人带来的冲击力、震撼力和压力是巨大的，但是激发出的动力、魅力和快乐也是巨大的。为了将一个草书写得规范、熟练和美观，我常常将一个字练习几十遍甚至几百遍。在我每天1个多小时的走路时间里，除了背诵古典典籍中的经典、古人的诗词佳作、自己创作诗词外，就是边走边用手在空中挥舞着，把前面的空中当作无形的宣纸，一遍又一遍地按照草书的规范写法练习笔画，以致被别人认为我是在做“走路操”。而只要有稍微大块一点的时间，只要站在书法台案前，一旦挥笔就忘却了外界，几个小时转瞬逝去，而我还意犹未尽。

虽然对自己的书法还不甚满意，但酷爱和刻苦却当之无愧，书写之顺畅、构图之知白守黑也“自我感觉良好”。在第三部古典诗词集中，有多首欣赏草书和自己书写草书的体味。例如《一剪梅·水墨无声》：“/水墨无声饱蘸情，/古往今来，/气韵相通。/疾风骤雨任枯荣。/冷暖由之，/挥洒心灵。　/感悟悄然入梦中，/酣畅淋漓，/走笔飞龙。/沟沟峁峁写人生，/忽而如诗，/忽而如空。”再如《水龙吟·赏中华草书》：“/狂风骤雨从天落，/万水千山胸壑。/惊蛇入草，/奔雷乍裂，/韵生于墨。/映带情丝，/起伏交错，/雄浑壮阔。/血脉相连处，/清浊疏密，/云烟布，/毫锋过。　/若止若飘若拓。/浪纷纷、/马蹄踏破。/出林飞鸟，/焦浓枯干，/横直疾涩。/气势磅礴，/素屏凝露，/枝头停泊。/任游龙吐纳，/心随笔转，/伟哉气魄。”我收入的自己的诗词书法和颜之江、正举沈鹏、安想珍、陈二曦、兰仲杰、任玉岭、忽培元、陈仕彬、马光、袁海涌、胡乐平书写的《颍川诗词书法》，都是我喜爱的草书尤其是大草作品。

在《颍川诗词书法》出版之际，我要特别感谢袁行霈先生，袁行霈先生是我诗词创作道路上的恩师，对我的创作给予了悉心指导和不断激励，令我受益极深。在我出版第三部古典诗词集前夕，袁先生赐予右录《诗品序》(梁·钟嵘)的墨宝，为我创作诗词和书法指明了努力的方向；特别感谢中国书法家协会主席张海先生，他为本书题写了《颍川诗词书法》墨宝，这种提携书法爱好者的精神令人感动；特别感谢天津人民美术出版社社长兼总编辑李毅峰先生，他是一位集诗书画印于一身，有着深厚文学造诣、诗学造诣和书画造诣的儒者，曾支持我出版了具有艺术含量的《颍川乐平诗词画卷》，这次拜他的鼎力支持和亲力亲为，不仅为本书撰写了序言，赠送颍川诗词书法墨宝，对《颍川诗词书法》进行精到而准确的评价，而且设计出独具特色和美感的新作；特别感谢《作家报》特约主编王正鹏先生，他偶得我的诗词集后，发表了洋洋洒洒的欣赏文章放在美国中文网、新浪网、百度等网站上，直到被我上网时偶然发现，后来他又将我的书法作品收入《中国书法名家全集·传世书法卷》和《中国书法名家真迹精品大典》等大型辞典中，这次接受我的邀请，慎送《鹰摇春柳——为颍川诗词书法之序》美文，文采飞扬而独具视角的评价令我备受鼓舞；特别感谢元德秀（唐代杰出县令）研究的专家张东方先生，他是一位年轻的学者和书法家，他出版《元德秀研究》一书，辗转请人托我题字，结下了未曾谋面的君子之交，这次请他撰写的评论，浸透着真挚、智慧和文采，我因此将此文也作为本书的序言；特别感谢罗金海女士，她是《中国书画名家》杂志社主编、《画家作家》杂志社主编，她的可贵之处在于，只有一面之交，只得到我的一幅关于水的诗词书法，就挥洒出如此令人感动和鼓舞的评论，特将此文附于我自己书写的诗词书法之后。我还特别感谢那些在我诗词和书法创作中，给予我各种无私帮助的人，张海、袁伟、傅光、王沛溪、晨崧、张海君、梁彦、周京、李伟、雷国新、纪捷晶、李春伟、陈世军、李景秋等朋友都留在了我的记忆里。当然，我最感谢的是我的家人，老父亲对我的影响至深，最早收藏了我专送给他老人家的草书册页，我的丈夫子女一如既往地给了我所有的理解和支持。

书法从书写工具到凝聚着哲理美、自然美、文字美和艺术美的表达，这经历了漫长的过程。一个人的草书要达到：行笔有起止，挥洒有节奏，意象与法度统一，豪放与柔情统一，平淡与天成统一，飞动与平静统一，这是万分不易的，必须倾尽终身所能而为之。作为一个书者，若能“随心所欲不逾矩”，令技近乎于道，把汉字的美感、质感、骨感、乐感和厚重感轻松地挥洒出来，以毫端与古人和今人中的知者对弈或对话，你的书法就一定达到了更高的境界。

颍川（陈文玲）

2013年8月22日

于北京中南海

附记：

1. 本书为作者第一部诗词书法集《颍川诗词书法》，书中收录了作者创作的颍川诗词中一部分作品，将其挥洒为作者最喜爱的草书，达40多幅。书中还收录了近年来喜爱并抄写颍川诗词的书法家、国学大家、诗友和朋友的作品。

2. 本书于2016年5月份，由天津人民美术出版社正式出版，出版社用了将近2年多时间精心设计出独特的书法表达，创造出迄今为止最为高雅和富有内涵的佳作之一，为作者的书法作品增加了艺术含量和美学表达。

3. 天津人民美术出版社社长兼总编辑，我国著名书画家、中国美协会员、中国美协艺委会成员、诗书画篆刻俱佳的李毅峰为本书题写了序，并抄写赠送了颍川诗词书法。书友王正鹏、张东方为本书撰写了序二和序三。

4. 本文为《颍川诗词书法》一书出版付梓之前作者的自序。

诗画集《颍川乐平诗词画卷》自序

心香化作春如许
——《颍川乐平诗词画卷》出版寄情

与乐平先生本来素昧平生，与先生的诗词书画合作纯属偶然，但冥冥中似乎又是一种必然。我非常喜欢中国传统的诗词画卷，先生内弟赠我一幅先生所作水墨画《墨玉兰》，感到画作很有味道，墨分五色，浓淡虚实，寥寥几笔，灵动传神的写意白玉兰便跃然纸上。我被这种独特的文化表达深深打动，便填写了一首词作《沁园春·赞墨玉兰》，以谢画家。

不久，乐平先生内弟多次约见，由于我工作忙的缘故，大约三个月之后才得以会面。先生非常喜欢我的诗词，也赠予我他的词作《钗头凤·咏玉兰》，并提出与我进行诗词画卷合作的意愿。先生几十年沉浸在对中国传统文化和绘画艺术的执着追求与探索中，不求功利，不事奢华，不慕虚名，不仅具有扎实的绘画功力，更为难得的是对中国传统文化特别是古典诗词非常热爱。先生过去的绘画中，既有按照唐诗宋词意蕴创作的作品，也有自己作诗自我诠释的作品，还有延展古意的时代创意。几十年熟读诗书的文学功底，信手拈来、脱口而出的佳句名篇，遇景生情、随感而发形成的诗作，对古典诗词的研究和造诣，使我们之间的交流与沟通如此融洽，遂拉开了诗词画卷合作的序幕。

当乐平先生将我关于花鸟的诗词变成了一幅幅美丽的画卷，使我的诗词在与画卷融合中体现出更美的意境，体现出中国诗画的美学价值和文化内涵时，我还是感到了心灵的震撼。人生的最高精神境界是“审美的境界”，“审美的境界”之所以为“最高”，是因为审美意识完全超越了人类主客二分的思维方式，进入了主客融为一体的思想境界。诗词、绘画是中国传统文化中两朵奇葩，各有所长，各具特点，二者的有机结合或融合，大大拓展了中国绘画的审美领域，形成了具有民族特色的独特艺术形式。不仅有助于体现绘画中的人文精神，而且可以帮助欣赏者理解画境，启发人们内心的情感世界，这就是中国画中文人画的智慧之光。而我则在不知不觉之间，非常幸运地踏上了这种寻求最美好境界的艺术创作之旅。

文人画是中国画的最高境界。中国绘画史上由于文人画的兴起，才反映出中国绘画的哲学深度和高度。范曾先生讲，中国画是哲学的，中国画是诗性的，中国画是书法的，中国画源于生命，这些概括非常正确，我以为这在文人画上表现尤为突出。文人画出现后，中国画中出现了不再着重描写对象之貌的趋势，魏晋时代顾恺之提出，要把描述对象的神韵画出来；明清晚期文人画则要求，把画家本人的神和气画出来。发端于盛唐、兴盛于宋代、成熟于明清、光大于近现代的文人画，笔墨作为一种独立的视觉表达语言，已经真正地建构起来了。可以说，在传统中国画演进过程中，集诗书画为一体的笔墨，是形成画卷感染力的独特语言形式，对画面起着画龙点睛的作用，画面不能完全表现的思想和意境，经过诗文诠释或品题得到延伸，使诗情增加画意，画意充满诗境，这是一个伟大的创造，在世界上是独一无二的。

文人画是中华民族珍贵的文化瑰宝，因为有了笔墨，着重抒发作者主体之气，客体的对象就变成与主体之气相呼应、相匹配、更有文化含量的艺术表达。“审美意识”把创作对象融入自我之中，从而达到一种情景交融的“意境”，主体自我得到了充分的自由，让被描述的美的对象，作为一件实现了美妙的、富有文化内涵的作品，呈现在人们面前，表现出主体客体的统一性和生动性，只有中国画才有可能达到这种意境。黑格尔把美——艺术，列入人生旅程中超越有限之后的无限领域，这在文人画创作过程中得到充分体现。

写意是绘画中最难达到的境界，唐诗宋词形式则是中国传统文化表达形式中的大写意。诗词和似与不似之间的写意画结合或融合，让人的主观思想在审美活动中起决定作用，符合中国文化的审美规律，是中国诗词画卷写意精神的核心体现，也是文人画发展到很高阶段的哲学基础。为什么中国诗词概括力那么强，用词那么精到和简练？为什么写意画寥寥几笔竟神采飞扬？均得益于中国人对客观事物观察力之深、审美力之独特。中国诗人和画家赋予大千世界生灵万物人文的关怀，在世界艺术史上取得了很高的成就，这恰恰是其他国家的绘画难以复制和匹敌的。

天人合一，道法自然。通过对自然和人类现实生活的观察和表达，将世间美好的东西提炼出来，使之升华为可供欣赏、愉悦身心的艺术作品，是我与乐平先生进行诗词画卷合作努力追求的目标。诗词绘画是一种创造“美”的艺术，无论是西方绘画还是中国绘画，离开“美”这个艺术概念，就等于失去了生命，失去了灵魂，也就无所谓“艺术”。诗词绘画是最接近人心灵的艺术，发现、挖掘和创作对自然之美、人类自身之美的艺术表达，使之成为富有文化内涵的美妙作品，这是诗人、画家天生的责任，也是艺术家修养、趣味和对自然认识程度的反映。

发现美和创造美是一种高级思维活动和高难度的艺术表达，

其难度也可想而知。我以前创作了100多首关于花鸟的诗词，是随感而作写给自己的，既没有公开发表，也没有拿给别人品评。诗词画卷的合作，使我的诗词创作进入一个崭新的世界，提升了我对自然美的感知、感悟、理解和诠释。我对过去创作的诗词进行了认真修改和推敲，又根据画卷的艺术表达特点创作了新作，力求使诗中有画，诗中有情，诗中有韵，诗中有流动的美感。乐平先生对其中大部分进行了创作，集诗书画为一体的诗词画卷，散发着中国笔墨的浓浓意趣，更加高雅、更加传神和独有己意。

例如，我创作诗词《青玉案·玉兰牵春走》：“/轻风细雨香熏手，/剪绸缎、/花开否？/忽若飞雪飘落抖，/枝枝梨白，/树树月色，/玉兰牵春走。/ /含苞绽放追新柳，/品味高雅韵情久。/墨染丹青挥洒就，/辞霜送暖，/风光璀璨，/诗画痴诤友。”在这首诗词中，有“梨白”“月色”等颜色，有“忽若飞雪飘落抖”“含苞绽放追新柳”等姿态，也有玉兰品位高雅的内涵。为了表现诗词意境，乐平先生在画面上挥洒行草书写了诗词，然后吸收西洋绘画逆光法和中国画的没骨法，让潜心独创的水墨玉兰绽放在画卷上。这幅诗词画卷有笔有墨，增加了玉兰高雅的诗情，使之因着诗情画意陡增，又因着画意令诗情得到更有感染力的、更为形象的诠释，别有一番韵味，形成画卷独特的神韵。

古代文人画大部分是以七言或五言的诗入画，或以题跋入画，整首诗词入画的几乎没有。在诗词画卷的创作过程中，乐平先生在诗词、绘画和书法的融合与构图上进行了大胆尝试，有的画卷诗词和绘画表达平分秋色，相得益彰；有的画卷诗词占了画面的大部，渲染了诗词的意蕴；有的画卷以绘画表达为主，诗词画龙点睛。这些创意使画中有诗、画中有意、画中有中国传统文化底蕴的张扬。为了追求艺术的完美，我们将其中几十幅不满意的画卷毁掉，重新研究诗词和画卷的构图，研究更为美好的诗意表达。如果诗词画卷的合作，能在继承和发扬中国传统文化方面有所作为、有所创新和有所突破，以更好地展现具有时代感和创意的诗情画意，创造出诗画合璧的作品，将是诗词绘画合作的最大收获和慰藉。

我与乐平先生诗词画卷的合作是高雅的、是真挚的、是充满美感和愉悦的，因为我们把讴歌这个伟大时代，提高人民的艺术欣赏水平，装点人们的美好生活，增加全社会对祖国传统文化的自豪感、认知度和理解，作为这个时代赋予自己的神圣使命。如果一个艺术家不能对其所处的时代有所感悟、感动和感怀，不能给人民以艺术的享受，提供的必然是充满狭隘之情、平庸之情甚至是消极之情之作，而这样的作品从某种意义上讲是没有生命力的。艺术家的责任不仅是发现已有之美，更要不断创造新生之美。艺术家的生命是人民所给予的，只有将自己融入时代的、生活的、人民的海洋，才能贴近生命的本真，才能贴近艺术的真谛。

中国是屹立在世界上的文明古国，作为一个中国人是幸福的，作为一个中国的诗人、画家更是幸福的。中国文化源远流长、博大精深，我们有取之不尽、用之不竭的金矿，有世界最丰富的文化积淀和文化资源，有先人留给我们创造美的基因和血液。但是很多人并没有认识这一点，在各种文化激荡碰撞中迷茫和彷徨，忽视甚至放弃了最应该坚守的东西。当然，我们应该学习一切先进的文化，融会贯通为我所用，但我们更应该懂得中国传统文化的珍贵，并将此作为一个大国创造文化竞争力的难得资源。民族的才是世界的，这不仅仅只是一个口号，而应该成为国家的文化战略选择。

文化的力量，不仅是一个民族生命力、创造力、影响力和凝聚力的决定性要素，也越来越成为一个国家综合国力和国际竞争力的重要组成部分。最终决定一个国家、一个民族生死存亡的力量，是这个国家和民族的文化底蕴和生活价值观使之形成的生存方式、生活方式和生命方式。改革开放30年，中国成为世界瞩目的经济大国，但中国要从经济大国迈向经济强国，就必须成为文化大国和文化强国。一个真正的大国，绝不能只是制造和出口物质商品，更应该学会创造和输出文化品，输出文化价值观，使一个大国的影响力和话语权，搭载和融合在文化品中输出并被接受，转变为创造财富的巨大能量。只有当中国成为文化强国的时候，中国才能称得上是一个真正的强国。每一个中国人特别是文学家和艺术家，都应充满创造力和激情，创作更多可以给人们精神享受和陶冶情操的好作品，创作更多可以传世和被更广范围、更多国家和民族奉为精品或收藏品的文化财富，为我们伟大祖国从大国到强国作出自己的努力。

千里之行始于足下。这次诗词画卷的合作，仅仅是对继承和创新传统文化的尝试，但是毕竟开始了追根寻源的进程。我不仅期待能得到社会的认可和同仁的指教，也期待得到更多艺术家的响应，共同为一个伟大的国家经济崛起、文化复兴贡献力量。遂作《诉衷情 · 情抒丹墨》一首，以贺诗词画卷出版。

情抒丹墨韵无穷。道法自然中。诗词画卷谁解？百鸟共花丛。

山已醉，水朦胧，似歌同。正春风过，叠翠清装，万点飞红。

颍川（陈文玲）

2010年9月6日

于北京中南海

附记：

1. 本书为作者与齐白石第三代传人、我国著名国画艺术家胡乐平先生的合著《颍川乐平诗词画卷》。胡乐平先生喜爱作者的诗词，产生了将诗作创作成丹青的冲动和艺术尝试，本书收入了80多幅诗词与画卷作品，艺术叠加产生了乘数效应，一部不同凡响的画卷展现在面前，使人微醺和陶醉。

2. 本书于2013年4月份，由天津人民美术出版社正式出版。本书作品完成于2010年，辗转几个出版社，天津人民美术出版社用了3年多时间精心设计和打磨，创造出迄今为止最为高雅和富有内涵的诗词画卷表达的佳作之一，为作者的诗词与画家对诗词理解的创作增加了艺术含量和美学表达。

3. 本文为颍川《颍川乐平诗词画卷》一书出版付梓所作的序。

4. 本书被中国图书馆、中国现代文学馆收藏并颁发收藏证书。

毛泽东诗词中汲取精神和艺术营养

——作者应邀撰写纪念中华诗词学会成立30周年文章

中华诗词学会办公室田力耕老师打来电话，请我在中华诗词学会成立30周年之际，作为中华诗词学会副会长撰写一篇纪念文章。从国家领袖对中国国学尤其是对中华诗词的活用，到学校课本的修订和《中国诗词大会》等节目的热播，“春眠不觉晓，处处闻啼鸟”，中华诗词的传承渐次成为中国人引以为傲的自觉行动。在此时刻，纪念以促进中华诗词发展、弘扬祖国优秀传统文化为己任的中华诗词学会成立30周年，有着特殊的意义和价值。中华诗词学会集中了一大批在中华诗词创作和传承中最优秀的诗人，走过了不寻常的道路。作为被吸收到这个组织中的一员，真的很荣幸，也有很多话要倾诉。

中流击水　浪遏飞舟

我酷爱中华诗词这种永不衰竭的艺术形式，它已植入了我的血液中和内心世界，成为一种生活方式和修养方式。它随着我走过了祖国山河，随着我经历了伟大时代，随着我品读了中华文化宝库中无数的佳作，随着我相识和相知了很多我所敬重的学者、智者和知者，随着我欣赏了大自然的造物，这些不仅留在我心中，更留在了我的诗中。《诗经》、汉赋、唐诗、宋词、元曲和明清小说，一座座文化的丰碑，矗立在中华文明漫长的历史中，中华诗词是迷人的瑰宝，散发着淡淡的幽香，给了中国人独特的营养、滋养和教养。在中华诗词的百花园里，毛泽东诗词具有极高的艺术价值和思想价值，在所有的文化元素中，在中华诗词的学习和创作中，对我影响至深的精神财富和艺术财富中，毛泽东诗词曾经给了我无穷的力量和灵感。他的诗词不论是从历史看，还是从当代看，他的气概、气度、气象和气节无人能出其右。

在中学时代，我就能倒背如流33首毛泽东诗词，在我最早的书法作品中，抄写最多的也是毛泽东诗词，甚至我最早开始创作的诗词，也是从毛泽东诗词中所用的词牌开始。从毛泽东诗词中汲取的精神营养和艺术营养，成为我诗词创作的不竭动力。我拜谒过很多毛泽东创作诗词的故地，伫立在那里的风中、雨中和空气中，体会“马背上的诗人”的情怀，遥想那些诗句背后的历史风云，经常处于莫名的感动之中。在繁忙的工作中，有机会追寻一代伟大的革命领袖、战略家、军事家、政治家和诗人词人的足迹，我想我是幸运的，在纪念中华诗词学会成立30周年之际，就让我捧出这流淌在心中的清流和激流，摘取其中几朵浪花以飨诗友。

真情为基　境界为上

叶燮在《原诗》中指出：“诗之基，其人之胸襟是也。有胸襟，然后能载其性情、智慧、聪明、才辨以出，随遇发生，随生即盛。”王国维在《人间词话》一书中也说：“词必以境界为上。有境界自成高格，自有名句。……境非独谓景物也，喜怒哀乐，亦人心中之一境界，故能写真景物、真感情者，谓之有境界，否则谓之无境界。”

2007年秋天，我应国家劳动人事部邀请，在福建省龙岩市为国家部委高级公务员培训班做“公务员如何进行调查研究”的专题讲座。期间有幸拜谒了古田会议旧址、毛泽东才溪乡调查纪念馆，瞻仰了古田毛主席纪念园和巨型毛主席汉白玉雕像。在这里，作为诗词的创作者，作为毛泽东诗词热爱者，品味毛泽东创作的《采桑子 · 重阳》的情境，感受“境非独谓景物也，喜怒哀乐，亦人心中之一境界，故能写真景物、真感情者，谓之有境界，否则谓之无境界”，真的是“别有一番滋味在心头”。《采桑子 · 重阳》：“/人生易老天难老，/岁岁重阳。/今又重阳，/战地黄花分外香。　　/一年一度秋风劲，/不似春光。/胜似春光，/寥廓江天万里霜。”这首产生于人生最艰难、失意和落魄中的诗词，因着其雄伟壮阔的胸怀和跨越时间的艺术感染力成为千古绝唱。

在中国古典诗词中，“悲秋”历来是一个传统主题。“悲哉秋之为气也，萧瑟兮草木摇落而变衰”，是战国楚宋玉《九辩》中的悲秋；“遥知兄弟登高处，遍插茱萸少一人”，是王维秋日登高望远思亲之情；“弟妹萧条各何在，干戈衰谢两相催”，是杜甫秋日羁旅他乡的孤寂清冷；“尘世难逢开口笑，菊花须插满头归”，是杜牧秋日的凄怆痛楚；“万事到头都是梦，休休，明日黄花蝶也悲”，是苏轼秋日里写出的失意和抑郁苦闷。所谓“悲愤出诗人”，诗人借秋之落叶、秋之萧瑟隐喻人生之秋，不少诗作都透着一种苍凉之感或失意之惑。最乐观的当属唐代诗人刘禹锡作：“/自古逢秋悲寂寥，/我言秋日胜春朝。/晴空一鹤排云上，/便引诗情到碧霄。”而毛泽东此刻写的《采桑子 · 重阳》则气势磅礴，胸襟开阔，意象万千，旷达情怀呼之而出。“以景寓情”“意与境浑”“意境两忘，物我一体”，把大胸襟和真感情融入景中，把景物融入寓意中，以境界为上，言志而非口号，言哲思而非说教，言志向而非直抒胸臆。《采桑子·重阳》以其思想性、艺术性和天人合一意境的完美结合，营造了一个恢宏开阔的艺术境界。诗人摆脱了个人的荣辱得失，一扫凄凉寂寞之感，站在历史的、哲学的、人类的高度抒发着他的壮志豪情。

《采桑子·重阳》起句便引用诗人李贺“天若有情天亦老”的诗句，幻化为“人生易老天难老”，写出了人生的感慨，李贺写“天亦老”，而毛泽东则用“天难老”展现“慨当以慷”的大气。

横绝太空　激扬文字

2003年我到青海调研三江源生态问题，2004年我到新疆调研棉花问题，2009年再度到新疆调研经济社会发展问题，其间行程几千里，有幸的是，我看到了“万山之祖”昆仑山，看到了这雄奇壮观、绵延不断的山脉。这是一座毛泽东足迹未至但却写出《念奴娇·昆仑》这首横绝太空、气势磅礴诗词的地方，是一座具有象征意义的高山。

袁枚在《随园诗话》中有这样一段话：“凡作诗，写景易，言情难。何也？景从外来，目之所触，留心便得；情从心出，非有一种芬芳悱恻之怀，便不能哀感顽艳。”不见景而写景，我以为范仲淹的《岳阳楼记》是最高层次写文的“妙悟”，毛泽东足迹未至而写昆仑，是诗词创作中最高层次的“妙悟”。《念奴娇·昆仑》以昆仑比喻祖国，站在一个高度评说历史的功过是非，气势流畅，一泻千里。诗词起笔从大象入物，“横空出世，莽昆仑，阅尽人间春色”，这是山吗？这分明是一位饱经沧桑的历史老人俯瞰世界，分明是一位“俱往矣，峥嵘岁月稠”的评说者指点江山。“飞起玉龙三百万”化用宋朝诗人张元的“战罢玉龙三百万，败鳞残甲满天飞”诗句，但此句一出，终年积雪的昆仑山脉蜿蜒不绝，像一条条飞起的玉龙，格物致知，灵妙自然，气势非凡。诗词中既有昆仑巍峨雄姿的真实描写，又有浪漫主义的“飞起玉龙三百万”丰富的想象和极度的夸张，赋予了这首诗词深刻的象征意义。“人或为鱼鳖”，意象突兀，昆仑融化后的江河湖水泛滥成灾，加害于人，暗指中国旧社会的黑暗之云。“千秋功罪，谁人曾与评说？”诗词写昆仑山之壮丽，从冬天一直写到夏日，冬天的酷寒、夏天的水祸，功过是非，谁人评说？看似写昆仑，实则写宏论；看似写景色，实则写精神，这是对山的“妙悟”，是对历史的“妙悟”。

袁枚在《随园诗话》中还说：“诗有干无华，是枯木也；有肉无骨，是夏虫也；有人无我，是傀儡也；有声无韵，是瓦缶也；有直无曲，是漏卮也；有格无趣，是土牛也。”在毛泽东诗词《念奴娇·昆仑》中，你似乎看到横空出世的莽莽昆仑，饱经沧桑看遍人间风云，玉龙般飞舞卷起千百万冰凌，搅得周天寒彻。夏天冰雪融化，江河纵横流淌，有人或许葬于鱼腹。伟岸的昆仑，你的千年功过是非，何人予以评说？毛泽东转而写道：今天我看昆仑，不需要如你这般高峻，也不需要这么多雪，如何让我倚着长空抽出宝剑，将你裁为三截？一截送给欧洲，一截赠予美洲，一截留给东方。要使世界太平，让寰球都能感受到同样的凉热。这样的诗情和表达，真是有干有华，有骨有肉，有人有我，有声有韵，有直有曲，有格有趣，写景景色生辉、绮丽壮阔；写感怀借景喻事、高度凝练；写政治抱负直抒胸臆、又贵在曲径通幽。诗人以无产阶级革命家的博大胸怀，借助昆仑山横空出世，阅尽人间春色，表达了改造旧世界，埋葬帝国主义，实现共产主义社会的远大理想。“安得倚天抽宝剑”，化用稼轩的

《水龙吟·过南剑双溪楼》中“举头西北浮云，倚天万里须长剑”，幻化李白《临江王节士歌》中“安得倚天剑，跨海斩长鲸”。用典是曲，“安得倚天抽宝剑”是直，是诗人毛泽东对世界反动潮流的态度。“/而今我谓昆仑：/不要这高，/不要这多雪。/安得倚天抽宝剑，/把汝裁为三截？/一截遗欧，/一截赠美，/一截还东国。/太平世界，/环球同此凉热。”这是诗词最终的落脚点，诗人的理想是天下大同，是共产主义，是“环球同此凉热”。把昆仑裁为三截，“一截遗欧，一截赠美,一截还东国”，以使“太平世界，环球同此凉热”。而“太平世界，环球同此凉热”，这是中国传统文化的天下“大同”思想，诗人坚信他所捍卫及奉行的理想属大道中正，必将普行于全人类。这也是诗人将世界革命进行到最后胜利、彻底埋葬帝国主义的气概。最后一句中的“凉热”二字极富诗意，象征意义也极为精蕴，含而不露，辗转达意，却又笃定大气，一语中的。

我几次在巍峨昆仑山脉中行走，数次品读毛泽东这首诗词，又查阅了很多相关材料，这使我更加体会到，创作一首好的诗词，绝不仅仅是表达一般的风花雪月，也不是一般的套用诗词格式的政治表达，更不是一般的舞文弄墨，而是真正的“激扬文字”，真正的“机趣和禅思”，真正的“炼字和炼意”。拜读毛泽东这首诗词，仿佛又回到了那个战火纷飞的年代，又看到了那位指点江山的伟人，又忆起伟人诗词的豪放风格、磅礴气势、深远意境和广阔胸怀。

入乎其内　出乎其外

王国维先生在《人间词话》中指出：“诗人对宇宙人生，须入乎其内，又须出乎其外。入乎其内，故能写之。出乎其外，故能观之。入乎其内，故有生气。出乎其外，故有高致。美成能入而不能出。”怎样入乎其内，又如何才能出乎其外？毛泽东诗词《清平乐·六盘山》的形成过程，就诠释了诗词创作中这样的情境，生动地体现了诗词“言志”的真谛。

2008年正月初十之前，我随国家调研组出发来到宁夏，参加国务院关于支持宁夏经济社会发展中长期规划的调研。一日，驱车来到六盘山下，拾阶而上，到达六盘山顶峰，在“天高云淡”的巍峨顶峰，坐落着“六盘山红军长征纪念馆”。瞻仰当年红军走过的道路和宏伟篇章，心中充满对革命先行者的敬仰和怀念。在毛泽东诗词中，《清平乐·六盘山》是我最喜欢的之一，这首气壮山河的诗词，让千百年来黄土高原上这座被古人称为“陇山”“鸡头山”的六盘山名扬天下，让红军精神名扬天下，让长征史诗名扬天下。在红军纪念馆里，我感到震撼的是，《清平乐·六盘山》这首我在中学时代就熟读并背过的诗词，原来最早并不是一首诗词，而是毛泽东亲自撰写的激励长征战士继续前进的战斗口号，名叫《长征谣》。

听着解说员的介绍，看到在“六盘山红军长征纪念馆”里珍藏着的这首气吞山河的《长征谣》，看到经毛泽东先后8次修改、4次改动的草书《清平乐·六盘山》，我被深深打动了。如果说《长征谣》的诗句展示了中央红军长征金戈铁马、风雷激荡的雄姿，诠释出在战斗行进中伟大领袖的胸怀，是“入乎其内，故能写之”。那么，几经岁月沉淀和反复推敲形成的《清平乐·六盘山》，则是“出乎其外，故能观之”。“入乎其内，故有生气。出乎其外，故有高致。”在伟大的长征这个人类历史上的艰难跋涉中，《长征谣》是激励红军继续前行的精神食粮，是那个时代和那个特定环境下的诗人革命豪情由心生发出来的吟哦，《清平乐·六盘山》，则是诗人文学修养使之升华产生的诗词艺术瑰宝。

30多年来，中华诗词学会以弘扬中华民族传统文化、推动中华诗词发展和组织海内外诗词创作爱好者学习传承这种高贵的文化形式为已任，做出了杰出的贡献。钱昌照、周谷城、孙轶青、臧克家、郑欣淼、郑伯农、李文朝等一届届学会领导，他们是诗词大家，也是成功的组织者和领导者。这一届诗词学会换届，我被选为中华诗词学会副会长，由衷地感谢中华诗词学会领导和诗友们的信任。虽然我已经创作了近2000首诗词，出版了6部诗词、诗歌、书法集，第四部古典诗词集也将出版，但在中华诗词学会能向更多的诗友学习，无疑会促进诗词创作水平的进一步提高。目前我还在国家高端智库——中国国际经济交流中心任总经济师、执行局副主任和学术委员会副主任，作为一名经济学家和国家高端智库研究工作的领衔者，工作忙得不亦乐乎，人的整个重心在国家战略研究、决策研究和政策研究上。繁忙的工作节奏和在一个大国崛起进程中为国家伐谋的责任，使我成为对中华诗词学会工作参与度和贡献度最小的诗人，这使我常常感到不安与歉疚。令我感动的是，中华诗词学会领导和诗友们一如既往对我的理解、包容、关爱和帮助，使我感受到浓浓的爱意和诗意。我关心和热爱伟大的诗词事业，我渴望自己能有新的创作、新的收获和新的发现，让自己在为国家伐谋之旅和诗词创作之旅的旅途中，感受一个古老而现代国家的伟大崛起，用研究成果和诗词来记录这个伟大的时代。

陈文玲

2017年2月2日完稿

2017年2月22日修改脱稿

本文载于《中华诗词学会成立30周年论文集》（中国文联出版社，2017年版）

中华诗词永远散发着迷人的芳香

——作者在2014年全球华夏诗人颁奖会上的发言

尊敬的欣淼会长、尊敬的各位诗友和朋友们！

今天，全世界华人中最优秀的诗友们集聚在美丽的惠州海王子酒店，这是诗人们的盛事和喜事。能够受邀出席今天的会议，非常高兴！这对我既是难得的学习机遇，也将是我人生中重要的记忆。我谈几点看法，与诗友共同探讨。

一、中华诗词是中华优秀传统文化的重要组成部分

人类历史上留下的每一种文明，都有其历史必然性。习近平总书记指出："文明应该从不同文明中寻求智慧、汲取营养，为人们提供精神支持和心灵慰藉，携手共同解决人类共同面临的挑战。"中华民族优秀传统文化是一个国家民族在长期社会实践中积淀的物质文明和精神文明的文化遗产，是民族特有的思维方式的精神体现。中华诗词是优秀传统文化重要组成部分，集中表现了中华民族的思想精华，积淀着中华民族的精神追求，包含着中华民族的精神基因，代表着中华民族的道德精髓。中华诗词的复兴，不仅仅是中国传统文化的简单回归，而是在新时代对中华优秀文化的呼唤、继承和弘扬，应该是创造性转化和创新性发展，在吸收人类优秀文明成果基础上的包容和超越。

二、继承发展古典诗词是创造国家文化软实力的需要

蒋子龙先生曾出席我的第二部诗词集发布暨中华诗词高端研讨会，那次会议也是在惠州召开的。他指出，中国的古诗词，是人类文化上的一个奇迹。一个民族、一个人精神上的高贵、豪华、尊严，没有比中国的古诗词体现得更为充分了。现在的一些诗和词，完全没有诗词的那种豪华、那种味道、那种韵味，那种反复吟唱的味道，没有诗人的思维，诗人的智慧，没有充满着玄妙之趣。文学至少有两个最基本的标准，它要有美感，它要有意韵，要有思想，一定要有美，到了审美这个层次才能被称为文学。

我国已经成为世界上第二大经济体、第一大贸易体和第一大制造业国家，要从经济大国迈向经济强国，成为自立于民族之林并受到尊敬的世界大国，就必须成为文化强国。中国是诗的国度，诗词是最凝练的语言，《诗经》、楚辞、汉赋、唐诗、宋词、元曲，是我国史学史上一个个高峰。尤其是唐诗和宋词，更达到中华诗词创作的巅峰，我们有取之不尽、用之不竭的文学金矿。在中国从经济大国迈向经济强国的进程中，应该促进文化的大发展和大繁荣。我们应学习全球一切先进文化，融会贯通为我所用，但更应懂得中国传统文化的珍贵，并将此作为一个大国创造文化竞争力和国家软实力的难得资源。只有当中国成为文化强国并输出文化价值观的时候，才能称得上一个真正的强国。中华诗词的复兴和繁荣，需要一支具有较高艺术潜质同时又具有较高思想境界的队伍，也需要全体国民提高对自己宝贵的文化资源的认同感和文化修养，更需要一批人共同为此努力。“路漫漫其修远兮，吾将上下而求索”，文化建设和经济建设有着完全不同的客观规律，它的核心竞争力是若干具有文化创造能力的个体组合成的队伍，这是一项需要花更多时间和精力甚至终生为之奋斗的事业，在这个意义上说，创造软竞争力比硬竞争力要难得多。

我们的祖先给我们留下了宝贵的文化财富，我们这一代诗人应继续创造新的文化财富，并将此转化为国家的竞争力、影响力和软实力。

三、领导干部应成为具有深厚文化学养和有情怀的诗人

沈德潜曾经说过："只有第一等襟抱，第一等学识，斯有第一等真诗。"历史上官员同时是文学家和诗人的比比皆是，伟大的事业需要伟大的情怀，在某种程度上，最伟大的诗词作品其最感动人的是境界、哲思和机趣。伯农会长曾经指出："诗词的活力，不在于有多少钻研技巧，搞得非常深，非常熟练，什么险韵，偏僻的韵，几下就能对出来，很快就能写出一首诗来，这当然也要磨炼，要有这种技艺。但是技艺不是第一位，最主要的还是诗情。正如阳光和空气不能垄断一样，我觉得写诗也不能垄断。"文朝会长是位将军，他不仅创作了大量好诗好词，还大力呼吁领导干部和公务员提高文化修养，参与到诗词创作中来。他在《颍川诗草》新书发布暨中华诗词高端研讨会上指出："2010年，在北京孔庙与国子监召开的文玲同志第一本诗词集《颍川吟草》发布会上，我也有幸应邀出席，并在发言中呼吁公务员写诗，谈了我个人的看法。公务员特别是在国家高层机关担负高级或重要职务的公务员，由于其社会视点高，宏观信息量大，一旦突破了诗词技术层面的樊篱，他们在诗词创作尤其是主旋律诗词创作上，就会有其得天独厚的优势。在包括诗词在内的文学创作中弘扬主旋律，非但不排斥多元性，而且大力提倡多样化。因为主旋律的作品，是一个时代文学的挺直的脊梁；而多元化的作品，则是这个时代文学的丰满的血肉。"

我曾到兰考县调研，在拜读习近平总书记《念奴娇·追思焦裕禄》这首诗词后，于当日即作如下诗词以记。

念奴娇

拜读习近平《念奴娇·追思焦裕禄》

纳云吐雨，
阅春色，
大地惊蛰微熹。
滚滚思怀，
追逝者、
催促匆匆步履。
合抱焦桐，
归来碧绿，
树下浓荫里。
江河东去，
浪花飞舞成曲。

脉脉播种耕耘，
奉深情不已，
晨曦几许。
胸臆灼灼，
融梦想、
直上长天寰宇。
月夜银屏，
酹英雄气概，
任凭风洗。
凝眸时刻，
淌出无尽心语。

我创作的这首诗词入选了《追思焦裕禄》书中，并被从众多诗词之中选入2014年第6期《党建》杂志。

四、中华诗词发展必须具有鲜明时代特点和新传输方式

文化是活的生命，只有发展才有持久的生命力。联合国教科文组织强调："脱离人的活文化背景的发展是一种没有灵魂的发展"，并提出"发展可以最终以文化学术来定义，文化的繁荣是发展的最高目标"。我国目前成为货物贸易第一大国、制造业第一大国和GDP第二大国，必须提高文化影响力和竞争力，提高文化价值观被认可并被输出的能力，提高把文化变成可贸易、可创造市场价值的文化品，创造全球影响和引导世界的文化竞争力，这是中国成为经济强国、文化强国和现代化强国的必然选择。一个国家不能只出口电视机，而不出口电视机播放的优秀内容。古诗词也需要借助先进信息手段不断发展壮大，应推进中华诗词资源数字化。利用微博、微信、App等，建设具有号召力的网络平台，数据库、流媒体、3D影像技术等，建立古诗词编码系统和强大的数据库。工信部数据显示，2012年我国信息消费市场规模1.7万亿元，带动相关行业新增产出9300亿元。但是信息消费"文化软实力"严重不足，传统文化、精品文化数字化与现代化进程滞后，跟不上信息消费需求的扩张，古典诗词的传播尤其落后。这就对创作和传播中华诗词提出了时代的要求，我们不仅应该也必须把文化的宝藏转化为令世界尊敬的文化和文化产品。

五、应采取更为有力的措施和政策支持中华诗词复兴和发展

——建议建立国家古典诗词数字化保护专项支持资金，设立新时代创作优秀古典诗词的奖励基金，列入财政专项资金。在国家支持下，不仅要把古人创作的诗词活化，更要注重对当代诗人作品的整理、研究和推介，使当代的精品力作能发挥更大作用。

——支持古典诗词数字化、产业化、通俗化发展，支持利用新媒体宣传推介中华诗词，把推广古典诗词的企业作为文化类公益性企业，可以免征企业所得税，并得到无息贷款等政策支持。

——拓宽推广中华诗词的资金来源渠道，鼓励和支持企事业单位、社会团体和个人通过捐赠、设立专项资金或基金等方式参与古典诗词复兴工作，对各种捐赠应免除一切税费。

——支持国有企业带头投资古典诗词发展，将其转化为创作影视剧、书法、画卷和多维化、立体化、声像化的文化品的重要源泉，创作类似台湾汉唐剧院《韩熙载夜宴图》剧目的精品力作。投资古典诗词创作文化精品的，应允许在获得高额利润前税前列支。可作为企业履行社会责任的重要内容。

——中央电视台和主要媒体应开设专门栏目，宣传推广古典诗词，推出一批具有鲜明时代特色且具有诗意的精品佳作，每年举办一次大规模颁奖活动。

——形成全民族热爱中华诗词的浓厚氛围。注重分散在世界各地华人通过中华诗词传承形成文化的认同感和凝聚力，让古典诗词格律美、形式美、语言美、意境美，在陶冶和锻造一个伟大民族中永远散发着迷人的芳香，沁入中国人的心灵，令浮躁的社会和人静下来、沉下去、攀上道德情操的高峰。

——从娃娃抓起，使之成为终身教育的重要内容。重新筛选一批古今词范和格律诗进入教科书，加强语文教育，特别注重中华诗词的普及教育。

总之，创造优秀的作品，需要提高全民族的文化修养，培养读书的习惯，思考的习惯，勤奋创作的习惯，把诗情诗意融入自己的生命之中。以一首我在大雪漫天飞舞的深夜创作的格律诗作为结束语。

七律

雪夜读书

三更有梦书当枕，
雪夜无声地作根。
飘落漫天洁雅韵，
亲泽遍野婉约文。
灯前静览诗书卷，
窗外悄铺岁月金。
追梦惜时怜逝水，
潇潇洒洒写天魂。

颍川（陈文玲）

附记：

1. 本文为作者2014年8月受邀参加中华诗词学会举办的全球华夏诗人颁奖会，作者向会议提交的书面发言材料。

2. 本次会议上，作者应邀发言并向会议赠诗词、书法作品。

女诗人在中华民族伟大复兴进程中的幸运、机遇与修为

——中华诗词学会副会长、中华诗词学会女子工作委员会常务副主任陈文玲在中华诗词学会女子工作委员会上饶会议上的发言（速记稿）

大家好！

我接受并担任中华女子诗词工作委员会常务副主任，心里有些忐忑。因为现在我还在国家高端智库中国国际经济交流中心任总经济师、执行局副主任、学术委员会副主任，负责组织和参与一些重大的国家战略、国家决策、重大政策的研究。当前国内外形势对于中国来说，正处在重要的历史关头，包括中美之间的斗争与博弈，包括其他一些重大的国际问题，中心都承担了非常重要的任务。比如说，去年我作为代表到美国纽约参加中美智库对话，是与美国顶级智库专家对话。今年3月份，我带小型专家团到美国调研和做工作，也是与美国最著名的智库专家对话。美国国会议员助手代表团、记者团、智库专家、经济学家和其他国家的专家到中心来，中联部、外交部也介绍我们与他们进行交流对话。我们还围绕国家需要研究的重大问题组织或参与重大问题研究。所以这些重要的国是研究和组织研究的工作压在头上，虽然

我酷爱文学特别是作诗作词，但是又不能把作诗作词当成比国家的事还要大的事。所以，我特别怕耽误了女子诗词工作委员会工作，特别怕辜负欣淼会长、诗银会长的信任，特别怕耽误女诗友姐妹。我既然非常荣幸地担任了这项工作，还不能不负责任。因为咱们女诗人，确实是一个很伟大的群体，我们的主任叶嘉莹先生，是当代一位了不起的诗学大家，她能担任主任是大家的一件幸事，给了我们直接向她学习的机遇。下面，我从几个方面谈谈自己的感悟。

第一个方面，中国女诗人应感恩祖国和我们生活的伟大时代。

生活在中国这个伟大的国度，中国的女诗人具有比历史上任何一个时期更好的社会环境，具有女诗人发挥作用和创作诗词最好的外部条件，这是历史给我们的机遇，也是习近平主席在党的十九大报告中所说的“站起来，富起来，强起来”给予女性独特的机遇。

中国妇女在新中国一直是经济社会发展的生力军，毛泽东主席说：“妇女能顶半边天。”在诗词创作方面，女诗人和男诗人也是并肩战斗的。历代的女诗人，在中国历史上是数得过来的，最有名的如李清照、上官婉儿、班固的妹妹班婕妤、朱淑真、薛涛等，这些女诗人除了上官婉儿是扶助武则天算是参与国是的，其余的女诗人，薛涛，她是校正官，就是负责书籍文字校正的女官。朱淑真，是一般的女诗人；李清照，她的丈夫是金石学家，她的公公是宰相，但是国破夫亡，她真正欢快的诗词没有留下几首，留下的大都是婉约的，凄婉的，但是她也有雄心壮志。我在浙江省金华市的八咏楼上，看到了李清照当年在那里写的一首诗，这首诗非常有名：“生当作人杰，死亦为鬼雄。至今思项羽，不肯过江东。”你能说她没有我们当代女人的抱负吗？“生当作人杰，死亦为鬼雄。”如果给她机会，让她上阵带兵，她也会一往无前。如果给她机会，在我们当代任何一个岗位上，她也会非常杰出。但是历朝历代，女人没有社会地位和工作机会，是被压抑的，有一句话非常有名：“唯女子与小人难养也。”这种思想在旧中国影响至深。

只有在新中国，特别是在改革开放这四十年历史的大变革大发展中，我们各行各业各个岗位的女同志，才能一展身手，施展自己的抱负和才华，才能为国家为人民做出自己的贡献。所以这是时代给予我们的历史机会，我们要感恩这个时代。在叙利亚等国家，那么多的难民，她们整天饱受恐惧和饥饿，她们有机会像我们中国女性这样写诗吗?

第二个方面，中国女诗人应厚德载物，以女性独特的性别优势更好地进行诗词创作。

中国女性最传统的文化之一是母亲文化，这种中国文化滋养了一代又一代人。浸润着母亲文化的滋养，这是我们中国人和其他国家的人都不一样的。看中国现在6000万人移民到国外，加入了别国的国籍。但是，唯一能让他们保留下来的是什么？是中国的文字，中国的诗词，中国的书画，中国的戏曲，中国的语言。越到国外，对中国人来说文化基因就越珍贵。如果在美国超市里边买东西，我们想问一下路，可以看到很多黄皮肤的中国人。比如我问：“这个商场里某某专卖店怎么走啊？”可是对方已经听不懂中国话了。所以，这些人被称为“香蕉人”，黄皮肤，但因为语言，里边变成了白心。所以，中国文化、中国语言一旦失去，尽管还是中国人的模样，但由于没有中国文化载体和表达方式了，就已经没有了作为中国人的文化表达能力了。

对于中国女诗人，我想了几句话，与大家共勉。第一句话是“女子强则国家强”。梁启超曾经写道：“少年强则国家强”，少年的第一任老师和人生样板是母亲，女诗人既是儿女，又是母亲，还是妻子，更是新中国建设的工作者，女子强才能从更多的方面为国家做出更大贡献。

第二句话是“女子慈则儿女善”。女子必须慈善、向善和为善。地势坤，君子当厚德载物，我认为应该指的是女性，天行健和地势坤是对仗的，天行健君子当自强不息，应该是指男性。“地势坤”，我觉得就是那种包容、那种慈祥和善良，只有女子才能把这种作为母亲的慈爱，作为人类的慈爱，更好地传承到自己的子女身上，才能培养出儿女的善、社会的善。如果社会都能向善，那社会就稳定了，社会就会充满正能量。

第三句话叫作“女子德则社会稳”。女子就是要厚德载物，如果女子厚德，社会才能稳定。我们知道有一个词叫“红颜祸水”。历史上一些国家之乱，来自女人之祸。现在很多进去了的贪官，背后都有一个或者多个女人，成功的男人身后一定有女人的支持或牺牲。但是贪腐的男人背后肯定有一个到多个失德的女人，这些女子造成了社会问题，或者造成了非常重大的社会损害。当然，最本质的当然是贪官本人，是他本人要贪腐，但是他背后的动力之一是女人，是那种没有道德的女性。

第四句话是“女子爱则家庭兴”。作为女人来讲，要充满爱心，这种爱包括对家庭的爱，对国家的爱，对人民的爱，对事业的爱，女子充满爱心则“家庭兴”，家庭兴可以作为社会稳定的细胞，作为社会和谐的细胞，作为社会前进的细胞，家庭兴则国家兴。

我概括了这四句话，就是想说明一点，我们女诗人与男诗人在很多方面还是不一样的。我现在不知道全国有多少女诗人，有多少男诗人，那没有关系，我们就权当全国有“两个诗人”：男诗人和女诗人。有人说女诗人就要女性化，必须像个女人，但是我主张女诗人包括女诗人的创作应该宜柔则柔，宜刚则刚，也可以刚柔相济，应允许在多方面发展。女诗人不一定就必须是婉约的，和历朝历代的男诗人一样，诗词创作可以有各种表达方式。历史上婉约派的诗人，创作的佳作是伟大的；豪放派的诗人，创作的佳作也是伟大的，他们各有各的伟大，有的诗人兼而有之。

我曾经去过中国历史上最婉约的词人柳永的故居。我当时到武夷山去开会，第二天是周末，当地的朋友问我："陈司长周末想去哪儿？"我说："我想去拜谒柳永故居。"他们感到很吃惊。他们说："这里还有柳永故居啊！我们当地人都不知道有柳永。"我说："你们打听一下，明天周六，我想去看一下柳永故居。"后来，他们派了一个车，在大山的深处，我们来到了柳永故居。当地人都不知道柳永啊！但是，柳永是一代词宗，他是开长词先河的词宗，是宋代家喻户晓的大词人，"凡市井处皆有柳词"。当时一位大学生在那儿当村官，他带着我到柳永故居去看，柳永家的石碑被当成了喂牲口的槽子，柳永家房子早已经翻建多次，他的亲戚住在里边，柳永曾经住过的房子拆下的瓦片在院子里边码了一溜。柳永十六岁离家的时候，种的两棵罗汉松现在都还在，一棵在"文化大革命"中被砍了，但是又长出来了；一棵长得非常茁壮。当时，我就对那位村官说："我和你说啊，柳永是中国一代词宗。你们一定要保护好。"柳永小时候玩的那座木桥还在，但是当地人在那木桥上抹了很多水泥，为了现代人能在上面走路。我说："水泥先不要去掉，先要把这座桥保护好，这是柳永小时候玩耍时的桥，非常珍贵。那时候，这里也是茶马古道的一个驿站。"我说："你们一定要保护好这个地区。先请诗词大家、国学大家来作考证，你如果做旅游，建议你不要做别的，就要做一个柳永纪念馆。"后来看完了谈完了，我们的汽车马上就启动的时候，村支书拿着一个纸包，跑着追过来了，过来后就把这个纸包放在车上。我不知道放的什么东西，等我上飞机的时候，送我的司机说：“他们给您包了两块柳永家的瓦。”我说：“千万不要再给别人送瓦了，如果再继续送今后就没有了。这两块瓦对我很珍贵，我肯定要把它很好地保存下来。”我又反复叮嘱说，柳永是中国历史上婉约派开一代长词先河的一代词宗，也是很伟大的词人，要保护好他的故居。

中国豪放派词人，有苏东坡、辛弃疾。女诗人作的诗词，像李清照“生当作人杰，死亦为鬼雄”，这也是很豪放的。豪放派男诗人写的诗词也有婉约的，像苏东坡的“秋雨晴时泪不晴”“天涯何处无芳草”“春色三分，二分尘土，一分流水”等都是非常柔美和婉约的，也是很伟大的。所以，我们女诗人，要有女诗人的特点，但是也要有打破性别局限的博大胸怀和广阔视角。

我们现在所处的时代和中国过去任何一个时代都不一样。过去历朝历代女人只做女红，在家里盼望丈夫回来，在那里倚窗相思，遥寄情愫。而现在不一样了，我们好像没有倚窗的时间了；我们想绣花，但也没那个时间了；我们想织毛衣，过去小时候还一针一针地织毛衣，现在织毛衣的时间也没了。但是，我们又经历了很多古人所没有经历过的事情，看到了古人没有看到过的景色。所以，我认为，我们要有更大的进步。站在巨人的肩膀上，站在中华文化瑰宝所创造的唐诗宋词这个巅峰上，才可以“一览众山小”。我们中国现代诗人、中国女诗人是可以有所作为的，可以创作出高水平的诗和词，创造新的文化财富。

第三个方面，作为女诗人，与男诗人相比应该具有几个更为突出的品性。

第一要厚德。厚德载物，厚德才能充满爱。刚才包大姐说的“触景生情”，这个“情”，不是说生搬硬造的。我也看到了有的人写的“情”，实际上我看她整天挺快乐的，但是写的诗里边却是无限的忧伤。据我了解，她没有为任何人忧伤，也没有为任何事情发愁。我觉得这种忧伤很做作，她不是触景生情，是无病呻吟。我们女诗人真是要有厚德，有发自内心的、溢出来的一种真实感情的抒发。

第二要包容。我们在社会上工作，很重要的就是包容、兼容、宽容。要工作，就要与许多人共事和处事，作为女人，不能太张扬，不能太张狂，也不能太浮躁。正如胡宁所认为的“女汉子”“女强人”等称谓，对女性来说是具有贬义的。女人应该比男人具有更宽的胸怀，因为她是母亲。你说，他是父亲，他也应该宽怀，也对，但是天下的母爱，是最包容的和宽厚的。

第三要坚韧。向着一个目标不断努力，有坚韧不拔的精神。而“韧性”是女性最大的特点，遇到困难，女性一般会百折不挠。你看很多事情坚持到底的，大部分是女性。男性有时候还会朝三暮四，喜新厌旧。女性呢，古代叫“从一而终”，现代叫“一往情深”。那些道德不好的例外，一般只要她是真情，一定会一往情深，一定会非常痴情和专一。

第四要柔美。今天彩云、彩霞她们劝我穿一下旗袍。多少年我极少穿旗袍，做了几件旗袍，放了好多年，出席任何会都没有穿过，这是第一次穿。我觉得自己的身材不行，又是当公务员或国家智库中的研究者，出席国内外的一些重要会议很少穿这种服装。今天穿上了，也觉得女诗人要穿穿这种服装，要体现女性的柔美。柔美，既包括古典的柔美，也包括时尚化的柔美；既包括服饰的柔美，更包括言谈举止的柔美。

第五要细腻。所谓女性特点“细腻”，包括我们创作的诗词，包括我们创作的散文，包括我们创作的现代诗，包括我们的行为方式。就是刚才包大姐说的，要善于“整景”，实际上就是曲径通幽。诗词、散文的文学表达不应该很直白，不是打开门“悠然见南山”，而是有时候出了门后，拐了几个弯，走过一片树林，再绕过一个湖，然后“悠然见南山”，可能看到一路风光再“悠然见南山”的感觉更好一点。作诗作词，我们女诗人和男诗人不同，要更讲究细节描绘，使女诗人创作的诗词，在整体上有很大的提高，能够触到人的心灵深处。国家讲高质量发展，我们将来作诗作文也要求坚持高质量创作。我听说，中国一年就创作几万首诗词（宋彩霞：一个月就有五万首），《全唐诗》收入的诗也就五万首。现在是知识大爆炸的时代，但是，我们一个月创作的这五万首诗词里边，有多少是有感而发的呢？有多少可以经历时间长河过滤，成为文化财富呢？要有好的诗词作品，诗词创作要真的崛起，需要全体诗人的共同努力。尤其我们女诗人的创作能力，创作的表现力，创作的内涵，还有表达的方式，要有整体的提高和突破。

第四个方面，提几个建议，更好地发挥女诗人的作用，使女诗人在新的时代有新的面貌。

第一，提高创作水平，活化中华文化基因的灵魂。我们要让“优雅”表达成为我们的生活方式，成为活化的现代艺术表达，成为我们引以自豪的陶冶情操的方式，而不是为作诗而作诗。创作要有创新，要坚守禀性。既要学习古人的，也要学习今人的。既要向古典诗词学习，也要向现代诗词学习，也要向散文学习，把一切美的东西，有表现力的东西，吸纳到诗词创作里边。要以创新发展的理念，来指导我们的诗词创作。研究古人创作特点，触景生情的时候，他是怎么表达的。但是我们在触景生情的时候，我们的表达很多是齐白石说的“学我者生，似我者死”。在创作上不能只是模仿。我们要用好格律，处理好平仄关系，也要加入我们新的表达。

第二，做好诗教。湖北诗词学会女子委员会提出建立诗词的教育培训基地，使创作的功底更为扎实。像包大姐所说的练好“基本功”。诗教非常重要，除了我们自身以外，还有必要向社会进行诗教。湖北的一些想法是非常好的。

第三，做好诗评。这也是湖北提出来的。我认为这个方面非常重要。胡宁副主任准备做个安徽的女子诗刊，开展一些诗评。诗评，现在是一个文学评论的短板。包括诗评，包括影评，就是艺术评论，现在诗评是我们整个的短板。对文学作品，推崇什么，批判什么，吸收什么，抛弃什么，现在实际上是很混乱的。前几年甚至出现了庸俗不堪的作品，非常恶劣的作品，什么“穿过大半个中国去睡你”等，都被一些人捧上天了。什么“月亮落在左手上”，类似这样的作品，还有的下半身写作，新诗界有，包括旧体诗词中也有，有一位号称民间最会作诗的人写一个人对着墙角撒尿，写这些庸俗不堪的东西，居然也受到追捧。我个人认为，古人也写生活和情感，像周邦彦写宋代皇帝和李师师会面，但是人家写出的是千古绝唱，诗词里边写的情和景是交融的，那个情景不是下三烂的东西。我们现在有很多作品，根本就经不起推敲。但是，我们没有人评论，没有人去做关于下半身写作的评论。“穿过大半个中国去睡你”这种东西，还竟然登大雅之堂，在清华大学、北京大学召开研讨会。但是我们现在有很多诗人写的作品是很好的，比如说咱们女诗人写的，我看到很多写得很好的。彩霞的古典诗词和现代诗写得很好，胡宁的诗词也写得很好，还写散曲。还有其他的女诗人，请原谅有很多人的作品我没有看过。像中华诗词学会郑欣淼会长，范诗银会长，欣淼会长是大学问家，他们的作品也是上乘的。范会长前段时间配音，配照片，配诗，那诗写得相当的婉约，特别地美，男诗人也走到女诗人的心里边了。对大自然的那种细致入微细腻的描绘，真的是写得特别好。但是这些高雅的作品却没有人评论，对歌颂时代的主旋律作品，也没有形成社会主流。因此，诗评特别重要。我们应该注重好诗的推介，特别是女诗人好诗词的推介。可以通过微信、公众号和App平台，包括喜马拉雅的朗诵，用多种形式，进行宣传推介和评论。

第四，做好诗学。要立论，使诗词和书法、绘画、摄影，各种艺术相融合。实际上很多艺术是相通的。“诗画同源”“书画同源”。很多文化上的东西，都是同源的。因为中国的文化源头，是儒、释、道、医、易五源合流，中国文化本身就是一个多元的包容体，就是吸收了外来的文化，加上我们中华民族自己创造的文化，融合后形成了中国文化的一股股清流，形成了一条从来没有干涸过的文化长河。

今天会上我说的比较多了一点，因为彩霞说她2016年看到了我的三本诗词集，并且专门写了品评的文章，引发了我的很多感慨。现在我的第四部诗词集马上就要出版了，也是古典诗词集，我还出版了一本现代诗歌集，还有一本书法集。但是我的本职工作是经济学，是国家战略研究，我的经济学著作出版了33部。

因此，我想人的生命是有限的，时间是有限的，怎么能够把有限的时间和生命，用于我们无限的创作之中，从而使我们的人生更有价值，这不仅是我们女诗人，也是男诗人共同面临的挑战，也是我们千载难逢的人生机遇。

谢谢各位!

颍川（陈文玲）

2018年10月22日

为中华诗词学会女工委特刊所作卷首语

为中华诗词学会女工委元旦特辑所作

2020年注定是不平凡的一年，人类赖以生存的星球发生着巨大变化，人们几乎天天见证这个必然载入史册的难忘时刻。没有人能够独立地走过这一年，中华诗词学会女子工作委员会带领女诗人朋友们，用我们独特的方式，已经创造出历史的“回音壁”。

站在2020的岁尾和2021将至的年头，心中涌出无限感慨。记忆里每一位女诗人，见过与没有见过的朋友，你们都是那样可爱、美丽与诗意。去岁漫天飞舞的雪花，那些激发你我他（她）内心深处涟漪的思绪，已经留在我们的诗词里。2021年的祥风瑞雪，令人期待的明天的风光与景色，又将引发我们内心深处的情愫和那不能作罢的浅吟低唱。

我们的心始终与伟大祖国一起跳动，感受着四季变换的风吹雨打，积蓄了无数诗意的表达，抒怀里有我们刻骨铭心的感情付出与思怀涌动。在我们的诗中，有对抗击疫情守护人民生命的英雄们的礼赞，有对生命至上、人民至上、举国同心令人泪目精神的景仰，有对每一份不被看见的努力与付出的尊敬。

在这个独特的年度里，一场疫情从冬天闯进春天，从春天潜入秋月，从秋月又蜕变成另一个冬天。中国在以习近平同志为核心的党中央领导下，取得了战胜来势凶猛疫情和经济复苏的双重困难，2020年艰苦卓绝，2020年惊风动雨，2020年惊心动魄，2020年惊天动地。中国把危机变成了机遇，于变局中开新局，那些令人感动的场景，激发了每一位中国人的爱国主义情怀，也时时激起诗人们身在其中至深至真的感悟，内心感怀令人情不自禁地吟成生动华丽的诗篇。中国人民在这个伟大时代的杰出表现，无数令人泪目的瞬间，都是诗人们创作的最好素材，艰难困苦是考验，也是对每一位诗人的馈赠。

女诗人们在元旦、春节、二月二龙抬头、三八妇女节、五一劳动节、国庆节和中秋节，几乎在春夏秋冬的每一个节气，都推出了女诗人专辑和特刊。尤其是中国诗词界的“国家队”——中华诗词学会第五次全国会员代表大会30日在北京举行，这是一个值得庆贺的重要日子，中华诗词学会走过了几十年不平凡的道路，又迎来了一个崭新的春天。女诗人们格外兴奋和振奋，纷纷唱和马凯与周文彰，连续推出了女诗人特刊。

回首向来萧瑟处。女诗人们的这些诗作，绝不是应景和应付之作，而是在流淌着的诗韵中，记载了中华民族伟大复兴道路上的这场难忘的阻击战和历尽艰辛之后那一刻的怦然心动；记载了懂得了这个世界后久久凝望着一方方留白或者一抹抹绚烂的色彩时的汩汩思怀；记载一个个夜晚升起的月亮，用她们柔弱的身体驮住无数次日落“阴阳割昏晓”的万般神韵；记载着一群伟大但平凡的人们，在最艰难的关头，给另一群人挡住了灾难和痛苦，为中国14亿人带来了幸福和在全球比较中最稳定、最安全的国度，这是中国道路、中国制度、中国文化与中国精神的伟大胜利，是每一位中国人的切身体会；当然，也记载了每一位诗人对中华诗词的热爱与创作诗词的激情，记载了诗人们对自己的组织——中华诗词学会的热爱与期待。

中国像一艘远航的巨轮，披荆斩浪。而寰球并不同此凉热，在戾气太重的世界，在乌云密布的天空，在暗礁丛生的风浪中，中国这艘巨轮不仅绕过了一道道艰难险阻，在航船行进中惊起了一排排白鹭，而且给人类和世界未来带来了新的动力与定力。

今天，我们站在时光的分界线上，可以与2020年轻轻地说声再见！也可以紧紧地握住2021年的双手，满怀信心地说，愿我们看见更加美丽的风景线！因为我们知道，有诗的地方，生活就不会荒芜；有诗的陪伴，心中就有一方属于自己的天地；有诗的国度，就能不断创造文明的新高度。

从开启新纪元到跨入中国特色社会主义新时代，我们既充满自信自尊与自强，又时时漾起新的向往与憧憬。诗和远方永远都属于中国人独有的文化，为了诗和远方始于足下则是中国人独有的执着。周文彰会长在五代会上指出："让我们憧憬更美好的明天，让我们再一次踏上征程，我们要树立精品意识、高峰大志，远离浮躁，淡泊名利，既要有对国家、民族和人民的大爱情怀，也要有语不惊人死不休的志向和抱负，追求自身的高境界和诗词的高品位。"让各位女诗人在新的征程上共勉！让女诗人与男诗人一道，在中华诗词学会新领导团队带领下，继续创造更加美好的未来！

贺文彰担纲重任步韵和文彰原玉

俯仰人生梦，诗中有洞天。
扬帆催海浪，击水和文贤。
寂寞吟哦贵，开怀浅唱圆。
禅思涵雅韵，信步铸宏篇。
（颍川作于2020年11月19日）

颍川（陈文玲）

作于2020年12月30日

为中华诗词学会女子工作委员会庚子国庆中秋特辑所作卷首语

庚子年注定是不平凡的。月亮升升落落，与我们一起，见证了每一天的不一样。这一年中华民族在百年不遇的疫病大流行中，展现了非凡的能力与胸襟，无数往事镌刻在人们心上。恰庚子年中秋，中华诗词学会女子诗词工作委员会的女诗人们，在这一天举头望月，情由心生，咏之叹之。

中国的月亮

月亮行至中秋，举目仰望。无数感悟情殇，迅即溢满了心中的池塘。中国的月亮，在人们心里升起，缕缕情丝，便牵出了曲径柔肠。

月亮阴晴圆缺，引发潮跌潮涨，代代无穷色，亦舞亦纷扬。把酒问青天，愿与婵娟同殇。春江花月夜，洒在窗前疑是霜。今夕是何夕，诗人踏月寻故乡。明月何皎皎，秋虫声透窗。春花秋月何时了，雁字回时怅惘。春夏秋冬轮值，掬水月芬芳。月斜空碧透，云外太空苍茫。星垂平野阔，月涌大江流淌。月是故乡明，每个诗人心中的芬芳。伤感时节雨纷飞，月亮也滴泪行；游龙惊雷之处，即是诗和远方。

没有哪一个国度，如此宠爱月亮。没有哪一个民族，如此赞美月亮。千百年如醉如痴，千百年浅吟低唱。亘古不变地，渐一番风，一番雨，一番凉。

我曾在长江边追月，一直看她落入了水乡；我曾在青藏高原举头，欣赏她那羞涩的面庞；我曾在飞机上感慨，隔窗与穿行在云层中的浅月依傍；我曾在厚厚的积雪中漫步，看月的光芒与雪色交织成一片苍茫。我曾对着月亮倾诉心语，平平仄仄，泼墨呓语成章。我曾在传说中的那个末日，穿行在天上。长天上的月晕弥漫，牵我的手在徜徉。

月亮羞涩，潮汐涌涨：月亮大隐或者袒露，云舒云卷云藏；月亮行至半途，那时最为粗犷，举头相望不相闻，月亮仍然执着旧时素裳。月亮最美时，娇柔但不做作，阴阳割昏晓，玉轮冰转，俯瞰着众生万相。惯看人的轮回，笑听风云激荡！波澜不惊，每天梳妆。上弦下弦，一叶摇曳的扁舟，是谁把她，摇到了天上？

最是中秋之月，情深意长。洒满清辉的九州，漾出无垠梦想。此刻的月亮，平和平淡平常，她的光辉既不强烈，也不掩藏。不拒绝任何人，抒怀思念与幻想；从不嫌弃，从不离场。人生苦短，匆匆忙忙，她陪伴着人们，一代又一代，沧桑复沧桑。

中国人的心中，都有月亮的情结，太多的故事，嵌入了那湾盛满往事的清江。从未干涸的涓滴，从古村落一直流到现代的街巷。我是中国人，那些与我一般的吟者，追随着月亮，哪怕一起在地球上流浪。穿越大半个地球，去寻找那寄情的天象。

吟咏月亮的诗，一首又一首，永远留在，中华文明的史册上。一个爱好和平的民族，才有月下的花好月圆；一个有内涵的民族，才有月下的陈年佳酿；一个有情义的民族，才有月下的莺啼婉转；一个有抱负的民族，才有月下的登山远望；一个不屈服的民族，才有月下的深刻思量。

仰望着今天的一轮明月，那点点群星，也熠熠闪光。今人不见古时月，今月曾经照古人，鸡声茅店月，人迹板桥霜。一任风吹雨打，从不改变航向。来往于天地间的信使啊，请你告诉我，是否昨天的落日，碎了一地，是她捧起了这些余晖，挂在了此刻的天上？

颍川（陈文玲）

庚子年中秋

为中华诗词学会女子工作委员会五一国际劳动节诗词专辑所作卷首语

五一国际劳动节正是中国农历人间四月天，这是最有诗意的日子。刚刚从突如其来的疫情灾难中走出的中国，却多了几分沧桑和沉寂，多了几分思考和成熟。

劳动使人在大地上挺起了脊梁，完成了从猿到人的演化。劳动是人类始祖的初心与本源，是漫漫历史中人类自我磨砺完善的旅程。劳动本是人的生命之舞蹈，是一种高贵的生存姿态，是酿造人的精神财富的琼浆玉液，是攀登思想峰峦抱朴见素的禅境。从钻木取火开始，劳动，这个伟大而无所不在的名词，点燃了人类的永恒，从原始森林起步，捡拾一片一片树叶，编制一个一个梦幻，填平世纪航道上一道一道的沟坎，用劳动创造一步一步抬升文明的高度。

1889年7月，恩格斯领导的第二国际在巴黎举行代表大会。会议通过决议，决定1890年5月1日国际劳动者举行游行，争取劳动者每天工作8小时的权利，并决定把5月1日这一天定为国际劳动节。这一天已经成为世界上80多个国家的全国性节日，是全世界劳动人民共同拥有的值得骄傲的时刻。劳动者最光荣，劳动者最高贵，劳动者最美丽。

劳动是劳动者的通行证，剥削是寄生者的耻辱柱。当每一位中国人赖以生存的国家，靠我们的勤劳和智慧，靠劳动者的修行、历练、淬火、悟道、创造，使我们伟大祖国凤凰涅槃，浴火重生，飞龙在天，雄狮昂首，暗香浮动时，当中华民族伟大复兴的中国梦越来越近时，一些国家政客和剥削者、寄生者，他们从疑虑到焦虑到恐惧到疯癫，欲对其置于死地而后快。即使你付出了超努力的劳动，即使你的劳动成果已经被他们廉价所享用。

环顾我们生活的星球，不知道从什么时候开始，黑白颠倒，是非倒错，那些寄生菌、寄生虫、寄生阶层、寄生国度，他们攀附在货币、武器、法律或者堂而皇之的游戏规则的藤蔓上，拼命地榨取劳动者，用经济武器收割那些靠劳动创造财富的国度。劳动者成为屈辱者和被告，付出劳动创造奇迹和财富的国度，一定程度上，即使为寄生者打工甚或输血的蓄水池，也成为被告和以各种莫须有罪名被制裁者。不论怎样，他们都欲壑难填。对，他们不会因为我们是劳动者感恩我们，即使我们换来一堆没有实物和信用支撑的纸币，他们仍要编织各种罪名，转嫁他们即期的、潜在的和新增的矛盾乃至危机。他们对这个靠劳动创造财富国度的羡慕嫉妒恨乃至垂涎，正在搅动着这个世界，威胁着劳动者和靠劳动发展壮大的国度和世界。自古以来亘古不变的劳动创造人类，劳动创造文明，在一些国家和一些政客的眼中，已经被遗忘到爪哇国了，他们已经返祖了，他们需要靠劳动重新进化成人类中的一员。

中国人民用自己的双手，一砖一瓦垒砌起了万千广厦，他们的汗珠子摔八瓣，用流淌的汗水，浇灌出了一园春色，让人民过上了越来越好的日子。一届又一届国家领导人，驾驭着中国前行的巨轮，正在驶向胜利的彼岸，特别是在百年未有之大变局中，中国这艘巨轮，把握着历史发展的大航向，一任风吹浪打，披荆斩浪，在激流险滩中继续前进，取得令世界瞩目的成就。中国的劳动者靠劳动养活了自己，同时为世界做出了贡献。这样的国度，在茫茫人海中，在滚滚的热流中，到处都有劳动者的足迹，到处都有劳动者的创造。这样的国度，本来应该受到世界的尊敬和褒奖，但是正如世人所见，中国却受到越来越严厉的遏制、打压、讹诈和围堵。中国的劳动者不明白，我们何错之有？何罪之有？中国之所以有今天，不靠我们的劳动，是靠了哪一个国家的恩赐？

今天是全世界劳动者的节日，也应该是我们为劳动者立言的日子。劳动，成就了一个充满活力和魅力的中国，也让中国更加接近中华民族伟大复兴的梦想。梦想不会自动成真，于一个国家而言，让所有的劳动者感到光荣与自豪，使劳动者更加具有创造性，幸福感爆棚，让劳动成为我们生命中永恒的主题，这样的国家才能更富有生机和活力。

山花烂漫的五月，让我们为劳动而歌，让“劳动最光荣”真正成为社会审美的主旋律。让我们赞美劳动者，让劳动者的气概与憧憬藏于胸中，迈开任何人无法阻挡的脚步，踏碎荒芜与世间的不平，用精神与执着耕耘梦想，用平凡而伟大的劳动，筑起一座座新的高峰。让劳动燃起新世纪的薪火，投射出更加璀璨的希望之光。

颍川（陈文玲）

庚子年四月初六

（2020年4月28日）

为中华诗词学会女子工作委员会清明节《心雨》特刊所作卷首语

今年的清明节，全中国人民有了更深的哀悼、缅怀和追思。在慎终追远的日子，春风催开了桃红柳绿，天边小雨润如酥。我们本该像往年的清明一样，为逝去的亲人，清扫墓地，躬身跪拜，插上一炷香，寄托我们深深的哀思；我们本该敬上一杯酒，让酒杯里泼出浓烈，把我们解不开的情斟向四海八荒，呼唤不复再面的亲人。我们还特别想为在这场抗击疫情中牺牲的烈士，为那些不幸染病仙逝的不知名的朋友，也躬身跪拜，也插上一炷香，也祭上一杯酒，为他们祷告，请他们安息！感谢他们用生命与努力换来了全体中国人的安宁！疾风暴雨虽然过去，但潜流依然涌动。虽然每一个人都想迈开脚步，走到墓前一拜，然而为了防止在倒春寒中染恙，给国家带来新的麻烦，却不能去祭拜，这也真是一种遗憾和错落！生命是一场旅行与相遇，每个人都会裁下一段流年时光，把活着的也许伟大也许平淡的日子书写成人生的册页，或者梳理成诗意的风景。昨天的夕阳斜织着黄昏，今天的晨曦中本该有纸烟袅袅升起，让怀念丝丝缕缕生发开去。在这个断魂时节，让以往的记忆复活，让平时储藏于心的眼泪尽情流淌。男儿有泪不轻弹，女儿有泪也不会轻弹，唯有在这一天，允许每一个人柔肠寸断。没有哪次相遇可以准备，没有哪次重逢可以预演。生命是一场情理之中的意外，每一个人心中都永远铭记着那些我们爱的人和爱我们的人，虽然他们与我们阴阳相隔，但是养育之恩如何能忘？耳鬓厮磨的爱情如何能忘？共同的岁月如何能忘？在刚刚过去的疫情中，那些逆行的白衣天使，他们舍生取义的壮烈之举如何能忘？这一世所有的相遇，都是上一世的重逢。清明节不能走在故乡的田陌上，就让我们在自己的心乡中，踏出一条弯弯曲曲的小路，沿着小路走到他们的面前，与那些我们永远怀念的亲爱的亲人，与那些我们永远铭记的为了民族大义牺牲的烈士进行一次心与心的对话吧！就让我们用心中涌出的诗雨为他们扫墓吧！就让我们把竹篮里装满的深情送给他们吧！就让中华民族生生不息的精神，永远永远地传承下去吧！

颍川（陈文玲）

庚子年（2020）清明节

为中华诗词学会女子工作委员会三八妇女节特刊所作卷首语

不独属于女性的春光

今年的三八妇女节，不能独属于女性，我们和所有的中国人共同经历了严冬和初春，经历了抗击疫情的难忘峥嵘。不经历风雨，怎么能见彩虹？风雨交加后的春光，是不是特别令人感动？

比妇女坐月子的时间还长，那么多人宅在家里，为什么默不作声？他们不是山顶洞人，人类早已经走出了山洞，他们不想返古归宗，也不想被分而置之，或者被什么人密封！而今天，他们自愿地“躲进小楼成一统，管他冬夏与春秋”。他们做的是同样一件事，他们在参与一场人民战争，共克时艰，众志成城，携手并肩，气出一孔，统一部署，统一行动！突如其来的灾难，考验着中华民族，考验着中国医生；考验着一个国家制度的优劣，考验着哪个国家执政者更加珍视人民的生命；考验着人性的善恶，观照出谁是真正的恶魔；考验着人们的耐力，和每一个人的心境；考验着与时间赛跑的速度，考验着战胜疫情的力量与动能。

古语：“瘟疫始于大雪，生于小寒，弱于雨水，衰于惊蛰。”春天来了，人们好想摘下口罩，彼此看一眼久违的笑容；人们好想去举家游山玩水，相挽山间的清风；人们好想吃一顿饕餮大餐，在酒醉里品味圆缺阴晴；人们好想和朋友抑或恋人相见，享受耳鬓厮磨的友情与爱情；人们好想开车上路，哪怕是堵得寸步难行！但是不行，不行，不行！不能！不能！不能！

我们获得的安全，是因为那些勇士的牺牲；我们宅在家里，有吃有喝，有人关爱，有人驰骋，有人站岗，有人复工，有人种地，有人攻关，有人夙夜在公，指挥着人民战争，我们必须珍惜他们的付出，珍爱他们的真情。1亿多在外奔走的人们，脚步一刻都没有停！他们的坚持与牺牲，才使中国如此安宁！才使我们如此淡定！

现在是最吃劲的时候，中国抗击疫情还没有获得全胜，中国之外的一些国家，蛰伏的瘟疫开始显形。不能掉以轻心，不能功亏一篑，不能忘了那些仍然在战斗的英雄！不能因为一丝丝小小的疏漏，再次惊起瘟病！春天向我们款款走来，我们还不能与之相拥！

大爱让我们变得更加高尚，真善美的事迹打湿了多少人的眼睛？大爱让我们更加努力，为亲爱的祖国实现飞腾！“满园春色关不住”，九州处处是诗情！春天来了，战胜了灾难的民族，必将风调雨顺，国泰民安。我们在这样一个春天的诗歌，都是心的放飞，都是诗意微醺的香浓！

颍川（陈文玲）

庚子年二月十五日

（2020年3月8日）

为中华诗词学会女子工作委员会二月二专辑所作

对于中国人，庚子年的春天非常特别。我们体味了什么是天降灾难，什么是众志成城，什么是共克时艰，什么是奋不顾身，什么是中国精神，什么是我们的短板。那些战斗在抗击疫情一线的白衣天使，那些奔走在为宅在家里的十几亿人服务的各条战线的人，他们燃烧着自己，照亮了中国乃至世界，他们是英雄，他们是中国面临灾难所向披靡的战士。每天看着那些令人感动和泪目的事迹，每一位中国人的心都疼痛着，感动着，祈盼着，思考着，我们怎样才对得起他们？我们怎样做才能将自己赖以生存的祖国建设得更加强大？！

诗言志，作两首七律和一首五律以记之。各位女诗人也都捧出自己此刻的心声，向所有奋战在抗击疫情一线的医生、在疫情中坚守职责的人们致以崇高的敬意。

二月二，龙抬头。大地回春，草木萌发，春暖花开，春山可望。战胜疫情，指日可待！伟大的中国和中华民族是不可战胜的！

颍川（陈文玲）

庚子年（2020）初春

为中华诗词学会女子工作委员会2020元旦专辑所作卷首语

亲爱的亲友、朋友和诗友！新年已至，一年滴尽莲花漏，每逢寒尽觉春生。又到去岁今年时，万般感慨涌上笔端。

回首向来萧瑟处，这是人生修行的一段旅程，这是万里星空变幻的一个瞬间，这是涂满色彩的一帧丹墨，这是暗香浮动的一缕诗香，这是令人怦然心动一段美文的记忆。

在不寻常的2019，我轻倚时空，倾听风声雨声涛声呼号声呐喊声，声声入耳；扬帆出海岁月逝，笑观世事，人情友情爱情报国情励志情，情情在心。春天播撒情怀，夏天耕耘梦想，秋天收获友谊，冬天封存回忆。2019年，渐行渐远渐无书，水阔鱼沉何处问？

当我飞越千山万水的时候，我看到了云卷云舒，风云激荡，澎湃的心绪就像脚下的海浪一般。当我走过难忘的时光隧道，既有美好，也有遗憾，如果能有如果，我多么想回到那些令我心动和感动的瞬间。

我们生在一个见证、经历、参与祖国母亲站起来、富起来到强起来的伟大时代，责任和使命不允许她的儿女懈怠和慵懒。为她能站在世界舞台上得到尊重，为她的美丽与富强，所有的付出都是历史赐予我们的机遇。凝聚在笔端为她梳妆、为她奋斗和战斗，都是对我们的闭卷考试。

风云际会中步履匆匆，棋逢对手时了然于胸，沟壑丛生下架起丝路，喧嚣鼎沸里大隐于市。我爱我的祖国，一刻也不能分割；我爱我的所爱，已经将她储存在我精神的仓库。过去的一年，将留在你我他的心底，将化作岁月的叠韵流苏。

2020新的一年已经来临，冬天由浅入深。漫天飞雪就是滴落入土的春雨，让我们穿过又一岁辽阔的悲喜，不以物喜，不以物悲，把过去的成绩清零，轻舟再过万重山；把过去的烦恼清零，直济沧海挂云帆。

昨天的选择决定了今天的命运，今天的选择将决定明天的命运。2020的选择，将决定每个人不同的明天与未来，将决定一个国家的明天与未来。让我们以历史的穿透力睿智地做好今天的选择，赢得更加美好的明天。

颍川（陈文玲）

2020年元旦

为中华诗词学会女子工作委员会女诗人春节特辑所作卷首语

胡宁微信告诉我，女诗人春节特辑将在几天后刊出，这次入选的有二百多首诗词，比元旦特刊作者多了三四十人，女诗人创作热情高涨，微刊以最大容量刊载。她再次邀请我为女诗人春节专辑撰写卷首语，我欣然答应。有什么能比为一群有才华的诗友们写出潺潺心语、留下生命痕迹的事情更令人有创作激情呢？

作为一个跟着时光奔跑的人，竟然还能在一路前行的时候闻到诗香、淋到诗雨、听到诗声，并与诗友们同行，尽管只是在诗中与诗友相遇和神交，但这也是人生的难得际遇。能在灵魂深处摆渡自己，感受一般人难以体味的浅愁、浅喜、浅念和浅恋，看到峰峦叠嶂的浅山，蹚过溪流丛生的浅水，在灰度地带创造一方具有张力的空间，这是上天对诗人额外的恩赐，是每一位诗人的幸运与幸福。然而我要说，我们特别幸运的是生活在一个没有战乱、没有难民、没有贫民窟、没有饥饿、没有性别歧视的国度，她使我们可以诗意地蛰伏在这片土地上，她使我们可以尽情挥洒着浅墨，涂抹出梦中的丹青韵味。

有幸参与、见证和感受着生养我们的这片土地沧海桑田和历史巨变，亲历她从被三座大山摧毁的一片废墟上站起来、富起来到强起来的历史进程，目睹她日渐繁荣富强，这是每一个中国人自豪与骄傲之源泉，这也是每一个诗人汪洋恣肆诗情勃发之源泉。

2019年注定不平凡，环顾我们生存的地球，也有风雨也有晴。嫌我们好日子过了太久的流氓恶霸发难发飙，全球7080万难民流离失所，呼啸着的导弹群倾泻而下落在某个地方，我们孤悬海外的岛屿尚未归来，百年归来的地方又突生变化，我们生存的世界和家园风起萧墙。在这个不平静的世界中，我们不仅是诗人，我们还是战士，为这个祖国奋不顾身与为之千回百转同样重要。风云际会时，我们有卷起千堆雪的澎湃；面对博弈的对手，我们有无所畏惧的气概；风平浪静时，我们有大隐隐于市的恬淡；生离死别时，我们有痛彻心扉的悲伤；月沉西窗时，我们有浪漫温馨的回想。

时光的针脚很密，它缝进了很多故事和记忆；时光的针脚很稀，它也忘记了很多不该忘记的事情和感动。当诗从心里长出来，从血管里涌出来，从笔下抒发出来，有了对过往的哲思禅悟，人便越来越像千年老茶树一样，每一片叶子都有了缠绵和回甘。诗人幸运的是用诗这种最凝练和最美的表达，记载了回首凝眸的每一个瞬间，留下了令人怀念和品味的万千思绪。诗人最难能可贵的是，不容易疏漏那些寻常人忽略的瞬间。

往事并不如烟，奋斗的脚步、战斗的演绎、动人的真情已经镌刻在心里、诗里和时光里，一笺笺不知流年的事情，便成为永远的记忆。阅尽千帆皆不是，岁月的驿站，只为你停留，因为你是劳动者，你是思想者，你是绽放者，你是诗意盎然的舞者。

庚子年春季将至，春意已有几分荡漾。品着浓浓的年的味道和回家团聚的氛围，不禁生发出新的感动、感悟与感怀。一束束扎着柔情、亲情、爱情、友情和真情的果篮便寄出去了，快递给我们生命中每一位亲友、朋友、诗友和书友。感恩这个伟大的时代！感恩给了我们和平与美好的祖国！感恩有你！感恩遇见！感恩同行！

颍川（陈文玲）

己亥年（2019）腊月二十八日

为中华诗词学会女子工作委员会三八妇女节特刊所作卷首语

世界上唯一一个只属于女性的节日——三八国际妇女节，带着对所有女性的似水柔情，再一次莅临了。

做女人真好，做女诗人更好，做新时代的女诗人尤其好！在这属于我们自己的节日里，又可以端出我们储备已久的作品了，像一个传说中的流水席，摆上您制作的那道精美的菜肴，请凡是看到并喜欢的朋友们品尝吧！

光阴荏苒，唯一不变的是诗中的惊鸿一瞥，是心中的风轻云淡，是水中的春花秋月，是山中的曲径红枫，是梦中的蒙蒙细雨，是画中的墨色丹青。

让我们讴歌伟大祖国母亲，她已经成为这个星球中最亮的风景；让我们讴歌伟大的中华民族，她已经屹立于世界民族之林；让我们讴歌这个伟大的时代，因为我们就在其中！

颍川（陈文玲）

2019年3月5日

于北京

第一部诗词集《颍川吟草》后记

在我的诗词即将付梓之际，我有太多感慨和感激的话要说。

2009年对于我来说是一个不寻常的年份。这一年，我荣幸地获得了中央、国家机关“五一”劳动奖章，获得了中国市场学会、中国商业经济学会、中国社会科学院财贸所、中国人民大学商学院、中国流通竞争力中心联合评选的“建国六十年中国流通领域有突出成就人物”称号，我的著作《现代流通基础理论原创研究》获得“流通领域有影响力的十大著作”之一。我关于国计民生的两份研究报告，获得国务院研究室研究成果一等奖。我感谢我的祖国、我的单位、社会上各位朋友和同仁给予我的认可和莫大鼓励。这也是我将自己多年孕育在心中的诗词集结出版，贡献给这个伟大的时代，回馈给培养和支持我成长进步的单位，奉献给多年支持我的亲人和朋友们的原因之一。

在这一过程中，我有幸得到了我尊敬的文学大家的教诲、指点和褒奖，在某种程度上，没有他们的点拨、指教和鼓励，我就不可能顿悟，就没有我诗词实质性的进步和突破，也不能使我下决心让自己的诗作与读者见面。我还得到了很多前辈、领导、同事、家人和朋友的支持和帮助，没有他们，我的作品也不可能这么顺利与读者见面。

我曾与中央文史馆馆长、北京大学国学研究院院长袁行霈夫妇在苏州参加一个会议，在那个美丽如诗的地方，我陪袁先生夫妇散步，到古村落、古寺庙参观，之后我到袁先生家登门拜访，送上一部分诗稿请教先生。袁先生将他的著作《中国诗歌艺术研究》和易行先生所著的《中国诗学举要》赠予我，杨贺松老师将她刚刚抄写还散发着墨香的娟秀书法送给我。袁先生夫妇对我的教诲和影响，通过用心血凝结的著作和书法，像涓涓溪流浸入我诗词创作、整理和修改提高的过程中。袁先生对中国古诗词研究造诣之深厚、文笔之润泽，使我沉迷在对中国最美的、最令人向往和追求的诗词意境中。先生赠予我的力作和易行先生的著作，成为我研究、创作和修改诗词的准绳，这对我诗词修改完善起到了至关重要的作用。当我再次将准备出版的诗稿呈送给袁先生讨教时，袁先生连夜看了我的稿子，对诗稿直至注释都提出了卓见。比如袁先生建议将我的《读清郑燮咏兰诗有感》中“不如复归外婆家，悬崖峭壁抗露寒”，改为“不如归去尘嚣外，悬崖峭壁抗露寒”，几字之差，不仅使诗意内涵陡增，而且更加符合古韵。袁先生建议将对“巴山夜雨”注释中“我国西南地区大巴山多夜雨”，改为“我国西南地区大巴山多雨”，一个字的改动，使之更加准确。袁先生还对当前古诗词创作中的若干问题谈了精辟的见解，先生对我的教诲和指点，将永远铭记在我的心中，并将继续付诸新的创作过程。

文怀沙老人对我的帮助和指教，使我终生受益，令我没齿不忘。与文怀沙老人相识数年，我对老人充满敬意与钦佩，尤其是老人渊博的知识和洒脱的人生态度。他忘情地吟咏楚辞、唐诗、宋词时的风韵，他不拘一格和天真烂漫的独特性格，他纵横古今对问题认识和看法的深刻，一个活生生的鲜活人生，一部通晓古今的人生长卷，作为求教者和后辈，都使我获得了诸多文化营养。尤为难得可贵的是，当我将部分诗词文稿送给老人讨教时，老人亲自对其中十几首进行了修改，并提出了他对古诗词独到的理解与看法。文老说："古诗词一定要讲究格律，必须符合古音韵的要求，就像参加奥运会游泳项目不能用狗刨的姿势一样。中国应该恢复和建立东方美声学，应该继承我们自己最美好的东西。"我的诗词采用了现代音韵，虽然老人仍坚持自己的主张，但对我的创作亦给予热情鼓励和充分认可，他为我取了笔名——颍川，并欣然为我的诗词选集题写书名《颍川吟草——陈文玲诗词选》，他与我"珮缤纷繁饰，循绳墨不颇"的赠语，沧桑而厚重。文老对我的具体指点和悉心帮助，不仅提高了我对古诗词的认识和理解，也使我下功夫对自己创作的诗词重新进行审视，并逐字逐句认真修改，按照词牌和格律的要求逐一比对，对诗文诗句做了大量推敲和修正，使诗词更具诗意，更含蓄，更有画面感，也更符合古风古韵的基本要求。

我特别感谢中华诗词学会会长郑伯农先生，当我的同事——中国作家协会会员、在文学上有很深造诣的忽培元司长将郑伯农《诗词和诗论》送给我阅读时，我沐浴在先生美妙的诗丛和深刻的诗论中，受到了多方面的教育和启示。培元亦将我的诗词送给先生指教，先生欣然为我的诗词集作序，一边作序一边推敲诗稿，并亲自进行了修改。比如，先生建议我把《一剪梅 · 满院菊黄》中的"满院菊黄，缕缕清幽"，改为"满院菊黄，一缕清幽"，改后诗句对仗工整，音韵也更好听。把《念奴娇 · 三江源——活水源头》中"魂牵梦绕，三江源、何处为君发端？"改为"魂牵梦绕，三江源、何处涓涓初现？"改后更符合词牌的平仄关系，又增加了诗词美的意境。郑先生日常非常繁忙，为我的诗稿作序占用了自己宝贵的春节假期和其他休息时间，先生对诗词事业的挚爱、对诗词作者的真诚支持和鼓励，令我感动不已，这无疑给了我巨大的精神力量，将是我扬起风帆继续前进的新动力。

我还意外地得到中华诗词学会副会长晨崧先生的褒奖。当我的诗词集草稿呈送晨崧先生后，未曾谋面的晨崧先生给了我极大的鼓励，诗曰："妙韵奇姿舞颍川，是谁豪气满春园？心灵溢涌清流水，醉意凝娇造自然。"当时正值2010年春节前夕，先生还特意送来了贺年卡，上写："真诚的友谊，纯洁的感情，平等的地位，共同的心声。"看着这些情真意切的话语，我似乎看到了一位宽厚而博学长者的笑容和期盼，这使我沉浸在纯真的友谊和以文会友的莫大快乐之中。

令我非常感动的还有我国著名文学家、诗人、书法家——80多岁的黄渭教授，他曾出版了很有影响力的《雕龙集——唐诗300首泼墨》，对唐诗300首逐首以格律诗的形式进行品评，并泼墨书法。先生在长春家中审读了我的诗词草稿，提笔挥洒了"素描中花能解语，豪放处天马行空，赤子心柔情似水，战士志匣剑长鸣"的诗评，并亲自寄给我。也是未曾谋面的前辈，也是如此真挚的鼓励，也是以文会友心与心的交流，这些可贵的、难得的收获，在情理之中而在预料之外，诗词架起的彩虹是这样迷人和灿烂。

我有幸结识了我国伟大画家徐悲鸿的女儿徐芳芳女士，芳芳告诉我她的母亲廖静文女士有很深的文学造诣，很喜欢古典诗词，芳芳并将我的部分诗稿送给了她的母亲——廖静文先生。万万没有想到的是，我非常尊敬的廖静文先生对我的诗词很是喜爱，欣然写下"文玲女士之诗令人爱不释手，感情真挚，用词妍丽"的书法送我。看到遒劲有力和飘逸的书法，我仿佛又看到了陪伴着徐悲鸿先生度过不平凡人生的这位伟大女性的美丽和睿智。90多岁高龄的廖静文先生平时已经很少动笔，手也开始抖动，但老人家的美誉和挥笔泼墨，无疑是命运赐给我的缘分和厚爱，这将永远成为我的精神财富。

我感谢画家朋友胡乐平先生。有着深厚艺术造诣的乐平先生，非常喜欢我的诗词，与我进行了大量诗画合作的尝试，并与我诗词唱和，将我关于花鸟树木的诗词变成了一幅幅美丽的画卷，使我的诗词在与画卷融合中体现出更美的意境，体现出中国诗画的美学价值和文化内涵。我力求使自己的诗词有画面感，使诗中有画，诗中有情，诗中有韵，诗中有流动的美感。在诗画合作的创作过程中，胡先生力求使画中有诗，画中有意，画中有中国传统文化底蕴的张扬，非常执着、非常投入、充满激情地进行着创作、创新和尝试。目前，胡先生已悉心创作了近百幅这样的新文人画，尽管这些作品还没有面世，也还没有得到大家的评判，但这些充满美感的作品，已使我感到了中国传统文化的震撼力和独特魅力。如果诗画合作能够在继承中国传统文化方面有所作为、有所创新和有所突破，以更好地展现具有时代感和创意的诗情画意，创造出诗画合璧的新作品，将是我们的共同追求和最大收获。这种文化合作是纯净的、是真挚的、是充满美感和愉悦的，她提升了我在诗词创作中对自然美的感知、感悟、理解和诠释。

我感谢我的同事忽培元司长和朱幼棣司长，他们都是我诗词的最先阅读者和欣赏者。培元司长不仅力主我将这些作品面世，还在百忙中满怀真情和激情撰写了《风雨过后是彩虹》这样令人陶醉的读后感，使我非常感动并深受鼓舞。幼棣司长也是中国作家协会会员，他的著作《后望书》《西北断想》是那样深刻，那样有文采，那样令人感怀。我曾在读《后望书》之后即兴写作现代诗《叩问》，抒发自己的读后感，之后填词《破阵子 · 读朱幼棣〈后望书〉》。当我将自己的诗词送给幼棣司长指教时，他也在百忙中撰写了文采横溢的读后感。两位具有深厚文化造诣的同事对我诗词的赞赏和无私帮助，给了我莫大的支持和鼓励，他们是真正的智者与知者。

我是南开大学博士生导师，南开大学对我的诗词给予了高度评价，并把我即将出版的诗词集和诗画集列入国家教育部人文社会科学基金研究重点项目，这是对我诗词和诗画合作在学术上的高度肯定与认可，是对我的巨大支持和鼓励。在此之前，南开大学曾把我的经济学著作《思维的足迹——中国经济社会前沿报告》作为国家985工程重点项目，并给予资助出版。南开大学作为我培养博士研究生的院校，一直以来给予我的所有支持和帮助，都使我对南开这个曾孕育过无数人才的学校充满着感激，也充满着崇敬和热爱。她不仅是我执着地做好本职工作的动力，也是我更加尽职尽责地履行作为南开大学等院校博士生导师和兼职教授职责，把更多知识和关爱给予学生们的动力。我愿意培养更多的优秀青年，使他们成为国家之栋梁，在教学相长中收获与年青一代的友谊。

我心中时常充满感激的是，我的学生李伟与周京为我诗词出版做了大量工作。他们利用自己的业余时间，为我的诗词做了注释和简析，花费了大量精力，付出了极大心血。当我向他们表示由衷感谢时，他们告诉我，这些工作对他们来说，是一种精神享受而非压力，自己甚至时常会陶醉在这些诗意中。我这才有所释然，隐隐地感到年青一代或许会喜欢我的诗词，这给了我莫大的慰藉和愉悦。

我的诗人朋友宋子刚先生曾出版了诗集《默然情》，他对古诗词很有造诣，他的诗词意境高雅，颇具文采。在得到我的部分诗词文稿后，不仅对我的诗词给予了高度评价，还将我的诗稿寄给晨崧先生和黄渭教授，并与黄渭教授联名撰写了文采飞扬的读后感。子刚先生还在百忙中主动承担了我的诗文的校稿等工作，亦使我深受裨益。

我还要感谢的是中国文联出版社，他们把我的诗词作为该社重点书目，精心设计、精心编辑、精心印刷和装帧，使这本诗词从内容编排到外部装帧都充满美感和厚重感。责任编辑张海君先生为此付出了极大的努力。

当然，我还应该感谢的是多年来一直给予我支持和帮助的家人。我八十多岁的老父亲曾经是部队院校的国语教师，是我诗词的阅读者和欣赏者，我不仅从小耳濡目染并吸收着老人家的文化素养，至今都时时感受着老人的厚爱和希冀。我仙逝的母亲也是一名教师，她老人家的在天之灵，期盼我在工作和文学创作上都有所作为。我的丈夫和儿子，都在无怨无悔地支持我的工作，对我诗词选集出版给予了热情鼓励，并对此充满期待。我的诗词选集在出版过程中，还得到梁彦、赵明、邓媛媛、唐华东等朋友的热情帮助和支持，在此一并致谢。

由于我的诗词从未公开发表，因此在诗词集付印之前，仅呈送给少数导师、诗人和朋友指教，并没有告知很多好朋友，有些还是多年的挚友，并一一请他们指教，在此由衷地希望朋友们能够谅解和理解，并继续获得大家珍贵的友情和支持。

附记：

本文为作者2019年在整理出版第一部古典诗词集撰写的后记，记录了本书的出版过程。

现代诗歌集《颍川放歌》后记

值此《颍川放歌——陈文玲现代诗歌选》出版之时，也是我连续出版的两本古典诗词《颍川吟草——陈文玲诗词选》和《颍川诗草——陈文玲诗词选》，正受到社会广泛好评之际。2010年10月在北京孔庙与国子监，召开了我的第一本诗词集发布暨中华诗词高端研讨会；2012年5月，在广东惠州召开了我的第二本诗词集发布暨中华诗词高端研讨会，两次会议均取得很大成功。中国作协、中华诗词学会、南开大学、中国文联出版社、北京孔庙与国子监、惠州市委宣传部、惠州市文联等单位，先后组织和支持了这两次重要活动。袁行霈、文怀沙、郑伯农、李文朝、李君如、张炯、蒋子龙、岳宣义、刘秉镰、许渊冲、李小雨、黄渭、易行、傅光、安想珍、张海君等先生都发表了真知灼见。

本来想逐步将已创作的古典诗词再加整理，继续出版第三本。2012年一个意外的插曲，使我决定加快出版这部现代诗歌集的步履。夏季的一个清晨，我躺在医院的病房里，在手术台上麻醉的一刹那，我突然感到，生命是如此柔弱，有如此多的“或许”。尽管那次手术的难度不大，现在也已经康复，但我还是改变了出版的程序，把早已储备的现代诗歌也奉献给社会，应该是正确的不二选择。促使我尽快出版的第二个原因是，当朋友偶然见到我的现代诗歌时，赞叹不已，极力撺掇我将其早日面世。朋友说，你的现代诗歌比古典诗词毫不逊色，相信会有更多读者。一旦你创作出真正的艺术，这艺术便不再属于你自己，就应成为整个社会的文化公共品，应该把它贡献给这个社会。思之有理，于是便将珍爱的“库存”奉之于众，将另一笔文化“私产”变为“文化公共品”，以期为这个社会添一抹色彩。

感谢推动我现代诗歌集加快面世的梁彦、纪捷晶等好朋友，感谢为我的书出版精心设计的出版人张海君和中国文联出版社，感谢家人一如既往的支持。更感谢这个伟大时代、多彩生活和神秘自然赐给我的灵感和诗意表达。

颍川（陈文玲）

文化滋养是通向心灵的曲径

本文为作者2013年12月8日应邀在彭城书院即席发言。为了进一步提高文学修养，作者利用业余时间系统重读国学经典，彭城书院创办者是作者国学经典专业研究班的同学。作者和国学班的同学一起来到彭城书院品赏经典国学并应邀在座谈会上发言。作者指出，一个人要提高道德修养和文化品位，应在五个"jing"字上下功夫。

非常高兴来到彭城书院，一个企业创办了这样高品位、高质量的书院，出乎我的意料。看了彭城书院后非常感动，我觉得要实现中华民族伟大复兴的中国梦，中国文化的复兴和发展，希望就在人民群众之中，在企业家心中，在每一个人的心中和行动中。从彭城书院的创办和活动，我看到了中国企业家走向未来和走向世界的胸怀和抱负，这种抱负不是空想，而是在用中国博大精深的文化来武装自己，以形成正确的思想、理想和价值取向，形成企业文化和核心竞争力，这才是我国企业真正的国际竞争力。

过去相当一段时间内，我们的社会比较浮躁，企业家比较浮躁，政府也比较浮躁。很多企业只追求快速增长，粗放型的企业发展模式也是中国经济粗放发展的缩影，中国经济规模扩张得很快，但是经济发展质量、效益和素质都不高。人们的心静不下来，很多人的逐利性越来越大，在逐利的道路上越走越远，越走越快，甚至偏离了事物的本身。为什么发展经济？是为了使人民群众的生活过得更好，但是我们突然发现经济发展起来了，空气变坏了，水、粮食、土地污染了，食品不安全了，空气中的雾霾弥漫了，甚至使人们生活乃至生命质量受到很大的影响。经济发展目的到底是什么呢？它偏离了原来的方向。有些企业做得很大，扩张得非常快，但在这个过程中为了逐利损害了很多公共利益，也损害了很多群众利益。所以，企业家需要文化洗礼，我们每个人都需要文化洗礼，树立正确的义利观和崇高信仰，让优秀中国文化包括传统文化使我们心灵受到洗礼，以达到五个“jing”字。

第一个“jing”：是安静的静。让我们不再那么浮躁，使我们能够静下心来，真正的让心入静，我们必须能反思过去，反思自己，展望未来，我们如果要达到深刻思考，静下来是前提。一个人只有心是恬静的，他才能够把很多事情看透，如果你本身就很浮躁，企业很浮躁，社会很浮躁，到处是喧嚣，那就绝对不是一个有修养的国度和民族。一些国人走到国外不遵守规则，别人都在公共场所默默的，而我们在那里喧哗，好像表明中国人终于站起来了，终于能大声地说话了，丝毫不觉得是道德修养水平不够高，连遵守公共道德的基本规则都不懂。我觉得这反映了我们的道德文化修养还有很大差距，我们要学习传统文化，提高我们的文化素养，我觉得静是非常重要的。

第二个“jing”：是干净的净。要使我们的心灵变得干净，不再为那些身外之物所累。我们学习传统文化，背诵《弟子规》《兰亭序》《道德经》《论语》，不是为了背而背，不是为了装点门面，而是为了净化自己心灵，使自己的心灵在传统文化这个巨大的营养体中滋养得更加干净。比如说我们对名和利的看法，我们对物质财富的看法，如果说我们真的能够把《道德经》《论语》《心经》等经典作品学到手，把做人的大道悟透的话，你就会把很多东西看作身外之物。要真正能够悟透的话，就不会把那些龌龊的东西作为不择手段终生追求的目标，这样心灵才能干净。心灵的净化是我们找回灵魂的根本。

第三个“jing”：是境界的境。读书要有境界，读书不是为了寻找几句教育别人的话，不是为了增加炫耀的资本，也不是寻找控制企业和人的工具。这些年国学班办得非常乱，有的人把学习国学作为装点门面的途径，有的把国学作为追逐财富的东西，有的人甚至把国学作为骗钱的工具。人要博览群书是需要境界的，我曾经写了一首诗词叫《江城子 · 端午读书》，那一年的端午休假我3天没有出门，读了整整3天书。我老家是河北石家庄市的，休假时我会回去看望我的父母，但那个端午节我没有回去，因为平时我的工作特别忙，而那个时候有一位著名的国画家特别喜欢我的诗词，想把我的诗词画意创造成画作，我对中国画完全不了解，但是我认为两种艺术形式相加，一定要产生“乘数效应”，一定是要创造更美好的、更有艺术价值的东西，我觉得自己应该懂得中国的书画。因此，我买了几十本关于书画的著作，用了差不多半年的业余时间研究中国的书画史，我在端午特别认真地通读了中国的绘画史，这样，几乎所有的关于国画研究的经典著作都读了。读了以后我懂了，我知道了中国画的神韵和历史演化，懂得了中国历史上画竹子最好的是谁，中国有多少个画派，历史上最有名的书画理论大家是谁，对中国国画和文人画，我很有感触，端午给朋友回短信我就发了当时创作的词《江城子 · 端午读书》。后来过了三个月突然有人给我打电话，当时我在广西出差，电话里说：“恭喜你陈文玲女士，你的诗词获得了金奖。”我说不可能，绝对不可能，因为我从来没有发表过诗词，当时我以为是骗子打来的电话，然后他们说这是由六家书画组织和协会联合举办的活动，从2000多首诗词中经过一致评定你的诗词获得了金奖。原来是一个朋友恰巧组织评选，就把我发的这个短信给了评审组，大家立即认定这篇诗词应该获得金奖。所以，当你读书到达了一定的境界，你那个时候的创作一定是既打动自己也打动别人的。我觉得读书一定要有境界，这种境界是人生至高的境界。

第四个“jing”：是镜子的镜。读书一方面是增加自己的文化修养，另一方面就是照镜子。以铜为镜，可以正衣冠；以史为镜，可以知兴替；以人为镜，可以明得失。要经常以书为镜，书里告诉我们很多做人的道理，我每天有一个小时的走路时间，不是中午走就是晚上走，每天保持在五公里以上，在走路的时候我背了很多国学经典和诗词，对我来说受益匪浅，书里的这些道理哪些是最打动你的，你只有背过了可以信手拈来的时候体会才最深。比如我们经常说的“不积小流，难以成江河”，滔滔的大河确实是从溪流开始的。前些年我有机会做了三江源生态问题的调研，回来之后写了3份呈送国家领导人决策参考的研究报告，报告受到了国家主要领导同志的高度重视和批示，现在三江源是国家生态保护区，是国家级生态文明试验区。我当时不仅亲自到青海进行了实地调研，更为此读了很多书，查阅到了大量资料。报告的开头写得是很有诗意的，我说君不见黄河之水天上来，但是天在哪呢？天在我们青海三江源的源头，那里发生了什么，那里的生态受到了怎样的破坏和影响，我们应该怎样保护母亲河的源头，而源头就是“小流”、无数个湖泊构成的。所以，我这个报告就很有感染力，受到了重视，发挥了作用。在单位同事中，在很多重大问题调研中，我觉得真是带着一种使命感和责任感去做的，充满了激情、真情和热情。我在这个过程中以书为镜，来反观自己，反观企业，反观社会，反观我们的经济发展，反观我们的政策设计，这样一个过程你不觉得是付出，而是收获。

第五个“jing”：是竞争的竞。企业常常讲有形资产无形资产，我觉得一个人也是一样的。一个人既要有有形资产又要有无形资产，一个人在位的时候是你的总资产，你的能力加上你的职务加上你的社会地位等，这些资产组合起来是你的总资产，当你离开任职岗位时剩下的才是你的净资产，我们要为净资产而奋斗，不要为总资产而奋斗。这些话是一位老领导对我讲的，我一直记忆犹新，也努力为创造自己的净资产而奋斗。参与党中央国务院文件起草，给党中央国务院领导撰写为国家的、为人民的、为民族的政策咨询报告，这些年可以说我写了很多件。最近准备把我经济学著作、我的论文和研究报告正式出版，我已经出版了16本书了，最近我选出来准备出版的大致有11本书，分六个方面，包括宏观经济、国际问题研究、现代流通、国家重大战略等方面的研究成果。我想，只有不断付出而不求回报，一个人、一个企业才有竞争力，而且这种竞争力是由内而外的，是一种持续的竞争力，是不间断的，不会因为外部环境变化而受到影响。所以，我觉得读书是一个人生命的一部分，或者说是生命中最重要的部分。

彭成集团多元化的发展，取得的进展值得庆贺，但是更值得庆贺的是，找到了一条可持续发展的企业道路，如果更多的企业选择这样的道路，中国企业将是非常了不起的。一个人读书要形成定力，要具有用心思考的能力，要具有融会贯通的能力，才能在读书的道路上更加有修养，更加有作为。我现在工作非常忙，但我把读书作为我生命的一部分，把创作作为我生命的一部分，我会把我读书的很多感悟转化成作品。目前我多年创作的古典诗词集马上要出版第三部了，已出版的两部诗词集得到了社会高度认可和评价。我出版和发表经济学的作品在经济学家里也可以算是多的，在业余时间我还写书法，尽可能用多种载体把多读书、读好书变成会读书、善提炼和创作成优秀文化品。我想，只有把读书作为自己的嗜好，或者一种癖好，才能在读书的道路上，在从政的道路上，在经商的道路上，在人生的道路上，在做学问的道路上，真正成为一个成功人士。成功人士绝对不是你的官位大小，你的财产多少，而是你的学养深厚还是浅薄，你思想境界的高低和道德修养的优劣。

颍川诗书品评

国学诗学大家的品评

《颍川吟草——陈文玲诗词选》序

这是陈文玲女士的第一本诗词集。作者讲，集子中的作品从来没有发表过，既没有公之于报刊，也没有传之于网络，统统是“新媳妇第一次见公婆”。

那么，作者是不是一位新手、一位初出茅庐者？我是经朋友介绍认识文玲女士的。拿到她的作品，起初并没有寄予厚望。翻了几页，很快被吸引住了，渐渐生出一种惊喜，感到作者出手不凡。她不但以对诗艺的孜孜追求令我感动，更以独到的思想情怀和艺术境界令我振奋。这里，没有故作高深、没有矫揉造作、没有古色古香、没有陈词滥调，有的是朴素真挚的感情，充溢着生活芬芳和时代气息，我感到作者的追求恰恰是我所期盼的。

提起女诗人，人们难免会想起诗词史上一大串闪光的名字：古代的班婕好、蔡文姬、朱淑真、李清照，现当代的丁玲、沈祖棻……女诗人多以委婉细腻引人入胜。文玲不废婉约，却很难把她归入婉约派。她的诗使我想起一个响亮的名字——秋瑾。“身不得，男儿列，心却比，男儿烈！”秋瑾的诗如狂飙天降，堂堂男子汉都难有她那种宏伟气魄。但文玲的诗词不是怒目金刚、呼啸呐喊式的，而是充满着哲理，有着大胸襟、大视野。这和她的特殊经历大有关系。她从小爱好诗词，在大学里学的是文科，读研究生时专攻经济学，后长期在政府决策研究部门工作。她的本职工作是对经济和社会发展的重大问题进行研究，在调查研究的基础上建言献策。对国计民生的长期思考形成了她的使命感，影响着她的气度和胸襟。她调查过许多重大课题。每完成一项调查任务，她就要挥毫赋诗，一吐胸中之块垒。仿佛说理式的文字还不足以表达她的全部感受，还需要用形象思维作为逻辑思维的补充。很有趣，集子中的好多首诗词都是调查研究的“副产品”，冷静思考缜密论述之后，必定继之以汪洋恣肆的感情流淌。这大约是她的一种比较独特而又合理的生活方式吧！

2008年，作者受命赴青藏高原调查研究“三江源”问题，写了四篇关于保护、恢复、建设自然生态的调查报告，填了四首《念奴娇》。下面是其中第一首：

众山之恋，
三江源、
喜马拉雅俯瞰。
恣肆汪洋，
板块易、
拔地而起伟岸。
雪化冰融，
湖泊千万，
汇聚波澜卷。
飞流直下，
纵横天地星汉。

生命择水而安，
若水唯上善，

盘古之赞。
放眼奇观，
九州苑、
血脉流淌如练。
不尽长江，
澜沧湄公畔，
黄河飞溅。
文明人类，
母亲乳汁浇灌。

难以置信，这是女诗人写出的词章。祖国山河之壮丽，大自然之伟力，作者之无穷感慨，如飞流直下，尽泻于毫端。读罢心旷神怡。

作为女性，作者也有委婉纤细的一面。譬如她访问台湾之后写了一组诗，其中两首《忆江南》：

凝眸望，
谁晓我柔肠？
东海岸边涛送暖，
京城大雪已遮窗，
能不念家乡？

风催浪，
卷起韵成章。
昨日绵绵播春雨，
今天漫漫漾秋香。
两岸共芬芳。

这里，有柔肠、有痴情，但没有“小女人”的脂粉气、闺阁气。思乡之情和同胞之情交汇在一起，既有委婉，又不乏大气。

她的一首《一剪梅 · 满院菊黄》给我留下很深的印象。我以为，这是一首难得的咏物诗，咏出了前人未咏之境，写出了菊的风骨、结尾的“荣辱皆休，高雅长留”是点睛之笔，令人回味无穷。

情染竹篱望晚秋。
满院菊黄，
一缕清幽。
花中唯此傲霜枝，
香漫层楼，
醉浸心头。

昂立金风韵意流。
举目霓裳，
俯首娇柔。
缘何陶令赏东君？
荣辱皆休，
高雅长留。

好诗常常具有哲理性。诗的哲理与哲学著作中的哲理有相似之处，也有不同之处。科教书中的哲理是经过严密推理得出来的，离不开分析、归纳、演绎、判断。诗中的哲理，特别是中国传统诗学中的哲理，常常表现为一种感悟。“抽刀断水水更流，举杯销愁愁更愁”“不识庐山真面目，只缘身在此山中”这些名句中的“理”都不是通过逻辑推断得出来的。宋人严羽说：“大抵禅道惟在妙悟，诗道亦在妙悟。”集中还有不少诗章，如《千秋岁》三首、《十六字令》三首、《兰陵王·咏山》等，都是诗和哲理的结合，体现出作者独到的悟性。

应当说，集子中的诗词有的很精彩，有的还需要进一步打磨。可能由于工作节奏太紧张，无暇细细推敲，个别句子对格律的掌握略显粗疏，好在集中确有很多闪光的篇章，显示出一种新的活力、新的生机。这恰恰是当代诗词创作所欠缺的。所以，我很愿意为文玲的诗词鼓与呼。它虽然不是完美无缺、无可挑剔的，却能够给我们的诗坛带来新风。

郑伯农

2010年春节于北京

附记：

1. 郑伯农，福建长乐人。1962年毕业于中央音乐学院。历任文化部政策研究室、文联研究室干部，《文艺理论与批评》副主编，中国作家协会党组成员，《文艺报》主编，中国社会主义文艺学会常务副会长，中国电视艺术委员会委员，中国国史学会常务理事，中国作家协会全国委员会委员。1958年开始发表作品，1979年加入中国作家协会。著有评论集《在文艺论争中》《艺海听潮》《看史凭谁是是非》等，部分作品译有外文版本，并在国外发表。《在崛起的声浪面前》获1983年《诗刊》优秀作品奖，《也谈讲真话》获1991年《人民日报》优秀杂文奖。曾为中华诗词学会会长，现为中华诗词学会驻会名誉会长、《中国当代诗人词家代表作大观》编委会顾问。

2. 2009年，作者的同事现国务院参事忽培元先生将其诗作推荐给郑伯农先生，郑伯农先生给予作者鼓励并校正作品，同时介绍我加入了中华诗词学会。郑伯农先生先后为《颍川吟草》《颍川诗草》两部古典诗词集作序，并参加了作者已经出版的三部古典诗词集的发布暨中华诗词高端研讨会。

《颍川诗草——陈文玲诗词选》序

序一

我与颍川女士相识有年，起初只知她是一位专业、严谨的经济学家兼政策研究专家。直至某一日，她忽然捧着一叠厚厚的诗稿给我，请我“予以指点”，这时我才惊讶地发现，她原来是一名超凡脱俗的诗人。

东坡云：“文如其人。”然而他却无法解释，刚正不阿、几近圣贤的司马温公（司马光）竟能写出缠绵悱恻的词句：“/相见争如不见，有情何似无情。”其实，人性是立体的，人的思想感情也是复杂的，“无情未必真丈夫”。再理性的学者、官员，也未能免情，案牍劳形之余他们也照旧可以成为很好的诗人、词人。司马温公自然是其中的佼佼者，颍川女士亦应该是温公一类人吧。

读颍川女士的诗词，不得不惊叹其眼界之开阔，诗情之充沛。从西北到东南，从深山到大漠，颍川女士的足迹几乎贯穿了整个中国，在每一片土地上，都留下了她真情洋溢的诗篇。更为难得的是，她的笔下不仅描绘了绚丽的风景，亦刻画了风景之中（或之外）辛勤劳作的农民工、藏族老妈妈和那些创造着美好生活的人们，还抒怀了很多用诗意表达的哲思。这类题材是旧时才女不曾涉及也无法涉及的，透过这些诗篇，可以看到当代新中国女性独有的胸襟和风采。

颖川女士已经出版了第一部诗词集，我为之题写了书名，并写下了“珮缤纷繁饰，循绳墨不颇”这一赠言。如今她的第二部诗词集又将付梓，两相比较之下，我发现颖川女士的诗艺“更上一层楼”了，尤其是对格律的把握，无疑是更娴熟、更自如了。唯一令我感到遗憾的是，颖川女士的诗词使用了“新韵”而不是“正韵”。

毋庸讳言，我这个老顽固一直旗帜鲜明地反对在诗词创作中使用“新韵”。原因大抵有二：其一，“新韵”无入声，北方方言中的入声是因异族入侵而消失的，应该看到，汉语的表现力从而削弱了。我是文山先生的后裔，也许出于“狭隘的民族主义”，我才反对“新韵”。其二，“新韵”以现代口语为基础，而现代口语是不稳定、不恒久的，使用“新韵”显然不利于诗词创作的规范化。我并不赞同颖川女士使用新韵，但让我自己也感到诧异的是，我还是颇为喜爱她的诗词，并认真地读完了她的诗稿。我想我应该是被她那颗纯粹的诗心、那份优雅的诗意给打动了，因而才忽略了与我的观点有所冲突的诗韵吧！

尽管我非常欣赏颖川女士，并称之为“巾帼英雄”。但有时我亦会毫不留情地批评她诗词中某些所谓“瑕疵”。多亏她的雅量，每一次她都会和颜悦色地聆听我的意见和建议，并在回去之后反复修改。同时，她还求教了袁行霈、郑伯农等国学和诗学大家，由此可见颖川女士虚怀若谷和认真执着的治学态度。

我认为，理性思维与诗性思维存在诸多差异，两者之间的转换是诗人必须具备的思维方式，颖川女士就经常处于理性思维和诗性思维的转换之中。她曾出版了20多部经济学著作，发表了300多篇经济学论文，在理性思维的同时，进入审美的境界，把美的观照与纯逻辑的文字表述剥离出来，用感性的体验与领悟，创作了一批难能可贵的好诗好词，这是非常不容易的。

纵观历史，中国现在处在一个最好的时期，一个强大的中国、一个正在世界民族之林迅速复兴和崛起的中国，已然出现在全球瞩目的视野中。盛世兴文化，盛世出思想，盛世旺诗词，盛世生诗人。中国只有成为文化大国，中国的文化和价值观只有得到世界更多的人认同、赞赏和倾慕，中国才有可能最终在世界上成为具有大国风范的精神领袖，才会真正有自己的话语权和影响力。颍川女士第二部诗词集出版值得欣慰和庆贺，就在于此。我相信，颍川女士将在不远的未来，创作出更多、更美的诗篇。请朋友们拭目以待。是为序。

文怀沙

2012年1月于北京

附记：

1. 文怀沙，中国国学大家，斋名燕堂，号燕叟。笔名王耳、司空无忌。现为西北大学“唐文化国际研究中心”名誉主席，中国诗书画研究院名誉院长，黾学院名誉院长，燕堂诗社社长，上海大学文学院名誉院长等。文怀沙老人是作者诗词创作道路上的恩师，对作者的诗词创作给予了悉心指导，并审阅了作者出版的三部诗词集，提出了宝贵的修改意见和建议，使作者诗词创作水平不断长进。文怀沙老人为作者的第二部诗词集《颍川诗草》题写了序言。

2. 文怀沙老人一生曾经多次蒙受灾难，但其坦荡的胸怀、宽容和包容的人生态度、乐观豁达的性格及其深厚的文化底蕴，使其保持着良好的心态和身体状态。作者于2000年左右结识了文老先生，经常拜望老人，听其文采飞扬和高谈阔论。当2010年老人遭受个别媒体人攻击炒作时，作者曾带她的博士生与文老深度交谈和讨论人生和诸多史学、文学和当代社会，在此基础上撰写了《文怀沙老人应该受到尊敬与保护》一文，由此与文老结下深厚友谊。

3. 文怀沙老人参加了作者第一部诗词集发布暨中华诗词高端研讨会，会上发表了40多分钟即席讲话，为作者题写了第一部诗词集题签，并赠作者“珮缤纷繁饰，循绳墨不颇”书法以鼓励。

序二

这是陈文玲同志的第二本诗词集。收入新集子的，除了部分早期作品，大部分是近年写出来或整理出来的。创作之勤奋、收获之丰富，令我惊讶不已。

好诗往往产生于经意与不经意之间。经意就是要执着追求、刻苦磨砺。王国维说，做学问有三个境界，作诗也要经历类似的三个阶段。所谓“/昨夜西风凋碧树，/独上高楼，/望尽天涯路”“/衣带渐宽终不悔，/为伊消得人憔悴”“/众里寻他千百度，/蓦然回首，/那人却在，/灯火阑珊处”，讲的都是每个创作阶段的艰苦和付出。没有丰厚的生活积累，没有精心的艺术构思，好作品是出不来的。但有了生活积累，有了精心思考，不等于笃定就会写出妙句。什么时候灵感袭来，冒出佳句，这有很大的偶然性。也许在你苦思冥想的时候，也许在你休闲散步的时候；也许是你意料之中的佳句，也许是你突然产生顿悟，冒出的佳句，完全出乎自己的意料。所以，形象思维又有不经意的一面。“/踏破铁鞋无觅处，/得来全不费工夫”，“/有心栽花花不开，/无心插柳柳成荫”，这样的情况会经常发生。周恩来说，文艺创作的规律是“长期积累，偶尔得之”。这是精辟的真知灼见。

文玲同志供职于国务院研究室，调查研究、建言献策是他们这些人的神圣使命。工作的性质决定了她要经常在全国各地奔走，甚至赴外考察。闹市大都、穷乡僻壤、名山大川、穷山恶水，都留下她的足迹。每到一地，首先要考察与国计民生有关的重大问题，并就此写出相关的报告。作为国家干部，写出调查报告，就是完成了工作任务。作为诗人，她又不满足于完成这些使命，调查研究中，不仅萌生了对重大问题的理性思考，也产生了澎湃的诗情，于是就有了她的那些诗句。可以说，诗作是工作的副产品，但这并不意味着建言献策的文字就一定比诗的意义更重大。理性思考和诗情勃发是相辅相成的，正因为她把对社会深远的理性思考和对湖光山色的纵情领略结合起来，把缜密的理论分析和恣肆的感情喷发结合起来，才成就了陈文玲这么个独特的诗人。她有女性的敏感、细腻，又有一般女性所缺乏的大胸襟、大视野，这和她的特殊禀赋有关系，更和她不寻常的人生经历有关系。可以说，对经济社会问题的深入调查，对国计民生问题的深入思考，造就了一个卓有成就的经济学家，也给她的诗词创作奠定了深厚的生活和思想基础。

文玲的诗，有的直面人生、有的很超脱。不论“直面”还是“超脱”，都没有离开她脚下那片土地。集子中有一首写长白山天池的七律：

水在山巅牵梦想，半山古柏和诗章。
方才细雨纷纷下，转瞬新松淡淡妆。
赤壁环池情暗送，白云绕岭韵深藏。
流连忘返湖之美，不似凡间躁动江。

她很陶醉，确实“流连忘返”，但并没有完全“回归”到大自然中去。对自然美的向往之中，涌动着她对人间浮躁之风的隐隐忧患。

如果说上面这首颇有飘逸之风，那么下面这首《忆江南》则是和着血泪写出来的。2008年“三聚氰胺”奶粉事件之后，作者和几位同志一起利用国庆节休假赶写了两篇关于医药食品安全问题的调研报告，得到中央国务院主要领导同志的重要批示。回忆这桩事，作者久久不能忘怀。激动之中挥笔赋诗：

/无法忘，/泪水透衣裳。/三聚氰胺充奶粉，/穷人幼婴作干粮。/能不受其伤？　　/悲情怆，/奋笔写文章。/国庆七天不出户，/洋洋万语为扶桑。/酿造幸福浆。

在文玲的诗集中，“旅游诗”占相当大的比重。她每到一地搞调研，几乎都要留下一组诗。严格地说，它们不是通常意义上的“旅游诗”。这些诗在风光和民俗之中，蕴含着作者对社会和人生的丰富感悟。2010年她到上海参观世博会，写道：

/盛世辉煌璀璨妆。/五彩霓裳，/几曲长廊。/浦江两岸漫诗章。/同坐船舱，共赏灯乡。　　/新旧交织梦幻翔。/昨日沧桑，/现代风光。/高楼大厦雾中藏。/半入天堂，/半落心房。

作者以抒情的笔调写出了上海这个东方大港的巨大变化。“半入天堂，半落心房”，这样的句子清新别致，使人一吟难忘。

她对雪域西藏怀有深情，集子专门有一章“西藏篇”，既有旖旎风光，也有人物肖像，还有写青藏铁路的。特别是那组写人物肖像的诗，给我留下很深的印象。如《诉衷情·西藏姑娘》，寥寥几笔，就勾出了栩栩如生的人物画像。

/格桑花语调悠长，/遍野纵情香。/何方美景独特？/西藏圣洁乡。　　/风沐浴，/雨梳妆，/酒穿肠。/染绯红色，/梦想天边，/大朴诗章。

我国自古就有写家庭伦理的诗歌。文玲也有一组这一题材的作品。古今爱家的人都追求家庭的和睦，但不同时代对和睦的要求是不一样的。古人要求晚辈对长辈、女性对男性的绝对服从，以夫唱妇随、举案齐眉为和谐家庭的样板。文玲笔下的理想家庭，绝对是当代的。其特色不在于展示最时髦的生活景观，而在于捕捉住了当代人的特殊感情：一个在高节奏中忙碌，在多维度中拼搏的人，总希望家庭成为自己的港湾。既是万里行船的停靠之处，也是感情和心灵的停泊港湾。她的诗很温馨、很浪漫，读了令人回味无穷，感慨丛生。

/深情不语爱相随，/倚岸待舟归。//忧愁疲惫何解？/港湾靠心扉。　　/沙漠绿，/雨轻催，/暖风吹。//夜深人静，/感慨丛生，/几许春晖。

——《诉衷情·港湾润心扉》

/承载爱和愁，/无数春秋。/桑田沧海再回眸。/漫漫时光情最贵，/已在心头。　　/世上何难求，/风雨同舟。/鬓白方晓韵长留。/锅碗瓢盆交响曲，/美不胜收。

——《浪淘沙令·观〈金婚风雨情〉》

集子中有好几首六言诗，这大概是作者对诗体创新的一种尝试。古代就有六言诗。毛泽东致彭德怀的六言诗是广为人知的名篇。文玲的六言诗是和叠字结合在一起的，别有一番风味。

梅子梅雨梅关，石板石壁石山。
古风古韵古道，花落花开花繁。
草香草绿草酣，名人名事名篇。
风流风情风度，江汇江涌江澜。

——《六言诗·梅岭古道即景》

西湖西泠西溪，古塔古桥古堤。
青山青草青树，春雨春花春泥。
民意民风民居，传说传唱传奇。
感悟感怀感动，天赐天堂天衣。

——《六言诗·杭州即景》

这本集子中所有的诗都押新韵。个别押仄声韵的词，作者也尝试着押平声韵。我在欣喜之余感到，诗的质量还欠均衡，有的很动人，有的欠打磨，像是即兴之作。诗家在编诗集的时候，有的主张全收，有的主张只收经过认真打磨并获得读者青睐的东西。我觉得两种路子各有所长，只要能反映作者的整体创作水平即可。

郑伯农

2011年初秋

附记：

1. 本文为郑伯农先生为作者第二部诗词集撰写的序。

2. 第二部诗词集的全部诗稿请郑伯农先生斧正，他对其中十几首诗词提出具体修改意见，增加了诗作的精确性。郑伯农先生出席并主持了作者第二部诗词集发布暨中华诗词高端研讨会。

《颍川诗词——陈文玲诗词选》序

序一

人性的立体与诗情的多元
——在《颍川诗草——陈文玲诗词选》新书发布暨中华诗词高端研讨会上的发言(代序言)

各位领导、各位专家、各位朋友：

今天我们相聚在灵山秀水的广东惠州，感受着苏东坡等古代先贤厚重文化积淀的灵光与文气，举行《颍川诗草——陈文玲诗词选》新书发布暨中华诗词高端研讨会，可谓别有韵致，独具匠心。我能应邀作为发言嘉宾也感到非常荣幸。我准备发言的题目是《人性的立体与诗情的多元》。

首先，我们作个假设，假如事先不知其情，我们只把《颍川诗草》中一些柔情似水的篇什加以列举，来判断其作者的社会身份，我想很难会有人把这些超凡脱俗、灵动柔美的诗篇与广学博闻、庄严权威的国务院研究室司长、著名经济学家这些重要信息联系起来。这就是人性立体与诗情多元化的生动体现。其实古往今来的圣哲贤达中，立体人性与多元诗情的事例也不胜枚举。

2010年，在北京孔庙与国子监召开的文玲同志第一本诗词集

《颍川吟草》发布会上，我也有幸应邀出席，并在发言中呼吁公务员写诗，谈了我个人的看法。事实上，公务员特别是在国家高层机关担负高级或重要职务的公务员，由于其社会视点高，宏观信息量大，一旦突破了诗词技术层面的樊篱，他们在诗词创作尤其是主旋律诗词创作上，就会有其得天独厚的优势。马凯同志的《抗洪十首》《抗雪十首》《抗震十首》等，就是突出的代表。当然，马凯同志在《诗词存稿》《心声集》中，也有许多如《听小女胎音》《外孙出生》《下班归来》等人情味很浓的诗篇。同样体现了这位国务委员兼国务院秘书长的立体人性与多元诗情。所以，在包括诗词在内的文学创作中，我们弘扬主旋律，非但不排斥多元性，而且大力提倡多样化。因为主旋律的作品，是一个时代文学的挺直的脊梁；而多元化的作品，则是这个时代文学丰满的血肉，二者不可偏废。文玲同志的同事和文友、国务院政策研究室司长、著名作家忽培元同志，在侧记我的一次有关为传统诗词注入时代精神的发言中这样写道："他推崇先贤主张的两点：一是时代精神，二是便于群众阅读。为此，他不怕有人批评自己的诗有'标语口号'之嫌。这是一种勇气，或许也是一种阶段性的理解和认识。其实李先生的诗词中，也不乏抒情写景和寓情于景的含蓄之作以及耐人品味的婉约佳品。从主体意识上讲，他只是在表达一种'矫枉过正式'的看法而已。"对于忽培元方家的这一点评，我是引为知己的。因为我总觉得，作为中华诗词学会的一名工作人员，在事关中华诗词文化繁荣发展方向问题上，应该尽到自己的话语责任。

身为经济学博士生导师的陈文玲，曾经出版了20多本经济学著作，发表了300多篇重要经济学论文，其逻辑思维的严谨与政策用语的准确，令同行们赞佩；在短短的两年时间内，身为诗人词家的文玲同志，整理了她多年创作的诗作词作，连续推出《颍川吟草》《颍川诗草》两部高质量的诗词集，其形象思维的浪漫与诗词语言的光鲜，同样令诗友们叹服。

纵观陈文玲集经济学家与诗人词家于一身的立体多彩人生，《颍川吟草》《颍川诗草》所彰显的诗词艺术风格，也是主旋律与多样化的统一。作为国务院研究室高层决策咨询研究机构的智囊人物，陈文玲心系国计民生的博大情怀，在诗词作品中都充分得到展示。如2008年"三聚氰胺"奶粉事件之后，文玲和她的同事们深入调查，放弃了国庆七天长假，奋笔疾书，突击写了两篇有分量的关于医药食品安全的调查报告，得到中央国务院主要领导同志的重要批示，促进了人民困苦的解除。她在工作之余创作的词作《忆江南》："/无法忘，/泪水透衣裳。/三聚氰胺充奶粉，/穷人幼婴作干粮。/能不受其伤？　　/悲情怆，/奋笔写文章。/国庆七天不出户，/洋洋万语为扶桑。/酿造幸福浆。"则是血与泪的控诉和正义良知的呐喊。她还有一些诗词作品是对祖国建设成就的热情讴歌。但作为陈文玲立体人性和多彩情感中陶冶性情的一个侧面，《颍川诗草》中大量的篇什是对四季风光、祖国山水的赞赏和对天文地理、人情世事的感悟，从而更显现出这位女性诗人词家的柔美与温情。"四时轮值""壮哉寰宇""踏山听水""丁香结里""书海折枝""一泻情思""遍地锦瑟""殿堂怀旧"等锦绣篇章，勾勒出陈文玲诗意人生光彩照人的风情画卷，其中的佳篇丽句，如琳琅珠玑，美不胜收。当然，艺术无止境，创新无尽头，任何文学作品存有遗憾或白璧微瑕都是在所难免的。但现有的高度已为陈文玲诗家新的腾跃，搭建了起跳的平台。

最后，我想引用《颍川诗草》"一泻情思"篇章中的七律《生命的颜色》，来结束我的发言，并感悟陈文玲的多彩人生。

雁过秋窗色彩多，团云锦簇染婀娜。
难分层次催流水，不论高低越岭坡。
一份功德一份美，几重翠黛几重歌。
花香鸟语冬春错，生命斑斓意境河。

李文朝

中华诗词学会常务副会长

《中华诗词》杂志社社长、我国著名将军诗人

（2012年5月26日于广东惠州）

附记：

1. 李文朝，少将，著名将军诗人，中华诗词学会常务副会长、法定代表人，《中华诗词》杂志社社长，中国作家协会诗歌委员会副主任，中国书法艺术家协会常务理事。曾任解放军电视宣传中心主任。著有《古枝新蕾》《戎雅春秋》《李文朝将军诗词选集》《新闻知行录》等多部诗词集和著作，具有深厚的文学造诣和诗学造诣。

2. 作者在诗词创作的道路上，得到诗人李文朝将军的诸多支持和帮助。李文朝将军先后出席了作者三部诗词集发布暨中华诗词高端研讨会，在第二部古典诗词集发布暨中华诗词高端研讨会上，文朝将军发表了《人性的立体与诗情的多元》重要讲话，得到与会专家的高度赞赏，并成为社会高度认可和赞赏的重要观点。经文朝将军同意，本文作为作者第三部诗词集《颍川诗词》的序。

3. 文朝将军还是一位书法家，曾抄写了作者的《十六字令·诗》，被收入作者的书法集《颍川诗词书法》。

4. 文朝将军对作者有诸多理解与帮助，支持作者全力投入国家智库工作。作者每有重要新作发给将军，将军都会不吝赐教，提出宝贵修改意见，对作者提高创作水平大有裨益。

序二

既非幻 也非真
——《颍川诗词》印象

说心里话，我喜欢简约大气的诗词。对细腻婉约诗词不是不喜欢，而是不最喜欢。就像一直偏爱李白、苏轼、辛弃疾，次爱李商隐、柳永、李清照一样。对颍川诗词，在其第一本选集出版座谈会上，我曾应邀发言对她的“细腻”诗词加以推重，但仍未改变我对“大气”诗词的偏爱和对“细腻”诗词的次爱。此次颍川第三本诗词集出版，作者竟出乎意料地嘱我为其作序，难道她不知道我的创作风格与她的创作风格截然相反吗？还是有意让截然相反的两种风格碰撞出思维的火花呢？

真正沉下心来读颍川诗稿，我发现颍川诗词的“细腻”不仅出于她女性的“本能”和特长，还出于或者说主要出于她的博学、深察、精研和热心。她是著名经济学家、博士生导师，博学是必然的，深入调研建言献策，也是她必然要完成的“功课”，而对诗词的热心，对诗词受众的热心，也就是诗人的赤子之心，才是她的诗词超常充实和细腻的根本原因。在短短的几年时间里，她竟能认真地而不是草率地整理出版多年创作的九百多首诗词，并多方征求意见反复修改，这从她所作的大量注释中可以清楚看出来。而她对自己创作诗词注释的详尽，显然是有意让读者与其共享中华文化的灿烂与渊深。这，没有对诗词的酷爱，没有对受众的赤诚和热心是办不到的。另外，她的诗词和她为诗词所作的注释，也是她对自己心路历程和行为准则的忠实记录和诠释，是对领导和朋友们关心支持的涌泉相报。细细研读她的作品，你会惊奇地发现，它并非寻常的细腻，从它的细腻中我们不仅读出了婉约，还读出了豪放；不仅读出了广博，还读出了深邃。

颍川诗词的题材，几乎无所不包，从长江黄河到海浪溪流，从秦岭秀山到仙谷湿地，从花木虫鸟到书法绘画，从城郭民居到殿堂怀旧，从四季变化到日月星辰，从内心世界直至圆天方地……她不仅写得细腻，而且豪迈和深邃。例如她写长江："/孕育斑斓，/催生画卷，/一泻千里江天……/当此际，/地阔胸宽，/长河竞，/年年岁岁，/我亦在其间。"（《满庭芳·长江》）从头至尾，描写得相当细致但却不失长江的粗犷浩瀚，而词中有"我"，"我"亦豪放其间。又如她写富春江："/昨日东吴，/门泊惆怅，/风霜雪雨四时往，/烟波千里送归舟，/行人苦旅催双桨。　/春水清江，/一川梦想，/山居沙渚凭窗赏。/枝头新韵旧篇章，/丹青含露情流淌。"（《踏莎行·富春江》）一句"昨日东吴"就把人带入古代，让人联想到北之魏、西之蜀、东之吴的三国，那时的风霜雪雨，那时的千里归舟，那时的行人苦旅……而今却是"春水清江"流不尽的一川美好梦想。凭窗欣赏那江流山居，那枝头的新红旧绿，还有古人状写富春江的锦绣文章，就像展开一幅新的《富春山居图》，令人心驰神往。作者见识的广博细微，心思的缜密深邃，令人叹为观止！再看她写最难写的城市："/抖落几千年，/渲染江川，/湘风楚雨孕峰峦。/流淌古昔屈子梦，/盛满非凡。　/沧浪曲轻弹，/国运情牵，/贾谊凭吊写诗篇。/朗朗乾坤谁转动？/正领心弦。”这首《浪淘沙》词一看便知写的是长沙，而且写得很美，很深沉，很有韵致。最后一问“朗朗乾坤谁转动？”如果答曰：“大道无边”，也不错。因为老子有言，“道生一，一生二，二生三，三生万物”，“人法地，地法天，天法道，道法自然”。乾坤的运转当然要遵从道，遵从自然。但作者却答曰“正领心弦”，即这个转动朗朗乾坤的也正领引着“我”的心弦。是什么呢？从词中提到的古贤屈子和贾谊，特别是提到的“国运情牵”看，指的当然是能影响“国运”的思想和精神，可能是老子、屈子的、贾谊的……更可能是毛泽东的、习近平的……总之，是一种科学的先进思想和不遗余力的上下求索精神引领，推动历史的车轮滚滚向前。这就是这首《浪淘沙》给我们留下的想象空间。

古人云，诗贵含蓄，诗不可直说。颍川的诗词，有直抒胸臆的快意也有曲笔含蓄的柔美，且大多各得其所。而颍川诗词的含蓄，有的甚至“含蓄”直至成了“朦胧”：

误了清晨，
误了黄昏。
在路上，
寻觅知音。
浮光掠影，
逝去难存。
更无痕迹，
刻于史，
刻于心。

半生懵懂，

深秋却孕，
任由情、
一梦留吟。
诗中挥洒，
惊醒湿襟。
想那些事，
既非幻，
也非真。
《行香子·既非幻 也非真》

如果不看词牌，它不就是一首很抒情很含蓄的“朦胧诗”吗？颖川创作了这种风格的诗词，让词与新诗对接，也许正是古体诗词与今体新诗“结婚”创新的一个方向呢！而“既非幻，也非真”，我认为不仅指作者想的“那些事”，也可以用来概括作者写的“那些诗”。她的那些诗，都不是虚幻的、凭空臆造的，而是有着极为坚实依据的。但它又不是真实的翻版，它是真实的意象化，即用自己的情感、情绪夸张、提炼、修饰、诗化了的，所以说“也非真”。

在作者第二本诗词集中，已经有了不少具有禅意的诗句，例如“灵魂涅槃驰骋，酿成优雅梦”；“似无无有道，似道道无形”“岁月风铃，时光春梦，交织错落书山径”等，而在第三本颖川诗词集里，整首诗或词都是哲理和禅意的表达，成为她创作的一个新特色。她笔下的大自然有了思想，寻常的花朵吐露的不仅是馨香，而是潺潺的心语，如《兰花花语》《三角梅花语》《油菜花花语》《荷花花语》《荷花禅意》等；她捧读圣贤书，与古人心灵碰撞，读出了深邃，读出了哲思，读出了感悟，如《读〈道德经〉》《读〈易经〉》《读〈论语〉》《读〈孙子兵法〉》《雪夜读书》等；她写了自己的内心世界，一泻情思，也充满着思考和令人感动的人生感悟，如《成长感怀》《感悟人生》《大隐隐于心》《一叶扁舟》《岁月无悔》……她诗中的题材都是现实的，亦是真实的，但都是诗意和凝练的，又具有蒋子龙先生所说的“机趣”，散发着浓浓的墨香和诗香。依我看，这样的诗词作品，在目前众多的诗词创作中不仅独具特色，而且随着时间的推移，将越来越显现出独特的诗学价值。

“既非幻，也非真”，这就是颍川诗词给我的总体印象。但它并未改变我对简约大气诗词的偏爱。这，也是心里话。何况，颍川的细腻并不失简约和大气，只是有些诗词还有简约的余地和大气的空间而已。

易 行

2014年5月12日

附记：

1. 易行：名周兴俊，原《中国出版年鉴》执行总编、线装书局总经理兼总编辑，中华诗词学会副会长，中央文史馆中华诗词研究院常务副院长。先后主编多部年鉴和诗文选集，著作《中国诗学举要》影响深广。

2. 易行先生参加了作者第一部、第三部诗词集发布暨中华诗词高端研讨会，并在会上做了重要发言，在作者第一部诗词集《颍川吟草》发布会上的发言被收入易行先生的诗论等相关著作中。应作者邀请撰写了《颍川诗词——陈文玲诗词选》的序。

3. 易行先生既是一位杰出诗人，也是一位杰出出版人，在线装书和古诗词研究出版方面成就突出。在易行编著的《古今词范》《焦裕禄唱和》《西北望长安》等若干著作中，收入作者多首诗词作品。

序三

文章合为时而著 诗词合为事而作
——《颍川词稿》弁言

颍川方家新集行将刊布，问序于余，余何人斯，乃蒙颍川见许如此。余本椎鲁无文，更无经世之才，岂敢唐突以解人自期。颍川于诗词一道，沉浸醲郁，述作纷纶，而尤有礼贤之德。余于颍川之作，虽有临渊之羡，而自愧学殖荒落，于诗词一道，尤辄袖手。盛意知不可却，叵耐久疏翰章，笔拙思荒，乃承颍川推许过情，徒增颜汗耳。

细读颍川方家此集，其可观处，约略可得如下数端：

贴近时代，反映时事，初不以发思古之幽情为能事，更不作无病之呻吟。披览词稿，举凡江河湖海，峰岭溪谷，无不关涉笔端；春秋雨雪，花木茶石，无不以入辞章；九州四海，异域风情，无不见诸情怀；感怀赠别，读写歌吟，莫不以成机趣；哲思咏叹，人事描摹，靡所不包；咏史怀古，兴会感遇，靡所不具。其体则古近律绝，长调短歌，靡弗备矣。余意以为，文学代兴，王静安所谓“凡一代有一代之文学”，意谓质文代变，乃是文学大势所趋；穷则思变，亦史实之恒然。文章之事，始简而终繁，必然之事，殆无疑义。以人文日繁，而载文之工具日便，外内表里，相资而弥盛也。故文学之发展，亦必循时渐进，不可止步不前。中唐以前，文学之士，亦多有不甘扬尾闾之余波，蓄志摹先汉之古语者。韩昌黎所以能起布衣而振衰八代，其圭臬正在“唯陈言之务去”，亦即不堕前人之窠臼也。似此皆足征文学发展必应继承优秀传统，兼采厥长，遐弃其短，挹群山之雨露，溉廛里之芝兰，汲取营养，又不自设藩篱，开启革旧除弊、推陈出新之路，盈科而后进，然后可以达诸康庄者矣。白乐天《与元九书》：“自登朝以来，年齿渐长，阅事渐多，每与人言，多询时务；每读书史，多求理道。始知文章合为时而著，歌诗合为事而作。”颍川诗词，遍写时事，兼容时代气息、现实生活，与社会发展同行，正所谓为时而著，为事而作者。其识见广博，阅历丰富，昔人所谓读万卷书，行万里路者也。孟子曰“知人论世”，一人有一人之诗，一时有一时之事，故诵其诗，可以知其人、论其世。颍川集诸作，通今古，涉百家，其尤重在独立思考；亦知读颍川之诗之词，可以广见闻，博时事。此其一也。

格调高迈，立意独高。自古道德文章，每要求相形不悖。《论语·学而篇》：“子曰：弟子入则孝，出则弟。谨而信，泛爱众，而亲仁。行有余力，则以学文。”是先德行而后文学也。邵长蘅《与魏叔子书》：“圣贤之文以载道，学者之文蕲弗畔道。”以真情临文，兼具思想之醇正，则格调自高。唐顺之《答茅坤书》：“今有两人，其一人心地超然，所谓具千古只眼人也，即使未尝操纸笔呻吟学为文章，但直抒胸臆，信手写出，如写家书，虽或疏卤，然绝无烟火酸馅习气，便是宇宙间一样绝好文字。其一人犹然尘中人也，虽其专专学为文章，其于所谓绳墨布置，则尽是矣；然番来覆去，不过是这几句婆子舌头语。索其所谓真精神与千古不可磨灭之见，绝无有也，则文虽工而不免为下格。”识见广博，兼以格调高迈，则创作自然气势恢宏，舒卷自如，此颍川独到之处。如颍川诗词中《青玉案 · 和平畅想》前阕：“/晨曦驶到云之塞，/融入海，/方澎湃。/人来人往，/谁胜谁败？/哪里扎心寨？”又《贺圣朝 · 又于飞机赏日落》：“/横观远日匆匆落，/红霞飘飞泊。/隔窗对望叹天河，/满目沧桑色。”《临江仙 · 一江鎏金》：“/凝望长河涌动，/斜阳洒落江中。/泛金鎏彩化霓虹，/霞光催梦想，/煮酒论英雄。”集中似此者夥，其所经历与所感怀者皆古人所无之境界。故读颍川之诗之词，可以高格调，抒怀抱。此其二也。

章实斋《文史通义 · 妇学篇》：“夫才须学也，学贵识也。才而不学，是为小慧，小慧无识，是为不才。不才小慧之人，无所不至。以纤佻轻薄为风雅，以藻饰标榜为声名，炫耀后生，猖披仕女，人心风俗，流弊不可胜言矣。”故知诗词抒情写意之外，尤贵在勤于思、精于辨，虽云以不涉理路胜，而终以识见相高。颍川以经济名家，广学多闻，笔触所至，多有沉思。如《捣练子 · 农民工之忧》：“/人在此，/但无名，/大厦高楼何处容？/只待每年春节至，/匆匆归去饮乡风。”又《清平乐 · 访美有感》：“/唇枪舌剑，/彼岸堪征战。/小小寰球风漫卷，/谁把春归呼唤。” 所见者真，所识者深。故读颍川之诗之词，可以省惕自励，参悟事理。此其三也。

我国诗文，自来无用标点，全凭四声抑扬顿挫、起伏跌宕而自然成文。尤以诗词，平仄叶韵，均以语言声韵合乎自然，吐纳之间声情并茂。我国文字之音，上古仅有平、入二声，周初有上声，三国之末始有去声，元代北音失入声而有阳平。自蒙古铁蹄直入中原，以外族不辨四声，每作胡音，吾人奴役于人，自不能不仰人鼻息，学步于邯郸，效颦于捧心，我国北方语言之变，无巨于斯。四声失其一，北人渐不辨入声，平仄互乙，故语调之升降相逆。今之所谓普通话者，于唐宋人何啻阴阳怪气？故无视今日语言声韵之迥异于昔，而斤斤于辨平仄，孜孜于循声韵，以今音诵读、吟咏，以为古人如是者，宁非刻求之举，得无胶柱之讥乎？颍川诗词直抒胸臆，不以辞害意，亦有以今音入律者，实古诗词之变体。所谓无一定之律，而有一定之妙。《满庭芳·长江》："/孕育斑斓，/催生画卷，/一泻千里江天。""孕育""催生"，皆以现代语汇入词，而能天衣无缝。似此推陈出新，实今日创作所必须，倘仍必指摘何者征古，何处训典，岂不可笑。故读颍川之诗之词，可见其孜孜探求，一新耳目处。此其四也。

创作勤奋，情有独钟，深情沛乎行间字里。昔人每叹作诗为苦，太白语工部云："/借问何来太瘦生，/总为从前作诗苦"，工部亦尝自言"/百年歌自苦，/未见有知音"。俱缘耽情艺事，"语不惊人死不休"也。唐人卢延让云："/吟安一个字，/拈断数茎须。" 贾岛："/两句三年得，/一吟双泪流。/知音如不赏，/归卧故山秋。" 古事简而今繁，今日之创作，岂容极尽推敲一字之工巧，更难沉潜辨识一辞之精微，古今之势异矣。譬诸颍川词作《荆州亭·一叶扁舟》："/一叶扁舟摇曳，/缓缓驶出心域，/梦在浪中行，/落在平湖成绿。"自然自在，言由心生，脱口成诵，不假雕饰。颍川方家诗词集三种，计得诗词九百馀首。颍川公务纷繁，又以经济学家名世，以余事涉诗词，而勤勉如此，令人钦佩。颍川每有诗成，辄与友朋切磋，杜工部诗云："文章有神交有道"，亦"同声相应，同气相求"意也。清人李沂云："学诗有八字诀，曰多读，多讲，多作，多改而已。"颍川得其旨欤？读颍川之诗之词，每叹其创作激情似火，类其为人。此其五也。

虽以时事入诗，而仍能师心古人。如颍川词《天仙子·乡间小住》下片："/小住养伤伤已褪，/归去来兮寻泾渭。/京城虽大少清幽，/车马累，/人情贵，/欲转星河随景寐。"则娓娓道来，亦古亦今，饶有兴致，其尚友古人之思，乃跃然纸上。又《一剪梅·水墨无声》："/水墨无声饱蘸情，/古往今来，/气韵相通，/疾风骤雨任枯荣。/冷暖由之，/挥洒心灵。"必能出新，又不师心自用；不然，出新者于古无征，效古者泥古而无所出；是皆滞碍难通。斟酌乎文质之间，檃括乎雅俗之际，履中而不偏，切要而无失。感情之真，思想之善，形式之美，乃为诗词之极则。性情既真，形式又能翕张自如，文质兼楙，遂划然映现一代之辉光。诗词以情思为本，固矣。自来诗词欲图变革者，每纠结于旧有形式之桎梏。余居恒以为古诗词者，首在格律，平仄粘拗，属对叶韵是也；格律之上，须讲字面，所谓无一字无来历是也，炼字修辞，诗眼警策是也；字面之上，再须炼意，则修辞立其诚，诗以言志、言为心声是也；再上则炼声，叠韵双声，开齐合撮，阴阳宏细，沉郁顿挫，所谓言之不文、行之不远也。诗词技巧，无非此四事耳。《汉书·艺文志》："书曰：诗言志，歌咏言。故哀乐之心感，而歌咏之声发；诵其言谓之诗，咏其声谓之歌。"是艺文之正轨，诗词之真谛也。读颍川之诗之词，仍能俯仰今昔，思接千古。此其六也。

今欲探寻诗词发展之新路径，必以反映时事、识见广博、立意高迈、精于思辨、推陈出新、创作勤奋、师心古人为其大要，颍川方家岂其人乎？诗词之变古，兹事体大，必集合众人之力，所谓众擎易举，非此不办，亦非朝夕可以蹴就者。

甚矣，古人之于文辞也，扬之欲其高，敛之欲其深，推而远之欲其雄且骏。其高也如垂天之云，其深也如行地之泉，其雄且骏也如波涛之汹涌，如万骑千乘之奔驰。而及其变化离合一归于自然也，又如神龙之蜿蜒，而不露其首尾，盖凡开阖呼应操纵顿挫之法而加变化焉，以成一家者是也。甄陶镕冶，继往开来，创为体制，主一代之文风。是文学之极诣，特为标出，文章乃经国大业，不朽盛事，与立功、立德同垂于不朽者，彬彬之盛，郁郁乎文，至大且刚，至尊且伟，其亦难乎哉！

於戏！往事越千年，旧有文学已如尾闾之泄，波澜不兴，返照之光，雯霞欲敛；文学之路，脉脉其修远兮，吾将上下而求索！欣逢太平之世，愿与颍川方家共勉。

傅光

甲午端阳后一日辽阳含章甫

傅光撰于长安城南望云楼

附记：

1. 傅光：著名国学大家。陕西文史馆馆员，陕西震旦汉唐研究院执行院长，《四部文明》执行总编。傅光是著名国学大师傅庚生先生之名门之后，是文怀沙任陕西震旦汉唐研究院的扛鼎人物，其学养、诗养均非常深厚。

2. 傅光先生出席了作者《颍川诗草》《颍川诗词》的新书发布暨中华诗词高端研讨会，会上发表了很多独特见解。应邀为作者第三部古典诗词集作序。作者平时经常将随感而发创作的诗词转发先生指教，傅光先生每每都有精到的点评，令作者深受裨益。

3. 傅光先生还是一位民间收藏家，他收藏了几万张各个年代的唱片、留声机与播音设备，穿过时间的长廊，聆听历史的回音，他的藏品已经得到高度关注。

《颍川诗词——陈文玲诗词选四》序

序一

编织时代经纬的追梦者
——为《颍川诗词》序

戊戌年6月，陈文玲女史在荆州“首届中华诗人节”上与星汉相遇，意欲星汉为《颍川诗词》作序。女史出版过诗词集多种，序者多是当今道德文章冠于一时的名人大家，无论学识还是社会地位，星汉都无法和以前为女史作序的宿学们攀比，因此感到诚惶诚恐。这事儿一直拖着。女史当然希望早日见到此序，但是又不好意思催促，只说书稿已送出版社排印，等到这篇序后，即可付印。我之所以拖到现在，当然不排除“家事国事天下事，事事关心”的忙碌，重要的是我怕评说失误，有辱上乘。

押韵是我国诗歌在形式上的第一个特征和最重要的条件，是我国古代诗歌形式的优秀传统。时代在前进，语音也在变化。今天我们如果再用古韵作诗，就显得有些食古不化。文玲女史的诗词全部是用新韵来写的，也就是以普通话为根据的诗韵来写的。星汉主张诗词改革，是中华诗词学会《中华通韵》课题组的成员之一，对使用新韵作诗填词，表示高度赞同。我们不妨举例来看看文玲女史的用韵。五律《动感大自然》这样写道：

动感大自然，
风啼雨孕缘。
天蓝云散淡，
水绿麦香甜。
搅动溪流醉，
拼接海浪闲。
恍如隔世事，
高贵亦平凡。

如果按照平水韵来看，这首诗用了“下平一先”“下平十三覃”“上平十五删”“下平十五咸”，那是出韵了；“接”“隔”，是入声字，那就成拗句了。但是以普通话度之，却又朗朗上口；“接”“隔”二字，易以他字，远不如原作生动形象。

再看《生查子·秋实》一词：

/至味品秋实，/晾晒丰登日。/白墙黛瓦间，/岭上藏极致。/浓郁是乡情，/四季轮流逝。/明艳醉金风，/初冬已悄至。

词中“实”“日”“白”“极”，均是入声字，文玲女史使其“入派三声”，巧妙搭配，以普通话度之，完全合律。文玲女史将新韵调和笔下，读来美听，较之斤斤三尺的平水韵，应当更受到读者的欢迎。

平仄、押韵、对仗是格律诗的三大要素。对仗对律诗尤其重要，可以说没有对仗，就没有了律诗。对仗又有严格的要求。王力先生的《汉语诗律学·对仗的讲究和避忌》讲得详细。其名词分成九类，特别注意的是：数目自成一类，颜色自成一类，方位自成一类。文玲女史的对仗，从以下三例分别可以看出数量词、颜色词、方位词的对仗。

清词半阕云和梦，风月一帘树与茵。（《心灵尺度》）

青苔老树出新绿，瀚海长空隐娇蓝。（《人生感悟》）

美韵深闺里，纯情浅水中。（《贵州荔波小七孔景观》）

还有，“奔腾咆哮黄河水，力挽狂澜碧海湾”（《长征之一》），专用地名相对，各自又含有颜色，可见巧思。“敲词炼句春秋替，动地惊天日月驰”（《步韵敬和马凯七律诗之二》）句中自对而后再两句相对，工整稳妥。“滔滔流岁月，浩浩起风雷”（《北大读海》），两句前二字为叠字，后二字为并列词组，颇见匠心。“累累先驱身已死，重重后浪情正酣”（《长征之二》），出句对句前二字为叠字，接着又是“先”对“后”，不谓不工。

对仗的艺术，单凭《笠翁对韵》的条目或是中华诗词学会官网上的“对仗参考词汇”，那是远远不够的。“运用之妙，存乎一心”（岳飞语），文玲女史的对仗均是来自生活，来自实践，所以灵动而厚重。

有人说，好诗就是让读者“眼前一亮，心头一震”。这话没错儿！但是这要看“读者”是谁。有些读者看到一首当代作者重复着古人意象的诗作，就“亮”就“震”，那只能说明这位“读者”阅读数量不够。如果读读文玲女史的诗词，你就会发现，她不会重复古人的意象，她的笔下流露的是自己的心态，是当代人的豪情，是时代的脉搏。

“前仆后继残阳血，舍生忘死霸主鞭”（《长征之二》），这联工整的对仗用典了。出句和对句的后三字，都来自毛主席的诗词。前者是《忆秦娥·娄山关》中“苍山如海，残阳如血”的变化，后者是《到韶山》中“红旗卷起农奴戟，黑手高悬霸主鞭”的截取，但赋有新意。用典不为典所用，自是高手。

“卧龙潭吐翠，龟背山飞红”（《北大读海》），这一联特点有三：专用地名相对，此其一。将颜色词置于句末，人们往往认为这是炼字的结果，如王维“日落江湖白，潮来天地青”（《送邢桂州》）即是，此其二。律诗的句式大都是上四下三，或者是上二下三。但是也有例外，如老杜的“尔曹身与名俱灭”后二字是一个节奏。文玲女史的此联专用地名是一个词组，下面节奏是“吐翠”和“飞红”，是一种不主故常的句法。此其三。

文玲女史的诗词，艺术手法多样，多有可圈可点之处。其修辞手段，运用娴熟。试看以下各例，可窥豹斑。“俯瞰小，寰宇在枝头，群峰瘦”（《满江红·“一带一路”畅想》），通过夸张、拟人，表现对“一带一路”的高度赞扬。“唯痛当年鏖战者，海浪飞来去”（《苏幕遮·崖门之战旧址感怀》），通过想象，来祭奠南宋崖山死难的英灵。“爱与憎、生百谷，有如大地”（《疏影·任几番骤雨》），通过比拟，虚实相生，把“爱与憎”落到“实处”。“对弈无高下，俯仰即人生”（《水调歌头·参加澳门经济年会有感》），把人生比喻成“对弈”和“俯仰”，豁达的情怀，洋溢于字里行间。“挥笔疾驰不殆，切割日月刚柔”（《清平乐·赠野草诗社》），以“笔”比拟“刀剑”，“切割”二字，颇见新奇。“月光挥洒，随情融化，谱成音律”（《桂枝香·致诗人吉狄马加先生》），将“月光”拟人，赞扬吉狄马加先生的诗作。“遥望故乡明月，低头疑在江中”（《清平乐·感叹李白晚年际遇》），这句话看似正常语句表达，以“故乡明月”的迁移，道出李白对故乡的深切思念。作者特别在释文中注明，李白作咏月诗300多首，以寄托思乡之情。

星汉在诗词界算个“老资格”，读过不少当今诗家的诗集，但是看到文玲女史的诗稿，却使我心头一震。当今诗词作者如星汉者，大都没有亲历国家层面的大事，而文玲女史不仅亲自见证而且直接参与了不少国家层面的政务，所以有些诗词往往即是参与其中的“实录”。我想，这可能就是文玲女史创作诗词成功的原因之一。作者成功地用诗词记录这些大事件，开拓了诗词表达的领域，表达了具有时代精神的题材，就凭这一点，今后的文学史当要大书一笔。且看《宝鼎现 · 习近平接见美方代表重要讲话有感》。全词是：

/世间何贵？/理想如经，/和平如纬。/驰日月、/潮平潮起，/鼓荡春秋交替酹。/思怀远、/望舟船碧影，/恰似流光消褪。/可记否、/尘封往事。/“二战”滇西血泪。　　/雨暴风骤江山碎。/九州摧、/苦难人类。/多少恨、/结成块垒。/家破河殇何处寐？/铁蹄下、/鬼欺犬狂吠。/地火熊熊鼓擂。/朝天阙、/驱逐鞑虏，/伟大民族不跪！　　/难忘累累伤痕，/凭吊里、/英灵告慰。/太平洋、/开阔无垠，/载滔滔壮美。/任飞鸟、/翱翔列队，/直上云霄内。/燕雀志、/怎知鸿鹄，/展翅飞天吾辈。

此词前面有小序，道是：“2015年9月17日下午4点，习近平主席在人民大会堂福建厅接见出席参加第七轮‘中美工商领袖与前高官对话’的美方代表，对中美关系发表了重要讲话，并回答了美方代表提出的若干问题。作者作为工作人员参加了此次会见，深感中国领导人的风采和战略家的雄图大略。”这首词起调不凡，认为人世间最贵重的东西在于其秩序，即“理想”与“和平”。这里有对中华民族苦难的回忆，有中国人民志向的抒发。读来虎虎生气，激荡人心。再看“/肩挑道义力千钧。/扫残云，/大胸襟。”（《江城子 · 习近平主席在世界经济论坛上演讲有感》）豪情壮志，使读者似乎见到了习近平主席讲演的风采。“/逆水而上时，/远望清丽。/世间演绎，/经历其中始觉趣。

/昨夜无眠静赏，/诗与赋、/银河星际。”（《疏影·任几番骤雨》），从中又可以见到女词人沉静下来时的思考与心境。

和以上题材相关的是作者出国参加活动的作品。当今诗坛上见到的写海外的诗词，因作者的身份多是旅游者，故所写多是海外风物人情。文玲女史却不是这样，她出国是为了工作，自然在海外写的诗词，多为关国家大事者。这类诗词，如《满江红·赴美国与智库交流有感》，起拍为："/思想湍流，/随风漫，/大洋彼岸。”煞拍是："/寰球小，/大鹏鸟扶摇，/长天瞰。”由此，可见作者在这次会议独到的体味和内心的笃定。《采桑子·赴美参加纽约中美智库对话》："/临窗俯瞰空山远，/天地洪荒，/宇宙洪荒，/物竞天择往复长。”于词句可见，作者在会议前一天在飞机上仍旧处于深沉思考之中。所举两词，地点都是“美国”，时间却不一样，前者是2016年4月，后者是2017年6月。由此，风格也就不同，前者轻健，后者沉郁，而后者恰逢中美贸易摩擦加剧之时。

写国家政务的诗词，前面所言为“国外”，文玲女史写国内的作品，也多是如此。诸如《水调歌头·第四届全球智库峰会》，作者参与了这次会议并在会上发言，与美国智库专家进行交流与对话，自然需要智慧和思想的碰撞，“智者云集处，风雨却无声”。《定风波·于中央电视台〈市场分析室〉解析国际经济形势》一词，作者在央视专题节目中解析认为，国际经济形势是“也有风云也有晴，山川幻化正飘红”。言简意赅，一语中的。《江城子·于中央电视台〈市场分析室〉解析中美经贸关系》一词，作者认为国与国之间，应该互相尊重，互利共赢，中美两国经济高度交融，“抽刀水，更交融”。因此，大国应当有博大的胸怀，“欲待明朝思此刻，堪壮阔，亦从容”。如无亲历，如无胸襟，难出此语！

作者在工作奔波中，看到的、听到的、读到的国内外大事，无不有感而发，在完成工作任务的同时留下诗句。“扬眉剑鞘，守疆土、撒情播种。”“水天浩荡，牵手与心共。缓缓驶向群星，连接寰宇，地平线上，日月错、霞光接应。”（《祝英台近·目送海警船3210号赴黄岩岛巡航》），海警船，是我国海上执法船只，配备有自卫武器。黄岩岛，从元朝起纳入中国疆域，是中国固有领土，我国的海警船前往巡视，是天经地义的事儿。作者寥寥数语，写出了作者站在海岸，望着渐渐远去的海警船，对那些为祖国巡航的出征者充满了崇敬，也充满了作为中国公民的自豪感。“高山深谷行路叙，浩海峡川漫步读。”（《屠呦呦获诺贝尔奖感怀》），作者与屠呦呦同是奋斗中的女子，“感怀”自然要深刻一些。

“几重沟壑，大洋彼岸疾风过。飞云乱渡空山破，便向人间、换了何方客？”（《一斛珠·美国总统大选》）“换了何方客？”问得真好！作者题下小序谓“号称世界上最强大的美国，选出了一位史上争议最大的总统，这是对所谓民主社会和精英社会的极大讽刺，也是美国深层次社会矛盾发展的必然。”良哉，斯语！目光何其敏锐！

读过这类诗词，我们不难发现，作者绝无一些女诗人忸怩作态的小家子气。这一成就，当然是前无古人，在当今诗坛上，星汉见之者亦寡。

白居易说：“感人心者，莫先乎情”（《与元九书》），后来袁枚也说：“且夫诗者由情生者也，有必不可解之情，而后有必不可朽之诗”（《答蕺园论诗书》）。有情，还必须情真，还必须做到“酌奇而不失其真，玩华而不堕其实”（刘勰《文心雕龙·辨骚》）。以此来衡量文玲女史诗词，庶几近之。亲情，是血浓于水的骨肉之情。品评亲情的诗作，也就是品评生命的情感。作者在《江城子·丁酉年春节致父亲》一词的序文中写道："亲爱的父亲大人，辞旧迎新，文玲给您拜年了！您的恩情和教育铭记在心，化作前行的动力！作词以谢父恩。"作者友人傅光，有书札寄与文玲女史，附记于此："颍川词家道席：辞旧守岁，忽奉华翰，空谷足音，千里之传。大作涵咏今一酬父。人生一世，父母恩深，由始及终，未尝稍懈。养之不易，教之尤难。浓浓父女情，亦尤陈情之表，言虽有尽，深情无限。父有此女，亦堪嘉庆，女有慈父，生可无憾；颠颠倒倒，总是一片赤诚动人心魄也。"傅光先生寥寥数语，已将作者与父亲的亲情写尽，笔者就无须饶舌了。五律《悼念婆婆》写道："漫天伤心泪，飘飘细雨滴。"作者注释谓："婆婆起五更，睡半夜，支撑这个家，从来没有任何抱怨。其间我接她到北京小住，想留她在北京与我们同住，但是第3天便要回乡，说梦见她养的猪病了，谁喂食都不吃，眼巴巴在家等她。"老太太淳朴之态可见，儿媳妇真挚之情可掬。老太太仙去，当无憾矣！

《临江仙·乙未清明追思母亲》是这样写的：

/又到清明时候，/梦中遥寄心声。/玉兰垂柳沐春风。/慎终追思念，/燕子问飞鸿。　　/往事永难消逝，/痴情化作人生。/悄然细雨润坟茔。/父亲今尚好，/隔世共长空。

作者先由玉兰、垂柳、燕子、飞鸿、细雨、坟茔等物象，构成一幅凄迷的画面，再抒发扫墓时的心情，由此过渡到向母亲汇报家事，娓娓道来，不绝如缕。作者对于母亲去世后的感情，自然打动着失恃的读者。

"无情未必真豪杰"（鲁迅语），无情，也就做不了诗人。晁补之说苏轼："眉山公之词短于情。"其实他仅仅是不喜欢写那些"绮罗香泽"的艳情罢了。文玲女史之词颇类苏轼，多情而不涉及艳情。由词作可知，作者不乏女子之柔情。请看《鹊桥仙·丁酉年八月十四吟月》和《鹊桥仙·丁酉年八月十六拜月》两词：

/半藏半露，/思怀深处，/远眺隐约星宿。/月辉含蓄淡妆时，/抱朴美、/绮云相簇。　　/穿行天幕，/圆缺往复，/只钓中秋情愫。/举头怅惘问婵娟，/谁相忆、/诗中长驻。

/登高拜月，/韵盈情切，/盛满圆圆心界。/无云无雨亦无声，/仰头望、/灵犀不灭。　　/满园枝叶，/风中摇曳，/正待清辉一阅。/祈福日日是今夕，/光似水、/净如玉液。

时隔一日，先是“吟月”，“吟月”不足，再是“拜月”。词中所言，自是“夫子自道”。只看两词的煞拍，“举头怅惘问婵娟，谁相忆、诗中长驻”，“祈福日日是今夕，光似水、净如玉液”，这种情愫，细腻而不失清雅。古代女子，岂可至此！作者自注谓“中秋前夕月羞怯，中秋之日月舒朗，一张一弛，别有韵味”。真得中秋月之神韵矣！

作者于中秋之月，情有独钟。这类词作如《声声慢·甲午年中秋之前夜》：“/最难忘、/心低处，/情深意重。”《洞仙歌·甲午年中秋之夜》：“/河汉渡、/独赏浅吟声，/伴风雨、/流出许多诗页。”《丙申年中秋之前夜》：“/银汉星洲冷，/冰轮月桂柔。”《丙申年中秋之夜》：“/乘月人归行野径，/踏星心醉上云梯。”佳句频出，如山阴道上之美景，使人应接不暇。

“/不畏远途识旧路，/天上人间”（《浪淘沙令·早春二月》）。仰望“天上”，清辉满怀。那么“人间”呢？且看，大洋彼岸是“他乡寂寥，寒风凉月，谁在窗前”（《极相思·乙未年春节前问候》）。这首词是作者对海外患病朋友的亲切问讯。国内是“/落红飞渡，/登高望远，/唯有真情驻”（《青玉案·乙未年春节》）。词写收到国内朋友发来问候短信，填词以复。这样一件小事作者如此认真，可见把友情看得很重。

附带而来的，星汉见到作者咏节序的诗词颇多。如《临江仙·甲午五一劳动节》《临江仙·甲午腊月有感》《2015年元旦》《青玉案·乙未年春节》《采桑子·丙申年惊蛰》等篇。这类词作，颇类宋初的晏殊，往往写得清丽淡雅，温润秀洁。

文玲女史的诗集中有大量的哲理诗。哲理诗要将哲学的抽象道理含蕴于鲜明的艺术形象之中。要求内容深沉、浑厚、含蓄、隽永。这类诗作，要借助形象说理，而不是干巴巴的说教。文玲的哲理诗正是如此。如《贵州水城鞭陀》：

恰遇鞭陀队列前，
小城响彻脆银弦。
乾坤转动催人竞，
天地交融释怀酣。
手握长鞭生霸气，
身随短舞蕴柔绵。
甩开臂膀追寻梦，
已入青山绿水间。

鞭陀运动是民间传统项目，集健身、娱乐、表演于一体，取武术与杂技之精粹，具有强身健体、祛病益心的功能。这首七律，通过“鞭陀”这种体育运动，道出的哲理却是“乾坤转动”“天地交融”“生霸气”“蕴柔绵”。此诗尾联放开想象，将“鞭陀”虚化，颇显空灵。诗词这种文学样式，因其社会功能，在初起时，不表现哲理。后来经过苏轼等人的改造，也出现了哲理的词。如苏轼的《定风波·三月七日沙湖道中遇雨》：“/回首向来萧瑟处，/归去，/也无风雨也无晴”即是。词写经过暴风骤雨之后，得来的常常是轻松平静。自然界如此，人生的旅途何尝又不是这样呢？且看文玲女史的《水调歌头·追梦者》，全词是：/寄语松竹韵，/泼墨写丹青。/编织时代经纬，/激越亦从容。/追梦天开一堑，/寻道心藏五岭，/顶上我为峰。/淡淡黄花蕊，/融入酿真情。　　/任风雨，/归来去，/润无声。/不择冷暖，/卷起江海浪涛腾。/播种东南西北，/提炼酸甜苦辣，/境界在其中。/草木堪君子，/大朴自然生。

这首词中的“追梦者”未必不是作者自己。煞拍“草木堪君子，大朴自然生”，以草木喻人生，读者自能体会。通读全词，可以体会出女史之词与苏词所抒发情感之相似。

文玲女史的诗词，还有三点值得效仿。一是编年。诗词编年，可以弄清作者活动的年代，对于理解诗词的内容和作者的情怀大有好处。文玲女史的诗词以年月为经，以作者活动为纬，组成一个有机的整体。为百年之后研究者的“知人论世”提供了方便。二是文玲女史的多首诗词题下有小序。使序文用于叙事，正文用于抒情，相互补充，相得益彰。诗有序，自古而然。词序源于张先，后有苏轼、姜夔继之。文玲女史于此，颇多体会，运用得当。三是前面所讲的使用新韵。平水韵和《词林正韵》不可能万古长新，必然被今天的新韵所代替。以上三点优长，百年之后，自有研究者予以肯定。

文玲女史的诗词，上接天线，下接地气，可以说全面地反映了这个时代，是典型的“当代古典诗词”。星汉此语，读者自当许之。

星汉

2019年5月

附记：

1. 星汉先生序言初稿完成于2018年11月27日，修改稿完成于2019年5月23日。

2. 序言写于新疆师范大学昆仑校区寓舍。

3. 星汉先生，著名诗词大家、诗词评论大家；教育部中华诗词新韵的主要作者。

4. 星汉先生为中华诗词学会顾问、中华诗词学会副会长、新疆诗词学会会长。

《颍川诗词——陈文玲诗词选》（中华诗词学会编辑）序

她从唐诗宋词中走来

她从唐诗的圣殿中走来，穿过宋词的艺术长廊，沿着曲折的平仄小径，一路观赏，一路采撷，像一位从诗词国度访问归来的学者，满载而回。她如一位风华正茂、意气风发的盛唐才子，又似一位多情善感、春意绵绵的宋代佳人，弥漫着唐诗的气息，流露着宋词的高雅。这位从中国传统文化特别是唐诗宋词中走来的诗人，是颍川先生留给我的深刻印象。白驹过隙，一晃千年，盛唐的背影远去，雅宋的风姿消失，但遥远的时光并未将那段美好的文化记忆封存，在一个崭新的时代出现了充溢着这种文化基因的新气象。盛唐的朴素、盛唐的文雅、盛唐的风韵和精神，雅宋的高贵、雅宋的雍容、雅宋的潇洒和气质，穿越岁月的隧道，悄然入驻无数中国人的心灵深处，也融入诗人的精神和随心挥洒的诗情中。

诗风还是古典的诗风，词牌还是既有的词牌，不同的是它们被赋予了崭新的时代内容，载入了现代的思想情感，向世人展示出当代诗词的另一种摇曳多姿和美轮美奂的神采。这就是我对颍川先生诗词的第一感受，正所谓“年年岁岁花相似，岁岁年年花不同”。她娴熟地掌握了古典诗词的创作规律和艺术特征，继承和发扬了其中最优秀最精华的部分，和着当今这个伟大时代的脚步，创作出琳琅满目的诗词。

像夏天炎炎的烈日散发出前所未有的热度和引人注目的光辉。她的诗词昂扬向上，充满朝气，浸润美感，饱含希望，催人奋进。她的诗词不矫不饰，不悲不叹，不愁不哀。她的诗词把唐诗宋词的语言美、意境美、音韵美发挥得淋漓尽致，饱含盛唐之象，却无雅宋之伤。读她的诗词，唐诗宋词的影子始终挥之不去，始终在诗行和平仄中徘徊，在艺术长廊里流连。唐诗宋词滋养了一代又一代中华儿女，她无疑是其中受益最大、修养最深的诗人之一。

一、擅于用典，诗语高雅

凡是读过她的诗词的人无不为其语言的精美和诗意而倾倒，那是地地道道的古典诗词的语言，也是真真切切的现代人创作的诗词。她的诗词语言的最大特征之一，就是善于运用典故。她把古典诗词和传统文化中精彩经典的珠玑词句，信手拈来，有意无意地点缀在她的诗词中，竟如出水芙蓉般天然美丽，古朴高雅，清丽脱俗，诗香意浓。语言的深度、厚度、内涵、张力、质感、温度和弹性骤然聚集，诗词的韵味和气息迎面扑来，沁人心扉，令人陶醉。如她的词作《十六字令 · 水的哲理》：“水，天下至柔入无间。难无惧，点滴洞石穿。水，生命之源不争先。低流处，虚怀若谷谦。水，纵横奔腾道自然。柔胜刚，‘无为’‘有为’焉？”这《十六字令》，出自《道德经》，用典多达九处。又如其词作《一剪梅 · 满院菊黄》中“满院菊黄，一缕清幽”“缘何陶令赏东君？荣辱皆休，高雅长留”，“菊黄”出自白居易诗句“更待菊黄家酝熟”，“陶令”则指东晋曾做过县令的诗人陶渊明，“东君”则指菊花，出自陶渊明诗句“采菊东篱下，悠然见南山”。《江城子·于中央电视台〈市场分析室〉解析中美经贸关系》中“一览众山青”，出自唐代杜甫《望岳》中“会当凌绝顶，一览众山小”。《贺中国共产党建党九十周年》中“沧桑正道”出自毛泽东《七律·人民解放军占领南京》中“天若有情天亦老，人间正道是沧桑”。“枝叶关情已任”出自清代郑板桥七言绝句《潍县署中画竹呈年伯包大中丞括》中“些小吾曹州县吏，一枝一叶总关情”；“战地飘香”和“黄花韵”出自毛泽东词《采桑子·重阳》中“今又重阳，战地黄花分外香”；“江山代有”出自清代赵翼《论诗》中“江山代有才人出，各领风骚数百年”。“无数天骄”则出自毛泽东词《沁园春·雪》“江山如此多娇，引无数英雄竞折腰”和“一代天骄，成吉思汗，只识弯弓射大雕”。在《晚风收暑》《紫玉兰春色》《满目硕果》《观秋菊》《一树桃花一缕意》《寿桃》《梅香》《墨藤》《梨花》《牡丹天香》等诗作中，以及《蝶恋花·淡淡脱俗》《桃园忆故人·别样荷花》《青杏儿·山间兰花》《青玉案·玉兰牵春走》《醉春风·西府海棠》《踏莎行·荷香》等词作中，比比皆是，不胜枚举，并且表现得更为深刻。

诗人用典的范围广博，有的取自古代学术名家经典著作，有的取材于历史传说，有的取材于古代诗词作品或诗文评论。有些词句直接从古人的诗句中演化而来，有古典诗词功底的读者，很容易捕捉和发现出来。如七律《芭蕉》中“纸上得来终是浅”，出自宋代陆游《冬夜读书示子聿》：“纸上得来终觉浅，绝知此事要躬行。”“窗前谁种南国树”，出自宋李清照《添字采桑子》中“窗前谁种芭蕉树”。有些诗句则完全经过脱胎换骨而来，以崭新的面貌呈现在读者面前，古典文学功底深厚的人便能捕捉到它的影子，嗅到它的气息。如《鹊桥仙·九寨沟五花海》中“蓝天倒映，白云如坠，老树横斜沉睡”，“倒映”一词，使人联想起唐代著名诗人王维的诗句“分行接绮树，倒影入清漪”，白居易的诗句“澄澜方丈若万顷，倒影咫尺如千寻”，温庭筠的诗句“鸟飞天外斜阳尽，人过桥心倒影来”和宋代范仲淹的诗句“倒影澄波底，横烟落照时”。“白云如坠”一句，使人联想起元曲名家张养浩的《山坡羊·潼关怀古》。“老树”一词，使人联想起元曲名家马致远的《天净沙·秋思》。“横斜”一词使人联想起宋代诗人林逋的七律《山园小梅》。这不仅体现在她所创作的古典诗词当中，即使在她创作的现代诗歌中也表现得十分突出，古典诗词的印记镌刻在字里行间，如《黄河诗赋》，连续借用十几句描写黄河的古典诗词妙语，与现代诗歌表达融为一体，平添了现代诗歌的韵味。纵观她的诗词语言，似乎时时处处都在用典，篇篇首首都在用典，其频率之高，令人惊叹。如《千秋岁·水的乐章》《六洲歌头·江河》《摸鱼儿·溪流》《念奴娇·三江源》《水调歌头·赏东京梦华》《沁园春·读毛泽东诗词》《莺啼序·诗意潺潺》等。

古代学派大家都喜欢引经据典，旁征博论，大抵用典之法由此而来。后来这种技巧被当作一种艺术手法广泛运用到文学创作当中，在汉唐辞赋中达到登峰造极的地步，为赋的发展兴盛起到了推波助澜的作用。诗家发现了它的好处，大量地把它运用到诗词创作当中，唐诗宋词中诸多名家都非常擅长用典，如初唐四杰、盛唐萧（颖士）李（华）、李（白）杜（甫）、韩（愈）柳（宗元）等，宋代辛（弃疾）陆（游）等。用典对诗人来说可获得六个方面的突出效果：一是语言显得高古典雅；二是增添了诗词的韵味；三是强化了诗词的意境；四是语言变得更加凝练厚重；五是开拓了读者的想象空间；六是提升了读者的审美愉悦。

用典需要有深厚的文化积淀和高超的艺术技巧。

颍川先生是擅长用典的高手，随心所欲，灵气飞动，犹如在皇冠上镶嵌美丽的宝石，画龙点睛，锦上添花，诗词语言的艺术魅力得到进一步展示。擅长用典是颍川先生诗词语言的一大特色，这一点不是每一个诗人都能轻易做到的。她的诗词语言还有很多其他方面的特色，如生动、形象、雄奇、瑰丽、大气、精道、老辣、清新、俊雅等，都有出色不凡的表现，用典是她诗歌语言的一大风景而已。用典增强了她诗歌语言的诗（词）气诗（词）味诗（词）趣诗（词）韵，形成了颍川先生诗（词）独特的创作特点。

二、擅造意境，诗蕴深厚

在所有的文学体裁当中，诗歌应当是诞生最早的一种，它历经千年，世代相传，经久不衰，就在于它能带给人一种无与伦比的艺术享受，而这种艺术享受就是诗歌所创造的神奇的意境之美，这是其他文学体裁难以替代的。

颍川先生诗词的另一个突出特色，就是创造了意境之美。可以说，诗人在不懈地追求诗歌创作要达到的意境与境界，这当然也是每一位诗人穷其一生最向往的追求。《毛诗·大序》载："诗者，志之所之也。在心为志，发言为诗。"南宋严羽《沧浪诗话》云："诗者，吟咏性情也。"究竟怎样"发言"和"吟咏"，才能把诗人心中内在的思想情感借助于外物的力量展示出来，这几乎是古今所有诗人一生探究的课题，于是便有了贾岛和韩愈关于"推敲"的故事。一首诗词作品的优劣，关键看诗人所创造的意境是否达到神奇奥妙、美丽如画和令人遐思万缕、回味无穷的天然境界。如果能达到这个境界，就能称为上品或者精品，如果再有一两个画龙点睛的警句，这首诗作就可称得上是精品中的精品，这样的诗作必定万代流传、永不磨灭。所谓意境，就是诗人把自身所需要表达的思想情感，通过诗歌的形式将其物化赋形造象生意而成。意境由三个方面构成：一是诗人的思想情感，二是自然物象，三是融合在自然物象之中的思想情感。创造意境的方式是诗人的语言，即诗歌，创造意境的主体是诗人。“发言”和“吟咏”是诗人迸发的激情，这种迸发的激情催生出一种被称为灵感的神秘东西。诗人在这种灵感的支配下，诗情就像火山爆发一般喷薄而出，瞬间出口成章，落笔成诗，一挥而就，畅快淋漓。并不是所有的激情都能催发出灵感，并不是所有的灵感都能创作出好诗。灵感给人的抽象感觉似乎有大小多少优劣之分，灵感如泉、才华优等的诗人才能创作出质量上乘的诗作，创造出只可意会不可言传的意境，这就是作为诗人的不易。但灵感也并不是超然物外、高不可攀的东西。灵感的产生也有其自身规律。它确确实实存在于人的意识当中，是一种高层次的艺术思维，主宰着诗人的创作活动。它往往钟情于那些博学善思、勤奋不辍、敢于坚守的诗人。怎样将自身的主观情感作用于客观的物象，使二者有机结合、互动发酵，创造出崭新的意境，是诗人的使命和天职。诗人艺术水平的高低直接决定着意境诞生的成败。自古以来，写诗的人很多，能够创造美妙意境的人却很少。因此，有的人成了著名诗人、伟大诗人，被誉为诗仙、诗鬼、诗圣、诗佛、诗王、词帝、词仙、词圣。但也有很多人一生爱诗，一生写诗，却始终没能成为诗人。诗人万千，水平有高有低，名气有大有小，就好像人人都能铸剑，但未必人人都能铸出干将、莫邪一样。

颖川先生是一位能够娴熟运用古典诗词语言创造大美意境的卓越诗人。她的诗词视角独特、构思精巧、想象丰富、言辞优美，能够创造出神奇奥妙、美丽如画和令人遐思万缕、回味无穷的天然意境。她的诗词起势迅速，造象急迫，出境快捷，如其词作《渡江云 · 张家界》上阕中“溪流山谷，雾朦天阔，诗意漾成河”，寥寥数语，意境尽出。紧接着“三千峰对坐，绝壁云中，险仞风轻拂”，又一层意境闪电而出，镜头切换，时空大变。既像一位老练的摄影师，快门一闪，瞬间就能捕捉到多个镜头连拍成像；又像一位娴熟的画家，大椽一挥，寥寥数笔就能创作出一幅意境深远的好画来。

她所创造的意境气象万千，丰富多彩，琳琅满目。她的诗词有的雄奇壮丽，如她的词作《千秋岁 · 水的序曲》，雪山冰峰、云雾群壑、飞瀑湖泊、万里江河、繁花茂树、大海波涛，构成一幅关于水的生命姿态的自然画卷，用粗犷的线条勾勒出水的雄奇壮丽，其意境缥缈宏阔、深邃高远，给读者以既在视野之内、又在视野之外的感觉。她的诗词有的飘逸淡然，如另一首《千秋岁 · 水的乐章》则是通过远近虚实的手法，描绘出一幅关于生命之水的山水田园画卷，其意境既有远在天边的山峰云雾的缥缈、又有近在眼前的田园的宁静恬淡，给人以亲切甜美、赏心悦目之感。她的诗词有的博大精深，如她读老子《道德经》创作的《十六字令 · 水的哲理》三首小词，把水的坚毅和谦柔形象刻画得栩栩如生。老子的《道德经》语言精练，玄奥抽象，博大精深，诗人却能用生动形象、具体可感的语言将其深奥内涵表达出来，水的姿态、水的精神、水的修养、水的气度跃然纸上，活灵活现地呈现在读者面前。

用诗词的形式诠释哲学经典的内涵，在古往今来的诗人当中是不多见的，是诗人一次大胆的尝试。有的恬淡幽静，如《贺新郎 · 湖泊》《鹊桥仙 · 九寨沟五花海》等。有的深沉含蓄，如《人月圆 · 咏月》《桂枝香 · 胸襟》《采桑子 · 淡然》《一剪梅 · 独傲红梅》《踏青游 · 竹赋》《踏莎行 · 荷香》《乌夜啼 · 野春图》等。有的清新俊雅，如《唐多令 · 乱剪紫云烟》

《生查子·绿风知否》《江城子·中南海岁月》等。有的空灵剔透，如《武陵春·荷塘月色》《洞仙歌·黄龙仙境》《渡江云·张家界》等。这些佳作，不一而足，都能给人一种艺术的美感和享受。

令人惊喜的是，从她的诗词当中时不时地可以采撷到一些经典名句。如《渡江云·张家界》一词中“三千峰对坐”“红尘万丈谁看破”句；《青玉案·乙未年春节》中“冬去春来百花簇，不老江山无胜负”“彩霞如舞，且飘且美，雁过长天赋”句；七律《甲午年七夕感念》中“前生一遇千行泪，来世重逢万种言”句；七律《心灵尺度》中“清词半阕云和梦，风月一帘树与茵”句等。意境是个很神奇美妙的现象，颍川诗词中一些作品之所以有感染力，就说明好的诗词一旦创造成功，就会散发出无穷的艺术魅力，完全超越诗人的预想和控制，成为时空多维、自由灵动的个体意象呈现在读者面前，任由读者去想象驰骋。不同的时间，不同的地点，不同的心情，不同的阅历，不同的视角，不同的主体，可以即时产生不同的审美感受和体验，正所谓仁者见仁，智者见智，雅者见雅，俗者见俗，各有所得，各有所感，各有所悟，各有千秋。

每次读颍川先生诗词，都会产生新的感受、新的体验、新的领悟，就像享受一次崭新的情感旅程，这就是意境的独特魅力所创造的艺术效果。由于她生活阅历丰富，文化积淀深厚，又博学善思，勤耕不辍，其诗词意境缥缈宏阔、景象瑰丽、意蕴丰富、梦幻唯美，诗（词）中有画，画中有诗（词），神奇美妙，趣味无穷。她的一些诗词精品意境可追唐宋，令人赞叹。

三、擅长创新，诗风俊丽

唐诗宋词是中国诗歌发展史上的巅峰，一座座难以逾越的高峰横亘在后代诗家面前，令无数后代诗家望之兴叹，望而却步。

唐诗宋词又是中华文化高山中的一座富矿，为后代诗家提供了取之不尽、用之不竭的宝贵资源，后代诗家可以尽情地从中汲取丰富的营养，不畏艰险地向更高的山峰攀登，毫无疑问，颍川先生就是其中的一位。古往今来，欲超越者必先开拓，欲开拓者必先创新。她的诗词创作自始至终贯穿着创新的精神，创新成为她诗词创作的一个清晰脉络，体现在创作过程的多个方面。

从体裁上来看，她的诗有古体诗、格律诗、自由诗；字有四言、五言、六言、七言；她的词表现更为突出，近百种常用词牌遍布于其词作当中，大吕黄钟，长歌短调，交相辉映，其形式之广、曲调之多、种类之繁，俨然构成了一曲可以打动心灵的交响乐，场面壮观，气势宏伟，令人神思飞扬、荡气回肠。这种运用古典诗词勇敢抒写当代风貌的探索，大大激发出古典诗词的生命活力和时代魅力，打破了古典诗词已经过时的谬论，为新时代古典诗词的发展开拓出一条成功之路，这既是她在诗词创作方面的一种大胆尝试，也是一种创新突破。

从题材上来看，颍川先生诗词内容广博，气象宏伟。上千首诗词，吟诵数百种物象，事无巨细，物无大小，随意剪裁，皆能翻手为诗，覆手为词，让人耳目一新，这在当今诗词家中十分罕见。她的足迹遍及大江南北、五湖四海、世界各地，她走到哪里，就把诗词的种子播撒到哪里，哪里就能生长出优美的诗词。

前人写过的东西她能不落窠臼，另出新意。如她的第一部诗词集《颍川吟草》中“水随山醉”“九畹寻芳”“感怀泉涌”“红媚黄共”部分，第二部诗词集《颍川诗草》中“四时轮值”“踏山听水”“壮哉寰宇”“丁香结里”“一泻情思”“遍地锦瑟”“殿堂怀旧”部分，第三部诗词集《颍川诗词》中“山韵水声”“自然书架”“拾翠闻香”“九州风韵”“错落心香”部分，本部诗词选中“水韵山声”“闻香听雨”“天地之间”“行旅低吟”“他乡有感”“书山有径”“造物惊殊”“心灵尺度”等，多为讴歌祖国大好河山、世界风光、咏物怀古、寄托情思之作。同样是描写山水之作，她的风格和韵味却与众不同。如词作《满庭芳 · 长江》，同样是写长江的雄伟壮阔和对人生短暂的感叹，她的感受方式与宋代大诗人苏轼写《赤壁赋》的感受方式就有所不同。大诗人苏轼是一赞二叹三伤，而她却是一赞二叹三歌，表达出她愿与大自然相生相融、共存共荣的开阔胸襟。同样是写梅兰竹菊，她的胸怀和气度就超人一等。如其五言排律《兰花花语》，同样是写兰花之美，古人多写兰花之清高绝俗、孤芳自赏、不与世俗为伍之美；她写兰花却是美而不骄、雅而不傲，随情淡雅，素生草颜，愿与众芳同春、和谐共存。同样是登高望远，她的感悟和体验就别具一格。如其五律《登高望远》中“遇事登高望，逢危俯瞰吟”句，使人联想起唐代诗人王之涣的“欲穷千里目，更上一层楼”句，两者似有所同，而又有所不同。诗人王之涣的诗着眼于高和远，而她则着眼于高和低；前者着眼于开阔视界，后者着眼于开阔胸襟。二者视角和思维既有相同之处，又有明显区别。

前人没涉足的领域她敢大胆尝试，融化入诗（词）。表现最为突出的当是她诗词中有关攻读诗书、挥洒书法、品味书画和静观世界的一些作品。如诗词集《颍川吟草》中“敬仰华章”部分，《颍川诗草》中“书海折枝”部分，《颍川诗词》中“荡气诗书”“美哉书画”“浩然正气”部分。古代诗文大家都喜欢读书思考，经常把读书的感受随手记录下来，少则只言片语，多则三五成段，人们习惯称之为随笔或小品。也有诗兴大发吟咏成诗者，但如凤毛麟角，屈指可数。像颍川先生这样大规模地将读书感受用词的形式记录下来，在古今词家当中还不曾多见。而将诸如阅读《诗经》《论语》《易经》《道德经》《孙子兵法》《论持久战》《毛泽东诗词》等大部头作品的感受载入词籍，更是绝无仅有，这不能不说是她的伟大创举。最惊心动魄的当如其词作《暗香·读〈孙子兵法〉》。在她的眼中，《孙子兵法》不仅是一部伟大的经典不朽的军事著作，而且还是一部饱含哲思、意境辉煌、造诣深厚的艺术诗篇。大道相通，兵法是艺术，诗词也是艺术，而艺术是息息相通的。她的诗思才情穿越了军事和文学的时空，把人们的思维和想象带入一个从未涉足过的崭新境界。“大道无形至简，倚正义、伐谋先导。艺术否？兵事否？抑或诗草？”读来令人回味无穷，幽思淼淼。古代文人多才多艺，喜欢以诗的形式表达欣赏书法和绘画之后的感受，所以出现了许多以诗论书品画的诗章。但大量以词的形式来表达这种感受的，她应当是第一个吃螃蟹的人。

她是个多才多艺的诗人，她既擅词又擅书，所以将二者结合起来进行再创作也就有了天赐的缘分。她的大量描写书法和绘画的词作，情真意切，品评精确，感悟深刻，境界高远。这在其词作《暗香·中国书画》《七律·水墨》《千秋岁·激活汉字》《水龙吟·中华草书》《疏影·满纸草书》《诉衷情·书法似弦》《三台·感悟书法》《一剪梅·水墨无声》《踏莎行·一江雅颂》《东风第一枝·赏冯远画展》《江城子·贺安想珍法国卢浮宫书法展》等作品中，都表现得淋漓尽致。

令人瞩目的是颍川先生第三部诗词集“浩然正气”部分和本部诗词选集中“心灵尺度”部分，大量出现了关注国事民生的诗词，这些诗词从国际风云世界大事之中美关系、金融危机、世博会、博鳌论坛，到民生话题之打工农民、留守儿童、问题奶粉等，她把个人的思想情感和国家的前途命运及百姓的福祸冷暖紧密地结合在一起，风雨同舟，相濡以沫，荣辱与共。这些诗词大大丰富了其创作的思想和内涵，拓宽了其创作的视野和境界，提升了其创作的价值和品位。她不仅是这样写的，更是这样做的。她把自己的时间、精力和智慧无怨无悔地奉献给伟大的祖国和伟大的人民，她用诗词的语言记录着自己的心路。以词抒发参与国际国内大事的感怀，以诗记事，是她在诗词创作方面的另一个大胆尝试，而将其创作领域拓宽到国际政治风云和国计民生，更是她职业赋予她的机遇，而她把这种机遇转化为敢于探索创新的有力表达。

从语言运用来看，善于古为今用、推陈出新、活学活用是颖川先生诗词语言大胆创新的法宝之一。她善于运用比喻、拟人、夸张、排比、对仗和诗词的节奏，用奇造势，点燃激情，烘托氛围，开拓意境。字是同样的字，词是同样的词，经她的巧手一点，就能幻化出崭新的意境来。她还能把佛、道两家的思想融入诗词创作当中，使她的诗词意境充满禅韵，饱含哲理，如其诗作《菊花花语》《兰花花语》等，空灵之中透着深邃。从其创造的诗词意境来看，也是异彩纷呈、多种多样的。“横看成岭侧成峰，远近高低各不同”，雄奇与壮丽交织，清新与淡雅相伴，含蓄与深沉并存，浪漫与现实共生。有时一首诗词，多重意境，交织重叠，很难分割开来。

从艺术风格来看，她的诗词豪放中透着婉约，婉约中透着豪放，是豪放与婉约兼而有之的一代诗人。她的诗词豪放时大气磅礴，充满阳刚之气；婉约时清新俊丽，饱含柔韵之美。突破诗人的个性空间，成功地实现角色的转换，这是说起来容易做起来特别难的一件事情，能做到这一点的诗词家并不简单，这也是她的诗词令人刮目相看的原因之一。

从创作方法上来看，她的诗词寓浪漫主义与现实主义于一体，二者交相辉映，相得益彰。在她眼中，世间万事万物皆有诗词之格，皆有诗词之缘。她把对美好生活的无限向往，深深地融化在对现实生活的关切关爱关心之中，创作出一首首既意境优美又具有时代气息的诗词。将浪漫与现实有机地结合起来，细腻地表达作者的思想情感，这也是她对诗词创作的一种追求。

通览颍川先生的诗词作品，紧扣时代，与时俱进，具有鲜明的时代特征。中华民族经历了百年的屈辱，必然要迸发出百年的抗争。百年的抗争，必然伴随着百年的梦想。习近平总书记在十九大报告中明确指出，中国特色社会主义已进入新时代。在2019年新年贺词中强调“我们都在努力奔跑，我们都是追梦人”。颍川先生身居京城，身份特殊，对新时代脉搏的跳动和十三亿人民追梦的渴望，感受得更加强劲和真切。她的诗词立足时代，站位高远，诗情充溢，精神昂扬。作为中华民族仁人志士当中的一员，她的追梦情怀表现得更加炽热和痴情。她在《念奴娇·拜读习近平〈念奴娇·追思焦裕禄〉》中写道：“胸意灼灼，融梦想、直上长天寰宇。月夜银屏，酹英雄气概，任凭风洗。凝胶时刻，淌出无尽心语。”在《水调歌头·第四届全球智库峰会》中写道：“光阴迫，日月转，步匆匆。不应有恨，追寻人类梦中情。突破藩篱阻滞，解构心灵密码，谁不愿和平？冷战应抛弃，携手写丹青。”在《满江红·“一带一路”畅想》中写道：“无数春蚕，丝吐尽，织成锦绣。驼铃响、千辛万苦，情深意厚。古往今来多少事，日出月隐时光皱。带与路、穿起梦相连，风光又。”在《满江红·赴美国与智库交流有感》中写道：“春夏秋冬交替过，兴衰强盛轮回转。寰球小，大鹏鸟扶摇，长天瞰。”在《满庭芳·贺中国共产党成立九十周年》中写道：“谁把乾坤转动？翱翔梦、已在云霄。时光水，冲刷意志，再启万千锚。”在《水调歌头·南京》中写道：“志士仁人无数，挥洒英雄梦境，青史有刚风。”在《江城子·厦门》中写道：“百舸争流激荡里，追梦想，染苍穹。”在《凤凰台上忆吹箫·广州感怀》中写道：“唯雄才大略，憧憬聚、梦在心头。”在《念奴娇·中国梦》中写道：“中国之梦，正乘风破浪，远航飞骋。卷起浪花千万簇，恰似战旗飘纵。骏马奔腾，江河溢涌，踌躇满怀共。登高望远，复兴心鼓雷动。”她以诗词画卷的形式，把新时代伟大领袖、仁人志士和全国人民以及她自己渴望中华民族伟大复兴的追梦情怀描写得心潮澎湃、激情满怀、感人至深。

颖川先生的诗词紧接着时代地气，弘扬着时代正气，散发着时代清气，弥漫着时代豪气，充满着时代勇气。一个伟大时代的来临，必然催生崭新的主题，必然呼唤伟大的作品，颖川先生的诗词正是中华民族进入新时代的产物。那些无奈自嘲的小品、玄幻穿越的网文、以个人情感为中心的“美篇”和愤世嫉俗的“力作”，已经不能够满足伟大新时代追梦的需要。大国崛起过程中所呈现的国人的自信沉着、改革开放、包容雍容、开拓奋进，集中地体现在她的诗词作品之中。作为一名诗词家，她把讴歌伟大新时代作为历史使命，不知不觉中成为率先为新时代呐喊的优秀诗人。从她的诗词中，我们能真切地感受到中华民族崛起的伟大时代正悄然来临。诗词作为一种古老的文学体裁，焕发出新的生命活力，并以崭新的姿态和魅力，引领着当代文学发展的时代潮流。从这点来看，以颖川先生为代表的一批当代诗词名家系列丛书的出版发行，具有划时代的历史意义。

中国古典诗歌一直都是在创新中行进、在创新中发展起来的，创新的轨迹十分明显。从《诗经》、骚体诗、骈体诗、古体诗、格律诗、长短句到散曲，创新始终引领着诗歌发展的历史潮流。从第一部诗词集《颖川吟草》开始，颖川先生探索和创新的脚步就一直没有停止过。她的诗词，语言越来越精练，韵律越来越优美，意境越来越高远，哲思越来越深邃，禅意越来越浓厚，风格越来越成熟。这在其第三部和本部诗词选集中表现得尤为突出。珍珠满斛，入手可取。鲜花遍地，俯拾皆是。她的创作之路，告诉我们一个简单而实在的道理：只有落后的诗人，没有落后的诗词；只有拙劣的诗人，没有拙劣的诗词。诗词永远是一种高端的文学体裁，带给人们的必然是一种高端的艺术享受和审美体验，这是其他文学体裁所永远不能代替的，那些认为诗词早已过时的言论是站不住脚的。正因为诗词的高端性和艺术性，要想成为一位称职的诗词家并非易事，要想成为一名优秀的诗词家更是难上加难。如果没有高尚的道德情操，没有深厚的文化积淀，没有扎实的文学功底，没有非凡的人生阅历和强烈的社会责任感，你永远都只能是个门外汉。颍川先生作为一个优秀的坚守者，她对现代诗词的探索、创新和发展，令人尊敬和钦佩。

颍川先生是一个文化积淀深厚的诗词家，也是一个勤奋不辍的诗词家，更是一个有着民族担当和奉献精神的经济学家兼诗词家。她的一千多首诗词令同行们震惊和羡慕。当前，她的诗词创作正处在一个厚积薄发的黄金时期，才思敏捷，诗如泉涌。相信过不了多久，她向读者奉献的将是更多更加优美的诗词精品。她用自己孜孜不倦的探索，正在创造一座诗词发展的高峰，这座高峰随着时代的发展、世人的觉醒和文风的渐厚，会变得越来越明显、越来越突出。

颍川先生的大部分诗词作品堪称上乘之作，其中也有不少堪追唐宋的精品。但是由于受时空环境、情感变化、灵感捕捉和工作繁忙推敲不够等诸多因素的影响，她的诗词作品艺术水平上存在着一些差异。从整体上说，她的后期作品优于早期作品。随着诗人艺术修养的成熟，她的诗词创作已经进入一个新的境界，这表现在她创作的大量诗词精品当中。当然，灵感是艺术创作中一个十分玄妙的东西，来也无影，去也无踪，神秘而难以驾驭，即使是已经成了名的大家，也不是每时每刻都能创作出诗词精品的，即使创作出来也不可能每首都是精品，即使整首是打动人的也不可能每一句都是警句，这完全符合艺术创作的自然规律。

面对颍川先生一首首意境优美、诗意盎然的诗词，那种只可意会不可言传的感觉，任何解析的语言都有点苍白，任何诗评家的评论都显得些许笨拙。日月不语，自有光华。大美无言，自能醉人。正所谓“诗意悠悠满帝京，江山处处沐春风。千章览过神思俊，万卷亨通美境清。口占偏钟唐宋气，咏吟最慕老庄经。诸生尽喜登高望，谁悟坤德阔大胸”。姑妄评之，不妥之处，敬请方家批评指正。

张东方

2019年5月29日子夜

于鲁山琴台之侧

附记：

张东方，男，河南鲁山人。号于蒍。中华诗词学会会员。唐代名人元德秀研究专家，学者。主要作品有专著《元德秀研究》、六十集长篇电视《大唐琴声》创作者。

《颍川诗词书法》序

序一

渐若窥宏大
——颍川先生书法感言

我们说，书法艺术在当下的学术创作态度是不令人满意的。一方面，中国书法的创作观念、形式语言似乎已经到了极限，而内涵式的拓展尚不具备整体环境的支持；另一方面，艺术市场化的快速发展，也使书家在不断地跟进市场，创作的商品化趋势愈演愈烈，这些因素极大地阻碍了对学术创作的深度思考。所以，当下创作中的每一个探索性的新变化都应值得肯定和提倡。

就中国书法的传统而言，在现当代经历了几次大的变革后，创新已经成为发展的瓶颈。多元化的格局，给创新提出了新的要求和难度。那么，在哪一点上突破，能创造出有意义的形式，能生发出新的语境，能在语境的内部挖掘深层的书法文化内涵和现实精神呢？

颍川，这位当代著名学者，在投身于国家宏观经济研究、谋划国家的经济发展战略的同时，又以一名传统文人的身份，作诗填词，研磨书法，寒来暑往，渐入化境。如此，读书、研究、写字被她锁定为终生的追求。幼承家学的颍川，对汉字极为敏感。从欧阳询入手，上入二王，下取苏蔡，由行入草，于历代草书大师作品中汲取自己对书法内涵的理解。及长，学习诗词格律，研究音韵训诂之学，并临习欧王。其基础扎实而雄厚，思路开阔而成熟，实践大胆而稳健，体现了多年来她自觉从民族文化的深处去考察中国书法的形成和发展，从书法构成的基本原理中探讨书法艺术的实质，寻求中国书法创作的精神内蕴的不懈努力。

几十年来，颍川情系翰墨，执毫勤耕，对张旭、怀素、文徵明、王铎等大家的作品认真临写，字字揣摩，这在她后来的作品中体现出了一种不知不觉的融合。

宋代诗人陆游晚年在写给他的幼子的诗中，曾概述自己学诗的经历："我初学诗日，但欲工藻绘；中年始少悟，渐若窥宏大。"我觉得颍川的书法经历约略与此相似。近二十年来，颍川的"中年变法"从传统的草书开始其书风之变，从循规蹈矩到收放自如，形成现在的"颍草"。这种变化也是从"但欲工藻绘"到"渐若窥宏大"的境界不断演进的过程。我在集中拜读了颍川的书法作品和她写的诗稿、杂记后，进一步印证了这种感觉。

我们知道，张旭的《古诗四帖》，以其奔放纵逸、行文跌宕、动静交错，堪称草书巅峰之作。而怀素的《自叙帖》和《千字文》，则纵横驰骋、笔落惊风，起笔如狂风雷雨大作，收笔似暴雨骤然而止。王铎的草书，章法变化丰富，行笔能纵能敛，整体感强，结体攲正莫测，点画错综复杂，线条枯实互应，为晚明大家。而毛泽东的书法，是伟人气魄和诗人文采的自然宣泄和艺术表达，潇洒豪放至极。这一切，都成为了颍川草书师承的核心部分。她有法又不为其所囿，将传统草法结体上之放肆灵秀融以魏晋张芝章草的拙朴，进而逐步形成自己的风格，自成一家。观颍川书法，已渐出形神兼备、形质俱佳、笔笔精到之态。她对笔墨、结体、韵味的体现是很到位的，童子功的基础很牢靠。对历代草书的字帖烂熟于心，随性而为，成就了她一些破茧化蝶的神来之笔。

她酷爱毛泽东草书，遂对草书的喜爱一发不可收拾。她认为，建立于所有字体之上的草书，相比于篆之婉、隶之密、行之疏、楷之工，形成了无与匹敌的优点——流而畅、畅而狂、狂而贵、贵而雅，非常令人向往和痴迷。所以，颍川现在的书法面貌，得益于毛泽东书风甚多。但她又使其书法风格呈现蕴藉秀润、书卷气浓的气象。而近年书风由秀润潇洒又转入略带颜鲁公的苍劲沉雄。这使颍川的书法既令人一望可知是出自草圣嫡传，细品之后却又比世人所认同的草法平添了几分厚重、几分大气、几分雄浑，朴拙丰茂，俊逸沉雄。这是她诗书同法的结果。

虞世南讲：“字虽有质，迹本无为。禀阴阳而动静，体万物以成形，达性通变，其常不主。”颍川的书法也正是在她“达性”后而“通变”，这也是她多年“体察”和“心悟”的结果。由此，逐步形成了她的草书“势、韵、境、畅、情”的五字书法艺术观。

其一，草书离不开“势”。气势磅礴、气势非凡、气势如雷霆万钧之力，成为“网罗天地于门户，饮吸山川于胸怀的空间意识”，这是任何书体都不可能表达出的“势”。颍川以圆转寓方折、迟涩寓畅达、浑然一体的笔法，酣畅淋漓、虚实浑然的墨韵，结构纵横跌宕，有一泻千里的奔腾气势。

其二，草书离不开“韵”。其韵如满纸云烟般风声满堂，如江河滔滔般一泻千里，如跌宕起伏的交响乐般富于弹性，如诗词的“平平仄仄平平仄”般抑扬顿挫，中规中矩的书体难以呈现这样的韵律。颍川的用笔和结字是在熟练的基础上，创造性地发挥了大草的特点，纯焦墨的使用，在简单中极尽变化之能事，把字的变化和章法上的饱满气势与诗词的节奏相和鸣，可以说，书法作为时空拓展的精神迹化的足迹，在颍川那里由笔势、笔意、墨法和心性共同形成了“韵”。

其三，草书离不开“境”。要达到“人但知笔墨有气韵，不知气韵全在手中”“天机自然流出而无不合乎道”和“从容衍裕而气象超然”的境界，需要书者有与之相匹配的境界和修养，这实属不易。颍川大多数草书抄写的是自己创作的诗词，因草书是最能表现书法家个性并高度自由地抒发心性的艺术，书境即心境，长枪大戟，纵横驰骋，心无笔墨而化机在手，自是大境界。

其四，草书离不开“畅”。相互连缀的游丝映带是大草狂草的突出特点，上下左右连延，缓急流转不穷，文脉行气贯通，现在很多人，包括自称大家的草书作品，与古人草书大家的最大差距，就是缺少这种以映带关系组成豪放草书构图的能力。在章法上，颍川将以往草书容易单字均匀地排列改为数字一组，通篇变化，更加集中大气，形成一笔书的连绵草书，结字攲侧相生，缠绕相续，跌宕起伏，大小疏密相映成趣，在瞬间翻腾跃荡的态势中，随机应变，体无常故，形成了大起大落、淋漓畅快的视觉效果。

其五，草书离不开“情”。诗言志，书言情，书法蕴含着无限风情，最能渲染内心世界情感的，当推大草狂草。宋人陈铎曾详细剖析过唐颜真卿《祭侄季明文稿》书写过程中的感情变化，认为前十二行“甚遒婉”，后六行“殊郁怒真屋漏痕迹矣”，至末五行“沉痛切骨，天真烂漫，使人动心骇目，有不可形容之妙，与《禊叙稿》哀乐虽异，其致一也”。情绪的变化导致了运笔节奏的跌宕起伏，书者通过笔墨书法将真情实感淋漓尽致地表现出来。一幅成功的草书作品，是作者凝神结思、蓄情而发、一泻而出的情感流露。

“以情感人，用情作书”，是书法成功的不可忽视的重要因素。颍川艺术修为的厚重也来源于她的多重身份以及全方位的修养。于事业，她不辱使命；于学术，她敢于担当；身为师长，她严谨治学；作为诗人，她歌咏良善与美好。这一切独特而丰富的生活和阅历，使她形成了宽广的胸襟和超乎常人的认识力。所以，细品她的书法，在点画结构以外，更多地体现了蕴含在书法的意象精神和文化本质中的人格品性和修为。清人刘熙载在《艺概》中称：“书者如也，如其才，如其学，如其志。总之，如其为人而已。”书法最终是表人之气象，表时代的气象。所以，颍川先生把自己的精神修养作为创作第一要务，在书法实践的道路上，在书法语境的内部挖掘深层的书法文化内涵和现实精神，追寻着她的审美最高境界。

李毅峰

附记：

1. 李毅峰，诗书画印皆为大家。现为文化部中国艺术大展艺术委员会委员，中国美术家协会会员，中国文物学会会员，天津市文化产业协会副秘书长，中国人民大学访问学者，南开大学东方艺术系客座教授，美国亚太艺术研究院客座教授，中国武警指挥学院兼职教授，天津市美术家协会副主席，天津市政协书画研究会艺术委员会主任，天津人民美术出版社社长、党委书记。

2. 李毅峰先生诗书画篆刻俱佳，具有深厚的文化修养、艺术修养和人性修养，多部著作问世，深受作者尊敬。先生亲自为作者设计并出版了高质量的《颍川诗词书法》和《颍川乐平诗词画卷》

两部著作，是先生创作和再创作的精品。

3. 李毅峰先生的山水画独具一格，深得黄宾虹真谛。先生著述丰硕，《中国书法鉴赏大辞典》《中国画的哲学归属》《中国绘画的认识与实践》《一峰画集》《一峰水墨》《会心处不在远》等有影响力的著作。

4. 李毅峰先生为作者撰写了《颍川诗词书法》序，上文即为先生力作。先生还赠送作者抄写颍川诗词的书法作品《一剪梅·满院菊黄》，亦收入作者书中。

序二

鹰摇春柳
——为《颍川诗词书法》序

上午九点二十四分，陈文玲先生打电话来说：“我将图片发到你邮箱了，图片太大，一次只能传一个，我已经传了一个多小时了。”我立即打开电脑，一种大小雄鹰摇春柳的书法景象扑面而来。

柳树，并不是名贵树木，只是在寒意正浓的北方才显得舒服极了，长长的垂柳随着春风摇曳，嫩黄的柳叶弄出妩媚动人的小手，抚摸在胭脂水粉的脸蛋上，淡墨溢鼻的眼睛上，撩人心魄。古陶渊明爱柳，在居住的屋边种了五棵柳树，自此号为“五柳先生”。苏东坡爱柳，在西湖的堤坝上种了长长一堤的柳树。左宗棠爱柳，在河西走廊中种了三千里柳树。

陈文玲先生的书法，在中国书坛上是很难见到的。她很普通，普通得就像我们身边的垂柳，就像太液湖（指中南海）边的垂柳，我们只知道夏天的柳树为我们挡住了火辣辣的太阳，让我们在柳树下打棋品茗。知道陈文玲先生是经济学家的，就如杭州西湖堤坝上长长的夏柳堤一样是老少皆知。而知道陈文玲先生书法之妙，就如在太液湖边欣赏春柳，只有为数不多的人可以享受这种神境了。

没有读过唐代贺知章的《咏柳》，就不能体会到春柳是有“万条垂下绿丝绦”丰姿的。没有读到陈文玲先生的书法，就完全不能体会到书法中的鹰摇春柳的神美。春风摇柳，是有一种施胭脂水粉的西施摇柳之美；春燕摇柳，是有一种拣须捉句的文人贺知章摇柳之美；壮哉！鹰摇春柳，有雷霆万钧而戛然落于纸上之美；美哉！鹰摇春柳，有汉宫飞燕轻移莲步寄于字中之美。

《颍川诗词书法》的《定风波·风竹》“/打叶沙沙起大风，/谦谦君子舞随情。/似醉竹林谁人懂？/怦动，/任由烟雨洗平生。　　/绿海波波催韵动。/如梦，/何妨泼墨写丹青。/画卷诗篇书壮景，/吟诵，/声声朗润漫天听。”这首词的书法中，就能读到这种鹰摇春柳的书法景象。如“怦动”的“动”的撇势，正如雄鹰扑动柳条之劲道；又如“大风”二字，笔墨正如大小之雄鹰有力；“丹青”的书法妙味，如雄鹰般的矫健，似风摆杨柳般的有滋，像这样鹰摇春柳般的书法妙趣，在《陈文玲书法集》比比皆是。书法作品不求力透纸背的效果，但要有鹰摇春柳的妙趣，有了这种妙趣，笔墨就有了天矫的通达。

知陈文玲先生近期出版《颍川诗词书法》作品选集，无以为祝，慎送《颍川诗词书法》此文以为序。

王正鹏

2014年6月12日夜于张家界市

2014年7月3日上午修改于张家界市

附录：

1. 王正鹏，现任《作家报》特约主编、《国学》杂志社终身副理事长、《中华建筑报·建筑艺术与文化》副主编、《中国历代书画名家辞海》辞典编委委员、《中华传世画鉴赏》辞典编委会名誉编委、《中国书法名家全集·传世书法卷》辞典特邀顾问编委、《中国书法名家真迹精品大典》辞典特邀顾问编委。

2. 王正鹏先生于2011年在甘肃兰州与作者共同参加讨论文化发展的一个会议，在机场由于误机相识，得到作者赠予的《颍川吟草——陈文玲诗词选》，将读书感想写成文章发表在网络上。作者看到后非常感动，遂与正鹏先生沟通，深感其知识渊博，学养深厚，得到先生赠予画作、书法各一幅。

3. 王正鹏先生应邀参加了作者第二部、第三部诗词集发布暨中华诗词高端研讨会，在会上准备长篇书面发言并做即席发言。

序三

颍川先生书法创新精神浅析

2013年6月，我的著作《元德秀研究》一书即将出版，想请著名经济学家、诗词家、书法家、国务院研究室陈文玲司长（颍川先生）给我的著作题词，经王正鹏老师介绍，陈文玲司长在百忙中欣然挥毫泼墨，为我的书题写了“传承优秀历史文化，实现中华复兴之梦”的书法作品。作品采用大草在70厘米×138厘米整幅宣纸上一气呵成，如江河奔腾，汪洋恣肆，气势恢宏，大气磅礴。观之，让人精神振奋，豪情倍增，感叹不已。后来，又有幸得到陈文玲司长赠予的其他书法作品和诗词书画专集，对陈文玲司长的书法艺术特点有了更全面系统和深入细致的了解，仔细品味，令人心游万仞，精骛八极，受益匪浅，感慨良多。

一、陈文玲书法特点

一是奔腾豪放，俊秀飘逸。

陈文玲司长的书法作品继承和发扬了中国历代草书大家奔腾豪放的书风，同时融入了女性诗人和书法家的内在气质涵养和才情个性，出古入新地创作出了既奔腾豪放又俊秀飘逸的书法作品，形成了自己独特鲜明的个性书风。读陈文玲司长的书法，很容易让人联想起我国历史上两位草书大家张旭和怀素的狂草，让人想起岳飞的书法《满江红》和毛泽东的书法《沁园春·雪》，仿佛从中可以找出每个字的出处和影子。然而陈文玲司长的书法与这些大家又有明显的不同，那就是奔腾中透着雍容，豪放中透着婉约，壮观中透着俊秀，大气中透着飘逸。可见陈司长对中国历代草书大家的作品是深有研究或有所涉猎的，并从中汲取了深厚的营养，经过融会贯通，逐渐形成了独具个性的创作风格，所以才能够给人留下鲜明深刻的印象。这一特点在其三件竖幅书法作品《十六字令·水的哲理》和《一剪梅·满院菊黄》中表现得淋漓尽致。

二是气韵贯通，形神兼备。

书贵有气，有气才有势，有势才能气韵贯通、形神兼备、震撼人心。通观陈文玲司长的书法作品，总感觉有一股浩然正气充斥在字里行间，似游龙一般时动时静、时疾时徐、时强时弱、时大时小、时左时右、时上时下。静则如山岳耸峙，动则如江河奔腾；疾则如飞流直下，徐则如行云流水；强则如山崩地裂，弱则如细风拂柳；大则如江河直下，小则如涓涓细流。陈文玲司长通过谋篇布局巧妙运用笔势的承接关系，使字与字之间彼此关情、笔势连贯，承上启下，联络呼应；同时充分运用字的大小、长扁、正斜、留放，线条之粗细、长短、曲直，墨之浓淡、干湿、多少和收与放、开与合、轻与重、刚与柔、干与湿、清与浊、润与燥、虚与实、气与韵、形与质等书法技巧，使作品一气呵成，一挥而就，从而收到了气韵贯通、形神兼备、跌宕起伏的艺术效果。这一特点在其作品《五律·春曲》《五律·咏月》中得到精彩和完美的体现。

三是饱含深意，以书传情。

书家只有将感情倾注于笔墨的挥洒，作品才能显示出强大的艺术感染力和生命力。我国古代书家早已经把书法创作当作表达个人思想情感的一种艺术方式，如王羲之的《兰亭序》、颜真卿的《祭侄季明文稿》和苏轼的《黄州寒食帖》等，无不是饱含深意、以书传情的杰作。而书体中的大草因最能将作者的思想和才情表达得淋漓尽致而深受古代书法大家的钟爱，成为他们表达个人情感的艺术工具。文玲司长充分运用了书体中大草的这一独特功能，将自己要表达的思想情感很自然地融入了书写自己的诗词作品中。透过陈文玲司长的书法，可以真切地感受到她作为著名经济学家、诗人、书法家和国家重要部门工作人员的一片爱国之情、报国之志、兴国之心和强国之梦，以及对祖国未来的美好憧憬，这种理想信念和精神给人鼓舞，催人奋进，令人震撼。这一特点读者在其每一幅书法作品中都能真切地感受到。

二、陈文玲书法精神

透过陈文玲司长的创作书风，我们不难看出她在书法艺术领域执着的创新精神和开拓精神。这种精神主要体现在以下三个方面。

一是以诗入书。

诗（词）与书法创作的结合是我国历史上独特的一种文化现象，正是这种结合，使书法作为一门艺术的地位和层次得到了前所未有的提升，并成为一门高雅的艺术，其魅力也得到了完美的体现，用书法写成的诗文登上了文学艺术的殿堂，成为历代文人雅士和具有文化修养人们的最爱。诗言志，词言情。用书法写成的诗（词），其情感、意境、内涵更丰富、更深邃、更立体、更感人，如苏轼的《黄州寒食帖》、黄庭坚的《松风阁诗帖》、米芾的《苕溪诗帖》、祝允明和王铎的草书诗帖等。诗（词）的韵律美、意境美、自然美、情志美为书法艺术的成熟和完善提供了有益的精神食粮。诗（词）与书法的有机结合，赋予了书法思想、感情和灵魂，增添了书法的生命和活力，为书法艺术水平的提升创造了广阔的发展空间。诗（词）与书法结合的前提条件是书家必须是一位诗人，这是一个很高的标准，更是一个高难度的组合，也是一座难以攀登的高峰，历史上一些著名的书法家之所以能取得那么高的成就，能奠定自己在书法史上的坚实地位，与这一点是分不开的。陈文玲司长作为诗人、书法家不惧艰险，敢于攀登这一高峰，在继承了中国书法艺术的这一精髓的同时，又不断开拓创新，将其发扬光大，在当代中国书坛开创出一派崭新的书风。读陈文玲司长的书法作品，可以真切地感受到其诗词的奔腾豪放和俊秀婉约之风表现得淋漓尽致，时而如春风拂面，时而如大浪击胸。读陈文玲司长的书法作品，犹如读一首首生动的诗、优美的词，或豪放、或婉约、或清新、或隽永……诗情诗意诗境在书法线条和一点一画中潜流涌动，时而汹涌澎湃，时而风平浪止；时而飞流直下、一泻千里，时而神态自若，静静流淌。读者的思想情感也随着书法线条的飞舞流动，得到了最大限度的想象和发挥。诗词之美和书法之美两者水乳交融、相互辉映，均得到了完美的体现。陈文玲司长又将其创作的诗词用书法的形式展现出来，化无形为有形，用书法美展示自己创作的诗词之美，可谓匠心独运、富有深意的大胆创新之举。陈文玲司长作为一名颇有建树的经济学家和著名诗词家，拥有得天独厚的优越条件，她在书法艺术方面的孜孜追求又使其成就更上一层楼。

二是以画入书。

自古以来，书画同源。古今对书画兼通的名家中王蒙用篆隶入皴法，赵之谦以篆隶之法画松，郑板桥则强调兰竹如同草隶，石涛画法则如篆、如草、如隶。书与画的结合增添了中国画独特的风格魅力。反过来，画与书融合，使得书法作品中字的形体结构以及整幅作品的谋篇布局呈现出千变万化、丰富多彩、绚丽夺目的景象。书法和绘画的用墨和运笔技巧是基本相同的，绘画的气韵生动、形神兼备、借景抒情、传情达意等要求同时也是书法的基本要求。如果说诗（词）与书法结合带给人们的是感觉上的冲击力和震撼力的话，那么画与书的结合带给人们的则是视觉上的冲击力和震撼力。有时候一幅好的书法作品就是一幅画；有时候一个字或几个字连在一起就是一幅画；有时候一点一画、一撇一捺也可摹状万物，独自成画；书法的神奇之处体现得淋漓尽致。正是绘画的这一特殊功能，使得书法这门艺术的层次和水平更上了一层台阶，以至于书画成为中国古代文人雅士必备的基本技能，可见画与书的相互影响是巨大的、深远的。文玲司长古典文学功底十分深厚。中国古典诗（词）中诗（词）中有画、画中有诗（词）的特点，她心领神会，创作的每一首诗（词）几乎就是一幅画，这在《颍川乐平诗词画卷》中已经得到了完美的体现，在颍川书法中更得到宣泄。以画入书可以提升书法的艺术魅力，陈文玲司长非常机智地捕捉到了这个切入点，并恰当地运用到书法艺术创作实践当中，使之巧妙结合，相得益彰。可以肯定地说，陈文玲司长在这方面的大胆尝试和探索取得了显著成效，这使她在众多书家中脱颖而出并且成为风格独特的著名书法家之一。读陈文玲司长的书法作品，同时品味她的美丽诗词，就像欣赏一幅幅优美的画卷，带给人们的是视觉的享受和心灵的震撼。画与书的结合、书与词的结合，就好像景色与灵魂的结合一样，都不是轻而易举的，就好像黄金与美玉结合一样是一个高难度的技术活，没有高超的技艺和水平是难以做到的。陈文玲司长就像一位技艺高超的匠人能够熟练地将金玉合璧，做到了书与画的完美结合。如其书法作品《卜算子 · 和田玉》《千秋岁 · 水的哲理》《千秋岁 · 水的序曲》《定风波 · 风竹》等，作品笔墨灵动，浓淡相宜，就像一幅清新雅致的水墨画，画意深浓，意境优美。

三是以品入书。

这就是我对陈文玲司长的深刻印象。作为一位著名经济学家，她以国家经济战略和政策研究为己任，始终走在学术的最前沿；作为一名政府工作人员，她坚守职责，不辱使命，把经济研究与国计民生有机结合起来，努力造福国家和人民；作为诗人，她热爱祖国的大好河山，热爱勤劳善良的中国人民，满腔豪情，用心讴歌这个伟大时代；作为博士生导师，她学识渊博、治学严谨、堪为师表。其人其品，高风亮节，令人钦佩叹服。正是这样一个学问渊博的人、修养高深的人、气质高雅的人、情感丰富的人、心地慈善的人、敢于担当的人、忧国忧民的人、锐意创新的人，一旦将这些因素融入到书法创作中去，其潜移默化、水乳交融的力量是巨大的，其效果和成就也是非同凡响的。书风的形成虽有多方面的因素，但人品才是形成个性鲜明书风的重要因素。文玲司长的书风就是一个鲜明的体现。其艺术风格的形成与其人品有着千丝万缕、密不可分的联系。她的心胸是博大广阔的，所以她的书法作品才会气势恢宏，大气磅礴；她的感情又是细腻丰富的，所以她的书法作品才会婉约俊秀……

三、陈文玲书法之美

将诗词画品融入书法艺术的研究和创作，是文玲司长的大胆实践和艺术创新之举，也是她对书法艺术的感悟和追求。从审美的角度看，陈文玲司长的书法作品极具艺术之美。

一是壮逸之美。

文玲司长的书法作品从谋篇布局上看，气势恢宏，大气磅礴；从字的结构上看，开合有度，收放自如；从字的形态上看，自由奔放，变化多端，风骨凛然；从创作手法上看，敢于运用想象、夸张、对比等艺术手段，通过反差，强化艺术效果；从法度上看，规范有矩而又不失灵活多变；从感情的表达上看，用笔细腻，曲折委婉，荡气回肠。犹如其诗词一样，其书法作品既有江河奔腾之象，又有雪落平原之态；既有凤舞九天之势，又有蝶舞花丛之姿，尽显奔腾豪放和俊秀飘逸之美。

二是意境之美。

文玲司长把山川万物的卓越风姿用书法优美的意象巧妙地表达了出来，使其作品有诗有画有情有意有神有韵，恰似一幅水墨挥就的画卷，远似苍山浮云，近如小桥流水，境界高远，意味深长。身临其境，带给人心灵的无比愉悦和精神的高度享受。更为重要的是，她追求诗词的内涵与境界，在诗词中常常借景抒发感悟、感动和感情，使作者眼里的自然山水、世间俗物都有了独特的韵味，意境产生的美感恰恰是打动作者心灵之秘钥。

三是自然之美。

由于工作性质的原因，文玲司长几乎走遍了祖国的山山水水。祖国山河的壮丽秀美给她留下了难以磨灭的印象，她常常心潮澎湃、思绪万千。山川万物俱化为她诗词中生动的意象和鲜活的诗句，尽情地讴歌着祖国山河之美，她的每一首诗（词）甚至每一句诗（词）都是一幅美丽的画卷。祖国山川之美震撼了她的心灵，启迪了她的心灵，滋润了她的心灵。山川美景、天地灵气通过她聪慧的大脑化作汩汩细流悄悄地注入到她的心海，并被智慧地融入书法艺术的创作中去。陈文玲司长的书法作品大到谋篇布局、小到一笔一画，随处可见山川万物的影子，极具变化、生动、自然之美，自然与人类、理想与现实、主体与客体之间达到了完美和谐的统一。世间之美莫过于自然，文玲司长的字毫无浮躁、怪戾、矫饰、媚俗、浅陋之气，而是处处充满着至真至善至美的情愫。歌山川之秀，具万物之象，融书法之体，展艺术之美，这正是文玲司长书法作品的神韵所在、魅力所在、美丽所在。

文玲司长是一位善于发现美、捕捉美、宣扬美、传承美、展现美的高手，她像神奇的魔术师，把诗词之美、书法之美、绘画之美和人性之美巧妙、神奇、和谐地融汇到书法艺术创作当中，使书法这门艺术所具有的美感得到了尽情和完美的体现。

文玲司长在对我谈到中国优秀传统文化的传承和弘扬时曾说："怎样把中国优秀传统文化和现实、时代结合起来，让大家喜欢，让社会易于接受，这是一个值得研究的课题。传承文化的关键是创新，只有不断推陈出新、师古人而不拘泥于古人，在继承的基础上更好地和时代结合，作品才更具有生命力，才更容易被社会接受。我这次出版诗词书法集，一方面是想对自己的创作和朋友们喜欢并抄写我的诗词墨迹进行一次梳理和纪念，更重要的是想通过创新这种形式对古典传统文化的继承和发扬进行大胆尝试。"陈文玲司长不仅是这样说的，也是这样做的。无论是在诗词创作上，还是在书法创作上，她一面执着地坚守着优秀传统文化这块阵地，孜孜不倦地汲取着深厚的营养；一面紧扣时代的脉搏，大胆地进行着探索和创新。可以说，她选择了一条正确成功的艺术之路，其精神让世人敬佩，其成就让世人瞩目。以陈文玲司长的执着、学识和聪明才智，坚信她在诗词创作和书法艺术创新领域一定会取得更加丰硕的成果，成为当代中国书坛光彩夺目繁星中的一颗明星。

张东方

2014年6月8日凌晨修改于鲁山琴台之侧

附记：

1. 东方先生为青年才俊，王正鹏先生向作者推荐并请作者为其《元德秀研究》题词以赠，友谊自此而始而渐深厚，虽然并未谋面但却引为知者。

2. 东方先生文采横溢，对诗书画文皆有研究，其书法功力深厚，童子功加之后不懈努力，已自成风格。

3. 作者特别邀请东方先生作序，并非从其社会地位和名气出发，实乃赏其过人才学、扎实功力和深厚造诣，也是对后生可畏、后生可敬、后生可后来者居上的一种学术态度。

《颍川乐平诗词画卷》序

古韵新曲话合弦

——欣贺《颍川乐平诗词画卷》出版

古韵新曲话合弦。这次我与颍川女士在诗词书画艺术上的合作，乃是一次追宗寻源拜师造化自然的文化之旅，是传承文人画并探索文人画表达艺术的创新之旅，是将传统文化与现代精神融合歌颂新时代的吟唱之旅。认识她很偶然，她得到我赠送的一幅玉兰水墨画，上题“春花三四月，诗意万千言”，很是喜欢，写了一首词《沁园春·赞墨玉兰》点评，其词清丽高雅，使我深感震撼。未想到当代尚有对中国国画传统笔墨如此赞赏的诗人，也未想到得遇有如此深厚文学修养的诗人。也算是以画会友以文论道吧，当我得知她是著名经济学家、博士生导师，同时又酷爱着中国传统诗词艺术，经年不舍勤于创作，不禁肃然起敬。我拜读了她创作的几百首诗词之后，被其中深邃的内涵、典雅的文采、奇妙的意境所打动。可以说，她的诗词作品上追唐宋遗风、今出时代新意，是难得一见的艺苑奇葩。由于她有古诗词的文学修养和底蕴，又十分具有灵气尚虚心好学，深得前辈文怀沙、袁行霈、郑伯农等大家指点和鼓励，其诗词创作愈加精进。因而，我萌生了与她在诗词书画上合作的想法，这也是我几十年来绘画生涯中遇到的挑战和荣幸，可谓

“相见何必曾相识，诗词画意共求知”。

曾见得颍川女士的词作《江城子 · 向日葵》，确是独具匠心别出心裁。据记载，向日葵约于明朝引入中国，唐宋诗词自无吟咏者。以宋词形式歌之可谓古为今用，取材向日葵也是独辟蹊径。我在创作时曾想到凡 · 高的《向日葵》，其作品名振艺坛众所周知，如何用中国画表现好也是个挑战。颍川女士的词很出彩，绘画亦不甘落伍。随想，凡 · 高的《向日葵》注重色调近乎写实，而中国画则注重气韵近乎写意，在艺术感染力上便是各有千秋了。画中有佳词的魅力，增添了画卷的文化内涵和神韵，比如“浪漫随缘花梦想”，以拟人的手法写出了向日葵蕴含的浪漫情怀。我便画了两株向日葵一直一弯，好似双人舞中探戈的定格姿态，直取“浪漫”诗意。诗仙李白也曾在诗中写过“云想衣裳花想容”的佳句，我曾经画过此诗意，但画颍川女士的这首词，还是充满了新的美感和新的表达欲望。由此可见，包含诗词创意的中国画是文人画的灵魂，是值得弘扬并推陈出新的，有着很大探索和尝试的文化价值。

作为传统的中国诗词书画艺术，首先要继承然后才能发扬光大。过去我画中国传统画，时常沉浸在古人的诗意和词意中，虽然自己也偶写入自己的诗作，但是还谈不上进行文人画的创作。与颍川女士的合作，则是要尝试用中国国画传统的笔墨，创造表达她美丽诗作和词作意蕴的画卷。时代不同了，文人画要注入新意，笔墨则当随时代。诗词要有规范但不泥古，绘画需见笔墨贵在创新。颍川女士非常忙，好在有现代通信工具，常常是她创作了新的作品，用手机短信发给我，我反复揣摩其意并被打动后，在充满激情中进行绘画创作。也有些时候，我提出画的意境请她创作诗词。在进行文人画创作时，我曾想起当年老舍先生命题诗句“蛙声十里出山泉”，请齐白石大师作其画意，白石大师只寥寥几笔，山石、一溪泉水和数只蝌蚪便大功告成，其意境耐人寻味妙到毫巅。当然，如只画几只青蛙便非大师之作了。可见，中国画中的诗情画意自有妙不可言之处，而欣赏此类文人画，则根据个人的文化修养不同仁智相见了。

通过这次诗画合作，我感到中国画之文人画与西洋画相比，除了画法、材料、审美的不同，主要是文人画中的“文”即诗词书法之别。西洋画缺少这些因素，要达到中国画之文人画的境界是不大可能的。诚然，中国画一旦注入了优秀的诗词意境，便如虎添翼，大大提升了中国画的审美价值。比如古代的王维、苏东坡等大师，由于精通诗词、书法、绘画，其作品则集大成乃至高风隽永。颍川女士的诗词中，有大量描写花鸟的美丽作品，我曾写一首《少年游·泼墨画相随》谈对她诗词的感悟：“/诗词雅美，/轻读已醉，/泼墨画相随。/字字珠玑，/意追唐宋，/亦似道殊归。 /凭谁论，/古今何见，/此景跃然飞？/浅唱低吟，/共弹琴瑟，/将与万家辉。”我集几十年文化积累和水墨功力，力求画中有诗，画中有情，画中有文化的表达和宣泄。这种充满激情的文人画创作，使我进入了个人绘画历史上的一个崭新时期。

我与颍川女士的诗词书画合作，是在一种愉悦的、真诚的、互动的心态下完成的。其共同前提是双方都对中国传统文化酷爱，各自在诗词书画领域有几十年的不懈追求。力求前不愧对古人，后不怠慢来者，能为继承和发扬中国博大精深的文化各尽所能，这是我们创作出新的基本原则。既师古人又师造化，力求“天人合一”的最高境界，这是我们始终努力追求的目标。

世间有了人与人的和谐，有了人与自然的和谐，地球母亲就会变得更加健康和快乐。而中国的诗词书画集真、善、美于一身，只要我们舍得付出，肯于付出，敢于创造，为和谐社会尽一臂之力，应在情理之中，也应在预料之内。

中国的诗词书画是博大精深的。

其风韵之高雅，风格之迥异，风范之大成，积数千年中华文明之精华，傲立于世界文化艺术之林。

如今，伟大的祖国承载着一代又一代儿女的梦想，书写着复兴和崛起的恢宏篇章。中华民族这个富于创造力的文化表达，也日益受到世界的瞩目。一个国家和民族的繁荣昌盛，在经济社会发展突飞猛进、物质基础与日俱增的同时，其独特的、具有生命力和美感的文化表达，必然得到全世界的认可和尊重，也必然迎来新的文艺复兴时代，每一位艺术家身在其中，时代给予了巨大的发展空间。

在我国传统文化宝库中，诗词书画有着举足轻重的地位，它凝聚着中华民族的思想意识和审美情趣，是中国伟大文化中的珍宝。一句“欲穷千里目，更上一层楼”，写出了诗人登高望远的抱负；一曲“但愿人长久，千里共婵娟”，抒发了词人对天下人祝愿的情怀；一幅《清明上河图》画卷，绘就了北宋时期世界最繁华城市的市井图；无数最美的诗词画卷，跨越了时间和空间，浸润着中国人的心灵，使人们的灵魂得到洗礼。一个国家意识形态的共鸣、文化价值观的共生、语言表达方式的共同，由此而生发，作为一个文明古国中国人的自豪感，也由此而生发。民族的即是世界的，当世界各民族的文化艺术各自发扬光大、各美其美时，全世界才能美美与共，全人类才能共享精神文化的盛宴。

在诗画艺苑之中，我们的先贤创造了代表着中国传统绘画主流和最高境界的文人画。如我国唐代诗佛王维，诗中有画、画中有诗，被称为中国文人画的鼻祖；我国宋代苏东坡亦诗、亦文、亦书法、亦绘画，攀登了中国文人画理论和实践的新高峰；清代“扬州八怪”时期，盛行诗文入画，郑板桥素有“三绝诗书画”之誉。郑板桥曾画兰花并自题诗“多画春风不值钱，一枝青玉半枝妍。山中旭日林中鸟，衔出相思二月天”。著名的“一枝一叶总关情”“任尔东西南北风”等诗句，都题写在他的画作中。这种诗情画意的完美结合，别开生面，清雅脱俗，令人悦目赏心。常说“功夫在画外”，画外的功夫即是深厚的文化修养和内涵。可以说，诗中有画、画中有诗的境界，历来都是诗人和画家共同追求的目标和理想。

但从文人画的历史看，大部分是以诗作入画，以题跋或概括一两句感言入画，而词作入画比较少见。词意入画者，可见到傅抱石创作的毛泽东诗词画意，最近由上海古籍出版社出版几十幅诠释毛泽东诗词的画卷，令傅抱石的画卷凝聚了更高的境界和更厚重的文化内涵。在人民大会堂中，有一幅由关山月和傅抱石根据毛泽东词意创作的《江山如此多娇》巨幅山水画，其意境之深远，气势之磅礴，也因着凝聚着词意的恢宏，足以撼人心魄而百世流芳。

我和颍川共同创作的《颍川乐平诗词画卷》，尝试新文人画的新路径和新境界，为这个伟大的时代增加一抹颜色。在本书出版之际，我特别真诚地感谢颍川女士为诗词画卷付出的所有努力。她不仅是作品灵魂和思想的提供者，也是我绘画表达的赞赏者和激励者。我真诚而热切地期待，本书的出版只是今后继续合作的良好开端。

即兴作小诗一首共贺：

江川碧海浪淘沙，阅尽人间悟月华。
意满诗词书雅趣，情抒画卷韵无涯。
知音邂逅风吹暖，诤友相携雨过霞。
古韵新香吟新曲，经年再莳染奇葩。

胡乐平

2012年9月

附记：

1. 胡乐平，我国著名国画家，齐白石画派第三代传人，深谙白石画风。在美国、英国分别建立胡乐平艺术中心，其创作画作具有较大的国际影响。2009—2013年与作者合作出版《颖川乐平诗词画卷》。

2. 本文为胡乐平先生为《颖川乐平诗词画卷》撰写的自序。

颍川诗书品评

第三部分

颍川诗词暨中华诗词高端研讨

《颍川吟草——陈文玲诗词选》新书发布暨中华诗词高端研讨会嘉宾发言

时间：2010年10月22日下午

地点：北京孔庙和国子监

举办者：中华诗词学会、中国文联出版社、北京孔庙和国子监、南开大学经济与社会发展研究院

主持人（白津夫[1]）：

女士们、先生们，各位与会的尊贵的朋友们：

在苍松翠柏掩映之中的、庄严肃穆的北京孔庙和国子监博物馆，由中华诗词学会、中国文联出版社、北京孔庙和国子监、南开大学经济与社会发展研究院四家联合举办《颍川吟草——陈文玲诗词选》新书发布暨中华诗词高端研讨会召开了。我们非常高兴地邀请到各位权威大家和专家、政府有关部门领导、新闻界的

1　白津夫：我国著名经济学家，中央政策研究室经济局副局长（正司级），经济学博士、经济学博士生导师，享受政府特殊津贴专家。长期从事经济理论和国家重大战略、重大决策与重大政策研究，发表各类研究成果300多篇，主持或参与国家重大课题40多项，获各类奖励30余项。白津夫与作者同为决策咨询研究机构工作人员，共同参与过很多重大研究工作。参与了作者三部诗词集的发布暨中华诗词高端研讨会，主持了第一部诗词集发布暨中华诗词高端研讨会，在第二部、第三部诗词集会议上作了重要发言。2016年7月4日，白津夫局长参加了作者中国宏观经济研究暨陈文玲“透视中国”系列著作发布会，在会上作了重要发言。

朋友和社会知名人士出席会议。在这样一个特殊的地方，在这样一个特殊的日子里，我们召开这样一个特殊的会议，高朋满座，真正是“谈笑有鸿儒，往来尽雅朋”。

中国是诗的国度，诗词是最凝练的语言，《诗经》、楚辞、汉赋、唐诗、宋词、元曲，是我国文学史上一个个高峰。尤其是唐诗和宋词，更达到中华诗词创作的巅峰。我们有取之不尽用之不竭的文学金矿，在中国从经济大国迈向经济强国的进程中，必将出现文化的大发展和大繁荣。我们应学习全球一切先进文化，融会贯通为我所用，但更应懂得中国传统文化的珍贵，并将此作为一个大国创造文化竞争力和国家软实力的难得资源。只有当中国成为文化强国并输出文化价值观的时候，才能称得上一个真正的强国。盛世领诗风，盛世出诗人，盛世旺诗学，盛世涌诗情。我们欣喜地看到，一批新时代的诗人正跋涉和耕耘在中华诗词美丽的原野上，并不断织出锦瑟，绘就时代的画卷。《颍川吟草——陈文玲诗词选》出版，之所以是一件值得庆贺、值得宣传的事情，就在于作者经年不舍，进行着学习、继承、创新中国传统文化形式的有益尝试。我作为文玲女士的同事和朋友，部分见证了文玲诗词的创作过程。在一起调研的过程中，我们深切地感觉到文玲对祖国大好河山的真挚热爱，可以这样讲，她的诗集出版是来自实践的成果，是发自肺腑的心声，也是激情燃烧的产物，更是辛勤耕耘的结晶。诗集反映她独到的思想情怀、艺术境界，充满了生活芬芳的时代感，给当今诗坛吹来缕缕新风。

今天会议的主要内容，一是祝贺《颍川吟草——陈文玲诗词选》新书发布；二是对如何振兴中华诗词展开深入讨论。相信今天的会议将由于您的到来而亮点频仍，将由于您的精彩发言而影响深远，将由于您崇高威望和深厚文化造诣而指点江山，激扬文字。

下面我们热烈欢迎四家主办单位领导致辞，首先有请中国文联出版社总编辑奚耀华先生致词，大家欢迎。

奚耀华[2]先生致辞

各位领导，各位嘉宾，各位新闻界的朋友们：

下午好！首先请允许我代表主办单位之一——中国文联出版社，向各位在周末抽出时间来参加《颍川吟草——陈文玲诗词选》新书发布暨中华诗词高端研讨会，表示衷心的感谢和敬意。陈文玲女士既是国务院研究室的司长，又是我国知名的经济学家，她提出的许多重要观点受到政府决策部门和经济学界的高度重视，尤其可贵的是，她还是一个才华横溢的优秀诗人。她利用业余时间创作的一系列诗词作品，取得了质量上和数量上的双丰收。她的诗词作品清新爽朗，意境无限，典雅质朴，大气磅礴，受到了文化界、诗词界等广大专家学者充分肯定和喜爱。为了进一步在海内外推广中华诗词文化，我社将陈文玲女士创作的《颍川吟草——陈文玲诗词选》作为重点图书，重点打造，在文字编辑、装帧设计、内文编排、纸张挑选等印制工艺上倾注了最大的努力。值得庆贺的是这本书一问世，就得到了在座的各位专家学者以及广大读者的喜爱，被大家称为近年来诗词出版中的佳作，与充满神韵、典雅质朴的诗词佳作交相辉映，形成了文学作品和出版工艺的和谐统一。

今天我们欢聚一堂，在这苍松翠柏、古树参天、凸显皇家气派的北京孔庙和国子监博物馆研讨陈文玲女士的诗词作品，探讨在我国从经济大国向经济强国的进程中中华诗词文化的复兴，在必然出现的文化大发展和大繁荣中，尤其是诗词创作将起到很大

2　奚耀华：时任中国文联出版社总编辑、副社长，编审，国家出版基金评审专家，中国文联高级职称评审委员会委员。

程度的促进作用，我们探讨诗词创作是否能在经济大国迈向经济强国、同时在展现中国文化底蕴和输出文化价值观的过程中，起到不可或缺的作用和影响，这对传承和繁荣我国文化发展有着积极意义。中国文联出版社今后将继续本着“以文联友、创新艺术潮流”的出版方向，努力策划出版艺术、文学等经典名著，打造出一批包括诗词创作在内的名词人、名诗人、名作家，为中华诗词的繁荣做出应有的贡献。

祝《颍川吟草——陈文玲诗词选》发布暨中华诗词高端研讨会圆满成功。

主持人：

谢谢奚耀华总编辑！

下面有请北京孔庙和国子监博物馆馆长吴志友先生致辞。

吴志友先生致辞

尊敬的文怀沙老先生、尊敬的陈文玲女士、各位诗人、文学家、艺术家：

大家下午好！我非常荣幸，也非常感动，今天参加陈文玲女士的新书发布会和诗词研讨会，来了很多嘉宾，应该说是群英荟萃。我想在座的不少同志都是第一次来到这里，我作为博物馆的馆长，想借此机会简单介绍一下孔庙和国子监博物馆。孔庙和国子监博物馆自元朝以来是我们国家教育教化的中心，它始建于1302年，其历史比紫禁城要早100多年。孔庙和国子监是一起的，叫作庙学合一，它构成古代的教育教化的体系，有点类似于现在中央党校和教育部；在对优秀人才的选拔方面，它有点类似于北大和清华。孔庙和国子监博物馆在历史上的地位是太学，是国家教育的最高行政机关。

2005年到2008年孔庙和国子监博物馆经过3年大规模的修缮，基本上还原清末时期国子监的本来面貌。在奥运会期间作为奥运会宾客团的接待单位，受到了国内外宾客的好评。国家元首也好，国外来宾也好，他们参观以后都感觉非常振奋。在不久前北京市政府出台了《关于大力推动首都功能核心区文化发展的意见》，其中特意提到对孔庙和国子监博物馆进行功能的复兴，将孔庙和国子监博物馆作为一个国学研究方面中心的定位，建立以孔庙和国子监博物馆为国学文化展示中心，要把孔庙和国子监博物馆建设成世界国学研究传播中心。我们现在面临的机遇非常好，应该说是天时、地利、人和，孔庙和国子监博物馆弘扬国学是我们的职责。陈文玲女士的诗词集是古典诗词，是我们的国粹之一，我拜读了之后非常振奋和感动。正如陈文玲女士在自序里写的一段话："我的感动跨越心灵的栅栏，在灵魂的原野上驰骋，在诗情画意的美丽中漫步，在宁静的自然天籁中飞翔。"很美！我想今天这个座谈会，就是要通过大家的这种交流座谈，来欣赏、来领略这种诗的美。不多说了，时间有限，祝大家在孔庙和国子监博物馆度过愉快的时光。谢谢大家！

主持人：

非常感谢吴志友馆长！接下来有请南开大学经济与社会发展研究院副院长、著名经济学家刘秉镰先生致辞。

刘秉镰先生致辞

各位来宾、专家、诗人，各位先生女士们：

大家下午好！很高兴这次来参加陈文玲教授《颍川吟草——陈文玲诗词选》的发布会，我和陈文玲教授认识有十几年了，她一直作为南开大学聘请的经济学教授，不仅参与我们南开大学经济学科的发展，也一直在指导我们产业经济学和区域经济学的博士研究生。今天有4位陈老师的博士生也参加了会议。在和陈教授接触的十几年里，我一直认为陈文玲教授是著名的经济学家，她在很多的领域，如宏观经济、产业经济学和区域经济学等领域都有很高的造诣。文科没有院士，我认为文科的教授最高境界就是能够在国家层面甚至在国际上能够有很好的影响力，并能够影响到国家的决策。陈文玲教授就是这样一位非常杰出的经济学家，她的很多研究成果，得到了党中央、国务院和国家有关部门的应用。我们以前知道陈文玲教授“破万卷书，行万里路”，出版了这部诗词集之后，更让我了解到她“书万般情，写万种意”的才情。

这本诗词集很少能找到有关经济学方面的论述，大概只有两首词，一个是《念奴娇 · 纪念改革开放三十年》，一个是《浪淘沙令 · 贺毅夫教授赴世界银行任职》，大概只有这两首与经济学有直接关系的词作，其他都是艺术和文学方面的抒怀。透过这样的一个研讨会，又在一个特殊的地点召开这个诗词研讨会，我们感到非常荣幸。我建议从明年开始，陈文玲教授不仅在南开大学经济学院指导学生，在文学院也能带一些文学博士生。希望这个研讨会能够圆满成功，希望陈文玲女士不仅研究文学、研究诗词，也希望她在经济学上有更多的建树。

主持人：

接下来有请国务院研究室副主任、机关党委书记黄守宏发言，由于黄主任出差，由翟俊武先生代他发表致辞。

黄守宏[3]（翟俊武代）先生致辞

尊敬的各位来宾，各位朋友：

今天在这个具有700多年的历史沉淀和文化传承的国子监，艺术宗师、学界宿儒、文朋诗友齐聚一堂，参加《颍川吟草——陈文玲诗词选》新书发布暨中华诗词高端研讨会。这是当代诗坛的一件盛事，也是国务院研究室的一件喜事。作为陈文玲女士多年的同事和朋友，我谨向陈文玲女士表示热烈的祝贺，向主办会议的四家单位表示真诚的感谢！

陈文玲女士才高学博，潜心涤虑、集多方面成就于一身，确实令人敬佩。陈文玲女士是一位出色的政策咨询专家，她在国务院研究室工作这么多年，多次参加《政府工作报告》、中央经济会议重要文件的起草工作，发挥了重要作用。同时围绕经济社会发展中的重大问题深入实际调查研究，提出了很多政策建议，受到了中央领导的高度重视并作出重要批示，直接推动了相关重大政策的出台。她撰写的调研报告，数量之众，涉及领域之广，领导批示之多，在国务院研究室也是首屈一指的。她在政策研究过程中，不唯上、不唯书、只唯实，敢于言人之不敢言。

陈文玲女士是一位著名的经济学家，她过去曾长期在科研单位从事经济理论研究工作，到国务院研究室工作以后也没有放松学术研究，在宏观经济、外资外贸、现代流通、现代商业等诸多研究领域成就斐然，发表了数百篇论文，出版了数十本专著。特

3　黄守宏：现任国务院研究室党组书记、主任。研究员、博士生导师，国家社科基金学科评审组专家，农业部软科学委员会副主任。曾任第九届全国青联委员、第一届至第三届中央国家机关青联常委。多年来主持或参与《政府工作报告》和中央国务院重大文件、重要文稿起草。具有深厚的学术造诣和研究功力，在核心报刊发表论文数百篇，撰写呈送国家领导决策参考的研究成果数百篇，得到重要批示并转化为国家战略或政策。黄守宏时任机关党委书记，应作者邀请参加本次会议，因有重要公务，加班赶写了此发言稿，委托时任国务院研究室农村司副司长翟俊武代为发言。

别是她关于现代流通和现代商业领域的著作，被该领域公认为扛鼎之作。她荣膺中国社科院、中国人民大学、中国市场学会、中国商业协会等联名评选的“建国六十年中国流通领域有突出成就人物”荣誉称号。

陈文玲同志是一位优秀的诗人。我对诗词是门外汉，本不妄下断言，但《颍川吟草——陈文玲诗词选》中大家的评论可引以为据。在诗集出版前文玲同志把书稿送我，在逐篇拜读之后，我的心灵受到了极大的震撼。文玲同志在用心做人、用心做事，也在用心写诗。她的诗都是在调研考察、体验民情之时所作，有坚实的生活基础，或言志、或抒情、或豪放、或婉约，都包含了她对人生的热爱，对生命的感悟，对民生的关注，融思想性和艺术性于一体，没有无病呻吟，没有矫揉造作，没有陈词滥调，读来令人爱不忍释。

文玲同志是一位有德行的好人，在多年的交往中我深深地感觉到文玲同志内外兼修，德艺双馨，既有知识分子家国天下的远大志向，也有国家公职人员心系黎民百姓的浓烈情怀；既有科研工作人员锲而不舍的钻研精神，也有严谨求实的治学态度。她是研究室同仁心目中值得大家学习和尊敬的老大姐。陈文玲同志曾多次被评为国务院研究室的优秀公务员，2009年她还荣获“中央国家机关五一劳动奖章”，这些都可以作为文玲同志德行好、品行好的佐证。“铁肩担道义,妙手著文章”，这应是当代知识分子的追求和价值取向，但要写出真正的锦绣文章，离不开深厚的国学底蕴、文化素养，包括中华诗词的基础，“言之无文，行之不远”。即使比较严肃的论文或者讲话，也应该讲求文采，尽量写得生动活泼，让人爱读爱听。温家宝总理不仅经常引用诗词歌赋，而且创作了《仰望星空》等诗词佳作，给我们留下深刻印象。文玲同志写的东西，包括调研报告和领导讲话，把理性的深刻思考和诗词简洁的表达方式很好地结合起来，为我们做出了榜样。

国务院研究室作为承担综合性政策研究和决策咨询任务，为国务院主要领导同志服务的办事机构，一直有学用中华诗词的浓厚氛围。这不仅是加强干部道德修养，提高思想境界的需要，也是提高工作质量和工作水平的需要。我们要以陈文玲同志诗词出版为契机，进一步鼓励和支持各位同志，学习诗词、用好诗词、创作诗词。最后祝本次论坛圆满成功。祝各位专家学者吉祥如意、幸福安康。

主持人：

感谢翟俊武先生代黄守宏副主任所作的精彩发言！下面让我们用热烈的掌声有请尊敬的百岁老人、国学大家文怀沙老人致辞。

文怀沙先生致辞

年纪大的人大概最重要的一个品质就是要安分，老老实实在家里待着，颐养天年，下下象棋，少在外面招摇撞骗。如果你在外头到处东说西说，这个东西是很可怕的，电视上又将你的话片面报道，这个事情就非常危险。好在我们这个社会有党中央、国务院给我撑腰，要不然“千夫所指、无病而死”。这一年多很多朋友关心我，他们觉得很奇怪，有人说，你好像没有事一样，别人曾经纷纷扬扬地说你，我看你身体怎么越来越好？我说，应该感谢孔夫子。今天刚刚听到孔庙和国子监博物馆的负责人讲话我觉得很感动。但我觉得他不应该叫馆长，而应叫国子监的祭酒。孔庙和国子监博物馆历史上的那个头儿，就是大学校长不叫校长，叫祭酒。今天祭酒讲了之后，我觉得他讲得很好，而且我有一个好朋友今天坐在我的旁边（郑伯农），学问也好，人也好，就是有一个毛病太谦虚。我刚从河南来，我在河南在台上一个人讲话，突然有一个人跑到我面前叫我恩师，我话都说不出来，“谦虚使人进步”，他想制造我的落后，让我骄傲起来，我不会上当。

从今天文玲这本书出版，我想到了很多事情，我有一个毛病，不开口则已，一开口就没完没了。先讲文玲这本书，名字叫作《颍川吟草——陈文玲诗词选》，“颍川”是她的姓的望族，因此我给她的建议：笔名叫颍川。中国的汉字，孔夫子立下了很多规矩，要有样子，要有序。现在“国学”这个名词我也觉得很有一些问题。56个民族，国学大家也好，所谓“摘帽大师”也好，“国学”两个字不敢当。现在56个民族，我有很多语言也不懂，维吾尔语我不会说，蒙文也不懂，满文也不懂，对汉文略知一二，知之不多。到外国去讲中国学问叫汉学，中华街不叫中华街，叫唐人街，代表中国的就是一个汉、一个唐。汉以后南朝周颙用此对比梵音，发现中文有平长音区别。接下来有个大才子叫沈约，他将四声之变引入中国的近体诗，创造了中国近体诗的雏形，叫“永明体”，之后就有了唐诗宋词。有人说格律本身是格律诗的镣铐，这个不对，真正懂得格律诗，真正吃透它，应该讲格律是翅膀，格律诗是飞翔的翅膀。翅膀要有一个样子，不是什么东西都可以拿出来摇一摇的。假设没有印度梵学，佛学东渐，那么唐诗宋词什么时候被发现，什么时候创造近体诗，这都很难说。所以，我们不要孤立地看中国的文字。

今年春天在东京过我的一个生日，过完生日之后，有人给我送生日礼物，送了两样，一个是奶瓶，说让我“而今迈步从头越”；另外是给我用的叫尿不湿。所以我的生命是从头越。今天我胡说八道，如果我有说得不对的地方，我希望在座的朋友们要请原谅。其实我们今天在座的都是同代人，包括我看到的几个小朋友都是同代人，19××年，最老的1901年也是19××年，1900年也是19××年，活动都在20××年，很少有可能进入21××年，我们不管哪个人想要到21××,可能性也不大。我们都是同龄人，年轻人不要倚小卖小，年老人不要倚老卖老，我们都是兄弟姊妹，所以我今天讲话就放言无惮。

文玲这部诗集我是认真地看了，而且我很佩服郑伯农先生写的序文，他很慧眼识珠，他举出他喜欢的一首《一剪梅·满院菊黄》，里面有几句话，我认为这几句话是这本集子的灵魂。作者诗人陈文玲，她在歌颂菊花，歌颂菊花的诗我看得太多了，从陶渊明开始。但她在诗中写道："缘何陶令赏东君"，这一下把我蒙住了，我原来以为东君是屈原《九歌》里面歌颂太阳的诗篇，文玲这里的"东君"是指"采菊东篱下，悠然见南山"的陶渊明。"缘何陶令赏东君"，为什么陶渊明喜欢菊花呢，对此她概括了八个字，古今没有读到过这么赞扬的，是郑伯农发现的。"荣辱皆休，高雅长留"这八个字，今天我可以拿来送给诗人陈文玲，她有这种"看破生死之门，历经荣苦之场"的境界。

文玲是搞国家政策研究的，搞经济学研究的，应该讲她搞诗词创作是不务正业，但是我发现有成就的人大都是不务正业的。我的老朋友艾青是画画的，由画画变成了大诗人，成为第一个东半球诗人，走出国界的诗人。我认识的一个朋友叫夏衍，他也是学经济的，但很少人知道他是学经济的。我们敬仰的一些人，比如孙中山是大夫，结果却是不务正业；鲁迅是学医的，结果也是不务正业。有人不务正业，但出了大问题，比方乾隆。乾隆功罪如何评说？但是有一条，我认为乾隆一辈子都想当诗人但都没有当上。《全唐诗》200多个诗人，写了五万多首诗，乾隆一人写了四万多首。如果一天作一首诗，那么一百年是三万六千首，那么他老先生已经超过了。这个诗也有赝品，也有沈归愚（沈德潜）替他作的。我想歌颂一下弘历，因为他想当诗人，我就到国子监附近的图书馆去研究，那里有《全唐诗》的全套刻本。我花了一个多月时间把这四万首诗读了个遍，想从中摘出几首好诗，来歌颂歌颂乾隆皇帝，想称之为诗人弘历。读完之后，我连一句都没有找出来。弘历有权力把诗人杀掉，搞文字狱，但是他做不了诗人。

文玲是一个搞经济研究的人，但现在诗人的王位已经坐上了。那么有没有格律上的问题？是有的。我就想到，如果参加奥运会得有个条件，游泳第一个是下水，游泳的项目里头可以有自由式、蛙式，但是在游蛙式的过程中，如果来一下狗刨，就会取消比赛。单音、单字的汉字，因为有了“平长去弱”，有了“阴阳”，有了“等‘呼’”，有了“洪细”，有了“清浊音”，才使这个单音单字的语言波澜万千。

我赞成毛泽东说的格律诗要遵循基本法则，律诗要讲平仄，要讲规矩，没有规矩不成方圆。所以，我送给文玲诗人两句话，是从《离骚》中来的两句话：“佩缤纷繁饰，循绳墨不颇”，一个是说诗词要丰富华美，一个是说诗词创作要“循绳墨”，要按基本法则来。好像我跟她有一些分歧，她主张现代人押现代韵，一些古韵不要去咬齿。但是在具体实践上，《颍川吟草——陈文玲诗词选》里面很多是按照现代音韵写的，可不可以？可以，因此，念文玲诗词的时候不一定要念古音。但是念唐朝人的诗要按唐朝的音，念楚辞要按先秦的韵念。应该看到，仍有很多韵古今变化不多。“知我者谓我心忧，不知我者谓我何求。悠悠苍天，此何人哉！”（吟唱）这个悠悠就接下去了。妙啊，音韵的美啊！

所以诗词创作应该讲音韵，所以游泳比赛需要有合适的形式，蛙泳、自由泳，国际比赛有这个项目，但没有狗刨式。有很多运动也是这样，可以接力赛跑，但是没有拉洋车的比赛，如有的话骆驼祥子也可以去。这些项目的设置是有原因的，不是哪个说了就算的。于是汉语、汉字里头有很多规律要讲究的，我认为孔夫子他也讲规范。

孔夫子时代的生产已经比较发达了，陶艺可以做出圆形的杯子了，而没有这个工艺的时候，杯子有棱角，叫觚（gu一声），酒杯叫觚。到孔夫子时代，有角的杯子叫觚，而新的事物出来了，没有角的杯子也叫觚，孔夫子一看两种杯子都叫觚，就呜呜哭起来了："觚不觚，觚哉！觚哉！"他在政治上表示一种感慨，因为所有事物都没有秩序了，不能各得其所，父亲不像父亲，儿子不像儿子，君不君，臣不臣。他借这个杯子发牢骚，这是孔夫子的诗篇。所以现在既然写旧体诗，语言的规范是用语言的音响传达生活的音响。就是写白话诗也有写得很好的，我们小雨（李小雨）的诗，我读下去就很舒服，你别看她年纪轻，她也是我同代人，也是19××年的，她跟她爸爸李瑛一样。写的诗读下去很和谐。戴望舒写的诗："妻如玉，女儿如花，想一想都让我发傻。"这个诗读得很舒服的，抒情诗可以写到这个程度！何其芳成立一个什么会找到我，我讲现在不要评论高低，但是他也写了一些好诗，写他女朋友："过了春又到了夏，我在暗暗地憔悴，迷漠地怀想着，不做声，也不流泪！"他写的女人，绝不是坐在地上撒泼的。颍川女士她人品也好，诗品也好，"荣辱皆休，高雅长留"就体现了这八个字，这是郑先生发现的，我觉得他慧眼识珠，郑先生文章写得不错。要读这个诗词集，我建议大家先读一读郑先生的序文。

要想讲的话很多，真的很多，我觉得格律诗有前途，但是这种体裁很难，如果没有困难让我们去克服，请问你活在世上干什么。一个文学家因为语言上的障碍不能去克服，那是不行的。

文玲的诗词自有她的生命，正像八个字的评语，“荣辱皆休，高雅长留”，她的诗词自有她芬芳的地方，她的诗词有个优点，就是整部诗词集都是和谐的。不要写成不和谐的声音，哪怕是大诗人。比如说田汉，他的旧诗底子不错，郁达夫（的诗）都是像样的，但他们有的诗别人骂他们是有道理的。田汉有两句诗：“/堪笑明明两条腿，/走来常是不均匀。”不是左倾就是右倾，不是右倾就是左倾。“/莫道书生空议论，/头颅掷处血斑斑”，这个毫无疑问是暴力的声音。我们政府有这样那样的问题，可以找正常的途径提意见，不要大惊小怪。如果有人侮辱你，糟蹋你，诽谤你，怎么办，到孔夫子那边去找救兵，孔夫子有三句话最好：第一句是“学而时习之，不亦说乎”；第二句是“有朋自远方来，不亦乐乎”；最难的是第三句，孔夫子要人做君子，“人不知而不愠，不亦君子乎”，不被人了解，被人糟蹋被人诽谤，怎么办，你不愠，你不动感情，你不生气，难道不是君子吗？如果这个标准你做不到，有一天狗咬你的腿，你也趴在地上咬狗的腿，那么你就真的是小人。人要宽容，最近给我服务的那个小保姆要念书，我给她买了个车，然后车子在我住的那个地方丢了。她要去报案，我说大概是别人骑错了，不就是辆脚踏车吗，丢了就丢了。不要大惊小怪，能够让就让，所有的事情就是和为贵。《颍川吟草》里头有一个最好的精神，以和为贵，它是非常祥和的。她是一个女诗人，女诗人如果嚣张就不行了，张口骂人就不行，她的诗词里面没有脏字，里头干干净净。诗词可以解放，鲁迅写过一篇《词的解放》。《颍川吟草》一片祥和之声，荣辱都摆到一边去，她的“高雅长留”，一个高，一个雅，“知书识礼皆雅言也”。孔夫子用的是山东话，只有在开会作报告的时候用陕西话，雅言，那时候的国语在陕西，现在国语在北京，北京话问题就很多，没有入声，里面有很多胡音，但是现在已经定了。有人问我对简体字赞不赞成，我说你这句话什么意思，他说我问你，简体这个“简”字是褒义还是贬义？我说在大陆是褒义，在台湾是贬义。你要看对立面，大陆简体字对立面是繁体字，繁乱繁杂，简明简要。台湾那边繁体字不叫繁体字，叫正体字，简体字是“因陋就简”的简，所以你要看放到什么地方。我东拉西扯，卑之无甚高论，占据了大家很多的时间，请我的同代人原谅我，我就说到这里。谢谢！

主持人：

非常感谢文老先生的精彩发言！下面进入专家发言阶段，首先请中华诗词学会驻会名誉会长、中国社会主义文艺学会会长郑伯农先生发言。郑伯农先生是我国著名的文艺理论评论家。

郑伯农先生发言

我为作者撰写了序言，先请其他嘉宾发言。

主持人：

请中华诗词学会副会长、线装书局总经理兼总编辑易行先生发言。易行先生对中国古典诗词具有深厚造诣，出版了《中国诗学举要》等一系列力作，深受诗词爱好者喜爱。

易行先生发言

各位诗友，各位专家学者，大家下午好！

我第一次听到陈文玲司长的名字和她的诗是在北京大学袁行

霈先生[4]那里。袁先生说他看到陈文玲的诗词之后觉得非常好，他当时打电话给陈司长，说希望她能赠给我一本让我拜读。袁先生本来也要来参加这个会，但是教育部教育体制改革小组的会议必须参加，所以让我带个话，说非常抱歉不能参加这个会，并祝贺本次研讨会顺利召开。

袁先生给陈司长打了电话，所以我很快就看到了这本书。这本书装帧得很精美，很到位。我仔细地读这本书，有种感觉就是“忽闻海外有仙山，山在虚无缥缈间”。仔细拜读了这本诗集，特别是看到了郑会长的序，还有看到了忽培元先生的一个感言后，我很有同感。将忽先生一些我同意的观点再重述一下。第一，陈女士的诗清新爽朗、整体散发着奋发激昂的赤子情怀；第二，意境奇特，善于从平淡无奇甚至是从人们司空见惯的平常的琐事当中，提炼出淡雅的诗情和深刻的哲理；第三，古朴典雅，总能从浅显通透之中，弥漫出中华古典诗词古朴韵致与儒雅魅力。

陈司长的诗词一没有俗气，二无官气和陈腐气，细腻而不失大气，写得内敛又不失豪放，这是给我的感觉。她的题材非常广泛，几乎无所不包，内容充实，十分贴近生活。语言流畅、生动，形式鲜活多样。这是我作为一个编辑的感觉吧。但是作为一个写诗的人，我有一个毛病，愿意拿自己写的东西跟别人比，我比的不是长短，而是看别人哪些地方写得好，自己哪些地方写得差。我跟陈司长没有见过面，也没有拜读过她的诗，她也没有看到我写的东西。而诗集里面有相当一部分，甚至连标题（和我写的诗）都是一样的，但是比起来没有雷同和重复。我比较以后，我说的是真心话，确实感觉，不是说她的诗已经到了最高境界，但是确实能给你启迪。一个搞经济学的，一个大学者，她写的这

4　袁行霈：中央文史馆馆长，北京大学国学研究院院长。

些诗这么流畅，不拘泥。我确实觉得我写的东西比较拘谨，过于考虑到形式。刚才文老先生谈过，诗词格律不能说是枷锁，而是翅膀，我也同意这个观点。如果用不好，它就是镣铐，用好了就是翅膀。

我自己在运用格律的过程中，为了追求形式上的东西而给它加了枷锁。我不是专家，只是想将一些学习心得分享一下，我看陈文玲女士的诗，改我自己的诗，从中还会给人一点启发。比如陈文玲有一首叫《念奴娇·喀纳斯湖》很多人写过，我也写过，她的上阕是："/碧湖天落，/梦之河、/疑是人间仙座。/春夏秋冬，/渐次过、/调色板上染过。/美玉一池，/珍珠闪烁，/溢彩流光和。/如诗如画，/如醉如梦如惑。"我写的只有四句，原来我觉得不错："/大呼小叫画中游，/恨不投身作绿洲。/守住斯湖千古碧，/留于后世洗闲愁。"我尽可能写得活泼一点，后来看了她的诗，我那首诗倒确实很生硬，诗讲究跳跃，我的跳跃很大，但是是一个转身跳跃，我没有助跑。所以我觉得是比较生硬，是一个粗线条的。陈文玲的这首诗从细腻中体现一种自然、大气、自然天成。从她的注解就可以看到，她是对喀纳斯湖研究很细，经济学家的思维缜密，非常细腻的。对照她的诗词将我的绝句加几句变成律诗："/大呼小叫画中游，/恨不投身作绿洲。/春围花山真浪漫，/夏携雨水共风流。/静芳双屿倾珠翠，/勿让阴霾锁梦秋。/守住斯湖千古碧，/留于后世洗闲愁。"虽然不是很好，但内容饱满一些，写得简练内容不能亏，讲究起承转合。这是第一个感觉。

第二个感觉，她在形式上有一些新颖的东西。因为我们知道格律诗、律诗、绝句还有排律什么的。陈文玲女士的诗中有一些是新古体，相当于古绝，《过天山》像两个绝句，在平仄上不是很讲究，将两首诗搁在一起，我们一般都标出绝句其一、其二，而这个是一体的，所以我们说这个是新创的词也可以。《过天山》：“/峡谷纵横万泉清，/亘古雪峰连绵雄。/草原碧透浸秋色，/林海幽深蕴长风。/天空飞舞白云梦，/河谷奔流暗香丛。/百转千回天山过，/冰达板上车正行。”

我也写了过天山的，但是受到限制就写了一半：“/匆匆跋涉旅和风，/回首征程画卷中，/风雨人生无坦路，/一山晃过一山迎。”这首诗看着也可以，但是没有时代精神，按着陈文玲的写法，再加四句可以变成这样的形式，这是新古体的一种写法，但是新古体不讲平仄。“/春山换作夏山迎，/我与天山共葱茏，/险峰鼓舞凌云志，/盛景平添报国情。”这样有时代的精神，做什么东西都要与时俱进，她的诗词创作是有改革、有创新的。

还有一些诗也是让人感觉不错的，陈文玲女士也一样，她喜欢写大场景，大场面，甚至可以写整个城市，整个省（区），江西、河南、广西，都在她笔下出现了。这种题材是很难把握的，这个我比较清楚，要用几句话把一个省概括出来，是很难写的，但是她写得很传神的，抓到一个省一个地方的特点，把它突出出来，让人读了以后长知识还受感动。比如说写桂林，桂林写了很多，我们读过贺敬之写过的桂林，是新诗。旧诗里面最有名的就是韩愈的“/江作青罗带，/山如碧玉簪”，那些句子很漂亮。陈文玲的诗观察得比较仔细，写得很细腻。《沁园春·广西桂林》：“/烟雨朦胧,/墨染诗情，/如雾似风。/见百里江曲，/蜿蜒山纵，/绿色绸带，/柔美轻盈。/羽沙飘然，/群峰灵动，/桂林山水天下名。/挥洒处，/系两江四水，/景色交融。”这个诗写得就很细，我在写的时候有时候就偷懒，因为前人写得很多了，写不出来了，我们可能就是借用几句话就了事了。比如说我之前有一首：“/我生最爱是青山，/万里来寻碧玉簪，/无愧桂林天下甲，/奇峰带水入诗篇。”没有什么内容，化用古代的“碧玉簪”和“桂林山水甲天下”，她这个诗有丰富的内容，所以这些诗我也再加一些内容，然后加以化用。

另外我还读了她的一首《长相思·知音》，我自己也写过《知音》，我一看以后吃一惊，她是这么写的：“/绕西湖，/品西湖，/湖水微澜故事书。/知音岸上读。　　/日光瀑，/月光瀑，/日月交辉诗意图。/金风润似酥。”这个诗很别致，标题是《知音》，但是不像我们写的，我写得很笨，我以前写过跟老朋友见面，“佳酿千杯不算多”之类，就是朋友见面，很多年没有见的那种知音的感觉。但是她写得很清丽，让人一看知道她是湖的知音，标题很新颖，读起来很轻松，语言比较灵动。由此我想到中国诗词的发展和创新，离不开各行各业的有识之士。他们写出来的东西，往往比较少枷锁束缚，但是写得比较生动鲜活，感人，内容比较充实丰富。我读了陈文玲女士十几首与我写的诗内容差不多的，都是（和我的诗）写一样的东西，通过对比她这个诗对我就有触动和改进。既然是以诗会友了，最后有这么一首小诗赠予陈文玲女士“/颍川一跃一惊呼，/缕缕春光入碧庐。/有戏莫嫌出道晚，/知音明日满江湖。”陈文玲女士第一次出诗词集，而且书中的诗词都没有发表过，虽然出版晚了一些，但只要是好作品，她的知音还是会遍天下的。

主持人：

下面我们有请国务院研究室信息司司长、中国作家协会会员忽培元先生发言。忽培元先生现兼任中国解放区文学研究会副会长、中国传记文学学会副会长、中国散文学会理事。他长年坚持文学创作，先后发表作品20多部计600余万字。代表作长诗《共和国不会忘记》。

忽培元先生发言

陈文玲女士是学者型的优秀公务员，更确切地讲，是一位求真务实的经济学家、博士生导师，一位改革开放三十年以来，自己“思维的足迹”始终跋涉在中国经济社会发展前沿，在宏观经济研究的多个领域不辞劳苦、辛勤耕耘的充满活力的探索者，却是如此激情饱满地酷爱着中华诗词，令人惊异佩服。出乎意料地读着陈文玲诗集，心中的敬佩之情油然而生。

一、清新爽朗，整体散发着奋发激昂的赤子情怀，这是陈文玲诗词给予读者的第一印象。刚才文老讲充满了和谐气息，她整个人也是个和谐人。诗歌第一印象感觉到有赤子情怀，对人、对自然、对社会有一种感恩，有一种热爱。实际上这种东西对社会人生来讲是非常重要的。季羡林老先生讲：“社会的和谐首先是人自身内心和谐。”有些人心里很阴暗，身体也好不了，这就不行。诗歌是历史前进的足音，更是人生情感的火花。近年来，备受读者冷落的诗歌界屡屡喊出“诗歌回家”的呼唤，也就是说，迷失方向的诗人如何重新找回读者和自我，找到通向读者心灵的路径和沟通自身和沟通外界的途径，这成为诗歌振兴的历史使命。当然，陈文玲先生作为一名学者型的业余诗词作者，她并无意于用自己的创作实践证明什么、实现什么，以至力挽狂澜扭转乾坤，但是她清新爽朗的诗词，却无意之间显现出反叛诗坛时弊的勇敢个性。像各个时期质朴率真的民间歌谣一样，她的诗词无论写什么，还是怎么写，都像是飘飞在天空的风筝，始终牵连着生活的线索，这就像婴儿的生命连接着母体的脐带。她的诗读起来十分浅显易懂，自然而然地折射出浓郁的生活气息，折射着强烈的时代精神。这就在有意无意之间告知人们，“真正源自生活的感受”是“诗词回归朴素与崇高”亦即“诗歌回家”的唯一途径。这显然也是对当今诗词的创作领域那些少不更事又一味追求标新立异的所谓“新潮诗人”，也包括那些不甘寂寞的老来俏式的“著名诗人”，无病呻吟、孤芳自赏“朦胧低迷”诗风的一种客观反叛。

“/山有山声，/水有水韵，/国有国风……”（《沁园春·祖国颂》）这是诗吗？有人说不是，我却以为是好诗，是很有思想和意境的诗句。一个人处在山中，能听到大山的呼吸吐纳，是潜心的结果，是脱俗的表现，也是诗意的宣泄。后面的“水韵”和“国风”，貌似浅显甚至是直白，却也是同样蕴含着常人难以体察的微妙。我们今天的人们，由于过于物质化、现实化，往往很少能体察和体会到这样的纯情精神领域的美妙境界。由有形到无形，由形象到心象。诗人在体会自然的过程中，酝酿着一种超凡意趣和浩然大气。于是才有“/浩浩正气，/荡荡长风”“/千山万壑尽从容”（《沁园春·祖国颂》）这种诗意的表达。文玲先生的诗文就是这么清新爽朗，虽然貌似浅显，但是绝不让人如同坠入十里迷雾，朦朦胧胧，神神叨叨，终归不知所云。

现在有一些诗我是读不懂，我是大学中文系毕业的，我看了以后不知道写的什么，我非常苦恼。包括一些小说我也读不懂，不知道它在说什么。也可能是咱们赶不上形势，有可能是咱们的文学修养有限，反正我是读不懂。文老关于楚辞的书我都有，全套《楚辞》的解读就放在我的床头，早上我一睁开眼睛趁脑子好使便赶快看几眼，晚上睡觉前再看几眼。你说屈原是多少年代的诗人，人家写的诗我们还能读懂，表达什么样的情怀，描写什么样的形象，营造什么样的境界，我读了之后非常感佩，屈原的诗是中国诗词不可逾越的高峰，现在连半路都上不去。我看了之后是这么一种感慨，楚辞是中国最高境界的诗词。所以，我们今天的人写诗让当代的人看不懂，这是让人很奇怪的，这是对读者的一种不尊重。过去我国的《诗经》，最大的一个好处就是老百姓创造的，是民歌，是采风的结果，那是老百姓的创作，所以非常民歌化、口语化，唐诗也是，如白居易的很多诗都是白话。我是一个普通读者，我不是诗人，是一个诗歌爱好者，这是我的一家之言，不一定对。

所以，看了陈文玲这个诗词集后我感觉到，你读她的诗词，常常感到如同沐浴源自大山当中的清泉溪流，总让你感受到清凌凌的亲切，亮晶晶的感动。

“/秋光，/璀璨斑斓，/七色土，/竞奇观。/雪落树成仙，/迎风举目，/不惧霜寒。/天潢，/景随人愿，/叹生机皆有绿之源。/木重云飘池畔，/意浓雨落江边。”（《木兰花慢·森林咏叹》）这是诗歌回归本源的又一例证，仿佛见到了唐风宋韵的呈现，又有新民歌的时代风采。在她的笔下，不光是大自然呈现出诗韵，古老的苏州，同样是诗意绵绵。“/古村古宅古巷，/通幽处、/起伏见桥梁。/牵寒山客船，/阊门周庄；/粉墙黛瓦，/家枕河上。/一堤杨柳，/十里荷香，/七十二峰拥城坊。”（《沁园春·苏州》）这般潇洒优美的模样，俨然是一幅形象瑰丽、逻辑严密、清清爽爽的水墨丹青，又像是古老运河上的潺潺流水，九曲回肠，一唱三叹，情真意切，引人入胜。字里行间，流淌着令人陶醉的绵绵诗韵。诗里韵外，体现出一个人热爱生活、热爱祖国、热爱大自然的绵绵深情和悠悠恋意。因此，很羡慕作者的爱好和选择。有诗意的日子，是有质量的生活。

二、意境奇特，善于从平淡无奇，甚至是人们司空见惯的生活琐事中提炼出淡雅的诗情与深刻哲理。“/看群山画卷，/碾春水，/韵飘然。/舞姿曼妙旋，/四时转换，/生命如磐。”（《木兰花慢·树林》）对于许多人而言，司空见惯的森林也许是平淡无奇的，当你面对的时候，最多只有回归自然的某种启示。而面对一片森林，如何读出更深层的内容，品出诗的意境？由森林联想到“四时轮回”“生命如磐”？如此起伏跳跃，这是陈文玲诗词又一个显著的特征。在她的笔下没有什么是不可以入诗的。所见所闻，所想所思，山川自然，人文景观，古今中外，但凡生活中的一切，在她乐观向上的诗人眼睛里，不仅仅是充满了陶醉的诗情画意，而且总是能挖掘出令人意想不到的奇异内涵。例如，人所共知的苏绣制作及姑苏绣女，这些俗物凡人有无诗意，如何入诗？对此，身着苏绣的古人似乎忽略了这一题材和那个特定阶层，连婉约细腻的南宋才女李清照的作品中，也似乎没有留下更好的蓝本。陈文玲是“诗胆包天”，去了一趟苏州，提笔竟然写得让人神迷：“/吴侬软语绵，/苏绣姑娘甜。/走线飞针畅想时，/美丽方寸间。/浸满太湖水，/弄拨动心弦。/姹紫嫣红手游走，/梦寄情与幻。”（《卜算子·姑苏绣娘》）诗人面对飞针走线的姑苏绣女，很随意地就把与之相关的一切人文的与自然的感受，提炼融入这一具体形象之中，使得“苏绣”这一苏州的“名片”，真正成为独具特色又极富代表性的生动具象，成为一座古老城市的美好象征。

同样，一块普普通通的太湖石，在她的眼中非但有了灵性，更蕴涵着人生的哲理：“/万千奇石万千姿，/混沌之初谁人知？/谁人知，/时光冲浪，/日月加持。”（《忆秦娥·太湖石》）由眼前一块仅供人欣赏把玩的石头，联想到亿万年前的“混沌之初”，继而引申至岁月的无情与自然规律的不可违抗。“时光冲浪”“日月加持”，应当说，诗人创作了颇具内涵的动态形象与生动意境，从而加深和扩展了诗的哲思。读这首诗，很自然地让人想到一千多年前，孔夫子面对大河激流时的无限感慨：“子在川上曰，逝者如斯夫！”这样的感叹，给人带来的是一种脱离尘俗的辽阔思考，是超越现实而上升到哲学层面的人生感悟。

作为生活在纷繁复杂名利场上的人，是太需要时时进行这样的思考了。它可以使人暂时摆脱功利的枷锁，回归到人性的本真，可以使人变得精神奔放、心胸开放，挣脱拘泥，放得下原本总是困扰我们逐名逐利的鸡毛蒜皮、坛坛罐罐，使精神飞腾起来，让思想翱翔开去，令生命呈现一派蹦迪般的跌宕起伏与自在潇洒。这是何等的意境，这是何等的心象和诗象，是世俗者与斤斤计较者断然难以达到更无法企及的境界。可见，诗的意境体现的是诗人的心境，是一个人精神风貌的集合。像这样的诗境，在陈文玲的作品中屡屡体现，可见努力超脱世俗，对于诗人来讲，已是绝非偶然，而成为了时刻追求与推崇的精神家园。

三、古朴典雅，总能从浅显通透之中，弥漫出中华古典诗词的古朴韵致和儒雅魅力。“/业精于勤荒于嬉，/情寄于民师于理。/岭海九州留诗文，/京华万里化烟雨。”（《七律·潮州韩文公祠有感》）显然，这是对唐代大文豪韩愈的歌颂与缅怀。其中“引用”与“点化”及“用典”的手法显而易见。好的诗词歌咏，貌似简洁，却是极富内涵的，充满了一个民族的传统文化底蕴，而一首好诗，往往是建立在对某一事物广泛深入地了解与理解上，是上升到文化层面的思考的结果。以上面这首诗为例，倘若没有作者对韩文公的全面了解和深切理解，对韩愈诗文的热爱与娴熟，是很难做出艺术的准确评价和恰如其分的赞颂的。这就像歌唱家追求音准一样，没有相当的功力和积累，是很难拿捏到位的。看得出，正因为有了扎实的历史知识与国学基础，才使得陈文玲的诗作每每透出传统文化的厚重，体现出古典诗词的学养功力。可见对于古诗词，陈文玲不是一般的热爱，而是潜心的挚爱，体现出颇具才情和颇有修养的那种中国传统知识分子的高古情怀。

陈文玲的作品古朴典雅，往往是内容的魅力，而不是形式的作用。她的作品是古诗词形式，属于填词和律诗，其中一些作品虽说不算是很严谨，而这并不影响她作品的古朴典雅风格。相反，正是因为基本符合古诗词的格式和韵律，大体上合辙合韵，朗朗上口，更加之古朴典雅的内容，使得她的作品更显古典魅力。其实唐人与宋人当初吟诗赋词时，也并不拘泥于格律，而同样是寻意而生，随情而发。可见，今日创作，是大可不必过于拘泥于后人框就的所谓平仄格律的。也许正是基于这样的认识吧，作者更多的倒是在传统格律的基础上采用了自由奔放的艺术形式，体现出无拘无束的创新精神。

“/日照大海边，/云淡天蓝，/小城怀抱碧水湾。/摇橹轻舟三两点，/浪漫风帆。”《浪淘沙令·山东日照》正是这种“浪漫风帆”的超越职业和年龄的奔放情怀和传统精神的有机结合，使得陈文玲诗词充满了既古朴典雅又自然活泼的艺术魅力。例如：“/万家灯火江岸红，/巴山夜雨轻盈。/古渝雄关锁朦胧。/两江绕巴郡，/群山抱重庆。”（《临江仙·重庆夜景》）令你如临其境，既感受到山城重庆的美丽迷人，楚楚动人，又不能不想到古往今来，有多少诗人骚客曾经面对这万山丛、长江边上的繁华都市，发出无限的感慨与幽情。“/班固霞客道元，/马可·波罗探，/钩沉情染。/倚天云图，/泼墨醉、/仰望飞流一线……”（《念奴娇·三江源》）如此的天上人间，古今中外纵横驰骋的畅想，如果没有传统文化的知识基础，思绪的翱翔就失去了自由而有力的翅膀。可见，诗词创作不仅需要饱满的激情，同时更需要文化知识的涵养。

“中国的古典汉语简洁、优美，讲究蕴藉，讲究神韵，能传达一种言有尽而意无穷的意境，具有很强的东方文化的魅力。”（季羡林语）陈文玲的作品中，有许多古汉语的运用，这平添了她的诗词的语言美和形式魅力。这是古典诗词至今很受人们欢迎的重要元素所在。季羡林先生在去世之前曾经与中国作协的领导有一次交谈，其中就讲道：“中国是诗词大国，但是我们现在的诗歌并没有找到它的形式。”怎么理解这句话呢？显然，季先生对于既不讲究押韵，也不讲究节奏和旋律的所谓“自由诗”是不赏识也不赞同的。而对于古典的东西，倒是很认同。这绝不是什么保守，而是思想解放，敢讲真话。陈文玲的诗词作品证明了季老的认识是有道理的。中国诗歌的形式，就应该从古典传统中的根本中成长起来。这一点，连五四运动的旗手鲁迅先生也是认同的。鲁迅的古体诗创作的非凡成就，同样也证明了这一点。当然，诗歌创作形式的创新，并不因为根植于传统就会停顿，相反，倒会更加富于与时并进的生活活力。

上面谈了三点感受。在陈文玲诗词中也有个别的难免有应景之作，有急救之章之嫌。严格而言，一件精美的艺术品，还是应当最大限度地追求完美更好。作为文学的诗词创作，更当如此。好在作者在结集出版之前，不仅对作品进行了认真严格的筛选，而且虚心向国学大家和诗学专家求教，按照古诗词的声韵格律反复加工锤炼，修改润色，并加了大量的注释，使其中很多的作品面貌大变、更加耐读。祝作者百尺竿头更上一层，在诗词创作的路上走得更远，步履更加坚实有力。谢谢大家！

主持人：

谢谢忽培元司长的精彩发言！下面有请全国人大常委农业与农村委员会副主任委员、农业部原常务副部长尹成杰先生发言。尹部长曾任国务院研究室副主任，也是国家战略研究和决策研究大家，出版了具有很大影响的《国家粮食战略》等重要著作，也是中华诗词的爱好者和写作者。

尹成杰[5]副部长发言

尊敬的文老，各位老师、诗人、文学家，各位专家：

非常感谢主办单位和文玲女士的邀请。刚才我听了文老和一些国学大师和专家的发言，非常受启发，受教育。特别是我学习了《颍川吟草——陈文玲诗词选》当中一些名师大家的评论和题词，更加受到启发。我认为《颍川吟草——陈文玲诗词选》的出版，给我国文化百花园又增加了一朵艳丽的花朵，这是一部难得的诗词集，我读了以后，感到迎面而来的是一股新风，是一种精神享受。这部诗词集的出版，是对中华诗词继承、发展和创新的一个重要的成果，我对文玲同志这部大作的出版表示祝贺。

我和文玲同志曾经多年在一起工作，都在国务院研究室工作，后来由于工作需要我到了农业部又到了全国人大农业工作委员会。我和文玲同志一起工作当中，深深体会到，文玲同志为什么能取得这样的成绩。刚才许多老师和同志对她这部诗集的出版给了很高的评价，在工作中她对经济的研究和文化的研究也有许多重要的成果。为什么能取得这么多的成果？我觉得她有很深厚的功底，有创作的激情，有刻苦的精神，有求实的态度。她工作中走到祖国的各个地方，在深入调研的过程中一边写调研报告，一边创作诗词，取得了这么好的成果。我说她有激情，有刻苦的精神，有求实的态度，我是从与她一起工作的实践中亲身感受到的这一点。比如当年她为了调查新疆石河子节水灌溉农业的成果，她一个人到新疆去，到戈壁滩上去，到农场去，写出了一份非常好的关于节水灌溉的报告，得到了党中央、国务院领导同志的重要批示。再比如，我说她有求实的态度，她当年为了了解一片药出厂的价格是多少，到患者的手里是多少，这个价格翻了

5　尹成杰：著名农业问题专家。曾任国务院研究室副主任、农业部常务副部长。时任第十一届全国人大农业与农村委员会副主任委员。作为作者的老领导和老同事应邀参加此次会议，并发表重要讲话。

多少倍，她只身到药店到药厂到药品集贸市场去暗访调查，这种调查当时也是一种很大的风险。你凭什么调查我的药品价格，你把我背后的秘密说出去了，我在药品的经销当中，中间环节拿走了多少利润，你这样来写这个问题，你是什么意思。但是她不顾这些风险深入调查，也写出了一份很好的研究报告。所以国务院研究室黄守宏同志讲，她在经济学的研究上，取得一些重要的成果。她在国际贸易问题的研究上，也有许多独到的见解，也有很多调查研究的成果和报告。

我还要说的是她对诗词的研究，我感觉她很有独到的见解，有她自己的特点和特色。我最早读到她的诗稿是我和段老在2008年的5月份一起到北京地区农村调研，文玲同志拿出打印的诗稿请我看。确实像刚刚有的同志说的那样，读了以后对你有很强的吸引力和感染力。她不是平淡地去写，她是用心在写，用情在写。她写的是意境，是一种思想和哲理，读了以后很受启发。段老也是文玲同志的老领导，当时段老和我都说，你这样的创作成果，应该让更多的读者能够分享。今天这部成果在许多老师的帮助和指导下，终于问世了。所以说我觉得这部诗词集的出版，是一件喜事，也是一件好事。

我是做农业农村工作的，但是我喜欢文学和诗词，我也读过一些大家的散文、报告文学、诗词，我没有资格和权利去评论，我只是读了以后很受教育和启发。我在三农工作的实践当中感受到，三农工作需要文化，农业发展离不开文化，农村的繁荣离不开文化，农民的进步离不开文化。所以，我想在座的各位领导、我们的校长还有一些老师们，都注意到党在十六届五中全会提出建设社会主义新农村，在新农村的目标当中，很重要的一个方面就是要加强农村的文化建设。我感受到一个文化不能发展的农村，很难建设成新农村。还有一些典型启示我们，为什么他们那里的粮食连年丰收，为什么那里的产业发展那么好，民风和村风都很好，凡是这样的地方文化搞得都好。我深深感受到，文化发展是三农工作前进的动力。从大的方面说，中华文化是中华民族发展进步繁荣的强大动力和不竭的源泉，中华民族之所以能够立足于世界之林，在于我们有灿烂的文化和悠久的历史，其中中华诗词就是中华民族传统文化的灿烂篇章和重要的组成。所以，我觉得围绕文玲同志这个诗集的出版，召开这种论坛的意义是非常大的，一个是出版了这部难得的诗词，另一个是使我有机会能听到在座的各位老师高屋建瓴的发言，受到一堂文化的教育课。特别是文老的发言，旁征博引深入浅出，很有启发，还有一些大家的发言都很有见地。

文玲同志既是一位著名的经济学家，也是一名在工作实践中成长起来的难得的诗人。我认真拜读了她的诗作，我觉得文玲同志对诗词的研究还是很深的。我觉得她有三个特点：第一个特点，形成了自己独特的风格。在诗词当中运用了拟人、状物、比喻等多种方式来表达作者的情思，她的诗很有意境，很有灵感，你读了以后觉得山水、人物都很有内涵，很有感召力。第二个特点，她的诗很大气，有历史感和时代感。写古代的一些东西，她的诗词使你感觉到历史的苍凉，同时也感到历史的光辉和悠扬。有时候又能感到历史的沉重，也感受到历史前进的步伐。在她的诗词当中反映了一种大气的情怀，使读者受到感召和教育。比如她的《江城子·中南海岁月》《念奴娇·改革开放三十年》《阳光曲·台湾印象与感悟》等，都是纵横历史评点春秋的佳作。第三个特点，就是她的诗作是用心和用情在写，充满浓浓的诗情，充满了一个大国的文化自信。表现出作者对事业、生活和祖国山河的挚爱，也表现出她对大自然的敬仰。特别是对中国传统文化的追寻，描写祖国山河的篇章，描写百草园美色的佳句，那些感怀泉涌的哲思，具有动人心弦的力量。

通过参加今天这个论坛，学习国学和诗学大家的序言、点评和刚才大家的发言，我感觉在今后三农工作中应融入更多的文化，要用文化的力量去推进三农工作的发展，推进新农村的建设。要把推动工作的力量和文化的力量结合起来，建设新时代的现代的农业，这离不开传统文化的力量。我想这样会把工作做得更好，通过今天这个会议，我也有这样的收获和体会。

文玲同志在国务院研究室工作多年，工作兢兢业业，成果丰硕，祝愿她在今后的工作当中，在各位国学、诗学大师的帮助下取得更丰硕的成果。今天就结合《颍川吟草——陈文玲诗词选》这部诗作，学习各位国学大家的发言，简要谈这么几点体会。谢谢各位！

主持人：

谢谢尹成杰部长精彩发言！接下来我们有请中央党校原副校长、十一届全国政协常委、中央直属机关侨联主席李君如发言，君如校长是我党著名的思想理论大家。

李君如[6]先生发言

非常感谢四个主办单位邀请我参加这个座谈会，非常感谢我们四个主办单位为文玲同志专门召开这个座谈会和发布会。文玲同志是一位经济学家，但诗作能引起诗词学家的重视，我为她感

6　李君如：中央党校前副校长，我党著名理论家，具有卓越的思想理论建树。国务院颁发的政府特殊津贴获得者，1991年度、1992年度全国“五个一工程”优秀论文获得者，第11届中国图书奖获得者，第二届中国发展百人奖获得者。十届全国政协委员、十一届全国政协常委。中央直属机关侨联主席，中国传统文化学会会长。李君如先生曾与作者多次共同参加一些研究国计民生的重要会议，进行过比较深入的学术交流。应邀参加本次会议，发表重要讲话。

到高兴。作为她多年的朋友，她的诗作能够得到这么高的评价，我是非常高兴的。刚才听了文老先生和其他各位同志的发言，等会儿郑老先生可能还要作精彩的点评发言，我想可以学到很多东西。我是搞党的理论研究的，诗词方面没有多少知识，所以很难对文玲的诗词作品作专业性的评论。但是我对文玲的作品，确实非常感兴趣。文玲同志作为一个著名的经济学家，在我们国家的核心部门从事经济领域研究，对她的经济学的作品我们交流很多。她最大的特点就是有见识，她的一些成果、调研报告送给我看，我总是非常感兴趣，她总是在大量的调查研究基础上提出她自己的观点、见解、建议。她在为国家操心，为人民操心。

这次她送给我她创作出版的诗词集，我当时看了以后很惊讶，文玲同志不仅经济研究和国家政策研究做得那么好，古典诗词也做得这么好。这部《颍川吟草——陈文玲诗词选》寄过来后，我是连夜通读完的，到凌晨四五点钟才把书合上，感慨万千。我在诗词专业方面谈不了什么东西，仅把我的感想体会谈一下。

一共有三句话，第一句话叫“所到之处皆成诗，笔端之下都是情”。这是我读完作品后的一个感觉，她走到哪里，看到哪里，就想到哪里，就写到哪里。她也在诗集里讲道：“心领神会成诗画。”她作为国务院咨询研究部门的专家，要踏遍祖国的千山万水，她研究一些关于国计民生的重大问题，她的诗情也在这个过程同时萌发。她的诗里面，文老说充满和谐，确实“和谐”是一个特点，我感觉它更是充满了一种情感。而这个情感不是小女子的幽情，或者现在很多歌词里面的，这个爱那个爱，或者这个怨那个怨，不是那种无病呻吟的所谓的爱情。当然也不是那种愤世的宣泄之情，不是那种愤青，就是对什么都看不满意，什么都可以骂。我从文玲同志的诗歌里看到她的亲情，对祖国山水的亲情，对中国文化的亲情，对人民大众的亲情。这种情感很阳光，也很绿色。我和文玲同志多年交往，觉得她确实是一个很阳光的人，所以她的诗歌里面体现出阳光般的这种亲情。我说她心是阳光的，情是绿色的。所以，我那天读完之后，随手填了一首词《忆江南·吟唱罢》：“/吟唱罢，/月上翠微楼。/阅遍颍川情浓处，/心随诗韵涌溪流。/依绿洒芳洲。”

第二句话叫“公务之余能吟诗，吟咏之中更亲民”。我们国家干部，我们的专业研究人员很繁忙，我们常常说日理万机，其中也包括好多公务需要应酬。我这里开个玩笑，我们好多干部是“日理饭机”，虽然有的确实是公务，但几乎没有多少自己的时间。最近北京市在调查研究，干部一个星期基本上六天在工作，留下一天在家里睡一个觉，有半天读一下书。北京市委宣传部弄了一个《半日丛书》，希望每个礼拜能够半天读读书，要求一些专家写一些书，每个题目写30万字，希望能让干部们一周用半天来读一读。

公务那么忙的时候，像文玲同志那样的，能够吟诗能够写诗，说明她是有情感的人，她是为人民谋利益的一个人。我读到文玲的诗里面，她那种情感，比如说写地震的，确实催人泪下。她看到什么都会写，比如写一名教师在地震中的表现：“/三尺讲台师道训，/教书育人春雨润，/扛起巨梁无怨悔，/天欲坠，/真情催下泪轻滚。”她把这种诗情转化为工作的情感，去调研我们的民生问题，能够更好地为人民谋利益。所以，她的研究报告都是为国为民在出谋划策，而诗词表达了在这个过程中的内心世界。

“做官的不能写诗，写诗不能做官。” 我对这个说法不同意，这两个不能够完全对立起来。我们好多领导同志诗写得很好，我们的经济学家还有一些领导同志的诗就写得很好。云南省原省委书记令狐安的诗人民性很强，关心民生，他到地方调研，地方干部请他吃饭，他看着盘中餐，心中在想老百姓怎么办，这些在他的诗里都有表现。下面同志向他汇报情况，他说你们讲的这个是假的。他说李嘉廷（云南省原省长）是个苦孩子，靠奖学金、助学金读出书来，最后选出来成为领导干部，想不到他走到这步，写下《长恨曲（李嘉廷浮沉警示录）》：“/古今两首长恨曲，/意不相同情相同。/警世恒言宜谨记，/薄书一本枕边留。/清风明月心空净，/芙蕖照水志不濯。/吏治兴国责不贷，/民生忧乐萦胸怀。/轻舟回乡开怀笑，/昌般天下胜景揽。”他在诗中感叹这样一个孩子（李嘉廷）怎么会走到这一步。这些都是我们领导同志的诗。

我为什么要感谢这四个单位为文玲同志召开这次座谈会？因为她作为一个公务员、经济理论专家的诗作，也应该引起重视，她在公务之中接触到更多的国家和人民更深层次的问题，她能够写诗，更有情感地研究这些东西。所以建议这四家单位多做这样的事情。前段时间社会议论一个地方的纪委书记写的诗怎么样，他的诗作到底怎么样，可以去做专业评论，但我认为不能说是纪委书记就不能写诗，他的诗就不能获奖，我认为这是说不通的。李白也曾经是公务员，柳宗元也是公务员，杜甫也是公务员，今天不能让一些现象扰乱了我们诗坛。所以，召开中华诗词高端研讨会和文玲同志诗词发布会，我认为是很有意义的事情。

第三句话叫“诗有格律有神韵，人逢佳句可随心”。我是喜欢旧体诗的，不那么喜欢新体诗，新诗老读不进去。旧体诗确实比较难，它的平仄、格律、押韵等太复杂。前不久一个经济学家的朋友发几首诗词给我，让我提意见，我说诗很有情感很好，但是仍需推敲，其中押韵等问题仍需斟酌一下。我不敢写诗，是因为太难。但是我感到毛主席的诗词创作，该押韵的押韵，该按格律的按照格律，但是动情之处可以突破。我对文玲诗词特别感兴趣的是一首关于地震的诗《如梦令·四川地震（四川地震之一）》：“/汶川、/青川、/北川，/四川天塌地陷。/泪水湿衣衫，/撕心裂肝熬煎。/熬煎，/熬煎，/何时脱离苦难？”在注释中她写道：“四川地震当天夜里凌晨5点半填写，当时极度悲痛，故这首词没有按照《如梦令》的平仄和格律填写，只是按照当时的心境填写。后来按照平仄和格律重新填写：‘/今日天塌地陷，/惊望四川遭难。/泪水浸衣衫，/长夜熬煎期盼。/呼唤，/呼唤！/忍问疏星河汉/。’改写后总是感觉不如当时的感情充沛和真切，故而仍保留了原作。”我读到这里，在旁边批注：“今人也该自创词牌。”因为两首一比，确实是第一首要好：“/汶川、/青川、/北川，/四川天塌地陷。”多好的词！可以借《如梦令》但不拘泥于词牌，所以我就开个玩笑，文玲就应创一个词牌，叫《汶川》。在21世纪的今日讨论诗词，还是应该能够创新发展。我当时读到这里就感觉，这首诗解放了我的思想，以后我也可以随便写点东西，有什么情感便可以写下来，所以我就写了“/诗有格律有神韵，/人逢佳句可随心”。从心里出来的东西，肯定是正确的，从心里涌出来的东西肯定是能感染人的。最近两个农民工歌手，唱《春天里》，我不知道听到这个以后多少人要掉眼泪。他们不见得比那些专业歌手的音色好，也不见得懂多少音乐，就是因为他们把农民工的情感唱出来了，而唱的情感不是那种农民工的悲哀，而是他们在那种境况下的理想，一种希望、一种追求。我们现在研究幸福指数，我们说幸福是很难研究的，你说是钱多就幸福吗？不见得幸福，钱少也不见得不幸福。农民工《春天里》这首歌中，他们对幸福憧憬的解说，对理想的解说，都是由心而来的，由心出来的东西就能震撼人。文玲同志的诗词都是从心里出来的，都是有情感的，而这些情感都是阳光的，是绿色的，所以可喜可贺。我就讲这三个体会，不是对诗词做的专业评论。我希望大家能像文玲同志一样，把自己的情感用到工作中去，把自己的心灵用到工作中去，同时能创作出一些传承中国文化的好成果。谢谢大家！

主持人：

感谢君如校长的精彩发言！接下来有请中央财经领导小组办公室原副主任、中国扶贫基金会会长段应碧发言。段应碧先生在我国农村战略决策和政策研究方面具有深厚造诣，改革开放以来连续多次主持或组织党中央国务院重要文件起草。

段应碧[7]先生发言

大家好！这是一个庄严的会议，我从未写过诗，也对诗没有研究，我是作为一个文玲同志的老同事、老朋友，也是这部诗词集的普通读者来参加这个会议的。我认识文玲同志已经20多年，对她的工作和人品，我是非常了解的，特别是她的经济学理论研究、国家的战略研究，还有政策、决策研究方面的造诣和成就，我都是非常赞赏的。刚才会议开始的时候，国务院研究室的同志介绍了她的成就和建树，她的几本有关经济学理论的著作我都看过，她在国务院研究室每年都撰写很多研究报告、调研报告，提出很多的政策建议，都被党和政府采用。她的研究报告和调研报告，得到国家领导同志的批示是很多的。我知道国家第一次开展

7　段应碧：中央财经领导小组办公室原副主任、中央农工办原主任、中国扶贫基金会会长、中国农业经济学会会长。我国著名农业问题研究权威专家，一直在国家决策部门从事农村政策研究，经历了农村改革开放全过程，在我国农村战略决策和政策研究方面具有深厚造诣，改革开放以来连续多次主持或组织党中央国务院重要文件起草。作者曾参加段应碧主持的农村改革试点工作，并得到具体指导与帮助。作为老领导应邀参加此次会议，作了即席重要发言。

对药品市场的大规模整顿，就是依据领导同志对她的调研报告批示之后开展起来的。总之，她不管是经济理论研究，还是决策和政策研究方面，成就都是显著的。我两年前才看到她写的诗，才知道她会写诗，我从来没有想到文玲同志还有这个本事，能够写出很好的诗词来。所以，我说这个诗词集应该出版，她老下不了这个决心，我们一直鼓励她出版。我是基于两点考虑：

第一点考虑，我觉得她的诗好，不是那种小女子的小我，也不是功利的，而是在以诗言情，以诗言志，以诗言理，言的都是大志，是大道理。所以，我觉得这本诗集要是出版的话，会有更多的人从中得到启示和鼓舞。

第二点考虑，就是从中华诗词的发展这个角度来考虑。中华诗词包括格律诗，是中国传统文化的瑰宝。但是诗词特别是古体诗词，在读者当中的地位和影响力不是在加强，在文化百花园当中这朵花还不是很鲜艳。以至于国务委员马凯同志前两天好像还在一次会议上，振臂高呼要振兴格律诗。所以，我觉得她这本诗词的公开出版，也许多多少少对振兴和繁荣中华诗词，特别是古体诗词传承和发展能做出贡献。

我国是一个人口大国，经过30年的改革开放，现在变成了一个经济大国，经济总量第二。但这还不够，还应该是一个文化大国。只有每一个中国人都能够为自己的文明、文化瑰宝和文化价值观骄傲的时候，只有我们创造了世界上最有魅力的文化品并大量输出的时候，只有我们的文化宝矿转化为财富的时候，中国才算是一个真正的大国、强国。我很高兴地看到当今中国出现了一大批以无限激情进行诗词创作的诗词作者，这说明一个大国的文化崛起、文化复兴和文化繁荣，弘扬中华传统文化，已经成为一个时代的潮流。我们的国家现在正处在一个发展和改革的大变革时代，应该说伟大的时代和伟大的事业，必将为中华诗词的创作注入新的元素，出现更多充满时代芬芳的诗意表达。利用这个机会，我祝愿文玲同志的诗词创作更上一层楼，出更多的精品，更祝愿中华诗词在新的时代创造出新的辉煌。谢谢大家！

主持人：

谢谢段主任的精彩发言！

下面有请中华诗词学会常务副会长、著名的将军诗人李文朝先生发言。

李文朝先生发言

首先我向陈文玲司长和各位领导专家表示深切的歉意，我是一名军人，不应该迟到的（记错时间了），向大家表示歉意。我想今天会议上，我简单就陈司长写诗谈一点自己的体会。我是中华诗词的业余爱好者，我的本职工作是军人，是中央电视台军事中心的主任，是军事频道的创办者和负责人，今年62岁了，在领导专家的支持和帮助下，今年5月份换届的时候接替了我们老会长，担任中华诗词学会常务副会长兼社长。听到各位专家领导发言很受启发，大家说新诗要注意加强民族性，但是传统古典诗词创作欠缺的恰恰是时代感。所以我进入这个圈子以后，在大会小会上我都讲时代感。但是这里有一个问题，我们有些诗词圈子里头的朋友，有一部分人对现实的东西不很感兴趣，女的想当李清照，男的想当柳永，不想当李白，就想弄点风花雪月，顾影自怜。我说能不能关注时代，你想让大家关注我们传统诗词，我们有作为才能有地位。不对现实有帮助，哪个领导会支持你在那里饮茶品酒啊！所以我们一定要关注现实，我在大会小会上都在呼吁这个事。但是也有一些诗词创作很好，文玲司长的这部诗词集我看了以后就感到很有共鸣。我们都有一种很强烈的文化期待，或者是文学的审美期待，如何以传统诗词的艺术形式来直面我们伟大的时代，讴歌我们火热的生活。官员有得天独厚的优势，马凯秘书长的诗词创作都不用说了，他的诗词研讨会我们都参加了。

传统诗词有一种理论，它分三个层面，一个是技术层面，技术层面就是诗词格律怎么办，一个是艺术层面，一个是哲学层面。我想我们的一些专家教授应该算是三个层面都具备。公务员写诗有什么劣势和优势呢？官员的劣势是技术层面，但优势是在哲学层面和艺术层面，我们不妨来个田忌赛马，丢了技术层面，在艺术层面和哲学层面，还是可以赢的。公务员写诗还是有优势的，有些官员特别是有些老干部，诗和词写得也很好。我刚退下来的时候，我当学院副院长，有些老人写诗，说我写了不愿意让别人改，我只是业余抒发感情。我说不让改就别改，你别用格律来难为他。文玲同志的思路很洁净，她的经历、阅历、思维层次，都有自己独到的地方。所以，我想说公务员作诗作词要努力突破技术层面这个瓶颈，我到诗词学会工作以后，老老实实地当小学生。我从平水韵开始学习，“闻道有先后,术业有专攻”。我们年轻时代都在部队里带兵，后来就是搞新闻、创办电视，一天到晚头昏脑涨的，哪有时间研究平水韵。进了这个圈子以后，我感到不懂平水韵就没有发言权，我就老老实实地向专家学习，学习了以后就突破了技术层面的问题。我说说我的阅历，我作为主流媒体的主要负责人，《我们一路向太阳》大纪录片我是总编导，最高层面的会议我都参加过。我们只要把技术层面突破了，哲学层面和艺术层面的东西那是我们的优势。

所以我就想借着文玲同志出版诗词集的事，呼吁公务员业余时间拿起文学之笔来。这对我们中华诗词事业的繁荣绝对有好处，这是一支伟大的生力军。因为这些老干部本身就很有文化，现在已经是建国60年了。历朝历代的优秀的知识分子大都“学而优则仕”，今天正好是在孔庙和国子监这里召开会议，我们是学而优则仕的国度，历朝历代的优秀分子很多都走在官道里面了。官员、公务员的智商是很高的，为什么不拿起笔来，活跃我们的中华诗词文化呢？另外，我劝大家，确实要放下官员架子，老老实实地把技术难关突破了。只要下点功夫，未来这个高层的创作，“无限风光在险峰”的无限风光就会产生在这一批人里头。这对我们弘扬中华诗词事业有好处，这种创作对个人也有好处，我就有这个体会，当官的时候很大程度上是做官，但写诗的时候才真正回到自然人的情怀上。最近，中央养生保健委员会就给我出了一个题目，希望我能讲一下传统诗词和养生。我说传统养生是养生但重在养心，中华诗词陶冶身心，你学了中华诗词创作中华诗词后，还会对你将来的健康长寿都有好处。我借这个机会呼吁公务员拿起笔来，加入中华诗词创作和传承的大军里面来。谢谢大家！

主持人：

谢谢李文朝将军的精彩发言！下面有请中华诗词学会驻会名誉会长，中国社会主义文艺学会会长郑伯农先生发言，郑伯农先生是我国著名的文艺理论评论家。

郑伯农先生发言

今天参加这个会对我本人来讲非常有收获，在诗词界的圈子里面都听不到很精辟的意见。今天参加会议的除了有文艺界同志，还有一些部委的领导同志、党校的领导同志，你们从不同的角度讲古典诗词的创作，确实对我们非常有启发。文玲的诗，是忽培元介绍给我看的。我过去是搞文艺评论的，但是搞文艺评论有的是从理论的原则出发来看作品。我觉得搞评论第一步是直感，就是作品拿来，你直感怎么样，我很重视别人的直感，也重视自己的直感。欣赏文艺不能完全靠理性分析，第一步就理性分析那是不行的，重要的一条就是看作品能不能抓住人。我看文玲的诗，我也觉得她的诗虽然还不能说在格律方面已非常纯熟，但是很有诗味，有独特的东西。有的人说自己是一个很好的工匠，但你一看他的手艺很好，诗的零件很好，组装也很好，但是没有生命力，它是生硬地制造出来的一个形式上的东西。文玲诗词猛一看，可以挑出一些毛病来，但她的诗词有活力，有生命力。所以，一下子就吸引我了。

写格律诗要讲格律，你运用词牌填词的时候要很严格，平仄、押韵，律诗、绝句、近体诗，在格律上要求也应很严格。但没有必要把这个作为最高的、唯一的标准，人家群众喜欢写诗，干部喜欢写诗，可能不是这方面的专家，你一来就给人家泼冷水，好像自己很高明，说人家这个不行，那个不行，结果人家几下子就没有兴趣了。

中华诗词的活力，不在于有多少钻研技巧，搞得非常深，非常熟练，什么险韵、偏僻的韵，几下就能对出来，很快就能写出一首诗来，这当然也要磨炼，也要有这种技艺。但是技艺不是第一位，最主要的还是要有诗情。文玲的诗词创作个别格律诗打磨得还不是很好，但是她有诗情，这是最重要的。而且文玲的那种感受是不同的，她带着重要的使命、重要的课题去调研，调研国计民生的重大问题，然后她通过逻辑思维、理性思维写一个调研报告，或者写个论文。但这还不能算完了，人还有感情，你到下面看到群众的疾苦，看到生活中的问题，看到祖国在前进，看到祖国山川的美丽就有感受了，这些感受无法全部通过论文写出来，很自然地就写诗了，就自然地涌出来了，就流出来了，这是很好的事情。两者并不矛盾。刚才文朝也讲了官员写诗的问题，君如校长也讲了最近产生的“羊羔体”争论问题。官员能不能写诗呢，过去不少人觉得官员没有资格写诗，但我认为附庸风雅没什么不好的。你一开始不能“引领风骚”，你就“附庸风雅”，这是一个过程，“附庸风雅”然后“深入风雅”，然后你能再进一步“引领风骚”，这个过程就很好。中国历来都有官员写诗，屈原的官职可不小，但是后来被流放了两次，那就是贬官。中国豪放派的诗人，有好几个被贬官，刘禹锡、苏东坡都是贬官，屈原是贬官的祖师爷，贬官写出的不是垂头丧气的东西，写出的是大气魄的东西。官员为什么不能写诗？我认为诗歌要发展，就要突破小圈子。专业诗人的出现是近现代的事情，它有利于诗歌技巧的提高，但是正如阳光和空气不能垄断一样，我觉得写诗也不能垄断，人家有诗情就写诗。陶渊明官不大，怎么也是个县处级干部，李白在翰林院待过，杜甫是工部员外郎，就是副司局级的干部，杜甫也是当官的，虽然“名岂文章著，官因老病休”，但他也是官员。当皇帝也有诗写得好的，如李后主，虽然亡国之君不可取，但他是皇帝，地位很高。曹操不是皇帝，但也接近皇帝，曹操的诗是非常之好的。官员为什么不能写诗呢？古代是以诗取士，士农工商、三教九流、文武百官，历来在中华民族都是可以写诗，连叫花子也可以写诗，写诗是不能垄断的。只有大家都能写诗，这个诗词诗歌的百花园才能真正繁荣起来，当然有些行业需要专业，当编辑是一个专业，每天要编报纸，编刊物。写长篇小说大概是不能那么多人去写。写诗应该有感受就去写，你让他当个专业诗人，他有灵感写，没有灵感时又怕人家把他遗忘，也要不断发表出来。为什么作家下去还要挂个职，就是要当个官，挂职有个责任，便于他深入生活，他对老百姓有责任有义务，可以深入生活。所以我觉得恢复官员写诗传统，这不是过去没有的事，而是我们一段时间把这个传统给丢掉了，现在恢复这个传统也很好。文玲同志写诗，她有这个条件，她到三江源去考察，那里一般的诗人就不能去考察。她去考察还带着任务，去思考很多问题，思考的同时就写出来了，这有什么不好的？起码这也是产生大诗人的重要途径。所以我非常赞成李文朝同志的意见，大家都可以写诗，官员可以写诗，当然不是说诗词界一定要拉一些官员来壮门面。本来就有很多人参与，中华诗词真要繁荣起来就要靠很多人都来创作。

中国现代以来真正写诗写得好的不是小家子气、小书生、知识分子有写得好的，也有写得不好的。各行各业写诗，不能说官员写诗就一定写不好，不能说官员写诗，就这个体、那个体的，不能以身份来论诗。旧体诗现在这几年还是在发展，有复苏的势头，它到了一个什么地步呢？小雨同志也在这儿，我们《中华诗词》杂志这个刊物，要就每一期发行量来讲，它是全国发行量最大的诗词刊物。它也发行到海外，全国各个省（区、市）除了西藏之外，都成立了诗词学会，专区、县也成立诗词学会。中华诗词学会的会员是17000多人，等于中国作家协会的一倍，如果加上县和专区、省（区、市）的会员，各级诗词学会会员大概百万人。加上诗词爱好者，加上网络上的，大概是几百万人。因为我在作家协会工作过，我对新文学诗词没有说一定要偏这个，偏那个。如果你到省里，到文联作协去看的话，他们是很热闹的。你到县里面去，诗词学会一定是比文联作协热闹的。为什么呢，一个县里，在专业刊物上发表作品的没有几个。因为1953年以后学苏联，本来是文学工作者学会，后来就学苏联改成文学家、电影家、这个家那个家的，普及工作就不管了，到县里面去，有多少人喜欢诗词，起码是成千上万来算的。一到过年的时候，写对联、写诗词，这是群众自己的娱乐活动，跟你专业创作是另外一回事。你在海外，澳大利亚、美国等好多地方，华人都组织诗社，大概也有新诗的诗社。但是旧体诗的诗社是很多的。华人也写诗，抒发那种思乡爱国之情。他们还与我们联系，跟大陆这边诗人唱和。所以，我很赞成尹部长讲的三农工作，除了发展经济也要发展文化，现在确实要全面发展、可持续发展，提高全民族的文化素质、文化水平，甚至是提高一种凝聚力、向心力，诗词就有这方面作用，其他文艺也要一样的，要有健康的文艺。不能老是出现那种用下半身写作的东西，我觉得这种东西很难说有凝聚力，只能是败坏社会风气。我们诗词就是有这方面的好传统，所以借这个机会我也给诗词做一个广告。就是写诗词不费多大功夫，有爱好就写。我很希望这些国家的高级官员，高级学者都写一些诗词，写一些到我们刊物刊登，各地的刊物也很多，我觉得对提高、发展中华民族的精神素质，是一个大好的事情。

所以，关于文玲同志古典诗词集发布暨中华诗词高端研讨会的这个论坛，不仅她个人有收获，对诗词界也有很好的促进。她的诗里头是大气，女同志的大气，又有细腻的，有一种家国情怀。过去文艺界有一种说法叫小女人散文，那种小女人就是从卧室到书房，从书房到客厅，又从客厅到厨房。生活圈子小，小景观，小风波，小感情，小是非，小恩怨，就这一类的东西。文玲也是女同志，她诗词里头就是有家国情怀，对民族、对国家、对人民有感情。我觉得，我们诗词界都在技巧上，像艺术工艺上，手艺上花了这么多功夫，也是有必要的。但诗词毕竟不是雕虫小技，所以文玲这些诗给诗词界吹来一股新的风，充满生命力，充满生活气息，有这种家国情怀的诗，确实是很好的促进。我非常感谢今天到会的同志讲了非常好的意见，我本来不应该再讲了，但是受了大家的启发，又说了一点。谢谢大家！

主持人：

谢谢郑伯农会长精彩发言！接下来时间不多了。诗词是最凝练的语言，接下来请大家发挥诗人的风范，给陈司长留点致谢的时间。下面有请中央编译出版社社长和龑发言。和龑先生原任光明日报社副社长、中央编译出版社社长，他对提升我国出版业对国外的文化影响力做出重要贡献。

和龑[8]先生发言

我是刚刚伯农会长说的几百万人之外的，我只是喜欢中华诗词，尤其喜欢格律诗词古体诗词。我想就陈文玲诗词集发布谈谈感想。我跟文玲认识是从她那本在我社出版的经济学专著开始的，我和她是同龄人，是同时上大学的，所以对她出版的书我比较关注。我觉得文玲做学问非常扎实，而且不唯书也不唯上，在一些重要的经济问题上有自己的想法和思想，所以，我们就有一个超出一般出版者和作者之间的联系。2010年8月份出版社约文玲同志给我们一本书撰写稿件，这本书主要撰写30年以后中国发展的大趋势，其中有一章请文玲撰写，论述30年以后中国在国际贸易格局之中的位置。我们这本书在国内发行的同时，用英文在国外发行，后来翻译成12种语言在国际社会发行，产生了较大的国际影响力，我们邀请的经济学家，大部分是国际上获得诺贝尔经济学奖的大家，中国经济学家只邀请了她，我向她约稿的时候，还不知道她其实还是一个诗人。我不懂诗，但是至少在看了文玲出版的诗词集以后，我觉得就像李校长讲的，就是文风清新，像一股清新的风，道法自然。作者诗词集第一章全部是讲

8　和龑：时任中央编译出版社社长兼总编辑。历任光明日报社副社长、中国社会出版社社长兼总编辑、中央民族大学出版社副社长兼副总编辑。策划组稿编辑出版图书300多种，其中30多部获奖，对提升我国出版业对国外的文化影响力做出重要贡献。

水的，“智者乐水，仁者乐山”，中国人讲究天人合一，讲究仁政，讲究和为贵。我想在文玲的诗中处处都体现了中国传统的思想理念，中国传统的价值观，中国传统的文化表达。绝没有一点点小女人那种矫揉造作，也没有那种忸忸怩怩，非常自然，非常流畅。她的诗歌反映了对自然的敬畏，也反映了对祖国大好河山的热爱，抒发了对祖国的大好河山，对祖国物产的热爱，这是我对她这个诗词集总的感觉。

我想接着刚才郑伯农老师讲的，对官员写诗这个议题我也说几句，我觉得这种现象非常可喜。今天这个会开的是恰逢其时，应该说从1945年开始中国就是联合国的常任理事国，那个时候就有话筒，但是我们没有话语权。中国在世界银行的投票权，从3点几到6点几和日本只差零点几，现在的话语权越来越大了。但是你说出来的东西要别人能听得懂，而且别人能够欣赏。最近我在想一个问题，英国人从任何一个地方退出来都是非常体面。美国人从任何一个地方出来都非常狼狈，包括俄罗斯人。为什么，英国人是绅士，英国人在几百年前革命没有流血，是光荣革命。我不是说我提倡这种不流血的革命，我只是说他们是个具有绅士风度的民族。实际上，我们中华民族早就是一个绅士的民族，孔夫子说得非常好，绅士是不信神鬼的。我们这几十年，或者这一百年，把自己的绅士风度都丢掉了，为什么丢掉？是因为我们将中华传统文化丢掉了。今天党中央提出来要振兴中国传统文化，我想不仅仅是振兴的问题，还要发扬光大。刚才听郑会长讲话非常受鼓舞，我们的中华诗词杂志在整个诗词的领域里面发行量是最大的，而且有几百万的诗词爱好者。中华诗词是中国传统文化的核心部分，《四书五经》《诗经》《唐诗三百首》《宋词三百首》这些都流传了几千年，是中华民族最优秀的东西。因为我是搞出版的，给大家说一个数字，我们每年从国外进口的图书大概有13500到15000种，这里面有80%是传播西方的意识形态和他们的价值观念。而我们每年出去的书，十年以前1000种都不到，现在发展得好一点，有3000到5000种，但是这里面真正能够反映我们价值观的，反映我们传统文化的精髓部分的，少之又少。我想中华诗词就是中华民族优秀文化的精髓部分，也是能够非常形象、非常流畅、非常艺术地传播中华优秀文化的载体，是我们优秀思想最精彩的部分，但是我们输出的非常少。两个星期之前，我和美国的一家出版社签了一个合同，这家出版社也是比较大的出版社。中国出了关于《泰戈尔的研究文集》，是一个论文集。但是人家印度的这家公司看到我们书还没有出，马上找到我们，要把这个书买到印度去，除了英文之外要印多种文字。印度这样一个古老的国家，对他们的文学作品是一种这样的姿态。我在这么一个合适的机会，这本书对于文玲来说是一件大事，我想对我们弘扬中华诗词文化，弘扬中华文化优秀的部分，这是一个发端。作为一个出版人，我们有责任弘扬中华传统文化，尤其是在推动中华诗词的推广弘扬方面，多做一些工作。我们中央编译出版社以沟通中西文化为主旨。我们自己有六种文字的翻译力量，英文、德文、法文、西文、俄文、日文，我们愿意在这方面多做一些工作，给各位专家学者提供一些平台。我应该向我们的同行中国文联出版社和线装书局学习，弘扬中华文化不是一句空话。大家都应关注这个事情，都来支持这个事情，方方面面都来推动中华诗词的发展，这不仅仅是推动中华文化的重要方面，也是提升中国在国际舞台上的形象、提升我们的话语权的重要举措。仅仅握有麦克风而你说不出，说的内容也不好，既不吸引人也不打动人，那也不行，我们必须要能说得出去，中华诗词就是应该能说出去的文化表达。耽误大家时间了，谢谢大家！

主持人：

谢谢和龚社长精彩发言！下面有请北京大学教授、著名翻译家许渊冲先生发言。

许渊冲[9]先生发言

今天我来参加这次会议，是因为文玲的这本诗词集很好，我给她两个评价：第一个特点是“词中有画”。王维是“诗中有画”，文玲是“词中有画”。怎见得？写三江源诗词里有“/飞流直下，/纵横天地星汉”。这句话是从李白“/飞流直下三千尺，/疑是银河落九天”中化用而来的，但是有发展，李白是直线，“飞流直下三千尺”，文玲的是“纵横”；李白是“落九天”，文玲的是“纵横天地”。刚刚和龚社长说得好，“纵横天地”是发展，中国诗词是一定要走向世界的。文玲诗词集第一个好处就是“词中有画”。第二个特点就是“画中有情”，这个感情还是新的感情。我在郑伯农写的序里面看到一句：“/东海岸边涛送暖，/京城大雪已遮窗，/能不念家乡？”（《忆江南·于台湾东海岸思念故乡》）这是一首作者写在台湾东海岸感悟的，写海浪能把温暖送到对岸去，诗里面有情，这种情能代表中国人的心声，祖国两岸一定能统一。这个情也表示我们的中华诗词在发展。说到发展，我同意刚刚和社长说的意见，要把中华诗词发展和推广到全世界去。中国有“三李”：李白、李商隐、李清照。刚刚说文玲诗中“ /飞流直下，/纵横天地星汉”是继承李白、发展李白“飞流直下三千尺”的。“/风催浪，/卷起韵

9 许渊冲：北京大学教授，我国当代最有成就、最著名的翻译艺术家。译作涵盖中、英、法等语种。翻译《诗经》、唐诗、宋词、元曲等120本文学专著，上海世博会上有他翻译著作的专门展台。许渊冲教授喜爱作者诗词，应邀参加此次会议，发表即席重要讲话。

成章”这句词就是发展李商隐的，发展得好。李商隐当时是跟朋友分离，那个朋友被贬官了，两个人都很悲哀，写了当时这种哀婉。文玲诗中下面还有一句写细雨绵绵，李商隐分别的悲哀、灰暗，在文玲的诗中一下子变成欢乐的、温暖的，这又是现代诗词对古典诗词的发展，这同时又是继承李清照的。“/昨日绵绵播春雨，/今天漫漫漾秋香。”这里的春雨是杜甫《春夜喜雨》的雨，春雨播到人们的心里去，是温暖的。所以，我说文玲诗词是继承发展了中国古典诗词，但这种发展不仅应在国内发展，还要在国外发展。我最近出版的一本《千家诗》，是我和我的下一代[10]一起合作翻译的。许明现在美国，他当年曾经帮助总统奥巴马竞选，把一个劣势转变成优势。许明把翻译的一首唐诗寄给奥巴马，也寄给参选者。围绕最近美国关于改革医保的问题的争论，这个问题好危险的，民主党和共和党的差距是几票，民主党只赢得了7票的优势，这7票中有2票是由《千家诗》的意思给他赢来的。其中一个共和党女参议员非常欣赏许明翻译的柳宗元《江雪》一诗：“/千山鸟飞绝，/万径人踪灭。/孤舟蓑笠翁，/独钓寒江雪。”这个共和党女参议员本来是反对医保的，但是这首诗让她感受到独立精神，不能因为共和党反对改革医保，你就反对。后来她改成投赞成票，从一个反对票变成赞成票，一下子为奥巴马赢得两票。

军队是为了礼乐而不是打仗，不是为了战争而是为了和平，中国是礼乐之邦，中国是维护和平的，我们到南海自己的领海，这决不是侵略。还有，奥巴马原来计划上台后大换班，近期许明给奥巴马寄去两首中国古诗，一首是李商隐的《登乐游园》：“/夕阳无限好，/只是近黄昏。”他说奥巴马若竞选失败了，但却好像夕阳无限好的“近黄昏”。另一首是朱自清

10　我的下一代：许明，许渊冲之子。

的诗，朱自清把上面这两句诗改了一改，改成："但得夕阳无限好，何须惆怅近黄昏。"这两首诗一寄过去，奥巴马就回电了，不换竞选班子了。

"/浮云游子意，/落日故人情。/挥手自兹去，/萧萧班马鸣。"（李白《送友人》）这首诗表示了天人合一，落日和故人合二为一的地步，多么热爱自然，都爱到和自然合二为一的地步。这几个例子都说明我们中国诗词的力量是多么大，我从《诗经》到毛泽东诗词，几乎全部翻译到美国和世界上去了，现在上海世博会有个专柜就是我的翻译作品。我说，文玲创作的古典诗词集也应向世界推广和发扬，在座各位大家的优秀作品，都应该向国际上推广。应发挥每个诗人和作家的作用，只要我们每一个人都各尽所能，就会把中国诗词向世界发扬光大。所以，今天的文玲古典诗词集发布暨中华诗词高端研讨会，是一个很重要的开端。谢谢！

主持人：

谢谢许渊冲先生的精彩发言！接下来有请著名文学家、诗人、书法家黄渭教授发言。

黄渭[11]先生发言

看文玲君的诗先后有几个不同的阶段，起先是被动读之，是答应朋友之邀为文玲的书提上几笔书法，自然要大致浏览一番。当我看到第二章水的篇章，"/横笛牧，/弯弯曲曲东流入"，就立刻被吸引住了。"/横笛牧，/弯弯曲曲东流入"朴朴素素的十个字，干干净净的十个字，普普通通的十个字。没有一丝一毫的

11　黄渭：中文教授，中法文化年的中国文化代表。黄渭教授是长体隶书创始人，在日本开设国学、古典诗词专业课，深受推崇和喜爱。应邀参加此次会议，发表重要即席讲话。

矫揉造作，没有一丁点的故作高深，然而却像是一幅轻描淡写的画儿，一支音符流淌的歌，深深地感染了我，以至让我从此不忍释手。直到最后为了探胜寻芳而不惜通宵达旦。

事实证明，它没有让人失望，隔几首，必然会有一首或是其中的一句，闪着光跳到你的面前，让你感动，让你震惊，让你琢磨，让你把它记住。如描绘芍药的一句："风光堪比牡丹魂"，真可谓绮丽脱俗，风姿无限。传说：国色天香是牡丹的肌肤，而"不开花朵媚君王"的一身傲骨，才是牡丹真正的灵魂。作者把芍药"不在惊蛰争绽放"宁愿晚开，也要帮助人们把大好春光再多挽留一些时日的高尚情操和异样风骚，与牡丹魂相比，真真是别开生面、而又令人叹服的褒奖。

再如《忆江南 · 于台湾东海岸思念故乡》："/凝眸望，/谁晓我柔肠，/东海岸边涛送暖，/京城大雪已遮窗，/能不念家乡？"读这首词，先是被字里行间的似水柔情所感动，接着又被诗人的遣词用句所折服。"京城大雪已遮窗"，"京城"两个字用得好；看似平凡，实则厚重且寓意深远。在台北东海岸这个特定环境，用京城而不用北京，既亲切含蓄又宽容大气。京城是祖国的心脏，京城又何尝不是远离祖国怀抱已经很久了的几千万台湾同胞既思念又向往的故乡啊。

就这样，我随着诗人的笔触，徜徉在一个五彩缤纷的世界里，直到有一段日子我病了，才不得不暂时放下手中的诗卷。就是在病榻之上，也没忘了让读过中文系的儿子，把我圈点过的精彩篇章，反复地读给我听，让它们来帮助我抵御病痛的折磨。

书付梓之前，我把许多的惊喜、赞叹以及一个八十岁的耄耋老人，看到了希望之后的诸多感慨，归纳成四句评语："/素描中花能解语，/狂放处天马行空，/赤子心柔情似水，/战士志匣剑长鸣。”中国是一个诗的国度，作为这个国度里的人，心里是甜的，感情是美的，脊梁是直的。可是能够让我们赖以自豪的老祖宗的东西，毕竟离我们太远了。婉约得让人不忍轻拂的“/帘卷西风，/人比黄花瘦”远去了。冷峻得读来让人心都疼的“/生当作人杰，/死亦为鬼雄。/至今思项羽，/不肯过江东”远去了一千多年了。让我们无比欣喜的是：今天，在几近荒芜的词坛上，终于又出现了一位新人。她就是值得我们期待的，值得我们信赖的，能够担当得起承上启下重任的女诗人、女词人——陈文玲。

文玲的作品并非篇篇精美，尤其是诗作，有的甚至还稍显粗糙，但是它们并不失为宝。因为它们不是无病呻吟的产物，不是滥竽充数的顽石，它们是诗人在无比繁忙的公务间隙中，凭借着博大的胸襟、深邃的思想、开阔的视野、独到的观察，特别是诗人对美好事物特有的悟性，从电光石火般的诗情画意中捕捉到的灵感。匆匆落笔、草草成篇。它们不一定篇篇都美，但是沉，有分量，有的甚至还带着从太空划过时残留的余热。宛如一块块有待进一步雕琢的璞玉，只要经过再打磨，再创作，都将是一件件美丽无瑕的精品。因此，我送给文玲一首嵌头诗，是这样写的：“/题诗何映日边红，/赠物娲石天地惊。/文笔龙蛇烟雾散，/玲珑剔透泰山峰。”（《题赠文玲》）题诗缘何与红日相映交辉，原来是题写在娲女赠的补天石上，经过女诗人如椽的巨笔，笔走龙蛇，烟尘散尽之后，一座玲珑剔透的山峰矗立在眼前，矗立在神州大地上。这就是我所热切期盼的，恐怕也是在座的各位所共同热切盼望的。

最后为了表达我真诚的襄赞之意，拥戴之情，谨步文玲君《忆江南·于台湾东海岸思念故乡》的原曲原韵和成两首：

《忆昔日长白山边防哨兵生活》——“/抬眼望，/战士有柔肠，/大雪封山云路断，/一枚红叶染西窗，/思念我家乡。/林涛浪，/大块写文章，/一杆钢枪横在手，/为着华夏百花香，/世界共芬芳。”

主持人：

谢谢黄渭先生的精彩发言！下面我想请女诗人来评价女作者，我们邀请了《诗刊》杂志的常务副主编李小雨女士作精彩的发言。

李小雨女士发言[12]

非常感谢中华诗词，感谢四家主办单位给我这么一个机会，因为我是搞新诗的，对旧体诗不是太懂。这次主要是向大家学习，也学习我们的传统文化。因为时间关系，我简单地讲几点，可能有一些举例的地方，我就不说了。

首先还是要向文玲表示热烈的祝贺，她第一次出版诗集就出版了这么厚重的，可以说是巨作。我在这里看了很多东西，因为我古典诗词的底子不强，我觉得有很多东西，编辑做得非常认真，除了诗以外这里面的注释和解析，让我学到了好多的东西，很有意思的东西。既有历史的，也有文学的，比如说文玲有一首写葫芦那个诗，很简单，但是我知道了葫芦有四种叫法，而且我们的女娲和伏羲他们都跟葫芦有关系。并且葫芦在古代可以缠在腰中，是可以过河的。所以这本书真的是耐人寻味，下了大功夫的，也是很认真的出版物。

今天在这个非常典雅的地方举办充满学术气味的会议，我

12　李小雨女士是当代著名女诗人，是当代著名诗人李瑛的女儿，她出版了多部优秀诗集。小雨女士两次应邀出席了作者诗词集发布暨中华诗词高端研讨会，均发表了重要讲话。她于2015年病逝，作者创作了长诗《追思小雨》怀念她。

觉得跟它的内容是相应的。这里面我注意到文玲有一个提法叫大风景。什么叫大风景，就是她的诗包括了对祖国大地山水风物，国家、时代，包括地震、奥运、改革、台湾宝岛等，还有一些省（区、市），她所走遍之地都有描写，还有父母亲情、友情、民风民俗的描写，其中有很多不好写的东西，她都写了。这种东西容易写大，写空，但是她写得很生动、真切，而且充实。我虽然是搞新诗的，但是我读到这些诗，一点都不觉得枯燥，它吸引我读下去，因为它非常平实朴素。其中，比如第一部分，写到水，一开篇全都是水，叫作“山随水醉”，这个概括就很有意思。它让我想到，有一个说法是女人是水做的，为什么说是水做的？文玲她能够把各种各样的水写得惟肖惟妙非常生动，这是一种自然本真的回归，她把水的各种神态写到了。实际上她写水是在写个人，在写一种女性的情怀，比如说它的纯净，它的百折不回，它的坚韧不拔，它的滋润万物的奉献，以及它的美丽。我觉得写得非常好。

她这种精神状态就是一种大气势，一种很崇高的精神境界。她从一滴水写起，写到河，写到湖，写到江海，很活泼，又很沉静，甚至还有醉态，这里就有诗歌的想象力了。她以诗的语言表现了水的醉态，水的娇羞，水的安详，水的包容，水的浩瀚，以及由水引发的雨水、冰川、瀑布等，我觉得她提炼得非常好，表达的诗意带有一种形象感。我特别欣赏她的一些形象描写。《水调歌头 · 江西婺源》：“/老屋正晒秋，/枫叶已飞红。”我觉得真是好句子，她的诗里面要是仔细看，经常有这样的句子，她把主体、客体融为一体。把历史和现实融为一体，就像海德格尔说：“人要诗意地栖居于大地上。”我觉得文玲的诗词除了是对自然本身的一种回归，更重要的是她肯定是在表现一种激情的、豪放的、大气的，同时又充满细腻的、温馨的这么一种情态。所以说，文玲的诗词是刚中有柔，是用语言在作画。我也非常同意刚才许渊冲先生说的，画家是用笔画，但是她在用语言作画，我们看到她的诗里面充满了画面感，这种画面感我就不再具体地举例子了。每一幅和每一幅都不一样，每一个城市，她用简练的几笔，就把最典型的形象和细节提炼出来，这是很需要功夫的。

应说明一点，没有生活就没有诗，只有深入社会实践和体验中去，你才能够体察民情、国情，才能抒发真情，这是文玲诗词创作的源泉，使她的诗词具有时代感。新诗有一些采风和大奖赛，各地都在打造文化城市，还可以在网络上点击到各种风采。很多诗人是通过电脑上看到的图片写诗。虽然可以展开诗人的想象力去写，但它没有细节，没有真正感动你的东西。不像文玲，她是一步一步丈量着祖国大地，她的诗充满了一种生活体验，一种人生的感悟和悲悯，对人民的真实生活的悲悯，这才是她打动人的地方。我觉得她这些诗词，就叫作大风景，这种东西它有一种高尚的情绪，礼赞了崇高和美，而且又饱含深情。

还有一点，就是书中的注释值得我们去学习，注释里面很多东西具有很强的知识性。文玲的诗词可以说是一种活的东西，在不断地生长壮大，这种既讲格律，又在发展格律，可能是一种让传统复活的尝试，也值得我们新诗很好地学习。在此还是要祝贺《颍川吟草——陈文玲诗词选》的诞生。同时，代表新诗，代表《诗刊》对这本诗集的出版表示感谢。谢谢！

主持人：

谢谢小雨女士的精彩发言！最后我们邀请一位先生，他是从千里之外专门赶来的，他是广州市作家协会副主席李景秋先生。

李景秋先生发言

尊敬的学界泰斗，诗界前辈和领导专家：

感谢主办方邀请我参加这次会议，听大家的讲话感受颇丰。这里我想用另外一种艺术形式来表达，这里我选取了序言中郑伯农会长以家国情怀来评价的诗歌《念奴娇 · 三江源》，以及后记提到的《卜算子 · 姑苏绣娘》谱成曲，来代表我的发言。

（音乐《念奴娇 · 三江源》《卜算子 · 姑苏绣娘》）

主持人：

谢谢！大家掌声感谢。接下来我想邀请陈文玲女士致答谢词，大家掌声有请！

作者颍川致谢

各位与会的尊贵的嘉宾和亲爱的朋友们，女士们、先生们：

今天，我非常激动和荣幸地度过人生中最难忘的一天。在北京孔庙和国子监博物馆这个古老、庄严和独特的地方，中华诗词学会、中国文联出版社、北京孔庙和国子监、南开大学经济与社会发展研究院，联合召开我的新书发布暨中华诗词高端研讨会。参加会议的有我尊敬的师长和同仁，有我的诗友和好友，有我的学生和家人。感谢你们在百忙中莅临会议，感谢你们刚才充满真情和激情的发言。感谢你们一直以来给予我的所有关心、鼓励、支持和帮助，感谢你们深厚的文学造诣和崇高的道德情操给我带来的心灵滋养。

我曾在诗词集的自序中谈了自己从创作诗词到出版的心路历程，如果说过去是“无心插柳”，在今后的人生道路上对我来说真正的诗词创作则刚刚开始。大家对我的诗词创作给予了充分肯定，也提出了殷切希望。我知道自己的诗词创作还有很大的差距，大家的期望将使我扬起继续破浪前行的风帆，以更大的热情参与到弘扬中国传统文化、为中华诗词文化宝库谱写新篇章的时代潮流中。我将虚心向各位前辈和诗友们学习，向具有各方面文化学养和贡献的国学、诗学大师和大家求教，在中国几千年辉煌创作的文化百花园中汲取营养，以更高的思想境界、艺术修养和勤奋创作要求自己，在工作岗位上努力耕耘，在诗词创作的艺术海洋里游弋，力争创作出更多好的作品，包括我的经济学作品和文学作品，以报答在座的各位的期望，报答我亲爱的祖国和人民，报答这个伟大的时代。

在座的各位都给过我很多的帮助，让我难以忘怀，特别像国学大家文怀沙老人，中央文史馆馆长、北大国学研究院院长袁行霈先生，中华诗词学会驻会名誉会长、中国著名的文艺理论家郑伯农先生，中华诗词学会常务副会长李文朝先生，我党著名理论家李君如校长，我的老领导尹成杰、段应碧先生，我的同事黄守宏、忽培元先生，出版社总编辑奚耀华先生和书的责任编辑张海君先生，我过去素不相识的但久已景仰的许渊冲、黄渭、易行先生等，我特别要提到艾青先生的夫人高瑛女士，她是中国作家协会的会员，也是著名诗人。大家都给予我多种帮助、支持和鼓励，可以说没有在座各位的悉心帮助，没有我的领导、同事、朋友、学生和亲人的倾力支持和帮助，我的创作就不可能上水平，也不可能具有灵感，更不可能这么顺利地出版。

今天各位嘉宾对如何振兴中华诗词提出了真知灼见，给我上了一堂深刻而难忘的课，深受教育和启发。的确，中华诗词的复兴和繁荣，需要一支具有较高艺术潜质，同时又具有较高思想境界的队伍，也需要全体国民提高对自己宝贵的文化资源的认同和修养。需要一批人为此而共同努力，当然中华诗词既包括古典诗词也包括现代诗歌。“路漫漫其修远兮，吾将上下而求索。”文化建设和经济建设有着完全不同的客观规律，它的核心竞争力是具有文化创造能力的每一个个体能力的集合，是需要花费更多时间和更大精力，甚至终生为之奋斗的事业。在这个意义上说，创造一个国家的软竞争力比硬竞争力要难得多。我们的祖先给我们留下了宝贵的文化财富，让我们大家继续创作新的文化财富，并将此转化为国家的竞争力和影响力。

借此机会，把我的一首新作献给大家。《浪淘沙·高朋满座国子监》：“/高朋满座群贤至，/一院书香，/满目风光，/侃侃而谈澎湃江。　　/长吟典雅诗书赋，/回首悠扬，/远望辉煌，/尽赏中华九畹芳。”

主持人：

各位嘉宾，各位朋友，女士们先生们，今天下午我们聆听了很多大家、专家、学者和朋友的发言，给我们上了一堂生动的中国文化课，会议开得非常圆满，非常成功。我宣布今天下午的《颍川吟草——陈文玲诗词选》新书发布暨中华诗词高端研讨会正式结束！谢谢大家！

《颍川诗草——陈文玲诗词选》新书发布暨中华诗词高端研讨会嘉宾发言

时间：2012年5月26日

地点：广东省惠州市西湖之畔

主持人（安想珍：广东惠州市文联主席、作协主席）：

各位嘉宾、各位诗友、各位朋友：大家上午好！

为积极响应党的十七届六中全会关于文化大发展、大繁荣的号召，认真贯彻省市党代会精神，建设幸福广东、幸福惠州的新篇章，进一步推动我市文学艺术的大力发展，加强创作文化工作提升创作质量，由中国作家协会、中华诗词学会、南开大学、中国文联出版社、惠州市委宣传部联合主办惠州市文学艺术界承办《颍川诗草——陈文玲诗词选》新书发布暨中华诗词高端研讨会，今天在全国文明城市美丽的惠州隆重召开，让我们用热烈的掌声对各位领导和嘉宾、诗人、朋友的到来，表示热烈的欢迎和衷心的感谢！

今天的活动有五项议程：一是介绍出席活动的领导和嘉宾，二是举行中华诗词高端研讨会，三是举行《颍川诗草——陈文玲诗词选》新书发布会，四是作者致谢，五是惠州艺术家向陈文玲女士赠送书画作品。让我们用热烈掌声对各位领导、嘉宾的到来表示热烈的欢迎！

现在我隆重介绍今天新书发布的作者——我国著名经济学家、博士生导师；中国国际经济交流中心总经济师、国务院研究室司长；国务院医改专家咨询委员会第一届委员；诗人、中华诗词学会会员，中国书法家协会会员，《颍川吟草》《颍川诗草》作者陈文玲女士！

文玲司长是一位著名经济学家，是一位才华横溢、才艺多能的著名女诗人，她深入基层，深入群众，创作了大量的讴歌时代的作品，是值得我们学习的。今天，她把新书的发布和中国诗词的高端研讨会放到惠州来举办，这是对惠州的关心和宣传。惠州人文历史悠久，崇文厚德，苏东坡先生曾生活在这里，留下了大量诗词篇章，这里有创作诗词的土壤和氛围。今天，请来这么多尊贵的领导和重量级大家和专家到会，非常感谢！祝本次活动取得圆满成功，并邀请诗人文玲及诸位常来惠州。祝大家这两天在惠州愉快，让我们用热烈的掌声对大家的到来表示感谢！

陈训廷先生致辞

尊敬的文玲司长，君如常委，各位来宾、同志们、朋友们：

大家上午好！

天朗气清，惠风和畅。今天，我们在惠州美丽的西子湖畔欢聚一堂，隆重举行《颍川诗草——陈文玲诗词选》新书发布暨中华诗词高端研讨会。在此，我谨代表中共惠州市委、市人民政府，对《颍川诗草——陈文玲诗词选》新书发布暨中华诗词高端研讨会的举办表示热烈的祝贺！向专程前来参会的各位领导、嘉宾和文艺界、学术界及新闻媒体的朋友们表示诚挚的欢迎和衷心的感谢！

首先，我向各位来宾和朋友们简要介绍一下惠州。惠州位于广东省东南部、珠江三角洲东北端。惠州是一座历史文化名城。素有“岭南名郡”之美称，至今已有2000多年的历史。自盛唐到清末，有480多位中国名人客寓或履临惠州，产生了大量的文学佳作。一代文豪苏东坡曾谪居惠州，写下了“日啖荔枝三百颗，不辞长作岭南人”等千古佳句。近代史上惠州涌现了廖仲恺、邓演达、叶挺等一批民主志士和革命家。惠州是一座生态优美之城。有“半城山色半城湖”美称，惠州西湖与杭州西湖齐名，罗浮山是中国十大道教名山之一。惠州是一座快速崛起的工业新城。经过30多年的发展，初步形成了以电子信息、石油化工两大产业为支柱的现代产业体系，成为全国重要的石化、数码产业基地以及华南地区最具活力的城市之一。

近年来，在广东省委、省政府的正确领导下，惠州市委、市政府紧紧围绕建设科学发展“惠民之州”这个总目标、总任务，坚持“人本立市”，加快转型升级，建设幸福惠州，推动了经济社会又好又快发展。先后获评“中国优秀旅游城市”“国家卫生城市”“国家园林城市”“国家环保模范城市”等称号，连续两次以全国地级市总分第一名的成绩获评“全国文明城市”，两次荣获“中国人居环境范例奖”和“中国最具幸福感城市”称号，连续四次获得“全国双拥模范城”殊荣。2011年，全市生产总值2097亿元，增长14.6%，经济总量比2006年翻一番；今年一季度，经济社会保持健康快速发展良好势头，GDP实现477亿元，增长11.7%，增幅居全省第1位。

经济社会的繁荣发展，推动了文化事业的繁荣兴旺。近年来，我市文学艺术蓬勃发展。连续四届夺得广东省“五个一工程奖”地市级第一名；去年第五届全国“三名”（名社、名刊、名编）笔会在我市成功举行，中国小小说创作基地落户惠州，一大批影视作品纷纷在惠州开拍；以惠州诗词楹联学会和西湖诗社为核心的诗词爱好者创作异常活跃，佳作不断。今日惠州的文化艺术可以说是百花齐放，万紫千红。

盛世领诗风，盛世涌诗情！文玲司长多年来笔耕不辍，以激情、真情和热情讴歌这个伟大的时代。她曾几度到惠州做过重大课题调研，并为惠州市四套班子和干部做过加快转变经济发展方式的学术报告。工作之余，陈司长在惠州写下了多首诗词，这些诗词充分体现了陈司长对惠州这片热土的真情厚爱。“诗言志”“诗言情”“诗言理”。文玲司长的诗词不矫揉造作，如潺潺流水般自然流畅，深受全国尤其是惠州广大读者的喜爱。读陈司长的诗词，不仅领略到她独到的思想情怀和艺术境界，也让我们感受到了当今诗坛的艺术芬芳和缕缕新风。

最后，祝《颍川诗草——陈文玲诗词选》新书发布暨中华诗词高端研讨会取得圆满成功！

主持人：

非常感谢陈书记热情洋溢、充满着诗人热情、激情般的致辞！ 下面我们有请出版社代表——中国文联出版社编辑室主任、《颍川诗草》的责任编辑张海君先生致辞。

张海君先生致辞[13]

尊敬的各位领导，各位嘉宾，各位专家，各位新闻界的朋友们：

大家上午好！很荣幸有机会来到历史人文悠久恒远、山水和谐相依、充满了活力和幸福的岭南名郡——惠州市，参加《颍川诗草——陈文玲诗词选》新书发布暨中华诗词高端研讨会，在此我代表出版单位以及作为陈文玲老师这两本诗词著作的责任编辑，向本次活动提供诸多支持的惠州市委、市政府以及文联等单位表示衷心的感谢。因为你们的努力和支持，使得我们来自全国的国学大家和诗词大家才能聚集在大美的惠州，共同祝贺《颍川诗草》的出版发布，共同探讨、剖析中国诗词创作面临的现状，展望和畅想中国诗词艺术未来的发展方向。

两年整理并创作两本诗词著作，对于我们的专业作家来说，都是一道难以逾越的门槛，但是文玲老师作为我国著名的经济学家，在繁忙的工作之余，完成了这一目标，而且每一部作品都在业界专家和读者中引起了重要反响，这就显得更加珍贵。其中付出的艰辛，常人很难知晓。对此，我有着很深的感触，尤其是她对文艺创作饱含的热情和激情，深深地感染着我；她对文艺创作的认真和勤奋，深深地感动着我；她对文艺创作精益求精的精神，深深地激励着我；她对诗词创作的执着，以及呈现在我们面前展现着中华诗词精髓的优秀作品，深深地吸引着我。同时，她

13　张海君：文学博士，具有深厚的艺术修养。为《颍川吟草》《颍川诗草》《颍川诗词》《颍川放歌》四部作品的责任编辑，时任中国文联出版社编辑室主任、副编审，现任北京演出公司董事长，中国电视艺术评论委员。在《颍川吟草》出版之际，张海君撰写了长篇评论文章“在曲美韵重的诗情中徜徉”。

张海君博士在担任北京演出公司董事长后，在繁忙的工作之余，仍然担任了作者第三部、第四部古典诗词集的责任编辑。2015年国庆节之前，张海君博士策划的大型吟咏会《祖国礼赞——当代朗诵名家诗歌吟咏会》在北京音乐厅演出，绝大部分采用了作者创作的现代诗歌。

对国家具有非常强烈的责任感和为人民呼吁的使命感，以及她宽厚、仁和与大度的高尚品德，都是我学习的榜样。一接到陈文玲老师的书稿，我们就从出版社的角度，把这两本书作为精品力作来精心策划，重点打造，在设计、在编辑、在纸张的选择、在印制、在出版等各个环节上，我们都从严要求，精益求精，力求成为出版业的一部精品力作。

中华诗词艺术作为我国文化艺术百花园中的精粹，一直深受广大读者的喜爱，为了让更多的惠州读者了解中华诗词艺术的意韵和美丽，吸引更多的读者，尤其是我们广大的青少年，投入中华诗词的创作中，文玲老师特地委托出版社向惠州市图书馆、惠州市希望工程学校等文化教育机构无偿捐赠《颍川诗草——陈文玲诗词选》500册。我们相信，文玲老师的这一举动，将为惠州涌现更多的诗词作者和创作出更多优秀的诗词作品，起到潜移默化的推动作用，在此，我代表出版单位和受赠机构，向文玲老师表示衷心的感谢和崇高的敬意！

最后，祝愿本次活动取得圆满成功，谢谢大家！

主持人：

非常感谢张海君博士代表出版社所作的简明扼要、热情洋溢，充满真挚情感的致辞。从他的致辞里听到，呈现在我们面前的《颍川诗草——陈文玲诗词选》和她的第一部诗词集《颍川吟草》，也凝聚了出版人和作者的智慧，它的设计精美，装帧一流，衷心地祝愿出版社多出书，出好书，祝作者再出新作，再创佳绩。

刚才文玲老师无偿地捐献给惠州500册，她赠送的是一本书，体现的是一份情，她的真情、友情、才情汇聚在一起，她的心是爱心、真心，就让它心心相连！我们真诚地祝愿抒情吟美好，再次感谢！

主持人：

现在我们进行中华诗词高端研讨会，让我们用热烈的掌声请出中华诗词学会驻会名誉会长、我国著名文艺理论评论家、诗学大家郑伯农先生主持本次研讨会。

郑伯农先生发言

各位领导，各位文友、诗友和新闻界的朋友，各位惠州的父老乡亲们：

中华诗词高端研讨会现在开始！

文玲女士不是专业诗人，我们诗词界的人没有什么专业诗人，都是业余写诗词。这大概是传统，好像屈原也不是专业诗人，他也当官了，后来几次被贬、流放。流放之中就有很多感受，就写出了很多作品。文玲是著名的经济学家，博士生导师，国务院研究室的智囊。她是研究经济学的，她要和很多枯燥的数字打交道，而且她要在自己的著作里面，经常领略种种数字的深奥，但是她居然把比较枯燥的数字化作诗意的表达。在我的想象和印象里，她是经常深入实践调查研究或带着任务外出考察的。在调研考察的同时，也就看到了那里的山光水色、风土人情，她在写调查报告的同时，也会产生诗情，写出许多美丽的诗篇来。那么，这种情况对于诗词写作有好处还是有坏处呢？诗词家应该关在书屋里写，还是像文玲这样的创作方式？我认为，文玲女士这样也是一种路子。

文玲女士是很谦虚的，我记得她这本《颍川诗草》曾经拿给我看，我也写了一个不太成熟的序，我在序里面提了点意见，她非常认真地倾听并践行。她反复推敲，每个篇目都仔细去对照，又进一步地修改，这样才拿回来。关于文玲女士的诗词，她第一本诗词集是两年前整理出来的，她的工作很勤奋，她的创作也很勤奋，今天我们就讨论她的第二本诗词集。讨论第一本的时候，在座很多大家、专家、领导、学者都来了。我们这次有老朋友，还有新朋友，下面，首先欢迎中央党校原副校长、全国政协常委、著名理论家，也是诗词和书法的作者、爱好者君如校长发言。

李君如先生发言

我是以朋友的身份来参加这次会议的。昨天到得比较晚，到惠州的时候是夜里1点多钟了，想了想还要写一个发言稿，搞到三四点钟才睡。

今天是5月26日，正值纪念毛泽东在延安文艺座谈会上的讲话发表70周年之际（5月23日），大家在融山水于一体、人杰地灵的历史文化名城惠州，研讨文玲女士的《颍川诗草》，有一种美好的感受。

我是作为文玲的老朋友来出席今年会议的。昨天到这里看到会议须知中介绍我，用了五个头衔，全国政协常委、中央机关侨联主席，还有中央党校原副校长，下面是诗人、书画家。前三个头衔是事实，后两个头衔说我是“诗人、书画家”，我很汗颜，这可不是随便可以冠上的，“家”也不是那么好称的。在我的心目当中，这可是比前三个不知要高多少倍的头衔，你说常委、校长、主席，这有什么了不起的呢？诗人、书法家、画家才是了不起的，所以给我这个头衔我很汗颜，诗人要有诗作，书画家也要有作品，我没有发布过任何诗作。所以，诗人这个头衔千万不要给我冠上。有人称我是理论家，我是党的理论工作者，研究宣传党的理论，所以，理论家这“理论”两个字可用，“家”就不可以用了。今天这么多头衔，我想我都用不上，唯一可用的就是“老朋友”三个字，是以老朋友的身份来参加这次会议的。

老朋友赴会，就是为了助兴，祝贺《颍川诗草》问世。在2010年文玲第一本诗词集问世时，我也到会祝贺了。我是赞成当干部写诗的，那天会上我也有点激动。媒体说某个地方的纪委书记写了一首诗，结果某某机构给评了奖，我认为你可以讨论这个诗写得好不好，但是不能说当官的不能写诗。那么做官的写诗有什么好处呢？公务之余能写诗，在公务的时候，你有情感，转化为亲民，这是好事，不是坏事，所以我主张干部要写诗。

第一本书的发布会上，我对文玲的《颍川吟草》谈了三点感想：一点是“所到之处皆成诗，笔端之下都是情”，第二点是“公务之余能吟诗，吟咏之中更亲民”，第三点是“诗有格律有神韵，人逢佳句可随心”。这三点既是对她的诗的认识，也是对她个人的点评。这次发布的是她的第二本诗作，读了之后让我十分感叹，两年多的时间里文玲又整理并创作几百首诗，量大；诗词的选字、对仗、韵律更成熟了，质好。

文玲很勤奋，不久前我和文玲去成都出席一个关于城乡统筹的研讨会，晚上下飞机后大家去成都的商业文化名街宽窄巷子参观。回到宾馆的时候，已经晚上十点多了，但是第二天她告诉我她又有诗作了，很快就把新作发给我，请我品赏提意见。而且，对于这些作品她常常反复揣摩修改。文玲同志能写出这些量大质又好的诗作，就在于她勤奋、灵聪和才情。

对于今天发布的《颍川诗草》，我是三月下旬先睹“芳容”的。读了之后有三点感受：

第一点感受：乐山又乐水，展现诗人的天人和谐共生的世界观和思想情操。孔子说：“智者乐水，仁者乐山。”中国知识分子对于仁和智的追求从未停止过。我为自己写的座右铭就是“山水同乐，又仁又智；学思相兼，不罔不殆”。读《颍川诗草》，写山水的多达一半，尤其写水简直是写活了，写雨水、江水、河水、湖水、溪水，写春水、夏水、秋水、冬水，同时写水与山的关系，写山志、山色、山貌、山景，特别是把人与山、水，人与大自然融为一体，把人的情感赋予山水，美不胜收。举个例子，《乌夜啼 · 飞梦》上下两阕共四句：“/无言静赏榕湖，/润如酥。/细雨似飘飞梦，/染江图。　　/山已寐，/水仍醉，/桂香出。/谁解其中情韵，/待风拂。”这里，“山已寐，水仍醉”不仅写出了晚上山水一静一动之美景，而且用“寐”和“醉”两字表达诗人的情韵，加上此时沿湖飘来的桂香，确实沁人心脾，让人情醉。这里表达的，正是孔子讲的“仁者”和“智者”的境界，正是中国文化倡导的天人合一的世界观和思想情操。

第二点感受：爱国又爱民，展现诗人的国策专家和人民诗人共于一体的人格特征和政治素养。我们知道，文玲同志是经济学家，国务院研究室的司长，是对我国经济社会发展做出过众多贡献的国策专家。她的主要工作是在调研的基础上开展国策研究，供国家领导人决策参考。也正因为如此，她对国情民情十分了解。但她又不同于愤青类的专家，有慷慨之词而无谋国之策，她总是以一种爱国又爱民的崇高情怀工作，这在她的诗作中充分体现出来了。在《忆江南两首》诗作《无法忘》中写了三鹿奶粉三聚氰胺悲剧后，她忧心忡忡，国庆节7天没有休息，撰写向国家领导人提出加强食品安全建议的感觉，她写道：“/情悲怆，/奋笔写文章。/国庆七天不出户，/洋洋万语为扶桑。/酿造幸福浆。”此情此景，多么令人感动！

第三点感受：叙事又叙情，展现诗人的女性灵气和绿色情感共于一身的诗人气质和艺术情怀。在2010年的《颍川吟草》研讨会上，我说过一句话：“文玲同志的诗词都是从心里出来的，都是有情感的，而这些情感都是阳光的，是绿色的，所以可喜可贺。”写诗要有情感，这是常识，但情感有小情感和大情感之分，有灰色情感、黄色情感与红色情感、绿色情感之别。时下好多歌词写的是“爱”和“情”，其中不乏精品佳作，但不少情感词对于年轻人的成长是无益的。《颍川吟草》和《颍川诗草》所展现的那种细腻、淡雅，像水仙花那样透出一种灵气、一种清新，能够沁人心脾，而不会污人耳目。这才是一种真正的诗人气质和艺术情怀。

当然，文玲的诗词作品也有些平平之作，这是诗人成长过程中难免的。重要的是，文玲在进步，在提高，这才是可喜可贺的。

我收到《颍川诗草》时，曾经写过一首五律，以记录自己的感受。前天晚上我把这首不像样的诗找了出来，昨天离京时匆匆书写了一遍，这里念一下。

五律·读《颍川诗草》

娇月穿云海，庭楼换夜妆。悬帘宽束带，展卷读诗章。山水君皆乐，天人雾共商。倾情筹国计，漾墨咏民昌。

壬辰年三月

今天，就以此诗结束我的发言。

谢谢大家！

郑伯农：

刚才君如校长作了很精彩、很富有感情的发言，他不但对文玲女士的诗词做了评价，也谈了诗词界大家经常议论的一个问题，就是干部写诗的问题。我也非常赞成他的观点，但这确实是有争议的问题，老干部写诗有写得好的有写得不好的，有写得很精彩的，也有刚刚学步的。屈原也是干部呀，曹操也是干部呀，李煜还是个皇帝呢，毛泽东也是干部呀。所以，我觉得抨击干部写诗，这个打击面太大了，所以很感谢李校长讲的话。

张炯先生是中国作家协会名誉副主席、原副主席、著名文艺评论家，我们请他发言。

张炯先生发言

各位领导、女士们、先生们、同志们：

大家好！首先我要向会议的召开和陈文玲同志的《颍川诗草——陈文玲诗词选》的发行，表示热烈的祝贺和崇高的敬意！

我们国家是个诗歌历史悠久的国家，诗歌和散文历朝历代都是名家辈出，佳作如云，并被奉为我国文学的正宗。五四新文化运动以来，新诗崛起，但旧体诗词仍然具有强大的生命力，特别是毛泽东等老革命家十分喜好旧体诗词的创作，并以他们的旧形式、新内容的作品，获得广大读者的欢迎和喜爱，鼓舞和激励着许多旧体诗词的作者。如今，中国诗坛可以说是新诗与旧体诗双水分流，各行其道。全国上下写旧体诗的作者，从国家领导人到各级干部和群众，人数多不胜数，中国诗词学会拥有众多的会员，19000多人，这就是一个证明。

旧体诗词的生命力，扎根于我国文化的土壤，并体现了我国的民族传统和特色，形式整齐，并具有韵律，能吟能唱，格调高雅，难怪广大群众喜爱。我深信在未来的岁月里，旧体诗词只要注入新的内涵和情感，它仍然会有强大的生命力，并获得更为广大的发展。

我很感谢东道主邀请我们参加这次会议，我还来不及仔细地拜读这本书，但是粗粗的阅读就感受到了作者的题材广泛、才华焕发，能够在繁忙的本职工作之余，还能创作并出版了600多首诗词，实堪钦佩！作者的诗词创作不但内容新，寓于时代的风貌和激情，而且在诗词的形式方面也有所创新。文怀沙为她的《颍川吟草》作序，盛赞她的诗作，并提出他不赞成作者用“新韵”而不用“旧韵”。对此，我有不同的意见，古代汉语和现代汉语有巨大差异，古代的入声在大多数地区俱已失传。现代汉语自五四运动以后，是以北京话为基础发展起来的，普及全国的语言，因此使用新韵恐怕也是大势所趋，也有利于古典诗词的发展和现代化。过去毛泽东曾经讲过，旧韵不好学，所以我觉得形式上有所创新，音律上能够跟现代汉语接上轨，可能更好一些。

陈文玲女士在《颍川吟草》自序中说：“我们正经历着一个伟大的时代，当沉重、愚昧、荒凉和落后成为如烟往事的时候，当中华民族自立于世界民族之林的时候，当我们徜徉在人类文明花朵遍地开放的时候，当礼赞的乐章奏响一个大国伟大崛起序曲的时候，当我们执着地投入其中、醉意地感受着迎面而来暖风吹拂的时候，我总是隐隐地听到清晰的诗韵和动人的音符，思想的翅膀禁不住总要飞翔。她让我将含蓄变得激昂，将沉寂变得涌动，将理性变得壮烈，将婉约变得豪迈，将平实变得浪漫，将现实变得理想。”我想这段话，正是对她的诗词创作的很好的写照，在她题材广泛的诗词中，我们正是读到一个诗人的广阔的胸怀，与祖国共呼吸，与时代同脉搏，与人民同心声，无论写景抒情，吟咏太空，歌唱大地，她的诗词都具有令读者感染的力量。

我祝贺她的两本古典诗词集出版发行，希望有更多更好的著作问世。谢谢！

郑伯农：

下面我们请蒋子龙先生发言。虽然我们也介绍了他的头衔，但是他可不是靠着这些东西出名的，“天下何人不识君”，他可以说是我国新时期最有影响力的作家之一，起码可以说是之一，我曾经是他的粉丝，我相信我们在座的还有不少也是他的粉丝，下面就请子龙先生发言。

蒋子龙先生发言

谢谢伯农兄的广告，我本来很胆怯，颍川先生的两本古典诗词集我都读得很仔细，今天到会上来，稍微有点犹豫，为什么呢？今天会上有很多诗词大家，我是不通音律的，但是尊敬和喜欢古诗词。也不敢说懂，但有感觉，所以今天谈的只是感觉。

中国的古诗词，我认为是人类文化史上的一个奇迹。一个民族、一个人精神上的高贵、豪华、尊严，没有比中国的古诗词体现得更充分了。所以我们今天讨论颍川先生的诗集《颍川诗草》有两个坐标，第一个坐标就是当今中国诗词的状态，还有一个隐约的坐标，就是中国的古诗词，你承认或不承认，它都在那儿。我读到《颍川诗草》之后，有耳目一新之感，一开始就有几首诗感到不同凡响。这种感觉主要就是对照眼前中国诗坛上的诗词状态，有一个专家说一片荒芜，我赞同这个观点。对于目前我国关于古诗词的创作，我总体印象是对不起中华诗词。有两个特点，第一个特点是硬凑，生硬，凑句子。第二个特点写的是顺口溜，完全没有诗词的那种豪华、那种味道、那种韵味，那种反复吟唱的味道。因此看到《颍川诗草》之后，我就有一种兴奋感。现在好的诗词一般情况下依然产生于官员、经济学家或者是企业家，依然产生于这些人，很多情况下不会产生于纯粹的知识分子。我看过大学文科的、大教授们祝贺一个文学大家的寿诞，也是硬凑，或者是顺口溜。所以我觉得《颍川诗草》的第一个特点是“纯粹”，或者说“比较纯粹”，90%以上的诗比较纯粹，5%～6%，或者2%～3%不纯粹。我说她纯粹的诗，是真正意义上的古典诗词，不生硬，不流俗，没有那种拼凑的感觉，没有标语口号。不要以为这很容易，太不容易了。一进入诗词格律之后，你能够做到不生硬、不拼凑、不流俗，这太不容易了。文学至少有两个最基本的标准，它要有美感，它要有意韵，就一定要有思想，一定要有美，到了审美这个层次才能被称为文学，而且诗意境也要很好，自然流畅。颍川先生的诗写得非常好，比如《醉花阴·夏尔西里》，很顺畅、优美、带着一种芳香。“/色彩斑斓花正涌，/芳草茵茵映。/几岭柳兰红，/几岭轻黄，/几岭画廊动。　　/山弯路曲飘然境，/原始天飞梦。/松塔嫁东风，/列队边关，/书写牵魂颂。”很美，很有味道，纯粹。这里有很多不俗的句子，非常有味道的句子，可以教人反复吟诵。比如《天净沙·图瓦人村落》：“/霞飞墨漾，/洇出一个村庄。”完全像一幅画，突然来这么几句惊人之语，其意直追古人。比如《一剪梅·夜游浦江》：“/半入云端，/半落心房。”这首诗很可惜，下面我还要谈，这首诗后面如果还有几句这样的句子，那么就可以刻在黄浦江边，让游人反复地吟唱。但是整首诗不够纯粹，诗开篇是：“盛世辉煌璀璨妆。”我一开头读到这个“盛世”，感觉就错了，一下子让我从诗里面跳出来了。“盛世”是用在一些特定场合的套路用词，晚会、市长发言，“我们是盛世”，这个可以。诗人不可以，为什么？颍川先生开始没有用诗去思维，是用了司长的思维，这首诗里面，她是用司长和诗人思维的转换地思考的。后边还有：“/新旧交织梦幻翔。/昨日沧桑，/现代风光。/高楼大厦雾中藏。”到后面“/半入云端，/半落心房”撑不住。所以用这种写“高楼大厦”太容易了，这是司长的思维。写风景一定要赋予风景以灵魂，要有诗人的情怀和表达。“安得广厦千万间”这是风景，“大庇天下寒士俱欢颜”这是情怀。有了情怀，风景就有了灵魂，现代大厦、高楼能不能入风景？我对这个事是拿不准的，今天说到这儿，顺便把我的感觉都说出来。

欧阳修曾经拍王安石的马屁：“/翰林风月三十首，/吏部文章二百年。”就是说这个王安石的文学修养太大，直追甚至超过了韩愈。王安石不买账，搞得欧阳修很尴尬：“/他日若能窥孟子，/终身何敢望韩公？”就是我王安石根本不把韩愈当回事，你欧阳修非得把我比作韩愈，我是大儒，要遵守儒家的道统，“修身”“齐家”“治国”“平天下”。

我觉得颍川女士当司长当得非常好，当经济学家当得非常好，想来想去怎么办，有好多盛世情怀，给总书记、总理写报告的时候，到下面调查写报告的时候可以用。写诗的时候就是写诗，有没有这种转换呢？有！欧阳修仕途比较好，王安石、王维中途有一段掉下来，但王维一直到后面仕途是很顺利的。王维做官也应该有套话，我想在那个年代也会有套话，但是他们写诗就是诗。其中最应该写套话的是李白，盛唐时期被招入皇宫，唐明皇六十岁上下，第一皇帝；李白唐朝第一诗人，四十岁上下；杨玉环唐朝第一美女，二十五六岁，风流帝王、大美女、大才子凑到一块了。叫他写诗，他当场就唱，但他的诗里就没有什么套话。

第二点，颍川诗词里我认为最重要、最通俗的特点就是“机趣”。古人诗里很少有机趣，把“机趣”转化为很好的诗词的少。我认为这是颍川先生对众多诗词的非常重要的贡献，是值得重视的贡献。有机会我要向伯农兄探讨，专门做这方面的文章，比如说登衡山。“/似无无有道，/似道道无形。”（《临江仙·登衡山》）这才是诗人的思维，诗人的智慧，充满着玄妙之趣。“/学者智，/智者远、/远者卓著。”（《声声慢·瞻北京孔庙和国子监》）多棒！苏东坡有好多哲理的诗，苏东坡最臭的一首诗是《庐山瀑布》，但是他诗词里面有哲理。古诗里面的机趣都不多，但是颍川诗词里面就有很多。“/醉卧群山吟絮语，/谁倾诉，/又谁听？”（《江城子·喀纳斯絮语》）“/真花美时像假花，/假花美时像真花。”（《观天台山桫椤花有感》）非常绝妙。这写得多妙！她诗里的机趣，有的时候是出新意的。我们写螃蟹都是写“看你横行到几时”，我们都喜欢吃蟹，但是上至高官下至平民，写螃蟹的时候都要把螃蟹往恶的方面推。你看颍川怎么写螃蟹，《观蟹》：“/水中蟹钳如锋刀，/潇洒威猛战群鳌。/地磁倒转何所惧，/独自横行逞英豪。”现在哪个企业家不是横行啊。我说是正派的。他没有一点横行意识，没有一点创新意识，怎么能成功呢？别人在感到困难的时候，他感到的是机遇。所以，颍川诗里面的机趣非常可爱，非常有味道，体现了诗人的实力和胸襟。这种诗很轻松，看来是信手拈来的，胸臆灼灼啊。

第三个特点，朗健。这个很难得，古诗词里面一旦动情，就容易消极。大家还记得苏东坡著名的《蝶恋花》：“/枝上柳棉吹又少，/天涯何处无芳草”“/墙外行人，/墙里佳人笑。/笑渐不闻声渐悄，/多情却被无情恼”。当时王朝云唱这首词，唱到“/枝上柳棉吹又少，/天涯何处无芳草”时，突然泪雨滂沱，唱不下去，伤情，没过多久就死了，就埋在惠州。颍川先生的诗里面，具有这种朗健、不消极、气势昂扬的状态，非常可爱，有意境、有意韵、很美、很工整、很纯粹，但又不低沉，这个很难得。正如林则徐诗句：“/出门一笑莫心哀，/浩荡襟怀到处开。”

一个女司长、一个女干部、一个女诗人有这种情怀，真的有时候让我想到李清照有些豪放的诗。诗情蓬勃，排山倒海，这是颍川先生写人的。颍川先生有时候写景也有这个特点：“/感悟间、/天降思绪，/自由贵、/突破藩篱，/武夷山、/不竭旋律。”（《三台·武夷山》）连续几个顿号。我觉得颍川诗里面的顿号用得非常精彩，这也是非常有意思的现象。比如颍川先生写《桂枝香·绿城南宁》：“/东盟齐聚书八桂，/几园香、/几处熏醉？/鹭飞惊野，/柳垂拂岸，/惹出情魅。”非常好。这个诗词应该是能调动起人的精神的，中国现在缺精神、缺思想，有一点思想，都想着赶紧转化为钱，所有不赚钱的点子都没有价值，这就是我们一切都奔GDP带来的主流文化偏向。所以，颍川先生古诗词写得好。她在这里向学校赠书，也很好，让学生读诗词会陶冶情怀。

最后说一点提醒。这首《桂枝香·绿城南宁》中有一粒“沙子”，东盟，这个词是当司长当久了，马上就出来了，什么叫东盟？注释里面要解释很久，一出这个词，就少了诗味了，人家看诗词，看的就是韵味。还有一个提醒，我想颍川先生还没注意到。所有毛泽东的句子一定要慎用，因为毛泽东的诗词已经在中国诗词与人民当中占据了灵魂，一听到毛泽东诗词的句子，大家都很熟悉，认为是毛泽东独有的创造，所以，所有跟毛泽东诗词沾边的甚至照搬毛泽东诗词的句子，应该把它砍掉，毛泽东诗词的话不能随便拿过来就用。

最后，祝福颍川先生有很好的感觉。诗人的全部才华在于感觉，感觉很好，有很好的精神状态，才能继续出好诗。颍川先生还有一个优势，就是有很丰富的阅历，我翻看了她的一篇经济论文，她能把她的阅历转化成诗。她如果能在司长的思维与诗人的思维之间，转化得更加纯熟，跳来跳去，那就了不得，会对中国的诗词有更大的贡献。有些东西要沉一沉，过一段时间再品味。我特别能理解那首写浦东的诗词，一看到灯光，激情上来了，于是一首诗就出来了。现在中国就是泡沫多，经济又泡沫，感情又泡沫，爱情又泡沫，子女又泡沫，到处是泡沫。有时候我们的浪漫，我们的激情，也有泡沫，一定要沉淀，让激情略沉一下，再出来，有时候也需要做到“两句三年得，一吟双泪流”。

最后祝研讨会成功，非常为颍川先生高兴，为我们官员里面还有人能够继承中国传统文化、能写这么好的古典诗词高兴，说明我国公务员队伍还是大有希望的!

郑伯农:

感谢子龙兄坦诚、精彩的发言！我们这些人在诗词界时间太长了，有时候对优点麻木了，对缺点也麻木了，子龙兄从他的角度来看诗词，确实有许多一针见血的见解，让我们耳目一新。

刘秉镰先生马上要参加其他活动，所以先请他接着发言。

刘秉镰先生发言

很高兴参加这个会议，特别是在半城山色半城湖的美丽惠州，参加《颍川诗草》新书发布暨中华诗词高端研讨会。在2010年10月份的时候，我在孔庙和国子监参加了文玲司长第一部诗词集的研讨会，那次是严冬，这次是初夏，感受到文玲司长作为一位多产的作家的诗情。为什么南开大学参与这个事情？因为陈文玲教授是南开大学的经济学教授，博士生导师，尽管不在我们那儿领工资，但是思想品和艺术品产出很多。在我们产业经济学的学科建设方面，在指导我们的博士生方面，也是一个工作量很丰满的教授。我和文玲司长相识差不多十几年时间了，总体感觉，关于诗词艺术我不敢讲，我是学经济的，特别是在几位大家发言之后，让我浑身发抖，不敢多讲。但是我想谈谈对文玲的一些个人的感受，我总的觉得她是个“五好”之人。

第一个好，她是个好官。什么叫好官呢？是做了很多有益于社会、有益于老百姓的事情，这就是好官，有时候我去到她的办公室谈研究工作，看到她经常为国家的一些宏观政策、重大热点问题研究通宵达旦，倾情投入，建言献策，能为国家出好主意就是好官。

第二个好，是好的经济学家。我们都在从事经济学方面的研究，她在宏观经济、世界经济、产业经济学、区域经济学方面有很深造诣，在很多高端研讨会上，或者一些核心期刊杂志上，经常能看到文玲司长的一些观点和大作，有效地推动了有关经济学学科的发展，所以她是一个好的经济学家。

第三个好，我觉得是一个好的教师。她不仅在南开大学做博士生导师，还在北京师范大学和对外经贸大学指导博士生，培养了大量优秀的人才，她对学生非常负责任，为人师表，是难得的好教师。

第四个好，是好的诗人。我在三年前得到陈文玲第一部诗词集才发现她写诗，而且写了很多诗。我就奇怪，写诗和经济学是完全不同的思维，经济学是规范和实证，诗人要有博大的思想情怀，浪漫的艺术境界。我经常应用李白的诗：“五花马，千金裘，呼儿将出换美酒，与尔同销万古愁。”（李白《将进酒》）但文玲司长把她的所见所闻能集中到很多优美诗篇的创作上，我觉得是非常难得的，她是个好的诗人。

第五个好，就是文玲司长有个好的、健康的生活方式和高尚道德情操，在各种事情之间处理得好，能兼顾家庭、工作、生活。我总感觉自己的时间不够，我很忙，做很多事情，总想出一些好主意或写一些好文章，我总觉得时间不够用，我就问文玲司长："您什么时候有时间创作呀？"她说："我下班以后，有时候出差，走路，走路的时候背诗、吟诗、创作诗。"我说："我回到家里就脱鞋上炕睡觉，很累。"所以我觉得她的个人修养、工作、情操处理得非常合理，因此是投入产出比很高的人。

我祝文玲司长经济学的文章越做越好，诗词也越做越好。

谢谢大家！

郑伯农：

谢谢秉镰教授的发言！下面有请中华诗词学会常务副会长李文朝先生发言！

李文朝先生发言

各位领导、各位专家、各位朋友：

今天我们相聚在灵山秀水的广东惠州，感受着苏东坡等古代先贤厚重文化积淀的灵光与文气，举行《颍川诗草——陈文玲诗词选》新书发布暨中华诗词高端研讨会，可谓别有韵致，独具匠心。我能应邀作为发言嘉宾也感到非常荣幸。我准备发言的题目是《人性的立体与诗情的多元》。

（以下省略，见第122页《颍川诗词——陈文玲诗词选》序言一）

郑伯农：

谢谢文朝会长！下面有请中华诗词学会副会长、司法部纪委书记、将军诗人岳宣义先生发言。

岳宣义先生发言

飞来南粤论颍川，鸿儒名流顿愕然。经济学家诗女子，偷闲吟咏彩章篇。（《经济学家诗女子》）

读完颍川女士的这部诗集《颍川诗草》的300多首诗词后，我发了这样的感慨。一个经济学家，一个做实际工作的同志，一个既要从事社会活动又要料理家务的女士，能够在短短的几年时间里，连续整理出版两部诗集，计600余首诗词，不能不说是个奇迹，令人十分惊叹，并肃然起敬。

怀沙老人和伯农会长为《颍川诗草》所作的序，犹如春风吹草绿，细雨点花红，给颍川女士的诗词以高屋建瓴、入木三分的评价。他们的话表达了老一辈国学大家和诗学大家对后起之秀的欣喜和期望。是的，颍川女士的诗词既有司马温公的温婉，又有当代学者的哲思。她的作品源于生活，顺手拈来，脱口而出，异草奇葩，似乎不费多少功夫。

大凡优秀的文学作品都是时代的产物，浸润着时代的气息，打上时代的烙印。这部《颍川诗草》的300多首作品，亦具有鲜明的时代性格。它们反映的都是改革开放的巨大成就，人民群众的喜怒哀乐以及如此多娇的妩媚江山。在作者的眼中，有的是对国家和民族振兴的希望，对历史前进的期待和对社会瑕疵的鞭笞，没有消极颓废，没有牢骚满腹，没有隔岸观望，没有无病呻吟。作者把自己的心灵融入了社会，融入了时代，融入了历史，融入了山水。所以，她的诗词读起来能够产生共鸣，嚼起来有味，放下后难忘。回首过去，中华诗词在沉寂了六十多年后，复苏并复兴起来，原因就在于它反映了改革开放的新时代。所以，时代性是中华诗词的生命力所在。

写诗的目的无非两个：一是为自己构建精神家园，修身养性，自得其乐；一是“指点江山，激扬文字”，为历史的前进鼓与呼。不管哪种目的，都需要把诗歌这个艺术上层建筑转化为改造世界，包括改造主观世界和客观世界的社会价值。毫无疑问，推动历史前进的根本动力是构成社会主体的人民群众，而不是什么神仙皇帝。所以，只有让人民大众看得懂，才能精神变物质，物质变精神，成为推动生产力发展的巨大力量。三千多年的中国诗歌史说明：凡能流传开来、流传下来的诗歌，往往是直面现实，直抒胸臆的大白话。从《诗经》中的“关关雎鸠，在河之洲，窈窕淑女，君子好逑”，到刘邦的《大风歌》、曹操的《龟虽寿》，从陶渊明的“采菊东篱下，悠然见南山”，到杜甫的“朱门酒肉臭，路有冻死骨”，从李白的《静夜思》《下江陵》，到岳飞的《满江红》，从苏东坡的“大江东去”、陆游的《示儿》，到辛弃疾的“千古江山”，直到近代的鲁迅、郭沫若、臧克家和聂绀弩等名家大家的诗词，都近乎大白话。他们的千古绝唱成为人们的精神食粮，或是战鼓军歌，或是投枪美刺，或是高山流水，或是国画丹青，或是美妙心曲。不难看出，稍有点文化常识和文学底蕴的人，便能读懂颍川女士的诗词，而不用查字典、翻词典。“/春蚕到死丝方尽，/吐出美妙飘然韵。/素女手纤纤，/柔肠织远山。　　/弯弯商道路，/脚步寸寸读。/大漠走惊殊，/驼铃飞画图。”颍川女士早年创作的这首《菩萨蛮·丝绸之路》，既意境高远，又明白晓畅，古色古香，飘逸空灵，令人遐想。吃桑的春蚕，织女的纤手，大漠的无垠，铃响的骆驼，千多年前丝绸之路的往事似一幅生动、灵动的图画，尽在眼前。所以说，诗歌要有社会价值，就必须让大众读得懂，有广泛的群众性。如果把诗词克隆成老古董，或者写成纯粹的“朦胧诗”，那它就失去了文学艺术应有的社会意义。

什么是诗？不同的人有不同的理解和说法。晚清“诗界革命的一面旗帜”黄遵宪说：“我手写吾口，古岂能拘牵。”他的话是其个性和勇气、骨气的表现。诗乃心声，性情中事也，而不是仿制古董，完全不须随人俯仰。文体兴废，自有规律，完全不必厚古薄今。民国著名教授林庚说：“诗的本质就是发现；诗人要永远像婴儿一样，睁大了好奇的眼睛，去看周围的世界，去发现世界的新的美。”这里的关键词是“好奇”和“发现”。诗人首先要保持婴儿那样第一次看世界的好奇心，用初次的眼光和心态，去观察、倾听、思考。大诗人，“大”在哪里？就“大”在他们始终保有赤子般的纯真无邪，对世界、对社会永远有好奇心和新鲜感，因而具有无穷无尽的创造力。颍川女士的足迹遍及祖国的大江南北以及域外的许多地方。她走到哪里，就对哪里“好奇”，就有“发现”，就有诗词。“/蜀山蜀水蜀都，/古乡古镇古儒。/美食美酒美色，/品茶品曲品书。/安然安逸安舒，/雅风雅韵雅读。/淳朴淳情淳厚，/天降天堂天福。”（《六言诗·成都即景》）《颍川诗草》里的几首叠字六言诗，从内容到形式都极具特色和美感，充分表现了诗人的想象力和创造力，使人耳目一新，过目难忘。国家经济和社会生活的各个领域各个方面都在改革，诗歌理所当然地要改革。有位领导同志提出的古典诗词创作要“求正容变”，指明了中华诗词改革的大方向和总体思路。从当前情况看，“正”，求得是可以的，“变”，似乎不怎么被包容。这是发人深省的问题。我认为，在“求正”的同时要“容变”，紧紧围绕以人民为中心这个根本问题，从诗体到形式到内容到声韵，各个方面都应进行改革，鼓励创新，允许突破，应像颍川女士那样勇于探索，摸着石头过河。在新韵和古韵并存，古韵一时居支配地位的氛围下，颍川女士用的是新韵，这是与时代同呼吸同步伐的。

郑伯农：

下面有请国务院研究室忽培元司长演讲，他曾经担任过延安的市长，担任过大庆的书记，他还是传记文学家、诗人。他最近身体不太好，但是还是带病赶来，精神可嘉。

忽培元先生发言

每每读到一首好诗，就会情不自禁地感叹：好诗，其实就是境界、学识与情采的完美结合。进而想到：一位优秀诗人，其实也应当是此三者的有机集合体。可惜这样的诗人，今天太少了。即使努力朝着这个方向奋进着，也是值得尊重的。读《颍川诗草》我就想，陈文玲是一个努力者了。她的一些诗词是努力上了"好诗"档次的，是一个值得关注的女诗人。如她的《六言诗·梅岭古道即景》就是很有意境、文才和内涵的。还有一首《太长引·雪》，写得也不同凡响："/风霜雪雨写天然，/静默是白帆。/覆盖暖山川。/翔之舞。/如参悟般。"历来写落雪的诗不少，文玲写出了自己独特的感悟与个性。这样的诗不仅仅有画面、给人以美感，而且令人想到画面以外的领域，产生感悟与哲思。"静默是白帆"，此处一个"帆"字，使读者与诗人的心灵在那一刻，一同脱离了尘俗而进入了"禅"的境界。假若作者没有宗教的知识与参悟的体验，是断然写不出这样的诗句的。于是接下来，才会有"消融自己，润泽万物……"这是一种典型的"禅意"的参悟与升华。可谓是"意境、学识与情采"交织相融。显然，作者作为北方人，对冬天的"雪"有着独特的喜爱。她写雪的几首诗，每一首都不同。"/故乡美，/却娇羞"，这就是北国之雪，在诗人心中定格了的理念，其实也是自己灵魂的化象。诗人的超凡情采由此可见一斑。包括一些酬答之诗也写得情采斐然，如《钗头凤·敬赠廖静文先生》："/今约见。/悲鸿馆。/思维聪敏声声慢。/仍思春。/泪花溅。/回首一生，/最追初恋。/美。/美。/美。”仅仅三十个字，夹叙夹议，一位耄耋老人的襟怀与神采，甚至包括她与画家徐悲鸿那感地动天的爱情故事跃然而出。可谓意境、学识与情采昭然可见。

诗人的情采，在诗中常常表现为过人的敏感与独特的想象，这往往是令人新奇而感动的。文玲的诗词中，有不少属于这样的上乘之作。而且，她还用诗的形式，把这种诗性美的创造过程，提炼到了可以“言传”的理性思考的地步。例如她的一首《莺啼序·诗意潺潺》就写得十分令人惊奇、耳目一新。她写道：“/灵魂涅槃驰骋，/酿成优雅梦。/提炼美，/感悟丛丛，/细微末节播种。/平凡处，/滴滴闪烁，/纷芳赠予如诗境，/捧起潺潺水，/丝丝浸润生命。”“/拥抱晶莹，/绽放宽广，/还将真情赠，/雪飘舞，/细雨菲菲，/江河交汇奔涌。/敞胸襟、/湖泊不语，/微涟起、/扬帆轻映。/海茫茫，/海浪滔滔，/潮潮吟诵。”可谓是微言大意，浅显明了之中蕴含着奇妙深邃。反映出作者在平凡生活中捕捉和酿造诗境与诗象的主观能动，也体现出境界、学识与情采的综合实力。

当代人写古体诗词，思想会不会受到格律的束缚？这是不少人，特别是写新体诗（自由诗）和读新体诗的人们最担心的。读文玲先生的诗，我又一次感到其实这个问题根本就不存在。她的创作实践又一次证明了毛主席“旧瓶装新酒”的主张的高妙。今年是毛泽东主席《在延安文艺座谈会上的讲话》发表七十周年。全党全国人民都在隆重纪念，真正是“一世之谈万世师”（蔡若虹句）。因此更加怀念他老人家，我就想把《毛泽东诗词三十七首》用书法的形式表现出来。我们这一代人，许多对古体诗的执着喜爱，与学习背诵毛泽东的诗词有很大关系。最近在反复书写过程中，更加体会到了毛公诗词的魅力和中华古体诗词的旺盛生命力。从文玲的创作看，格律非但不是镣铐，而是想象与表达的翅膀，是美丽的花饰与衣裳。我们可以想象，如果丢开格律，用自由体来表达她的这些情感与思想，那就如同孔雀失却了美丽的羽毛，美好的诗意就会大大缺失。

我自己作为一个古体诗词的爱好者，很喜欢读诗，有时也“客串”几首。但我是一匹野马，没有潜心钻研格律，还借口说自己不喜欢羁绊与笼头的束缚，如今越是入门深些，就越是羡慕那些能够娴熟掌握和运用古体诗词格律的诗人。而且我很同意文怀沙老先生主张运用“正韵”的主张，他讲的一个主要的理由是“新韵”没有“入声”，限制了汉语的表现力。其实我们陕北地区方言中至今仍然完整地保留了入声。所以学习运用“正韵”或是“平水韵”还是有生活基础的。

读文玲先生的作品我还想到，作为一名成就斐然的经济学家，她的诗词创作证明了我们的教育，特别是当代高等教育，注重培养通才的重要性。这其实并不是一个新问题，而是我国素质教育的优良传统是否能够得到认知和继承的问题。我们老一辈的科学家，大多都是能文能武，科研成果丰收，诗文也作得漂亮。现在连许多文科大学生都不会写文章，更别说作诗填词了。而理工科学生更是理直气壮的“专才”，除了本专业之外，其他知识就只有小学或初中水平了。这是我们许多领域出不了大家、大师的根源所在。反过来，作家、诗人也是一样的，“非学者化”的趋势越来越明显。以诗人来讲，过去的许多大学教授、专家和政治家、军事家，人家客串写诗，出手就不同凡响，而我们今天有不少人，专门写了一辈子诗，也没写出像样的作品，原因就是知识面太有限。因此我说，文玲的诗词也是一种学识积淀的结果，出手就能脱颖而出，这应当给我们以更多的启示。

读着《颍川诗草》，有一股清新而亲切的感觉，不禁令人想到了当年延河的水，想到延安时期的古体诗词创作。早在1941年，延安就诞生了一个以写古体诗词为主的团体，叫“怀安诗社”。司马迁在《史记·孝景本纪》中所说的“汉兴，孝文施大德，天下怀安”正是诗社名称的原本来历。隐喻边区的新政局面与民众心情。“怀安诗社”以后被称为“中国无产阶级革命文艺史上第一个古典诗词社”。同我们的中华诗词学会一样，它也是一个业余性质的文艺社团。不一样的是，它没有挂牌，没有编制与专职人员，甚至没有章程、也没有固定的社员、没有入社手续和义务权利一类的条文规定。诗社的作者圈子大约50来人，散布于延安为中心的陕甘宁边区和各解放区，其中有不少是老一辈革命家和著名民主人士。他们以诗言志，以诗抒怀。时常在春秋季节，相约到附近“采风”，如到万花山欣赏牡丹，到南泥湾视察部队大生产，都有诗作。那时没有条件出诗刊，怀安诸老写诗，自备一个马兰纸本子，将自己的新作用毛笔抄写上去，送予另一人，另一人添上自己的新作，再送予第三人，如是辗转传递，互相唱和，名曰《怀安诗抄》。在《解放日报》副刊上开辟“怀安诗选”专栏，发表了许多古体诗作。这样手抄本的诗集，如今成了珍贵文物，陈列在延安革命纪念馆。当时的延安是“革命”的熔炉，为什么还允许旧体诗存在？当时也有“古与今”的争论。南朝梁文论家刘勰在《文心雕龙》中指出：“时运交移，质文代变”“歌谣文理，与世推移”。怀安诗人正是秉承这样的革新思想。怀安诗人朱婴的《纪事诗》中就讲：“怀安不为古人婢，愿为古人添新装。怀安不为今人笑，愿与今人共平章。”把古今关系与新旧关系讲得十分透彻分明。怀安诗社不定期编辑有《怀安诗刊》，社长李木庵还亲自拟定有《怀安诗韵》，对旧韵作了适当的改革。

“切实”，是我读陈文玲诗词的又一个主要感受。这也是怀安诗人的传统。李木庵讲：“一国兴亡，视乎民气；民气升沉，系于士气；士气激越，发于心声。诗词歌曲，皆心声也……西北为抗日民主根据地，五载以还，相率艰苦奋斗之中，不无慷慨悲歌之士，披襟述怀，吮毫抒愤，情无间于儿女，而敷陈时艰，痛心国难，志不失为英雄。意切共鸣，言出自由，或创作，或译述，辞在雅俗之间……”句句都在讲着一个“切实”的问题。也如同是对改革开放中产生的文玲诗词的评述。旧体诗的通俗化，利用旧瓶装新酒，把旧体诗作为时代的号角，作为革命的投枪，引起民众的共鸣，发挥其战斗与宣传作用。这就是革命文艺古为今用的优良传统。再加上“街头诗运动”，产生了许多不朽的诗篇。像“实行民主真行宪，只见公仆不见官”（朱德诗句）一类脍炙人口的作品很多。怀安诗人们以独特的艺术风格，抒发了老一辈革命家的广阔胸怀和赤胆忠心，反映了革命战争和建设的历史，体现了他们伟大的人格和崇高的精神。我认为，文玲正是在此找到了旧瓶装新酒的源头，她曾经多次同我讲过在延安调研和学习的感受，也谈到过对老一辈延安时期创作诗作的感想，可见，她正是遵循着延安文艺座谈会讲话精神进行自己的诗词创作的。

我们经常听到人们讲“文化是民族的血脉与灵魂，也是整个社会经济建设的重要支撑”。那么一个民族的文化载体究竟是什么？我看首先应该从文艺作品体现出来。文学作品中的优秀诗词，更是应当凝聚着我们民族对人类美好精神与生命历史的认知及现实感受，积淀着我们民族最深层的精神追求和行为准则。写出这样的诗词，是我们当代诗人的责任。几千年来，中华民族历经磨难而绵延不绝，一个重要原因就是因为我们有《诗经》、有《汉乐府民歌》，有屈原的《离骚》，有唐诗宋词元曲和明清小说。这些不朽之作所蕴含的深厚的文化传统和强烈的文化认同，凝聚了我们的民族心灵，也支撑着我们的民族智慧。从这个意义上讲，古体诗词作为我们中华文化传统精神的血液，是流淌在我们每个中国人的血脉中的，是万万不可断代和失去传承的。从这一点来讲，我们今天研讨陈文玲先生的诗词创作，更是意义重要而深远的。

郑伯农：

谢谢培元先生的精彩发言，他做了认真的准备并专门撰写了文章。下面有请中国诗歌协会秘书长、著名女诗人李小雨发言，她是著名诗人李瑛先生女儿，她也出席了文玲第一部古典诗词集的发布暨中华诗词高端研讨会。

李小雨女士发言

首先应该祝贺文玲司长的又一本大书出版，这本书让我觉得大气精美，堪称艺术精品，很有珍藏价值。感谢惠州对这次高端研讨会的大力支持！

我自己编辑了一辈子新诗，对旧体诗一点都不懂。这次来主要是要向在场的各位学习，也向文玲司长学习，我觉得她的诗给我很多启示，因为时间关系，也不可能说得很多，我就想主要谈几个印象。

沈德潜曾经说过："只有第一等襟抱，第一等学识，斯有第一等真诗。"（《说诗晬语》）我读《颍川吟草》和《颍川诗草》两本诗词集，都给我一个强烈的感觉，就是诗人有着开阔的胸襟，着眼点很高，起点很高，大气豪放、诗风雄健，刚才很多专家也谈到了这一点。其中还有很多诗，大部分我觉得都是全景式的描写，就是由远及近，由高及低，像这样的诗很多，特别是表现在她的山水诗里面。"/千回百转，/韵致丹青线。/梦寄喀纳斯，/记忆中、/曾经俯瞰。”（《蓦山溪·又见喀纳斯》）作者千回百转的情愫，在梦中还在想念这个地方。“/情漫漫。/光阴转，/又见心中幻。”喀纳斯湖似乎是作者心目中的梦幻，然后“追寻画卷”，看到了“满目青山涧”。还有很多诗都是这样的，像一幅慢慢打开的画卷，像天台山也是如此，从历史人物开始写起，李白、杜甫，曾经到达天台山的都有写到，由此想起心随神和。所以，我觉得她的诗单独看每一首写的是一个景，但是整个连起来看，它像是一幅慢慢打开的中华万里江山图，就像奥运会开幕式打开的那幅图，非常壮美、壮阔，它是俯瞰式的，是指点江山的。诗集里面有很多这样的句子，文玲司长的诗为什么会显得大气？我就觉得里面有很多是俯瞰式的，胸怀非常宽阔，所以她写：“/俯瞰群山小，/举头众岭高。”因此我说她的诗是有历史感的，是有历史的流逝感的，是有大背景的。旧体诗看起来短，比新诗短，其实是很难写的。虽然短，旧体诗只有几句，但是它是在一个大的时代背景、写作背景和心态背景下挤压出来的，真正的好诗是挤压出来的。所以我觉得读她的诗能够读到时间的流逝，这里面有很多这样的句子。“/吐纳时光雨，/消融岁月溪。”（《五言排律·湖光水韵》）“/海岸沙滩堪细软，/皱褶写长篇。”（《武陵春·时光皱褶》）“/冬雪领春雨，/秋光蕴夏潇。”（《五律·禅意》）她写了很多诗，包括写一个陶罐，写一个红木家具，写一个地方，写一个感觉，可能自己还没有主观上要强调时光岁月的流逝，实际上她那种感情和文化积累、生活积淀，已经把她的诗晕染成沉甸甸的东西。所以，我说她的诗不是那种读起来很轻飘，走到哪儿写到哪儿的旅游诗。新诗里面，我们是挺怕这种旅游诗的，走到哪儿看到哪儿就写到哪儿，写得毫无深度。实际上，陈司长的诗里面，我觉得她避免了这个问题，她的诗中有时代的历史背景，时代感和时光的厚重和沧桑，我觉得读她的诗真是有一种人生的感怀和情怀，这些诗加重了她诗歌的分量，也使得她有开阔的胸襟，诗风的雄健，她的诗为什么写得胸怀开阔？因为视点很高。

另外，从题材上来讲，文玲司长很善于抓大题材，有些题材我觉得很难处理，很不容易写的，比如写城市，比如说写人生，像这样的题材，写理想、写怀念，都是很难写的，因为太大了。但是在她的这些诗里面，能够紧紧地抓住它们的特点，除了长令大词之外，还有很多诗中是用了“大词”，比如“大千世界东流水”“群山驰骋沧桑蕾”（《虞美人·发现美》）等，有很多大词，除了这种大词之外，她能够紧紧地抓住这些特点，所以我觉得她的诗写得大气、厚重，不轻飘。

第二个方面，颍川诗词给我的印象是明朗向上。刚刚我们纪念毛泽东延安讲话七十周年，强调从生活出发。新诗这些年的发展，很多作者都在写生活，包括很多过去很难入诗的题材，比如看门人，比如说写民工打工者，看门的，修锁的，包括妓女，很多题材都入诗了。新诗虽然都是写生活，但是实际上，有很多新诗为什么群众不看？有些都边缘化？就是说他写生活，也有一个站在什么角度去写，站在什么立场，也就是说写什么和怎么写的问题，在这里面很重要。你比如说新诗作者里面有写愚昧、落后这些东西的。我们去年5月份《诗刊》要写劳动的诗，结果我一看，来的稿子全部是批判社会的，不是说不能批判，都是抱怨、冰冷的。我说这是不行的，“五一”节是歌颂劳动者的，不能是绝望的，只能重新约稿。对照这些，我觉得这里就体现了作者写什么，怎么写的问题，颍川诗词明朗向上，又亲切自然。刚才很多大家都谈到了，比如她的明朗向上体现在她打破常规，她没有悲秋。举例说，她写秋天，古人写悲秋，现代人写孤独。陈司长写秋天，“采菊东篱下”她用的是“旭日染云霞”，这里面就有一种勃勃向上的、初生的、时代的感觉。她有很多诗都是这样，不是刻意的，但是却带着强烈的时代感，充满了热爱。这个热爱是对这片国土的，对人民的，对生命的，她把对生命的这种热爱表现出来了，我觉得她的很多诗都写得很感人，比如说刚才大家举例的三聚氰胺奶粉事件，她为了撰写给国家领导的建议，国庆七天没有休息，加班加点，她写内心感受，第一句就是“/无法忘，/泪水透衣裳”。写对人民、对生命的感觉，写得非常真实，比如作者写在惠州拜谒王朝云墓，“/感动雨滴扑面”、“/ 夜空蒙，/典藏处、/谁人无语，/在湖畔？”（《踏青游 · 望惠州孤山有感》）对这位多少年以前逝去的女子，她真是充满着感情去写。在她的《一泻情思》篇章里面很多首诗词，都非常接近群众，接近生活，非常朴实，让大家一起来感觉婴儿的命运，一起感受王朝云的命运，一起感受很多普通人的命运。“/雨中一把伞，/梦中几回甜？”像这样的句子，都表现了一个女诗人的百转情怀。她不是以一个诗人来写诗，她是以一个母亲、以一个普通老百姓的身份在看这个世界，所以我觉得她的着眼点是很不一样的，她写了很多包括农民工，包括高铁，包括回家看看，包括写生活，我都觉得非常亲切。她有很多诗词是非常婉转的，让你的感情随着她的诗去转动。另外，这些诗里面能够抓住很多细节和特点。

文玲司长把写雨的、写山的、写水的都放在一起，当时我就觉得这样编排真得有点魄力，为什么呢？因为很容易重复，怎么能够放在一起不重复，又能有特点，这是需要功力的。比如写《行香子 · 雪乡》：“/木屋柴院，/栅栏密，/画中游。”不同的特点抓得很好。

我特别喜欢的几首诗，有一个是《禅意》，我读起来感觉太好了，有很多诗表现出从容、淡定之中的包容万象。其实诗是一种记忆，我们现在写一首诗，一落笔，就是在写过去，一种记忆、一种印象，写一种人生的过程。我为什么喜欢禅意？因为我觉得像这样的诗，还有《行香子·诵经》，都是在平静当中，淡定当中写成的。她说："/驱车一日返，/走路数天遥，/飞尘接古木，/思想却妖娆。""思想却妖娆"这个词用得太好了！我觉得她在从容淡定中写出了很多引人回味的东西。还有《行香子·诵经》："/江河流淌，/岁月绵长。/雪域安宁，/袈裟紫，/渡时光。"最后两句写出了雪域平静辽远中的一点紫色，让你感到生活的流逝和安详。有很多诗引起我的同感，她不是为了写大诗让嗓子都嘶哑，而是非常自然流畅的。

第三点，我看了文玲司长的后记，写到了旧体诗的继承和发展。这本诗集她的词牌用得比较多，我也很喜欢词牌，她用了很多我们很少用的词牌。我觉得这些词牌可能比格律诗更能表现内在的节奏，语言和意向之间的密度。所以我觉得有很多诗，如果我们开始写诗的时候，可能应该在首先记录我们思想感情的同时，也创造它的内在节奏，就会使诗词有韵律有味道。比如说新诗里边有一些讲内在节奏的，回环往复，词牌可能更容易激起作者的内心感怀，写什么样的内容，放什么样的词牌，这里可以有很多的尝试。作者那首《诗意潺潺》有很多暗喻，很美，又很诗意，是一种内容和形式的完美结合。还有就是现代口语入诗，我也觉得很有意思，像"/慢条斯理润春泥""/才下飞机，/又登城际"，我觉得这些新词很有意思，很有趣，有新鲜感，有创造，以这样的方式写旧体诗，我们的古典诗歌才能不腐、不死，我觉得作者在这里面还是有非常好的尝试。

刚才蒋子龙先生讲到她有非常多的"机趣"的东西，我觉得这个"机趣"是非常重要的，有些人写诗非常聪明，这是一种境界。但是"机趣"，或者说智慧，这就是更高的一种层次。比如说："/花到美时便是叶，/叶到美时便是花。"（《观天台山桫椤花有感》）就像邓丽君有一首歌的歌词是这样写的："树上的花儿开得那样美丽，花儿开、花儿落，谁能明白。"实际上，歌词要非常简单，这里面有很多这种看似明白如水的语言，但实际上包含了很多东西。能够做到这一点的诗词和诗歌的意境，是很不容易的。

如果说要讲一点希望的话，我就觉得文玲司长的诗有个别诗词画面之后的东西少了一点，就是说希望作者引人回味的东西再多一点，再深一点，我觉得以她的阅历、以她的机敏，才思敏捷，她的思想深度是完全可以做到的。如果她能够做到每一首有每一首的特点，就会更好。因为我不太懂旧体诗，不能从旧体诗的角度来谈，只是从作为新诗作者的角度来谈。总之，我觉得这本诗词集是非常有价值的。谢谢！

郑伯农：

好！感谢小雨的精彩发言！现在的时间已经过了11点半了，还有几位没有发言，我们就延长一点时间。因为时间毕竟有限，所以现在的发言就不能洋洋洒洒的了，只能一句抵一万句，下面请傅光先生发言，傅光先生是著名国学大家傅庚生的后代，是120部《四部文明》的执行主编，具有深厚的国学和诗学修养。

傅光先生发言

今天很荣幸能到这里来，一个月之前文玲司长到西安参加会议，期间我们谈诗词的话题，谈得非常深入。文玲司长便邀请我来参加这个会议，所以我对陈司长的虚怀若谷，是有切身体会的。朱光潜先生曾说过："我以为中国文学只有诗还可以同西方抗衡。"（《诗论》）胡适先生又曾说："诗的音节全靠两个重要分子：一是语气的节奏，二是每句内部所用字的自然和谐。”（《谈新诗》）前者说明了中国古典诗词在世界文学史上的地位，而后者说明了中国诗词凭借语言上的优势而达到的登峰造极的境界。

谈到当今的诗词创作，不能不涉及古与今的问题。中国诗词的历史，也是在不断的复古与革新、继承与发展、借鉴与创造中一路走来的。刚才我听到蒋子龙先生讲古诗词是高贵的艺术，这不是外行人讲的话。古代诗词的格律，还有它的道理，不是只是简单的平仄，还有不同的韵味。

自文学革命以来，以胡适先生发表《尝试集》为标志，新诗不知不觉走过了九十多年的历程，以人为喻，早已过了“从心所欲”的年纪，可我们看到的还是那在一味地“尝试”着的少年，连“而立”的光景怕也还觉得相当的遥远。这真是当年新旧诗之争的双方都始料未及的吧？摈除形式的自由，是没有规矩而要自成方圆。诗的诵读表现诗的文气，中国的语言是讲文气的。

历史的发展造就了今昔巨大的变迁，昔日的“朱门”早已化为了“寻常百姓家”，古人的“颇黎枕”也纷纷进入了博物馆。我们如果只是在古人的精神世界里周游，在故纸堆中讨生活，那不正是文学革命时期被讥为“骸骨迷恋”的那一群？

我们以诗歌鼎盛时期的唐代为例，看看今昔社会生活的变迁之巨。首先以人口论，唐代天宝十四年（755）即安史之乱爆发的当年，在籍人口为5291万，到肃宗上元元年（760），在籍人口仅剩1690万，其总量不及现今北京一市的人口。时值今天人口爆炸的时代，古人落寞、寂寥似“空山人语”般的情怀如何常在左右？我们又如何会常有“海内存知己，天涯若比邻”的浩叹之思？

再看交通，暂且不论航空带给我们的极大便利，就是今天横亘在祖国大地上无数四通八达的公路、铁路，岂是古人可以梦见的？假如唐人邂逅于今天的高速公路之侧，如何能兴起“故园东望路漫漫”的感喟？

通信的发达造福于今天的每一个人。安史之乱杜甫被困长安，他写家书给在鄜州（今富县）避难的妻儿，有“自寄一封书，今已十月后。反畏消息来，寸心亦何有”的长叹。

古今的巨变又岂止是这些？古代文人的情怀大多离不了孤独、恨别、思念、哀苦。即周览名胜，也往往以孤独寂寥收束。

陈子昂登幽州台：

前不见古人，
后不见来者，
念天地之悠悠，
独怆然而涕下。

杜甫登岳阳楼：

戎马关山北，
凭轩涕泗流。

李清照登八咏楼：

千古风流八咏楼，
江山留与后人愁。

辛弃疾登郁孤台：

郁孤台下清江水，
中间多少行人泪。

今天我们在祖国各地的古迹形胜之地，看着徜徉游弋的人海，岂能再有“江山留与后人愁”的叹息？所有这些今昔的沧桑巨变，我们的诗词又凭借着什么可以在内容和形式上都故步自封、因循守旧地一成不变呢？如此的陈陈相因，只能使诗词走上绝路去。

所以，中国的诗词要开辟出一片新的天地来，要颠覆过往两千年诗歌传统的重压，谋求得一条新的发展的出路。我以为在今天这样四海一家、人文综萃的大时代，诗词创作者们必要能兼综历代、贯通中外，以立意高、识见广、创作勤为基础，才能如司马迁所言“通古今之变，成一家之言”，摹古是不够的，学古是必须的，而变古才是我们最终的目标。以这样观点来看今天诗词的变革，不由得觉得那真是任重道远的事，需要有更多的人来关心、参与，诗词的变革，不仅需要注入新时代的内容，更要提炼出适合现代人欣赏情趣，增益艺术美感的新的诗词形式。特别值得欣慰的是，文玲女士及其创作，正是这种不懈努力之中的尝试之一。

读陈文玲女士《颍川诗草》，我以为有三方面的启发。

第一，是作者的立意特高。古代很多诗人都是官员，到了今天，创作出这些好诗词的，恐怕也有很多官员、企业家和经济学家。由于作者长期从事经济研究及相关的领导工作，以她对国家社会发展的前瞻性的把握，使她的诗词不再是“一己之私”的“小感情”的摹写与抒发；在她的笔下我们时刻领略着那与时代潮流共激荡的真情的涌动：“/跨越时空，/波澜涌，/九州与共。”（《满江红》）

第二，是作者的识见特广。古人为学有“行万里路，读万卷书”之说，而展读《颍川诗草》，我们不能不叹服作者的游历之广、阅历之丰，在她的诗作中，由东至西，自南而北，足迹几乎遍及祖国的天南海北、名山大川。文玲女士用大量时间调查研究，作品中既反映社会上层更反映社会下层的情况。她到不同城市去，既把这个城市建筑风貌又把经济社会发展的亮点写出来。这样的人生经历，是古来任何一个时代的诗人所向往而不能及的。

第三，是作者的创作特勤。作者先后整理出版了《颍川吟草》和《颍川诗草》两部诗词选集，计得诗词600首，另据闻作者的第三本诗词集亦在整理和创作之中，我相信不久也会面世。作者把很多看似琐碎的东西联系起来，提炼出来，读她的诗作，读完之后，既看到了主流经济的脉络，感觉原来中国社会是这样的；又有各个不同场景和事件的描述，我读完这两本诗集，感觉她既是一个地图，又是一个中国当代的历史。这样的创作规模与创作态度，正如王国维所言“衣带渐宽终不悔，为伊消得人憔悴”（王引宋人句以喻为学耳），其勤勉如此，其精进可期。

第四，是作者的诗语特美。中国诗词是诉诸听觉的艺术，这一点自现代以来就往往被漠视。清代的古文家曾说过：“大抵学古文者，必要高声疾读，又缓读，只久之自悟。若但能默看，便终身作外行也。”我特别喜欢读诗词，读完《颍川吟草》和《颍川诗草》之后，觉得很多诗篇美不胜收。在这两本诗词集中，有些句子虽是新辞，然却兼具古意，我随手举出一例来看。

一湾碧水风吹皱，
几处乱花雨打羞。
谁在黄昏追落日，
汝于晚照待归舟。
（《晚照》）

诵读时已然声情摇曳，吟哦之顷则“别是一番滋味在心头”。这就是中国诗词所具有的感人的魅力。

我特别期望能读到一些好的文学作品，能够把改革开放这三十多年历史、把社会的现实或者脉络能够表现出来。不仅如此，还要通过这些作品去预测未来，去与我们古代几千年的文化艺术衔接。我也有一个期望，就是期望读文玲司长的下一本诗集，在展开中国地图的同时，也给我们展开一本世界地图。

郑伯农：

感谢傅光先生的精彩发言！下面有请香港凤凰台财经栏目著名主持人朱文晖先生发言。

朱文晖先生发言

在各位大家的发言中收获很多，讲讲这些年与文玲司长交往认识的感受。我特别喜欢读诗词，有几点感觉，她有几个结合做得特别好。古代诗人绝大部分是官员，可能现在很多好诗词还需要官员、企业家等人才能写得出来。我认为文玲司长创作的诗词有几个结合做得非常好。

第一是官员、学者、诗人的结合。

第二是高和低的结合。我们很多人写诗词只能是写社会的一个很小的局部，无法去统领。然后又有一些很高的，高高在上落不到下面去，颍川诗词里边就有很多来自调查研究，可以落到基层里面去，有上面一层的又要到下面一层，结合得非常好，这一点很重要。《采桑子 · 参观毛泽东“才溪乡调查”旧址》：“/千秋伟业人民重，/不问躬耕，/怎懂工农，/挥手焉能天地应 ？”文玲司长的诗词都是有感而发。

第三个结合是自然风光和当今经济社会发展做了一个很好的结合。她每到一个地方去即把当地的风情风貌建筑用诗意表达出来，又把这个地方经济社会发展的亮点写出来，比如到成都做双流地区的调研，做城乡统筹的调研，一边调研一边就用诗写出了调研体会。我们看到很多社会现象都是一些琐碎的事情，但我读完这本书，就像看到一本中国地图，同时也看到了近年来的整个社会脉动。所以，我感觉这本诗词既是一本历史，又是当今社会的一种描述。从经济上讲，我期望读到一些好的文学作品，能够把这几十年的社会现实、脉动拿出来。看完这本书，我大致能看到社会是这个样子的，同时还能预测下面社会的发展趋势。这个东西和我国古代几千年的文明、和世界是怎样衔接的，我们国家的未来是怎样的，我们不会生活在一片迷茫中。读完这部诗词集之后，我也有一个期望，和傅光先生一样，在读文玲司长下一本诗词集的时候，也能读到一本世界地图。

李小卫先生书面发言

颍川女士和她的诗词都给我留下很深的印象。之后，还有极少的几次工作接触；日常，也就是逢年过节简单的电话或信息交流而已。可真正让我对文玲司长心存敬意的却源自一封普通的贺年短信！

记得好像是2010年除夕，当全国人民都齐按手指的时候，我也煞费苦心地原创并责无旁贷地加入了浩浩荡荡的全民总动员“贺年短信大军”。当时，还颇为“骄傲”。一番手忙脚乱之后，随即也毫无例外地收到了一大堆千篇一律的贺年短信。可就在我扬扬得意之时，一条名为颍川（陈文玲）的回复短信跃入我的眼帘，信为诗词体裁，题曰《贺春》，大意为歌颂祖国、赞美春天之意。看完之后，愣了半天，心头闪过一句话：这个官员不简单！

刹那间，到了2012年的初夏，有幸受文玲司长之邀到广东惠州参加《颍川诗草——陈文玲诗词选》新书发布暨中华诗词高端研讨会。实话讲，虽作为一名所谓“新闻人”，我不懂诗词，更不敢与蒋子龙、郑伯农等文学诗词界前辈大家同起同坐。但是，如果能有如此弥足珍贵的学习机会，对我来讲还是很难得的！于是，我抱着学习的态度，怀着忐忑不安的心情参加了这次会议。

坦率地讲，现在的基层，不缺千篇一律，不缺洋洋洒洒，也不缺一些舞文弄笔的“文学县长、市长”等。但一个国务院研究室的司长，中国国际经济交流中心总经济师，能在日理万机之余，短时间内整理并创作连出几本诗集，却令人倍感意外！先不说文学方面，海量的数据、成堆的文件、无处不在的会议……单就时间而言，就让人不可思议！我们的公务人员，平常都很忙碌，不是在出差的路上，就是在回家的路上，还有无法推却的名目繁多的饭局及应酬。有的连看书的时间都没有，毋庸谈文学写作了。当然，也包括我自己。

曾记得，好像是鲁迅先生说过这么一句话：我的空闲时间并不多，我只是将别人喝咖啡的时间用来写作罢了。

平常，除了工作，就是各种各样的杂事和应酬，难得有时间安静地坐下来好好地多读一本书，写一篇心得或体会，给自己心灵洗涤。总是找这样那样的理由，让自己难以沉静下来。事实上，在当今社会，“浮躁”成为一种常态化。无论公务人员还是企业家，大家都在忙碌地奔波，谁会在几个小时的飞行中赋诗一首？谁能在令常人难以想象的繁忙中料理自己的心灵家园？……

生活中，我们每个人不可能都成为一个诗人；但文玲司长此举，无疑给公务人员做了个榜样，给社会开了一个好头！政府领导，企业CEO，广大公务员，全体公民等，只有多读书、读好书，我们才是一个有文化、有品位的民族，一个有魅力的领导人和企业家。事实上，我们不求全社会出多少诗人，只是想做一个喜欢读书的民族，做一个有文化的民族，只有这样，我们中国才有希望，才更符合泱泱大国的称谓！

（李小卫/中央电视台世界地理频道）

李靖国先生发言

《颍川诗草》的作者，既是经济学家、博导、国家公务人员，又是一位才华横溢的女诗人。面对熙熙攘攘、纷繁喧嚣的市场环境，从容不迫地吟诗填词，讴歌大时代，倘无对大自然、对祖国、对民众、对生活执着的爱，倘无真情、热情、激情、诗情，是不会如此放歌的。

《颍川诗草》全部使用旧体诗词的形式进行创作，所谓“戴着镣铐跳舞”。五四新文化运动与文学革命，开辟了现代小说、散文、戏剧的新天地，唯诗歌成就不足。除徐志摩、闻一多、戴望舒、艾青等几位大家的代表作尚经得起历史考验之外；其他新诗，内容虽佳，艺术粗糙，少见精品，尤其缺乏可诵性、音乐感，经不起咀嚼品味。鲁迅与毛泽东乃是以白话文写作的大师，但他们的诗词创作却坚持旧体，盖因五四以来的新诗，远不及传统诗词精品耐读。古代诗史的名家杰作，达成了内容与形式的完美统一，认识、教育、审美、熏陶等效应的熔于一炉。九十多年来，对于旧体诗词创作教学的近乎空白，已使今天绝大多数诗人难以熟稔地驾驭格律；难以使用传统之“旧瓶”，灌装当下之“新酒”。格律作为传统诗词创作的法则，不应该任其走向寂灭！有志者——像文玲先生这样有担当的诗人，义不容辞地将继承与弘扬传统诗词格律作为神圣职责，焚膏继晷，持之以恒，先生之业，难能可贵！

《颍川诗草》分为八部分内容，读者自可读赏品味，含英咀华。殷切期望陈先生的诗词创作，精益求精，更上层楼。

陈幼荣先生发言

大会安排我做简短的发言，作为诗词后学者，昨天晚上拜读了陈老师的作品，我非常震撼，她的作品大气恢宏，赞真善美，贬假丑恶，我认为今天这个会议也是惠州文学界的一次盛会，是惠州文学界里的一件大事，是惠州诗词爱好者的一次学习、提高的极好机会，会议必将在惠州的诗词界产生深远的影响，把惠州的诗词创作推向一个新的高度。借助这次会议，把惠州的诗词界的情况做个简单的汇报。

第一，创作队伍不断扩大。惠州诗词文学会成立于2009年9月12日，现在有会员136人，他们中有三分之二以上是国家和省级诗词联合会的会员，本会成立近三年来，在市委、市政府关心、重视下，在市文联的支持和社会各界的帮助、支持下，经过广大诗词爱好者的共同努力，本会各项工作有了进步和发展，诗词队伍不断壮大，诗词的社会影响力在进一步扩大，我们一直是弘扬主旋律。

第二，积极推进精品战略。精品战略是中华诗词繁荣发展的重中之重，两年多来，我们把诗词精品战略摆在重要位置，集中抓了几项工作，一是请专家做客，提高会员的业务水平；二是确立创作重点，组织会员采风写作，惠州有深厚文化积淀，人文荟萃，名家辈出，改革开放以来的惠州更加山清水秀。两年来，我们已由中国文联出版社出版《古今诗人颂西湖》，现在第三本古今诗人系列的书，《古今诗人颂惠州》正在编辑中。

第三，加大古今诗词楹联的力度。我们不断加大诗词的普及，以及传承优秀的中华文化，两年来，我们先后在南山中学、惠州学院开展活动，现在我们学会成立时间不长，存在的问题仍然不小，我们130多名会员中年龄大的已经95岁，年龄小的是22岁。

我们的情况大体是这样，最后感谢主办单位，感谢文玲司长，感谢在座的各位专家、学者、大家，谢谢大家！

牟建新先生发言

从颖川女士三百多首诗词作品来说，总体感觉比较新颖，其中最大一个特点，就是现代汉语的句式比较多，诗词选题比较广泛，体现生活的独到，形象思维的活跃，作品内涵的丰富。她的诗词语言具有通俗性和多样性，实际上有很多是生动的景象描述，流畅的哲理，给人留下了古典诗词不古董，传统文化不笼统的感觉。作者是从事国家政策研究的经济学家，她所写的题材很多都是现实生活中的亲身体验，她的诗词给人一种身临其境的感觉。她在惠州调研和给领导干部授课期间，给惠州留下了四首诗词，其中两首是即兴生发的，这几首诗词的意境就像一组再现惠州历史人文和现代新气象的时光组画。文玲女士诗词更多的是词，而且词牌很多，难度比较大，从中可以看出她的传统文学修养。

文玲女士丰富多彩的生活经历，积年累月的努力创作，丰厚殷实的作品，不仅是她个人的精神财富，也是众多的执着弘扬古典诗词传承国粹的诗人共同集结而成的深厚积淀。古典诗词已经有越来越多的大众喜爱，惠州读诗写诗的人也越来越多，我们丰湖书社已经有28年的历史，有很多诗社社员是中华诗词学会的会员。我们在学习中，在诗词的创作中，自觉地弘扬传统文化，传承古典诗词，已经出版了社员合集三十多本，社员个人诗集四十多本。

惠州风光诗词选的力作，也是惠州重要的文化品牌的产品之一，希望能让读者获得对惠州历史人文的审美的情趣，谢谢！

郑伯农：

今天我们的研讨会开得热烈、生动，许多同志发表了很多很好的意见，非常感谢各位的精彩发言，因为时间的关系，可能有些同志准备了发言，就不能再进行下去了，下面就进入下一项议程。大家用热烈的掌声请《颍川诗草》的作者陈文玲女士致谢，大家欢迎！

作者颍川（陈文玲）致谢

我今天非常激动，这么多我所崇拜的国学大家、诗学大家，还有我的同事、好友、诗友，大家能在惠州相聚，发表了这么多真知灼见，大家对我创作的诗词、对我本人的肯定，令我非常感谢！也非常感动！我想在今天能有这样一个机会，能使大家对中华诗词的振兴提出很多真知灼见，对我的创作有一个点评，这也是我难得的人生的机遇。这里我首先要说明两点。

会议之前，我曾跟惠州市文联主席安想珍先生多次沟通，我说这个会主要是对中华古典诗词的研讨，我的诗词集出版仅是引出大家演讲的话题，千万不要把我个人说得过多，因此在原来的印发的材料里，我就把著名诗人删掉了，现在说诗人我还不太习惯。我的身份是经济学家，是一个国家的公务员，诗词创作虽然已经成为我的嗜好或一种生活方式，积累了很多创作的诗词，但一直是业余爱好，2010年之前一首都没有发表过，只是储存了下来。因此，过去没有人叫我作诗人，我从一个经济学家，从一个政府的工作人员，被人称作诗人，也就是这两年的事，从2010年出版第一部古典诗词集开始，还很不习惯，叫著名诗人就更不习惯。

自己写了几十年古典诗词，从小就喜欢而且酷爱，多年来我就是用这种方式来抒发内心的感情，写自己的心里话，这种写作方式使我工作之余非常愉快，使我内心充满着感动，使我很充实。当时，我并没有想把这些东西拿出去发表，或者最后能出成这样两本精美的著作，这是出乎我预料的。所以，被人称作诗人还是不太习惯，从发表和出版诗词集时间来说，我还是认为自己是“初涉诗坛”。我非常热爱中国的传统文化，非常热爱这种诗词的创作方式，并不是说在这两年中连续出版两本书，就是用两年的时间写完了这么多的作品，我是用多年的时间写作，由于原来没有想发表，也没有想出书，所以就积累了这么多，当然还有没有整理出版的。在这两部诗词集出版之前，我也认真地向郑伯农会长、袁行霈先生、文怀沙老师，还有国务院研究室我的同事忽培元司长等请教。培元司长非常优秀，他是我最坚定的出书者和鼓动者，还有我的好朋友梁彦，也是我出书的鼓动者，他们强烈建议把这个书出版出来。因为我原来一个诗人也不认识，也不是中华诗词学会的会员，我觉得对自己创作的东西还没有真正把握，后来就请教了文怀沙老人，请教了袁行霈先生，请教了郑伯农会长，才出了第一本古典诗词集。我的第一本诗词集文稿，文怀沙老人帮我改动了二十几首，袁行霈先生看完两部书稿之后都提出了修改意见，甚至连书的注释和解析中不准确的东西都提出来了。在他们的指导下，我的第一本古典诗词集起码修改了七八次，包括排版之后，又一再修改。我特别感谢本书的责任编辑张海君博士，他对我在诗词集出版过程的反复修改极具雅量，非常支持，全力以赴。一般作者定了稿之后，是没有机会大幅度修改的，但我在第一本古典诗词集出版的过程中，我是在张海君定稿之后又进行了三次修改。海君博士为我的诗词集出版做了大量的工作，具有智慧的创造、创意，还有这些设计、装帧，加上诗词本身，使大家对我的古典诗词集有较高的评价。

出版社又邀请我把剩下的诗稿进行整理，接着出版第二本古典诗词集，我想既然已经打开了心灵的窗户，那就彻底打开吧，于是就把自己的作品又进行了整理。在第二本古典诗词集出版之前，我再次请教袁行霈先生、文怀沙老人和郑伯农会长，对第二本诗词集初稿，袁行霈先生、文怀沙老人都提出了重要修改完善意见，伯农会长对其中十几首诗词提出具体修改意见。没有这些国学大家和诗学大家的指点，没有我的领导、同事、好友、诗友的鼓励和支持，我觉得自己的诗词创作不可能让大家认可，也不可能受到如此高的评价。在这个过程中，我特别感谢郑伯农会长，感谢袁行霈先生、文怀沙老人，感谢李文朝会长，感谢易行先生。他们给了我很多指教，根据他们的意见，这几年我对以前随感而发的作品进行了认真推敲。文怀沙老人、伯农会长为我的第二本书写了序言，伯农会长撰写的序言中原来有这样两句话："物质的产品生产出来要及时消费，精神的产品则要反复回炉。"这两句话对我触动非常深，我的第二本古典诗词集去年夏天就整理好了，看完这两句话之后，我决定对即将出版的作品再回炉锤炼，经过了半年多的回炉，才又拿出来出版。我向伯农会长汇报，我的每一首词的词牌、平仄还有字数，我的格律诗的对仗，我都重新进行了推敲，伯农会长是满意的，在序言中去掉了这两句话，但是这两句精彩的禅语记在了我的心里。

所以，如果说大家对我的诗词有肯定，大家对我的诗词有好评，那么首先要归功于这个时代，这个时代给了我诗词创作的灵感和机会，这绝不是说大话，刚才子龙先生的发言特别触动我，他对我的诗词给予了很高的评价，但是与此同时也非常尖锐地指出，说我在司长和诗人之间的转换还不彻底。我也非常赞同子龙先生的观点，我确实是经常站在两个维度思考问题，站在工作岗位的角度考虑的成分可能更多一些。这里我还是要再说一句，因为我的创作归功于这个伟大的时代，归功于我们伟大的祖国和人民，归功于我难得的工作岗位和我周围所处的外部环境，只不过对文学的痴爱特别是对诗词创作的痴爱，使我用这种形式进行着记录和表达。我所在单位国务院研究室有三位司长是中国作协会员，包括培元司长，还有另外两位，他们有很多文学著作。还有三位同志是中华诗词学会的会员，我是在他们之后才加入中华诗词学会的。在我出书之前，伯农会长看到了我这些诗稿，他说："你加入我们中华诗词学会吧！"我说："可以呀！"他说："需要两位诗词学会的会员推荐。"我说："但是我一位都不认识。"伯农会长说："那由我来推荐吧！"伯农会长就做了我的推荐人，伯农会长又给我找了第二位推荐人。

这里我还特别感谢惠州市委、市政府和惠州市委宣传部和惠州市文联，感谢会议主办方中国作协、中华诗词学会、南开大学、惠州市委宣传部、惠州市文联和中国文联出版社，感谢我尊敬的师长、亲爱的诗友和朋友。您们一直以来给予我的所有关心、鼓励、支持和帮助，您们深厚的文学造诣和崇高的道德情操，给了我心灵新的滋养，是我创作的不竭动力。

我将虚心向各位前辈和诗友们学习，向具有各方面学养和贡献的文化大师和大家们求教，向中国几千年创造的文化百花园中汲取营养，以更高的思想境界、艺术修养和勤奋创作要求自己，在诗词创作的艺术海洋里游弋，力争更多地创作诗词等文化品特别是创作文化精品，以报答我亲爱的祖国和人民，报答这个伟大的时代。中华诗词的复兴和繁荣，需要一支具有较高艺术潜质同时又具有较高思想境界的队伍，也需要全体国民提高对自己宝贵的文化资源的认同感和文化修养，更需要一批人共同为此努力。"路漫漫其修远兮，吾将上下而求索"，文化建设和经济建设有着完全不同的客观规律，它的核心竞争力是由若干具有文化创造能力的个体组合成的队伍，这是一项需要花更多时间和精力甚至终生为之奋斗的事业，在这个意义上说，创造软竞争力比硬竞争力要难得多。我们的祖先给我们留下了宝贵的文化财富，让我们这一代继续创造新的文化财富，并将此转化为国家竞争力、影响力和软实力。借此机会，把我新作的一首词作献给大家。

踏莎行

东江雅颂

贵客高朋，
激流涌动，
满城叠翠华章共。
罗浮山下论诗风，
开怀吟咏东坡梦。

玉塔微澜，
东江雅颂，
西湖老树沧桑横。
襟怀坦荡写人生，
一吏吐月情涌动。

谢谢各位！

郑伯农：

非常感谢文玲司长，今天会议即将结束。文玲司长几次来惠州做学术报告，在惠州写下了优美的诗篇。今天把这个活动放在了惠州，这对惠州是鼓舞，特别是我们的文学界，这是一次盛会，是一件喜事，是一件好事，相信今天众多诗人、专家、领导，在中华诗词高端研讨会上精彩的发言，以及对于文玲司长诗词集的点评，将会启迪我们惠州文学艺术发展，弘扬主旋律。真诚地祝愿在座的各位诗人、朋友，身体健康、永驻常青，为抒怀祖国的美好，再创新作，再作贡献！

杨明品[14]先生书面发言

文玲老师是经济学家，发表了大量的经济学著作和政策研究文章，是一位令人钦佩、具有高度责任心和崇高使命感的学者。而今，在经济学苑耕耘的闲暇，她一头扎进文学创作，以中华民族特有的诗词形式，歌颂祖国壮美河山，歌颂时代发展进步，表达生活细腻感悟，表达一个当代女性的优雅情怀，创作喷薄，才思丰沛，题材广泛，体裁多样，技巧娴熟，或婉约、或雄浑，或哲思、或性情，或山水、或民生，将乍现的情思化作一个个灵动的意象，将寻常的风物酿成隽永的意境，将躁动的生活吟为迷人的优雅，犹如时代的行板，魅力四射。华章翻动，尽显格律诗词之美妙，尽显中华文字之韵致，尽显民族传统文学之活力，尽显当代中国知识分子的自觉、自信和审美趣味。

在短短的两年里，文玲老师相继出版了《颍川吟草》《颍川诗草》，由中国文联出版社隆重推出，并两度召开座谈会，进行交流、评论和总结。应该说，这是当代诗歌创作的一项重要成果，更是传统格律诗词创作的一大盛事。

品味文玲老师的诗词，我看到，一个民族的文学的流脉，一个时代的文化的自觉，一个学者的风尚情怀。我曾疑想，历经了几千年的中华民族特有的格律诗词还有生命力吗？诗词在唐风宋

14　杨明品，时任中国广电总局研究室副主任。

韵的滔滔大势之后，是否日渐湮灭、难觅踪迹？诞生和盛行于农耕文明时代的文学样式在工业化、城市化、现代化的气候里是否还能开出多彩的花朵？应如何看待传统文学传承在当代文化建设中的角色和地位？把文玲老师的两本古典诗词选，放在中国诗歌发展史上来考察，这些疑想似乎渐渐地有答案。

首先，文学的流脉是永续的，但流量的大小取决于创作的社会化与社会化创作。文学是民族文化的名字，从先秦到两汉、南北朝，到隋、唐、宋，到元、明、清，到五四运动后文学革命，几乎每个时代都有自己主流的文学样式。但诗歌逶迤走来，未曾断绝，尽管诗歌形式代有变化，但传统的诗词歌赋一直在创作，且常有名作传世、名家兴起。因此，时代有变迁，而诗词流脉永续。文玲老师的诗词便是这个流脉中赫然涌起的浪花。诗词创作的社会化，就是诗人的情怀要社会化，要反映时代情感和社会生活。诗词只有融入社会，注入强烈的时代气息和人文情怀，才有可能产生共鸣，才能聚拢读者。诗词的社会化创作，就是形成深厚和庞大的社会基础，有一批活跃且具较大影响力的诗人诗歌。只有形成社会化的创作群体与规模，出现一批有影响力的诗词，才能引发足够的社会关注。社会关注的程度和热度决定了诗词的影响力和传播力。中国文联出版社等单位为文玲老师诗词召开研讨会，对于提升当代诗词创作的热度和影响力，很有意义。

其次，在工业化、城市化、现代化时代，中国既需要自由体的现代诗歌，需要与时俱进不断探索诗的表达形式，也需要传统的格律诗词，需要用经典的格式进行创作的诗人词人。传统格律诗词是中国文化的符号之一。农耕时代诞生的中国诗词，产生了独特的音韵美，体现了汉语的独特魅力；其蕴藉凝练的表达言约意丰，极富表现力。这在当代也是需要的。因此，传统诗词的种子在当代中国同样可以开出绚烂的花朵。当然，传统诗词需要现代化和当代化。现代化和当代化，不是剔除格律诗词本身，而是要改革其束缚诗人表达的因素，更好地表达当代人的情感与思考。基于这一点，文玲老师的诗词有了另一重价值，它们是诗词当代化过程的可贵探索，对于继承和发扬诗词的优良传统、再开发其艺术魅力具有重要价值。有人说，诗词在唐宋已经写尽了、写绝了。这话有一定道理，但格律诗词因为时代的进步和人的发展而有许多新的题材、新的感受、新的视角、新的表达，因此仍然具有生命力，仍然拥有读者市场。

要实现传统诗词的发展，除了诗人的自觉和努力外，也需要相应的社会条件。比如，有关公共部门组织创作笔会，为诗词出版提供资助，文联、作协的文学评选可以将格律诗词单列；新闻与文化传播机构应积极报道诗词创作活动，开展诗词评论，为诗词发表提供园地，组织诗词鉴赏，邀请诗人词人进行访谈；诗词民间组织可组织开展诗词朗诵会，组织年度性的优秀诗词评选，组织诗词创作征集活动，并利用网络媒体建立诗人词人独特网络空间，向社会推荐优秀诗人词人、优秀诗词等。通过这些活动，让更多的人参与到诗词创作中来，引导和激发创作的积极性。

诗词的流脉犹如涓涓细流，需要涵养水源。文玲老师的《颍川吟草》《颍川诗草》为这股细流注入了活水，让诗坛词坛平添了几多春意和亮色。因此我认为，这两本诗词选集除了体现了传统文学的艺术创新、艺术魅力外，更重要的意义或在于此。

李景秋[15]先生发言

二十世纪的新兴艺术电影与悠久历史的诗歌艺术存在着双向的作用。今天在惠州借诗歌研讨会，拟尝试从电影角度解读

15　李景秋，时任广州市作协副主席。

颍川诗歌艺术，下面就《颍川诗草》中写惠州的几首诗歌例举如下。

《临江仙 · 咏惠州》一词就是颍川在电影镜头运用上十分完整的一段电影脚本：

雁塔斜晖飞水榭——这是一个大远景；

五湖渔唱风情——镜头从雁塔斜晖间向前推成全景的西湖；

洗出凝脂落江中——镜头随西湖向下摇到湖水碧波成中景；

清流曾几度，环绕满山红——推成山间红叶的近影。

这首词颍川运用现代电影常有的抒情手法，用完整的镜头运动，远景到全景、中景再到近景，流利地表达了诗人的看不到的内心世界——惠州纳山之仁、水之智在改革开放中“满山红”。

悬念是电影常用的手法，未知的结果，意外的结果，会对读者产生强烈的吸引或冲击。颍川诗歌中的悬念不全都像电影中的“最后五分钟”那种注重过程的激烈，但也以意外的画面产生电影悬念的效果。比如《踏莎行 · 惠州感怀》一词：

“/罗浮山下仰雄风，/从容淡定春光横。”就是其中精彩的句子。

就是电影常见的“最后五分钟”冲刺镜头：从仰望罗浮山联想到惠州从容淡定（走可持续发展道路）的精神，这首词的悬念，完全可能用电影完成，这是一个较完整的脚本。

《乌夜啼 · 惠州西湖》一词是典型的电影镜头叙事：

朦胧小岛清幽，
雨漂流。
可忆当年苏子，
寄惠州。

塔仍在，

树老迈，
已千秋。
还有一湾春水，
映高楼。

该词36个字，展示了九个景物，由九个景物组联、完成诗人关于惠州“西湖命运”的故事性叙述。

在现代电影中，我们常用这种剪辑手法，节省地由镜头来完成诗人“西湖往事”的叙说过程。这个过程从镜头运用来说，是由特写“小岛、塔、树”到全景，然后渐渐拉开，展现辽阔的空间“雨漂流、一湾春水、映高楼”，从叙事转为抒情。

《踏青游·望惠州孤山有感》一词，陈文玲把电影镜头抒情和蒙太奇运用得淋漓尽致：

颠沛流离，
缥缈里朝云伴。
忍脱掉、
舞衫歌扇。
苦中行，
飞笑语、
皎洁如雪，
情如练。
化作乌阳天女。
每逢暮雨轻溅。

词中干净准确的镜头：“云、衫、扇、哭、笑、雪、雨”七个词没有多余的形容和描写，而是让画面所展示的意象，让画面与画面之间展示的意象叠加，意象对照和意象组接，引起读者内心对苏轼的一生坎坷的共鸣和呼应，这种抒情，诗人不动声色，读者唏嘘涕零。这种抒情中的画面组接在电影上有一个专门名词——“蒙太奇”，这也是现代电影重要的艺术手段，在陈文玲的这首词中，是由镜头组接不同画面产生艺术效果——将王朝云颠沛与缥缈、苦与笑、天女与暮雨全部都一一焊接在一起，这种艺术魅力自然会经久不衰。

总之，颍川诗歌艺术对电影有滋养意义，诗的画面增添了流动感，不再是静止在那里，创造了新的时间——诗的跳跃、空白、张力产生了一种冲击，电影语汇在陈文玲诗词读解中是有积极意义的。

《颍川诗词——陈文玲诗词选》新书发布暨中华诗词高端研讨会嘉宾发言

时间：2016年1月22日下午

地点：北京港澳中心

主持人（李春伟）：

尊敬的各位学界泰斗、专家，各位领导和嘉宾们，大家下午好！

值此猴年新春来临之际，由中国作协、中华诗词学会、中国诗歌学会、南开大学和中国传统文化研究会主办北京对外文化交流有限公司承办的《颍川诗词》新书发布暨中华诗词高端研讨会现在开始。今天群贤毕至，高朋满座，我们相聚在北京，颍川古典诗词集新书的发布，再一次见证了中国传统文化的魅力，中国古典诗词的魅力，再一次见证了颍川先生为弘扬中华传统文化，创作具有时代精神——中国古典诗词所做的不懈努力，体味她那捧一杯诗意的淡淡清茶之情怀，分享她那细腻、含蓄、豪迈、深邃、灵动、柔美和别有韵致的诗篇。我有幸被邀请主持这样一个高端会议，是非常难得的机会，也是向各位学界朋友学习的一次机会。

首先介绍到会的主要嘉宾，他们是：主办方中华诗词学会会长、原文化部副部长、故宫博物院院长郑欣淼先生；中华诗词学会常务副会长，中国作家协会诗歌委员会副主任李文朝将军；中华诗词学会高级顾问、当代文艺评论家、诗词家郑伯农先生；中国文化研究会会长、原中央党校副校长李君如先生；中国作家协会党组成员、书记处书记，中国作协副主席，鲁迅文学院院长，中国少数民族作家学会会长，原青海省省委常委、宣传部长，著名诗人吉狄马加先生；中国作家协会第五、第六、第七届副主席，天津市作家协会主席、我国当代著名作家蒋子龙先生；太湖世界文化论坛主席、我国著名文艺理论家、中央政策研究室文化研究局原局长严昭柱先生；我国著名经济学家、中央政策研究室经济局原局长、中国经济研究院院长白津夫先生；南开大学校长助理、经济与社会发展研究院院长、京津冀协同发展专家咨询委员会成员刘秉镰先生；中华诗词研究院第一副院长，原线装书局总经理兼总编、毛泽东诗词研究学会副会长易行先生；中国传媒大学协同创新中心二级教授、博士生导师、中国文化产业30人论坛专家齐勇峰先生；中华诗词学会顾问、中央电视台原副总编辑赵立凡先生；陕西省文史馆馆员、陕西震旦研究院执行院长、《四部文明》执行主编傅光先生；《作家报》特约主编王正鹏先生；中国文化管理协会副主席、原文化部产业司副司长李晓磊先生；国务院研究室综合司副司长王飞先生；国家一级演员，总政话剧团话剧表演艺术家刘纪宏先生。我国翻译界泰斗许渊冲先生、诗学泰斗叶嘉莹先生因为感冒未能参会，许渊冲先生特别请他的夫人赵君女士代表他发言，叶嘉莹先生则请南开大学校长助理刘秉镰代表她发言。

下面进入会议的主题，首先有请中华诗词学会会长郑欣淼先生代表主办方讲话，大家欢迎！

郑欣淼先生发言[16]

尊敬的各位领导、各位诗友、各位朋友，大家好！

今天我们欢聚一堂，祝贺陈文玲同志的《颍川诗词》出版，以及中华诗词高端研讨会召开。我代表主办方对新书的出版表示热烈祝贺！

文玲女士是一个著名的经济学家，她是至今仍然活跃的经济学家，仍然每天都在围绕国家决策进行深入研究，在国际经济、宏观经济、现代流通等很多方面都有很大的影响，给我们国家出了很多很好的主意，这是她学术方面的贡献，对我们国家经济社会发展方面的贡献。同时她也是一个著名的诗人，而且当选了这一届中华诗词学会的副会长。现在大家看到的这一本书，是颍川诗词选的第三部，我们大家从中可以看到她的诗词创作成就，她的诗词进行了多方面的探索。在她的创作实践中有很多很好的主张，对诗词发展有很好的见解。经济学界创作古典诗词的人不多，陈文玲在经济学界是一个，厉以宁先生也是一个，我看过厉以宁先生的一本诗词，写得很好。现在文玲同志在蜚声经济学界的时候，同时创作了这么多古典诗词，而且在五六年的时间里整理出版出三部古典诗词集，可以感觉她在不断追求，不断超越自己，不断进行新的创造。

读了她的诗歌以后，感觉对我启发很大，因为她的经历和我有点相像。20年以前我在中央政策研究室工作，也是起草一些文件。我对诗也是业余爱好，是慢慢发展起来的，我有一点深刻的体会，陈文玲同志写的后记里面，谈了诗词创作对自己内心的影响，就是忙了一天之后，诗歌创作把她带入了另一个境界，

16　郑欣淼：中华诗词学会会长，原文化部副部长，故宫博物院院长、故宫学专家，出版著作14部，中国当代著名学者，发表论文、散文200余篇。

使她的心态感觉到很平和。因为文玲她搞的是经济学研究，又写诗歌，经济学逻辑很严密，但是诗歌是抒情的，又是很个人的，经济学的研究是很客观的，写诗是很主观的。经济学讲究道理，写诗讲究感性，这个过程交融在一起，很讲究情与理的统一，主观与客观的结合。文玲在后记中有一段话说得相当好，“诗词是独特的精神气质。在诗词创作中，我力求使之既是诗意的，形象的，感性的，又具有蒋子龙先生所赞赏的机趣与哲思。把格律变成诗词的翅膀，把诗词变成诗意的海洋，把诗意变成思想的天堂，把思想变成循自然之大道的哲理，这是惬意而有独特价值的修身养性过程。有人曾说，诗人是寂寞的，哲人也是寂寞的，诗人情真，哲人理真。二者皆处于寂寞，结果是真。诗人是欣赏寂寞，哲人是处理寂寞。这些话固然有道理，但是，我感觉诗人和哲人之间并没有清晰的界限，非但没有，而且可以结合或交融。”

这使我们看到了一个纯粹的诗人，就像吉狄马加的诗一样是纯粹的诗，诗词创作是我们很重要的一种生活方式和工作方式，把诗歌创作和工作结合起来，这对个人的发展，对心灵的宁静，对素养的提高，我想其意义是很大的。所以，我读了陈文玲同志的诗词，感觉到她进行了大胆的尝试，她的诗词是多样的，表现的形式也是多样的，而且还写了一些专题，这些都是很有启示的。我觉得对她来说，诗词的创作正在兴盛时期。通过今天这个研讨会，大家总结她的经验，同时提一些希望，文玲今后会做得更好，诗词写得会更好，这也是一个必然。

我代表主办单位——中华诗词学会，向文玲同志表示热烈的祝贺！我也代表主办方对来自各地的、各个方面的朋友参加会议表示感谢，我作为中华诗词学会会长很高兴这么多人参加会议，不同行业的人能够关心诗歌的发展。习近平主席对中国传统文化发展与传承高度重视，他亲自创作了高水平的诗词，对今天中国诗词发展起到重要推动作用。通过今天会议这个侧面，我也看到了中国当代诗歌发展的机遇，诗歌有群众基础，诗歌有市场，诗歌是能够大发展的。谢谢大家！

主持人：

感谢郑欣淼会长的精彩发言！

下面有请北京大学教授、翻译家许渊冲先生的夫人赵君女士发言。许渊冲先生是北京大学教授，翻译家，从事文学翻译长达60年，译著160部，涵盖了中、英、法等语种，翻译集中在中国古诗音译，形成韵体译诗方法与理论，被誉为诗译英法唯一人。2010年获得中国翻译协会翻译文化终身成就奖，2014年8月获得国际翻译界最高奖项北极光奖，成为该项自1999年设立以来，首位获此殊荣的亚洲翻译家。2014年11月获得了由国家汉办，北京大学批准设立的国际汉学翻译大雅奖，2015年获中华之光年度人物。老人家九十多岁了，今天因为感冒老先生没有到场，他的夫人赵君女士也八十多岁了，许渊冲老人特别请他的夫人代表他到会发言，我们也感到很荣幸，让我们把掌声送给赵君女士，谢谢您和许教授对这个会议的支持和鼓励。

赵君女士（许渊冲先生夫人）发言

本来许先生一定来参加这个发布会，可是最近老人家感冒发烧，几天也不退，所以他写了几句话，委托我来给大家读一读。

“这次文玲新书发布暨中华诗词研讨会的召开，是中华诗词文化走向世界的一个重要环节。中国传统文化对世界文化的贡献之一是礼乐之治，礼是模仿自然界外在的秩序，乐是模仿自然界内在的和谐。《诗经》第一篇《关雎》，这是大家都知道的，写自然界春生夏长秋收冬藏，青年男女春天相识，夏天相爱，秋天琴瑟友之，冬天钟鼓乐之，这是人对自然界的模仿。

“弹琴鼓瑟，敲锣打鼓，就是礼乐之治，这是古代人民简单的经济生活，可是到了今天，世界人民的经济生活有了很大的改变，简单的农业经济已经变成了复杂的国际经济的交流，诗人此刻也可以成为经济专家，所以礼乐之治的意义也与时俱进，礼是善的外化，或者说象征，乐是美的外化，或者说象征。礼乐之治就是尽善尽美的问题，用今天的话来讲，礼是各尽所能，乐是各得所需，那么礼乐之治可以算是实现中国梦想的一个重要方面。陈文玲的经济文章和诗词作品，都对中国文化走向世界做出了贡献，这可以算是一个重要的环节了。”

以上是许渊冲先生对陈文玲女士的看法，主要谈了中国需要礼乐之治，这是《论语》里面一个很重要的核心观点。

文玲到我家来过几次，我们谈起话来有很多共同感受。下面是我个人对文玲的一点看法：文玲右手拿着经济，我称之为硬实力；左手拿着诗词，我称之为软实力，她可以称为一个左右开弓的“双枪将”，是中国的脊梁，这是我由衷的话。她是女中豪杰，读她的诗词我觉得是一种美的享受，那天她给我带来第三部诗词集，没有给我带第二部，我提出向她要，后来她专门请人把书给我送到家里来。我觉得读她的作品是一种美的享受，可以得到鼓舞。所以她来我们家一次，我们畅谈一次，我心情就会兴奋好几天。这是我个人对文玲的一点看法。

主持人：

谢谢赵君女士的精彩发言！下面有请中华诗词学会常务副会长、我国著名将军诗人李文朝先生发言！

李文朝先生发言

尊敬的各位领导、各位专家、各位朋友：

在充满希望的2016年开年之初，我们欢聚在北京港澳中心，共同见证和分享陈文玲同志诗词创作丰收的喜悦，感到非常高兴。刚才听了几位领导、专家的致辞，很受启发和教益。

我非常荣幸地应邀出席了陈文玲同志已经出版的三部诗词集的新书发布和作品研讨会。一次有一次的收获，一次有一次的感悟，一次有一次对中华诗词及其创作更深一步的理解。

第一次参加会议是2010年10月22日，在北京孔庙和国子监。当时我和陈文玲同志还未曾谋面，只是朋友的间接邀请。我听说陈文玲同志是国务院的司长，出版了自己的第一部诗词集《颍川吟草》，便抱着开开眼和帮帮人场的态度前去见证学习，没有打算发言。后来被现场的气氛所感染，在主持人的鼓动下，便作了即席发言。中心意思是呼吁公务员写诗。我讲到，事实上，公务员特别是在国家高层机关担负高级或重要职务的公务员，由于其社会视点高，宏观信息量大，一旦突破了诗词技术层面的樊篱，他们在诗词创作尤其是主旋律诗词创作上，就会有其得天独厚的优势。这里需要说明的是，我呼吁公务员写诗，倡导创作主旋律诗词作品，绝不是什么个人偏好。这一思想观点，我在2014年9月中华诗词江西瑞昌金秋笔会上，作了更明确的阐述。面对来自全国各地的二百多位不同界别的诗友我这样讲道：“当代中华诗词只有在弘扬主旋律，传播正能量上有所时代作为，才能在社会思想文化坐标系中赢得时代地位。毋庸讳言，由于受历史上不同流派的影响及现实中的种种原因，有些诗人不喜欢或者说不愿意创作主旋律题材的作品，这是各自创作的自由，不能勉强。但数以百万计的中华诗词大军中，必须有人创作主旋律的作品。中华诗词学会和各地诗词学（协）会的领导和骨干，必须带头创作主旋律的作品。这不是本人创作的好恶问题，而是一种文化自觉、文化责任和历史担当。否则，当代中华诗词就会自我边缘化，甚至自我脱离时代。”文玲同志作为国务院机关的公务员和国家智库的研究人员，自觉创作传统的诗词，带头创作弘扬主旋律的诗词作品，正是在这方面作了最好的注脚。

第二次是2012年5月26日，在广东惠州。我发言的题目是《人性的立体与诗情的多元》。实际上是第一次在研讨会发言呼吁公务员写诗，弘扬主旋律的基础上，旗帜鲜明地提倡创作的多样化。从陈文玲同志庄严权威的国务院研究室司长、著名经济学家的身份与诗词集中许多超凡脱俗、灵动柔美的锦瑟华章中，分析提出人性立体观与诗情多样化，并且以历史上豪放派代表人物的婉约之作、婉约派代表人物的豪放力作为佐证，支撑人性立体与诗情多元的立论。从而得出的结论是：“在包括诗词在内的文学创作中，我们弘扬主旋律，非但不排斥多元性，而且大力提倡多样化。因为主旋律的作品，是一个时代文学的挺直的脊梁；而多元化的作品，则是这个时代文学丰满的血肉，二者不可偏废。”这正是陈文玲同志第二部诗词集给我们的深刻启示。

当我收悉拜读了陈文玲同志第三部诗词集《颍川诗词》之后，又有了更深一层的认识与感悟。那就是“多元诗情中的个性特色”。意思是说，多元诗情绝不是千人一面、平分秋色的拼盘什锦，而是有着不同诗人的个性特色。按照唯物辩证法的基本观点，事物都是矛盾的对立统一体。矛盾的普遍性决定事物的共性，矛盾的特殊性决定事物的个性。而体现事物个性的矛盾特殊性，又是由矛盾的统一体中起主导作用的矛盾主要方面所决定的。就每个诗人而言，由于诗人所从事的职业不同，生活环境与条件不同，受教育程度和知识学养不同等，影响诗词创作的不同主客观因素，又会在多元性诗词创作中或多或少地带有体现其主客观因素特征的要素与基色。如军旅出身的诗人作品难免会有军旅生涯的豪迈与雄壮；专家教授的诗词作品，又会呈现知识渊博、学养丰厚的风采；农家牧民的诗词作品，天生有着田园牧歌的神韵；高贤雅士的诗词作品，自然会流露出特有的清高与洒脱……凡此种种，不一而足。即使豪放派、婉约派的诗人词家代表，尽管从总体上看都是具有诗情的多元性，但体现其个性特征的要素与基色都是难以改变的。如苏东坡尽管有“/夜来幽梦忽还乡。/小轩窗，/正梳妆。/相顾无言，/惟有泪千行”等令人柔肠寸断的婉约柔情，但最终掩盖不了他“/大江东去，/浪淘尽，/千古风流人物”的豪放本色。李清照虽然有“/生当作人杰，/死亦为鬼雄。/至今思项羽，/不肯过江东”等令须眉折腰的豪壮诗句，但其要素与基色还是“/此情无计可消除，/才下眉头，/却上心头”和“/莫道不销魂，/帘卷西风，/人比黄花瘦”的婉约情怀。陈文玲同志在国务院研究室长期从事经济研究、政策研究和国家战略研究，参加党中央、国务院一些重大文稿的起草和国家多项重大课题的调研，许多研究成果、文稿得到党中央、国务院领导的重视和批示，被国家决策采纳。这些体现其职业和学识的个性特征，表现在多元诗词的个性特色上，则是研究者的悟道和思想者的哲思。这在《颍川诗词》的许多篇什中都有生动的体现：

如“水韵山声”栏目中的《如梦令 · 丹霞山神韵》：“/气势磅礴横卧，/涂抹霞光丹色。/山峁嫁清江，/禅意顺流飘落。/交错！/交错！/天地阴阳之作。”依托这里的山川风物、阴阳元石的自然奇观，把天地、日月、山水、昼夜、寒暑、男女、上下等哲思理念，浓缩归纳于“阴阳”概念中。

再如“自然书架”中的《暗香 · 春霭》：“/又逢春霭，

/暗香浩如海，/轮值千载……/春意浓浓晾晒，/五色土，/结出安泰”，用“五色土”代表五色土筑成的社稷坛，寓意全中国的疆土，结出民安国泰之果。寓深情祝福于广博知识之中。“拾翠闻香”栏目中《七律 · 黄金落叶》的颔联：“/最美并非繁茂树，/真情却在化蝶间”，则以哲人的思考深切指出，四季轮回，以树为例，并非叶满枝头才是盛景之时，景随季转，最动人的是生命在绽放和消逝中的重生，每一次轮回有如一次羽化成蝶。把自然界的四时变化揭示得如此深刻、美妙。

还如“荡气诗书”栏目中，作者以长达171字的三阕长调词牌《三台》，填写了《遥远的绝唱》，畅谈了自己读《道德经》的体会。开宗明义地指出：“/巨星煌煌岁月老，/乘风驾云缥缈。”揭示了老聃这位160余岁的长寿之星，史称老子，其哲学思想和其创立的道家学说，是光辉灿烂的精神瑰宝，对中国古代思想文化产生了深远影响。进而指出：“/密码中，/宇宙蕴玄机，/谁知谁晓。/开混沌，/辩证阴阳考。”大自然未解的密码中，宇宙万物蕴藏着多少玄机，谁人能够知晓。而老子的《道德经》，却使人思想上如混沌大开，运用朴素的辩证法思想，把宇宙中客观存在的万事万物，概括升华到阴阳的对立统一和相互转化之中。最后一阕的开头，作者用“/恍兮惚兮理至简，/道法自然圭臬”揭示《道德经》中的重要思想：“道之为物，惟恍为惚。惚兮恍兮，其中有象；恍兮惚兮，其中有物。”“人法地，地法天，天法道，道法自然。”从而看出老子的法则意识里，就是自然法则。并且把用自然法则来治理国家，提升到圭表、比喻为准则的认识高度。“错落心乡”栏目中《荆州亭 · 一叶扁舟》的结句“/世上皆他乡，/大隐隐于自己”便是领悟借鉴了道家的哲学思想，小隐隐于野，大隐隐于市。作者认为，天地之大，处处为他乡，真正的隐士，隐于自身，隐于内心的一片净土，保持自己心灵深处远离喧嚣，闲逸潇洒。诗家哲人悟道者的形象跃然纸上。

文玲同志是国务院研究室原司长，现任国家高端智库中国国际交流中心总经济师、执行局副主任、学术委员会副主任，中华诗词学会副会长。她集著名经济学家、诗人、书法家、研究员、博士生导师于一身，在短短六年多的时间内，先后整理、创作并出版了古典诗词集的“三部曲”，在弘扬主旋律，体现多样化，彰显特色性上进行了成功的探索，可喜可贺！当然，学习无止境，提高也无止境。相信陈文玲同志在诗词艺术的探索与把握上，会百尺竿头，更进一步！我们期待陈文玲同志有更多的诗词佳作问世。

不当之处，请各位方家批评指正。

谢谢大家！

主持人：

感谢文朝会长的精彩发言！我昨天看到了文朝会长撰写的这篇发言稿，他深入研究了颍川诗词，发言有非常独到的见解。下面有请中国作协副主席、我国著名诗人吉狄马加先生发言。

吉狄马加[17]先生发言

非常高兴在新春佳节来临之前，中华诗词学会等单位共同举办陈文玲古典诗词集新书发布会，同时也是一次中华诗词高端研讨会。我首先向《颍川诗词》的出版表示祝贺。对我个人来说，我是一个写新诗的，参加这样的诗词研讨会也是带着学习的态度

17　吉狄马加：当代著名诗人。中国作家协会副主席、书记处书记，中国诗歌学会常务副会长，中国少数民族作家协会会长。曾任青海省副省长、宣传部长，在此期间成功组织了具有国际影响力的青海湖国家诗歌节。由于吉狄马加先生在诗歌创作方面的贡献，2016年6月吉狄马加获得2016年度欧洲诗歌艺术荷马奖。《光明日报》刊登整版文章《吉狄马加：写在天空和大地之间》，颁奖式特意选在诗人家乡——四川彝族自治县。作者读吉狄马加先生诗作和《光明日报》刊载文章后，特作《桂枝香·致诗人吉狄马加》。

来的。习近平总书记在2014年10月15日在文艺座谈会上发表讲话之后，整个文学界有一个非常好的氛围和环境。整个创作情况应该说向好的方向在发展，不管是哪一个文学门类，不管是小说、散文、诗歌，当然也包括其他文学作品，文学创作总的呈现出一种繁荣态势。

诗歌不管是新诗创作还是古典诗词的创作，应该说还是非常多姿多彩的。前不久《人民日报》专门发了一篇文章，就是谈中华诗词的回暖，这个回暖我觉得很重要的一点，就是随着国家经济和社会的发展，尤其是人类在追求物质这样一个发展过程中，越来越显现出精神生活的重要。

中国是一个具有悠久诗歌传统的国家，中华民族也是一个有着悠久的诗歌传承的民族，所以在这样一个现实下，大家越来越感受到中华民族本身，包括我们过去很多古典哲学思想，好多时候都是通过诗词的方式在传播，在宣传。特别是唐诗宋词，回望整个世界诗歌的发展，可以说唐诗宋词毫无疑问是世界诗歌的高峰。不光是影响中国人的思维方式和我们的价值选择，影响我们这样一种审美生活。实际上中华诗词对国外意象派的诗也产生了很大影响，包括很多西方现代诗，通过在20世纪二三十年代，包括40年代，包括意象派的大师庞德等，大量的翻译唐诗进入西方，中国古典诗词的这种意象，中国诗词这样一种美，或者是语言高度的精练和概括，也影响了西方诗歌的发展，其实这是应该引以骄傲的。

对诗歌生活的一种需要，《人民日报》谈得很好，我们诗歌回暖，一个方面是中央对建设精神文明，特别是对促进健康精神生活，更好地建设精神文明，极大地促进社会主义文艺的发展都有很大作用。所以习近平总书记讲话之后，全国上下，各级相关文化部门，也包括像文联、作协这样的机构，都在深入学习和贯彻，极大推动文学的发展。

现在诗词创作所呈现的繁荣，我认为不是偶然的，可以看到，除了传统的纸质媒体，我们的诗刊，诗歌的报纸，很多副刊，出版社出版大量的诗集，这个量现在统计起来是非常大的。特别是现在的阅读方式又发生了很大的变化，尤其是网络的发展，包括现在新媒体的出现，微博、微信的传输，当然也包括现在的一些朗诵中介机构，也在通过网络进行诗歌的推广。

现在阅读诗歌的数量和受众越来越多，这从另外一个方面也反映出来，现在人类自身在经济高度发展过程中，就像一个高速的列车在不断往前行驶的时候，人类总希望要看看窗外的风景，需要慢下来，审视一下自己的心灵，感受一下生活中很多美好的细节和瞬间，诗在这一方面所发挥的作用，是别的艺术形式不能替代的。

通过网络的传播，特别是微信，大家可以看到现在关于诗歌方面的微信公众号，数量也是越来越大。在现代的消费主义时代，对今天的现实来说，诗歌依然发挥着重要的作用，不会被别的艺术形式所替代。另外很重要的一点，大家越来越感觉到，怎么能更好地承接民族文化传统很重要，这个传统里面首先就包括了我们的中华诗词，这是一个非常重要的问题。在这一点上，尤其是我们写新诗的如何发展，也是要研究的问题。我在很多地方也说到了这个问题，就是现在中国的诗歌发展，新诗现在马上就是100年的历史了，但是怎么向中国古典诗词学习，怎么在中国诗词民族化方面，包括语言的探索，包括形式上能够更符合中国人的诗词欣赏习惯，包括符合中国人的审美习惯，也包括我们使用语言的一些审美需求，都需要进行很好的研究。

所以，我觉得今天召开这样一个研讨会，不仅仅是对文玲女士的诗词作品进行研讨，对于我们大家来说，新春佳节马上就要到来，也可以说送走了2015年，2016年刚刚开始，这个时候讨论我们如何发展繁荣诗词和诗歌创作，不管是旧的古典诗词写作，或者更宽泛地说整个诗歌的写作，这都是一个利好的消息，这是我想说的第一点。

第二，我拿到颍川诗词集之后，读了一遍，还是很震撼的。过去我就知道陈文玲同志，但是没有更多的接触，包括她到青海来进行三江源生态调研，那时我还在青海工作，知道她对此做出的贡献。她是一个著名的经济学家，可能现在实际上写诗的大部分不是职业诗人，我从来不把诗人作为一个职业，我认为诗人就是一个社会角色，在历史上，包括在西方也是这样，真正完全靠写诗为生的职业诗人，几乎是很少的。歌德这样德国的大诗人，更多是一个哲学家，是一个教授，还不是靠写诗为生的。所以某种意义上来说，诗人在这个社会中，不管是在西方，还是在东方国家，都是一个社会角色，就是通过写诗来表达自己的心情和感受，用文字对这个世界表达他的看法。我觉得最重要的一点，读了陈文玲同志的诗词之后，我有一个感受，她作为一个经济学家，有通过诗歌来表达自己心灵的愿望，这一点我应该向她表示敬意，她通过诗词记录心灵的感受，包括她对外界一些事物的感受，我觉得这和她本身从事的职业是有联系的，这是她一个特殊的优势。

所以，我们看她创作的诗词，很少有写一些无病呻吟的东西，往往都和我们现实生活有着紧密的联系。在这一点上，我觉得可能也是当下，特别是现在很多写新诗的诗人都面临的一个需要解决的问题，就是解决碎片化写作的问题。对我们这个时代，对民族的命运，对当下的现实生活，在人民创造新的历史进程的这样一种现实中，很多人有的时候不能说是漠不关心，但是关心太少。所以如何解构生活，碎片化的写作可能是当下诗坛很重要的一个问题，我觉得在这一点上，不管是旧诗的写作，还是新诗的写作，更宽泛地说整体诗歌的写作，都需要解决这一个问题。所以，我看完颖川诗词后最感动的一点，就是她创作的诗词基本上都和她的工作有紧密联系，这种紧密的联系我觉得很重要的一点，可能就是由于她搞国家战略研究和宏观经济研究，她站的角度不一样，对于整个中国目前的发展，包括我们的社会事业的发展，我们的民生改善，包括社会保障，包括我们进行各方面的改革，实际上都浸透在她的诗词创作里面，从诗词中表达出来一种家国情怀。陈文玲诗词中的家国情怀对当下诗人来说，我觉得都是有启示意义的，我想这样一种诗词写作态度，可能对我们的现实将发挥很重要的作用。

为什么现在有一些诗人写的作品，别人不愿意读，或者在读的时候有很大的语言障碍，我们从诗歌语言探索来说，你可以允许有不同方面的语言，但是写的东西往往是很难触动别人的心灵，很难让别人感受到你写的东西，因为这个东西是一个小我，同时你写的这个东西，又不能唤起别人对这个问题、对你表现表达主题的回应，特别是心灵的回应，这就有问题了。

看完颖川诗词集我最大的感受，或者说她的作品给我们最大的启发，就是怎么样更好地关注现实，关注我们自身的生活，这是我谈的第二点感受。

第三点感受，颖川女士既有这样一种家国情怀，她在一些语言的运用上也有特点。颖川女士送给我她创作的古典诗词集的同时，还送了我一本她创作的新诗，她的新诗也很好。我觉得很重要的一点，她很注意这样的一种诗歌美学追求，不是口号式的，而是怎么通过自己的诗词，自己的语言和形式在艺术上的追求，来呈现她的内容。她工作那么忙，有的时候抽出自己业余的时间来写这样一些诗词，我感受到她在艺术上有一些更好的追求。

没有见到她人之前，我在网上也看她写的一些别的文章，她虽然是一个女士，但是她写的作品还是有豪气的，这一点可以看出在作品的意境追求上，她还是追求一种大气的表达，包括她写新诗，用的排比句很多，递进的东西很多，我还是蛮喜欢她的作品的。

最后也要说一说，既然都是诗友在一起开会，现在不管我们写新诗，还是写旧诗，要向两个方面学习，一个方面向古典文化学习，中国是诗歌大国，在历史上出了很多伟大的历史诗人，他们的语言都是千锤百炼，之所以他们的作品能留下来，除了本身的思想性之外，很重要的一点就是他们的作品可以说是能经得起推敲的，在艺术上给我们一种审美享受，有的都是完全进入了精神文化财富，进入了诗歌宝库。

另外一个方面，也有一个向世界诗歌学习的过程，中国也是一个开放的国家，实际上现在我们也是不断地对全世界的优秀诗歌进行介绍，也翻译了不少优秀的作品。刚才发言的许渊冲先生，他就是把很多中国古典诗词翻译成外文，在这一方面也做了很大的贡献，不管是纵的继承，还是横的移植，需要我们研究怎么提高诗歌本身艺术水平的过程。这样一个过程，不仅是对陈文玲女士一个人而言，对我们所有人而言都有这样一个问题，就是怎么样提高写作质量。现在不管旧诗和新诗的数量都相当大，写诗的人也很多，应特别注重践行社会主义核心价值，通过诗歌这样一种方式，推广社会主义核心价值入心和入脑。其实，诗是一个很有效的方式和载体，很重要的一点还是要把诗词和诗歌的创作写得更精，在艺术上表现得更好，与文玲和诗友们共勉。今天我就说这么多，谢谢大家！

主持人：

非常感谢吉狄马加先生的精彩发言！下面有请当代著名作家蒋子龙先生发言！蒋先生从天津专程赶到北京会场，他购买了去南方的飞机票，为了参加这个会议把票退掉了。蒋先生很多作品都脍炙人口，我们这一代人中的很多人，都读了他的小说《乔厂长上任记》《赤橙黄绿青蓝紫》《农民帝国》等。

蒋子龙先生发言

我认识颍川女士已经有几年时间了，我对一个现象有兴趣，这个现象就是官员写诗，这实在是一种好现象，颍川女士应该是官员中写诗的佼佼者。天津有20多个诗社，其中有一个诗社以厅局级干部为主，也有个别是市领导，还有一些处级干部，主要写古典诗词，也出过一本书。现在官员写诗，为什么我认为是好现象呢？这是一种文化的复归，古代好的官员很多，但是流传下来的，老百姓耳熟能详的，大都是写好诗的官员，比如三边，靖边、定边、安边，这是范仲淹给起的名字，当初他带兵平定北方，到现在我们还用这些例子。唐玄宗时，张说是当时的文坛领袖，多次领兵平定北方，真是出将入相，文武双全。

我一直在关心颍川女士的创作和角度，那么她这本诗集有什么特点？

第一个特点是比较纯粹，她创作的诗词是地地道道的古诗词。我曾经当过天津诗歌节的评委，只当了一届，第二届我就死活不当了，我发现在大量古诗词创作之中，有两个问题我不能容忍，一个问题是写的诗词都是政治热语，三个代表、改革开放等；还有一个是硬凑韵，为了押韵，把一些句子拆开，就像吃米饭吃到沙子一样。

颍川女士的第三部诗集，我认为是一部比较纯粹的诗集，就是从诗的角度看比较纯粹，没有热语，没有口号，也不是全没有，有一句话，大概是177页，“化作腾飞梦”，这句诗一出来之后，我就把阁下的诗集放下了，搁了两天才能再看，我就怕读诗的时候读出这个来。但是，颍川诗词总体上我觉得都非常顺，这是一个特点，就是比较纯粹，叫人感到比较流畅，我想了一个词，叫作“得于心乎，成于天然”，不疙疙瘩瘩。颍川诗词不一定每一首都是好诗，但很顺畅，已经非常难得，在官员写的诗里面，读这样的诗非常赏心悦目，非常舒服。

第二，颍川诗词里有两个强项。第一个强项，是她的山水诗，写得真的是不错，写长江的，写黄河的，都很有气势，也很有意境，比如说“一泻千里江天”，诗的境界比较开阔，比较明朗，不晦涩，气韵生动，情感丰沛，这一点我是经过认真斟酌的。

还有一首诗，叫作《一剪梅》，是描写春天的，我认为这是全本诗集里面最好的一首诗。怎么评价这一首诗呢？特别是最后两句，“/便有风光，/也在心中”，有味道，亲近自然，静观物理，心静澄明，自得其乐，清丽恬淡，很清秀，淡处见丰盈，淡处非但不瘦，还有一点丰满，作为一个女士有如此旷达的胸襟，又有点浑然天成，非常空灵，所以相当不错。

第二个强项，是她的哲理诗。她的诗里思想分量比较重，山水是见景生情的，再就是感悟伤怀，感悟抒怀，感悟动怀，她写很多城市，写国家的大事，世界的大事。很多政治、经济大事在她诗里都有反映，而且这一块儿她创作的诗词量非常大，特别是作为一个女诗人，“/苍茫宇宙苍茫惑，/几处闪烁几处隔”，意境清旷；“/挚友屋顶观美景，/一半店铺一半家”，这样的好句子很多，我就不举例子了。她的诗词境界比较开阔，而且有很多诗词里边一些句子有禅意，“/有道有节心向上，/有情有意隐于形”。有一句诗我很欣赏：“/大隐隐于自己”，实际上这句诗是比喻“/世上皆他乡，/大隐隐于自己”这样一个隐语，我觉得她大隐隐于诗，大隐隐于文字，大隐隐于内心，她的诗里是另外一个颖川，另外一个陈文玲。在国务院研究室当司长，她不是以写诗的心态来当司长的，我研究官员写诗的现象，我认识写得比较好的几个官员，不论职务高的低的，口碑都不错，政绩也很好。

概括来讲，颖川诗词最大的特点和优点是什么？智慧而理性，读她的诗，刚才吉狄马加讲的是正能量，都是非常明朗，情韵丰沛的，有一种成熟的理性。对现在我们一些人的诗的评价，我与吉狄马加有不同的观点，我认为现在诗很多，但诗的创作实际上是在走下坡路。作为读书的人来讲，那些好东西，有思想的东西，基本上比较少，所以，颖川女士的诗词筋骨健朗，清迈、强健，文字里面的脉络都可以看出来，是很丰沛的，诗情饱满。颖川女士有强烈的创作欲望，经常有好句子，这是她诗的特点和优点，智慧和理性。

这本诗集里缺什么？我如果还当评委，题材这么丰富，有这么多好诗，这么多好句子，开拓，明朗，健旺，清迈，如果说缺一点，还是缺少一点忧思意识，什么叫忧思意识？当今中国的一个官员，一个诗人，一个作家，如果对当今的现实完全没有一点忧思，没有一点痛苦，没有一点焦虑，我觉得我很难认为他的意识、他的思维是正常的，或者是健美的。有一位清华大学教授，他公开在媒体上说，用两个字概括现实，就是“困惑”。颖川关心国计非常好，但是民生是国计的基础，古训是民为重，社稷为轻。所以现在的民生问题，看病问题，教育问题，甚至养老也要自己交钱了，这些深刻的民生问题更要关注。豪放，正能量，有两个依托：一是依托于历史，一是依托于现实。苏东坡的《赤壁赋》依托于历史，岳飞的《满江红》依托于现实，是岳飞的现实，辛弃疾的铁马金戈也是当时的现实。悲悯情怀是中国一个很优秀的传统，《全唐诗》收录了四万多首，如果没有杜甫，至少塌一个角，《全唐诗》他撑一半天都不为过。豪放大诗人李白也写过很多忧患，还有白居易的忧患。要提炼一个时代的精神特质，诗歌应该表现一个时代的精神特质，能够获取这个时代的灵魂，除了关心国计，还要关心民生。

另外，颍川这本诗集里面有很多好句子，但有好句子的诗并不一定就是整首都很好的诗。这一点我觉得很可惜，当然这种情况的量还不是很大。写诗可以大量地写，比如说苏东坡，现存将近三千首，公认他优秀的好诗也只有50首上下。所以我觉得可惜，颍川当好句子产生之后，有的觉得题材很好，就可以逼一逼自己，不一定非得是“/两句三年得，/一吟双泪流”，但是可以把整首诗搞得更好。比如像苏东坡这样的大才，他游庐山，庐山名山不去不行，但到庐山后对苏东坡这样的人写诗都觉得非常困难，因为李白去过，“/飞流直下三千尺，/疑似银河落九天”，苏东坡再去庐山，你能写出什么句子来？所以，苏东坡到路上后第二天，方丈叫他留诗，他说留不了，第三、第四天，大概到第七天的时候，突然好句子出来了，“/不识庐山真面目，/只缘身在此山中”，就把自己这几天没有写出来的感悟说出来了。这一句话出来之后，就不得了了，到现在我们还在到处引用，有问题说不清楚，就引用这句话给自己找台阶下。这两句诗前面是“/横看成岭侧成峰，/远近高低各不同”，这样一首好诗就很完整。所以，有的时候好诗的产生不容易，有好句子不要轻易浪费，我看到颍川诗词中有很多好句子，但是读到这些有好句子的整首诗，则不一定就是一首完整的好诗，所以有一点点遗憾。出于我对诗的尊重，对作者的尊重，也由于天津下大雪、而此时北京阳光灿烂，所以我就完全实话实说，有可能与会议的氛围完全不一样，煞了风景，表示歉意，对不起！谢谢大家！

主持人：

非常感谢蒋子龙先生！今天有很多专家到场，叶嘉莹先生本来准备自己来，但是昨天重感冒，今天委托了南开大学校长助理刘秉镰先生代表叶老来发言。叶嘉莹先生是南开大学中华古典文化研究所的所长，博士生导师，中国古典文学专家，加拿大皇家学会院士，曾任中国台湾大学教授，美国哈佛大学、密歇根大学，以及哥伦比亚大学终身教授，并受聘于国内多所大学为客座教授，以及中国社会学院文学所名誉研究员，现任教于南开大学，叶嘉莹先生也是中华诗词学会顾问。下面有请刘院长发言！

刘秉镰先生发言

今天有幸来参加这个会议，非常高兴！今天是入冬以来最冷的一天，感觉外面是冷风刺骨，大家冒着严寒参加《颍川诗词》新书发布暨中华诗词高端研讨会，使得今天这个会场暖气融融，气氛非常热烈。

刚才很多国学大师和诗学大师做了很好的点评和发言，我今天参加这个会，是三重身份，一是南开大学是主办单位，我代表南开大学表示祝贺！我这次是第三次参加颍川诗词集发布暨中华诗词高端研讨会了；第二是代表叶嘉莹先生发言，叶先生本来要亲自来，她拿到颍川诗词集后很兴奋，后来大概兴奋过头了，前两天着凉了，昨天发高烧，她给我打电话说来不了了，请我代她发言。三是作为陈司长的朋友来参加这个会议，我和陈司长认识16年了，很荣幸。

作为主办单位之一，南开大学首先对南开大学经济学教授，国家战略专家，我国著名经济学家陈文玲司长，她另外一个身份是著名诗人，颍川先生所取得的成就表示热烈的祝贺，对在今天百忙当中莅临庆典的各位嘉宾表示衷心感谢。

作为经济学家，文玲司长从2000年就被我们学校经济学科聘为南开大学经济学教授，2003年就开始在我校指导博士生，到现在一直都在指导学生，带着学校师生做一些国家战略层面的研究。文玲司长无论在国务院研究室还是中国国际经济交流中心，都是高产的学者，在南开大学指导博士研究生已经有13年了，她是一个非常认真的、严谨的博士生导师。今天参加会议的有两位文玲司长指导毕业的博士生，都成为青年俊才，一个是金融专家，一个是国家战略专家，她的学生在国家经济社会发展中正在发挥非常重要的作用。

文玲司长在高强度工作之余，神奇般地整理出版了大量优秀诗篇，六年多整理出版了三部，令我们深感敬佩。2015年9月份南开大学举办了《祖国礼赞》现代诗歌吟咏会，主要就是采用了颍川诗歌中的一些创作，当时邀请曹灿、雅坤、瞿弦和、张筠英、刘纪宏、虹云、黎明等全国最著名的艺术家们登台表演，其中颍川先生《三江源感怀》《走进自然》《水的演绎》等诗歌，在南开大学师生当中产生了巨大的轰动和深刻的影响。今天又读到颍川女士第三本古典诗词集，我相信我们一定会有更深的体会和新的享受。

本来我校文学院教授叶嘉莹先生要来参会，昨天感冒了，她感到很遗憾，她说下一次找一个暖和的天气再过来，因为老先生九十多了。我今天摘了叶先生自己创作的一首短诗，来表达叶先生不能来参会的歉意，表示对颍川女士新书出版的祝贺，我念一下："/南祝邮递次渐归，/每于别后首重回。/好题诗句刘蒙正，/更约他年我再归。"

谢谢各位!

主持人:

谢谢刘院长的精彩发言!下面有请我国著名经济学家白津夫先生发言,白津夫先生是中共中央政策研究室经济局局长,中国经济研究院院长、中国民生研究院学术委员会副主任,博士生导师,享受政府特殊津贴的专家。

白津夫先生发言

又一次参加文玲司长新诗发布会,非常高兴!首先向文玲司长表示祝贺。刚才听了很多大师、大家的高论,获益匪浅,向各位发言的大师表示敬意。

我们是搞经济学的,文玲司长作为一个经济学家,经济学研究成果硕果累累,成果很多,同时又频出古典诗词新书,而且在书法上也颇有建树。刚才蒋子龙先生讲到官员写诗的现象,我认为应该研究“陈文玲现象”,几个方面都这么优秀,不仅值得我们学习,更值得我们研究和探讨。

“陈文玲现象”至少可以给我们两点很重要的启示。一个启示,就是从文玲司长个人的角度,天道酬勤,这么多的著作,跨这么多的领域,这里凝聚了她的努力和付出。我有幸和文玲司长曾经共同做过一些调研,每次我们进行调研节奏都非常快,工作量也是很大的,在同样的环境下每每调研,文玲司长不是做做样子,每次调研都非常深入,切入主题,进入角色,每次都由她来做主旨发言,她的发言思想之深邃,见地之深刻,特别是能给地方和企业提出一些比较精准的建议,所以每每得到地方政府和企业界的高度赞赏,也大大提升了我们调研的荣誉度和发挥的作用。

每次调研她都很深入也很投入，在同样调研节奏的背景下，她的很多诗作恰恰产生在这种高频率的调研中。那么这到底是怎么来的？就是在这些快节奏的间隙中，在大家都不经意间，在同样考察路程上，有很多诗作产生在大家一起调研中，而她除了调研成果还有感而发。在大家最放松自己的时候，甚至我有几次坐在文玲司长的旁边，但她却在飞机上静静思考，心无旁骛地在写她的诗作。在汽车上她也在闭目思索，下车时可能一首好诗就产生了。我想，这都是她能够在这样一个快节奏、高效率下，产生这样多作品的原因，这是因为她付出了更多的努力，所以才能够有这么多成果，而且丰富多彩。这说明，学问并不仅仅是学问者的专利，更是对勤奋者的奖励。

我想探索“陈文玲现象”第二个启示，就是跨界融合。一个经济学家能够把诗作写得如此生动活泼，多姿多彩，各位大师都做了很高的评价，这里很重要的一点就是跨界融合。我们处在一个互联网的时代，习近平总书记特别强调了人类已进入了互联网时代，互联网时代最突出的特征，就是跨界融合。现在的创新就表现为总书记讲的学科交叉融合的集成性，所以要建立跨界创新的体制机制。一些重大的创新，一些成果的突破，不是在单一学科所取得的，都是在这种跨界融合所取得的。

文玲司长在这方面给做了一个很好的示范，我们说现在做学问，更需要有融合的思维，要促进不同学科之间的融合，尤其是跨界融合，在融合中取得新的突破。所以，我理解文玲司长正是以经济学家的缜密，文学家的情怀，哲学家的理性，成就了一篇一篇高水平的研究成果和诗词作品，这种融合思维是她的优势所在，是现代创作重要的一个路径，也是我们学习的榜样。所以，作为同样的经济学人，我们要向她学习，也期待文玲司长能够把融合创新研究和创作进行到底，取得更多更有分量的成果，不断开创学术研究的新境界。

谢谢大家!

主持人:

感谢白津夫局长的精彩发言!下面有请太湖世界文化论坛主席、著名文艺理论家、中共中央政策研究室文化研究局原局长严昭柱先生发言。

严昭柱先生发言

文玲同志的诗词,我原来看过一些。这一次得到她的第三部诗词集,我拜读后感到很亲切,白局长说文玲同志搞政策研究工作,大量进行调研,我也有着同样的看法。文玲同志长期在国务院研究室工作,是我国经济决策重要的智囊,所以她出去调研比较多,她不但在自己本职工作上做出了突出的成绩,还创造了大量的古典诗词。所以,我第一次看到她的诗词集就感觉很亲切,第二次看到她的诗词集则非常感佩。吉狄马加是我国著名诗人,他讲的话非常有道理。老话讲“功夫在诗外”,实际上就是讲文学和生活的关系问题。文玲同志工作的强度很大,能够创作出这么多诗词,我在读的时候,觉得给我打开了一个精神世界,感觉她的精神世界中有一种忧国忧民的情怀。

文玲用经济学家的眼光写黄河,用经济学家的眼光把黄河的喜怒哀乐诗意化,总结历史的经验,很含蓄地把千秋功罪提出来了,就是要治理黄河、要爱护黄河,这和她自己的本职工作是密切结合的。在这一方面文玲之所以写山水,跟她到很多地方调研有关,看了很多山川,无论长江、黄河,还是其他的江河,调研中完成了任务,也产生了澎湃的诗情,读的时候我能感觉到她有这方面的思考,她有自己的特点,这给我的印象很深。

我感觉到，颍川诗词像子龙先生讲的非常开朗。有对自然山水的感悟，有哲理的思考。大家都知道国务院研究室的工作，确实是成天寻找规律，特别是经济发展和道法自然的关系。我看到颍川诗词中作者自己写的后记中谈诗的禅意，包括人和自然关系的问题，生态文明建设的问题，还有环境污染的问题等，她用诗的语言’诗的意境去追求一种东西，欣赏一种东西，有的地方正面描写，有的地方也提出了一些历史教训。

颍川诗词具有哲理。整个诗词的调子，无论是山水，包括一些在国外的感悟，也写了一些农民工，写了留守儿童，包括在纽约夜晚她看见流浪汉，写流浪汉在华盛顿的高楼大厦下面酣然入梦，作者充满同情，不忍打扰已入梦乡的流浪汉，最后她写的一句是："明日何处顿？"就是说你明天晚上住哪儿呀？这些都很有悲悯情怀。我很同意子龙先生说的，颍川确实进行了哲理方面和现实方面的思考，整个诗词集给我的收获还是很大的。我也同意子龙先生提出的，就是怎么进一步把民生的疾苦，包括一些更深刻的观察再表现出来。这是我讲的第一点。

第二点，我觉得文玲同志在这么繁忙的工作当中，创作古典诗词，本身对传统文化的继承，对精神文明建设更是一个值得尊重的实践。现在我们讲这是一个图像的时代，浮躁情绪很多，很广泛，各个领域都有这种情形。我自己也写过文章。有多少干部处于亚健康状态，这个亚健康就是不读书，不看报，不学习，不思考，处于思想的亚健康状态，这就距离腐败非常近了，一天吃喝玩乐，不思考群众的疾苦，不思考国家的大事。文玲同志用古典诗词写出很多高雅的东西、很多高尚的东西，这说明古典诗词的优势是很明显的，非常精练，就是几句，但是韵味无穷，诗人用很短的篇幅，用非常精练的语言，让人们反复去咀嚼，有些东西是画得出来，有些东西是画不出来的。诗中有画，画中有诗，古典诗词恰恰是我们民族深厚的诗歌传统，是最丰富的文化遗产。大家谈到现在很多人都在写诗，我们坐在一起来探讨怎么把它搞得更好，这是非常有价值的。听说有京剧进课堂，诗词也应该进校园，不仅要编进教材里，也应该教给青少年如何作诗，古典诗词有一些格律要求，要使青少年能够掌握它，使它真正成为一种思想的诗意表达方式，这对我们的精神文明建设非常重要。我觉得，中华诗词大发展所发挥的作用可能会超出我们的估量。

我就讲这些。谢谢！

主持人：

谢谢严昭柱主席的精彩发言！下面有请中国传媒大学协同创新中心二级教授，博士生导师，中国文化产业30人论坛专家齐勇峰先生发言。

齐勇峰先生发言

谢谢主持人！谢谢中华诗词学会和有关单位邀请！我刚才听了各位大家和专家的发言，很受启发，和文玲司长认识很多年了，一起做过研究工作，有过很多的交往，其中她的诗词创作我感悟最深。文玲的勤奋经常让我敬佩不已，刚才几位先生都说了，这对我来说印象是非常深刻的，也对我激励很大。工作那么忙，跨界创作古典诗词，她有这一方面的偏好，我觉得非常难得。今天召开这个会议，也非常有意义。我想谈三点看法。

第一，对她创作诗词一个很粗浅的看法。几位国学大家和诗学大家都讲了，她的诗词读来确实让人觉得有内涵，视野开阔，结合了国家的发展，结合了工作，从改革开放的角度来读确实是大家之作。我经常有一种感觉，她的诗词多少有点像李清照，既婉约又豪迈。文玲真的是不简单，不容易，她是不是可以称为当代的李清照，我没有跟她聊过这个事实，她心中也可能有这个目标，但是在我们这个伟大时代，是不是能超越李清照？历史上从女诗人来讲，成就最大的，留下来的作品大家感觉最有味道的，还是李清照，我感觉她是在向这个目标迈进。

她的诗确实有特点，有些诗写得非常豪放，很大气，胸怀很大，但是有一些写山水的诗，又非常婉约，很感性，很清新，我感觉她的古典诗作应该是取得了很大的成就。我自己也写一点儿诗，但是写得很少，有时候写几句，有时候忙的时候就搁下来了。文玲司长真的是很勤奋，在一块儿调研的时候，她经常思考，研究也不耽误，诗作也作了，而且还是多产作家。几年时间就创作整理出版了三部诗词集。我参加了她第一部诗词集发布暨中华诗词高端研讨会，有时候过年我给她发问候短信，她回复我的往往就是诗或词。

第二，把中华诗词高端研讨会放在一个更宏大的背景下来看。包括艺术创作，我虽然不是专门搞这一块研究的专家，但多少有一点心得。近代诗人，当代诗人，确实有很多佳作，从文玲司长的诗词里，我也能感觉到这一点，她的诗里有一些新诗的句子，不知道对这个问题怎么看？古诗词要不要与时俱进？创新与恪守老规矩之间是什么样的关系？这个问题我觉得是值得思考的。在颍川诗词里能够看出来有一些句子，把一些新诗的句子融入进去，有些句子写得很自然，我感觉也挺好的。

在中华文化大发展、大繁荣的时代，“五位一体”建设中文化建设也如火如荼，国家很重视文化产业的发展。现在爱诗、写诗的人越来越多，当然有很多人创作的诗过于直白，那不叫诗，也不叫古典诗词，但在古典诗词中适当融入一点比较清新的现代诗的句子，这种探索是很有价值的。再就是传承古诗词与文化建构之间的关系，中国社会主义新文化有文化建构的问题。其实从

1840年之后150年，我们有点一边倒，是向西方学习，是“西风东渐”，甚至要废除中医，打倒孔家店，这个被颠倒的状况现在已经被扭转过来了。

我判断中国文化的发展，应该是属于一个重新建构的时代，就是重新建构我们的中华文化，在继承的基础上怎么样去批判，怎么样去传承，然后怎样进一步发展，从各个方面踏踏实实、认认真真地去建构。这个工作是非常细致的工作，既然是非常细致的工作，就要付出非常艰苦的努力，方方面面都需要去研究讨论，需要去借鉴。我们需要出伟大的作家，需要出伟大的作品，需要出名家、出学派、出流派，当然这是一个很长的过程。习近平同志在文艺座谈会上讲话，指明了我国文化发展的方向。党的十七届六中全会专门研究和决定了关于我国的文化大发展、大繁荣问题。

所以，今天的研讨会非常有意义，以这部作品问世和发布为契机，来讨论中华诗词的发展问题，我刚才也听到了蒋子龙先生谈的评价和意见，严昭柱主席也谈了一些批评意见，但是他们更多的是对作者作品给予了充分肯定。

第三点，我也说两句讨论的意见，如果说要展开批评，我觉得也很好，这样会才开得有深度。其实，我要说有两个问题是值得讨论的，一个问题已经说了，就是关于现代的句子怎么融入古典诗词里面，使古典诗词具有时代性，这个问题需要讨论。另一个问题就是我同意蒋子龙先生的意见，他没有发言之前，我想过这个意思，但是表述跟他有所不同，我认为更多不是忧思，而是反思。

中国改革开放30多年了，我国经济发展取得了很大的成就，也是波澜壮阔的，从另外一个角度来看也是中国经济社会转型最激烈、出现问题最多的30多年，改革开放进入了一个关键时期，党的十八大提出了各项改革举措，就是要解决我们现在面临的种种问题。那么对这30多年的经济社会，文艺作品如何去反映，通过诗词去反思，也是一个很好的题材。但也不应该对作家苛求，文玲司长如果一直坚持这种创作风格，也很好，句子写得很美，很有情怀，就是期盼中华民族伟大复兴，都是正能量，这也非常好，也是一种流派。我们今天研讨中华诗词创作，还应该对当代中国出现的种种社会现象和社会问题，通过诗词创作研讨来进行反思，反思我们的社会治理，这也是一种正能量。历史上这样的诗词也很多。因为诗词创作是个严肃的问题，文玲司长作为一个学者型官员，在国家决策研究关键部门工作，现在在国家高端智库工作，她的经历非常丰富，也可以在这方面进行积极地探索和尝试。

总之，我的期盼就是，现在应该是出大家的时代，出杰出人物的时代，是创新和建构中国文化和文化价值观的时代，这需要很长的时间，也是非常艰苦的过程，打垮一个旧世界很容易，战争年代急风暴雨就可以扫荡，但是要建构一个文化和诗词的新时代，恐怕还需要付出更艰苦、更长久的努力。所以，应该在文学、艺术界提倡文艺批评，这可能是一个更重要的方面。简单地说这么几句，讲得不一定对，也希望大家批评指正。

主持人：

谢谢齐勇峰先生的精彩发言！下面有请中华诗词研究院常务副院长、著名诗人和评论家易行先生发言。

易行先生发言

首先我祝贺陈文玲第三部诗词集隆重问世。文玲司长的创作热情和创作速度，都是让我感觉吃惊的，也让我非常佩服，我对陈司长诗词的一些见解和看法，在“既非幻，也非真”第三部诗词集序言里已经表达了，这里就不多说了。我只想谈两点看法，今天的会议与上两次会议差不多，各界领军人物和领袖人物都在这里，一线的诗人比较少，可能我算一个。

在不太长的时间里，文玲连续整理、创作并推出三本古典诗词集，召开了三次高规格的中华诗词研讨会，这在当今诗坛应该说是绝无仅有的。对这个事情我是这样看的。

第一，主办单位通过陈文玲先生创作出版的作品，强化各界对中华诗词的研究和探讨，进而推进诗词的改革创新。从陈文玲先生的诗词里可以看到，她的情怀是博大的，不是那种小肚鸡肠的人，她是为了促进中华诗词事业的发展，也是用成果来说话。我认为她在诗词创作方面是有重大贡献的，她是靠实力说话。今天研讨会效果很好，我今天听到各位发言，很受触动，也很受启发，因为在不同行业的这些精英，谈出的不同东西对中华诗词的健康发展，会大有裨益。

第二，诗词创作必须与时俱进。确有个别人认为陈司长的诗词不够传统不够经典，有的诗篇类似于新诗的这种看法。我本人也曾持类似的看法，但这并非就是否定，相反倒凸显了她创作的特色。毛泽东在20世纪五六十年代曾经说过，他一直提倡诗词要改革，1965年曾特别提出了，说旧体诗词要发展，要改革，一万年也都打不倒。怎么改革呢，诗词改革的出路在哪里呢？他认为有两条，第一条是向民歌学习，第二条是向古典学习，古典和民歌这两个东西结婚产生了第三个东西，形式仍是民歌的形式，内容应该是现实主义和浪漫主义的对立统一，这是毛泽东对诗词改革创新的看法。而文玲这些诗词作品，里面既有古典的东西，也有和民歌、新诗相结合的部分，这就使诗词写得更加平易、自然、生动。她是在追求这样的创作风格，这也是一条创作的路子，陈文玲的诗词偏中锋用笔，细腻周到，这和她的经历有关系，她深入实际调查研究，观察细致入微，所以能恰如其分地描写自然，描写景物，描写思想，甚至描写学问，这是她的长处。

我认为，诗坛应该百花齐放，大家在尝试过程中，肯定有不同的意见，不同风格的创作就会有毁有誉，把大家的意见综合起来，适当加以消化改进，我觉得就会更进一步。当然我认为，诗歌创作和小说创作不一样，蒋子龙先生写小说，可以把忧患意识很恰如其分展现出来，而写诗词就比较难。你在诗歌创作中，弘扬正能量，实际上扬善就是惩恶，你歌颂好的东西，就是对坏的东西鞭挞，这不太像小说一样，你既要歌颂，又要鞭挞，这个是比较难的。我们诗歌界也有写小说的，对社会现象提出一些看法，也有一些人写那些攻击和谩骂的诗，但这不是诗词的责任。杜甫和白居易也不是那种谩骂式的，所以对诗词创作的这个方面不能求全责备。特别是在诗的诗化语言方面，语言如何进一步诗化和提炼，我觉得诗人还是要下很大的功夫。诗词语言是跟小说散文语言不一样的，有时候要倒装，有时候要省略，要求第一是简练，第二要跳跃，如果没有跳跃，平铺直叙，那也不是诗。

我举一个例子，就是文玲写的牡丹。历代写牡丹的很多，文玲也写了牡丹，我想做一下比较。“/挥笔写天香，/淡抹浓妆。/满园国色竞芬芳，/忘我之时春吐蕊，/溢涌琼浆。 /细雨润风光，/落在心房，/花开花落易沧桑，/月醉水痴情不改，/留下诗章。”这里描写牡丹变成了一种诗意！历史上很多人都写了很多关于牡丹的诗，比较有名的“/唯有牡丹真国色，/花开时节动京城”，“/谁人不爱牡丹花，/占断城中好物华”。也有批评的，比如说“/堪笑牡丹如斗大，/不成一事又空枝”，认为牡丹虽然开得很大，但不结果实，实际上牡丹是结籽的，而且能提炼出牡丹油。所以，我觉得这样一种大写意的诗，提炼这种诗化的语言，很简单。而文玲写的东西很细腻，这也是一种诗词的写法，这就是在诗词创作上写意跟工笔的区别，我认为两者不可偏废，不能都用这种大写意的，也需要有一些功底的很细腻的写作。我写了一首牡丹诗，是个顺口溜，赠给文玲司长：“/一身拘束是悲哀，/因似国花尽兴开，/只要真红真紫过，任人毁誉任人摘”。

谢谢！

主持人：

谢谢易行先生的精彩发言！下面有请陕西震旦汉唐研究院执行院长、《四部文明》执行主编、陕西文学馆馆员傅光先生发言。

傅光先生发言

我是第二次参加文玲诗词集发布的讨论会，在第三部诗词集中，我应邀撰写了序，已经对文玲司长创作的古典诗词给予了评价，今天谈谈古诗词创作中的几个问题。大家在探讨如何发展中国古典诗词的发展问题，刚才几位讲如何传承中国古典诗歌的传统，对我有很大启发。刚才讲到继承问题，其实这中间有一个问题。我们现在发音用“四声”，古人云一、二、三、四声和古人的平仄，和现在已经完全不是一回事了。过去的平声是降调，接近现在的四声，然后上声的声调接近现在的二声。去声是平调，接近现在的一声，入声是顿声，与现在的发音完全不一样。现在的四声里面就没有入声，然后多出来的一个声调，这个声调是当时的胡人带进来的，现在叫第三声，就是这个拐弯的“我、你”，现在都是最常用的字。因为蒙古人来了以后，当时的胡人说话，很多发声是拐弯的，就造成了现在所说的第三声，第三声在语言里面是一个很困难的语言，比如说部队叫操，“向右转”，“转”要读成第四声，“向右转”中“转”念成第三声就很困难。所以，从声音上来讲，现在很多人主张的中华诗词发音，是面对唐宋的声音，是一千年前的声音。而唐代人作诗的发音，也已经不用一千年以前汉朝人的声音，汉朝人作诗同样，更不用一千年以前西周人的声音，可是我们现在拿着韵书是唐代人的声音，这就有问题了，很多声音我们已经念不出来了，用此来要求现代人必须用平水韵，忘记了历史上诗歌发音的演化。

过去的诗词很多音我们念不出来了，这是一个问题。还有词汇问题，刚才有一位先生讲颍川女士有一些新诗的语言放进来，旧诗和新诗语言上的区别在哪里？这就是文言文和白话文的差别。文言文是单字，比如说妻子是“妻”，称儿子为“儿”，新的语言就不可能有这样的词汇，白话文大部分是两个字一个词。所以，我们讨论诗词，一个是四声的发音问题，一个是诗词的词汇问题，如果这两个问题不解决，新写的旧体诗也好，或者新诗借鉴古诗，都会有一定的问题。

还有一个唐宋以前，作者写的叫诗，读者欣赏的叫歌，所有唐宋时期的诗和词都是歌的词，而我们现在只是讲词，不讲歌，不讲调。所以古人创作诗的时候，要靠一个办法，使诗和歌通，就叫吟咏，说明了吟咏的重点在哪里，吟是喉音，咏是鼻音。主要体会诗歌中的喉音和鼻音，我之前有一个学生学吟诗，是别人教的，他自己也会写诗，我问他，我说你不要告诉我怎么样写诗，我只要你告诉我诗是什么？他说诗就是五言诗、七言诗，我说不是，那是诗的形式，诗的根本是什么？他一下子就答不上来了。我说古人说言之不足故嗟叹之，嗟叹之不足故咏歌之，如果一首诗你光能用眼睛看了，光满足字面是不够的，要嗟叹之，嗟叹之不足咏歌之，诵读是最容易体会文气的。你不用诵读的方法来体会，你就没有办法找到这个气韵。

嗟叹之不足故咏歌之，就是吟咏，你不通过吟咏的办法，你找不到这一首诗表达感情最细微末节的弯弯绕绕。一两年以前，上海大学有一些博士生去陕西访学，我讲唐代王维写了一首最有名的诗，“/劝君更进一杯酒，/西出阳关无故人”，这一首诗写出来了以后，一个大诗人就足够了。一位大诗人叫李商隐，他读了这首诗以后，他说“断肠声里唱阳光”，我说可是你刚才念的一首诗，我的肠子一点动静都没有。为什么呢？“/劝君更进一杯酒，/西出阳关无故人”这首诗28个字里面，表达哭腔的字，白话文从字面上来读，是读不出来的。表达哭腔的字有这些，就是韵母是u、an的音，大部分在古诗词里面都是表达哭腔。而入声字，大部分是表达哽咽的，用的是喉音。“/渭城朝雨浥轻尘，/客舍青青柳色新”，“客”是入声字，“色”是入声字，“浥”“一”“出”是入声字，如果你不去把握这几个入声字的节点，你又不去表现韵带哭腔的鼻音，入声字是喉音，电影演员无中生有要哭，有两个要费劲，一个是喉咙要费劲，要有哽咽的感觉。再有一个就是鼻腔要使劲，因为必将要向上顶着你的内线，喉咙和鼻腔是放松的，你是哭不出来的。所以古诗词创作有一定的难度，不管是专业的，还是非专业的，都是有一定的难度，难度恐怕就在这几个地方。这不仅仅是文玲司长的诗词创作要研究的问题，是所有研究中华诗词专家的难点。

今天我就说这么多。谢谢！

主持人：

感谢傅光先生的精彩发言！下面我们有请《作家报》特邀主编、著名文化考古家和评论家王正鹏先生发言！

王正鹏先生发言

感谢大家！我近两年来一直没有待在北京，今天见到好多好朋友，有一点面生了。我回老家张家界考古，发现了中国的古文字在张家界，中国的指南针在张家界，中国的医药发源地在张家界，中国雕塑艺术在张家界。这一次来到北京，我就谈谈对陈文玲的认识，我发言的题目是《行走中的雅事》。

人的一生只有三件事可做，即劳动，休闲，睡觉，将劳动、休闲、和睡觉三件事在一天24小时中平均分配，每件事各占八小时。休闲包含了吃饭、去劳动的道路上、回到睡觉的地方、沐浴、读书、喝茶、品酒、抽烟、打牌、写字、欣赏、打猎、吟诗、钓鱼、爬山、斗球、弹唱、治病等，一切生理时间(吃喝拉撒睡）和工作时间之外的业余时间所做的必要的事情。

通过休闲，可以欣赏到一个人的文化创造、文化欣赏、文化建构的价值观念。透过休闲，可以欣赏到一个家庭、一个村庄、一座城市为人群所提供的文化休闲方式、文化休闲内容、文化休闲永久价值等。

一个没有文化休闲的村庄，是一个灵魂已经灭亡了的村庄。

休闲，是与一定历史时期的政治、经济、文化、道德、伦理水平紧密相连，并相互作用，是一个人的情感与一个村庄的情感紧密相连。

陈文玲先生，是我处理劳动、休闲、睡觉的榜样。

认识陈文玲先生是与孙家栋院士、欧阳自远院士同一个时间，同一个地点，同一个餐桌，同一趟飞机上。

孙家栋院士，自1967年开始担任中国第一颗人造地球卫星技术负责人起，一共负责制造了人造地球卫星34颗，他的劳动时间和休闲时间(大部分时间)是研究人造地球卫星的工作方式，他的专业休闲生活方式我学不到，我尽量努力向他学习。

欧阳自远院士，是中国月球探测工程的首席科学家，有“嫦娥之父”的雅号，他的劳动时间和休闲时间（大部分时间）是研究地球以外的物体撞击地球诱发生态环境灾变与生物灭绝的工作方式，他的专业休闲生活方式我学不到，我尽量努力向他学习。

我向往孙家栋院士、欧阳自远院士专业休闲生活方式。但是，我还要尽力地向陈文玲先生的劳动、休闲和生活方式学习，如同从张家界到北京去，要经过长沙、郑州、石家庄，才能到达北京。

陈文玲先生，在劳动时间完成了一些重大研究任务：如粤港澳紧密合作的研究报告、义乌国际贸易发展与试点建议的研究报告、中国国际贸易与投资发展中的若干研究报告、中国医药卫生体制改革的研究建议、三江源生态问题调研报告、国家2020年健康发展规划中的重要研究报告等。她不单单完成八小时劳动，还贡献了八小时以外的劳动，她努力为更多人着想和服务，为国家发展和江山社稷着想和服务，我学习陈文玲的先生劳动态度。

第二，我要学习陈文玲先生的休闲方式。陈文玲先生休闲方式主要有两大块。一是书法的创作，二是诗词的创作。

中国有很多的人会书法的创作，中国有很多的人会诗词的创作。在我的朋友圈中有臧修臣（专写新古诗长诗）、李文朝（四季豪迈古诗）、李栋恒（理性婉约古诗）、江杰生（战略婉约古诗）、许政（应景新诗古诗兼备）等，他们都是我休闲生活方式学习的榜样。而陈文玲先生的词是天下少有的一种，她不是沿袭一种词牌韵律在写，而是把整个常用的宋代词牌几乎写全了（我认真地数过，达三分之二之多），其中包含宋词“豪迈、婉约”两大内容，词韵贴切，词意新颖，词造恢宏。

没有欣赏武陵源的风景，就不知道武陵源风景究竟有多美；

没有研究卧虎沟的古天文文字，就不知道卧虎沟的天文罗盘是否是指南针的发明地、文字的创造地、天文学的发源地；没有到过中南海院墙之内，就欣赏不到月圆之夜微风拂柳那种静谧荡漾的情景。

我读过陈文玲先生的两本诗稿，三本诗词选集，一本书法稿，一本诗词书画选集，获得了陈文玲先生的书法诗词手稿原件十件以上。从这些著作中，从我初拿到手稿起，凭着我多年的编辑经验认为，对陈文玲先生诗词、诗歌的评论是容易写的。没想到的是当我翻阅了几页后，我的脑袋大了，她创作的不是同一种词牌呀！是不是陈文玲先生弄错了？把别人写的诗稿放进了自己的诗稿中？！我不敢去读，我不敢去想。半个月后，我又拿起陈文玲先生诗稿，又是头大的感觉，再次放下。又过半个月，我一页一页地去数词牌，足足数了三天，达165个宋词词牌，没有错，这只是看到的一大部分。

词牌不一，词韵律不一，你就得用同一种宋词的词韵律来对照、来欣赏。由此我找来《宋词鉴赏辞典》这把尺子，用范仲淹的《苏幕遮》比对陈文玲的《苏幕遮》，用晏殊的《浣溪沙》比对陈文玲的《浣溪沙》，用欧阳修的《蝶恋花》比对陈文玲的《蝶恋花》，用苏轼的《水调歌头》比对陈文玲的《水调歌头》，用秦观的《满庭芳》比对陈文玲的《满庭芳》，用陆游的《卜算子》比对陈文玲的《卜算子》，用李清照的《声声慢》比对陈文玲的《声声慢》……一个词牌一个词牌地对比下去，脑袋是越来越大，词牌之多，不敢看！词韵之贴切，不敢看！词意之宏大，不敢看！

我见过国学大师文怀沙，他是《四部文明》的主编，从纪昀（纪晓岚）的《四库全书》，到文怀沙的《四部文明》，当代世人无人比肩！翻开陈文玲的《颍川诗草》序言“这时我才惊讶地发现，她原来是一名超凡脱俗的诗人”（文怀沙语。文怀沙自称为老顽固，对古典文学和现代文学的批评水准十分顽固独到）。这时，我读到了文怀沙先生的惊讶程度，以文老先生的治学态度，眼睛里是掺不进沙子的，文怀沙先生的惊讶，不是一般的惊讶，也是我不敢读陈文玲诗词般的惊讶。再看陈文玲的《颍川诗草》题签，竟是德高望重的古典文学和国学大师袁行霈的题字。

不知道袁行霈，就不知道北京大学；不知道袁行霈，就不知道《国学研究》；不知道袁行霈，就不知道中国民主同盟会；不知道袁行霈，就不知道中央文史研究馆。袁行霈现任中央文史研究馆馆长、北京大学中国传统文化研究中心主任、《国学研究》年刊主编、民盟中央副主席。十分高古的古典文学和国学大师袁行霈能为陈文玲先生的诗词集题字，也让我由衷地惊讶。

我不敢去读陈文玲的诗词，但为了向她学习，我还是要去读，我不敢去欣赏陈文玲的书法，但为了向她学习，我还是要去欣赏。

我可以不用专业的眼光去读陈文玲的诗词、陈文玲的书法。我可以用小孩子读书的方法去读，数数词牌有多少呀，算算陈文玲写的词牌词对照《宋词》词牌词的字数相不相等呀，看看陈文玲书法究竟是出于张旭，还是出于怀素，还是出于孙过庭。没有人会用这种邪门歪道的方法，去探讨陈文玲休闲方式中创作的诗词书法作品，由于我的惊讶，一下子让我回到了小时候顽劣的状态，我用一种无知的童心去读陈文玲先生的诗词书法作品。

研究古希腊文明的人会发现这样一种现象：古希腊天文学文明，成就了阿基米德、哥白尼、伽利略、开普勒、牛顿、爱因斯坦，是古希腊天文学文明的宇宙壮丽之舞，成就了后来者的智慧，这种智慧之舞，照亮了人类的文明。

没有人去研究慈利县卧虎沟的天文学现象，人们在纷争河洛文化、龙山文化、曹操文化、潘金莲文化、李自成文化等，文化在纷争中，莫言就成了“土包子”，屠呦呦就成了“三无”科学家……休闲文化没有理性标准，造就的是一堆连着一堆没有竞争力的垃圾文化。到此一游写出“/桃花潭水深千尺，/不及汪伦送我情”的人，毕竟是人与自然情境相融的佳句。

我从陈文玲的休闲文化中读到了道德文化，这种休闲文化的根基是中国传统文化。山西裴柏村是一个小小的根基文化范本。裴柏村的裴氏家族从西周开始，一路发展下来至汉、魏、南北朝、隋、唐、宋、元、明、清，在中华大地两千多年的历史进程中，裴氏家族在政治、经济、军事、外交等诸方面，均做出了突出的贡献。仅隋唐二代活跃于政治舞台上的名臣就不下数十人。其中著名的政治家有裴秀、裴楷、裴蕴、裴矩、裴他、裴让之、裴政、裴寂、裴胄、裴度、裴枢等；军事家有裴行俭、裴茂、裴潜、裴叔业、裴邃、裴骏、裴衍、裴宽、裴果、裴文举、裴镜民、裴济等；法学家有裴政；外交家有裴矩、裴世清等。裴氏家族公侯一门，冠裳不绝。正史立传与载列者，600余人；名垂后世者，不下千余人；七品以上官员，多达3000余人。在上下两千余年间，先后出过宰相59人，大将军59人，中书侍郎14人，尚书55人，侍郎44人，常侍11人，御史11人，刺史211人，太守77人，郡守以下不计其数。还多次与皇室联姻，出过皇后3人，太子妃4人，王妃2人，附马21人。裴汶，澧州刺史，元和二年（807）二月初三日礼部员外郎裴汶贬任澧州刺史，元和三年（808）澧州刺史裴汶在慈利县著《茶述》，介绍慈利县茶叶。

休闲文化的道德文化在裴柏村中得到了充分的体现，而在陈文玲先生的诗词中更完美地展现在我的眼前，从陈文玲《江城子·九寨天籁曲》《水龙吟·九寨神韵》《汉宫春·漫步西湖》

《水调歌头·大运河》《江城子·青海湖》《菩萨蛮·丝绸之路》，行长江，步黄河，观沧海，陈文玲先生很理性地、很道德地抒写了大地赞歌。2014年1月7日，我邀请陈文玲先生首次到慈利县观赏四十八寨唐代军垦遗址及唐代九将军石刻（她听别人介绍的是明末李自成故事，所以一直没到张家界市），她当时即兴创作了《浪淘沙令·游张家界唐代军垦遗址》词一首，现抄录于下：“/唐代亦屯田，/袅袅炊烟。/四十八寨是家园。/一片壮怀挥洒处，/印在山间。　　/踏径觅当年，/攀岭登岩。/红石板上刻心弦。/冬雨舞时春吐蕊，/溪水潺潺。”（颍川作于张家界2014年1月7日”）。休闲文化的道德是激发豪放与婉约二者兼备陈文玲先生创作的源泉。

自从我发现了牧羊冲猿人创造了雕塑艺术、牧羊冲猿人发明了医药技术之后，加上先前在云朝山发现了公元前2400年前的建筑艺术、观星科学之后，我日思夜想的是回到慈利县再寻找历史文化。我发现了陈文玲诗词、诗歌的价值，就想把这种价值储藏在中华文化的宝库中。我回京时匆匆忙忙跑到中国国家图书馆、中国现代文学馆，向朋友推荐收藏陈文玲文学作品，我将陈文玲先生五部文学著作在这里一放，对中国国家图书馆、中国现代文学馆的负责人说：“我初步发现了慈利县有五千年历史文化古遗迹存在，我需要迅速赶回去弄清楚一些，没有时间等待收藏证书……”中国国家图书馆负责人说：“你坐这儿喝杯茶，稍等，颍川诗词集等几部书的收藏证我立即办妥，你可以现在带走。”中国现代文学馆的负责人则说：“办理证书的人现在在外省出差，回来后让他迅速办理，你先把联系方式留下来……”我拿到中国国家图书馆的收藏证书转交陈文玲先生，未来得及等待中国现代文学馆的收藏证书，就告别了陈文玲先生，即刻回到了张家界。

在张家界，我一边读陈文玲诗词，一边欣赏陈文玲书法，一边寻找慈利县的历史文化。2015年10月10日，我与张家界市历史文化研究会成员刘世迪先生首次发现了卧虎沟天文学观星遗址，首次发现罗盘（指南针），首次发现观星文字图画日记《天文图志》，我将这些约发生在公元前6300年的古文明用微信的方式发给陈文玲先生去读，她说："很惊讶！没想到慈利县的历史这样的厚重！"我通过陈文玲先生的"惊讶"感觉到，张家界市的人们一贯注重不务实的休闲文化，没有真正把有价值的历史休闲文化放在首位去引导游人欣赏，光挣了一个游人的门票钱、吃饭钱、睡觉钱而已，没有挣到游人的文笔，没有挣到游人的内心赞叹。

对，我在此篇文中本意是要写陈文玲休闲文化重要性的，但我生性顽劣，只会东扯葫芦西扯叶的扯野葛藤，就如宋代圆悟克勤禅师一样不老实地念佛，用喝茶扯野葛藤的方法述说了《佛果圆悟禅师碧岩录》。我读陈文玲先生诗词书法休闲文化只是这般扯野葛藤的境界，只要你读陈文玲先生诗词书法休闲文化，你的境界肯定比我高，会洋洋洒洒写出百万字正统的诗词评论来、书法评论来，若是你不去读陈文玲先生诗词书法休闲文化，你连我这般歪门邪道扯野葛藤的方式也扯不出半个字。

打开陈文玲先生的《颍川吟草》《颍川诗草》《颍川放歌》及刚刚出版的《颍川诗词》，我也较其他人更早地看到了《颍川诗词书法》，如同开启中国诗歌文化的一个宝库，从现代诗歌到古典诗词，每一首诗都让人动情，每一首词都让人耳目一新，陈文玲先生诗歌创作中的高雅、矜持、婉约、豪放、浪漫，深深地令人陶醉；也正是陈文玲先生诗词里所写道的"/半入天堂，/半落心房"的崇高境界。总之，研究陈文玲先生的休闲文化的道德标准、理性标准，是一件高雅的事情，是一件很值得去认真研究的事情。

（注：本文为王正鹏先生专门撰写的会议发言稿，因为时间关系，会上读了其中一部分，为感谢王正鹏先生特将其发言稿全文收入）

主持人：

谢谢王正鹏先生的精彩发言！下面欢迎中国文化研究会会长，中央党校原副校长，研究员，博士生导师，第十届全国政协委员，第十一届全国政协常委，中国浦东干部学院中国特色社会主义学院院长，我党著名理论家李君如教授发言。

李君如先生发言

今天文玲第三部诗词集发布暨中华诗词高端研讨会我一定要来参加的，先在万寿宾馆参加关于长江经济带的研讨会，会议结束后由于堵车，结果走到这里用了将近两个小时。

文玲诗词每出一本我都认真拜读，几次会议我都来参加了。因为她的诗词是有特点的，她是专家，是公务员，是一个女性，又是一个出色的诗人，几重合在一起，有许多的特点。在艺术上讲，女性的细腻、情感；从一个专家学者的角度，她思考深入；从公务员角度，她的社会责任心强，多重身份使她的诗词别具一格，非常值得我们品味。我收到《颍川诗词》以后，浏览了一遍，和以往一样，非常感慨。今天召开中华诗词高端研讨会，因为我已经在颍川上两部诗词集讨论会上讲过两次了，这次就谈谈第三部诗词的开篇八首诗，对此我有一些感想，在这里与大家交流。《颍川诗词》开篇八首，五首写黄河，三首写长江，读来感慨万千。写黄河的五首，又是写黄河表现出中华文明的发展史，那是中华民族六千年文明历史的写照，黄河积淀下来的。这几首诗词非常有民族的思考和家国情怀。

再就是写了黄河水土流失的灾难，比如说满目疮痍，黄河多年水土流失，任何到过黄河的人都很感慨，这在女诗人的笔下也表现出来了。“/何处觅清涟，/天上人间，/丛丛芳草驻高原？/日月星辰随水逝，/大道无言。”“天上人间”说的是黄河已经成为一条挂在天上的河，里面带着历史的沧桑感。还有新中国治理黄河的新气象，“/东流追梦想，/滚滚醉黄河”，写我们党领导人民治理黄河，取得了很大的成就，写得非常有感情，而且追梦，还要往前走。

再就是写黄河生态保护任重道远，写在黄河上游青海省贵德看到清澈的黄河美丽景色之后，作者写道：“/可知除此外，/滚滚皆浑浊？”三江源保护那么重要，上游的清澈给人的感觉，是对黄河整条河水污染的忧虑。我也到黄河边走过的，看到的情况与作者一样，作者写的是我们内心深处一种很复杂的情感，都在诗里流露出来了。写长江三首，同样体现了中华文明精神，长江流域的壮美，更让我动心，动肺，动容，作者也表达出对母亲河生态的忧虑。我是生在长江边、长在长江边的，看到了长江的变化，虽然两岸高楼林立，但长江从支流的污染到整条江的污染，确实是令人心痛的。“/那时景色再难寻，/明日何时来长江”，读到这里，我随便写了四句感言：“/无边绿木萧萧下，/吟罢黄河又长江，/母亲哭泣我无言，/子孙延续谁担当？”读到这里，我在《颍川诗词》旁边写了这四句话。假如母亲河干枯了，我们这些人如果再不说话，谁来承担子孙后代永续利用这个责任？陈文玲的诗词触动了我的心情，说明了好诗的感染力。

《颍川诗词》之所以能够触动我的思绪，主要是两点：一是《颍川诗词》开卷八首写黄河长江，让我们看到了一个经济学家、国家公务员和诗人的爱国情怀和社会责任心，她之所思所想是国家的未来和生态保护，这是非常令人尊敬的。二是《颍川诗词》开卷八首体现人与自然和谐发展的天人合一的理念，绿色发展的理念，作为资深的经济学家，她为国家制定大政方针出了大力，参与研究国家“十五”“十一五”“十二五”“十三五”规划讨论或修改，参与起草国务院总理《政府工作报告》等重要工作，在解决三江源生态问题、研究绿色公共政策体系和节水农业等方面也发挥了非常重要的作用，在国家战略、国家决策、国家政策研究方面做了大量卓有成效的工作。党的十八届五中全会提出了创新发展、协调发展、开放发展、绿色发展、共享发展的新理念，文玲的诗词体现的就是这种绿色发展的理念，写黄河，写长江，八首开卷诗词集中表现了这一点。习近平总书记2016年1月在重庆提出，要推进长江经济带建设，不搞大开发，要搞大保护，把保护长江的生态放在压倒性地位。经济学家写诗和一般诗人写诗不同，首先是要有一种国家的发展理念在里面，也是这一点触动了我的思绪。

因此，陈文玲的诗作不只是有情感，有细腻的情感，而且有思想，能够把这样的情感和思想，人文和科学如此紧密地结合起来，正是《颍川诗词》的特色和优势。这是我们向陈文玲学习的地方，如果要挑一点瑕疵，像黄河和长江八首诗，还可以写得更加具有忧思感。今天我就讲到这里。

主持人：

谢谢君如校长的精彩发言！下面有请国务院研究室综合司副司长王飞发言。

王飞先生发言

很荣幸来参加陈司长的新书发布暨中华诗词高端研讨会。各位嘉宾发言我已经听了快三个小时了，这就与我和陈司长过去这么多年的工作相处与交往一样，是一个很重要的学习机会。在我与陈司长多年同事的工作经历中，我觉得她最辉煌、也是人生最闪光的时刻，应该是她在国务院研究室工作的这个阶段。在这个阶段中，我从2001年来到研究室工作，到2013年差不多12年的时光有幸与陈司长在一起工作，我们不仅仅是同事，她像一个长者，人生导师，不管到什么时候，对我人生发展最有影响力的人里肯定有陈司长。

我们单位领导，还有很多同事知道这个事情都是要来的，非常不凑巧，国务院研究室是给国家领导人服务的机构，今天有一个很重要的会议，实在是没有办法来。刚好我参加的议程上午结束了，下午我就赶过来了。我这次参加会议，不仅仅是代表国务院研究室领导，也代表他们几个人，作为陈司长工作的娘家人，一定要来做一个发言。

我对陈司长的认识，觉得她有多重身份。首先，我觉得她是一个非常著名的经济学家，这么多年以来，我和她的合作有这么多领域，区域经济、节能环保、世界经济、市场流通、进出口贸易，这些方面都不足以形容她的研究范围之广，因为是在综合司工作，也只有像陈司长这样有广阔研究视角和研究领域的人才能胜任这一份工作。

第二，陈司长是一个政策研究的专家，在她十几年国务院研究室工作的过程当中，参与了国务院多届《政府工作报告》和中央经济工作会议文件起草，还有很多其他国家文件起草和制定工作，可以说她是一个非常资深的政策研究专家，很多她的研究或者她的一些见解，就体现在国家的这些文件和领导的讲话中。我们的机构是给国家领导同志服务的，很多东西不能体现在她个人的研究成果里面，这是一个单位的集体行为。实际上背后如果没有像陈文玲这样一批有家国情怀的人的奉献，我们国家也不可能有这么多很好的成果出来。

陈司长第三个身份，是古典诗词作家，这个领域不是我所擅长的领域，我知道来的各位嘉宾都是国家诗歌界最领先的、最权威的大家，能够给陈司长这么高的评价，我作为陈司长的一个“学生”，我为她感到高兴，觉得这是一个非常重要的时刻。

我再谈谈对陈司长个人的一些想法，我觉得陈司长最大的特点，是工作中充满了激情，她让我觉得这份工作是有意义的，刚开始进入公务员岗位，认为这里可能就是写东西的地方，给领导写写文件。后来我发现在国家顶尖智库中，有陈司长这样一个人，充满了对工作的激情，她发现经济社会中哪里有一些问题，就像立刻上紧了发条一样，用很短的时间去深入调查，最后拿出有见解的报告出来，如果没有激情和斗志在里面，我觉得是不可能的。第二个特点，陈司长是一个充满着正能量的人，今天是关于中华诗词的会议，我想用两个字来说就是“情怀”，如果没有情怀，做任何事情，哪怕是写这种枯燥的公文和文件，也是写不出精彩的语言来的。所以我觉得一个人内心的情怀是很重要的。

这里我想分享两个小故事，一个是在2008年汶川地震那一天，我们从北京要飞到香港去做一项重要的研究，实际上在地震的时候，我们还在飞机上，并不知道中国大地上是山摇地动的，等到我们到了香港的时候，落地后才发现，有这么大的一件事情发生了。第二天还安排了很多重要的公务活动，陈司长说在香港、澳门我们也要为国人进行祭奠，第三天全国有一个公祭活动，我们参加了在澳门的祭奠活动，在会议之前我们与澳门官员一起，为我们的同胞进行祭奠活动，我的印象是非常深的，她充满了情怀。后来我在她的诗词集里，看到那几天她几乎彻夜未眠，白天繁忙地开展工作，晚上看来自内地的报道，在那几天撰写了关于汶川地震的三首古典诗词，两首现代诗歌。

陈司长是一个著名的流通理论和流通问题权威专家，我们每个人的衣食住行跟陈司长的研究都是有关系的，她曾经做过一个重大的研究，就是关于食品药品保健品的安全问题。曾经有一段时间我们国家假冒伪劣药品充斥市场是一个很大的问题，老百姓吃不到放心的药。陈司长作为一个领导，乔装打扮成下岗女工，到几个风险很大的医药集贸市场和批发市场深入了解实际的情况，没有单位同事陪同，没有和地方领导打招呼，没有更多的人陪同，只有两位药学专家。作为一个女同志，没有一定的勇气和对老百姓这种关怀的深厚感情，是根本做不到的。还有对不良产品的进口问题，她组织大家进行了深入研究，向国家领导人提出重要建议，当时有国外垃圾产品进口到中国来，对人民群众健康造成很大损害，她提出的这些政策建议推动了问题的解决，这就是陈司长调研的结果。

还有让我印象最深的，就是在2013年2月，在雪地里所作的诗词吧。这首诗词写道："/难以忘怀冬日，/此时大雪临窗。/浮尘滤尽是风光。/柔柔思绪落，/竞舞赠清妆。　/飘洒不分昼夜，/只缘梦驻心乡。/晶莹剔透吐心肠。/人生何为贵？/融化亦纷扬。"像陈司长这样的大家，如果是在体制外搞研究，论她的研究成果，她的创造创新，她的成果对国家的贡献，只要拿出去，绝对都是一流的顶尖级专家，但是我们就是为国家默默无闻做一个岗位上的研究者和螺丝钉，为领导决策提供服务的工作人员。用我的理解，陈司长这首诗词是说，我们就像纷扬的雪花一样，即我们保持一种纯洁的为国家、为人民贡献的胸怀，哪怕最后融化在这个世界里，也是没有怨悔的。

第三点，提个建议。也是与诗歌有关的，今天我来到这里，我就感觉到坐在这里发言的人里面，我可能属于最年轻的人，我还看到有很多陈司长的学生，大家都谈到中国诗歌文明是这样异彩纷呈，再往下还有传承问题。我跟陈司长一起工作这么多年，学习了她在专业领域的东西，很惭愧并没有向陈司长学过诗词、诗歌方面的东西，我们也不知道她是一个诗人，她在单位一直都没有提起过，她的诗词也没有公开发表过。我提一个建议，您在给我们专业和人生教诲的过程当中，能不能把关于诗词、诗歌的创作，关于中国文化，这些最优秀、最美丽的东西也向我们传承一下？这也算是一个建议。陈司长是我人生永远的一个导师！谢谢！

主持人：

非常感谢王飞先生从工作的角度，让我们看到另一面的陈司长。今天发言人很多，有些同志以自己的作品来表示对《颍川诗词》出版的心声，下面请中国作家协会会员，中华诗词学会理事，中华诗词学会宋彩霞朗诵她的作品。

宋彩霞女士发言

不好意思，我没有准备。我写了一首诗，祝贺《颍川诗词》发布和中华诗词高端研讨会召开。请大家指正！

玉楼春·贺颍川先生《颍川诗词》新书发布暨中华诗词高端研讨会召开

/芝兰手植真高洁。/涵绿披红多少叠。/颍川诗意总撩人，/三卷长歌歌遍彻。　　/海山十万翻新阕。/大爱弥天情切切。/生涯情系大风潮，/许国寸心如寸铁。

主持人：

非常感谢宋彩霞女士所作的诗词！《颍川诗词》这次出版，大家都进行了讨论。陈文玲还有现代诗歌出版，在2015年的中秋节后和国庆节前，在南开大学和北京音乐厅举办了我国十大朗诵艺术家现代诗歌朗诵会——《祖国礼赞》，大部分诵读的是陈司长的诗歌作品，今天我们也请到了总政话剧团著名话剧表演艺术家刘纪宏先生，他是我国十大朗诵艺术家，请他发言并给我们朗诵两首颍川诗词。

刘纪宏先生发言

我想从舞台艺术的角度谈一谈这部颍川诗词集出版的意义。2015年9月份中秋节和国庆节的时候，我们分别在南开大学和北京音乐厅举办了《祖国礼赞》以颍川诗歌为主的专场晚会，当时那种现场的热烈出乎我们所有艺术家的意料。在南开大学一票难求，最后演出大厅的过道里全坐满了人。在北京音乐厅这一场演出下着大雨，但也基本上是满座，应该是90%以上的座位都坐着人。演出后我的学生和观众，包括南开大学的学生，一直希望这台晚会能继续演出，他们说这一台晚会让我们心灵震撼，是精神的陶冶，是灵魂的洗涤，是家国情怀的激发。我觉得颍川的诗歌能有这样的社会意义，观众喜欢，那就是有了存在的必然，人们喜欢就好，青年人需要就有现实意义。

有一些诗写得再好，出版之后没有人传承，或者说没有人喜欢，我觉得就没有意义。所以我在导演这两台晚会的时候，我写下了一个导演阐述，我想借今天这个机会，摘录其中几句，给大家读一下，也代表我参加这次讨论会的心声，支持这台晚会的很多青年要求我发言，也谈的是这个意思。

中国是诗歌的国度，人们需要好的诗歌，在提倡传承中华优秀文化的今天，我们更需要好的诗歌。读颍川的诗词，犹如饮了一杯醇香的美酒，人未醉，心先醉。读颍川的诗词，犹如沐浴了一股和煦的春风，风而拂面，心扉激荡。读颍川的诗词，我的心在被一次一次强烈地震荡，应该说是震撼，她的诗词是激情的凝聚，是浓缩的画面，诗词中既有“飞流直下三千尺”的豪迈，又有潺潺小溪，流水淙淙的深情，既有山川牡丹的华美和艳丽，又有山野小花的质朴和清香。颍川的诗词字字句句都是真情的流露，行行首首都是真情的写照。我敢断言，她的诗词是用心，用血，用情，用爱凝聚而成的，透过她的诗词我能看到诗人的纯真，诗人的深情，诗人的豪迈，诗人的赤子情怀和担当。总之，读颍川的诗词，我越来越清晰地看到了作者的质朴和真诚，在她的诗词中，我看到了一个大大的“爱”字，她爱山川，爱自然，爱祖国，爱人民，所以颍川诗词具有现实意义，必须也应该大力宣扬。

结束的时候，我想朗诵一下她第三部诗集中的两首，也是令我深深感动的两首。第一首：

浪淘沙令

致贵州山里的孩子

梦想驻扁舟，
遍岭清流。
深山远处有双眸。
渴望溢出成泪雨，
落在村头。

京畿亦心忧，
怎解穷愁？
风霜雪雨奈何求？
铺展幸福寻路径，
任绿飘流。

这首诗词是作者2000年到贵州省黔南州都匀市参加一个会议，共青团都匀市委员会正在组织对山区贫困学生进行资助，作者对其中两个孩子进行了资助，从小学四年级一直资助到初中毕业。从此，这两个孩子每年通过共青团都匀市委员会转来他们给作者的来信。作者有感作此诗。

再朗诵一首：

七律

读《论语》“为政正也”

为政以德开正义，
万世师表驭宗羲。
千金散尽终缥缈，
一诺聚集始神奇。
政者正也行大道，
人者仁也筑长堤。
不知礼仪无以立，
甘愿心随百姓居。

谢谢大家！

主持人：

非常感谢我国著名朗诵艺术家刘纪宏先生！今天郑伯农老提出让所有的嘉宾先发言，现在我们就把剩下的时间留给郑老来做一个总结性的发言。郑老师是当代文艺评论家和诗词大家，曾任中国作家协会党组成员，现任中国作家全委会名誉委员，中华诗词学会驻会名誉会长，《中华诗词》主编，中国社会主义文艺学会名誉会长。

郑伯农先生发言

我们中华诗词学会是这次主办单位的成员。我曾经为陈文玲的前两部诗词集写过几篇序言，我建议请来宾们先讲一讲，比如说从天津来的蒋子龙先生，他是我国著名作家，是中国作协副会长；还有吉狄马加，是作协的资深党组成员，中国作协副主席，著名诗人，还是有国际影响力的诗人；还有太湖国际文化论坛的主席严昭柱同志，是著名文艺理论评论家；还有许多的国学、诗学大师和名家。

我不能说是总结，只是想讲一点个人的意见。这个论坛开得很好，会上大家的意见基本上是一致的，但是也有不同的意见，比如说忧患意识，我觉得子龙先生提得很好，但文玲的书里也有一些诗篇，写农民工，写留守儿童，那里面有忧患意识，包括写黄河，写长江，都还是有忧患意识的。

大家都觉得，文玲的诗是大气的，有女性的大气，有家国情怀，我觉得她有她独特的大气，并不是一般意义上的大气，比如说秋瑾，她是热血沸腾，呼啸呐喊，文玲的诗词是哲理性的思考，沉思，比如说写黄河和长江，写水，可以一边看着水，一边想到上善若水。游历祖国的风光，她想起历史，想起民生，民生也可以通过寓情于景来表示。她的大气有她的特点，是一种宽广的情怀，是一种家国情怀，但是不表现为呼啸呐喊，热血沸腾，必须要冷静，冷里面也有热的。

对陈文玲创作的争论，这关系到整个诗词界如何创新，如何探索，如何既讲格律又可以突破格律。有的人把形式上的毛病叫硬伤，如果哪一点不符合格律，就认为这是硬伤，认为硬伤是最大的伤。但是我认为，写诗词最大的硬伤并不仅仅是格式问题，最重要的是有没有诗味，无论是对新诗还是旧诗的评价，没有诗味就是最大的硬伤。格律是要遵循的，如果你要写旧体的诗，你必须按旧体诗的格律来写，如果你要打篮球，你就要遵守篮球规则。但是所有优秀篮球运动员都曾经犯过规，什么运动员不犯规？板凳队员不犯规，但是上不了场，或者很少上场，投篮姿势很标准，但是投不进几个。所以说，诗词格律也是可以突破的，古代很多优秀的诗词词牌都有若干变格，变格就是突破和创新。我举一个例子，有一首宋代李之仪写长江的诗《卜算子》：“/君住长江头，/我住长江尾；/日日思君不见君，/共饮长江水。/此水几时休？/此恨何时已？/只愿君心似我心，/定不负相思意。”这首诗前头简直就是新诗，它吸收了民歌的成分，后面则是按照古韵描写长江的诗，二者结合起来，就是一首流传千古的好诗。但是我们念的时候，觉得这并不是别出心裁，而是一种感情的需要，是表现内容的需要，所以我觉得它是一个很大的突破。过去也有人尝试过，比如山西法院的院长，也是上一届中华诗词学会的副会长，他就尝试新诗和旧诗结合起来进行创作。我觉得新诗可以引入旧诗，可以尝试，可以结合。

诗词怎么创新，新诗的因素能不能学习，我觉得是应该互相学习，新诗向旧体诗学习，旧体诗也向新诗学习，但是不要靠拢。新诗就是新诗，就是要更自由一点，语言更接近于白话，旧体诗的语言应该更凝练，比口语更有哲理性，更有诗味。但是可不可以尝试，必要的时候两种东西可以结合起来，古人对韵律的突破到什么程度？上一首我举例的诗词“/君住长江头，/我住长江尾”，按照格律最后应该是五个字，但是这首诗词最后是六个字：“定不负，相思意。”这句话就出律了，但因为作者已是名家了，作品已是名作了，不但没有受到批评，反而列为该词牌的又一体例，这就是一个经典。如果当代一个无名小卒写的东西，肯定被人认为是硬伤，从发的稿子里面给你撤下来。

李清照自己的诗也有突破，“/载不动，/许多愁”这一句，按照词牌应该是五个字，可以用“难载许多愁”，但“载不动”，语言更生动，更有力，五个字就变成六个字。古人都能变，难道我们就不可以变吗？但是，我也不主张大家随便变，今天你要去变，你能受到像对李清照一样的称赞吗？马上嘘声就来了。因此，我们当文艺评论家的不要当“法海”，法海只考虑婚姻符合不符合条条框框，不符合一律给你拆散，我觉得要是讲婚姻，就要讲爱情，但是也不能违反婚姻法。过去林黛玉和贾宝玉可以谈恋爱，如果现在就不行了，你们是姑舅亲，你就不能结成夫妻，不能去违反法律。但是婚姻还是要爱情的，诗就要讲感情，如果这个诗很有感情，很有诗味，有一点点缺点，你不要轻易去打击他，一个有出息的评论家，首先要看作品有没有味道，当然还要有正气。所以，我觉得今天这个会议开得很好，子龙先生也讲得很好，虽然有一些意见讲得很尖锐，我和子龙先生交换了意见，子龙先生说不知道作者能不能接受，我说作者肯定能接受，而且作者肯定会很感谢。

听子龙先生讲话我觉得很惭愧，我是搞文艺评论的，我没有他那种讲真话的勇气，子龙是大家，不但是写小说的大家，他的鉴赏能力也是很高的。我觉得会议开得很好，文玲创作的诗词也很好，大家读起来起码觉得很有诗味，有意境，创作有一些探索也应该允许并赞赏。子龙先生讲文玲创作的诗词中有很多好句子，但是有好句子的诗词不一定整首都是精品。我知道文玲的工作很忙，随感而发的诗作很多，有时候提炼得不够，这方面的问题确实存在。子龙先生提到的忧患意识，我也有这方面的想法，对于一些问题，文玲已经是一针扎进去了，但是还没有入木三分，可能划了一道，或者入木二分，或者入木二分半，还没有到三分，文艺就是这样，不写则矣，一写就要给人留下深刻的印象。有时候是不是可以采取夸张的手法，这跟否定大好形势是两码事。我觉得今天的会议很难得，各方面的同志到会，不能是文艺界，特别是仅仅诗词界在这里开会讨论，今天的会议视野开阔，像君如校长对作品分析很深刻，也很带感情。所以，中华诗词学会主办方请大家一起来开这个会，是很必要的。

主持人：

非常感谢今天各位国学大家、诗学大家和理论评论家，对《颍川诗词》给予的褒奖，大家的观点纷呈，精彩、精准、精到而独特，对中华诗词的发展和繁荣，提出了深度的思考和重要的建议。特别是文朝先生指出，《颍川诗词》体现了多元诗情中的个性特色，由于作者集经济学家和诗人于一身的立体多彩人生，在多元诗词创作中表现出了多元的要素和基调，所以正是因为这些元素，中国诗词园圃中才有了这样一朵艳丽和独特的奇葩。会议最后是作者致谢，有请陈司长。

陈文玲致谢

今天非常感动，这么多的大家，包括我尊敬的导师级大家，还有我的诗友、朋友、亲友们能够参加今天这个会议，我由衷地表示感谢！今天到会的朋友中还有很多人是外地来的，包括从天津、山西、湖南、江苏等地赶过来的，更是特别感谢！这次会议实际上是一个很低调的会议，没有请很多的人，除了在座的各位评论家，诗学大家，国学大家，还有我的好朋友和诗友，用微信的语言来说就是“朋友圈”。

今天，大家云集，高朋满座，讨论着中华民族伟大复兴中的诗意表达问题。每一位先生闪烁着思想光芒和深厚文化底蕴的卓见，又一次深深打动了我，这是我人生道路上的幸事和难得的学习机遇。我由衷地感谢各位朋友能在百忙中莅临会议，由衷地感谢你们一直以来给予我的精神力量和你们诗意地耕耘在文化原野上的榜样所给予我的不竭动力。

刚刚发言的王飞和我在一个单位，我写诗词实际上写了几十年，但是我所在的单位没有人知道，我写书法也写了很多年，我所在的单位也没有任何一个人知道。大家都知道我很努力地“为国是谋”，每天忙忙碌碌，可以说投入了全部精力，为国家战略和为国家政策提供服务，努力地为人民大众的利益在做事情。但是在有限的业余时间里，我的精神世界是诗意的，我的业余时间几乎没有去串门和应酬，更多的时间是把它化作内心世界的净化，用诗的这种方式记录我参与的、见证的在中华民族伟大复兴进程中这么多事情和事件，记录我走过的道路和行走其中的感悟，我认为是非常值得的，也是我独特的人生收获。

君如校长说我第三部诗词集中黄河五首和长江三首，不知道什么时候写的，不知道时间背景，这里应该作个标注。可以向大家讲，实际上这几首诗作的创作时间是在2002年，刚才吉狄马加曾经谈到他在青海工作时我去做的调研。按照国家有关领导同志指示，国务院研究室派我去做三江源生态问题调研，几首诗词都是在这个过程中写的，还包括第一部诗词集中写三江源的四首古典诗词，现代诗歌集中的《三江源感怀》《黄河诗赋》《长江放歌》等。当时在调研过程中，看到三江源生态遭到了破坏，三江源头作为长江、黄河和澜沧江的源头，生态环境遭到了破坏，使我非常震惊和着急。我撰写了给党中央国务院的一份综合性报告，三份专题调研报告，合计1.5万字。提出的建议得到了国家高度重视，三江源地区被列为国家生态保护区，后来又被作为国家生态文明综合改革试验区，我参与了其中很多工作，包括文件起草、重大项目评估等。因为工作岗位的原因，我们为国家做事情必须是低调的，必须是不张扬的，所以这个过程我就没有把它写到注释里面，说国家这些战略形成有我做的前期调研的作用。有幸参与了国家这些战略性问题的研究，我觉得自己已经很幸运了，所有的这些人生机遇，不是所有知识分子想报效国家都能有这样机会的，我有机会做这些事情，是时代和岗位对我的特殊恩惠。我在呈交的关于三江源地区生态问题的报告中，概括出造成生态问题的原因是“六过”，即过垦，就是过度开垦土地；过伐，过度砍伐原始树林；过牧，过度放牧牛羊啃吃草皮；过挖，过度地开采矿产资源；过采，过度采挖冬虫夏草等；过生，就是过度生育，当时还有20多万人住在三江源的核心区。我的这个报告呈送国家领导同志之后，有关领导同志作出重要批示，国家将三江源地区作为生态文明试验区和国家级的生态保护区，核心区的人被迁移出去，得到妥善安置，近年来三江源生态有了很大的改善，国家在三江源几期过程投入了数千亿，我们的母亲河长江、黄河、澜沧江三江源源头的生态，有了显著的改善。

我只不过是参与其中，做了一些应该做的工作，决策是党中央国务院做的，各个部委和青海省的同志在这个文件制定和落实中，都贡献了非常大的智慧。所以中国的改革开放不是哪一个人的事，是党中央、国务院的正确决策，是中央各个部门、地方各级政府包括全体公务员的努力，也包括经济学家、企业家、文学家和社会各界的努力和贡献。我特别不赞成社会上很多人对公务员的偏见，认为公务员就是一个腐败的代名词，认为公务员好像不务正业，但正是千百万公务员，他们每天夜以继日的工作，很多是5+2、白+黑，他们起草了那么多的文件，在国家建设进程中，除了给党中央国务院写文件，还做了这么多的调研，行走在调研的路上，发现了问题向党中央、国务院上报“奏折”。我认为，我国公务员队伍整体是好的，是我国改革开放和经济社会建设的重要推动力量。

什么叫家国情怀？是由一个人的行为方式和实际行动中，反映出来他的思想境界，这种境界是忧国忧民的，是充满爱国主义的，而不是一个虚无缥缈的东西。我特别尊敬袁行霈先生，他是中央文史馆的馆长，是我们国家的国学大家，我的三本古典诗词集都请教过他，袁先生也全部看过，而且提出了具体修改意见，我的第二部、第三部古典诗词集是他给我题写的书名。有一次他问我，他说我从你的诗词集里面好像看不出来忧患意识，他说你走了这么多的地方，我建议你以后能不能随身带着杜甫的诗集，把杜甫忧国忧民那种方式变成诗意的一种表达。我对袁先生讲，我说因为我们现在工作的岗位不一样，我们肩负着为党中央、国务院提供决策咨询服务的任务，可以及时把那些关系到国计民生的问题，比如说食品、药品安全问题，生态环境的危机问题等，通过呈送领导参阅并提出建议的方式，来表达杜甫的这种情怀。现在我是国务院医药卫生体制改革的第一届专家委员，是国务院食品安全委员会第一届专家委员，就是因为我经过深入调查研究撰写了大量反映问题的报告，提出解决这些问题的建议被采纳。上述这些话，我从来没有在所在单位这样表达过，可以不谦虚地说，我在国务院研究室是给党中央国务院写“奏折”最多、得到重大批示最多的人员之一，也可以说排在前列。

后来我对袁先生讲，我说我所在的岗位，不仅仅需要鞭挞这个社会，更是需要建设这个社会，现在中国的主流是走在中华民族伟大复兴的道路上，主流是发展，人民是获益者。很多民生问题和关乎国家前途命运的问题都是存在的，但我们有可能有机会，通过在岗位的勤奋工作，给党中央国务院提供真实的情况和建设性建议，如实反映民生疾苦，以这样的方式为决策服务，推动相关工作，而不仅仅是化作诗作的愤怒和主题。袁先生听了我这样讲之后，觉得我这样做是对的，不然人家会认为，一个国务院研究室的司长整天讽刺这个社会，整天抨击这个社会，整天写这个社会的负面现象，在创作的诗词中，充满了负能量，这样做不仅解决不了问题，还容易导致消极作用甚至误导。所以，我个人非常赞成李文朝会长讲的关于诗词创作的多元元素和立体人格，当然还应有含蓄婉转的诗意，还应有个性化的表达。

从第一本诗词集就参加我的新书出版和中华诗词高端研讨会的易行先生，这次为我第三部诗词集撰写了序，我特别尊重他。刚才易行先生说了一句非常好的话，歌颂就是鞭挞，歌颂美好的东西就是对那些丑陋东西的鞭挞。在我的现代诗里面，更多是鞭挞，是对环境生态的担忧，是对在大山深处贫穷孩子的怜悯，但是在古典诗里面更多是对祖国河山的歌颂，是对祖国发展的歌颂，是对人间美好事物、美好感情的歌颂，是对美好的憧憬。其实现代诗歌也是多重的，正如古典诗词也是多重的一样，不能用一种格式化的东西去套所有的作品。一个人也是多重的，诗意的表达也应该是多重的。

蒋子龙先生曾在我上部诗词集发布和中华诗词高端研讨会上说，中国的古诗词，是人类文化上的一个奇迹。一个民族、一个人精神上的高贵、豪华、尊严，没有比中国的古诗词体现得更充分了。现在的一些人创作的诗词，完全没有古典诗词的那种豪华、那种味道、那种韵味，那种反复吟唱的魅力，没有诗人的思维，诗人的智慧，没有充满着玄妙之趣。文学至少有两个最基本的标准，它要有美感，它要有意蕴，要有思想，一定要有美感，到了审美这个层次才能被称为文学。对于子龙先生的洞见，我有着深切体会。子龙先生参加了在广东惠州召开的我的第二部诗词集发布暨中华诗词高端研讨会，当时他在山西参加一个会议，为了赶上我的会议，三天会议他仅参加了前面一天，当天夜里两点钟赶到惠州来参加次日会议，那次会上他发了40多分钟的言，他对我诗词的表扬比谁都重，当然批评也是比谁都重。这次会议蒋子龙先生已经买了去南方的票，他说如果是你的新书发布，我就不去了，如果是中华诗词研讨会，我还真有话要说。虽然现在买票很不容易，但他很果断地就把机票退掉了，今天特意赶过来，确实有话要说，既有表扬的话，有批评的话，有提醒的话，也有指出方向的话，对此，我充满感激。

从集结出版第一部诗词集，转瞬已经五六年了，这几年我连续整理并创作出版了三部颇有分量和重量的诗词集，当我敞开了那扇曾经密闭的心灵窗户之后，那些出乎自己预料的事情，那些因诗词结识、结缘和让心灵漾出琼浆的艺术沟通，让我由衷地感谢古典诗词这种高贵的文化形式，由衷地感谢使我产生源源不断诗意的伟大时代，由衷地感谢那些给了我无穷动力的伯乐和朋友们，在旧时代即使再有才华的小女子，也不可能有这样的幸运和机遇。诗词是独特的精神气质，诗意的表达是美妙的。在诗词创作中，我力求使之既是诗意的，形象的，感性的，又具有蒋子龙先生所赞赏的“机趣”与“哲思”。

我们应学习世界上一切先进文化，融会贯通为我所用，但更应懂得中国传统文化的珍贵，并将此作为一个大国创造文化竞争和国家软实力的难得资源。只有当中国成为文化强国并输出文化价值观的时候，才能称得上一个真正的强国。中华诗词的复兴和繁荣，需要一支具有较高艺术潜质同时又具有较高思想境界的队伍，也需要全体国民提高对自己宝贵的文化资源的认同感和文化修养，更需要一批又一批的人共同为此努力。“路漫漫其修远兮，吾将上下而求索”，这是一项需要花费更多时间和精力甚至终生为之奋斗的事业，在这个意义上说，创造软竞争力比硬竞争力要难得多。我们的祖先给我们留下了宝贵的文化财富，我们这一代诗人应继续创造新的文化财富，并将此转化为国家的竞争力和影响力。

对于对我进行过各种支持、帮助和指导过的所有国学、诗学大家，还有朋友和诗友们，我都从内心里充满了一种感激。我是一个懂得感恩的人，我感谢这个社会，感谢这个时代，感谢国家给了我这样一个独特的岗位，感谢各位给了我这样的鼎力支持与帮助，这都将是我今后永远的动力和激荡在心中的涟漪。而且在座各位中很多人都已经写入我的诗中，我觉得和我的诗一样，诗不一定能载入史册，但是你们就在我的诗中，而诗就在我的心中。

谢谢各位!

主持人：

中华诗词是中国古典文化的瑰宝，也是人类宝贵精神财富，今天我们领略了中华诗词的大魅力，听到国学大家、诗学大家和理论评论家的高论，打开了眼界。也领略了颍川女士那颗纯粹的诗心和优雅诗意，还有她对所挚爱的祖国、人民和亘古不息日月星辰的抒发和描述。祝贺《颍川诗词》新书发布暨中华诗词研讨会的成功举办，祝颍川女士艺术之树常青，创作出更多更美好的诗篇。对于大家的到来和精彩发言，再一次表示诚挚的感谢！

论坛到此结束，预祝大家新春快乐！

作者邀请文怀沙参加会议的电话记录

2016年1月18日，作者邀请文怀沙老人参加第三部诗词集暨中华诗词高端研讨会后，文老由于身体原因不能参加，但说了如下的话，如今斯人已逝，为追念曾经的友谊与时光，特将电话记录收入本书。

文怀沙老人发言

文玲司长，我很想去参加这个会议，心向往之，祝你的诗词集发布成功！第一条，你的诗词与你的人一样，你的美美在内心，是心美。为什么是心美而不是皮儿美？你不是“商女”，“商女”是皮儿美，躯壳美，皮儿美不是真美，心美才是真美。我很想去，但是怕来了以后煞风景，我来的目的是替你增辉，结果不仅不能助兴还丧气，我怕事与愿违，我来了以后大家很高兴，很兴奋，结果变成我的“天鹅之舞”，“无可奈何花落去”！我又何必把这种危机加在我的朋友头上呢？我最近身体不太好，头晕，血压不稳定，痰也很多。“无可奈何花落去”，人如果与花对话，花都会说话的，人走时花都会掉眼泪的。我年岁大了，现在起得很晚，随时都有走的可能。

我很想来参加会议，又怕煞风景，我冒着危险来也可以，万一来个“三十六计走为上计”，正在这样一个嘉会里面，结果变成我的“天鹅之舞”了。中国一句古话，见好要收兵，得意就忘形，忘形就出事，加上我这一年摔了一跤，这一跤摔得不轻，一场秋风一场凉。现在讨厌我的不要着急，我已经从偶然走向必然了，喜欢我的人也不要流泪，我现在希望太太平平。向老朋友们问好，你的诗词集书名是袁行霈先生题写的，袁行霈先生很不错，他是林庚的学生，我想起了林庚，文史馆馆长袁行霈是他的学生，代我向馆长问好。

我如果来了就会讲一讲，历史上有一个我所喜欢的人，也有一个我最讨厌的人，这个人叫范仲淹。范仲淹最讨厌的话，也是他写过一句最引以骄傲的话，也是最有名的话，叫作“先天下之忧而忧，后天下之乐而乐”，我认为这两句话是吹牛皮的话，壮哉！他立志很高。但很不幸的是抄诸葛亮的话，诸葛亮也是抄的，是抄荀子的话，荀子也是抄的，是抄老子的话，但实际上不一定叫抄，应该叫“点化”，这是有历史根据的。我喜欢的人也是范仲淹，他写过一首五言绝句《过钓台》：“/子为功名隐，/我为功名来。/羞见先生面，/黄昏过钓台。”范仲淹当时贬往睦州时路过富春江严子陵隐居处所作，一叶扁舟，坐着一条小船，带着一个小警卫员，他并没有张扬。钓台是汉代严子陵垂钓之地，西汉末年，严子陵与皇帝刘秀是朋友，刘秀称帝后请严子陵做官，严光（严子陵）拒绝，隐居在浙江富春山。“/子为功名隐，/我为功名来。”这句话说严光不为名利所动，隐居不出，后人往往自愧不如。“/羞见先生面，/黄昏过钓台。”范仲淹这里不是抬举自己，而是对厚重的历史文化的尊敬。他拿自己与严光比，严光淡泊名利，最后死在钓鱼台上。我曾经有诗纪念他，“……肯向云台列姓名”。这就是我最喜欢的范仲淹的一首诗。他的诗意思是说，先生在这里是隐退江湖，而我范仲淹是为功名来，羞于见先生的面，黄昏时刻过钓台。他很坦诚，写了一个他最敬仰的人。你是喜欢范仲淹前面的话，还是喜欢后面这一首诗？后边这首是很朴实的，没有修饰，我喜欢后面这一首，它像希腊神话中不加修饰的美女，但是前一首则是穿着华服的皇后。因此，诗最好的东西是言志。

从诗的修饰来讲，有很多人是比你厉害的，但从感情上讲，你的诗词缺点和优点都是一个，你的诗词优点是非常朴素，没有太大的牛皮，缺点也是非常朴素，没有虚浮的东西。而且我觉得你此后也不要刻意说大话和空话，要说最真情的话，掏肺腑的话。最大的有情的人，是释迦牟尼，特别是老子非常朴素，最好的抒情诗人、史学家司马迁，抒情思想家李洱，抒情的当代诗人就是我们的文玲司长。如果人家唱的是西皮二黄，我唱的是反二黄，我唱的是反西皮，我追求的是至善的朴素。但是这是很难的，李后主的诗词是从感情深处掏出来的，从感情深处抒情，感情深处成为哲学思想的载体。林庚先生没有太大的名气，但林庚先生很朴素，很朴素。他和徐志摩不一样，徐志摩作为一个诗人，他的摩登的"摩"应该改成魔鬼的"魔"，这个话也许伤人太重，但我也不想伤人太多。你是哪一天的会议？还有四天，我真的没有把握能去，真的，就免了吧，你把我的话带到会上吧。这个时候我还躺在床上，吃饭还没有起来。你把我的话带到会上，我讲的话核心是，最伟大的思想家，感情都是很丰富的，都是用抒情作为思想的载体，这就是诗言志，"言志"没有伟大的感情做基础就是说大话。

颍川诗书品评

第四部分

诗友学友品评

诗人陈文玲

根深者叶茂也。中原颍川陈氏，作为东汉至魏晋以来引人注目之名门望族，可谓声望显赫、人才济济，历经沧桑风雨，至今享誉九州。文玲苗裔得其瑞气，发而为诗吟之袅袅，是为大吕黄钟之翩弦续韵也。诗人陈文玲的诗词选本定名《颍川吟草》《颍川诗草》《颍川诗词》……不无对陈氏家族历史的眷顾与自珍。她的诗源显然植根于深厚家族文脉福祉，难怪字里行间总透出大度自信与宽博气象。

人以群分，物以类聚，同陈文玲先生相识，纯属文学和诗歌的缘故。在周围人眼中，质朴干练的文玲先生原本是著名经济学家，怎么突然就变成了女诗人。开始有人感到讶异，其实她早已是业余时间里默默写诗的人。记得五六年前一个上午，天气似乎有点阴，还飘着小雨，文玲意外地来到我办公室，拿出几页纸，上面打印着排列成行的文字。她谦虚地说："培元，你帮我看看，这是我最近写的几首诗，你看行不行。"我惊异地看看她，接过来，心里有些奇怪。因为我们两个人所在的单位是国家决策咨询部门，以研究经济政策为主，干的是一天到晚埋头为领导人写讲话稿子的差事，平时连下去搞调查研究的时间都没有，谁哪里还有闲情逸致作诗填词。她也许看出了我的心思，便说："我最近到延安去，参观了万花山。在花园屯民俗文化村看到三孔大窑洞的后背墙上雕刻着一篇赋文《花园屯记》。我读了，感到写得好，打问作者是谁，人家就说是你写的，所以上门求教。”我开始读她的诗词，心中比照的是李清照的婉约情采。可是读了几首，却似乎看不出像一个女性诗人的作品。她的这些诗，准确说是古体诗词，虽然没有李清照那样婉约纯美，但也少了笼罩其中的待字闺中和国破家亡的无奈与忧伤，更没有丝毫消极悲观的情绪，倒是充满了阳光雨露般的热烈，甚至有一股隐隐约约的男子汉大丈夫的阳刚之气，这使我感到了惊奇。更加意外的是，一个学习和研究当代经济问题的女性，竟然能够写出这样儒雅风流的诗词，说老实话，我感到十分的意外。就问她从什么时候开始写诗，她说是从小就喜欢，大约是因为父亲在部队院校教国语，自已深受影响并喜欢古体诗词，上学后又遇上了好的语文老师，便影响了她以至成为爱好。她能背诵不少的古体诗词，还对格律词牌有研究。她说自已上初中、高中，再到考上大学直至工作，都一直坚持业余学习写诗写词，喜欢用诗词记录自已的生活与感情。这样下来，竟然默默地积攒了不少。我听了感慨不已，我们是同龄人，经历了大致相同的历史烟云与人生坎坷。看来陈文玲先生是深深喜爱诗词的，并不是像一般人那样，才有一点喜好，就打算把它作为一碗饭来吃，像我这样，结果吃着碗里的看着锅里的，终是三心二意。她的诗词创作，此前虽属业余之爱，但却十分执着认真。这样，自然就产生了要更多阅读她的诗词的兴趣。便说，能不能把你的诗词让我多读几首？她说当然可以。于是过了几天，她就拿来了好几十首。我仔细读了，还打电话对她说，很好呀，可以出一本书。没想到这句话，就像擦着了一根火柴，一下子点燃了她蓄积许久的诗词创作的柴火垛。从此，她的成为一个热情诗人的理想开始燃烧起来。这使我感到了欣慰，中国诗词创作的队伍之中，从此多了一名具有深厚文化底蕴又有丰富生活阅历的诗人。想不到，她整理和创作的热情很高，一连整理创作并出版了三本颍川诗词集，平均一两年一本，且引起了诗词界同仁和国学诗学大家的关注、鼓励与赞赏。几年前她加入了中华诗词学会，这次又被选为诗词学会副会长，在古体诗词与现代新诗创作上都有不凡的成果，她创作的诗词还入选了《古今词范》等诗词权威著作或词典。在这样一个过分物质化的年代，我为她的诗意人生而感到高兴。此前，先后两次应邀参加了中华诗词学会等单位为她举办的新书发布与中华诗词高端研讨会，并写过两篇评介她诗词的文章。作为知根知底的同事与文友，我为文玲的勤奋努力与卓然不群的成就而深感欣慰与自豪。

眼下，在文玲女士的第四本诗集（其中已经出版一部现代诗歌集、两部古典诗词集）即将出版之际，她也许是出于感激，希望我再写一些话，我就想到了从介绍诗人本身这个角度展开我的阅读链接与话语延伸，以便让更多的诗词爱好者了解诗人。提笔为文之时，我想到了我国古代的杰出女性黄道婆，也又一次想到了李清照。黄道婆是纺织专家，但是不会写诗；李清照是杰出词家，但却不懂经济。今天我们的陈文玲女士，既是经济学家又是行吟诗人，她从事经济研究时，足迹踏遍祖国山河、世界五洲。她足迹所至之地，经济调研报告形成的同时，诗词创作源泉也涌涌不断。上至江河源头，下至苏杭水乡，乃至世界各国民俗风情都在她的诗词中赫然呈现，形成了另外一道人生的彩虹风景。她的经济理论参与经略济世，不断受到党和国家领导人批示和肯定，往往成为国家层面的决策参考和政策依据。她的诗词歌赋又是经过全国的国学诗词大家们鉴定肯定的，成为了近年来中华诗词园圃中一枝艳丽的奇葩。这就是我所了解的陈文玲，一个新时代的知识女性，经历风雨过后更加显出从容淡定的一位经略济世的行吟诗人。

忽培元

2014年11月18日于北京中南海

附记：

忽培元：国务院参事，国务院研究室原司长。作者多年的同事与好友。中国书法家协会会员，黑龙江省书法家协会理事，大庆和延安书法家协会名誉主席，中国书画宝库艺术委员会副主席，中国作家协会会员，中国传记文学学会副会长，中国红色文化研究会副会长，中国散文学会理事。忽培元先生具有深厚的文学造诣，著述颇丰。

对于作者创作和出版诗词，培元先生给予了极大帮助和鼓励，为作者的三部诗词集各撰写了高水平的评论，出席作者诗词集发布会和中华诗词高端论坛，几次作重要发言。本文为忽培元先生为作者第三部诗词集撰写的发言，特收入本书。

在曲美韵重的诗情中徜徉

——读《颍川吟草——陈文玲诗词选》有感

在我的心里，颍川女士原本是一位以国家为己任的经济学家和政策研究专家，但当读到她交给我的诗词，从事出版工作十多年的我还是大大地吃了一惊，有一种“/众里寻他千百度，/蓦然回首，/那人却在灯火阑珊处”的感觉。中华传统文化的传承与创新，特别是具有唐诗宋词风韵的诗词歌赋，俨然出现在颍川女士的诗词中，通过这种最美的中国文学表达，我看到了一个更真实、更丰富、更有价值的人生。

中华文明上下五千年，中国文化宝库像一座取之不竭的金矿。我深为赞叹和喜爱的中国诗词中，有诗意如画、诗中有画、田园风光般的唐诗，还有那或壮怀激烈、或婉转如莺、或行云流水的宋词。唐诗宋词是我国文学史诗词中最璀璨的珍珠。王国维先生曾说：“宋以后之能感自己之感，言自己之言者，其惟东坡乎！山谷可谓能言其言矣，未可谓能感所感也。遗山以下亦然。若国朝之新城，岂徒言一人之言而已哉？”王国维的感慨是有道理的。我亦以为，唐诗宋词的风韵之所以愈到后来愈减弱，除了时代变迁和环境变化之外，越来越咬文嚼字、太注重形式而忽视意境和情志的表达，大概是后来诗词歌赋倒退的原因之一。而颍川女士的诗词却让我感受到了最为璀璨而朴素的美。

读颍川女士的诗词，第一感觉就是她的诗有言外之意境，隽永而有寄托。诗贵含蓄，当直则直，当曲则曲，像春蚕抽丝一般细细地、慢慢地抽出来。颍川女士的诗词，既有古风古韵，又贴近生活，贴近现代社会，有浓重的时代感和深厚的生活基础。她的诗词表达，是含蓄优美的，通俗易懂的，曲径通幽，读来朗朗上口，拨动着读者的心弦。在她笔下的《憨鸭》："/大智若愚娇娃，/乍暖还寒泳踏。/湖河可否戏耍？/下水方溅浪花。/羽翼丰满柔纱，/怡然自得轻划。/一江春色待嫁，/先知莫过憨鸭。"寥寥几句，把"春江水暖鸭先知"的意境写得如此生动，读起来竟如同儿歌一般。尤其是"/一江春色待嫁，/先知莫过憨鸭"更是精彩，用拟人的手法写春色待嫁，一种敢于泳踏、敢于尝试方能先知的境界跃然纸上。历代诗人写向日葵的不多，但颍川女士词作《江城子·向日葵》，语言和意境也非常优美："/执着守望向日光。/待秋风，/染浓黄。/唤醒乡情，/垄上散馨香。/最是金盘垂首美，/情韵中，/有流觞。　/超然淡雅拒初霜。/看田园，/品芬芳。/细语呢喃，/感慨入心房。/浪漫随缘花梦想，/争绽放，/沐朝阳。"这是我读到的写向日葵最有韵味的词，"/最是金盘垂首美，/情韵中，/有流觞"，"/浪漫随缘花梦想，/争绽放，/沐朝阳"，每读到此处，我的感慨便油然而生。每天朝着阳光执着守望，但当浓黄的向日葵结出了丰硕的果实，却谦逊地在阳光沐浴中垂下了美丽的金盘，一幅含蓄的、没有刻意雕琢而又充满着浪漫情韵和美感的画面，似乎就在眼前。颍川女士在"九畹寻芳"这部分诗作中，写了几十种花和十几种鸟，都使人沉浸在美的意境中。

笔者的第二个感觉更为强烈，颍川女士的诗词充满了激情，热情奔放，既有诗言志的大胸襟，也有得江山之助、情由景生、景由情移、以真情为根基的诗词意境。颍川女士的诗词题材很多，有丰富的思想内涵，从一些壮志凌云、纵横驰骋的诗词看，一般人很难想象这些语言会出自一个女诗人的手笔。她的很多诗词大气磅礴，具有我国历史上豪放派诗人的浪漫主义情怀。她一口气填写了四首《念奴娇·三江源》，读来令人震动唏嘘。“/众山之恋，/三江源，/喜马拉雅俯瞰。/恣肆汪洋，/板块易，/拔地而起伟岸。/冰雪消融，/湖泊千万，/汇聚波澜卷。/飞流直下，/纵横天地星汉。”长江、黄河、澜沧江这些大江大河牵动着诗人的心，颍川女士寄情于壮丽的山河，以不同寻常的笔触，把飞流直下、穿行天上人间的江河写得气势恢宏。更令人欣赏的是诗人写景是为了抒情，是为了言志。“/生命择水而安，/若水唯上善，/盘古之赞。/放眼奇观，/九州苑、/血脉流淌如练。”“/山水交汇连天，/涌出诗美奂，/风情璀璨。/亘古冰川，/乍寒又暖、/辉映天兰云淡。/敬畏自然，/惠人间万物，/润泽温婉。/珍爱守望，/醉人仙境如幻。”言江河状态之美，是为了抒发对祖国河山的赞叹，是为了呼唤人们保护自己赖以生存的环境，是为了强调中国自古以来天人合一的哲学思想。当然，不仅是这几首诗词，在颍川女士很多诗章中，表现出一种很大的格局和胸襟。如《千秋岁三首》《溪流》《湖泊》《江河》《海洋》《咏山》等诗篇，都充满了她对养育了人类生命的水和大自然的珍爱和敬仰，你都能在那些动人的诗句中，听到她对祖国自然生态环境恢复保护的呼唤和心愿，感受她触景生情、情在景中、情景交融的心路，颍川女士的情怀就在这诗画的文学表达中传递给读者。

最为强烈的感受，或者说笔者最为欣赏的是，在颍川女士诗词中，洋溢着强烈的爱国主义情怀，这也是我国历史上受到人们普遍喜爱和推崇的诗词境界。颍川女士的一些诗词中，那些或直抒胸臆、或热烈奔放、或深沉忧虑、或真情讴歌的，都蕴含着她浓重的爱国主义情怀。不论是在“山随水醉”的篇章中，还是在“国风雅颂”的篇章中，都集中抒发了她对伟大祖国的浓烈而真挚的爱。在中华人民共和国成立60周年前夕，她写了《沁园春·祖国颂》：“/山有山声，/水有水韵，/国有国风。/忆征途如纵，/飞流奔涌；/浩浩正气，/荡荡长风。/气势非凡，/义无反顾，/万壑千山尽从容。/开混沌，/望河山壮美，/积雪消融。　　/千年往事匆匆，/回首处、/依稀在梦中。/忆秦砖汉瓦，/旧痕尚在；/唐音宋调，/余韵无穷。/历代传承，/五洲吟诵，/光耀千秋爱国情。/真神韵，/佚雄狮梦醒，/巨龙凌空。”通观全诗，字里行间充满着对伟大祖国走过60年取得成就的骄傲，挥洒着一种大国自信的气韵和情致。在祖国走过改革开放30年历程后，她挥就了《念奴娇·纪念改革开放三十年》：“/雄关漫道，/三十年，/今朝格外璀璨。/不识昔日旧河山，/大鹏直冲霄汉。/西风劲吹，/东风扑面，/万马战犹酣。/东西南北，/烂漫山花开遍。　　/曾记近代数年，/锁在深闺，/裹足‘金玉莲’？/打破枷锁冲篱藩，/卷起百尺狂澜。/巨龙腾飞，/万山尽阅览，/风光无限。/蓦然回首，/竟在弹指之间。”词作上阕开篇描写改革开放进程中的大交锋和大冲击，“/西风劲吹，/东风扑面，/万马战犹酣”，写改革开放30年“漫道雄关”的艰难与激烈，写中国以博大胸怀兼收并蓄对外开放取得的璀璨成就。下阕则追昔抚今，更衬托出中国改革开放之后的复兴和崛起，才能“/大鹏直冲霄汉”、才能“/万山尽阅览”。在这洋洋洒洒的抒发中，洋溢着颖川女士的爱国主义情怀。颖川女士这种强烈的爱国主义情感，来自祖国强大后的自信和自豪，也来自她本人在其中的付出和收获的真情。据笔者所知，颖川女士每到一地，只要有感而发，便不论在飞机上、汽车上，还是在清晨夜晚，即使旅途劳顿、工作繁忙，她都会抽出时间随时把这种独特感受用诗的语言记录下来。她的诗词中有很大部分是写对祖国山河所到之处的讴歌，如果不是心中涌动着对祖国的热爱，不是充满着对祖国伟大复兴的骄傲，不是希冀着祖国未来更加光辉，不是这样勤奋地记录着自己随时随地随感而发的感慨，把这种情怀及时变成闪烁着诗意的文学表达是不可能的。

值得褒奖的还有，颍川女士的诗词讲究起承转合，讲究开头与结尾呼应，讲究学古忘古、适当用典。并且她的诗词清新纯净、古朴平淡，如潺潺流水和淡淡轻风，给人以美感。颍川女士很多诗词写得很美，虽然是清丽婉约之笔，但细腻而不伤感，柔中带刚，刚柔相济，表现独属于当代女性的诗词风骨。她的诗讲究遣词造句，一些诗词中的神来之笔令人感到沁香扑面。《行香子·水中看丹霞山》：“/锦江乘船，/静仰奇观。/见群象、/东渡安然。/灿若明霞，/色如渥丹。/神工鬼斧，/天造化，/矗阳元。　　/灵峰秀帘，/绿丛遮掩。/娇还羞，/神交自然。/归兮美人，/醉卧高岚。/玉女拦江，/几百里，/水绕山。”在这首词中，上半阕写阳元山，下半阕写阴元山，阴阳互动互补；起句写水，末句亦以水结尾，诗词前后呼应；整篇诗词写山写水，山水相映。这样描写的语言具有诗意的美，充满了难以述说的韵味，使人读起来如同身临其境，你真的会为大自然的神奇所打动、所陶醉。诗人写《梨花》：“/神气韵致雪作肌，/清纯洁雅花为雨。/一树梨白一溪月，/一庭风韵一院曲。/美而不娇春乍泄，/秀则去媚素妆衣。/心香化作有情水，/诗中飘出相思意。”这首诗不仅用词清新秀丽，而且充满情趣，赋予梨花特殊的花语。诗人写《荔枝》：“/满树荔枝满树红，/一缕清香一缕情。/唐时只为妃子笑，/今日遍地岭南风。”用典信手拈来，将唐代为使杨贵妃展颜一笑飞马驿站送荔枝的故事和苏东坡“日啖荔枝三百颗，不辞长作岭南人”的诗句含义融会在一起，这些典故用在此，不突兀、不牵强、不生涩，与诗歌浑然一体。像这样别出心裁的诗句和表达，在颍川女士的诗词中比比皆是。中国的文化应该在继承的同时创新，在创新中传承其中最美好的东西，颍川女士的创作令人感到可喜之处就在于此。

英国哲学家罗素曾做过一个精妙的比喻，人生如一条河流，年轻时是山溪，水流湍急，富有激情；年长后则汇成大河，水流平缓，胸襟博大。颍川女士少壮之时刻苦研读，谋求经世济民之道，对事业充满了激情、真情和热情。不仅获得了经济学博士学位，成为著名大学的博士生导师，为国家培养了数十名博士，在经济学诸多方面有自己的造诣和著述，还在国家战略研究、决策研究和政策研究中取得了突出成绩。尤其是她参与和经历了伟大祖国的几十年变迁，在一路高歌的发展进程中，常常涌动着她的感悟，诗情便喷薄欲出。她曾经告诉笔者，当伟大祖国像高速列车奔腾前进的时候，自己常常被震荡、被感动、被影响，思想的翅膀总忍不住要飞翔。笔者想，这飞翔的翅膀中一定有真情荡漾的诗词歌赋吧。由于工作原因，颍川女士有机会到各地调查研究，每当一项调研任务完成写出研究成果后，很多副产品——诗词歌赋也自然喷薄而出。创作的诗词自然便在咏物绘景的清词丽句与慧心妙赏之外，还流淌着当代中国发展的思索，流淌着对生活的热爱，流淌着对所有描写事物的真情实感。一篇篇清拔词句之中，皆融情绘景、抒情言志于一炉，终至自成神韵，别具一格，体现出一种别样的气度和境界，兼具了观物见事时高屋建瓴和鞭辟入里的特征。

笔者以为，颍川女士不论是在一些大处着眼，心系国家的作品中，还是在贴近日常生活的绘景咏物之作中，都有着很不寻常的思想境界和诗词意境。颍川女士酷爱唐诗宋词和毛泽东诗词，她不仅能背诵很多诗篇，而且深得其中三昧。她悉心品味着生活，体悟着人生，从古今书卷之中领会着哲理玄思，而这些也都表现在她的诗作中。如唐代诗人王昌龄所言："久用精思，未契意象，力疲智竭，放安深思，心偶照境，率然而生。"敏锐的审美直觉与灵感，生活中获得的美学体验和文学修养，使颍川诗词凝聚了中国古典美学的内涵和婉约情思，又融汇了今日社会乐观昂扬的生活态度，书成了笔劲辞清，侠骨柔肠的佳作。

作为本书的责任编辑，认识并了解颍川女士和她的诗词，我非常高兴并时常充满一种先睹为快的满足。出版社把《颍川吟草——陈文玲诗词选》作为重点图书出版，在设计装帧上精心研磨，力争使这本书成为精品。因为这既是颍川女士多年潜心创作的结晶，是一个伟大时代的产物，某种程度上也是中国文化大国地位复兴的一种表现。可以说颍川女士用她的美丽诗篇，谱写着自己的心曲，也谱写着伟大祖国复兴之路的豪迈。

张海君

附记：

张海君：（见作者第二部诗词集发布暨中华诗词高端研讨会中的注）本文为张海君先生2010年6月份撰写，张海君先生是作者几部古典诗词集和现代诗歌集的责任编辑，对颍川诗词高质量出版贡献了智慧，在编辑出版第一部颍川诗词集过程中撰写了此文，已收入作者《颍川诗草》中，并发表在《中国文艺报》等报刊杂志上，产生了持续的社会影响。

站在崇高精神层面的大情·大气·大襟抱

——读《颍川诗词》走近陈文玲

我读《颍川吟草》《颍川诗草》《颍川诗词》，再读《互联网与“新实体经济”》《不能把去产能作为一个口号 以摧毁的方式去产能》《中国经济可以跨越中等收入国家陷阱》《亚洲依然是世界经济发展的中心》等诗文，收获了感动，收获了崇高。

质朴干练的颍川（陈文玲）先生长期从事经济研究和国家政策研究，她是国务院研究室原司长，现任中国国际经济交流中心总经济师、执行局副主任、学术委员会副主任。她曾多次参与起草《政府工作报告》，先后参加国家“十五”“十一五”“十二五”“十三五”相关规划制定、研究或评审。她集著名经济学家、诗人、书法家、研究员、博士生导师于一身，参加党中央、国务院一些重大文稿的起草和国家多项重大课题的调研，许多研究成果、文稿得到党中央、国务院领导的重视和批示，被国家决策采纳。这些都体现了她的职业和学识的个性特征。她还担任着中华诗词学会副会长，在繁忙的工作调研之余，进行诗词创作，非常难能可贵。带着敬仰我走近了她，解读了她诗词世界里那些崇高精神层面的大情、大气和大襟抱。

近年来诗坛的一些诗词作品，多少出现了一些所谓“唯美”的倾向，对理想信念的追求、对山水以及对英雄的赞颂似乎要离我们而去，这是当代人的一种缺氧。《颍川诗词》让我们在艺术的审美流程中忽然生出这样一个全新的体会：诗词不可以没有英雄气概，不可以没有对崇高精神的敬畏和诠释，不可以没有理直气壮表现时事的作品。无论时代将走向怎样，社会将发展成为怎样的文明样式，我们都应该铭记祖国的大好河山，铭记一个民族的命运，永远为后代传递一种能量。从这个意义上讲，《颍川诗词》是在为今天的人们补氧。

诗词的创作是比较难的事情，它不仅考验你的学识，也考验你的体力。它像文字里的建筑、雕塑和油画，要的就是让世间万物呈现华丽美妙的效果，不丽不美没有情感不成诗。她以超群的才情作保证，以浓烈的情感作基调，以名山大江和熟稔的人事为题材，在短短六年多时间里，先后整理出版了《颍川吟草》《颍川诗草》《颍川诗词》三部曲，令人心生欣佩。

她的大情体现在：凡落笔处，皆有不忍。

她一方面调查研究国家的经济，一方面进行诗词创作。在这个过程中，她始终充满正能量，抱着对人性的虔敬之心，进行着一场诗词的修行。她观察事物和创作作品都比较容易有新的发现，在创作中有开创，有坚守。她在诸多作品中，都充盈着强烈的大情。爱，还是不爱，在大众这里，是如何面对某个具体情感的问题；在陈文玲先生那里，则是个终极问题。她爱民族、爱家乡、爱国家、爱人类，她的爱不是狭隘的，不是唯我独尊的，是一种广博的爱。如2008年三聚氰胺有毒奶粉事件发生后，颍川先生和她的同事放弃了国庆七天长假，写出了两篇很有分量的关于食品、药品安全情况的调查报告，提出了若干重大建议，得到了党中央、国务院主要领导同志的重要批示。她在《忆江南》上片里写道："/无法忘，/泪水透衣裳。/三聚氰胺充奶粉，/穷人幼婴作干粮。/能不受其伤？”则是血与泪、正义与良知的呐喊。

她的大气体现在：站在珠穆朗玛峰上看中国。

她有一首写天台山琼台仙谷的词——《醉操翁·琼台仙谷》上片云：“/悬崖。/空峡。/神祸。/是谁家？/薄纱，/崇峰峻岭云梯达。/一步一处新芽，/绿如花，/树树是仙葩。/无限风韵足下答。/攀岩走壁，/回首山拔。”韵脚密集，难度很大，她写的不仅嫩红浅绿，还有枝繁叶茂。她还从黄河、长江地域乃至全国、全球的范围来考量、来审视，颇有“站在珠穆朗玛峰上看中国”的气势。如《卜算子·昆仑》云：“/出世便沧桑，/龙脉长天仰，/伟岸雄浑舞动时，/万里群山响。”还有“站在外星球上看地球”的胸怀，如《踏莎行·天地》云：“/大地藏辉，/长天吐瑞，/无边无际乾坤醉。/刚柔相济塑时空，/年年岁岁春秋媚。/元气精微，/神魂交汇，/人来人往情为贵。/江河湖海涌新潮，/谁知亘古皆前辈。”这气势和胸怀如何了得！她纵观古今，联系上下，使时空范围相当大；又因为多年的知识积累，她对黄河长江看得分外清晰，她在《浪淘沙令·黄河情愫》云：“/成也土成田，/败也泥潭，/推高河道挂前川。/满目疮痍沟壑纵，/岁岁年年。/何处觅清涟，/天上人间，/丛丛芳草驻高原？/日月星辰随水逝，/大道无言。”黄河在她的笔下描摹得具体入微而又客观真实。这是文气、浩然正气，更是鹤立鸡群的才情以及对家国矢志不移的高情大气。

她的大襟抱体现在：介入现实的姿态。

诗词要有介入现实的姿态。在我读过颍川先生诗词集后，这个字眼不时地闯进我的脑海。她也选一些平常平庸的生活作题材，但通过想象创造了个人的精神世界。有时她会将听到、看到的、考察到的广播、电视、新闻会等传闻，触发创作灵感，有时候她会将听到、看到的与自己的想象思考和批判结合在一起，写成作品。但她注意到不要把现实写成固定不变的现实，这种介于社会的变动和演化,包含着大的视野。相比之下，对于那些只写无题之句，陷于一种自我陶醉的小我写作氛围，那样的作品价值是有限的。这里牵扯到诗词与大众的关系，很多诗人会说：我不在意诗词读者的多寡，我的诗词是写给少数人看的。这种说法的确精妙，而且有点天衣无缝。但从实际来看，如果一个人的诗词受到极大欢迎，他内心的喜悦也是无以言表的。因此诗词如何介入现实，如何走进大众，也是常谈常新的话题。颍川先生在这方面是做过尝试的。我在今年《中华诗词》杂志第3期“时代风云”栏目里曾编发过她如下两首词：《诉衷情·最美是心峦——赠蒲金清最美家庭》云：“/情浓于水驻高原。/柔美是心峦。/时光缓缓流逝，/奉献爱，/化清泉。　　/穿藏地，/过山川，/共蓝天。/悟人生贵，/夺秒争分，/建设家园。”这首诗词应该是中组部组织诗人歌颂时代楷模任务，作者响应号召写的一首赞歌。还有一首《卜算子·赞邓州编外雷锋团》云：“/理想化雄鹰，/携手长天共。/回首当年战友情，/已入中国梦。　　/播撒爱无声，/点点滴滴奉。/春雨随风潜入心，/化作人生境。”也是她这次的创作，赞美真善美，是颍川诗词走向大众的一个范例。

一首优美的诗词，必定会给读者一种美的享受，带来心灵的启迪、思想的震撼，也就是说必然有可读性、艺术性和思想性。在《文心雕龙》中，刘勰说：“情以物迁，辞以情发”，“文变染采世情，兴废系于时序”，强调创作时决不能忽视对自然的感悟和体验，也不能离开生活实际闭门造车，更不能不了解时代的脉搏、不抓住时代的特征；强调文学创作要“述志为本”，综上可见，颍川的诗词作品既非曲高和寡的“阳春白雪”，也不是朴素通俗的“下里巴人”。但又二者兼而有之。熟悉颍川先生的人都知道，她之所以能够用诗词来讴歌我们这个时代，展现这样的大情大气大襟抱，是因为她诗中所描写的许多事件都是她亲身经历并有所研究的，这是艺术来源于生活的佐证。她在参与制定国家经济社会发展战略的同时，又不断追求崇高精神层面的修炼，收获了宝贵的诗意人生。正像她在《捧一杯诗意的淡淡清茶》一文中说的那样，她每每都写出了自己的感动。她的《十六字令·诗》：“/诗，/梦里青藤月下织。/平平仄，/泼墨有相识。”正是她诗意人生的写照。我走近颍川先生是诗词之缘，结识颍川先生是我的荣幸，她带给我的是满满的正能量。

诗化人生是幸福的。用我的一首感怀词作为结束语，并表达我对颍川先生的敬意。

玉楼春·贺颍川先生《颍川诗词》新书发布暨中华诗词高端研讨会召开

/芝兰手植真高洁。/涵绿披红多少叠。/颍川诗意总撩人，/三卷长歌歌遍彻。　　/海山十万翻新阕。/大爱弥天情切切。/生涯情系大风潮，/许国寸心如寸铁。

宋彩霞

2016年4月6日于京华白雨庐

附记：

1. 宋彩霞：古典诗词与现代诗歌双栖作者，均取得成就。笔名晓雨，中国作家协会会员、中华诗词学会常务理事。《中华诗词》编辑部主任。山东省诗词学会副会长。获2015年“诗词中国”最具影响力诗人奖。著有诗词、诗论集《秋水里的火焰》《白雨庐祠》等六卷，新诗集《黑咖啡》，主编《甲午战争120周年诗词选》等。

2. 宋彩霞在与作者不相识的情况下，为作者审阅修改了第三部古典诗词集全稿。在中华诗词学会换届大会上相识，应邀出席作者第三部诗词集发布暨中华诗词高端研讨会，在会上创作并朗读《玉楼春·贺颍川先生〈颍川诗词〉新书发布暨中华诗词高端研讨会召开》。应邀为作者作了古典诗词集的书评。

《颍川吟草》随感

许久没有静下心来读诗词，一是俗物缠身，二是一直无缘与佳句相逢。友人赠我诗词集一部，正是陈文玲女士的《颍川吟草》，仔细琢磨书名，颇觉得有些趣味，颍川者，陈姓之郡望也，作者姓陈，应是所指于此。《颍川吟草》，正是这位陈姓女子的诗词书稿了。

信手翻来，不见东坡的大江东去，不见稼轩的金戈铁马，亦不见李易安的温婉细腻。我国古代的诗评家们，在评论诗人的艺术风格时，往往使用诸如雄浑、豪放、飘逸、绮丽、秾纤、幽婉、婉约、清新、典雅、古淡之类的概念，很想用这些词语概括陈文玲的诗篇，却很难用这些词语一概而论，陈女士的诗篇中有对祖国的赞美，对民族的深情，对江山的热爱，对社稷的感怀，有喀纳斯的碧波粼粼，有南海的波浪滔滔，有青山，有秀水，有人家，有生灵，有对前人的华美诗篇的追忆，有对未来幸福生活的憧憬和作者对人生哲理的顿悟，如此种种，不一而足。雄浑、豪放、飘逸、绮丽、秾纤、幽婉、婉约、清新、典雅、古淡兼有之，任何一个或几个词语都无法概括陈文玲女士的诗篇，而这种感触良多却难以名状的情绪，正是我从《颍川吟草》中的宝贵所得，而这一点也许正是陈文玲女士诗作的独到之处吧？信手拈来，平淡里抒发满腔真情；随感而发，无意中记录着走来的足迹。

“山随水醉”，记录着生活中的点点滴滴，从水的序曲到水的情愫，从涓涓细流到江河湖泊，长江的源头，西湖的夜色，生活中不经意的些许，都成为陈文玲女士纸上的妙笔生花，从生活中习以为常的事物里发掘出诗情，直让人不得不信服道：“/文章本天成，/妙手偶得之”，而我们的作者，正是有着这样一双纤纤妙手。譬如《十六字令·水的哲理》：“/水，/天下至柔入无间。/难无惧，/点滴洞石穿。　/水，/‘生命之源’不争先。/低流处，/虚怀若谷谦。　/水，/纵横奔流道自然。/柔胜刚，/‘无为’‘有为’焉？”

这首词作，从最平常的水出发，既生动贴切地描摹出了水的形态，“/水，/天下至柔入无间。/难无惧，/点滴洞石穿”；又与自己的人生经验与工作感悟相结合，“/柔胜刚，/‘无为’‘有为’焉”。作者是位女性，从女性独特的视角透过水的“柔”，突出女性的“柔”，通过“柔”的水滴石穿，凸显女性的“以柔克刚”；“‘无为’‘有为’焉？”以看似无为之柔，惠泽万物，洗涤污浊，造福万物却不求回报，岂不是“大有为哉”？

这一首词看似平淡，却处处蕴含着人生哲理，细细品来，不难体味出作者的良苦用心，朴实大气，意味隽永，直令人想起毛泽东《十六字令三首》，其从平凡小事引人深思的写作手法，更有明清小品遗风了。

“九畹寻芳”，既滋兰之九畹兮，自然是来寻找百花仙子的芳踪了，在这一章节，作者以诗这一独特方式对数十种花卉草木作了由衷的赞美和歌颂，别样芝兰，满园菊黄，广寒月桂，牡丹天象，雪魄冰姿，万种娇艳，我独爱她笔下的“芍药”。

《芍药》：“/朝淡暮浓满园红，/渐次开放补春风。/笑启诗眼美芍药，/丹青染出艳东风。”

芍药自然是满园的红色，正如元稹诗云：“/芍药绽红绡，/巴篱织青琐。/繁丝蹙金蕊，/高焰当炉火”，只是这炉火般的红艳朝淡暮浓，作者用“渐次”一词更加丰富了这种动态之美，极生动地表现出芍药由朝至暮，朵朵绽放的盛景，果然美不胜收；“渐次开放补春风”：由一个“补”字将“芍药”和“春风”融为一体，红艳艳的芍药仿佛春风一般吹拂人面，令人心醉；“艳东风”更是巧妙，一个“艳”字本是形容词，却用作动词，花是艳的，东风也是艳的，眼前的一幅平面画瞬间变为立体，鲜花身边绽放，春风迎面吹拂，好一派迷人的春日景象，怕是要“吹得游人醉了”吧？

“九畹寻芳”不独有那姹紫嫣红的芳，更有那活灵活现的生灵，又如《观蟹》：“/水中蟹钳如锋刀，/潇洒威猛战群鳌。/地磁倒转何所惧，/独自横行逞英豪。”

这首诗充满趣味，螃蟹张牙舞爪的形象跃然纸上，然而诗人并不满足于描摹形象，她把地球两个磁极这样深奥的科学知识(“地磁倒转”)融入诗中，接下来又用“何所惧”轻轻一转再入正题，给诗作增加了理趣，却并不艰深晦涩，使螃蟹的形象更加丰满立体，“以不变应万变”，不也正是存于当世的一种姿态吗？

“国风雅颂”篇，正是诗人对伟大祖国、万里河山、万千气象的赞颂。诗人长期供职于国家重要部门，从事关系国计民生的工作，读万卷书不如行万里路，作为国家决策部门的工作人员，作者带着高度的责任心，敏锐的洞察力，走遍了祖国的各个角落，从东北的林海雪原到南沙的皑皑白沙，从台湾海峡的惊涛骇浪到伊犁河畔的丝绸古道，来了，看了，写下了一篇篇凝聚着深情的诗篇，沉淀出作者对祖国的热爱，对人民的一往情深，对美好未来的无限憧憬。

《水调歌头·湖南》："/举目洞庭丽，/放眼芙蓉霓。/三湘四水汇聚，/物华天宝觅。/屈子湘江天怨，/润芝九州问地，/侠义壮怀依。/浩浩长河去，/荡荡不归西！　　/时光逝，/江山易，/史传奇。/岳阳楼记，/难忘忧国忧民曲。/鲁肃习兵谁知？/但晓名篇佳句，/惟楚有材兮。/岳麓书院在，/凤凰翱翔起。"

湖南，孕育无数先贤的一片中华热土，这里有岳麓，有洞庭，这里是鲁迅笔下的"中国脊梁"，这里的英雄在金戈铁马中开辟了崭新的中国，这里的志士"/我自横刀向天笑，/去留肝胆两昆仑"，屈原的不朽，"先天下之忧而忧"的传诵，诗人赞美这里，赞美这里的仁人志士，赞美这里的华夏精神。诗人期盼，期盼湘湖大地的再一次展翅翱翔，诗人坚信这一点，因为，在她心中，充满着信心，她告诉我们，"惟楚有材"，因为这里有岳麓书院这样的文化载体，有千古传颂的凤凰精神，读到此，令人不由精神抖擞，对伟大祖国的再次复兴充满了期待！

"感怀泉涌"篇中，有"/瓢泼大雨仍舞蹈，/天涯何处无芳草"（《蝶恋花·兄弟相知》）的豪迈，有"/荣辱不惊长行路，/碧波涟漪写婀娜"（《蝶恋花·兄弟相知》）的淡泊，有"/泪水湿衣衫，/撕心裂肺熬煎"（《蝶恋花·兄弟相知》）的忧国忧民，更有感怀父母之恩的儿女情长，《苏幕遮·祝福父亲》："/地接天，/天吻地，/秋色独好，/雨后夕阳丽。/人生坎坷多磨砺，/琴瑟之和，/举案齐眉意。　　/梦如溪，/光似曲，/父女情深，/慈母常相忆。/高风亮节风骨立，/祝愿父亲，/暮年更如意。"

另一篇《减字木兰花·痛悼母亲》："/何处再寻，/病榻之上瘦弱身。/昔日母亲，/乘鹤仙逝驾祥云。/凛冽寒风，/漫天飞雪欲断魂。/养育之恩，/思念至深泪倾盆。"

我看过了诗人的豪情，看过了诗人的壮志，看过了诗人的诗情与画意，在这里，我同样看见了一个孩子在喁喁倾述着她对父亲的依恋与对母亲的缅怀情深，羊羔跪乳，乌鸦反哺，父母的舐犊之情、子女的报答之恩，感人至深。

读毕陈文玲女士的这部诗集，心情竟久久不能平静，这里有小桥流水的亲和舒缓，亦有吟咏山川的万千气象，既有往来天地的潇洒豪迈，亦有亲情友情的婉转细腻。《颍川吟草》中佳作俯拾皆是，以上几篇仅是其中一小部分。诗集中有新诗、有格律诗、有古体诗、有填词，充分显示了作者深厚的艺术素养，这与作者多年汲汲于文学创作是分不开的。这是一部对祖国的礼赞、对生活的歌集。我对陈文玲女士的诗作结集出版表示热烈祝贺，期望她在诗歌的道路上继续探索，取得更高的艺术成就。

金德龙

附记：

1. 金德龙：博士生导师，时任国家广播电影电视总局总编室副总编辑、宣传管理司司长。曾任中宣部新闻局副局长、《人民日报》理论部副主任、中宣部新闻协调小组副组长等职务。2013年任中国传媒大学协同创新中心主任。

2. 金德龙先生受邀参加2010年10月22日召开的《颍川吟草——陈文玲诗词选》新书发布暨中华诗词高端研讨会，专门撰写了本文。为表示感谢，作者特将此文收入已经出版的第二部古典诗词集中。

3. 金德龙先生此文发表在2010年11月的《光明日报》上。

士大夫精神的诗性回归

——读《颍川诗词》

颍川（陈文玲）先生现任中国国际经济交流中心总经济师、执行局副主任、学术委员会副主任，在国家高端智库组织研究工作，其责任和压力自然不小。她原来是国务院研究室综合司司长、研究员，从事经济研究、国家战略研究和政策研究，成绩卓著，工作之余，吟诗作赋，成就斐然。今年初，《颍川诗词——陈文玲诗词选》新书发布暨中华诗词高端研讨会在北京举办，不才也有幸受邀与会，沾染诗情。著名作家蒋子龙会场的评论，道出了《颍川诗词》的历史厚重感与文化史意义，让人印象深刻。他说，官员写诗是一种好现象，中国古代就有很多“官员诗人”，这其实是一种文化复归；但颍川的这些诗词是地地道道的古诗词，很少有政治热词和口号，很纯粹，也很流畅、自然。以此为契机，遂作读后感一篇——这是一篇不似读后感的读后感，有心者读完，自会有契悟。

——题记

“仁”与“智”

百年来的欧风美雨，让人产生过短时的眩晕，却从未让中国人彻底迷失，因为，中华文化的家底是那般殷实，中华文化的基因是那般坚定。兵来将挡，水来土掩，中华民族在血雨腥风中、在艰难困苦中、在流言蜚语中，擦去血水与泪水，不断爬起来，摸索前行，独立自主、自力更生一直是这个民族心底最深沉的呼唤，寄人篱下、仰人鼻息的生活再美好也都不屑一顾，这，就是这个伟大民族的傲骨。

“人能弘道，非道弘人。”从率先垂范倡导“士志于道”的孔子算起，一代代杰出的中国人，以道自任，带领子女、家人、族人和国人，谱写了中华文化一个又一个绚烂篇章。中国士大夫的传统至少已延续了两千五百年，流风余韵至今未绝，这是世界文化史上独一无二的现象，也是中西方不同文明类型的重要表征之一。

“知者动，仁者静。”士大夫或者说君子的德行可以用“仁”“智”二者概况：“仁”类似于传教士的宗教情怀，“智”类似于古希腊哲人以及启蒙运动以来知识分子的理性精神。以“仁”统“智”，以“智”成“仁”，君子既能够“坐而论道”探讨如何“认识世界”，又能够“起而行之”发挥影响力“改造世界”，既无时不想望天下太平、具有与时偕行自强不息的理想主义情怀，又朝乾夕惕从修身齐家这类最可把握的修为上下功夫、具有安住当下忠厚可靠的现实主义精神。

“进”与“退”

那么，何为“知”（“智”）？恩师楼宇烈先生常常引用《荀子》上的这段话：

子路入，子曰：“由！知者若何？仁者若何？”

子路对曰：“知者使人知己，仁者使人爱己。”

子曰：“可谓士矣。”

子贡入，子曰：“赐！知者若何？仁者若何？”

子贡对曰："知者知人，仁者爱人。"

子曰："可谓士君子矣。"

颜渊入，子曰："回！知者若何？仁者若何？"

颜渊对曰："知者自知，仁者自爱。"

子曰："可谓明君子矣。"

智者知人，智者自知，智者还知时、明进退。"用之则行，舍之则藏"，君子有"藏器于身，待时而动"的抱负与才干，亦有"道不同不相为谋"、守先待后的坚守。只知进而不知退，终要"亢龙有悔"，人生如此，社会亦如此。《周易》上有一段富有大智慧的箴言，值得这个时代反复品味：

"亢"之为言也，知进而不知退，知存而不知亡，知得而不知丧。其唯圣人乎，知进退存亡而不失其正者，其唯圣人乎！

这一段话本来是对主持政治的人来讲的，因为上文有"贵而无位、高而无民"的话。什么是"知进退存亡而不失其正"，什么是"知进而不知退，知存而不知亡"呢？史学天才张荫麟先生给我们用白话解说如下：

当你领导人们走在你看见是进步的路时，你们也许已走入退步的路；当你领导着人们走在你看见是兴邦的路时，你们也许已经走入了亡国的路。只看见一个政治主张进步的方面，而不看见它退步的方面，只看见它可以兴邦的方面，而不看见它可以亡国的方面——这便叫作"亢"。唯有圣人，既看出一个政治主张之进步的方面，又看出它退步的方面；既看出它可以兴邦的方面，又看出它可以亡国的方面，却不致左右维艰地迷失了正路，唯有圣人能如此。

天地给了人类足够大的空间享受生命的美好，但人类在启蒙心态的导引下，越来越丧失自我。杜维明先生指出：

尽管受到浪漫主义运动的反对，遭到人文科学前辈的批评，在浮士德精神（一种本能地去开发、认知、征服、压制的精神）的鼓舞下，启蒙心态一直是现代西方的主导性意识形态。如今在东亚，它正被拥戴为毋庸置疑的基本发展理论。

启蒙心态及其思维模式是什么呢？“通过工具理性，我们能够解决世界上的主要问题；对于作为一个整体的人类社群来说，主要就经济而言的进步是可欲的和必要的”，“人不仅是万物的尺度，还是经济繁荣、政治稳定、社会发展的唯一动力来源”。杜先生短短几句话洞悉了启蒙精神的本质：人类中心主义的肆意蔓延，价值理性的失语与工具理性的无限扩张。人类中心主义的现代病必须及时纠偏，中国人的三才之道，一方面注意人在天地之中无与伦比的地位，强调“惟天地，万物父母；惟人，万物之灵”；另一方面，又强调人的渺小，所谓“乾称父，坤称母，予兹藐焉，乃混然中处”。

如是说来，知进退仍属于“自知”——人类必须明确自己的定位才能“知进退存亡而不失其正”，才不至于走极端自取灭亡。

“杂”与“博”

“通天地人曰儒”，既要知己知人，还要知天知地，士大夫岂不是累得紧？此问题暂时按下不表，稍后我们自然会有答案，我们先来看一个有意思的问题：“士大夫”如何翻译？有的译作scholar-official（学者-官吏）或scholar-bureaucrat（学者-官僚），有的译作literati-officialdom（文人-官僚），它们都反映了士大夫的部分特征，却终究言不尽意。西方历史上从未出现过这样的阶层，能将政治角色、文化角色、社会角色融为一炉。汉学家列文森以amateur（业余的，与专业的相对）形容中国官僚，这真是一个耐人寻味的观察。他认为，中国官僚在政务上是业余的，因为他们修习的是艺术，包括一些人文知识，会引经据典、吟诗作赋，但是这些与国家的兵刑钱谷没有直接关系，同时，他们在艺术上的爱好也是业余的，因为他们是官僚。

在此我们不必与之深入辩解，中国人的专精又岂是西洋人所能梦见？只是饺子不如面条长，各有千秋而已，却不宜以己度人乃至以己损人。这里，我们只需辨明“杂”和“博”的关系。宋代大儒胡五峰有云：“学欲博，不欲杂”，为何？因为“杂似博”却非“博”，“杂”只是物理层面的堆积，“博”则是化学层面乃至生命智慧层面的会通。中国历史上，博学多识的士大夫不胜枚举，我们以最好玩的苏东坡为例。

林语堂如此评价东坡：

苏东坡是一个无可救药的乐天派，一个伟大的人道主义者，一个百姓的朋友，一个大文豪、大书法家、创新的画家、造酒试验家，一个工程师，一个憎恨清教徒主义的人，一位瑜伽修行者、佛教徒、巨儒政治家，一个皇帝的秘书、酒仙、厚道的法官，一位在政治上专唱反调的人，一个月夜徘徊者，一个诗人，一个小丑。但是这还不足以道出苏东坡的全部……

如此丰富多彩的角色，就在这样一个人身上展现无遗。跨界融合，是古代士大夫人生习以为常的生活样式。

现代社会在分科之学（此即“科学”）的引导下，支离破碎，不仅人和天地万物无法相通，人和人之间也丧失了先前绝大多数有效连通的纽带，简而言之，人被工具化了，人不再是有血有肉、有情有义的丰厚生命，变成了精于算计的机器。在这样的观照下，颍川先生既是著名经济学家，也是值得赞赏的诗人和书法家，丰富多彩的人生和跨领域取得的成就，集一人之身时，还是令人赞叹和赞赏的。

“为己”与“为人”

钱穆先生在《中国学术通义·序》中说：

中国传统，重视其人所为之学，而更重视为此学之人。中国传统，每认为学属于人，而非人属于学。故人为学，必能以人为主而学为从。当以人为学之中心，而不以学为人之中心。……苟其仅见学，不见人。人隐于学，而不能以学显人，斯即非中国传统之所贵。

把做学问与做人结合起来，亦是中国学术的固有传统；以人为中心还是以学为中心，则正是传统学术与现代学术的重要分界点。

中国学问以人为中心，意思就是，一切学问都是为了成就人本身，用西方哲学的话来讲就是，人本身就是目的，而不是工具，不是为了达到某一个目的的工具。孔夫子有云：“古之学者为己，今之学者为人。”朱子注云：“圣贤论学者用心得失之际，其说多矣，然未有如此言之切而要者。于此明辨而日省之，则庶乎其不昧于所从矣。”人人皆可以为尧舜，人人都是一个未展开的圣人，古时候的人学习是为了展开自己、成就自己，而不是将自己当成工具、将学问当成手段，最终他们也能为人群做出贡献；而那些一上来就是为了功名利禄而学习的人，只是将学问作为敲门砖，门敲开了就将砖头扔到一边。学问既然是为了成就人本身，那么，这种学问必然强调通人之学，而不是仅仅成为专家，汉儒所谓“通天地人曰儒，通天地不通人曰伎”，意思是说，学问能够贯通天地人三才的就是儒者，仅仅知道一些器物、科学道理的只能说是有技能的人。《淮南子》上有句话说得很好：“遍知万物而不知人道，不可谓智。”我们教会了学生数理化，可谓“遍知万物”了，在这方面，一个中学生所知道的知识就比古代的一个大学问家知道的知识要多，但是，我们是否教会了学生“人道”，是否教会了他们做人的道理是什么，是否教会了他们应当如何扩充自己本具的仁心，从而有益于家庭的和睦、社会的和谐乃至于自然的和美，这是一个大问题，这个问题得到解决，“钱学森之问”方能得以解决。天文地理无所不晓，独不晓人道何谓，这也是有人批评中国目前的教育为“有教育而无教养”的主要原因。中国历来的教育理念是，先成“人”，再成“家”，具体地说，就是先学习如何做人、做个通人，然后再成为某个领域的专家。通人之学说起来似乎很难，实际上并非如此。因为，通人之学是更符合人性的，正如不偏食更符合常人之养身一般。古人说一个人博学，常常会说他上知天文、下知地理、中通人事，而懂得做人的规矩、通晓世道人心是更为根本的。“一人之心，千万人之心也”，我们不要害怕不能受到他人的认可，而要为自己的本心本性是否得到充分展开而担忧。

圣人以六经传授弟子，为以下两千多年的传统奠定了基石。不仅大人君子应当学六经，小人也可以学六经，只是学的方式有不同而已。《广阳杂记》有载：

余观世之小人，未有不好唱歌看戏者，此性天中之《诗》与《乐》也；未有不看小说听说书者，此性天中之《书》与《春秋》也；未有不信占卜、祀鬼神者，此性天中之《易》与《礼》也。圣人六经之教，原本人情，而后之儒者，乃不能因其势而利导之，百计禁止遏抑，务以成周之刍狗，茅塞人心，是何异壅川使之不流，无怪其决裂溃败也。

如果说“达理”需要较高的智商，“通情”则不分贤愚，正如王阳明先生所说“良知良能，愚夫愚妇与圣人同”。唱歌、看戏、看小说、听说书、信占卜、祀鬼神，这就是小人本性中六经的体现。中国是诗歌的国度，诗歌是中国的宗教，是因为“六经之教，原本人情”，更简明地说，是因为“道始于情”。

我喜欢颖川诗词，也知道很多人都很以为然。“有真性情须有真涵养，有大识见乃有大文章。”倘若没有足够的人文修养，就会对“万古存，唯有天然，一任落英飘遍”（《疏影·贺州驶至桂林》）熟视无睹，就会无法理解“这边那边无边”《六言诗·于漳州望台湾》）的意蕴，就会难逃“纵然风情万种，如何倾诉衷肠”（《六言诗·月亮迷藏》）的苦楚，甚至会有“云霄之上追方寸”（《七律·风筝》）的茫昧。

“忙”与“闲”

颖川先生是仁者也是智者，是博学通达的性情中人，是进有所为、退有所守的士大夫。

有幸结识，是在乙未年夏，本报举办了中国品牌论坛，我负责采访颖川先生，稍做功课就发现，这是一个了不起的人物。中国国际经济交流中心官网对她的介绍是：中国著名经济学家，中国国际经济交流中心总经济师、执行局副主任、中心学术委员会副主任；国务院研究室原司长；国务院第一届医改咨询专家委员会专家委员、国务院第一届食品安全专家委员会专家委员；商务部专家，中国流通G30论坛成员，中国文化产业30人论坛成员，另外还有一些学术兼职。

除了专业领域的卓越表现之外，“颖川先生还是我国著名诗人和书法家，为中华诗词学会副会长和中国书法家协会会员，发表文学著作《颖川吟草》《颖川诗草》《颖川诗词》《颖川放歌》和《颖川诗词书法》等诗词集和书法集，受到国学界、诗词界和书法界高度评价”，毫无疑问，她肯定是一位忙里偷闲的行家。

颖川先生的诗词水平如何，自有文艺评论家来品评，我辈只能心怀敬意地品味，在品味中感通。

道者，通也，历代大学问家追求的至高无上的“道”，并不远离生活，并不远离现实，而是就性之所近选好立足点，然后向外推广到社会、国家乃至天地，修己安人，以己心感通人心，这是空间维度的考量；在时间维度方面，他们还能与往圣先贤之心相通，所谓“宇宙内事乃己分内事，己分内事乃宇宙内事”（上下四方曰“宇”，古往今来曰“宙”），“宇宙便是吾心，吾心便是宇宙”，这正是中国学人“横通”与“纵通”（恩师袁行霈先生语）的大心胸与大气派！

话又说回来，“人之有生也，如太仓之粒米，如灼目之电光，如悬崖之朽木，如逝海之一波”。人生既然如此短暂，就应当好好珍惜、活出价值，但是过于忙碌就会失去生活的味道，一张一弛，文武之道，这是亘古不变的真理。

数十年前，语堂先生如是描述中国人的闲适：

既然有了足够的闲暇，中国人有什么不能做呢？他们食蟹、品茗、尝泉、唱戏、放风筝、踢毽子、比草的长势、糊纸盒、猜谜、搓麻将、赌博、典当衣物、煨人参、看斗鸡、逗小孩、浇花、种菜、嫁接果树、下棋、沐浴、闲聊、养鸟、午睡、大吃二喝、猜拳、看手相、谈狐狸精、看戏、敲锣打鼓、吹笛、练书法、嚼鸭肫、腌萝卜、捏胡桃、放鹰、喂鸽子、与裁缝吵架、去朝圣、拜访寺庙、登山、看赛舟、斗牛、服春药、抽鸦片、闲荡街头、看飞机、骂日本人、围观白人、感到纳闷儿、批评政治家、念佛、练深呼吸、举行佛教聚会、请教算命先生、捉蟋蟀、嗑瓜子、赌月饼、办灯会、焚净香、吃面条、射文虎、养瓶花、送礼祝寿、互相磕头、生孩子、睡大觉。

语堂先生深谙中国人“生活的艺术”，居然一口气如数家珍般数出中国人66种悠闲生活的方式。当然，“饱食终日，无所用心”，也是要不得的，“反者，道之动”，于是钟摆又摆向了另外一端。关于这一点的因缘，钱穆先生有很好的论述：

西方文明，一开始便在希腊雅典等商业小城市里发展，根本和中国古代北方农村的闲散意味不同。近代欧洲，至少从文艺复兴以下，生活一天忙迫似一天，一天紧张似一天，直到如今，五六百年来紧张忙迫得喘不过气来了。他们中古时期在教堂里的一些儿空寂气味，现在是全散失了，满脑满肠只是功利。彼中哲人如英国罗素之流，生长在此忙迫生活中，讨厌功利鞭子，不免要欣赏到中国。然中国文化之弱点则正在此。从鸦片战争五口通商直到今天，全国农村逐步破产，闲散生活再也维持不来了，再不能不向功利上认真，中国人正在开始正式学忙迫，学紧张，学崇拜功利，然而忙迫紧张又哪里是生活的正轨呢。功利也并非人生之终极理想，到底值不值得崇拜，而且中国人在以往长时期的闲散生活中，实在亦有许多宝贵而可爱的经验，还常使我们回忆与流连。这正是中国人，尤其是懂得生活趣味的中国人今天的大苦处。

毫不夸张地说，如何过上张弛有度的生活，这正是人类当前面临的一个大难题，以天下为己任的士大夫们，相信可以从颍川先生这里得到启发。要说忙，颍川先生是非常忙的。可是，她竟可以日就月将，写出如此数量的古雅诗词，清新俊丽。“人心都向它，它便盛”，南宋大儒朱子的话，也适合一个人的志趣——志趣在酒色财气，酒色财气便盛；志趣在诗酒花茶，诗酒花茶便盛。酒色财气盛，盛也只能盛极一时；诗酒花茶盛，千世万世永为人念。在酒色财气盛的时代，做一个诗酒花茶盛的人不容易，做一个诗酒花茶盛的官员更不易，这需要有逆时代风气而上的勇气与智慧。而颍川先生，便是这样一个智勇双全的文人士大夫。

《殷芸小说》有载：“钟士季常向人道：‘吾少年时一纸书，人云是阮步兵书，皆字字生义，既知是吾，不复道也。’”

每每忆及，窃笑久之。此语当为钟氏成名后所语。既已成名，却不避讳当年之尴尬，谈笑自如，正所谓真名士，自风流。同样一篇文字，听说是大名士所作，便“字字生义”，一旦得知为籍籍无名者所作，便“不复道也”。人云亦云，众人从众，此则振古如兹；中立不倚，慧眼独具，究非凡夫所为。

天下不能无风气，而风气之正与不正，全在君子，曾文正公所谓“风俗之厚薄奚自乎？自乎一二人之心所向而已”。宋代名臣、诗人吕本中讲：“士大夫喜言风俗不好。风俗是谁做来？身便是风俗，不自去做，如何得会好？”风俗就是大家习惯的合力，我们每个人都影响着风俗，从这个意义上说，我们一己之身就是风俗。大家都不做好，风俗不可能好。君子正气，小人跟风。跟风并不可怕，可怕的是没有君子引领风气。

颍川先生已经为士大夫精神的诗性回归“自去做”了，吾人需要勇猛奋跃，跳出窠臼，挣脱桎梏，积极承续“我们的基因”，主动再造“我们的文明”。所以，临末再拜陈三愿：一愿国人皆读经（唐诗宋词等传统经典特别是《诗经》之类的元典）；二愿官员常得闲（志之所在，气亦随之；气之所在，天地鬼神亦随之——关键是要有心于文化的回归，如颍川先生一般）；三愿东坡李太白，岁岁长相见。鲁迅先生曾经说过：“不但产生天才难，单是有培养天才的泥土也难”，因为“天才大半是天赋的，独有这培养天才的泥土，似乎大家都可以做”，“做土的功效，比要求天才还切近；否则，纵有成千成百的天才，也因为没有泥土，不能发达，要像一碟子绿豆芽”。东坡太白可遇不可求，但我们可以从自己开始积累，正如颍川诗词《声声慢·慢生活》所说，“/慢吐纳，/方能懂得深浅”，汇聚合力，转化风气，东坡太白自然有再现的一日。

萧伟光

附记：

1. 本文作者萧伟光，为《人民日报》理论部编辑、记者。本文作者具有深厚的国学、哲学修养，北京大学哲学系暨国学研究院哲学专业博士，出版《群书治要选粹与导学》等著述。

2. 本文撰写于2016年5月。作者在采访颍川女士时相识，参加了《颍川诗词——陈文玲诗词选》新书发布暨中华诗词高端研讨会后撰写。

文若清泉皆入韵　玲如皓月总关情

——读《颍川诗词》《颍川放歌》启示

早想写一篇小文，把吟读颍川诗词集的感受记录下来，把对诗人的崇敬之情表达出来，把对祖国壮丽河山和美好时代的喜爱之情抒发出来，因终日忙于琐事，一直坐不下来。后应颍川老师之邀，写一读后感的想法才得以实现。现呈现于此，请各位方家指正。

一、初识颍川，温文儒雅的风度给人好感。与颍川先生相识是在一个偶然的机会，在中国名家书画院中秋雅集会上，经许喜林院长介绍，我认识了颍川女士。许院长说她是一位政府官员，是国务院研究室的司长，我怎么也不会相信，因为从她那和蔼可亲的面容，平易近人的举止，温文尔雅的谈吐和谦逊朴实的外表，一点都不像我所想象中的官员做派，倒像是一位诗人、学者或艺术家。正巧被我猜中，许院长接着说，请大家过两天到北京音乐厅参加颍川诗词吟咏会，一睹颍川诗词的风采，这使我肃然起敬。但最使我感动的是她将仅剩的两张位置最好的吟咏会门票给了我，并邀请我一定去参加晚会。9月29日晚，我带着略懂点诗词知识，也喜欢舞文弄墨、吟诗作画的女儿如邀到北京音乐厅出席了“祖国礼赞——当代朗诵名家诗歌吟咏会”。晚会上曹灿、虹云、刘纪宏、瞿弦和、任志宏、雅坤、张筠英等十几位当代最著名的朗诵艺术家吟咏诗人颍川的近20首诗作。一首首脍炙人口的诗词作品，时而把人们带到风景如画的三江源，时而又把人们带入人间仙境的桂林山水；时而把人们带到奔腾不息自天上而来的黄河，时而又把人们带到蜿蜒曲折柔情万般的长江；时而把人们带入充满真情的浓浓爱国情怀，时而把人们带入上善若水任方圆的心境。经过朗诵艺术家那高亢洪亮、委婉动听、抑扬顿挫、富有磁性的音调、语气和表情，把诗作演绎得淋漓尽致。观众随着艺术家声情并茂的表演，进入了诗情画意的美好境地，不时报以热烈的掌声，将晚会一阵阵推向高潮。晚会收到了非常好的效果，用圆满成功一点都不过分。这真是一顿诗歌的饕餮大餐，这个美啊，真的是无法形容。每个人对祖国的热爱都会有自己的表达方式，颍川先生在中华人民共和国成立66周年之际，献给祖国母亲的这份生日大礼，太让人羡慕了，也太让人感动了。这才是祖国最忠实的儿女表达的情怀。正是这种对党、对祖国、对人民无比热爱，孜孜不倦地学习和工作，踏踏实实地为祖国的繁荣富强做着辛勤努力的千万个像颍川这样的各行各业的有识之士，才让我们的国家一步步地摆脱贫困，走向富裕。他们是祖国的赤子，是民族的脊梁，是时代的先锋，是人民的骄傲，更是我学习的楷模。初识颍川，就这样给我留下了极其深刻的印象。

二、走近颍川，妙笔生花的风采让人叹服。颍川诗词吟咏会让我感动，因而抑制不住激动的心情，渴望得到颍川诗词集，一睹为快。于是，就直接给颍川先生打电话，说明意图，她满口答应，在百忙之中请人把诗集给我送来，并亲自来电话说明由于第一部出版时间较长，手头已没有了书籍。于是，我让孩子设法从网上找到一本，这样就把《颍川吟草》《颍川诗草》《颍川诗词》《颍川放歌》和《颍川诗词书法》《颍川乐平诗词画卷》集全了，由此感激之情无以言表。接下来我用了一个来月的时间如饥似渴地研读，通过三部颍川古典诗词集和一部颍川现代诗歌，我走近颍川，了解颍川，理解颍川，崇敬颍川。在颍川诗词集里吸取着丰富的营养和知识，享受着真挚的诗情与友情。品读颍川诗词集，近千首诗词让人眼界大开，耳目一新，我可以用五个字来概括吟读之感受。

一曰才。就是才华横溢。诗人颍川，她是中央和国家机关五一劳动奖章获得者，曾获得过中国企业经济学会、中国社会科学院财贸所、中国人民大学商学院、中国流通竞争力中心联合评选的“建国六十年中国流通领域有突出成就人物”称号，她的著作《现代流通基础理论原创研究》获得“流通领域有影响力的十大著作”之一。她关于国计民生和国家重大战略的研究报告，得到国家领导的重要批示，推动了相关工作，国庆期间撰写的关于食品药品安全的研究成果，还获得国务院研究室研究成果一等奖，她还取得过其他许多成就及荣誉，是个优秀的公职人员。她博学多才，知识面宽，天文地理，经史子集，几乎无所不知；熟读诗书，名言佳句，信手拈来，这些都体现在她的诗作里。读颍川诗词集，你会发现，引经据典，恰当自然，没有生搬硬套，没有牵强附会，真乃行家里手，功夫了得。例如：“/枝枝梨白，/树树月色”（《青玉案·玉兰牵春走》）分别引自岑参《白雪歌送武判官归京》：“/忽如一夜春风来，/千树万树梨花开”和元代长春真人丘处机《无俗念》：“/白锦无纹香烂漫，/玉树琼苞堆雪。/静夜沉沉，/浮光霭霭，/冷浸溶溶月”又如：“春风不怕桃花笑”，“忍问昨天人面”（《桃园忆故人·春风依旧》），化用唐代崔护《题都城南庄》：“/人面不知何处去，/桃花依旧笑春风。”再如：“/纸上得来终是浅，/秋思方晓绿衣鲜”（《芭蕉之二》）。语出宋代陆游《冬夜读书示子聿》：“/纸上得来终觉浅，/绝知此事要躬行。”这些例子，在颍川诗集里随处可见，足见其学博才睿，用典炉火纯青。同时，她还用书法艺术书写自己的诗词作品，把书法创作与诗词创作有机结合。潇洒的书风与浪漫的诗风形成了独特的韵味，达到了相得益彰的完美境界，这也更加有助于对颍川诗词的深刻理解。凡此种种，可以说颍川极富文采，称当代才女毫不夸张。为避免吹捧之嫌，还是引用文坛泰斗文怀沙老先生的话来表达颍川诗词之才。文老在《颍川诗草》序言中说："读颍川女士的诗词，不得不惊叹其眼界之开阔，诗情之充沛。从西北到东南，从深山到大漠，颍川女士的足迹几乎贯穿了整个中国，在每一片土地上，都留下了她真情洋溢的诗篇。更为难得的是，她的笔下不仅描绘了绚丽的风景，亦刻画了风景之中（或之外）辛勤劳作的农民工、藏族老妈妈和那些创造着美好生活的人们，还抒怀了很多用诗意表达的哲思。这类题材是旧时才女不曾涉及也无法涉及的，透过这些诗篇，可以看到当代新中国女性独有的胸襟和风采"。

二曰深。就是意境深远。清王国维《人间词话》说："词以境界（即意境）为最上。有境界则自称高格，自有名句。五代、北宋之词所以独绝者在此。"又说："文学之工与不工，亦视其意境之有无与深浅而已。"明朱承爵《存余堂诗话》也说："作诗之妙，全在意境融彻（即莹澈），出音声之外，乃诗真味。"诗的意境是作者的思想、感情和作品的形象体系的完美结合，是审美主体和审美客体的辩证统一，是诗歌至高的艺术追求。诗言志，词抒怀。我喜欢颍川诗词，之所以能集中一段时间认真研读她的每篇佳作，我想我应该是被她那颗纯粹的诗心，被她那份优雅的诗意给打动了。颍川诗词，不管是古体诗还是现代诗，格律诗还是白话诗，都做到了立意高远，境界深邃，言之有物，发人深思，催人奋进。同时，从大处着眼，小处着手，巧妙用笔，由小见大，举一反三，耐人寻味。蔡厚示先生在谈到熔铸意境的几种手法时说："熔铸诗词意境的手法各种各样。这里我只谈四种，归为‘十六字诀’：情景交融，时空流转，声色兼备，虚实相生。”在这里我们不用寻思古今名篇中最迷人和最动情处，只要翻开颍川诗词，身入其境，细品其味，就能解得颍川诗词的深刻意境了。如《如梦令·小白杨哨所》：“/西域天高路远，/百转千回川渐。/一曲《小白杨》，/今日边关相伴。/惊撼！/惊撼！/祖国心中思恋。”此词以深情、感人见长。写的是颍川女士调研时曾到过中哈边界新疆塔城裕民县小白杨（塔斯提）哨所，在哨所的所思所想。20世纪80年代初哨所的战士在哨所营房旁边种下了十棵杨树苗，但由于干旱、风沙、严寒的肆虐，有九棵相继枯死，只有一棵顽强地活了下来。这棵小白杨在战士们的精心呵护下茁壮成长，日夜陪伴着守卫边防的战士们。以小白杨的故事为原型的歌曲《小白杨》由著名歌唱家阎维文老师唱响大江南北，长城内外，哨所被誉为小白杨哨所。作者这首《如梦令》，寥寥七句33字，写出了哨所战士在极其艰苦的环境里，以小白杨为伴，镇守祖国的边关，把自己的青春年华奉献给这片热土，像小白杨一样，坚守岗位，在荒无人烟的土地上巍然屹立着，成为坚不可摧的钢铁堡垒，日夜保卫着人民的安宁。“祖国心中思恋”，是这首词深刻意境的核心体现，既把边防战士那种奉献牺牲精神活生生地抒发了出来，又把革命军人，青年一代的人生观、价值观体现得淋漓尽致，更把革命战士一不怕苦、二不怕死的革命精神，把能打仗，打胜仗的决心和斗志升华到了极致。感人肺腑，催人泪下。可以说颍川的诗词意境深远，有诗味，有新意；白话中有精彩，朴实中见真情。有意有境，有声有色；融情于景，情景交融；笔随意生，意融笔梢，意飞境合，神融笔畅也！我用一副自撰的对联来概括颍川诗词的意境，这就是：“登高望远，神游物外；观海听涛，乐在其中。”

三曰工。就是工整，符合诗词格律。颍川既懂今韵，又懂古韵。当然，这是相对而言的，与诗词大家、大师们相比，颍川诗词可能在某些方面还有需要修饰斟酌的地方，但就我的感觉，这已十分不易了。她的上千首诗词，基本上都还是很工整的，不论是四言、五言、六言、七言诗，还是排律诗，以及绝句，还有大量的词作，都是按诗词的格律、韵律创作的。平仄相谐，对仗工整，因而朗朗上口，诗味浓厚，不落俗套，富有新意。例如：《五律·春曲》："/雨后轻风共，/飞笛牧曲同。/雨从高处落，/情自梦中生。/芳草绿如洗，/春江暖似灯。/紫藤心蔓挂，/岁岁待花丛。"《七律·永远的延安》："/满坡翠绿韵交融，/遍野鹅黄醉细风。/几处沧桑追岁月，/一方故里忆征程。/激昂旋律人民奏，/宏伟华章领袖同。/理想丛生成大业，/运筹帷幄洒真情。"众所周知，律诗是八句，五字一句为五律，七字一句为七律。律诗逢偶句押韵（单句仄声不入韵），一韵到底，中间不换韵。每句最后一字要韵母相同，不管是律诗还是绝句都是押平韵，如果首句末字为仄声，则不押韵。律诗八句，两句为一联，一、二句为首联，三、四句为颔联，五、六句为颈联，七、八句为尾联。律诗最讲中联（即颔联、颈联）对仗。也就是说，三、四句，五、六句，必须是两副完整的对联，不仅词性相对，词类相同或相近，即：名词对名词，动词对动词，其他形容词、数量词、方位词、代词、副词等同理；而且平仄相协，抑扬顿挫，高低升降，用准四声。这是律诗的基本格律要求。从颍川以上的两首诗来看，非常工整，且很美，尤其四副中联："/雨从高处落，/情自梦中生"；"/芳草绿如洗，/春江暖似灯"；"/几处沧桑追岁月，/一方故里忆征程"；"/激昂旋律人民奏，/宏伟华章领袖同"。不论对仗，还是平仄，都很工整，首联和尾联平仄也很相协。两首律诗堪称经典之作。又如：小令《天净沙·图腾》："/蓝天碧水和风，/湖边灵塔图腾，/静谧无声意境。/谁人飞梦？/圣洁已在其中。”符合词谱要求，填词押韵，平仄相协，给人以美的享受。透过这些作品，可以看出颍川先生对学问的重视和敬畏，做学问的认真和执着。由此可以断言，没有丰富的阅历，难以达到诗词的要求；没有刻苦的精神，难以写出感人的精品。但这些颍川做到了。

四曰美。就是语言美。吟读颍川诗词给我最深的感觉就是语言很美。不仅描写精湛，神情交融，兼收并蓄，回味无穷；而且具备想象的空间，让你爱看，爱听，爱吟，爱不释手，充分陶醉其中。看她的诗，似清澈的泉水潺潺流淌，如辽阔的草原绿浪翻腾；像美妙的乐曲沁人肺腑，若迷人的仙境美不胜收。她用金子般的心，珍珠般的文字，连同大爱的红线，串起了精美绝伦的艺术之宝，无私地奉献给广大读者。例如：《长相思·茉莉花》：“/香漂流，/韵漂流，/洒向人间美作舟。/姑娘插满头。　/品清香，/味清香，/品味无穷花亦柔。/情浓度曲酬。”朴实的诗句，写出了茉莉花的高雅品位，给人美的感受。再如：《七律·遍地绿意》：“/深深浅浅绿婆娑，/老树参天碧水河。/芳草丛丛追绿柳，/新苗垄垄漾春歌。/麦田雪后梳妆沃，/庭院风荷沐浴浊。/满眼生机流气度，/清香遍地野花坡。”语言的巧与美结合在一起，就是朗朗上口的一篇佳作。从中可以看出颍川深厚的文字功底和扎实的国学基础。颍川诗词的语言美，不仅体现在诗句里，更体现在她诗词的标题名字中，使人未读诗句，便有美感。颍川四部诗集用了56个标题，加上自序和后记共计59个标题，244字。我把这些标题放在一起，不加任何字来修饰，仅用标点符号连接，就是一段极美的诗句，令人耳目一新，感同身受。“捧一杯淡淡的诗意清茶，走进自然，海洋，叩问昆仑山的感悟；踏山听水，心随水醉，长江放歌，黄河诗赋，三江源感怀生命的沧海桑田；漂流，踏过那条岁月的清溪，梦幻漓江，感怀泉涌，雨韵，水的柔情，水的灵动，水的演绎，水的结晶；壮哉寰宇，四时轮回，太阳曲，春之歌，夏日感悟，冬日抒怀，秋色斑斓，月色清辉，雪白写清纯；家是……我亲爱的祖国，永恒的母爱，九州风韵，遍地锦瑟，桂林咏叹，玉树震后，给大山里孩子的回信；一泻情思，荡气诗书，浩然正气，错落心乡；什么是创作，殿堂怀旧，自然书架，敬仰华章，九畹寻芳，丁香结里，拾翠闻香；书海折枝，诗意潺潺，红媚黄共，国风雅颂，美哉书画；成长，突围，值得，跨越自己，携情带韵写诗章。”她的诗作给人享受，让人激动，使人振奋，叫人舒心。当今时代，写诗之人比比皆是，抒情之手也大有人在，但能称得起诗人的却屈指可数，真正的大家更是寥寥无几，我认为称颖川为当代诗词大家也毫不为过。

五曰实。就是贴近生活。颖川诗词最大的特点就是实。真实地书写时代的进步，真实地反映社会的发展；真实地歌颂祖国的建设，真实地描绘群众的生活；真实地抒发诗人的情怀，真实地体现艺术的魅力。颖川诗词中的篇篇佳作，无不看出颖川诗词对真善美的赞扬，对假恶丑的鞭挞。字里行间，体现了她务实求真的作风，情真意切，富有真情实感，充满了正能量。颖川诗词，跳动着爱的音符，爱的节拍，充满着爱的旋律，爱的韵味。这种实实在在的美是推动时代进步的强大动力所在。读颖川诗词能陶冶情操，升华思想，净化心灵，鼓舞斗志。颖川不仅热爱祖国的山川湖海，具有宽广的心胸，而且热爱生活，极富生活情趣。在她的诗词里，不光有梅兰竹菊，牡棠芙藤，而且有八哥仙鹤，雄鸡憨鸭，甚至连青蟹都成了她诗歌的题材。可见她的境界，大到天空海洋，实到日常生活，无时不有，无处不在。但最使我印象深刻的还是她那首《家是……——献给千万个幸福的家庭》的诗篇：“/穿过岁月的梦，/唱着时光的歌。/家是一只船，/载着我走过大洋大海，/载着我走过大江大河；/盛着太多的感慨，/盛着太多的苦乐。/我奋力划着舟楫，/我随情写着婀娜；/我沿途尽览风光，/我顺流寻觅广阔。/哪怕有千道湾，/哪怕有万重壑；/哪怕有层层浪，/哪怕有座座坡；/哪怕有瓢泼雨，/哪怕有飞流河，/她都是我的承载，/她都是我的依托……/走过岁月的岭，/蹚过时光的河。/家是一座山，/她色彩斑斓，/她处处景色。/倚着她看云卷云舒，/倚着她赏花开花落；/倚着她品四时轮值，/倚着她叹大地磅礴。/一步一步丈量山路，/一道一道走过沟壑；/一幅一幅涂染画卷，/一卷一卷写就诗册。/……/从人生的春天开始，/到收获大美的秋色；/从山脚的田园开始，/到俯瞰翠竹漫坡。/往日的和风细雨，/今天的春种秋播。/播种着生命，/收获着火热；/播种着理想，/收获着清澈；/播种着心语，/收获着家和。/……/家，/她是我生命的博物馆，/她是我写满感动的滕阁。/她是我灵魂的承载，/她是我心语永久的唱和。”看着这样的诗篇，想着家的感觉，让人激动，给人温暖。这就是诗的魅力，这就是词的眷恋。

三、感悟颍川，诗如其人的风骨令人敬佩。通过颍川诗集，吟其诗，品其人，观其景，动之情，可谓诗如其人。诗品、诗情，诗风、诗韵，无不体现出诗人的风骨和品格，无不折射出颍川诗集的真实内涵。颍川先生先是供职于国务院研究室，属于政府官员，最近几年又任一家国家智库总经济师。肩负着调查研究，为党和国家的路线、方针、政策建言献策的神圣使命，工作任务十分繁忙。那又是什么原因让她写出了这么多脍炙人口的好诗佳词呢？我透过颍川诗词集，经过一段时间的深思，得出了如下几点答案。

（一）生活是创作的源泉。万丈高楼平地起，根深方能叶茂。郑伯农会长曾这样评价过她：“工作的性质决定了她要经常在全国各地奔走，甚至赴外考察。闹市大都、穷乡僻壤、名山大川、穷山恶水，都留下她的足迹。每到一地，首先要考察与国计民生有关的重大问题，并就此写出相关的报告。作为国家干部，写出调查报告，就是完成了工作任务。作为诗人，她又不满足于完成这些使命，调查研究中，不仅萌生了对重大问题的理性思考，也产生了澎湃的诗情，于是就有了她的那些诗句。可以说，诗作是工作的副产品，但这并不意味着建言献策的文字就一定比诗的意义更重大。理性思考和诗情勃发是相辅相成的，正因为她把对社会深远的理性思考和对湖光山色的纵情领略结合起来，把缜密的理性分析和恣肆的感情喷发结合起来，才成就了陈文玲这么个独特的诗人。”深入群众，深入生活，深入基层，常接地气，是诗人和艺术家永恒的主题，是取之不尽、用之不竭的力量源泉，是获得鲜活素材得以用心创作的基本因素，这是颖川之所以创作出精品佳作的根本所在。她的《什么是创作》这篇诗文，是在这个浮躁的社会里，对那些急功近利，急于求成的所谓艺术家最好的启迪。“/什么是创作？/创作就是生活……/‘喜怒哀乐’是生活，/‘虚实之间’是透彻；/‘太极状态’是体味，/‘天地上下’是融合；/‘母子情深’是常态，/‘生命之树’是雅拙。/生活的磨砺吹尽了黄沙，/这就是宝贵的创作。　　/什么是创作，/创作就是追溯？/多少年的不懈追求，/回忆中的风雨坎坷。/永不枯竭的创作源泉，/耐人寻味的艺术研磨……/追溯生活的艺术能力，/这就是宝贵的创作。　　/什么是创作，/创作就是开拓。/把顽石变成生命的符号，/把符号变成心灵的触摸；/把触摸变成自然的赏赐，/把赏赐变成畅想的祝贺；/把祝贺变成无题的和谐，/把和谐变成七彩的斑驳。/让内心涌动成为流畅的艺术语言，/这就是宝贵的创作。　　/什么是创作，/创作就是风车。/东方艺术与西方文化的相握，/转动风车中挥洒的涂抹。/让思想展开飞翔的翅膀，/这就是宝贵的创作。/什么是创作，/创作就是人格。/穷困潦倒时坚忍，/硕果收获时静默；/物欲横流中超然，/名利俱备后淡泊。/感谢自然和生命，/感谢梦想和漂泊，/感谢回首和瞻望，/感谢冲动和执着。/不仅仅为了收获，/而是为了追求，/点燃心中烈光，/凝聚成无穷的诗意，/这就是宝贵的创作。”多么朴实的语言，道出了哲理的深刻；多么感人的句子，是她辛勤汗水的收获。从颍川诗词集可以看出，她的作品充满浓浓的生活气息，她深入基层，饱览风光，畅洒诗意，感受人生，在万绿丛中放歌未来；她丰富的生活经历和善于捕捉生活画面融于诗文之中的良好习惯，是文思泉涌，大作频现的根本。

（二）勤奋刻苦是成功的秘诀。腹有诗书气自华。颍川诗词集反映了颍川先生深厚的国学基础和诗词底蕴。古人云：“/书山有路勤为径，/学海无涯苦作舟。”正所谓“/宝剑锋从磨砺出，/梅花香自苦寒来”。颍川诗词确实很美，但是，诗人创作背后的艰辛，不是谁都能够理解的。她平日那么忙，工作之余，闲暇之中还能创作出这么多诗词，没有勤奋的精神是根本不可能的；作为一个女同志，还会有太多的家务琐事，她能够静下心来读书作诗，炼字炼句，修辞推敲，坚持创作，没有刻苦之精神也是难以奏效的。正像清代王国维《人间词话》里所说的：“古之成大事业、大学问者，必经过三种之境界。‘昨夜西风凋碧树，独上高楼，望尽天涯路。’此第一境也。‘衣带渐宽终不悔，为伊消得人憔悴。’此第二境也。‘众里寻他千百度，蓦然回首，那人却在灯火阑珊处。’此第三境也。”由此，可以想象诗人颍川，没有三更灯火五更鸡的勤奋，没有“采得百花成蜜后，为谁辛苦为谁甜”的奉献精神，今天的成就也是不可能的。探究颍川诗词和诗歌创作成功的秘诀，还有最重要的一点不容忽视，这就是跨越自己。而如何跨越自己，她的诗篇《跨越自己》就为我们揭开了成功的谜底。“/跨越自己，/其实并不容易，/我们可以揭开历史的尘封，/却难以抹去岁月的痕迹，/如果你还保持着最初的天真，/就一定是跨越了自己。/跨越自己，/其实并不容易……/我的生命与祖国已浑然一体，/我的生命与人民共同呼吸。/我拥抱春天的暖风，/也拥抱冬天的寒意；/我喜欢秋天的收获，/也喜欢夏天的孕育。/为了明天我们辛勤耕耘，/悄悄播撒丝路花雨；/为了明天我们夜耕日犁，/静静拓展思想的疆域；/为了明天我们神情专注，/轻轻屏住自己的呼吸；/为了明天我们鼓起勇气，/默默弹奏单调的旋律；/为了明天我们跨越自己，/用生命体味追求，/用平凡领悟真谛；/用时光承载责任，/用坚守留下思维的足迹；/让我们跨越自己，/去书写那更辽阔的心曲。”她告诉我们如何战胜自我，如何超越自己；这需要决心，需要勇气，需要坚持，需要毅力。这就是她之所以获得成功的奥秘。

（三）公仆意识和责任担当是根本的动力所在。读着颍川先生的诗篇《叩问》，可以想象作者炽热的爱国情怀，执着的探究追寻，激扬的动感绝唱，犀利的直言诗文。“/灯火阑珊处凝神，/仰天长啸般叩问，/穿越时空的时空，/无处追寻的追寻。/……/历史年轮的辙印，/青春不老的星辰，/透视荒诞的荒诞，/震撼灵魂的灵魂……/为了人民的顿悟，/为了再见的遥岑；/为了江山的永续，/为了民族的生存。/摈弃急功近利，/摈弃无知愚钝；/摈弃荒诞的行动，/摈弃漠视人民。/扬起思想的风帆，/开启智慧的叩问！/回归自然大道，/守望祖国母亲。”从颍川直抒胸臆的诗歌中，我看到了她强烈的公仆意识、责任意识和担当意识。这是她生命的动力所在，创作的动力所在。毛泽东主席多次强调，为什么人的问题是根本的问题。“两为宗旨”是艺术家永恒的信念。为民鼓与呼，为民撰与书；为民歌与舞，为民笑与哭，这是诗人和艺术家们不忘人民的厚爱，回报人民养育之恩的职责所在。把强烈的责任意识和担当意识化为实实在在的“为人民服务”的公仆精神，代表人民，服务人民，诗人颍川做到了。在她的诗行里，流露的是人民的心声，代表的是人民的心愿，讴歌的是人民的事业，抒发的是人民的情怀。因而，她是人民喜爱的诗人和艺术家，是卓有成效的好公务员。如果我们的领导干部、共产党员都能像颍川先生这样，我们的生活将多美好，我们的社会将多和谐，我们的艺术将多繁荣，我们的事业将无往而不胜。

四、点赞颍川，她充满大爱的风范发人深思。世上没有无缘无故的爱，也没有无缘无故的恨。诗人、艺术家只有把自己的思想感情充分地融入为人民服务之中，才能爱憎分明，体现出真正的价值。

（一）她把大爱给了祖国母亲。她赤诚的心连同深深的爱，融入朴实无华的诗篇之中。在《我亲爱的祖国》里她写道：“/我亲爱的母亲，/你曾经兴起过楚汉雄风，/创造过唐宋繁荣；/演绎过近代革命，/书写过水墨丹青。/……/当五星红旗，/飘扬在您的上空；/当世界民族之林，/腾起了巨龙；/……/您蕴含着历史的厚重，/承载着千年的萦梦；/凝聚着人民的意愿，/饱含着母亲的真情。……/亲爱的祖国母亲，/您就是我们的归宿，/您就是我们的光荣；/您就是我们的依恋，/您就是我们的憧憬；/您就是我们的水墨，/您就是我们的丹青；/您就是我们的诗篇，/您就是我们的感动。/我愿意把一切献给您，/愿意为您奋斗终生。/我亲爱的祖国母亲，/我的理想，/我的生命！”多么真挚的话语，多么诚挚的感情，这是祖国优秀儿女动人的心声。

（二）她把大爱给了灾区的人民。在《永恒的母爱》四川汶川大地震时她咏诗，记述了地震中的真实故事；玉树的山水更成为她的诗句。她的诗作《玉树震后》里有："/这里是劫后重生的战场，/这里是凤凰涅槃的地方。/这里是大江大河的源头，/这里是崇山峻岭的回望。/……/一个不同寻常的地方，/凝聚大爱的力量；/一个不同寻常的地方，/不屈精神的张扬；/一个不同寻常的地方，/牵动亿万人的情肠。/玉树，/坚强；/玉树，/浩荡；/玉树，/久远；/玉树，/绵长；/玉树，/神秘；/玉树，/吉祥！/玉树，/一个来过，/就忘不了的地方！"她情系灾区，心想群众，字字融情，句句感人。一言一语道出了她真诚的爱，一字一句温暖着灾区人民的心房。

（三）她把大爱给了大山里的孩子。她热心资助贫困学生，让他们感受到社会主义大家庭的温暖，成为积极向上的力量。在《给大山里孩子的回信》，感人肺腑，催人奋进。"/那一刻飘着细雨，/那一刻凉风习习，/一群贫困的孩子，/排着队，/站在一起。/韦福建，/吴发娇，/就站在这个被资助的队伍里。/我把你们揽在怀里，/疼爱顿时涌入心底。/多么稚嫩的小草，/却充满了生长的忧郁；/多么淳朴的孩子，/却溢满了生活的泪滴。/贫困，/不应该让你们倒下；/你们，/不应该收起梦想的羽翼。/从此，/贵州的大山里，/有了我的牵挂，/有了我的期许；/有了我的等待，/有了我的寄语。/……/阿姨，/尽管如此，/我还要尽最大努力；/您的资助，/是我学习的动力。/我不会让您失望，/我要争取考第一。……"俗话说，十年树木，百年树人。颖川先生做这些事，至今无人知晓，如果不是用诗的语言记录自己的感怀，也许会永远埋在心底。她在关心祖国的花朵，情系祖国的未来。多一分关爱，多一分热心，让山区孩子上得起学，走出大山，长大成人；学有所成，报效祖国，建设家乡，感动乡亲。她的诗给孩子鼓舞，给孩子信心，为理想扬帆，让美梦成真。多么崇高的境界，多么可敬的人品；她用自己的行动，诠释了她诗词的灵魂。

（四）她把大爱给了所钟爱的诗词创作。正像她所说："回首往事，可以毫不谦虚地说，承载着对祖国和人民的热爱，我履行着神圣的职责，留下了坚实的足迹。我用笔写下了那些反映国计民生和国家战略的一篇篇报告，情之所至情感尚未能全部释放时，便抒怀为古典诗句；古典诗词还不能倾尽感悟感怀时，便成为更为潇洒的现代诗句。……我偏爱古典诗词，因此我的许多现代诗都有古典诗词的痕迹。……一个写作主题的三种表达方式：调查报告或经济学论文、古典诗词和现代诗歌，像一条幽深的快乐巷子，常常带给我意外的乐趣。我，在时光的流逝里，被这种独特的创作方式打动，获得了一种难得的幸福，似上帝赐予的霞衣。"我感到，颍川喜爱诗词，不仅仅是出于一般喜爱，成为一种生活和生存方式，更重要的是还有一种责任，这就是弘扬诗词国粹的强烈责任感。我国是一个有着数千年发展历史的文明古国，有着光辉灿烂的文化，是诗的国度；诗歌典籍浩如烟海，圣手名家灿若繁星，铸成了一座座光彩夺目的艺术殿堂；不朽的诗词名句激励后人，代代相传。作为中华儿女，有责任学习先人，继承传统，承前启后，继往开来，无愧于伟大的时代。颍川先生为振兴中华诗词所做出的努力和这种锲而不舍的精神值得学习和尊敬。诗中有大德，诗中有大爱；诗中有真情，诗中有真意。因此，我要点赞颍川，她那上善若水、厚德载物、充满大爱的风范，发人深思。用老百姓的话来说，真乃好诗、好词、好人缘，真叫一个好；真情、真意、真功夫，那叫一个棒。

几部颍川诗词集就是推动社会主义文化繁荣的实际作为。最后，用我撰书的一副对联——"不忘初心常回首，欲达彼岸再扬帆”，与颍川先生共勉。愿先生以更上层楼之精神，把颍川诗词继续创作下去，在中华大地这片肥田沃土上频收硕果，为人民大众奉献更多更美更好的精神食粮！

姜卫东
2016年7月10日

碧波枫红涌华章

——读《颍川吟草——陈文玲诗词选》有感

笔者与诗学前辈中华诗词学会副会长晨崧先生、著名文学家黄渭先生，拜读了《颍川吟草——陈文玲诗词选》，深感震撼和振奋。颍川女士是我国著名经济学家，是国务院研究室司长，是培育多名博士的导师，同时又是一名杰出诗人，这是出乎我们预料的。颍川女士出版的这部诗词著作，是一个伟大时代的诗意记录，是对中华民族传统文化的继承与创新，也是这位诗人工作和生活所构成的“心灵”书画。

诗人以其独特的人生经历和人格魅力，以多年积累的学问、修养、综合素质和能力，用她热爱祖国、热爱人民、热爱生活和热爱一切美好事物的情思，用诗意的语言展现了中国崛起和复兴这样一个伟大时代的变迁和辉煌！抒发了新一代诗人热爱中华民族文化，并将厚重的民族文化、中华文明通过诗词的抒怀在更高层次表现出来，体现了作者的高雅情怀和意境，表现出作者的才思超群。带着对新时代的感悟、感动和感怀，诗人的诗情一泻千里，如潺潺流水淌出了百般诗意，创造了既具有唐诗宋词的风韵，又具有强烈时代感和自己独特表达方式的诗词风格。

改革开放30年，伟大的祖国迈上了伟大崛起和复兴之路。中华民族的繁荣昌盛，必然出现中华文化的盛世！在中国文化史尤其是诗词史上，曾经出现过无数璀璨夺目的巨星和著作，给人们留下了丰富的文化营养。颍川女士汲取这些营养，以她的勤奋、激情、博采和创造力，将她的才情变成一首首美丽的诗作和词作，为文化盛世增添了光彩，在中国传统文化的继承、创新和发展道路上，创造了一笔可贵的精神财富。我们认为，这是一部具有国家责任感、又具有文学素养，并将此转化为独具韵味的诗词，这种创新一旦引领世风，必将为我们的诗坛，为我们的文化表达，为中国人的自豪感和美感，提供具有更高文化价值的范例。读《颍川吟草》，之所以感动和感慨，在于她为我们提供了美妙的诗歌语言，成为人们滋养心灵、丰富精神生活、提升寻常生活趣味的涓涓溪流……

品读《颍川吟草——陈文玲诗词选》，犹如一道潺潺的流水，一路上留下的是轻声细语，一路上留下的是清爽甘甜，一路上留下的是豪情壮志。透过她美妙动人的旋律和乐章，我们找到了能够打动人们心弦的“诗韵音符和豪情浪漫”的诗语：当我们回眸历史和展望未来，会禁不住想起她的深情吟诵；当我们登高望远，面对祖国山川秀水，会禁不住想起她的高声吟唱；当我们与友人沉醉流连西子湖畔、九寨美景，会禁不住想起她的抒情感怀；当我们面对生活旅程中的朝朝暮暮，会禁不住用这样的心胸宽慰和鼓舞自己；当我们身在异国他乡，会禁不住像她那样思念伟大的祖国和故乡明月；当我们敬仰在自然万物面前，会禁不住赞叹她尊天敬德、云漫轻风吐的诗意表达。“/奔腾流光谱，/浸润繁花树。”“/江河催雨露，/山野吹香雾。/横笛牧，/弯弯曲曲东流入。”“/尽赏湖泊平静美，/心旷神怡成谱。/不逐浪、/别番气度。”“/山随水醉，/泻满一湖叠翠。”……

颍川女士的诗作，以其艺术魅力和文学价值强烈地感染了我们，读后初步有以下几点体会。

其一，颍川女士的诗词具有强烈的时代感，用传统文化形式咏叹出伟大时代的主旋律。诗作把握时代的脉搏，从丰富多彩的生活观察、工作感悟和人生哲理中选择主题，通过“思考、提炼和升华”，用诗意语言反映时代风貌，体现时代精神。凌飞阔域的思维层次和高度，时而豪迈雄健的抒怀，时而婉约细腻的描写，时而富于哲理的表达，深深触动着人的心灵，使你不禁进入作者创造的意境，为这个时代给予我们的一切美好感叹，为这个时代使作者有取之不尽的题材感动，为这个时代使作者创作出不同于古人的情怀叫好。

作者本来是写给自己的心灵对话，当成为与读者心灵交融的精神产品，便为诗学界刮进了缕缕清风，为继承和发扬中华诗词文化做出了独特的但确实是卓越的贡献。诗词源于诗人独特的工作经历，源于诗人丰富的生活实践，源于作者孜孜不倦地勤奋创作和追求。“无心插柳柳成荫”，因为没有功利，因为真实，因为流淌在一个具有国家责任感的诗人心里，在不知不觉之间，却真实地反映出当代政治、经济、文化、社会的时代特征。作者充满了激情和浪漫主义的诗人气质，其作品体现出很强的“诗言志”的特点，“诗”是艺术形式，“志”是思想意志的诗作主旨，诗意的表达锻造这位女诗人不凡的“思想和意志”。在讴歌一个伟大的时代、美好事物和独特感悟的同时，丰富了诗人自己的工作情怀和生活乐趣，记录了一个经济学者、国家决策和政策研究者、同时又是杰出诗人的精神情感。我们之所以兴奋，就是感到中国作为一个大国，不仅以辉煌的经济成就自立于民族之林，也逐步迈向一个文化大国和强国，《颍川吟草》的问世，就是一部奉献给当代文坛具有中国传统美感和表现大国文化自信和文化自觉的高雅作品，反映出这一行进的进程。

我们认为，《颍川吟草——陈文玲诗词选》是伟大时代的一部诗学作品，很多诗友喜欢她的诗词，在捧读时引起了强烈的心灵震撼。尽管作者非常低调，称自己的作品是学习之作，但我们还是要说，仅从作者选出的第一批260多首古典诗词中，就已经兼具“李白的浪漫、杜甫的情怀、白居易的晓畅、苏东坡的豪放和李清照的婉约”的特色了。在学习总结中国古体诗词的艺术特点的基础上，作者有很多自己独特的表达方式，涉猎了很多前人没有涉足的领域，如写水的篇章，不仅集中写了《千秋岁》水的三章和水的哲理，写了溪流、湖泊、江河、海洋等洋洋洒洒的抒怀作品，而且还写了古人从未涉猎的九寨沟、三江源、纳木错、喀纳斯等题材，给人们以美的享受和陶冶；如写花鸟的篇章，诗词是那样委婉、精致和细腻地描写了各种花鸟，并寄予清雅的情思，向日葵、墨玉兰、哈密瓜、柿子、葫芦、虾、雄鹰等描写，不仅独具创意，而且很具启迪人的哲理；写祖国各地风光人情和读书感怀的篇章，都有不少写了前人未所见、未所思、未所写的题材。这些都使诗作具有超越古人的时代感，其诗学艺术和文学价值也油然而生。

其二，作者的诗作表现了高雅意境，对大千世界很多美的内涵的提炼和表达，通过古典文化形式得到升华。

读颖川女士的诗作，可以体会到诗人对工作、生活和世间很多事物的独特感受，诗人的高雅情怀通过诗意的表达深深地打动着我们。作者以诗人的眼光，把见景于事物的感触，生情于事物的哲理，都变成了感触和情怀，敏锐到出神入化的程度，实现了个人主观意识与客观存在美的统一。在作者意境酝酿的三个阶段：即“初境的意触、拓境的意展、凌境的飞跃”中，实现了“意随境高”。诗人独特的学习工作生活经历，使其有政治、经济、文化、艺术等多方面的知识积累，达到了“境随意高”的诗学层次。经过作者精致构思和加工，使事物的“境”在“意”

里升华，从“意随境高”到“境随意高”，达到了诗词“意境”的制高点。《颍川吟草》创造出一个个独特的意境，大部分都是诗人接触到了事物的“境”后，从“意”识高度上去反映它，将自己的主观意识变成健康的、高水平的、艺术化的诗作词作，平添了作品的魅力。如平平常常的飘雪，在作者看来是“/悄然轻吻地，/洒落赐天衣。/润物蕴深皆不语，/柔柔素面依依。/多情纵令化清溪，/奔流沧海水，/万物谢冬泥。”通过对雪的诗意表达，诗词高雅的意境和作者追求的精神境界跃然纸上。

其三，诗作遣词造句讲究，形成了自己独特的创作风格，诗作中有一批令人惊喜的“诗眼和警句”。《颍川吟草》形成了独特的语言表达，既具有古典美，又具有现代美；既具有语词美，又具有意境美；既具有自然美，又具有人情美；既具有格律美，又具有创意美。颍川女士的作品诗味浓重，意境高雅，感情深邃，用词妍丽。实现了“词要清空、不要质实；诗要含蓄，不要直说；句要不凡，讲究幽默、诙谐”。在诗人的诗文里，一些哲理、感悟和启示，通过一些出乎读者预料但又很贴切和美妙的警句、诗眼、用典和个性表达出来。诗人在很多诗作中营造的一个个美好意境，是用美妙的诗句表达出来的，而不是乏味的政治口号和老套的晦涩语句。诗作中有不少惟妙惟肖的“画龙点睛”之语，有多句令人惊喜的清新之语，使诗作顿然生辉。如《苏幕遮·乡村》：“/院中竹，/乡间路。/年复一年，/细雨丝丝吐。/春种秋收染画布，/散发憧憬，/演绎田野赋。 /为人母，/为人父。/日复一日，/炊烟村村雾。/淡定人生从容度，/亘古馨香，/万种风情注。”这样的诗意，这样的恬淡，这样的袅袅炊烟，在现代人写作的古典诗词中已经久违了，因此读来令人充满着感动和感悟。这是生我养我的乡村，这是乡村散发的亘古馨香，这是为人母、为人父的生活哲理和淡定人生。作者表达之恬淡之精美，真的令我们也涌动着呼应作者的心潮。

其四，诗作拓宽了古典诗词表现的领域，并采用现代汉语音韵，读起来朗朗上口，别具一格地延续了中华文化诗学的生命力。长期以来，几个误区困扰着人们利用传统的古典文化进行创作，或者说诗词不景气或许苍白的原因：一是认为远古时期的李白、杜甫、白居易、苏东坡等大家基本上把好词好句用完了，把好诗作完了，后人很难超越他们。二是明清后期繁杂的诗律和读音，人们感到了“死板、束缚”……不利于表达现代人的意境。三是五四运动以来对旧体诗的批判，使人们对古体诗敬而远之。

《颍川吟草》从这三方面走出来，做到了“学习、借鉴、传承和创新”。在基本符合古典诗词平仄关系和格律的前提下，诗词表现的领域不断拓展，凡是作者有所感的都可以入诗入词，在符合诗歌词牌的基本要求的前提下，“音韵”则采用了现代汉语读音。这样，既读起来符合现代人的语言习惯，亦产生了诗词语言是“心与心的对话与交融”的效果，容易使读者特别是年青一代读者产生共鸣，同时也朗朗上口，利于诗词的理解和传唱。如《后庭花·广寒月桂》：“/广寒月桂花飞雨，/漫天秋曲。/月宫幸有嫦娥舞，/长袖飘起。　/芬芳岁晚丛丛聚，/绿深黄密。/人间移种多情树，/任凭风洗。”其中“曲”字如读古音韵应该读平音，但按现代汉语读音则是第三声，通常用作仄音，在这里作者显然是采用了后者。反复吟读，真的感觉美不胜收，朗朗上口，十分好听。

中国是诗的国度，几千年来人们习惯用“诗词”这种最凝练的语言，抒发和歌颂对祖国和生活的热爱，这是我们最可宝贵的精神财富和文化财富。“碧波枫红诗香处，超逸才情笃蕴坛。”颍川女士以她的渊博、她的超逸、她的才情，在学习、继承中，已经创作了一批与时俱进的诗词，创造了一笔宝贵的文化财富。我们欣喜地看到，随着伟大祖国的繁荣昌盛和文化盛世的到来，中华文明的根脉仍在延续，传统文化正在回归。相信中华诗词艺术将更获得大发展、大繁荣，一大批执着追求并辛勤耕耘的诗人词人，必将把这种艺术创作推向更高的新阶段，使中华民族的文化宝库更加璀璨。

宋子刚　晨崧　黄渭

附记：

本文作于2010年5月，宋子刚、晨崧和黄渭三位先生撰写。本文已经收入《颍川吟草》一书中。

颍川：诗里乾坤大

十多年新闻生涯中，我采访过上百位顶尖人士。

比如“中国商界巨人”史玉柱、“中国留学教父”俞敏洪、“中国演说教父”邹中棠、“中国再植之父”陈中伟、“中国品牌推广第一人”李光斗、“中国作文教学第一人”张伯华、“世界华人成功学第一人”陈安之、“中国最好听的男歌音”刘欢、“疯狂英语”创始人李阳、“大成教育”创始人王小平等上百位行业顶尖人士。

然而，像颍川女士这样博学多才的，却十分罕见。

作为国务院研究室司长，从1999年到2007年，她连续九年参与了中央经济工作会议总理讲话和每年全国两会上的《政府工作报告》的起草工作，并先后参与了“十五”“十一五”“十二五”相关规划的研究或评审；获得了中央和国家机关五一劳动奖章，其关于国计民生的调研报告获得了国务院研究室研究成果一等奖。作为中国国际交流中心总经济师，她或领衔或组织或参与了若干国家战略和政策的研究，研究成果获得国家发改委优秀成果一、二、三等奖，带出了一批高水平的研究人员。

作为著名经济学家，她出版经济学著作33部（其中九部与人合著）。她是北京大学、对外经贸大学等院校兼职教授，南开大学、北京师范大学博士生导师，为国家培养了30多位博士、硕士等高端人才。其人先后获得“建国六十年中国流通领域有突出成就人物”“中国商业服务业改革开放30年卓越人物”等荣誉称号，其著作《现代流通基础理论原创研究》获评“流通领域有影响力的十大著作”。

作为诗人，她出版诗词作品集五部。诗集中收录的《江城子·端午读书》获2010年“庆上海世博会诗书画印作品大赛”诗词组金奖，《满庭芳·贺中国共产党建党九十周年》获2011年“中国共产党建党九十周年诗词画印作品大赛”诗词组金奖。

作为书法家，她出版书画作品集两部……

我与诗人颍川在浙江天台山桐柏宫相识，先后获赠《颍川吟草》《颍川诗草》《颍川诗词》。这几部诗词集，均由中国文联出版社出版，印刷精美，装帧大气，更重要的是，诗集如镜，折射了作者的多方面才华。

从她的诗中，能够感受到浓浓书香。

2012年10月，中国道教协会在道教南宗祖庭天台山桐柏宫开展“玄门讲经”活动。为了更好地学习《道德经》，她利用休假的机会前来“取经”。一起吃中饭时，我有幸聆听到她与中国道教协会副会长、天台山桐柏宫道长张高澄聊《道德经》。张高澄道长谈到他对道教的理解和弘扬道教的想法，颍川说，《道德经》不仅仅是养生的经典，而且蕴藏着很多经世致用的治国之道，道教才应该是我国的国教，但道教精神没有真正得到弘扬，历史上被一些朝代作为获取长生不老之道，因为炼丹术等致人伤亡，一些道士因此被称为“妖道”。她认为，在中华民族伟大复兴的时代，应该还道教的本来面目，应该发掘道教资政启民的作用。张高澄道长深以为然，并将他的书法赠颍川女士。

颍川与张高澄道长侃侃而谈，她的话表明，她深谙《道德经》之精妙。她热爱《道德经》，学习《道德经》，并以词的形式写了两则读后感。一则是《三台》，抒发的是整体印象，其中写道：“/巨星煌煌岁月老，/乘风驾云缥缈。/密码中，/宇宙蕴玄机，/意高远、/谁知谁晓？/开混沌，/辩证阴阳考。/大智慧，/华章精巧。/有形否？/绝响绕梁，/道可道，/却难寻找。……”一则是《沁园春》，聚焦的是道法自然，其中写道：“/道法自然，/天地无边，/万物有弦，/冥冥之中至，/悄悄流逝，/随时又返，/左右方圆。/变动不居，/虚极混沌，/放眼皆收宇宙间。/何为贵？/承载生命处，/绿水青山。”

她也热爱毛泽东的诗文，以七律的形式写下两则读后感。如七律读毛泽东《论持久战》，她写道：“/东方欲晓山间风，/挥笔成章论战争。/乱渡飞云寻道路，疾驰骏马踏征程。/延安窑洞一园赋，/陕北土屋几垄情。/布阵谋篇谁写就，/人民领袖毛泽东。”读毛泽东《沁园春·雪》，她写道：“/开门见雪舞苍穹，/千里冰封万里朦。/满腹诗情奔涌至，/一园春色酿造成。/横空出世昆仑阅/，踏马成词旷野惊。/无数追求无数梦，/风流人物风流同。”

除了读《道德经》，还有读《易经》、读《论语》、读《诗经》、读《孙子兵法》、读《弟子规》；除了读毛泽东诗作，还有读李煜、陶渊明、王维、白居易、张继、柳永、王国维等人的作品……这些经典诗文，常常引发颍川先生的诗情，随即读书感怀便以诗或词为载体记录下来。

颍川告诉我，她从小喜欢看书，上学时，借书、抄书；工作后，买书、看书、藏书。无论是在中南海的办公室，还是自己的家里，到处都是书；现在，她的个人藏书就至少逾万册。博览群书，让她的诗词书香四溢。

从她的诗中，能够感受到汉字魅力。

颍川喜爱中华传统文化，在古典诗词创作中，她时时感受到汉字的魅力。在七言排律《伟哉汉字》中，她写道："/千军万马图文聚，/百部十行队列成。/有尽言含无限韵，/无限语吐有生情。"在《千秋岁 · 激活汉字》中，她写道："/激活汉字，/铺展天书际。/无限美，/情浓郁，/奔腾千万旅，/栩栩精灵聚。/凝目处，/滴滴水韵含思绪。"读着这样活色生香的文字，能不激起人们对中国汉字之美的深深迷恋吗？

除了讴歌汉字，她还用多种形式的诗词表达对书法艺术的感悟和对友人书画的赞美，比如《三台 · 感悟书法》《一剪梅 · 水墨无声》《唐多令 · 宣纸》《虞美人 · 赏陈仕彬书法》《踏莎行 · 赏闲云野鹤书画》等。其中，《诉衷情 · 书法似弦》更是把作者对书法的一往情深，表现得淋漓尽致："/缘何书法似琴弦，/脉脉对心弹？/几千汉字无语，/一任墨娇憨。/融入梦，/寄云天，/在毫端，/悟人生事，/风雨交加，/驭水成川。"

在众多吟诵汉字、书法的诗篇中，最让人印象深刻的还是颍川关于草书的诗篇，比如《水龙吟 · 赏中华草书》。一开头，就是："/狂风骤雨从天落，/万水千山胸壑"，其先声夺人的气势，真可谓"居高临下，势如破竹"。紧接着是："/惊蛇入草，/奔雷乍裂，/韵生于墨"，"惊蛇入草"形容书法活泼有力，语出唐人韦续的《书诀墨薮》："作一牵如百岁枯藤，作一放纵如惊蛇入草""奔雷乍裂"则形容草书行笔时刚如银瓶乍裂，崩雷坠石。词的下阕是："/若止若飘若拓。/浪纷纷、/马蹄踏破。/出林飞鸟，/焦浓枯干，/横直疾涩。/气势磅礴，/素屏凝露，/枝头停泊。/任游龙吐纳，/心随笔转，/伟哉气魄。”其中，既有笔画变化的描写，“若止若飘若拓”表明草书创作具有“或顿停，或经过，或重笔”的运笔特点；又有墨色变化的描写，“焦浓枯干”表明了草书落笔初始的浓墨和书行墨淡时的枯笔；还有对笔势变化的描写，比如所用的书法术语“横直疾涩”，笔势是由用笔的速度快慢、力度强弱、笔锋顺逆诸因素产生，疾笔求其劲挺流畅，涩笔求其凝注浑重，清代刘熙载《艺概·书概》称：“涩非迟也，疾非速也。以迟速为疾涩，而能疾涩者无之。”

由此可见，颖川吟咏草书的诗词不仅有声音有意象，还有学问有才艺。从其诗可以看出，颖川不仅熟知古人的书法理论，也有丰富的创作实践；事实上，颖川已经是中国书法家协会会员，并出版了手书诗词的书法作品集，飘逸而独特的大草，成为这部诗词书法集最有魅力和价值之魂。也正因如此，读她的诗，才能让人感受到汉字书法的无穷魅力。

从她的诗中，能够感受到山川壮美。

看到黄河，她写道：“/黄土地童年，/金色风帆，/江河万里伴长天。/气势磅礴冲浪处，/酿造甘甜。”看到长江，她写道：“/日暮依依故垒，/何人何事相同？/秦皇汉武治蛟龙，/今朝开伟业，/再度史留名。”看到秦岭，她写道：“/无数王朝无数累，/唯有青山长醉。/遍野繁花贵，/只因风净催芯蕊。”看到昆仑，她写道：“/出世便沧桑，/龙脉长天仰。/伟岸雄浑舞动时，/万里群山响。”……

从岭南到江南，从西藏到新疆，身为中国国际经济交流中心总经济师和国务院研究室原来的司长，因调研工作的需要，她的足迹遍及祖国各地；而祖国的名山大川，又激起了作者的无限诗情。更为难得的是，她有“发乎情即写成诗”的优秀习惯，从而使读者足不出户便能通过其诗品读祖国的大好河山。2012年10月14日，她利用休息时间来天台山桐柏宫学习《道德经》，间隙在景区转了一下，当晚，我便收到了诗人颍川的短信：“红松小弟：很高兴认识你，发给你新作《醉翁操·桐柏宫》，请指正。全词是这样的：‘/神仙。/奇山。/渊源。/蓝天。/风涛树语白云边。/日月星辰田园，/水成川，/桐柏落人间。/九叶花醉琪木眠。/正值重九，/弹奏心弦。　/道于此处，/流过悠悠岁月，/催动清风吹帆。/翠黛层叠无言。/凡人行路难。/华琳飘香烟。/环绕紫霄前。/酿造琼液澄净泉。’颍川作于天台县”　。

这首词写的是桐柏宫所处的著名景区——琼台仙谷。作为道教南宗养生文化的发源地，有人称琼台仙谷为“中华长寿谷”，也有人提出“黄山归来不看岳，琼台归来不看谷”。颍川抽闲暇时间来参加会议，人一来，诗词就出来了，而且观察之细腻，才思之敏捷，令人叹服！

作为中华十大名山之一，浙江天台山不仅有道教南宗祖庭天台山桐柏宫、“中华长寿谷”天台山琼台仙谷，也有中国四大古刹天台山国清寺。颍川写天台山，既有“桐柏宫”这样的点，也有“天台山”这样的面。比如一首六言诗《天台山即景》：“/山清水清国清，/树声风声鸟声，/儒教佛教道教，/人灵花灵草灵。/香浓绿浓韵浓，/雾腾云腾雨腾。/诗作词作画作，/墨中情中悟中。”以清新的笔触，让“佛国仙山”的形象跃然纸上。

颍川先生来天台山三次，便写了诗词九首。“破万卷书、行万里路、书万般情、写万种意”是她的追求，“信手拈来，平淡里抒发满腔真情；随感而发，无意中记录一生足迹。”是她的写照。

从她的诗中，能够感受到赤子情怀。

在颖川先生的诗词中，没有无病呻吟，没有故作高深，没有矫揉造作，没有陈词滥调，有的是朴素真挚的感情。比如观看电视连续剧《金婚风雨情》后，她心生感慨，写出了温馨动人的诗篇："/承载爱和愁，/无数春秋。/桑田沧海再回眸。/浪漫时光情最贵，/已在心头。　　/世上何难求，/风雨同舟。/鬓白方晓韵长留。/锅碗瓢盆交响曲，/美不胜收。"

当然，作为国务院研究室和中国国际经济交流中心国家高端咨询研究机构的智囊人物，颖川关注的不仅仅有家庭温情，更多的是民生艰辛。2008年5月12日，四川地震。正在香港调研的她极度痛心，泪流不止，彻夜难眠，连夜填词："/汶川、/青川、/北川，/四川天塌地陷，/泪水湿衣衫，/撕心裂肝熬煎。/熬煎,/熬煎，/何时脱离苦难？"该词采用简短的小令形式书写，用词十分朴实，虽无用典和铺陈，却生动地写出了作者悲痛欲摧、心急如焚的情绪，也寄托了作者对灾区人民的深切挂念和真挚祝愿。此后，她又持续关注灾区信息，接连写了八九篇关于地震的诗词。

同年，三聚氰胺毒奶粉事件后，颖川和几位同事一起，放弃国庆七天长假，在深入调查的基础上奋笔疾书，写了两篇关于医药食品安全问题的调研报告，得到了国家主要领导人的重要批示。为此，她赋诗一首："/无法忘，/泪水透衣裳。/三聚氰胺充奶粉，/穷人幼婴作干粮。/能不受其伤？　　/悲情怆，/奋笔写文章。/国庆七天不出门，/洋洋万语为扶桑。/酿造幸福浆。"这首诗既是血和泪的控诉，也是正义和良知的呐喊，诗人的赤子情怀也在诗中流露无遗……

综上所述，颍川先生的诗词乾坤很大：论内容，有对祖国的赞美，有对民族的深情，有对江山的热爱，有对社稷的感怀，可谓包罗万象；论风格，时而雄浑，时而豪放，时而飘逸，时而绮丽，时而婉约，时而清新，时而朴实，时而典雅，可谓随机应变；论品类，既有格律诗，又有新诗，既有古体诗，又有填词，而仅仅填词所用的词牌就超过了二百个！由此可见，她不但是一位诗者，而且是一位读者、一位学者、一位书者、一位智者、一位行者；颍川先生的诗，诗中有书、诗中有艺、诗中有史、诗中有情、诗中有景！

内容的博大，离不开情怀的博大。

我曾经通过电话，向她请教这样一个问题："您工作极忙却能写出那么多的杰作，您是如何安排时间的呢？"颍川回答说："白天，为国家干事，这是一点也不能马虎的，这也是我时间分派中最主要的支付。我的诗词创作通常都利用早晚时间或者旅途。几十年来，我养成了一个习惯：每天大约走一万步路，边走路边思考问题或背诵经典，如有灵感，及时记录，即便刮风下雨下雪也不间断；每天早上五至七点之间的时间，基本上我都在写作。"她还告诉我，每次出差，她都会带上五样东西：纸、笔、书、电脑、运动鞋。因此，不管是坐飞机，还是乘高铁，她都可以随时写点东西；到了目的地后，尽量保持良好的习惯和节奏。比如2016年G20会议后不久她到杭州出差，晚上9点到达住处后，她就穿上运动鞋，打着伞在雨中漫步西湖，绕行后雨中的即吟就留下了。我问她为何这么拼？她说："人活着总要干些有意义的事吧。经济学家厉以宁年纪这么大了，还想再出版诗集；我比他年轻，所以我更没有理由偷懒，我要给世界多留一些有意义的东西！”

翻阅着颍川先生赠予我的一部部诗集，回味着她和我说的一番番话语，脑海里忽然跳出了张载的那段话：“为天地立心，为生民立命，为往圣继绝学，为万世开太平。”我不知道她是否喜欢这段名言，但我总觉得她身上有这样博大的情怀。之所以有这样直觉，是因为诗人颍川用她厚厚的诗集，在我心中树起了丰碑。

“高山仰止，景行行止，虽不能至，然心向往之”，我愿将其诗集作为教材，学其精湛诗艺，品其博大情怀；我更由衷地祝愿：无论是为国策谋还是诗词创作，博学多才的颍川先生都能“百尺竿头，更进一步”！

陈红松

附记：

陈红松：《台州晚报》副总编辑、领袖讲师学院副院长、浙江新闻界书画摄友会副会长、中国书画网艺术顾问。

川聚芳绥 草发瑶光

——《颍川吟草——陈文玲诗词选》读后

对不少陈姓族人来说，大禹的故乡颍川是个神圣的地方，因为他们的祖先曾在那里书写过辉煌。因此，在他们的族谱或堂联上都有“颍川”字样。但是今天，我们如果将陈文玲女士的诗词集《颍川吟草》里的260多首整体视作一首诗的话，那么“颍川吟草”这个书名，则恰巧向我们暗示了这首诗的诗眼——“川”表“川聚芳绥”，“草”表“草发瑶光”。

河川之巨之美，在其不拒细流甚至浊流污垢，滋润养育万物，是生命之源，是人类文明之源；芳绥者，美好平安之意也，这可谓是大自然、人类和社会共同的最高境界。

芳草虽微小，但同我们人类一样吸收大自然精华与灵气，同哺阳光雨露。瑶光者，万物之资粮也，也即自然之精华灵气之意。

于是，颍川（作者笔名）吟的是草，实则是自然与人世间之大德大美大情。我们还不妨这样认为，作者实际上同时也是暗自比小草，但也正是自然和社会养育造就了作者，而充满灵性的作者时刻不忘感恩，亦报之以诗情，于是就有了《颍川吟草》。

打开《颍川吟草》，种种美好扑面而来，有：山水之美——“山随水醉”，人文之美——“国风雅颂”“红媚黄共”“敬仰华章”，风物之美——“九畹寻芳”“红媚黄共”，异域之美——“感怀泉涌”，哲思之美，意境之美，知性之美，情操之美，和谐之美，正气之美，时代之美，细腻之美，典雅之美，温婉之美，大气之美，情愫之美，亲情之美，激情之美，文采之美……真是美不胜收。

下面让我们共同走进陈文玲女士为我们营造的五彩缤纷的美之旅吧。

哲思之美：作为中文、经济科班出身的经济学家和博士生导师，再加上长期在国务院研究室这样一个在中国最高的宏观决策部门工作的经历，这样的不太寻常的知识结构和人生经历，注定了她的诗词不太寻常的气质和风格。她的诗词确如其人一样是博大而又丰富多彩的。这里面，充满知性的哲思之美，恐怕就是其中最突出最重要的一个特征。毫不夸张地说，在每一首诗的背后，我们都能感觉到这种如一根或隐或现的无形之线般的哲思。有时，这种哲思就直接充当一首诗的诗眼地位。如“看群山画卷，/碾春水，/韵飘然。/舞姿曼妙旋，/四时转换，/生命如磐。”（《木兰花慢·森林咏叹》）这真是一种连男性诗人也未必能体悟到的一种恢宏大度而又诗意灵动的哲思。再如：“/水，/天下至柔入无间。/难无惧，/点滴洞石穿。/水，/‘生命之源’不争先。/低流处，/虚怀若谷谦。/水，/纵横奔流道自然。/柔胜刚，/‘无为’‘有为’焉？”（《十六字令·水的哲理》）这则《十六字令·水的哲理》其精华是朴素的辩证法——老子的哲思。又如：“/万千奇石万千姿，/混沌之初谁人知？/谁人知，/时光冲浪，/日月加持。”（《忆秦娥·太湖石》）又是一种蕴含宇宙、时光与生命等宏大命题的深邃哲思。

知性之美：哲思之美其实也是一种知性之美。同样，也跟作者那丰富的文化知识结构和社会经历以及文学素养有关，知性之美也是其诗作显著的特征。我们甚至据此可以将作者归入学者型或文化型诗人。如她的气势磅礴的《贺新郎·湖泊》《六州歌头·江河》《宝鼎现·海洋》，内容十分丰富，涉及神话、历史、生物、地质等诸多领域，显示了作者多方面知识的积累，以其中第一首为例："/无人鞭策。/万水归入，/东流不辍。/心驿动、/奔腾诠释，/鼓荡长风吹琴瑟。/情汇聚、/吟诵追随曲，/首首波澜壮阔。/酿造爱、/潮潮起落。/弹奏春光同刻。 /吐日乍涌红盘坐。/染晨曦、/海天一色。/谁最美？/朝霞羞涩。/淡淡柔柔波浪错。/层层染、/醉观金光泊。/又见含情脉脉。/出其里、/微涟许许，/卷起滔滔与和。/宽广美丽如歌，/皎浩瀚、/深沉透彻。/天湛湛、/接海无涯，/共生惊殊魄。/远望去、/千帆百舸，/点点星舟过。/大气概、/厚重沧桑，/亘古不息求索。"（《宝鼎现·海洋》）

意境之美：由于作者深谙中国传统古诗词，因此擅长营造各种诗词的意境自不必说，可喜的是作者所营造的意境具有她自己的独特神韵，是属于她"这一个"的。以她的三首咏梨花的诗为例：之一："/昨日桃花今日梨，/半是璀璨半是奇，/红粉梳妆裹素色，/洁白更蕴思春溪。"之二："/神气韵致雪作肌，/清纯洁雅花为雨。/一树梨白一溪月，/一庭风韵一院曲。/美而不娇春乍泄，/羞则去媚素装衣。/心香化作有情水，/诗中飘出相思意。"之三："/一夜细雨徘，/万树梨花开。/举目望春色，/满眼皆为彩。/香散神韵来，/洗妆荡尘埃。/飞燕归窠白，/呢喃伴洁白。"这一组咏梨花的诗几乎一句一意境，一组一天地。第一组描绘花期交错之时红白相映的春景，第二组描绘梨花的素雅高远，灵秀清绝，第三组描写万树梨白的清丽之景。可以说，作者以自己独具匠心的视角所创造的独具一格的意境，丰富了中国古典诗词有关花木的篇章。这是关于花木的自然界的静态的意境创造。在动态的人文方面的意境塑造方面，作者也有出色的表现。例如：“/吴侬软语绵，/苏绣姑娘甜。/走线飞针畅想时，/美丽方寸间。/浸满太湖水，/弄拨动心弦。/姹紫嫣红手游走，/梦寄情与幻。”（《卜算子·姑苏绣娘》）通过飞针走线的苏绣姑娘，将苏州的自然意象与人文意象浑然融为一体，引起人们无穷的遐想。

温婉之美：作为女性诗人，由于作者独特的人生历练和思想境界，其实她的诗作已完全超出了男性或女性之类的性别的界限，从中，我们或许进一步印证真正的大家方家是没有性别之分的这一说。当然，这也并不是说，作者就完全没有了女性特有的温柔细腻一面，在她的诗作中，这一面我们也是能发现的。如她在访问台湾之后所写的《忆江南·于台湾东海岸思念故乡》，就是这样专门写思乡柔情的诗句，我们也发现其中仍有着大气在。

……

结束这一“美之旅”，我们又有新的启发与收获。

启发之一：在诗歌长时间来处于低谷的今天，诗歌也许要做的就是回到它的本真——即发现美、表现美上来。美与诗歌其实自诗歌诞生以来就是一对密不可分的孪生姐妹，无论是西方的古希腊时期的诗歌创作还是中国的最早的《诗经》，诗歌给人们最大的收获，从来就是一个美字。今天中国诗歌的流派不可谓不多，各种各样的诗人更是多如牛毛。但是又有几人正在醒来？！

启发之二：如何继承和发扬光大中国经典的唐宋诗词？先讲两个现象：一是从五四运动发轫的反传统思潮在后来愈演愈烈，唐宋诗词相距我们已经越来越遥远了，在现实中我们身边亦有不少人研究和创作古体诗词，但因为种种原因都缺乏创新；与此相反的另一现象是，台湾一个业余创作者方文山以他一人的创造式的古体诗词作品，不仅成就了歌手周杰伦，更是让无数人重新认识和折服于中国古诗词的魅力，对中国古诗词真正是做了一次效力空前的宣传普及。无疑，后一种情况才是真正继承和发扬光大了中国唐诗宋词的传统。这正反两方面的情况都表明，继承传统文化的最好方式，恰恰在于对传统的突破、创新和超越上，也就是说，要拿出比传统更高水平的东西来，只有这样传统在不断地被突破和超越中才能得到更好的继承并发扬光大。

其实颍川先生第一部诗词集《颍川吟草》里的260多首诗词，在我看来还不仅仅暗示了这首诗的诗眼——“川聚芳绥，草发瑶光”，而且也为我们继承和发扬光大诗词提供了配乐朗诵、歌词改编等经典素材，目前我已经把《念奴娇 · 三江源》和《卜算子 · 姑苏绣娘》谱曲演唱，谨以此祝福《颍川吟草——陈文玲诗词选》新书发布暨中华诗词高端研讨会吉祥成功！

李景秋

（作者系广州市作家协会副主席）

诗歌的无用之用与怡情之美

——读《颍川诗草——陈文玲诗词选》

美国哲学家玛莎·努斯鲍姆提出在经济学领域中推行“诗性正义”。倡议将追逐利润最大化的资本本质，转化到本着对各方有益的中立立场来进行合理配置。把似乎不相搭界的两个领域联结到一起，却有着其必然性。诗的本质为修心，孔子的“不学诗无以言”，并非说不学诗就没法说话，而是意指没有诗歌精神——超越个体、局部和此在的天下观（西方则为世界观）——则没有公正的价值观。提倡以文学作品天然携带的道德感契入经济学，正是以文学所具有的“同情的理解”来抵扣经济学上唯利的冷漠。

《颍川诗草》的著者颍川女士，正是一位经济学家，在国务院研究室承担着政策研究和决策咨询服务的任务。初识颍川女士，听着她在会上滔滔而言，做着关于“中国当前的经济地位与形势”的演讲，联想刚刚读过的她的诗，这种飒爽干练与她诗词的细腻唯美形成一个鲜明对比，既感觉奇特又在情理之中。正如诗人自己所意识到的——“培养一个国家的高级人才，也许道德文化方面的修养是做好专业研究必不可少的基础。”诗性的修炼，无疑有助于她在公共事务上做出更为人性化和公正的决策。这也是诗歌的无用之用。

回到诗歌本身上来说，其生成的过程就是一个怡情养性的过程。比如这首《浪淘沙 · 大雨如注》：

/大雨久徘徊，/洗净尘埃。/如痴如醉泄情怀。/密密麻麻谁倾诉，/独坐书斋。 /激荡叶香槐，/染绿青苔。/丛丛感悟似音拍。/沟壑悄然流水处，/纵横天来。

这里由赏雨景而触动诗心，进入人境交融的境界，达到雨似人之"泄情怀"，人如雨之诗情"纵横天来"。雨的节奏与心的律动在此时合一，使灵感奔涌，宛如天助。这是写作的最美境界。而在五律《迎春》中，诗句与人态也得到了巧妙的融合，"/惺惺睁睡眼，/款款展春腰"。"春腰"一词用得甚妙，把植物拔节与人伸懒腰的双重指向结合起来，读来更为生动可感。

五言排律《对话自然》

畅饮春风醉，诚邀日月辉。
青山融意境，绿地汇芳菲。
放牧江川水，开怀雨雪归。
晨曦托旭日，晚露伴霞帷。
湖岸峰峦立，窗前翠鸟飞。
举头皆雅韵，俯首尽香薇。

此诗开阔灵动，对仗工整，末联承首联之意，但其中的结句又不落俗套——不承前句以感想结尾，而是又转向自然之物——"俯首尽香薇"，把眼光落在细小之物香薇上，但其寓意又超越此物的本义，是对自然的寄意，并回旋到前面自然景象的广阔中，达到了篇末接苍茫的效果。

而在《汉宫春 · 漫步西湖》中，则赏景追昔，以凭吊古时良臣忠将寄予荡气回肠之豪情。

/漫步西湖，/望青山伴水，/淡雅如图。/几桥几坝，/塔映曲院荷舒。/飘然翠柳，/醉游人、/袅袅风拂。/常忆起，/昔时故垒，/还将旧日追逐。　　/居易解忧民苦，/此别轻洒泪，/百姓低哭。/东坡放歌酹月，/情寄当初。/精忠报国，/岳飞轩、/字字珠玑。/千古唱，/微涟许许，/涌出荡气诗书。

综观整部诗词集，诗人涉猎的题材广泛丰富，各种物象均能入其诗词。且知识储备丰厚，其所用词牌已超百首。作格律诗词的人，皆受过音韵束缚之苦，不能畅所欲言，但进入熟练圆融之境时，则无往而不畅，无材不可取了。诚如颍川女士所说："当格律从镣铐变为翅膀之时，格律诗就会以它独特的魅力征服自己，进而感染读者。"

林馥娜

2015/3/30 旷馥斋

附记：

林馥娜，诗人、二级作家。著有《旷野淘馥》等诗歌、理论、散文集多部。作品发表、入选国内外多种刊物及选本；高考模拟试卷及"CCTV-10诗散作者及优秀作品"栏目。被评论界称为"70后"女诗人中的佼佼者。

获首届国际潮人文学奖-文学评论奖；广东省大沙田诗歌奖等。任*VERSE VERSION*[英]编委；广东省作家协会诗歌创作委员会委员。

词诗两栖见颍川

在兰州见到陈文玲司长，她说她发表文学作品时的笔名叫颍川，很多文友都曾称赞过她的词作和诗作，从《中国艺术报》上我读到文怀沙先生对她诗作词作的评价“《颍川诗草——陈文玲诗词选》我是认真看了，整体讲是昂扬的。我送她两句从《离骚》中摘来的话，‘佩缤纷其繁饰，循绳墨而不颇’。一个是丰富华美，一个是‘循绳墨’。她人品好，诗品也好，自有她芬芳的地方。整本诗词集是干干净净的一片祥和之声，荣辱都摆到一边去了，干干净净的和谐美”。在去广州之前，我在兰州机场收到颍川女士相赠的《颍川诗草——陈文玲诗词选》，从去广州路上开始，我差不多连续读了半个多月，读来确如文老先生所说是一部干干净净的和谐之美。

占尽半部宋词词牌

我们读宋词时，就知道宋词常用的词牌达116个（从《宋词鉴赏辞典》计算）。而我读颍川先生赠予的第一部古典诗词集《颍川吟草——陈文玲诗词选》后，又收到了她的第二部诗词集《颍川诗草——陈文玲诗词选》，粗略计算第一、二部颍川诗词集，颍川所用词牌就达65个之多，占尽半部宋词词牌。宋词鉴赏有二，一是婉约体；二是豪放体。婉约者欲其词调蕴藉，豪放者欲其气象恢宏。秦少游（秦观，字少游，号淮海居士。北宋后期文学家，在宋词上有“婉约之宗”之誉）之作多为婉约体，苏子瞻（苏轼，字子瞻，号东坡居士，北宋中期文坛领袖）之作多为豪放体。而在颍川词作的《醉春风》（春雨、夏雨、秋雨、冬雨）的四季仅关于雨的描写中，就占尽了婉约与豪放两体之风韵，虽未达如秦观之婉约之高境、苏轼豪放之气度，但颍川的词已达到朴实、生动、清新、通俗的语言和明快的节奏、轻松的情致。作者颍川在《醉春风》的《春雨》与《夏雨》两词写出了春天的无限生机——“/雨、/雨、/雨，/点点滴滴”和夏天的作者表达内心的喜悦——“/雨、/雨、/雨，/一泻情思”。作者颍川在《醉春风》的《秋雨》与《冬雨》两词写出了秋雨的豪迈洒脱——“/雨、/雨、/雨，/七彩长虹”和冬雨的豁达乐观之情——“/雨、/雨、/雨，/飞舞晶莹”。可见得，颍川词作词牌多而不俗，词意新而循古韵。

古诗新诗并驱

我读颍川诗集时，看到了好友、诗人李文朝将军发表在《中国艺术报》上对《颍川诗草——陈文玲诗词选》的评说：“我看了以后很有共鸣，创作思路很清晰，她的经历、阅历、思维层次，都有自己独到的地方，能够回到自然人的情怀上。”我十分赞同好友李文朝将军的说法，自然而然地去读颍川的五律、五绝、五言排律、六言诗、七律、七言排律共计六种48首。在读《颍川诗草——陈文玲诗词选》这本诗词集的同时，我读了瓦斯特伯格（瑞典文学院诺贝尔文学奖委员会主席）授予作家莫言诺贝尔文学奖的颁奖词和作家莫言在领取诺贝尔文学奖时的感言。同时又读了颍川先生的新诗《黄河感怀》，通过对颍川古诗和新诗的通读，她用简练与灵巧的语言，描写了山川与河流的气象，个人情感与山河美景交融在一起，很有技巧地游乐于词、古诗、新诗之间，赋予了一种新文象。

更有趣的是颍川先生在读颜之江先生书画、安想珍先生书法、袁翔先生绘画后，竟然是用《行香子·读颜之江书画》《醉春风·读安想珍书法》《一剪梅·读袁翔画》词牌律的形式，写出了读他人书画的感觉，这种用词牌律写评论的方法我是首次见到，而在整个书画界以词牌律的方式写评语也是少见的。

王正鹏（土家族）

作于2012年12月

人生难得的诗意相逢与相知

——我读颍川诗词、书法与诗歌

己亥年十月是中华人民共和国华诞七十周年庆典，伟大中华民族屹立于世界民族之林，传统古典诗词文化之崛起是实现中华民族之伟大复兴重要的文化基础。

九月之清秋，大地黄金甲，古典诗词记，出有其典故，咏有其音调，弹有其韵曲，千古之雅颂，独有其传唱之人也。抚琴把酒，云淡风轻花弄影，菊黄月照墨成文。绿水青山，尽日沉香，一声音调，一排格律，于《颍川吟草》《颍川诗草》《颍川放歌》《颍川诗词书法》《颍川乐平诗词画卷》《颍川诗词》之共读、共赏也。

颍川先生每本古典诗词集出版，都引起社会关注，这是传统诗词文化崛起中一件令人高兴的事儿，成为反映一位国家公务员和智库专家崇高思想之情怀。中国是诗之王国，诗词是最凝练之艺术语言，《诗经》、楚辞、汉赋、唐诗、宋词、元曲，是我国文学史上一个又一个高峰时期；唐诗宋词是古代文学史最璀璨的一颗明珠，独有其格律诗盛于唐代，独有其诗词盛于宋代。及至五四运动后文学革命，新诗文艺日益兴起，诗歌形式发生根本变化，但传统诗词歌赋一直植根于中华沃土，且常有名作传世、名家兴起。晚清王国维曰：“词以境界为最上。有境界，则自成高格，自有名句。五代、北宋之词所以独绝者在此。”又曰：“诗人对宇宙人生，须入乎其内，又须出乎其外，入乎其内，故能写之；出乎其外，故能观之。入乎其内，故有生气；出乎其外，故有高致。”古诗词合乎平仄、对仗、字数等语言格律特定格式，更重要的是押平水韵，达到诗词之“词林正韵”。我数年前从学习《颍川诗草》开始，真正学懂格律在今年初，在颍川先生的鼓励和谆谆教导下，我不断创作古典诗词，通过将近六年努力加入了中华诗词学会。现在，我完全遵照诗词格律来进行写作，使自己热爱的古典诗词文化一次次脱胎换骨。从此，我的手中仿佛紧紧握着整个中华诗词最灿烂之瑰宝，一本本颍川诗词已深深摄入我的心魂。独赞曰：“花香柳岸诗词会，一别京城几度春。遥忆青春芳月度，千章韵律有传人。”

李清照在《论词》中曰：“乃知词别是一家。”坚持诗与词之不同风格，各作为一种独立体裁和文体特征。古典诗词带有强烈的音乐性与节奏感，在叙事与抒情上主要表现在协律、尚典雅、重铺叙三个方面；在协律上进一步提出词分五音、分五声，分六律，分清浊轻重，具有强烈的音乐节奏感。李清照在词中崇尚典雅，表达语言清丽婉秀，尤其是词具有率真自然之知性淑美，具有高度精致与千绝神韵之风雅，代表语言艺术中之清雅脱俗、思想崇高双重境界。读颍川先生之《颍川吟草》《颍川诗草》《颍川诗词》三部相继出版之系列古典诗词集，如同开启中华诗词文化之宝库，其继承和发扬了中华诗词词史上婉约与豪放兼备的创作之特征。《颍川诗词》自然纯朴之思想，诗词雅韵之格调，皆出于人生之真性情——“入乎其内，出乎其外”，宁静、淡泊之崇高意境。颍川先生每本诗词之婉约、浪漫、矜持、高雅、豪放、自然与率真之风格淋漓尽致，与作者亲身经历重要调研过程，亲自参与相关国计民生政策有关，她也对人文历史等倾情投入，热情讴歌。一方面，颍川先生所到之处皆成诗，其语言尤为精练，且含有深奥之哲理。颍川先生是国内著名之经济学家，出版了三十多部经济学著作，发表了六百多篇经济学论文；从2010年出版《颍川吟草》开始，到2015年即将出版古典诗词集《颍川诗词》等六部。颍川先生走过很多地方，二千多首“古色古香，高雅格律”之诗词作品脱颖而出，仿若就从唐宋中走来，有李清照之婉约，又有苏东坡之豪放，于生命之上，于自然之中，于思想之内，与天地真、善、美融为一体，合乎“天人合一，道法自然”之哲思圣境，独为上乘之作也！

颍川先生酷爱古典诗词，小学时就开始了读写与创作，对于毛泽东诗词尤为喜爱，甚至达到痴迷状态。颍川先生曰：“中学时代，我就能倒背如流33首毛泽东诗词，在我最早的书法作品中，抄写最多的也是毛泽东诗词，甚至我最早开始创作的诗词，也是从毛泽东诗词中所用的词牌开始。从毛泽东诗词中汲取的精神营养和艺术营养，成为我诗词创作的不竭动力。”另一方面，颍川先生创作范围广泛，无论是格律诗，六言诗、各种词牌，还是十六字令等，其体裁非常之广，单是词牌就差不多涵盖了宋词主要词牌。作者出席参加国际、国内各种会议，参观世界各地文化遗产遗址，及深入基层调查研究，这些都是吟颂之对象，乃至其作者读书之每一个黄金夜晚，都成了诗词创作重要历程。再者，颍川先生以书法、书画、摄影之形式结合诗词创作，独特之艺术表现形式更重要的是呈现了颍川先生更高层次诗词与书画艺术、摄影艺术相融之真、善、美思想圣境！独赞曰：“京城才女赋诗坛，昨夜真情共度欢。鹏鸟越飞铜柱[18]去，温公[19]撰记史文

18　铜柱：神话传说中的天柱。《神异经·中荒经》：“昆仑之山，有铜柱焉，其高入天，所谓天柱也。”

19　温公：指司马光，字君实，号迂叟，陕州夏县涑水乡人。北宋政治家、史学家、文学家，主要有史学巨著《资治通鉴》《温国文正司马公文集》《稽古录》《涑水记闻》《潜虚》等。

观。文房墨宝催章艺，玉佩花繁饰衣冠。圣代即今多典雅[20]，颍川词律韵千般！”

一、我读《颍川吟草》《颍川诗草》

人与人相遇是一场缘分，冥冥之中，我与颍川先生相遇、相识、相知似乎是上天安排好之一场缘分。2013年，我从王正鹏先生那里拿到《颍川吟草》，再到《颍川诗草》，我从此与古典传统诗词文化结下不解之缘。诗即歌词，在实际表演中总是配合音乐、舞蹈而歌唱，后来诗、歌、乐、舞各自发展，独立成体，诗与歌统称诗歌。诗作为高雅艺术，是文学皇冠上一颗璀璨明珠，中国是诗之王国，从最早《诗经》古体诗歌开始，到唐代格律诗这一文体产生，至宋代词人日益盛大。诗以言志，诗以言情，诗以赋形，诗以析理。我读到颍川古典诗词集《颍川吟草》，沉醉在诗词优美之语言意境中，一时间竟难以自拔。其创作的古典诗词大气华美、浑然天成，一种宏伟气魄在格律翅膀上腾空而起，颍川先生诗词清丽婉约之笔，细腻而不伤感，柔中带刚，刚柔相济，表现出当代女性婉约之浪漫风格。一首《芍药》在烂漫中亭亭玉立待放：“朝淡暮浓满园红，/渐次开放补春风，/笑启诗眼美芍药，/丹青染出艳东方。”作者用“诗眼”艺术之光来欣赏芍药，而又用“丹青染出”之美照耀东方，独赞美芍药别具一格。《颍川吟草·九畹寻芳》中，有翩舞之玉兰、傲枝之红梅、雪白之梨花、裹素之菊黄、广寒之月桂、风姿绝代之牡丹、妩媚之海棠、香艳之兰花，颍川先生用不同之词牌和韵律来描绘它们之粉妆黛玉，它们之冰火重天，花朵清香与傲蔓尽情装扮着大地妖艳之七彩斑斓，处处张开自然生命圣洁之美。

20　典雅：泛指古代典籍。《文选·马融〈长笛赋〉》：“融既博览典雅，精核数术。”吕向注：“雅谓《雅》《颂》。”

严羽《沧浪诗话》谓："盛唐诸公，唯在兴趣。羚羊挂角，无迹可求。故其妙处，透澈玲珑，不可凑拍。如空中之音、相中之色、水中之影、镜中之象，言有尽而意无穷。"颍川诗词在调研考察、体验民生之时写下很多感慨，或抒情、或言志，所到之处皆成诗，笔端之下洋溢着对祖国壮丽山河无限热爱，无限崇尚。诗词有其格调，有其神韵，更蕴含了哲理思想，自然崇尚之诗中，满是对国家之情怀，对民族和人民之真挚感情。颍川诗词中，有诗意如画、诗中兼画、田园风光般之古唐韵，还有那或壮怀激烈、或婉转如莺、或行云流水之古宋风。既有古韵古风，贴近自然世界，又贴近人文历史，有浓厚之时代感和深厚之生活情调，是中华传统诗词文化之传承与创新，特别具有唐诗宋词之高雅情调。如一首《荆州亭·一叶扁舟》真实地表现了作者内心感悟和归隐世界："一叶扁舟摇曳，/缓缓驶出心域。/梦在浪中行，/落在平湖成绿。/缕缕暖风几许，/便把真情相与。/世上亦他乡，/大隐隐于自己。"诗词之表达，是含蓄之美，通俗易懂，曲径通幽，读来朗朗上口，拨动着读者之心弦。充满激情，热情奔放，既有诗言志之博大胸襟，也有得江山之壮美、情由景生，景由情移、以真情为根基来表达作者"追求本真，崇尚自由"隐归之境。诗词大气磅礴，交织生命真情与真爱，一句"世上亦他乡，大隐隐于自己"写出作者"淡泊明志，返璞归真"之思想情怀，具有诗人豪放派的浪漫主义情怀。作者将形象思维之浪漫格调与诗词语言之优美表达紧紧结合在一起，这种细腻而婉约的诗篇，刚正而柔放，婀娜而浪漫，含蓄而多姿，高雅而高尚，在隐世之中得到升华。真与情，理与意，在作者崇高之思想圣境，引领一个民族伟大复兴时代之新潮流。

湖南岳阳是余之故里，岳阳楼、洞庭水吸引无数文人踪游放歌。颍川先生于2006年在中部崛起政策调研期间，写下一首诗词《水调歌头》：“举目洞庭丽，/放眼芙蓉霓。/三湘四水汇聚，/物华天宝觅。/屈子湘江天怨，/润芝九州问地，/侠义壮怀依。/浩浩长河去，/荡荡不归西！　// 时光逝，/江山易，/史传奇。/岳阳楼记，/难忘忧国忧民曲。/鲁肃习兵谁知？/但晓名篇佳句，/惟楚有材兮。/岳麓书院在，/凤凰翱翔起。”诗词高度赞扬岳阳自古皆人杰地灵，是一块风水宝地，多少文人诗豪游于其中，作者站在岳阳楼前，仰叹自然之瑰丽景观，以诗人屈子、范仲淹、革命领袖毛主席追问，“惟楚有材，于斯为盛”为国家而战斗之伟大诗人胸怀，是作者对复兴中华传统文化寄予深切之厚望；表达作者与历代古诗人“忧国忧民”思想同在，加大力度培养古诗词文化的传唱人。《书》曰：“德无常师，主善为师。”子贡曰：“夫子焉不学？而亦何常师之有？”此作诗之要也。陶篁村曰：“先生之言固然，然亦视其人之天分耳。与诗近者，虽中年后，可以名家；与诗远者，虽童而习之，无益也。磨铁可以成针，磨砖不可以成针。”颍川先生磨砺坚苦的意志，工作之余，所到之处都会留下诗的记述，九州大地的美好河山，使颍川时时产生充溢的诗情，长年累月，留下一首首脍炙人口之诗篇。古文化之地，诗词千古流传，文人复兴归，诗人即复兴之，我每望一眼岳阳楼，每游一次洞庭湖，似乎更离古诗人更近一步，颍川诗人之情怀共怀古，存天地，盛传天下乎！

在颍川先生诗词中，那些或直抒胸臆、或热烈奔放、或深沉忧虑的诗句皆洋溢着强烈之爱国主义情怀。不论是在《颍川吟草·山随水醉》篇章中，还是《颍川吟草·国风雅颂》里，都抒发了对伟大祖国的浓烈而真挚的情爱。诗词讲究开头与结尾相呼应，讲究学古念古、适当用典，并且诗词清新纯净、古朴平淡，如潺潺流水和淡淡轻风，卷在心底间，甜恬而舒坦，给人以无限遐思之美。2008年，颍川先生受命赴青藏高原调查研究三江源问题，写了四篇关于保护、恢复、建设自然生态的调查报告，填了四首《念奴娇》。其中第一首：“众山之恋，/三江源、/喜马拉雅俯瞰。/恣肆汪洋，/板块易、/拔地而起伟岸。/雪化冰融，/湖泊千万，/汇聚波澜卷。/飞流直下，/纵横天地星汉。　/生命择水而安，/若水唯上善，/盘古之赞。/放眼奇观，/九州苑、/血脉流淌如练。/不尽长江，/澜沧湄公畔，/黄河飞溅。/文明人类，/母亲乳汁浇灌。”诗词气贯长虹，一韵到底，仿若天籁之音，三江源原始生态之美，一览而尽。三江源区域总面积31.8万平方公里，平均海拔在4800米以上，不仅是三大江源发源之地，而且是自然生态极为重要发育和成长之地，黄河近2000公里，长江1200多公里，澜沧江近450公里，因而被誉为“中华水塔”。颍川先生带着保护这一方高原河川的任务，进行深入调研，在呈送调研报告的同时，心中的感动便成为绝唱之诗词。

一首《菩萨蛮·丝绸之路》：“春蚕到死丝方尽，/吐出美妙飘然韵。/素女手纤纤，/柔肠织远山。　/弯弯商道路，/脚步寸寸读。/大漠走惊殊，/驼铃飞画图。”千多年前的丝绸之路展现灿烂的古文明文化，沙漠上出现一幅生动、灵动的画面，弯弯道道，寸寸步步，驼铃声中，千辛万苦中走出了一条“缎匹、绣彩、金锦、丝绸、茶叶、瓷器、药材”等商品文化之路，走出了一条独特之经济文化带枢纽，独是道出“春蚕到死丝方尽，吐出美妙飘然韵”之千古绝唱。我读颍川诗词《颍川吟草》《颍川诗草》，既具有儒雅的古典美，又有雅韵之现代美；既具有玲珑之语言美，又有深邃之意境美；既具有朴素之自然美，又有眷恋之情感美；既有风华之格律美，又有深情之创意美，是兼有李白之浪漫、杜甫之胸怀、白居易之晓畅、苏东坡之豪放和李清照之婉约，继承和发扬了传统古典主义，革新了诗词风貌，歌颂伟大祖国的和平盛世，表现了自然世界交融真、善、美之崇高思想圣境。独赞曰："秋风雨露生，几度旧闻名。水墨江南画，云松古汉城。诗人词话醉，君子曲调明。更有人间事，声声满律情。"

（2014年1月1日于北京）

二、我读颍川先生第三部古典诗词集《颍川诗词》

4月23日是世界读书日，拿着颍川先生即将出版三校稿《颍川诗词》放到灯下时，已经到晚上十一点，也为我自己刚刚获奖的书籍而深感欢庆。一个作家写书目的就是希望得到更多读者青睐。我因为喜欢哲学，喜欢古典文学，所以每天睡觉前总要读一读古诗，读老子哲学，荡漾在知识海洋里，在生命沉思录写下一篇篇诗文，我认为这就是人生最完整的讴歌。《颍川诗词》是继《颍川吟草》《颍川诗草》《颍川放歌》三本诗词和诗歌集后，又一本古典诗词集。

早在去年2月份左右的一个周末，诗人颍川来到张家界四十八寨调研，实地考察了唐代"军垦遗址"及唐代石刻，以及唐代墨迹。爱好摄影之颍川先生在四十八寨边走边拍，她对考古学家王正鹏先生说："艺术不单源于大自然原始生态美的发现，更来源于古文明历史之文化，这一座座青山，这一片片绿叶，这一丘丘田园，这一滴滴甘泉，隐藏在人文历史中，四十八寨原生态之秀美风光真让人沉醉！"王正鹏先生说："四十八寨山清水秀，是最佳养生之地。"我还记得，在考察第二天早上，颍川先生便给王正鹏先生送来一首关于四十八寨之诗词，望着诗人颍川用钢笔写下一首龙飞凤舞之《浪淘沙令·张家界唐代军垦遗址》诗词时，那一刻真让我激动不已，也让人吃惊，敬佩颍川先生能在第一时间里挥笔写下一篇抑扬顿挫之诗词，为之深深感动；诗之高雅艺术情怀，不仅仅是留在原始自然风光中，更留在历史长河之"唐代军垦遗址"中，被赋予人文历史遗址中的吟咏更加传承与复兴文化。一句“四十八寨是家园”为中心思想，将春天之山花怒放，天空之蔚蓝，大地之五彩缤纷，古文明文化都镌刻在这片有着原始仙境之美的红石岩山峰中。这让我深深崇敬、仰慕诗人颖川，所到之处皆成诗，所到之处都背着大量资料和文籍，走到哪里读到哪里，走到哪里看到哪里，走到哪里写到哪里，无论是火车上，还是四十八寨，还是慈利县城，都是颖川先生实地考察、调研、阅读、写作的重要之旅！

读颖川古典诗词，如一杯解渴楚茶，让人一饮而尽之痛快，每读一首诗词，不仅让人沉醉在语言优美境界中，更是在诗词画景中，寻找了大自然原有之浪漫风情风貌，既有儒雅之古典美，又有风韵之现代美。如这首在慈利县写的《浪淘沙令·张家界唐代军垦遗址》：“唐代亦屯田，/袅袅炊烟。/四十八寨是家园。/一片壮怀挥洒处，/印在深山。//踏径觅当年，/攀岭登岩。/红石板上刻心弦。/冬雨舞时春吐蕊，/溪水潺潺。”一句“四十八寨是家园”，赞誉了唐代雷满将军征服敌人的英雄气概，以四十八寨作为开垦荒地种植粮食的根据地和绿色家园。穿越人类历史长河，千言万语之词，就是那石头上刻下的一个个古文字，看到这样历史悠久的古遗址时，激动之心情紧扣心弦，洋溢在春天刚刚吐蕊之花朵与绿叶间，整个四十八寨更充满了勃勃生机。从唐代“军垦遗址”红岩处流动出一股股甘泉，哺育一代又一代子孙，正是这清澈甘甜之水，连种在菜地里之萝卜、蔬菜，吃起来都是满嘴之香甜。一首《浪淘沙令·张家界唐代军垦遗址》，既表达了四十八寨历史遗址文化之感慨，对原始自然生态之美貌，作者也充满了热忱的向往之情。道教创始人老子说：“盖闻善摄生者，陆行不遇虎兕。”摄生，就是道教最早的修炼方法。在古文明遗址上，证明了四十八寨在历史上是重要修身养性之养生佳地。颖川先生说：“我们住在大城市一年时间里，要能有三到六周时间，到这四十八寨大山里呼吸新鲜氧气，喝上甜美之甘泉，吃上纯绿色蔬菜，那将是人生最佳欢愉时光！”

雪莱说：“诗揭开帷幕，露出世界所隐藏的美。”《颍川诗词》共分为八个部分，从大自然之“叹水品山”到“自然书架”“九州风韵”“拾翠闻香”及“错落心乡”“美哉书画”“浩然正气”“荡气诗书”，无不是透着一个经济学家独到眼光，一个诗人高贵精神之情操，一个书法家拥有之大气磅礴。原始大自然生态之美、古文明之旅、灵魂思想之美跃然纸上。一首首诗意如画，触景生情，情深意浓；诗中有画、画中藏诗，还有那或壮怀激烈、或婉转如莺、或行云流水的诗词里，既有古韵古风，又贴近人们生活，传承圣人思想，壮志伟人胸怀，具有浓重的时代感和真理情，是中华传统文化的传承与创新，具有唐诗宋词风韵之古典诗词歌赋。一首《沁园春·道法自然——读老子〈道德经25章〉》：“/道法自然，/天地无边，/万物有弦。/冥冥之中至，/悄悄流逝，/随时又返，/左右方圆。/变动而不居，/虚极混沌，/放眼皆收宇宙间。/何为贵？/承载生命处，/绿水青山。　/无形无象无言。/无名矣、/无终无始焉。/周行而不殆，/四时成序，/阴阳消长，/造化非凡。/妙气绵绵，/韬光内敛，/举止自如心自安。/低吟唱，/抱朴归真者，/福禄寿全。”这首诗词是作者从哲学角度解读老子《道德经》的体悟，人取法地，地取法天，天取法“道”，而道纯任自然。道产生万物，是天地之根，万物之母，宇宙的起源。即“道”是物质性的、最先存在的实体，这个存在是耳不闻目不见，又寂静虚实，不以人之意志为转移而自然存在，阴阳交替地运行而轮回不已。一个得道者之神圣境界，是怀抱纯朴、不萦于私欲，保守本真之虚静、守实天地。作者用“无形无象无言。无名矣、无终无始焉”表明“道”始终存在并寓于宇宙天地之中。它不会随着变动运转而消失。而会经过变动运转又回到原始状态，这个状态就是事物得以产生的最基本、最根源的地方。正是老子所言：“道者，生育天地而不衰败、资助万物而不匮乏者也；天得之而高，地得之而厚，日月得之而行，四时得之而序，万物得之而形。”

不能仅仅认为能写几首现代诗就认为是诗人，而且那些诗越来越读不懂，越来越低级趣味，在真正意义上大部分人都已对现代诗充满排斥与过敏症，历史潮流终会淘汰糟粕之诗，并将退出历史舞台。哲人曰：“本质上无意义之诗，本质上读不懂之诗，没有真、善、美之思想，没有高贵之思想灵魂，任何时候都不能称之为诗。”一个真正的中国诗人，首先应该会写古诗格律诗与诗词，从《诗经》开始任何一种诗歌体裁，都应该学会写作，才是为中华民族伟大复兴传递诗词盛筵，点燃星星燎原之火之道，成为古典诗词文化之优秀传承人！一首《一斛珠·读〈论语·士不可以不弘毅〉》：“/云飘云恋，/花开花落人生栈。/国家已任情怀漫，/抛却浮名、/胸中有诗书卷。 /士不可以不弘毅，/修身养性心灵岸。/如斯逝者仍怀念，/放下荣枯、/任重而道远。”诗词中“士不可以不弘毅，任重而道远”作为一个士人、一个君子，具有宽广、坚韧、高尚思想，颍川先生现在国家高端智库组织亲自进行战略研究、决策研究和政策研究，其工作责任和压力非同一般，每一组数据理论都是通过实地调研而来，面对遇到的各种困难都要迎头而上，要花费大量时间与精力。热爱古典诗词文化，颍川先生从来没有放下这份执着之情怀，而工作之余，则坚持用不同词牌来描写祖国之壮丽山河，抒写与人民息息相关主题思想。这首词表达了作者所追求的崇高思想境界，作者运用孔子的思想，“士不可以不弘毅，修身养性心灵岸”，将诗词创造的思想与读书的浪漫相结合，这种边读边悟边写之诗词笔记，读起来朗朗上口，表达了作者不单是高尚品格之诗人，更是一个真正爱诗词文化之崇古思想圣者。伟大时代更需要伟大之诗人，正是“天将降大任于斯人也，必先苦其心志，劳其筋骨，饿其体肤，空乏其身，行拂乱其所为，所以动心忍性，曾益其所不能”。

黑格尔说：“诗人把目前的世界吸引到内心世界里，使它成为经过个人情感与思想体验过的对象。只有在客观世界已变成内心世界之后，它才能由诗的语言掌握和表现出来。”一首《七律·竹品》：“虚心傲骨入云中，/赠予山川迥异风。/清静无为君子境，/玄澹超逸士人空。/无香无艳从容绿，/无语无花自在青。/有道有节心向上，/有情有意隐于形。”作者生动地描写了竹子清纯、高雅之境，竹以神游仙态，轻盈潇洒，素雅宁静之美，令人心驰神往；独以虚而有节疏疏淡淡，不慕荣华、不争艳丽、不媚不谄的品格，与古代贤哲“非淡泊无以明志，非宁静无以致远”之情操相契合，更代表生命气节之贞洁与正直。一句“有道有节心向上，有情有意隐于形”表明作者爱竹，喜竹，吟竹之高雅格调，隐于君子清静无为品性之中。

一首《十六字令·大爱无疆》：“/情/大爱无疆色纷呈。/心中梦、/化作雨朦胧。　/情，/流入江河浩海腾。/层层浪、/卷起便无穷。　/情，/万里征途跬步行。/深藏处、/恬淡亦从容。”作者将心中情爱融入自己创作的诗词中，这种创新手法之表达方式，诗词通俗既让人容易读懂，也通过咏竹表达了对奉献精神的礼赞。鲁迅说：“盖诗人者，撄人心者也。”用燃烧生命之爱，用炽热人生之情，从心灵深处，喷涌而出之强烈真挚情感来“撄人心”。作者一首《十六字令·诗》中，写出了自己的感动：“/诗，/梦里青藤月下织。/平平仄、/泼墨有相识。　//诗，/爱恨情愁只剩痴。/声声慢、/绿树涨新枝。　//诗，/烟雨清风渐次时。/悄悄唤、/道法自然知。”这是作者原原本本的心声，用诗意真情来表达这个绿意纷芳之四季美，用诗意真情来表达大自然之甘露雨滋，与天地融为一体。一个人活得越简单，灵魂就会越干净，就越会带着浓浓诗情走向生命成熟中丰富和高贵。作者说命运赠予的诗化人生是宝贵的，遇到诗化的知友是难得的，收获诗化般纯真友谊是幸福的。正因为这诗，我们收获了生命之友情；正因这诗，我们收获了生命四季之情；正因为这诗，我们收获了生命自然之道，一生都交织在这“平平仄仄”千般律韵之中。

诗人颖川有“经济、诗词、书法”之“三绝”誉称，第一是作为一名著名经济学家，在经济研究领域硕果累累，多次获得国家研究奖，将近千万字之研究成果，真实记载了作为一个有独到之处的经济学家长期辛勤耕耘的研究历程。第二是在诗歌创作上，《满庭芳·贺中国共产党建党九十周年》获2011年“中国共产党建党九十周年诗词画印作品大赛”诗词组金奖，诗人颖川并不是满足已经创作的作品，几乎每一个闲暇都在进行诗词创作。第三是草圣书法独具一格，一种“鹰摇春柳”之草书书法体，有雷霆万钧而戛然落于纸上之美；有汉宫飞燕轻移莲步寄于字中之美，字体美到轻盈体态之醉浓，美到翩翩飞摇之飘然……在今年召开的《颖川诗词》发布暨中华诗词高端研讨会上，著名翻译家、国际翻译界最高奖项“北极光奖”获得者许渊冲先生的夫人，代表因患感冒不能前来参加会议的许渊冲称，颖川诗词是古典文化走向世界的重要表现。许先生评价文玲右手抓经济，抓的是硬实力；左手抓诗歌，抓的是软实力。她的经济和诗词是左右开弓的剑，让人得到美的享受和精神鼓舞。无论是现代诗歌，还是古诗、诗词，第一是要美，美所包含的意识形态是在语言上、思想上及结构上，只有在优雅语言及崇高思想精神中，才让读者流连忘返。《颍川诗词》正是作者用深情而舒缓的曲调，浪漫而激情之手法，以独到眼光之洞察力，写下一篇篇具有情怀之诗词，歌唱美丽富饶之祖国，歌唱五湖四海之友人。

诗人颍川在教师节写的一首《桂枝香·赞民间考古家王正鹏》：“群峰踏破，/痴爱奉三湘，/时光流过。/考古单枪匹马，/故乡醉卧。/惊天壮举谁知晓？/丈量时、山间寂寞。/发掘之旅，/几多困苦，/几多欢乐。 //张家界、/远方星座。/竟无数珍馐，/藏于沟壑。/恰遇知音，/问鼎往昔失落。/有无中、寻觅交错。/可歌可叹，/冰霜雪雨，/风中收获。”作者深情之诗词，非常形象逼真地描写了一个考古学家工作之喜怒哀乐，在发掘传统历史文化上独是无私奉献，清贫苦干，从不求报酬。是的，我随丈夫王正鹏教授从2013年回到张家界开始，不知翻越了多少座山峰，多少个崖壁，特别是在红岩岭上之探寻，去了一次又一次，拍到了一个个刻在石岩上的古老文字。正因为古历史文明之重要性，考古学家有理由去挖掘与探寻，古人虽然没有纸写字，但他们用泥土造字，制造泥版书，制造各种陶瓷，制造各种玉器等，不禁赞叹古人是何等智慧。记得在张家界四十八寨、牧羊冲、悬岩寺、云朝山寺等，为了探寻猿人生活洞穴，王正鹏教授不顾黑夜，蹚着水路行走在山沟里；不顾危险，徒手攀登悬崖峭壁和石岩洞边，获得了第一手重要发掘古文明遗迹之重要资料手稿。特别是慈利古窑址的发现与研究，为中国上万年陶瓷文明史打开一道重要窗口，从一个个窑址上与传承人中见证了慈利窑兴衰史。可见考古学家是需要去民间挖掘、结合历史地理探寻，到古遗址中研究，所以诗人颍川写下了：“考古单枪匹马，故乡醉卧。惊天壮举谁知晓？丈量时、山间寂寞。发掘之旅，几多困苦，几多欢乐”“可歌可叹，冰霜雪雨，风中收获”。人类祖先历史文化并不是全都写入了书籍中，每个地方都有不同风俗之古文明历史，一些地方还留有很多新发现古遗址，都需要考古学家重新发现，重新考证，重新探索。吾辈需要古老之历史文明文化不断地重新呈现在视野里，如陶瓷文化、古汉字文化、书画文化、道教文化、中医文化等系列传统文化进一步得到传承与发扬光大，真正实现中华文明伟大复兴之路！

读懂历史文化，也就是在读懂传统文化，历史文化每翻开一页，传统文化也在静静续写每一页。诗人颍川在打开传统诗词文化之窗口，同时也打开了历史文化原有之窗口；而正是古文明历史文化之推进，进一步加深了古典诗词文化之传播力度。人类的世界在于不断地创造其精神文明，而这原汁原始、古音古韵之传统文化可以将我们的精神带入崇高之境，独能经久不息地咏唱！正如颍川诗人所写道：“水，/天下至柔入无间。//难无惧。/点滴洞石穿！”每一个爱好古诗词文化的人都要持之以恒，在继承古典诗词同时，更进一步发扬诗词文化的创新精神！独写一首《满庭芳》赞曰：“诗咏乾坤，词言情意，疏烟淡日苍穹。沁脾入耳，音律引唱功。一代贤臣旷世，通上古、炎帝神农。长城内，神兵将相，巾帼女英雄！复兴当此际，书香瀚墨，一世才聪。遵赢得，千词万句相通。写有丹心满园。辞帝间、千古英名。当明月，颍川吟唱，国邦振兴中！”

（2016年4月23日于张家界）

三、我读颍川先生现代诗歌集《颍川放歌》

美来自大自然之恩赐，美来自心灵豪放之歌声；美来自对生命成长之解读，美来自对神圣爱情之缔结。语言美是《颍川放歌》的一大特点，使我能在其诗语中找到思想之共鸣。时下很多现代诗歌者，不但没有思想上的深奥意境，就连最华丽辞藻都找不出一个，创作出无法让人读懂之诗，很难深入读者心灵。一个人有其崇高之思想，一个人有其高贵之灵魂，还需要有把唯美之思想灵魂融入诗歌中的能力。正如许浑曰：“吟诗好似成仙骨，骨里无诗莫浪吟。”我曾在北京拜访哲学博士崔自铎，他告诉我诗歌最重要的应该具备四点，“第一，诗歌要有非常优美的语言；第二，诗歌应该有非常好的形式；第三，诗歌应该有美的韵律；第四，诗歌应该有很深刻的哲思。诗歌是一个特殊的东西，跟其他文种不同，最重要的是要有韵律，有了这四要素，诗歌就非常好了，像好的歌一样，一唱便可以流行了。没有这些，就不能称为诗歌”。《颍川放歌》中每一首诗，不仅语言优美，具备诗歌美的形式，尤其是那些描写大自然之歌；加上其触动人心灵的哲思，读来能带给人灵魂上的放飞，让人沉醉在“天人合一”之境界中。

在文艺上，在诗歌上，主要的潮流或者倾向，共有三个：现实主义、浪漫主义、超实主义。亚里士多德曾在《诗学》中指出：“像画家和其他形象创造者一样，诗人既然是一种模仿者，他就必然在三种方式中去模仿事物：照事物本来样子去模仿，照事物为人们所说所想的样子去模仿，或者照事物应当有的样子去模仿。”颍川诗歌体裁范围非常的宽广，如大自然冰清玉洁之水，用不同的手法来描写它波动质柔。如《水的灵动》中这样去描写水：“/彩虹是水浪漫多彩的灵动，/向太阳偶然的回眸，/高高地挂在了如洗的长空。/蓝天中架起彩桥，/不施粉黛的梳妆更恢宏。/赤橙黄绿青蓝紫，/谁持彩练当空舞？/是水纯洁的情怀，/是水济世的心胸；/是水柔美的倩影，/是水依恋的深情。/水无痕，/水无声；/水大美，/水如虹。/彩虹里飘动着经霜的诗句，/诗句里写满了雨中的事情。”作者用最简练之语言，描绘了生命之水玲珑、纯洁、柔静和七彩之美，用象征主义手法表达了水的情怀与意境，柔中有静，是甘甜中纯静，是豁达中崇美，水之浩瀚波澜，水之盈光波闪，水之五彩缤纷，水之冰清玉洁，诗人崇尚自然之情操，在上善之水中找到晶莹水珠融入了诗的篇章。诗人用既华丽又质朴之语言，体现着、袒露着诗人之个性、气质、格调、情貌及其灵魂艺术形象，在内心纯朴素雅之中，生命、水、诗、大自然相融为一体。

宋人陆桴亭说："人性中皆有悟，必功夫不断，悟头出始，如石中皆有火，必敲击不已，火炮始现。"国庆节前一天，余从西藏回到了北京，也就在这一天，由北奥集团旗下北演公司主办的"祖国礼赞——当代朗诵名家诗歌吟咏会"在北京音乐厅拉开序幕。也就在这一晚，由中国当代女诗人，中华诗词学会副会长、中国书法家协会会员颖川创作的《祖国礼赞》让人梦魂牵绕；也就在这一晚，朗诵艺术家声音的绝美吟唱让人深深沉醉。诗歌里的文气、情调、色彩、精神、韵味及审美全都在语言艺术的声音里发挥得淋漓尽致，"我愿意把一切献给您，愿意为您奋斗终生。我亲爱的祖国母亲，我的理想，我的生命"。表达诗人颖川对祖国母亲热爱之礼赞！台上灯光璀璨，台下高朋满座。

著名的主持人张树荣宣布节目正式开始，十位中国顶级艺术家瞿弦和、虹云、刘纪宏等朗诵《三江源感怀》，拉开了诗歌吟咏会。"三江源"是指长江、黄河、澜沧江的发源地，素有"中华水塔"之称，对中国的生态状况及国民经济发展起着重要作用，在西部大开发生态环境的治理保护中担负着重要责任。随着虹云老师洪亮的声音在整个音乐厅响起："一种古老的默契，一首动人的乐曲。我与源头有约，你等待着我，我追寻你，在那里。"缓缓抒情赞美之声从心中爆发，伴着大屏幕一滴滴水声进入三江源源头，"祖国礼赞"诗歌带着大家进入一个如梦如幻青藏高原，黄河之水天上来，冰川雪花之圣洁在地球上晶莹透美，一种润物细无声的壮阔景色与爱的宏伟气势响亮了整个大厅。令作者担忧的是三江源环境恶化，湖水的干枯、冰川融化及垃圾污染，作者在爱恨交加中写道，“我要告诉人类，/爱你就是爱生命，/爱你就是爱自己；//爱你就是爱自然，/爱你就是爱天颐；//爱你就是爱祖国，/爱你就是爱永续。”颍川先生将她的挚爱融在三江源中，怀着敬畏的心抒发着保护三江源的诗情。艺术家朗诵完第一首诗时，让我深深沉醉，醉在三江源圣洁的每一滴生命水花间，她孕育中华千万炎黄子孙，是的，我们要用心去爱，爱三江源每一滴水，清澈透明捧给当代的人和我们的后代子孙。

伴随主持人张树荣老师磁性的声音：“下面由国家话剧院国家一级演员曹灿朗诵 《走进自然》：“走近自然，/让时光的印迹复原。/凝成集约的笔墨，/撩开神秘的纱帘。/探索生命的珍贵，/书写陈酿的诗篇。/自然是人类的乳汁，/自然是人类的胎盘；/自然是人类的寄托，/自然是人类的桑田；/自然是人类的诗词画卷，/自然是人类的创意源泉。”作者用一连串排比句，让人走入地球，走进自然中，表明人是离不开自然环境生存，自然统治人类一切。人们只有不断地从自然中吸取精神营养，从谧静纯朴之大自然怀抱中吸取精华，放飞心灵恋歌，抒发宇宙最浪漫真情。多么优美的词语，多么性感的磁音，带着整个音乐厅的人进入梦魂萦绕的清香世界，绵绵的诗情，绵绵的万里江山画卷一幅幅呈现在我们面前。诗人颍川把对大自然之爱与敬畏，完美融入在岁月声章里，融入在纯美之诗意表达中。第三首诗歌《水的演绎》，朗诵者雅坤，琵琶伴奏吴玉霞，随着一声声琵琶声响起，随着屏幕上播放的长江水轻盈波动，雅坤老师悦耳之声音在耳边唱响，“最有乐感的水，/弹奏出弯弯曲曲的梦境；/最有气概的水，/卷起了大江东去浪淘尽英雄的豪情；/最有毅力的水，/不惧激流险滩的冲动；/最有整体感的水，/青丝罗带黄色缎绉和五彩绸绫。/沉淀泥沙，/让海水更纯净；/广纳百川，/让海水更充盈；/释放巨浪，/让海水更激越；/飘动白云，/让海水更有诗情；/变动不居，/让海水更有魅力；/生生不息，/让海水永远伴生命同行。”诗人颖川从石缝里涌出一滴滴水珠写起，到湖泊，到溪流，到大江，再到大海，一种惊心动魄的壮丽景观呈现在我们眼前，多美啊，盈盈的一滴水花，千姿百态、晶莹剔透、妩媚多情、轻盈飘逸、灿烂弘美、碧蓝如玉、柔静婉婷，真是魅力无穷，一滴滴循环往复地渗透在人们骨子里，融醉在祖国母亲心脏。多么深情，多么浪漫，多么感人，多么宏伟，大海里芳香四溢，唯美吟醉！

诗歌与祖国大地山水画相结合，与琵琶音乐旋律相结合，音乐厅之听众都沉浸在诗歌里，连孩子们也听得津津有味，入神痴迷。画面里一张张张家界山水图片呈现在大家眼里，把音乐会推向高潮的是由朗诵艺术家虹云和刘纪宏两人共同朗诵的一首《黄河诗赋》：“九曲黄河万里沙，/浪淘风颠；/黄河之水天上来，/大漠孤烟；/黄河远上白云间，/冰雪漫天；/黄河落尽走东海，/扬起风帆；/黄河横渡蹉跎月，/钩沉弯弯；/黄河都道变通津，/沧海桑田；/黄河浊浪扑空势，/问鼎中原；/黄河独树向天外，/月朗日圆；/黄河水流无尽时，/奋马扬鞭；/黄河西来决昆仑，/砥砺江川；/黄河情重汁液涌，/涵养天然。”从唐代诗歌的“九曲黄河万里沙”开始，作者用了整整十六句排比和引用，气壮宏伟的景象从而降，加上虹云老师朗诵声音的气贯长虹的款款深情语意，万里黄河让人醉了，诗人扬起风帆让人醉了，艺术家沉醉了，王正鹏教授沉醉了，张家界市政协副秘书长李书泰沉醉了，牧羊冲古茶传承者高中银沉醉了，每一位观众沉醉了。作者颖川之磅礴胸怀，深情呼唤黄河母亲，一句句华丽辞藻，在黄河上空回响。听着虹云老师行云流水般情意在心间徐徐迸发，时而激烈、时而柔和、时而高亢、时而沉稳的优美旋律。“/黄河不朽的精神，/已经植入我们的骨髓；/黄河伟岸的形象，/已经成为我们的诗卷；/黄河高贵的灵魂，/已经变为我们的誓言！”刘纪宏老师声势浩荡而又豪迈的声音，在北京音乐厅里久久回荡……

现代诗歌最大特色在于能够抒发内心最真挚之情感，完全不受语言局限性约束，将人生之思想带入神圣崇高之境，让真、善、美得到完美展现。作者颍川将生命、自由、天地紧紧地联系在一起，海纳百川、生生不息、博大精深，在充满激情的朵朵浪花里，我找到了“日月之行，若出其中；星汉灿烂，若出其里”至高无上之圣人境界！朗诵诗人颍川之《我亲爱的祖国》。“山有山声，/水有水韵，/国有国风。/我深深爱着，/我的祖国；/我默默感受着，/母亲清晰的脉动。/我美丽母亲的飘然长发，/牵五千年中华文明，/情美韵重，/壮丽恢宏。”作者在诗文第一段以比兴的手法，饱含激情，直抒胸臆，这是爱国主义诗篇；作者将祖国比喻为慈母，抒发了心底里隐藏着的深深爱。祖国母亲，是我们每一个中国人为之骄傲，为之振奋，为之不懈奋斗之源。“您点燃时代的火焰，/您迈上改革开放的征程；/您启动民族复兴的巨轮，/鼓舞着我们阔步前行；/您孕育着儿女们的境界，　/激荡着儿女们的豪情。”优美之诗，壮丽之情，让人沸腾之热血，在朗诵艺术家洪亮、豪迈、激情声音里传颂。诗歌是中华民族文化之魂，也是生命之精神粮食，更是对伟大祖国之憧憬与依恋的语音和语音外在表现。每一位诗人为祖国伟大复兴创作精品力作义不容辞，为之奋斗终生才是真正的热爱与奉献！写一首《蝶恋花》赞曰：“欲望京城传唱曲。秋雨寒枝，人在情深处。牡丹枝头花几许？芳香国色真颜吐。　尽日墨痕书里著。密密行行，总表诗心语。流水复归天地去，日光长照乾坤路。”

（2015年10月1日于北京）

四、我读颍川先生之《颍川诗词书法》

颍川先生不仅是一位继承和发扬中国古典传统文化的诗词家，更是一位有着崇古思想、知识广博而学养深厚的书法家。读颍川婉约而豪放的古典诗词，让人沉迷在祖国山河的秀婉壮观之景色之中。而观颍川之草书，则更沉醉在诗词书法“轻摇而上，游刃其间”的飘逸潇洒“鹰摇春柳”般的享受之中。诗人颍川赠送我一幅《十六字令·水的哲理》诗词书法：“水，/天下至柔入无间。/难无惧，/点滴洞石穿。　//水，/‘生命之源’不争先。/低处流，/虚怀若谷谦。　//水，/纵横奔流道自然。/柔胜刚，/‘无为’‘有为’焉？”全篇五十八字，用二十三笔将全篇五十八字结完，正文十七笔结字，又六笔将款落完。字的布局大小相缀，错落有致，笔意活泼奔放，体势连绵，一气呵成，顾盼有姿，笔断意连，信笔而为，如其独运，灵动优美，“水”草书三种写法与《水》之词韵起扬相随，与《水》之词韵跌宕起伏相追，词之韵味与书法之飞扬，完美无伦之展现出来。草书讲究字与字之间相连贯，主要靠上、下字之间欹侧斜正之变化，有揖有让，递相映带，有时靠势之露锋承上引下，有时靠急速之回锋以含其气，跃然在静止之纸上展现出诗词书法之动态美，在《十六字令·水的哲理》书法作品全部得到轻婉飘逸之体现。字与字之间虚中有实，实中有虚，互补互生，使字与字、行与行之间能融为一体，缜密无间，磊磊落落，洋洋洒洒，体现出草书狂放、瑰奇、纵逸之艺术风格。颍川书法形式美有如“惊波跃鱼，深水潜龙”在跌落起伏，有如江河大川，奔腾浩荡，一泻千里灵动之美在笔墨间跌宕不已，体现诗人颍川胸怀阔襟、思想之深邃博大与深厚的笔墨功夫已经融为一体。

孙过庭曰：“规矩谙于胸襟，自然容与徘徊。”《颍川诗词书法》中第一个“水，天下至柔入无间”，从浩浩荡荡飘荡起浪花之水，在柔情中闪闪波动不已，体现了水之激情飘荡，水之娇柔纵美，水之冰晶豪放。书法中第二个“水，‘生命之源’不争先”表明水珠经过小溪无数次奔波穿流，已进入平缓境界，体现了水分子之至真至柔跳动着，生命徐徐脉动，碧波荡漾，闪着纯美之晶莹。书法中第三个“水，纵横奔流道自然”表明水已经渗入生命点滴之中，再也无法与地相分离，体现了生命与天地水到渠成，在无边无际大海欢快地畅游，体现老子“大道无痕”思想之圣境。这就是颍川书法来自大自然成为上乘境界的渊源，也是诗人“天人合一”之思想意境，对自然美意境的追逐，以一泻千里之势抒发情怀，实现对生命艺术之超越。我观《颍川诗词书法》，从整体效果上看，满纸盘旋，龙腾飞跃、春燕飞舞，内气充盈，十分传情，十分浪漫，激情不可抑止。在家里余常把古人真迹书法作品拿出来欣赏，如隋代智永禅师之《四书·人物备考·幽王》正楷字体，元代著名画家、楷书四大家之一赵孟頫《归去来辞》之行草书法，王铎、王文治、翁同龢等之行草书法细细品味和研读，展现了古人诗词与书法两相忘我之境界。而颍川草书所体现“惊波跃鱼，深水潜龙”，其线条之各种变化极为丰富，挺拔劲健，干净利落，笔势如龙蛇奔走，连绵不断，布局如骤风暴雨，倾泻而至。一种灵秀飘纵之美从笔墨间豪气跌宕，从涓涓细流到注入生命之水，从水滴至柔、到道法自然，体现颍川诗词与书法进入崇高、忘我之超脱精神境界，是大自然相融为一体和声之美。

诗人颍川以物兴感，聊发以为书，不但用诗词方式写出了《十六字令·水的哲理》回归大自然至真至柔的纯朴，更用书法之形式表达出水花气势磅礴、仪态生动、血脉浑融、神气高妙的思想意境。由此可见，书法形式表达回归自然是以天分和悟性为基础。“雄逸气象，是为天纵”的深意即在于此。自然万象千变万化，层出不穷，其生动与神韵在创作意境之中，正如颍川先生所说：“创作中美的意境是最重要。”意在笔先，得其生动，又有其神韵。书法必然追求自然万象千变万化，层出不穷的“生动”和“得神”。颍川之“水”三种用笔方法，三种意境，在浩荡的缥缈间，达到“行云如流，道法自然”至真至柔的“生动”和“得神”意境。水花声势连绵回绕，活泼飞舞，奔腾放纵，大有驰骋不羁、一泻千里之势。古人谓其形体“或敛束而相抱，或婆娑而四垂，或攒翕而整齐，或上下而参差，或阴岑而高举，或落箨而自披”，真是“众巧而百态，无尽不奇”。颍川三种书法的“水”借其抒发奔放激越之情，寄以驰骋纵横之志；表达作者对大自然生态多姿多彩寄予深深之情，生命至真、至善、至美豁达之思想意境！

诗人颍川说：“我最欣赏张旭、怀素、王铎、文徵明的书法，最喜欢毛泽东的书法之大气磅礴。”颍川先生临摹过这些书法家的碑拓，并说，这些书法家虽然不尽相同，但是都是“兴酣落笔，泼墨濡袖，不论蝇头细书，或是擘窠狂草，风雨发作于行间，鬼神役使其指臂。师宜官之挥壁，子敬之扫帚，天地万物，有动于中，无不于书发之”。颍川先生继承和发扬中国传统文化，透过学习古人笔墨，真正读懂了大自然的神奇与韵美，读懂了与性情相关相合之处；书法以水花质柔，一波千里，但声势浩荡，达到道法自然之诗词书法神境。颍川诗词书法与大自然相融为一体，这是与自然和声之美在天地间回荡。

（2013年10月20日于北京）

五、我读颍川先生第四部古典诗词集《颍川词章》

秋天是收获的季节，收到颍川先生发来的两部电子书稿，让我欣喜不已。一份是《颍川诗书品评》，一份是古典诗词集《颍川词章》，这两份电子书稿发过来后的几个月来，我一直都在研读，其所包含的深刻思想与优美语言的诗词对我诗词写作影响非常之大。最让人激动的是文怀沙大师为颍川先生写的序言及其研讨会上的精彩发言，极高地赞誉颍川先生的诗词超凡脱俗，并写下了“珮缤纷繁饰，循绳墨不颇”之赠言。在百岁老人国学大家文怀沙先生眼里，对古诗词文化的考究是非常严肃的，古诗词一定要讲究格律，必须符合古音古韵之要求，这种韵律是通过口头反复吟唱得到；我反复读文怀沙老师精彩发言，每读一次感觉自己与大师接近一点，每看一遍就愈来愈感到诗词押韵之重要性。平江七中母校六十周年校庆，我突然间明白“押韵”是在一首童谣里，末尾一个字韵脚相同，也在这一瞬间，我才完全按照古人格律开始写作，懂得了押韵与对仗、平仄是同等严格诗词法则之重要准绳。

打开颍川先生第四部《颍川词章》，忍不住让人惊叹，不单是每首词注释详解，而且对在各种会议期间的创作背景都有记录，这对于一位身为国家高端智库总经济师来说的颍川先生是多么不易！在工作忙碌同时，在整天与数字打交道同时，念念不忘进行诗词创作，这不单是对古典诗词文化之由衷热爱，而是真正将传统诗词文化发扬光大的实践，既是思想与灵魂相碰撞的重要体现，又是记录着重大事件、且行且吟之重要抒情作品。在没有出版书之前，她的每一首作品都通过作笔记形式写在稿子上，长年累月，日复一日坚持创作，终成就一篇篇经典之诗词而飨读者。

诗人颍川不单是从字面上去了解毛主席每一首诗词，而是亲自到毛主席曾经战斗的六盘山红军长征纪念馆拜谒，作者喜欢毛泽东词《清平乐·六盘山》，原名叫《长征谣》。看到经毛泽东先后八次修改，四次改动的草书《清平乐 · 六盘山》，颖川先生被深深打动了，非常激动地说："在伟大的长征这个人类历史上的艰难跋涉中，《长征谣》是激励红军继续前行的精神食粮，是那个时代和那个特定环境下的诗人革命豪情由心生发出来的吟唱，《清平乐 · 六盘山》，则是诗人文学修养使之升华产生的诗词艺术瑰宝！"作者从中学时期就对毛主席诗词深深热爱与深度痴迷，一颗执爱传统文化之心从未改变。颖川先生已经创作两千多首诗词，出版了六部诗词、诗歌、书法集；当然不包括作者曾出版了三十多部经济学著作，她应该是当代中国响当当之"巾帼女英雄"。

"东风西渐，/彼岸香弥漫。/红雨随心舟涨满，/鼓角相闻荏苒。// 纵然料峭寒浓，/阴晴转瞬之中。/坦荡襟怀如磊，/寰球错落交融。"这首词是《颍川诗草》第四部中一篇《清平乐 · 参加习近平治国理政第二卷外文版首发式有感》，深深地打动了我。2018年4月11日，《习近平谈治国理政》第二卷多语种图书首发式在英国伦敦隆重举行。陈文玲先生参加了此次活动，她在闭门会上作了发言，并写下了这首激动人心之诗词，高度赞扬习近平新时代中国特色社会主义思想，在习近平总书记领导下中国共产党全心全意服务于人民，为人民谋幸福，为民族谋复兴，为世界谋大同，中国日益走近世界舞台中央。作者在发布会上思绪万千，从东方文明古国之崛起，到在国际上地位影响力提升，这是何等之气贯长虹；想到中国共产党一路走来之血雨腥风和艰难困苦，有了上阕四句："/东风西渐，/彼岸香弥漫。/红雨随心舟涨满，/鼓角相闻荏苒。"通过《习近平谈治国理政》我们可以看到，习近平总书记明确提出"以人民为中心"，并以此统领治国理政各个方面。中国共产党人是以一种世界情怀，或者说是天下情怀来建构21世纪的经济全球化，其核心价值理念是习近平主席提出的“人类命运共同体”。因此，作者在下阕高度赞扬习主席“/坦荡襟怀如磊，/寰球错落交融”。

袁枚在《随园诗话》中说：“王西庄光禄，为人作序云：‘所谓诗人者，非必其能吟诗也。果能胸境超脱，相对温雅，虽一字不识，真诗人矣。如其胸境龌龊，相对尘俗，虽终日咬文嚼字，连篇累牍，乃非诗人矣。’余爱其言，深有得于诗之先者，故录之。”隔着时空，仿佛让人回到了那个读老书，说写着文言文之古时代；众多诗者都是从精练、简洁之古体文言文中产生，也是从有着高智慧思想之平凡人中产生，或又是贫困潦倒之磨砺中产生，如陶渊明、李白、杜甫等。在古代，友人之间的交往更多的是相互之间对诗、吟诗、作诗，每一首诗都要进行语言上之推敲，有弟子甚至在游学中得到老书先生亲自指导；也就是说诗词咏唱作为一门教学中非常重要之思想内容指导，人人作诗、人人写诗之盛世文人时代。因此，古典诗词之繁荣与昌盛，在于集中表现一个时代文人诗者之盛况，它是集中代表文人中具有高超思想之吟颂者。有着“千古第一才女”之称的宋代李清照，婉约派代表，一生在颠沛流离中，论词强调协律，崇尚典雅、情致，提出词“别是一家”之说，反对以作诗文之法作词。颍川先生就是当今之李清照，其古典诗词创作数量惊人，所到处皆成诗章。读《颍川诗草》里的每一首诗，仿佛又让人回到了那个让人如痴如醉之诗词吟哦的年代，回到了那个诗词吟唱作为最高精神境界引领之巅峰时刻。古典诗词在于语言回归，在于韵律回归，在于文人回归，在于诗人回归，它让人从生命之最低点，直通高贵思想灵魂之至高点，让生命在自然“天人合一”的状态得到升华！

2016年4月，颍川先生随中国国际经济交流中心课题组赴美国考察相关智库情况并与之交流，写下了一首《满江红 · 赴美国与智库交流有感》：“/思想湍流，/随风漫，/大洋彼岸。/叹世间、/日出日落，/柴门虚掩。/色不异空空即色，/人非圣贤贤成券。/入场时、/人类共沧桑，/同凉暖。　　//时光逝，/人生短；/性相近，/习相远。/恰东方欲晓，/枝头结满。/春夏秋冬交替过，/兴衰强盛轮回转。/寰球小，/大鹏鸟扶摇，/长天瞰。”我们知道，从1978年改革开放以来，中国GDP从2165亿美元增长到2017年的12.24万亿美元，40年间，中国年均GDP增幅达9.6%，让7亿多人摆脱了贫困，占全球脱贫人口的76%。颍川先生在大洋彼岸深切感受到，中美建交近四十年来，两国经济已高度融合，两国文化已相互影响；中国提出一系列理念和政策主张，更加完善国际治理体制，推动经济全球化朝更开放、包容、平衡、共赢的方向发展，因此，作者写下了“入场时、/人类共沧桑，/同凉暖。”这首词下阕作者回归传统文化中之哲理思想，用“性相近，习相远”来表达人类共同命体，一句“春夏秋冬交替过，/兴衰强盛轮回转”来阐述人类命运共同体只有往正道方向发展，才能更好顺应世界之潮流。中国提出“一带一路”重大倡议，得到130多个国家和30个国际组织的高度赞成和响应，签订了195份合作协议，这是世界各国和国际组织对中国主张、中国理念、中国价值观的最好回答，也是对美国反全球主义，采取制裁、打击中国之最好回答。“寰球小，/大鹏鸟扶摇，/长天瞰。”这一句道出作者对中国的未来充满信心。中美两国的GDP总量合计占世界的40%，人口合计占全球的25%，对外贸易额合计占全球近25%，作者认为，两国应像保护生命一样保护来之不易的中美关系，保护并增进两国人民间来往增进了解、理解和相互信任，并共同坚持与维护共同演进、互赢互利之健康良好发展，这首诗就是作者对这一看法的诗意表达。

人的最大智慧有时候表现为哲思，也就是说人拥有的智慧思想决定了一个人之精神面貌，颍川先生走到哪里调研，就写到哪里；特别是对打江山的先辈和英雄，用各种词牌、五律、七律来表达对革命英雄的深深敬拜与怀念。“我酷爱中华诗词这种永不衰竭的艺术形式，它已植入了我的血液中和内心世界，成为一种生活方式和修养方式。它随着我走过了祖国山河，随着我经历了伟大时代，随着我品读了中华文化宝库中无数的佳作，随着我相识和相知了很多我所敬重的学者、智者和知者，随着我欣赏了大自然的造物，这些不仅留在我心中，更留在了我的诗中。”因此，决定诗人诗词的最高水平，既在于它的语言水准，更在于它的思想水准，也在于它的苦难生命之旅的磨砺及其读懂生命艺术的最高水准。颍川先生不单是对祖国大美河山之吟颂，甚至是参加一些国内外会议，都有其重要思想历程记录；一次次读书笔记，都一一写作在每天诗词文中，生命美之艺术来自大自然，来自高雅生活，来自古历史文明文化之热爱。

一首《满江红·“一带一路”畅想》：“无数春蚕，/丝吐尽，/织成锦绣。/驼铃响、/千辛万苦，/情深意厚。/古往今来多少事，/日出月隐时光皱。/带与路、/穿起梦相连，/风光又。 // 胸襟阔，/心弦扣；/云生雨，/江河缪。/共茫茫天际，/如何参透？/柔可胜刚流水韧，/慈能领韵合音奏。/俯瞰小，/寰宇在枝头，/群峰瘦。”这是作者参加“一带一路”国际合作高峰论坛会议而写作，作者用春蚕吐丝巧妙地隐喻中国古代劳动者坚苦的劳作及其不凡的创作成果。从公元前114年至公元127年间，中国与中亚、中国与印度间以丝绸贸易为媒介的这条西域交通道路称为“丝绸之路”。陆上丝绸之路起源于西汉（前206年—25年）汉武帝派张骞出使西域，开辟了以首都长安为起点，经甘肃、新疆，到中亚、西亚，并连接地中海各国之陆上通道。它最初作用是运输中国古代出产之丝绸，因此作者巧妙用

“无数春蚕，丝吐尽，织成锦绣”开启全球“一带一路”重要国际之旅。第二句“驼铃响、千辛万苦，情深意厚”，作者穿越千年骆驼铃声，遐想张骞出使西域之千辛万苦，道出了丝绸路上的情深意厚，也说明相邻国家的交往非常重要，是华夏文明古国历史与经济繁荣发展之重要历程。“胸襟阔，心弦扣；云生雨，江河缪。”“俯瞰小，寰宇在枝头，群峰瘦。”“以景寓情”“意与境浑”“意境两忘，物我一体”，把大胸襟和真感情融入景中，把景物融入寓意中，以境界为上，借发心中的情感与理想。作者在词的下阕，通过现场峰会亲身感受，歌颂了祖国强大与经济繁荣发展，将带动更多的国家与地区的发展。这篇《满江红》作者写于2017年5月，是作者参加“一带一路”国际合作高峰论坛（第一届）上的亲身感悟，作者既是国家经济战略与政策研究者，是国家经济建设的研究者，又作为高端智库中国国际经济交流中心的总经济师，见证了峰会期间空前盛况，有来自100多个国家和国际组织的1300位国际友人参加会议，29位国家元首和政府首脑参加会议。这首情深意浓的《满江红》，是作者身为总经济师之研究者、建设者、交流者的亲身体会。颍川先生亲自撰写了很多篇“一带一路”研究报告，同时也抒发着诗人身在古丝绸路上之深情感慨。

《颍川诗草》除了有不同词牌的诗词外，更重要的是有了更多的五律、七律之格律诗，这也是作者常用格式之一。如作者写《长征》用了三篇七律，是纪念长征胜利80周年作者参观电影博物馆，《勇士》首映式而写的。其一《七律·长征之一》：“历史长河难忘篇，/大地哭泣釜中煎。/奔腾咆哮黄河水，/力挽狂澜碧海湾。/将士出征生死外，/鸿鹄展翅振合间。/梅花雪后压枝美，无数英雄越峰巅。”这是一首非常激动人心的七律诗篇，由毛泽东主席领导的长征战士们，是经历了何等的艰难与险阻，电影中的勇士再一次呈现出当时红军战士在枪口对准下之风浪尖口，一场扣人心弦之大渡河由此拉开序幕。红军战士面对大渡河表现出英勇无畏的崇高战斗精神，面对一河岸一排排枪口瞄准下，冲锋战士将个人生死置之度外。面对昨天重现的一幕幕，作者在惊险片段中，写下了“历史长河难忘篇，大地哭泣釜中煎”。接下来引用黄河水声的咆哮、所看到的勇士们惊险渡过大渡河之情景，有了“奔腾咆哮黄河水，力挽狂澜碧海湾”之吟唱。“将士出征生死外，鸿鹄展翅振合间。”作者赞誉了红军长征中冲锋在前的战士们，为了将红旗插到河对岸，经历了一场殊死拼搏的战斗，在敌人重重炮火下，在风口浪尖上，战士们昂着头挺起胸，用无数勇士血肉之躯渡大渡河之胜利旗帜。“梅花雪后压枝美，无数英雄越峰巅。”作者赞誉长征路上的革命勇士精神，以梅花雪后压枝之美表达战士在艰苦奋斗中取得了革命胜利！前四句作者以沉痛心情描写了战士在大渡河前的重重险阻，后四句描写将士不怕牺牲的大无畏精神。其二《七律 · 长征之二》：“回首长征壮丽篇，/桑田沧海忆当年。/前仆后继残阳血，/舍生忘死霸主鞭。/累累先驱身已死，/重重后浪情正酣。/震撼更觉精神贵，/红旗漫卷染江山。”作者进一步抒发了对革命英雄先烈的深切怀念，告诉后来人英雄之血不是白流的，革命胜利之五星红旗高高飘扬在上空；也进一步激发后代革命接班人的斗志，以不屈不挠的斗争，不怕牺牲之英勇革命精神为祖国人民奋斗着。其三《七律 · 长征之三》：“唤起工农百万山，/先驱热血洒江天。/辗转长征行万里，/交兵短刃战千番。/开天辟地成大业，/破浪引航卷巨澜。/百转千回风雨路，/直上昆仑俯瞰间。”作者这首诗是对毛主席领导百万工农红军在长征路上取得最后胜利的由衷赞誉，不单是对毛主席在昆仑山上所作诗词《念奴娇 · 昆仑》的一种深情抒怀，更重要的是对伟大无产阶级革命领袖毛主席深切缅怀之情。颍川先生几次在巍峨昆仑山脉中行走，数次品读毛主席这首诗词，还查阅了很多相关材料，使作者更加深切体会到，创作一首好的诗词，绝不仅仅是表达一般之风花雪月，也不是一般的套用诗词格式之政治表达，更不是一般的舞文弄墨，而是真正的“激扬文字”，真正的“机趣和禅思”，真正的“炼字和炼意”。因此诗人努力追求激扬文字的高度艺术，有着崇高使命之神圣职责。诸如对英雄红军战士之热爱与深切怀念，颍川先生通过电影《勇士》写下了三篇振奋人心之七律诗篇，让每一个人知道战争年代是残酷的，缅怀每一个革命英雄烈士，每一个中国人不会忘记这一段苦难历史，不会忘记珍爱和平，珍爱民族英雄人物！

清代诗人袁枚曰：“千古善言诗者，莫如虞舜。教夔典乐，曰‘诗言志’，言诗之必本乎性情也；曰‘歌永言’，言歌之不离乎本旨也；曰‘声依永’，言声韵之贵悠长也；曰‘律和声’，言音之贵均调也。知是四者于诗之道尽之矣。”读《颍川诗词》，我感到无论是韵律上，还是诗情上，颍川先生又达到了一个新高度，既是创作水准上之新高度，也是诗词艺术上之新高度。颍川先生曰：“诗词是独特之精神气质，诗意表达是美妙的。在诗词创作中，我力求使之既是诗意的，形象的，感性的，又具有‘机趣’与‘哲思’。把格律变成诗词的翅膀，把诗词变成诗意的海洋，把诗意变成思想的天空，把思想变成循自然之大道的哲理，这是惬意而有独特价值的修身养性过程。”如一首《如梦令·仙境张家界》：“湘雨随风飘纵，/雾绕青峰如影。/转瞬露娇颜，/恰似梦中仙境。/仙境，/仙境，/北大同学欢动。”这一首非常欢快的词调，作者与北大同学感受到仙境带来的莫名喜悦，神圣而浪漫的自然生态环境，陶醉而浪漫的诗词语言，入乎其内，出乎其外的真挚情感。在张家界，作者曾写下书法“仙境”，两字一直在我脑海里，其书法水准已达到出神入化之神仙境界！在武陵源，只要遇到下雨天，就会一层层仙雾或仙云在山峰上游来游去，完全是一幅浓妆淡抹相宜之自然山水画，每一个峰头就像一个美如花貌之仙女，时隐时现，让人沉醉不知归！

颍川先生不但善于发现美、宣扬美、传承美，更是善于捕捉美、展现美之高手，除了诗词创作表达美，她还利用相机镜头时时记录，似一个魔术师把自然之美、生命之美、天地之美和人性之美巧妙、神奇、和谐地融合到诗词书法艺术创作之中，使诗词、书法艺术所具有的真、善、美感得到展现。如一首《诉衷情·张家界抒怀》：“金鞭溪水绕青峰。/浸润绿丛生。/云开雾散惊艳，/手挽手，/共征程。/多少事，/有如空，/入苍穹。/踏山登岭，/留下诗情，/雨落其中。”作者在金鞭溪上感受到了青青的溪水在脚下流，而山峰上云开雾散，奇峰异景一览无尽之美。“/多少事，/有如空，/入苍穹。/踏山登岭，/留下诗情，/雨落其中。”作者抒发着心中的情感，眼前壮丽景观，及其雨水到来，将心中一份唯美之诗情留在了张家界，留在了金鞭溪。

“孔子曰：‘情欲信，词欲巧。’孟子曰：‘智譬则巧，圣譬则力。’巧，即曲之谓也。崔念陵诗云：‘有磨皆好事，无曲不文星。’洵知言哉！”《颍川诗词》不单是诗词言语上“巧”，更重要的是心灵上之“纯朴”，思想上之“高雅”，作者怀有一颗纯朴而高尚的心灵写作，不逐世俗名利，不带尘之杂念，也如作者在诗中所言“世上皆他乡，大隐隐于自己”一样，完全将自己融入生命价值实现当中，隐于自己，隐于天地；因此才有心灵上之纯朴，思想上之高尚，生命灵魂之高贵，诗词艺术之高雅。《眼儿媚·夜半读书》：“月下灯前览诗书，/夜半入心图。/万千智者，/华章里驻，/踏径拾珠。/ 修身养性无垠路，/悟道品读屋。/甜酸苦辣，/怡然气度，/自有天福。”中国是古文明文化大国，穿越历史长河，其中有两项代表中国古代劳动人民最强有力的、最辉煌的、最珍贵的劳动与文化艺术相结合的艺术珍宝，一是陶瓷艺术，二是诗词书画艺术。当这两种艺术完全相结合，成为融为一体的陶瓷嵌诗词绘画艺术作品，它代表劳动与文化艺术相结合之最高艺术水准；让我们一个子孙知道在思想文化层次上，人之身份是没有高低之分的。在民间收藏艺术家唐天立先生所收藏之艺术藏品中，让人惊叹在各种陶瓷上，一首首古诗与绘画艺术相结合嵌刻在陶瓷瓶上，穿越千年历史时空，唐代律诗、宋代诗词之鼎盛文化艺术毫无保留呈现在观众眼前。读《颍川诗词》就是传统文化的回归，更是对当代卖弄文字的所谓“现代诗人”的反观。真正的好的诗人应该是会写古体诗歌的思想文化者，并以“真、善、美”最高道德水准来讴歌新时代，讴歌祖国和人民。“我关心和热爱伟大的诗词事业，我渴望自己能有新的创作、新的收获和新的发现，让自己在为国家伐谋之旅和诗词创作之旅的旅途中，感受一个古老而现代国家的伟大崛起，用研究成果和诗词来记录这个伟大的时代！”作者在庆祝中华诗词学会成立30周年这些朴实的话让人感动不已，令人对古文明中华诗词文化艺术之崛起寄托了无限希望，也是对现代学习写古诗词的年轻人寄予了深切厚望，去其糟粕，取其精华，让我们的祖国出现更多“诗仙”“诗圣”！

“深冬雪徘徊，/飘然辞旧岁。/玉犬新春至，/金鸡故月归。/唯知国运盛，/亦晓旅途催。/天道酬德厚，/路遥奋斗晖。”读着颍川先生《五律 · 戊戌年春节感怀》，让人沉浸在浓浓诗情蕴美之中。这正是颍川先生为国家做经济学研究和国家战略研究、决策研究和政策研究同时，多年坚持不懈进行着古典诗词创作之心理历程，是“读万卷书，行万里路”之深怀感悟，是在即将出版《颍川词章》第四部之一首奋斗者之心曲。2018年10月19日，中国国际经济交流中心总经济师颍川先生获得“中国智库创新人才领军人物奖”。余独赞曰：“天南地北日光新，诸葛出师表圣人。寨里吟词仙隐客，馆中颁奖智才臣。晨拂鸾凤和鸣翼，夕捧文书创领身。笔墨丹青天地老，颍川总伴艳阳春！”

六、我所知道的喜欢摄影艺术的颍川先生

元月份在北京参加《颍川诗词——陈文玲诗词选》新书发布暨中华诗词高端研讨会后，我每天晚上定时阅读《颍川诗词》，优美辞藻，意境深刻，还带着几分浪漫情调。后来，我才知道，这源于诗人颍川喜欢摄影艺术和一切美好的事物。诗人颍川大部分诗词是在调研考察所写下的，或抒情、或言志，笔端之下洋溢着对祖国山河无限崇爱及对人民之挚爱情怀。我知道诗人颍川喜欢摄影是在2014年元旦，诗人颍川来到张家界四十八寨调研，并首次对张家界四十八寨境内的唐代军垦遗址进行了实地调研。颍川先生到张家界四十八寨后，在快开会前一个小时，诗人颍川往对面山里人家实地考察，一边走一边说：“这里的田园风光真漂亮！”我回答说：“原始自然风光非常美，播种了很多农作物，您看前面两座突出红石岩峰就是箱子寨。”颍川曰：“张家界四十八寨太美了。”说着只见她一边拿出相机拍摄，“这隐藏在深寨中的自然风光最迷人，清澈之泉水涓涓而流。”我赞叹着说：“这里是最原始的古文明之地，我特别喜欢喝这里的山泉水，一丝甘甜沁人心脾，让人流连忘返。”诗人颍川说：“四十八寨田园风光之美景胜过大城市。”我回答说：“这里是一块风水宝地，最原始自然风光与古文明遗址相结合。”

在一个坡道上面，正好一条小狗站在一个高坡上眺望，诗人颍川一边拍，一边说：“看，这就叫《家的守望》。”我听罢，心里非常激动，心正想着是用这个标题来表达，跟颍川先生想法一致，诗人心灵相通之默契让我心花怒放。来到一座木房子前，只见颍川先生不停地拍摄，我在一边说：“张家界最有特色的建筑就是吊脚楼。”颍川先生说：“住在这木楼里面，既舒服又环保。”随后诗人颍川在地里一块石碑上发现了很多古文字，看上去年代久远，字迹有些模糊，这种石刻艺术在张家界随处可见，应得到保护，让更多后代子孙了解古代人文历史进程、地理风俗，更深挖掘工艺、工匠之传统艺术文化。颍川拿起照相机从各个角度拍下了这些珍贵的古文字。

第二天下午，我们来到了张家界森林公园，刚刚下雨后的天空，云彩开始在山上四处涌动，一阵仙雾旋地而起，诗人颍川一边走，一边拍，心情格外兴奋，仿佛想要张开双臂拥抱它们。颍川先生说：“太美的仙境，一座山峰就是一幅完整的水墨画。”我说：“武陵源山水是四季看不完的美，而且任何时候相看两不厌。”这时候山头渐渐隐没在飘展仙雾中，让我们欢呼不已，只见诗人颍川连续地按动快门，亲身体验仙隐仙境朦胧之美，山头在仙雾缠绕中，变得更加玲珑剔透，宛如天仙，楚楚动人。颍川先生对拍摄游刃有余，不单用了相机，还用手机来拍，如树上舞动之绿叶，每一片叶子都有不同形状与脉络，用手机更能拍好微距下之绿叶，生命之美就在每根蜿蜿蜒蜒叶脉上淋漓尽致地展现。这就是深深热爱着大自然一山一水的诗人颍川。我记得在珠海，每逢周末，都要去攀山登岭，每次去不同的山水间有着不同之风景线，每一次把拍好之风景照，用最优美之诗句表达，每一次都能写出不同意境之诗歌。颍川先生在拍摄仙境同时，心灵完全陶醉在朦胧美色中，时而仙雾穿飞，时而仙雾隐踪，时而仙雾隐没，每拍下一张照片，每看一次不同景色，激起江山如画之千层浪花，欣然留下宝贵诗篇。时而金鞭溪水涓涓而流，时而鸟儿枝头翱翔，时而花儿丛中笑，时而叶儿翩翩起舞，颍川先生细腻地拍摄着每一处独特之景，流连忘返在山中行走，沉醉不知归。独赞曰：“云雾飞仙隐玉峰，江山如画半娇容。芙蓉花色新颜宠，犹照诗人摄影浓。”

喜欢摄影的颍川诗人在张家界，让我印象最深的一句话是：“艺术来源于美的发现，这里山清水秀，这里绿树成林，这里隐居田园，这里山泉甘甜，引起人心灵之共鸣，美如画之仙境令人沉醉不已！”看看唐人“诗仙”李白，生活在盛唐时期，性格豪迈，热爱祖国山河，游踪遍及南北各地，写出大量赞美名山大川之不朽诗篇。看看唐代“诗圣”杜甫，十年以上的壮游，也就在这长期之壮游中，杜甫接触到华夏历史悠久之文化遗产和壮丽河山，不仅充实了心中壮志理想生活，也扩大了视野和心胸，为早期诗歌带来相当浓厚的浪漫主义色彩。看看伟大领袖毛主席，一生共创作了100多首诗词，展现了中国革命和建设波澜壮阔之宏伟画卷。“毛泽东诗词以其前无古人的崇高优美的革命感情、遒劲伟美的创造力量、超越奇美的艺术思想、豪华精美的韵调辞采，形成了古典诗词历史之千古绝唱，这种传统韵律之美熔铸了毛泽东主席思想和实践、人格和个性。在漫长之岁月里，几乎是风靡了整个革命诗坛，吸引并熏陶了一代又一代中华儿女，而且传唱到世界各地。”正是因为自然山水之美铸就诗人之阔襟胸怀，鸿鹄之志，心怀天下之大，爱祖国，爱人民，并与国家的命运紧紧联系在一起。诗人颍川实地调研考察、体验民生之时所记录下、所拍下的一张张照片，成了生命最美好记忆，成了诗词创作最佳源泉，碰撞出生命艺术之火花。

一首《诉衷情·情抒丹墨》："情抒丹墨韵无穷。/道法自然中。/诗词画卷谁解？/百鸟共花丛。/山已醉，/水朦胧，/似歌同。/正春风过，/叠翠清装，/万点飞红。"作者将诗词结合书画艺术、摄影艺术、自然景色交融，让整首词充满真情、雅韵、壮美之艺术意境，独是"万点飞红"长留天地中。这就是酷爱摄影艺术之颖川先生，将祖国山河之美记录在相机中，诗词中，书画中，成为一流艺术家之独特风采！独赞曰："山门影照水长流，玉露花繁盛晚秋。抱素真颜香欲满，冰心一片驻芳留！"

罗金海

附记：

罗金海，女，中华诗词学会会员。2012年参加港、澳主流媒体"三江源国家生态保护综合试验区"之新闻采风活动。2016年参加"北京、台湾、香港、澳门举行天路万里行——两岸四地主流媒体青藏高原'新闻文化长征'"之旅采风活动，并在"诗会珠峰祈福中华"主题活动中留下诗词作品。有大量诗歌、诗词、散文、小说、哲学等作品发表于纸质媒体及网络自媒体中。

巾帼梁栋　邂逅诗意
——读陈文玲《颍川吟草》

“岁月吐香，时光流翠”，这是颍川女士在其第一本诗词著作《颍川吟草》扉页上写给我的赠言，一如其作，充满诗意。

《颍川吟草》是颍川女士第一部诗词集，是她多年苦吟漫咏出来的诗词结晶的一部分，其中不乏脍炙人口的佳作。“山随水醉”部分，《念奴娇·喀纳斯湖》《忆秦娥·西湖夜色》；“九畹寻芳”部分，《醉落魄·雄鹰》《仙鹤之一（二、三）》《观蟹》《憨鸭》《千年不老胡杨之一（二、三）》；“国风雅颂”部分，《念奴娇·纪念改革开放三十年》《水调歌头·湖南》《满江红·山西》；“敬仰华章”部分，《读宋词有感》《永遇乐·仰诗仙李太白》《念奴娇·李清照》；“感怀泉涌”部分，《如梦令·四川地震之一》《浪淘沙·新疆奎屯棚户区感怀》等，都是我爱不释手，屡屡再读的好诗佳词。

很久没有读诗了，而古诗词创作更难有新意，《颍川吟草》却诗意盎然，让人耳目一新。颍川女士本科就读中文，硕士、博士转读经济，学养上，文理兼收并蓄，在知性和感性的光辉背后，又透着幽雅的深邃。

从她的诗词中不难看出，作者心系民生，忧国忧民，尤其在汶川大地震突发而至时，她极度悲愤，挥笔而就：“/汶川、/

青川、/北川，/四川天塌地陷。/泪水湿衣衫，/撕心裂肝熬煎。/熬煎，熬煎，/何时脱离苦难？”作者告诉我，当时出差在香港，当夜从电视看了四川地震情况，挥笔写就了这首诗词，这首词在当时没有来得及与《如梦令》的平仄和格律核对，个别地方事后看出律了，但当时感情充沛、真挚。我个人认为，这是一种长征，超越了古体诗词创作上旧框框的窠臼。在当代诗词创作中，我也十分赞同颍川女士以现代汉语拼音发音为基准的新韵新格律创作方式，因为，古音的确已经难寻难辨难运用了。一味抱残守缺，泥古不化，未必是中华传统诗词的承继与发展之路。

作为改革开放三十年的参与者、亲历者与见证者，颍川女士一首《念奴娇》，大气磅礴、意态雄浑：“/漫道雄关，/三十年、/今朝格外璀璨。/不识昔日旧河山，/大鹏直冲霄汉。/西风劲吹，/东风扑面，/万马战犹酣。/东西南北，/烂漫山花开遍。　　/曾记近代数年，/锁在深闺，/裹足‘金玉莲’？/打破枷锁冲篱藩，/卷起百尺狂澜。/巨龙腾飞，/雄狮猛醒，/万山尽阅览。/蓦然回首，/竟在弹指之间。”

同是《念奴娇》，在写新疆喀纳斯湖时，其词又意味深长，无比隽永：“/碧湖天落，/梦之河、/疑是人间仙座。/春夏秋冬，/渐次过、/调色板上染色。/美玉一池，/珍珠闪烁，/溢彩流光和。/如诗如画，/如醉如梦如惑。　　/观鱼亭上巍峨，/雪山云渺渺，/群峰相握。/帷幕徐徐，/忽开启、/山水相连平阔。/翠影叠光，/月亮湾柔弱，/恰似泼墨。/长袖飘舞，/待相知共时刻。”

人人皆知白石老人诗书画印奇绝，尤其白石诗词，童趣村野，朴素照人。颍川女士之《观蟹》《憨鸭》竟然深得白石之精髓。“/水中蟹钳如锋刀，/潇洒威猛战群螯。/地磁倒转何所惧，/独自横行逞英豪。”“/大智若愚娇娃，/乍暖还寒泳踏。

/河湖可否戏耍？/下水方溅浪花。/羽翼丰满柔纱，/怡然自得轻划。/一江春色待嫁，/先知莫过憨鸭。”这种朴素表达，使诗的语言描绘出如白石画作般的拙朴。

“欲把西湖比西子，淡妆浓抹总相宜”，这是苏轼眼里的西湖美，而在颍川女士眼里，西湖的清秋之夜更具醉美。“/西湖夜，/星光洒落清辉月。/清辉月，/苏堤柳浪，/宋时亭榭。/雷峰塔映天堂界，/桂花渐放飘香节。/飘香节，/金风如醉，/梦中诗阙。”

女人爱美，女人如花，作为新时代的女性，古今已然大不同。回首千年，宋时李清照工诗擅画，已经了得，但那时女子，为封建制度所束，即使有万种风情、一身才华，又与谁人说？怎比当今时代，柔美的女人既能顶起半边天，又能诗词歌赋数百篇。“/女人似花，/花如梦、/洒向人间成境。/香脸半开，/娇旖旎，/雨打芭蕉咏诵。/横溢才华，/婉丽词章，/墨香喷薄竞。/夫亡国破，/清月照窗映，/纵有满腹经纶，/觅情追韵痛，/诗书与共。/忍问英才，/怎堪比、/飒爽恰逢国盛？/回首千年，/纤纤女子众，/痴心谁懂？/唯有当代，/巾帼方为梁栋。”

正如作者后记中所言，2009年，颍川女士获得中央、国家机关五一劳动奖章，获得“建国六十年中国流通领域有突出成就人物”称号，其学术著作《现代流通基础理论原创研究》获得“流通领域有影响力的十大著作”之一，其关于国计民生的两份研究报告又获得国务院研究室成果一等奖。

如果不是身逢盛世，如此巾帼何成梁栋？

吴易霖

（作者系《学习时报》编辑，作于2010年8月）